ТАИНСТВЕННЫЙ ОСТРОВ

половиной тысяч футов. Узнав, что под ними расстилается море, аэронавты, не колеблясь, выбросили из гондолы даже самые необходимые предметы, чтобы облегчить шар.

Ночь прошла в волнении, которое было бы смертельным для менее стойких людей. Но вот снова настал день. Ураган как будто начал стихать. Облака поднялись в верхние слои атмосферы. Ветер из ураганного стал, как говорят моряки, «очень свежим», то есть скорость перемещения воздушных потоков уменьшилась вдвое. К одиннадцати часам нижние слои воздуха заметно очистились от облаков.

Ураган, по-видимому, исчерпал себя электрическими разрядами, как это иногда бывает с тайфунами в Индийском океане.

Шар снова начал спускаться, медленно, но непрерывно. От утечки газа он сжимался, и оболочка его из круглой становилась овальной.

К полудню аэростат находился уже всего лишь в двух тысячах футов над уровнем моря. Пассажиры выбросили за борт всё, что ещё уцелело в гондоле, вплоть до остатков провизии и мелких вещей, находившихся в их карманах. Один из них, взобравшись на кольцо, к которому была прикреплена верёвочная сетка оболочки, пытался покрепче перевязать выпускной клапан шара, чтобы уменьшить утечку газа.

Но было очевидно, что удержать шар в воздухе не удастся, что газа не хватает.

Пассажиры были обречены на гибель…

Действительно, под их ногами была только вода. Безбрежное море, катившее огромные валы, — вот всё, что видно было из гондолы воздушного шара, откуда взор охватывал пространство в сорок миль по радиусу. Ни земли, ни корабля в виду!

Необходимо было во что бы то ни стало приостановить спуск. Но, несмотря на все усилия пассажиров, шар продолжал опускаться, несясь в то же время с огромной скоростью с северо-востока на юго-запад.

Какое ужасное положение! Пассажиры уже не управляли полётом аэростата. Все их усилия были тщетными. Оболочка теряла всё больше и больше газа, и остановить падение шара не было возможности.

В час пополудни шар летел лишь в шестистах футах над океаном.

Выбросив из гондолы все находившиеся в ней предметы, воздухоплаватели на несколько часов отсрочили падение. Но теперь катастрофа была неотвратимой, и если до темноты не появится в виду земля, люди и сам шар бесследно исчезнут в волнах…

Путешественники были, очевидно, людьми сильными, не боявшимися смотреть смерти в лицо. Ни одно слово жалобы или страха не сорвалось с их уст. Они готовы были бороться до последней секунды и делали всё зависящее от них, чтобы отсрочить падение.

Гондола представляла собой обыкновенную ивовую плетёную корзину; опустившись на воду, она и минуты не могла бы продержаться на поверхности.

В два часа пополудни аэростат плыл на высоте лишь четырёхсот футов над океаном.

В этот момент в гондоле раздался мужественный голос, голос человека, не знающего, что такое страх. Ему ответили не менее твёрдые голоса.

— Всё ли выброшено?

— Нет! Остались ещё деньги: десять тысяч франков золотом.

Тяжёлый мешок полетел в воду.

— Поднялся ли шар?

— Немного. Но он не замедлит снова опуститься.

— Что ещё можно выбросить?

— Ничего!

— А гондола? Гондолу в море! Всем уцепиться за сетку!

И действительно, это было единственное и последнее средство облегчить аэростат. Канаты, поддерживавшие гондолу, были перерублены, и шар прыгнул на две тысячи футов вверх.

Пять пассажиров взобрались на кольцо и уцепились за петли сетки.

Аэростат, плавающий в атмосфере, подобен точным весам: освобождённый от сколько-нибудь значительной тяжести, он делает скачок вверх.

Это и произошло в данном случае.

Но, продержавшись несколько минут в верхних слоях атмосферы, шар слова стал опускаться. Газ уходил сквозь дыру в оболочке, и не было возможности остановить его утечку.

Воздухоплаватели сделали всё, что было в человеческих силах. Теперь их мог спасти только случай.

В четыре часа шар находился на расстоянии пятисот футов от воды.

Раздался громкий лай — это лаяла собака инженера Смита, повисшая рядом со своим хозяином в петлях сетки.

— Топ увидел что-то! — воскликнул Смит.

Почти вслед за этим раздался возглас:

— Земля! Земля!

Увлекаемый сильным ветром на юго-запад, шар с рассвета пролетел значительное расстояние, измеряемое сотнями миль. На горизонте действительно показался контур гористой земли. Но до неё оставалось ещё около тридцати миль, то есть не меньше часа полёта, если не переменятся скорость и направление ветра.

Целый час!.. Продержится ли столько времени шар?

Это был страшный вопрос. Воздухоплаватели уже отчётливо видели на горизонте сушу. Они не знали, материк это или остров, обитаема эта земля или нет, гостеприимна или враждебна. Но это и не занимало их — только бы добраться до неё!

Однако скоро стало очевидным, что шар не может больше держаться в воздухе. Он летел над самой поверхностью океана. Гребни волн уже несколько раз лизнули свисающие верёвки сетки, которые, намокнув, увеличили тяжесть аэростата. Шар летел теперь, склонившись набок, как птица с перебитым крылом.

Через полчаса суша была на расстоянии всего одной мили, но и шар, уменьшившийся в объёме, сморщившийся, сохранил жалкие остатки газа только в верхней своей части. Люди, висевшие на его сетке, стали непосильной тяжестью для аэростата; вскоре, полупогрузившись в воду, они попали под удары свирепых валов. Оболочка изогнулась парусом, и попутный ветер, наполнив её, помчал шар вперёд, как корабль.

Может быть, хоть так он приблизится к земле?

Но в двух кабельтовых[1] от берега крик ужаса вырвался из нескольких грудей одновременно. Шар, казалось, уже окончательно потерявший подъёмную силу, подстёгнутый ударом волны, вдруг сделал неожиданный скачок. Как будто сразу облегчённый от части своего груза, он рывком поднялся на высоту тысячи пятисот футов и там попал в воздушный поток,

[1] Кабельтов — морская мера длины для небольших расстояний, равная 185,2 метра.

который понёс его почти параллельно берегу. Через две минуты он опустился на землю.

Путешественники помогли друг другу высвободиться из петель сетки. Освобождённый от их тяжести, шар был подхвачен ветром и, как раненая птица, собрав последние силы, рванулся вверх и скрылся в облаках.

В гондоле было пять пассажиров и собака, шар же выкинул на берег только четырёх людей.

Исчезнувший пассажир был, очевидно, унесён волной, и именно это позволило шару ещё раз взвиться в воздух.

Не успели четверо потерпевших крушение стать на твёрдую землю, как все они в один голос воскликнули, думая об отсутствующем:

— Быть может, он доберётся до земли вплавь?! Спасём его! Спасём его!

ГЛАВА ВТОРАЯ

Эпизод из войны за освобождение негров. — Инженер Сайрус Смит. — Гедеон Спилет. — Негр Наб. — Моряк Пенкроф. — Юный Герберт. — Неожиданное предложение. — Свидание в 10 часов вечера. — Бегство в бурю.

Люди, выброшенные на эту землю ураганом, не были ни профессиональными воздухоплавателями, ни спортсменами. Это были военнопленные, дерзнувшие бежать из плена при совершенно исключительных обстоятельствах. Сто раз они рисковали жизнью, сто раз повреждённый воздушный шар грозил сбросить их в бездну! Но судьба берегла их для другой участи.

Покинув 20 марта Ричмонд, осаждённый войсками генерала Улисса Гранта, они через пять дней очутились в семи тысячах миль от столицы штата Виргиния — главного оплота сепаратистов [1] во время кровопролитной войны за освобождение негров.

Вот, вкратце, при каких любопытных обстоятельствах эти пленники предприняли свой побег, кончившийся только что описанной катастрофой.

В феврале 1865 года, во время одной из неудачных попыток генерала Гранта овладеть Ричмондом, несколько офицеров его армии попало в плен к сепаратистам. В числе их оказался и инженер Сайрус Смит.

Уроженец Массачусетса, Сайрус Смит был не только инженером, но и известным учёным. Когда началась война, правительство Соединённых Штатов доверило ему управление железными дорогами, получившими огромное стратегическое значение.

Типичный уроженец североамериканских штатов, сухой, костлявый, с лёгкой сединой в волосах и коротко подстриженных усах, лет сорока пяти на вид, Сайрус Смит был одним из тех инженеров, которые начали свою карьеру с работы молотом и киркой, подобно некоторым генералам, начавшим службу простыми солдатами. В такой же степени человек

---

[1] Сепаратистами во время гражданской войны между северными и южными штатами США называли южан — сторонников отпадения южных штатов.

действия, как и человек мысли, он работал без усилий, с настойчивостью и упорством, которых не могли сломить никакие неудачи. Отлично образованный, практичный, изобретательный, он обладал тремя качествами, сумма которых определяет выдающегося человека: подвижностью ума и тела, настойчивостью в желаниях и сильной волей.

Одновременно с Сайрусом Смитом попал в плен к южанам и другой замечательный человек. Это был Гедеон Спилет, известный корреспондент «Нью-Йорк геральд», прикомандированный к Северной армии, чтобы осведомлять газету о всех событиях на театре военных действий.

Гедеон Спилет принадлежал к той удивительной породе английских и американских журналистов, которые не отступают ни перед какими трудностями, чтобы первыми получить интересное известие и передать его своей газете в кратчайший срок.

Человек энергичный, деятельный, всегда и ко всему готовый, повидавший весь свет, солдат и художник, незаменимый в совете, решительный в действии, не боящийся ни труда, ни усталости, ни опасности, когда можно было узнать что-нибудь важное для него самого, во-первых, и для газеты, во-вторых, настоящий герой всего нового, неизвестного, неизведанного, невозможного, — это был один из тех бесстрашных наблюдателей, которые пишут очерки под пулями, составляют хронику под ядрами, для которых опасность — только развлечение.

Он не был лишён юмора. Это он однажды, в ожидании исхода битвы, желая во что бы то ни стало сохранить за собой очередь у окошка телеграфиста, в течение двух часов передавал своей редакции по телеграфу текст первых глав библии. Это стоило «Нью-Йорк геральд» две тысячи долларов, но зато газета первой получила важное известие.

Гедеону Спилету было не больше сорока лет. Это был человек высокого роста. Рыжеватые бакенбарды обрамляли его лицо. У него были спокойные зоркие глаза человека, привыкшего быстро схватывать всё, что творится вокруг него. От природы обладая крепким сложением, он был к тому же закалён всеми климатами мира, как стальной прут холодной водой.

Вот уже десять лет, как Гедеон Спилет работал в качестве корреспондента «Нью-Йорк геральд», украшая его столбцы своими статьями и рисунками, — он владел карандашом так же хорошо, как и пером. Он был взят в плен в то время, когда делал зарисовки к отчёту о сражении. Последними словами в его записной книжке были: «Какой-то южанин целится в меня...» Но южанин не попал в него, ибо у Гедеона Спилета вошло в привычку выходить из всяких передряг без единой царапины.

Сайрус Смит и Гедеон Спилет, знавшие друг друга только понаслышке, оба были доставлены в Ричмонд. Познакомившись случайно, они понравились друг другу. Оба они были поглощены одной мыслью, оба стремились к одной цели: бежать во что бы то ни стало, присоединиться к армии генерала Гранта и снова биться в её рядах за единство штатов!

Смит и Спилет были готовы использовать всякий случай для побега, но несмотря на то, что им было разрешено свободно ходить по всему городу, Ричмонд так хорошо охранялся, что бегство из него представлялось совершенно невозможным.

В это время к Сайрусу Смиту пробрался его слуга, преданный ему на жизнь и на смерть. Этот храбрец был негром, родившимся в поместье инженера от отца и матери — невольников. Сайрус, сторонник освобождения негров не на словах, а на деле, давно освободил его. Но и свободный, негр не захотел покинуть своего хозяина.

Это был человек лет тридцати, сильный, ловкий, смышлёный, кроткий и спокойный, иногда немного наивный, всегда улыбающийся, услужливый и добрый. Его звали Навуходоносором, но он предпочитал этому библейскому имени сокращённое — Наб.

Узнав, что Сайрус Смит попал в плен, Наб, не раздумывая, покинул Массачусетс, пробрался к Ричмонду и, двадцать раз рискуя жизнью, умудрился проникнуть в осаждённый город.

Но если Набу удалось пробраться в Ричмонд, это не значило, что оттуда легко было и выбраться. Пленные федералисты [1] находились под непрерывным надзором, и нужен был какой-нибудь из ряда выходящий случай, чтобы предпринять попытку к побегу хоть с маленькой надеждой на успех. Но этот случай не представлялся, и, казалось, не было надежды, что он когда-нибудь представится.

В то время, как военнопленные мечтали о бегстве из Ричмонда, чтобы снова вернуться в ряды осаждающих, некоторые осаждённые не менее нетерпеливо стремились покинуть город, чтобы присоединиться к войскам сепаратистов. В числе этих последних был некто Джонатан Форстер, ярый южанин.

---

[1] Федералисты — сторонники единства Соединенных Штатов (северяне).

Армия северян, кольцом обложившая Ричмонд, давно прервала связь между городом и главными силами южан. Губернатору Ричмонда необходимо было уведомить командующего армиями южан, генерала Ли, о положении дел в городе, чтобы тот ускорил присылку подкреплений. Джонатану Форстеру пришла в голову мысль подняться на воздушном шаре и по воздуху достигнуть лагеря сепаратистов. Губернатор одобрил эту мысль.

Для Джонатана Форстера и пяти товарищей, которые должны были сопровождать его в полёте, был построен аэростат. Гондола шара была снабжена оружием и продовольствием на случай, если воздушное путешествие затянется.

Отлёт шара был назначен на 18 марта, ночью. При умеренном северо-западном ветре аэронавты должны были через несколько часов добраться до лагеря генерала Ли.

Но северо-западный ветер с утра 18 марта засвежел и стал больше походить на ураган, чем на бриз. Вскоре разыгралась такая буря, что отъезд пришлось отложить: нечего было и думать рисковать аэростатом и жизнью людей при такой ярости стихии.

Наполненный газом шар, пришвартованный на главной площади Ричмонда, готов был взвиться в воздух, как только хоть немного спадёт ветер. Но 18 и 19 марта прошли без какой бы то ни было перемены. Напротив, пришлось укрепить шар на привязи, так как порывы бури почти валили его на землю.

В ночь с 19 на 20 марта ураганный ветер стал ещё свирепее. Отлёт опять пришлось отложить.

В этот день инженера Сайруса Смита остановил на улице совершенно незнакомый ему человек. Это был моряк по имени Пенкроф, загорелый, коренастый, лет тридцати пяти — сорока на вид, с живыми глазами и хитроватым, но добродушным выражением лица. Пенкроф также был североамериканцем. Он объездил все моря и океаны обоих полушарий, прошёл сквозь огонь и воду, и не было, кажется, на свете приключения, которое могло бы удивить или испугать его.

В начале этого года Пенкроф приехал по делам в Ричмонд вместе с пятнадцатилетним юношей, Гербертом Брауном, сыном его покойного капитана; Пенкроф любил Герберта как родного.

Не успев выехать из города до начала осады, Пенкроф, к великому своему огорчению, сам очутился на положении осаждённого. Всё это время его преследовала одна мысль: бежать!

Он знал понаслышке инженера Смита и не сомневался, что этому деятельному человеку также был тягостен плен в Ричмонде. Поэтому-то, не колеблясь, он остановил его на улице следующим вопросом:

— Мистер Смит, не надоел ли вам Ричмонд?

Инженер пристально посмотрел на незнакомца. Тот добавил более тихим голосом:

— Мистер Смит, хотите бежать отсюда?

— Когда? — живо спросил инженер.

Этот вопрос сорвался с его уст невольно — он не успел даже рассмотреть незнакомца. Но, вглядевшись в открытое и честное лицо моряка, он уверился, что перед ним вполне порядочный человек.

— Кто вы? — отрывисто спросил он.

Пенкроф представился.

— Каким же способом вы предлагаете мне бежать? — продолжал допрос инженер.

— К чему тут этот бездельник — воздушный шар?! Он без толку болтается, точно поджидает нас.

Моряку не пришлось дальше развивать свою мысль. Инженер всё понял. Он схватил Пенкрофа за руку и потащил к себе домой. Там моряк изложил свой план, в сущности говоря, очень простой: рисковать приходилось только жизнью. Ураган, правда, свирепствовал вовсю, но такой искусный инженер, как Сайрус Смит, уж, конечно, справится с аэростатом. Если бы он, Пенкроф, умел управлять шаром, он, не задумываясь, бежал бы — с Гербертом, конечно! Не видал он бурь, что ли!

Сайрус Смит, не прерывая, слушал моряка. Глаза его блестели. Долгожданный случай наконец представился! Проект был опасным, но осуществимым. Ночью, обманув бдительность стражи, можно было пробраться к шару, залезть в гондолу и быстро обрубить тросы, привязывавшие его к земле. Понятно, риск был немалый, но, с другой стороны, и выигрыш был велик! Не будь урагана… Впрочем, если б не было урагана, шар давно бы уже улетел, а с ним и единственная возможность бежать из Ричмонда.

— Я не один, — сказал в конце речи Сайрус Смит.

— Сколько человек вы хотите взять с собой? — спросил моряк.

— Двух: моего друга Спилета и моего слугу Наба.

— Итого — трое, — сказал моряк, — а вместе со мной и Гербертом — пятеро. Но ведь шар рассчитан на шестерых…

— Отлично. Мы летим! — закончил Смит.

Это «мы» относилось и к журналисту. Но тот не принадлежал к числу боязливых людей, и когда ему сообщили о проекте Пенкрофа, он без оговорок одобрил его. Гедеон Спилет только удивился, что такая простая мысль не пришла в голову ему самому. Что касается Наба, то верный слуга всегда готов был следовать за своим хозяином.

— До вечера! — сказал Пенкроф.

— До вечера! Мы встретимся на площади в десять часов, — решил инженер. — И будем надеяться, что буря не стихнет до нашего вылета!

Пенкроф вернулся к себе домой, где его ожидал Герберт Браун. Юноша знал о замысле моряка и с нетерпением ожидал результата переговоров с инженером.

Итак, оказалось, что все пять человек, готовившихся ринуться в бой с ураганом, были одинаково смелыми и решительными людьми.

Между тем ураган не утихал. Джонатан Форстер и его спутники и не помышляли о том, чтобы пуститься в путь в хрупкой гондоле. Инженер боялся только, как бы ветер не прибил воздушный шар к земле и не изорвал его в клочки. В течение долгих часов он бродил по площади, наблюдая за аэростатом. Пенкроф делал то же самое, зевая во весь рот, как человек, не знающий, на что убить время. Он также боялся, что буря повредит шар при ударах о землю или, сорвав с привязи, умчит его в небеса.

Настал вечер. Тьма была кромешная. Густой туман окутал землю. Шёл дождь, смешанный со снегом. Буря как будто дала сигнал к перемирию между осаждёнными и осаждающими: гром пушек уступил место громам урагана. Улицы Ричмонда опустели. Ввиду ужасной погоды власти сочли даже возможным снять караул, охранявший воздушный шар.

Всё как будто благоприятствовало побегу.

В девять с половиной часов Сайрус Смит и его спутники с разных сторон пробрались на площадь, погружённую во тьму, так как порывы ветра загасили газовые фонари. Трудно было рассмотреть даже огромный шар, прижатый к земле порывами ветра. Шар был прикреплён толстым тросом к кольцу, вделанному в мостовую.

Пятеро пленников встретились у гондолы.

Не промолвив ни слова, Сайрус Смит, Гедеон Спилет, Наб и Герберт заняли места в гондоле. Пенкроф в это время, по приказанию инженера, отвязывал мешки с балластом. Через несколько минут, кончив дело, моряк присоединился к товарищам. Теперь только трос удерживал шар на земле. Сайрусу Смиту оставалось дать сигнал к отправлению...

В это время в гондолу впрыгнула собака. Это был Топ, собака инженера, последовавшая за своим хозяином. Сайрус Смит, боясь, что Топ перетяжелит шар, хотел было прогнать собаку.

— Ба! Пусть остаётся! — вступился Пенкроф. — Выбросим лучше из гондолы ещё два мешка с песком!

Ударом ножа он перерубил трос, и шар взвился по кривой в воздух.

Ураган бушевал с неслыханной яростью. В течение этой ночи нечего было и думать о спуске. Когда настал день, земля была покрыта густым покровом облаков. Только спустя пять дней аэронавты увидели под собой море.

Читатели знают, что из пяти человек, покинувших Ричмонд 20 марта[1], четверо были сброшены 24 марта на пустынный берег, в семи тысячах миль от своей родины.

Пятый, отсутствующий пассажир, на помощь к которому устремились все остальные, был не кто иной, как инженер Сайрус Смит.

ГЛАВА ТРЕТЬЯ

Пять часов пополудни. — Отсутствующий пассажир. — Отчаяние Наба. — Поиски на севере. — Островок. — Томительная ночь. — Туман. — Наб бросается в поток. — Вид с земли. — Переход пролива вброд.

Инженера смыла волна. Верный пёс добровольно бросился в воду, чтобы помочь своему хозяину.

---

[1] 5 апреля Ричмонд был взят генералом Грантом. (Прим. авт.)

— Вперёд! — крикнул журналист.

И все четверо потерпевших крушение, забыв об усталости и голоде, бросились на поиски товарища.

Бедный Наб рыдал при мысли, что погиб тот, кого он любил больше всего на свете.

Прошло не больше двух минут с тех пор, как Сайрус Смит исчез. Спутники его могли, следовательно, надеяться вовремя поспеть к нему на помощь.

— Вперёд, вперёд! — кричал Наб.

— Да, Наб, вперёд! — подхватил Гедеон Спилет. — Мы разыщем его.

— Живым?

— Живым!

— Умеет ли он плавать? — спросил Пенкроф.

— Да, — сказал Наб. — Кроме того, Топ с ним...

Моряк, вслушавшись в рёв океана, покачал головой. Инженер упал в воду на расстоянии не более полумили от того места, где шар опустился на песок. Если ему удалось добраться до земли, он должен был выйти на берег где-нибудь поблизости.

Было около шести часов вечера. Туман, упавший на землю, ещё более сгущал тьму. Потерпевшие крушение отправились к северной оконечности этой неизвестной земли, на которую их забросил случай. Они шагали по песчаной изрытой почве, вспугивая на ходу каких-то неведомых птиц, резкий крик которых напоминал моряку чаек.

Время от времени они останавливались и кричали. Потом умолкали, ожидая, не послышится ли ответный крик со стороны океана. Даже в том случае, если сам инженер не в состоянии ответить на оклики, рассуждали они, Топ должен залаять, услышав голоса.

Ночь отвечала им только завыванием ветра и шумом прибоя. Тогда маленький отряд снова трогался в путь, тщательно исследуя каждую извилину побережья.

После двадцати минут поисков четверо потерпевших крушение внезапно вышли к океану. Они находились на острие вдававшегося в море мыса.

— Надо возвращаться, — сказал моряк.

— Но ведь он там, — возразил Наб, указывая рукой на океан, кативший огромные валы.

— Давайте окликнем его!

И все хором закричали. Ответа не было. Они опять закричали. Никакого отзвука.

Путники пошли обратно вдоль противоположного берега мыса. Почва тут была такой же песчаной и скалистой, но Пенкроф обратил внимание на то, что берег поднимается. Он высказал предположение, что подъём ведёт к возвышенности, очертания которой темнели впереди. В этой части побережья море казалось более спокойным. Шум прибоя был здесь еле слышен. Очевидно, это был залив, и острый мыс, выступающий в океан, защищал его берег от волн, бушующих на просторе.

Пройдя две мили, путники снова вышли на то место, где они высадились.

— Мы попали на остров, — воскликнул Пенкроф, — и обошли его из конца в конец!

Моряк был прав: воздухоплаватели были выброшены даже не на остров, а на островок, длина береговой полосы которого не превышала двух миль при соответствующей ничтожной ширине.

Был ли этот скалистый, бесплодный островок, унылый приют морских птиц, связан с каким-нибудь более значительным архипелагом? Сейчас нельзя было ответить на этот вопрос. Тем не менее острое зрение моряка, привыкшего вглядываться в ночную тьму, обнаружило на западе неясные очертания какой-то гористой земли. Проверить, не ошибся ли Пенкроф, было невозможно. Приходилось до следующего дня отложить поиски инженера.

— Молчание Сайруса ничего не доказывает, — сказал журналист. — Он, может быть, ранен, оглушён… потерял сознание… Отчаиваться нечего!

Моряк предложил зажечь где-нибудь на островке костёр, который послужит сигналом для инженера. Но ни деревьев, ни сухих веток найти не удалось. Камни и песок — вот всё, что было на островке.

Вполне понятна скорбь Наба и его товарищей, успевших привязаться к Сайрусу Смиту.

Они не могли ничем помочь ему. Нужно было дожидаться утра.

Инженер либо выбрался из воды сам и нашёл себе пристанище где-нибудь на побережье, либо безвозвратно погиб.

Настали томительные часы. Холод был нестерпимый. Несчастные жестоко страдали от него, но не думали об этом. Забывая об усталости, они бродили по бесплодному островку, беспрерывно возвращаясь к его северной оконечности, наиболее близкой к месту катастрофы. Они то кричали, то, затаив дыхание, прислушивались, не раздастся ли ответный крик. Шум моря постепенно утихал, и на зов Наба как будто ответило эхо. Герберт обратил на это внимание Пенкрофа.

— Это доказывает, что где-то поблизости есть ещё земля, — сказал он.

Моряк утвердительно кивнул головой. Он не сомневался в этом.

Тем временем небо постепенно прояснялось: около полуночи заблестели первые звёзды. Если бы инженер был вместе со своими спутниками, он заметил бы, вероятно, что созвездия были уже не те, что в небе Северного полушария, и что вместо Большой Медведицы на небе горел Южный Крест.

Около пяти часов утра верхушки облаков порозовели. Но вместе с первыми лучами солнца на землю упал туман: уже в двадцати шагах ничего не было видно. Густые клубы тумана медленно ползли по острову.

Около половины седьмого утра туман стал, рассеиваться. Он сгущался вверху, но редел внизу, и вскоре островок стал виден весь, точно он спускался с облаков. Затем показалось и море, безбрежное на востоке и ограниченное скалистым берегом на западе.

Этот берег отделялся от островка узким, не больше полумили, проливом с очень быстрым течением.

Один из потерпевших крушение, не считаясь с опасностью, не сказав ни одного слова, ринулся в поток. Это был Наб, спешивший обследовать берег обнаруженной земли.

Журналист готовился последовать за Набом.

— Подождите! — сказал Пенкроф, подходя к нему. — Вы хотите переплыть пролив?

— Да, — ответил Гедеон Спилет.

— Послушайте меня, не спешите! Наб и один сумеет оказать помощь своему хозяину. Течение отнесёт нас в океан, если мы попробуем переплыть через пролив. Оно чрезвычайно сильное. Но я не сомневаюсь, что сила его уменьшится при отливе. Может быть, тогда нам удастся даже перейти вброд на противоположный берег.

— Вы правы, — ответил журналист, — мы не должны разлучаться.

Наб в это время боролся со стремительным течением. Он пересекал пролив наискосок. Его чёрные плечи поднимались из воды при каждом взмахе рук. Его относило в открытый океан, но всё же он приближался к берегу. Наб потратил больше получаса, чтобы проплыть полмили, отделявшие островок от земли, и за это время течение отнесло его на несколько миль в сторону от отправной точки.

Наб вылез на берег у подножия высокой гранитной стены и с силой отряхнулся. Затем он побежал к выступающим в море скалам и скрылся за ними.

Спутники Наба с замиранием сердца следили за его отважной попыткой, и только когда он скрылся из виду, стали осматривать клочок земли, приютивший их.

Они позавтракали ракушками, которые нашли в песке. Это был скудный завтрак, но лучшего у них не было...

Гедеон Спилет, Пенкроф и Герберт не отрывали глаз от земли, на которой, быть может, им предстояло прожить долгие годы.

Трудно было судить, являлась ли эта земля островом или частью материка. Но при виде нагромождения утёсов геолог не усомнился бы в её вулканическом происхождении.

— Итак, Пенкроф, что ты можешь сказать? — обратился Герберт к моряку.

— Что ж, — ответил тот, — здесь, как и везде, есть свои хорошие и свои плохие стороны. Поживём — увидим. А вот и отлив начинается. Через три часа попробуем перебраться. Авось на том берегу как-нибудь и разыщем мистера Смита.

Пенкроф не обманулся в своих ожиданиях. Через три часа отлив обнажил большую часть песчаного ложа пролива. Между островком и противоположным берегом осталась только узенькая полоска воды, которую нетрудно было переплыть.

Около десяти часов Гедеон Спилет и двое его товарищей разделись, связали вещи в узлы, положили их на голову и вошли в пролив, глубина которого не превышала пяти футов. Для Герберта брод был слишком глубок, и юноша поплыл. Все трое без труда добрались до противоположного берега. Там, быстро высохнув на солнце, они снова оделись.

ГЛАВА ЧЕТВЁРТАЯ

Литодомы. — Устье реки. — Камин. — Продолжение поисков. — Запас горючего. — Ожидание отлива. — Груз дров. — Возвращение на берег.

Гедеон Спилет условился встретиться с моряком вечером на этом самом месте и, не теряя ни минуты, взобрался на кручу и скрылся в том же направлении, в каком незадолго до него исчез Наб.

Герберт хотел последовать за журналистом.

— Останься, мой мальчик, — сказал ему моряк. — Нам надо подумать о жилище и попытаться раздобыть что-нибудь более питательное, чем ракушки. Нашим друзьям захочется подкрепиться по возвращении. У каждого своя забота.

— Что ж, я готов, Пенкроф, — ответил юноша.

— Отлично. Сделаем всё по порядку. Мы устали, нам холодно, мы голодны. Следовательно, нужно найти приют, развести огонь, отыскать пищу. В лесу есть дрова, в гнёздах — яйца. Остаётся разыскать жилище.

— Хорошо, — сказал Герберт, — поищем пещеру в этих утёсах. В конце концов найдём же мы хоть какую-нибудь расселину, куда можно будет укрыться на ночь.

— В дорогу, мой мальчик!

И они зашагали вдоль подножия огромной гранитной стены по песку, обнажившемуся при отливе. Пенкроф заметил в гранитной стене щель, которая, по его мнению, могла быть только устьем реки или ручейка.

Гранитная стена не имела ни одной выемки, которая могла бы послужить пристанищем людям. Над ней реяла масса морских птиц, главным образом различных представителей семейства чаек, с удлинённым, загнутым на конце клювом, крикливых и совершенно не боящихся человека. Очевидно, люди впервые нарушали их покой. Чайки гнездились в извилинах гранитной стены. Одним ружейным выстрелом можно было бы уложить несколько этих птиц. Но для того чтобы выстрелить, нужно было иметь ружьё, а ружья-то и не было ни у Пенкрофа, ни у Герберта. Впрочем, чайки несъедобны, и даже яйца их отличаются отвратительным вкусом.

Герберт вскоре обнаружил несколько скал, облепленных водорослями. Очевидно, во время прилива море покрывало эти скалы. Среди скользких водорослей юноша нашёл несколько двустворчатых ракушек.

Голодным людям не приходилось брезгать этой пищей.

Герберт позвал Пенкрофа.

— Это съедобные ракушки! — вскричал моряк. — Они заменят нам яйца!

— Нет, — возразил Герберт, внимательно рассматривая прицепившихся к скалам моллюсков, — это литодомы.

— Они съедобны?

— Вполне.

— Что ж, будем есть литодомов!

Моряк мог вполне довериться Герберту. Юноша был очень силён в естествознании. Он питал настоящую страсть к этой науке.

Здесь, на этом пустынном острове, знания его должны были не раз оказаться полезными.

Литодомы, продолговатые ракушки, принадлежат к моллюскам-сверлильщикам, которые буравят дыры в самых твёрдых известковых скалах. По форме они отличаются от обычных съедобных ракушек тем, что края их раковин закругляются на обоих концах.

Пенкроф и Герберт досыта наелись литодомов, которые на солнечном припёке приоткрыли свои створки. По вкусу они напоминали устриц, только сильно наперчённых.

Утолив голод, моряк и юный натуралист с особенным рвением продолжали поиски воды — острая пища возбудила в них жажду.

Пройдя шагов двести, они увидели ту щель в скалах, в которой, по мнению Пенкрофа, должно было таиться устье реки. Действительно, между двумя отвесными скалами, расколовшимися, очевидно, от вулканического толчка, протекала полноводная речка. В полумиле вверх по течению она круто сворачивала и исчезала в роще.

— Здесь есть вода, там — дрова! — воскликнул моряк. — Видишь, Герберт, нам осталось только разыскать дом!

Попробовав воду и убедившись, что она пресная, они стали искать убежище в скалах, но безуспешно: гранитная стена везде была одинаково гладкой и неприступной. Но у самого устья речки, выше линии прилива, они обнаружили нагромождения огромных камней, часто встречающиеся на скалистых побережьях. Издали казалось, что какой-то великан сложил из этих глыб гигантский камин.

Пенкроф и Герберт забрались в песчаные коридоры этого хаоса; света здесь было достаточно, но и ветра тоже, ибо ничто не препятствовало ему хозяйничать в промежутках между утёсами. Тем не менее Пенкроф решил загородить в нескольких местах коридор песком и обломками камней. План коридоров может быть передан типографской литерой &, означающей et caetera (по-латински — «и так далее»). Отгородив верхнюю петлю литеры от западного ветра, можно было недурно устроиться в «Камине».

— Вот у нас и дом есть! — сказал моряк. — Идём теперь за дровами!

Выйдя из Камина (сохраним такое название за этим временным обиталищем), Герберт и Пенкроф пошли вверх по течению реки, вдоль её левого берега. Быстрый поток протащил мимо них несколько сваленных бурей деревьев.

Через четверть часа путники дошли до поворота реки. Дальше она текла под сводами великолепного леса. Несмотря на осеннее время[1], лес был зелёный: деревья принадлежали к числу хвойных, распространённых по всему земному шару — от полярных областей до тропических зон.

Юный натуралист узнал среди них деодару — семейство хвойных деревьев, часто встречающееся в Гималаях и отличающееся приятным ароматом. Между этими красивыми деревьями росли сосны, увенчанные пышными кронами. В высокой траве, устилавшей землю, Пенкроф и Герберт беспрерывно наступали на сухие ветви, трещавшие под их ногами, как фейерверк.

---

[1] Март в Южном полушарии соответствует сентябрю в Северном. (Прим. пер.)

— Не знаю научного названия этих ветвей, — сказал моряк Герберту, — но для меня важно, что они принадлежат к породе **дров,** единственной в настоящее время важной для нас. За дело же!

Они быстро собрали порядочную кучу дров.

Но если горючего было больше чем достаточно, то перевозочные средства отсутствовали. Сухие ветки должны были быстро сгорать, и два человека не в силах были перетаскать отсюда в Камин нужный запас дров.

— Если бы у нас была тележка! — с сокрушением сказал моряк.

— У нас есть река! — возразил Герберт.

— Верно! Река будет для нас самодвижущейся дорогой. Нужно только подождать отлива, а потом мы спустим плот по течению.

Моряк и юноша связали сухими лианами несколько поваленных бурей деревьев и погрузили на это подобие плота столько дров, сколько не могли бы перенести и двадцать человек.

В течение одного часа работа была закончена, и привязанный к берегу плот был готов к отплытию.

В ожидании отлива Герберт и Пенкроф решили взобраться на гранитную стену и с вершины её осмотреть окрестность.

Подъём продолжался недолго. Добравшись до верхней площадки, они с волнением посмотрели на северную часть побережья, где разыгралась катастрофа. Там исчез Сайрус Смит. Они напряжённо искали глазами какой-нибудь обрывок оболочки аэростата, уцепившись за который человек мог бы держаться на поверхности воды. Но океан был совершенно пустынен.

— Я уверен, — воскликнул Герберт, — что такой сильный и смелый человек, как Сайрус Смит, не мог утонуть! Наверное, он добрался до берега! Правда, Пенкроф?

Моряк грустно покачал головой, но, не желая лишать надежды Герберта, сказал:

— Несомненно, несомненно!.. Инженер такой молодчина, что он спасётся там, где наверное погиб бы всякий другой!

Они стали внимательно осматривать побережье. На юге острый выступ мыса заслонял горизонт, и нельзя было угадать, есть ли за ним земля. На севере, сколько видел глаз, закруглённо тянулась береговая линия. Берег здесь был плоский, низменный, с широкой песчаной полосой, оголённой прибоем. На западе прежде всего бросалась в глаза снеговая шапка высокой горы, отстоящей в шести-семи милях от побережья. От подножия этой горы до самого берега моря вся земля поросла густым лесом.

— Остров это или нет? — спросил моряк.

— Если и остров, то во всяком случае достаточно обширный, — ответил юноша.

— Как бы обширен ни был остров, он всё-таки останется островом.

Но решение этого важного вопроса надо было отложить до более удобного времени. Чем бы ни была земля, на которую случай закинул потерпевших крушение, — островом или материком, — она производила впечатление изобилующей красивыми уголками и плодородной.

— Это самое важное, — сказал Пенкроф. — В нашем положении за это следует особенно горячо поблагодарить судьбу!

Бросив ещё один взгляд на окрестности, Пенкроф и Герберт пошли обратно, вдоль южного склона гранитной стены.

Перескакивая с камня на камень, Герберт неожиданно вспугнул целую стаю птиц.

— Дикие голуби! — воскликнул он. — Их яйца очень вкусны!

— И мы сделаем из них великолепную яичницу, — подхватил Пенкроф.

— В чём, — спросил Герберт, — в твоей шляпе?

— Верно… Придётся довольствоваться печёными яйцами, мой мальчик.

Внимательно осмотрев все впадины скалы, моряк и юноша нашли несколько дюжин яиц. Рассовав их по карманам, они поспешили спуститься к реке, так как близился час отлива.

Около часа пополудни они подошли к своему плоту. Пенкроф не хотел отпустить его вниз по течению без управления, однако не решался и сам усесться на плот. Но находчивый, как истый моряк, он быстро скрутил из сухих лиан длинную верёвку и, привязав её к корме плота, столкнул последний в воду. Он удерживал плот верёвкой, в то время как Герберт длинным шестом направлял его на середину течения.

Огромная связка дров тихо поплыла по реке, и около двух часов пополудни Пенкроф и Герберт благополучно доставили её в устье реки, почти к порогу Камина.

ГЛАВА ПЯТАЯ

Оборудование Камина. — Вопрос об огне. — Коробка спичек. — Возвращение Спилета и Наба. — Единственная спичка. — Костёр. — Первый ужин. — Первая ночь на земле.

Первой заботой Пенкрофа после разгрузки плота было превратить Камин в жилое помещение. Для этого он при помощи песка, обломков скал, ветвей и мокрой глины перегородил коридор, в котором гулял сквозной ветер. Камин таким образом был разбит на три-четыре комнаты, если можно так назвать тёмные конуры, которыми не довольствовался бы и зверь. Но там было сухо, а в центральной комнате можно было даже стоять во весь рост; чистый песок покрывал пол. В общем, в ожидании лучшего можно было пожить и здесь.

— Теперь наши друзья могут возвращаться, — сказал Пенкроф по окончании работы. — Дом готов!

Оставалось только сложить очаг и приготовить пищу. Это было нетрудно. Очаг из широких плоских камней был устроен в первом коридоре налево. Тепло, распространяемое очагом, должно было обогревать все комнаты.

Запас дров был сложен в другой комнате, и моряк положил на камни очага несколько толстых сухих ветвей.

— Есть ли у тебя спички? — спросил Герберт Пенкрофа.

— Конечно, — ответил моряк. — Ведь без спичек мы оказались бы в большом затруднении!

— Ну, мы могли бы добыть огонь, как дикари, потерев один кусок дерева о другой.

— Что ж, мой мальчик, попробуй! Посмотрим, добьёшься ли ты чего-нибудь таким способом, если не считать растёртых в кровь рук…

— Тем не менее этот простой способ очень распространён на островах Тихого океана.

— Не спорю, — сказал моряк, — но думаю, что у дикарей есть особая к этому сноровка, да и дерево они употребляют не всякое. Я несколько раз безуспешно пытался добыть огонь таким способом и решительно предпочитаю ему спички! Кстати, где же они?

Пенкроф стал искать по карманам коробку, с которой, будучи страстным курильщиком, он никогда не расставался. Но он не нашёл её.

Обыскав снова все карманы, он, к глубокому своему изумлению, убедился, что коробки не было.

— Вот какая ерунда! — сказал он, растерянно глядя на Герберта. — Я потерял коробку… Скажи, Герберт, нет ли у тебя спичек или огнива?

— Нет, Пенкроф!

Пенкроф, нахмурясь, молчал. Он не старался скрыть своего огорчения. Герберт попытался утешить его:

— Наверное, у Наба, Сайруса Смита или Гедеона Спилета есть спички.

— Сомневаюсь, — ответил моряк, покачав головой. — Наб и мистер Смит — некурящие, а Гедеон Спилет, вероятно, выбросил за борт гондолы спички и сохранил свою записную книжку.

Герберт умолк. Потеря спичек была, конечно, неприятностью, но юноша не сомневался, что так или иначе они раздобудут огонь. Пенкроф, более опытный, хотя и не привык смущаться никакими неудачами, однако не разделял его надежд. Но так или иначе, а до возвращения Наба и журналиста ничего иного не оставалось, как довольствоваться сырыми яйцами и ракушками.

Около шести часов вечера, когда солнце уже скрылось за скалами, Герберт увидел Гедеона Спилета и Наба.

Они возвращались одни. У юноши больно сжалось сердце. Предчувствия не обманули моряка: Сайруса Смита не удалось найти…

Журналист подошёл и уселся на обломок скалы: усталый и голодный, он не в силах был говорить.

Глаза Наба, красные и воспалённые от слёз, яснее слов говорили, что он потерял всякую надежду. Бедный малый и сейчас ещё плакал.

Отдышавшись, Гедеон Спилет рассказал о безуспешных поисках Сайруса Смита. Он и Наб обошли побережье на протяжении почти восьми миль, но не нашли никаких следов, ни одного признака пребывания человека на этой земле. Море было так же пустынно, как и берег; очевидно, инженер нашёл свою могилу в нескольких стах футов от берега…

Герберт предложил корреспонденту и Набу по пригоршне ракушек. Наб, не евший ничего с утра, тем не менее отказался от пищи. Гедеон Спилет с жадностью набросился на моллюсков и улёгся на песок у подножия скалы. Он был страшно изнурён, но спокоен.

Герберт подошёл к нему и сказал:

— Мы нашли пристанище, где вы можете отдохнуть лучше, чем здесь. Наступает ночь. Пойдёмте, вам необходим отдых. Завтра мы подумаем о том, что делать дальше.

Журналист послушно поднялся и последовал за юношей к Камину, но по дороге его остановил Пенкроф и самым естественным тоном спросил:

— Нет ли у вас спичек, мистер Спилет?

Корреспондент пошарил по карманам, но ничего не нашёл.

— Очевидно, я выбросил их, — сказал он.

Моряк обратился тогда с тем же вопросом к Набу и также получил отрицательный ответ.

— Проклятие! — вскричал моряк, не в силах сдержать досаду.

Гедеон Спилет повернулся к нему.

— Ни одной спички? — спросил он.

— Ни одной…

— Ах! — воскликнул Наб. — Если бы здесь был мой хозяин, он сумел бы разжечь огонь.

Потерпевшие крушение печально переглянулись и умолкли. Первым нарушил молчание Герберт.

—| Мистер Спилет, — сказал он корреспонденту, — ведь вы курите, при вас всегда были спички! Быть может, вы недостаточно внимательно искали? Поищите ещё! Нам ведь нужна только одна спичка!

Корреспондент снова обшарил все карманы брюк, жилета, сюртука, пальто и неожиданно, к великой радости Пенкрофа и к своему глубокому изумлению, нащупал спичку, застрявшую под подкладкой жилета. Так как эта спичка, очевидно, была единственной, нужно было вытащить её чрезвычайно осторожно, чтобы не повредить фосфорную головку.

— Разрешите мне это сделать, — попросил юноша.

Осторожно и ловко он вытащил ничтожную, но драгоценную соломинку, имевшую такое огромное значение для этих бедняг. Спичка была цела!

— Одна спичка! — воскликнул Пенкроф. — Это всё равно что целый склад спичек!

Он взял это сокровище из рук Герберта и направился к Камину. Товарищи последовали за ним. Эту спичку, не имеющую никакой ценности в цивилизованных странах, нужно было использовать с величайшей бережностью.

Моряк сначала удостоверился, что спичка сухая, потом сказал:

— Нужен лист бумаги!

— Вот, — ответил Гедеон Спилет, не без колебания вырывая листок из своей записной книжки.

Пенкроф свернул листок трубочкой и всунул его в кучу мха и сухих листьев, сложенную под дровами так, чтобы воздух имел к ней свободный доступ. Затем он взял шероховатый камешек, тщательно вытер его и, удерживая биение сердца и дыхание, потёр спичку о его поверхность[1]. Спичка не зажглась: Пенкроф из боязни сорвать головку недостаточно крепко потёр её.

— Нет, — сказал он, — я не могу... У меня рука дрожит!

И он передал спичку Герберту.

Бесспорно, ещё никогда в жизни юноша так не волновался. Сердце его бешено стучало. Но тем не менее он решительно потёр спичку о камешек. Послышался треск, и вспыхнуло лёгкое пламя. Герберт повернул спичку головкой вниз, чтобы дать ей разгореться, и затем поджёг бумажку, Через несколько минут весёлый костёр пылал в Камине.

— Наконец-то! — сказал Пенкроф. — Я весь дрожал от беспокойства! Теперь уже нетрудно поддерживать постоянно огонь, достаточно только всегда оставлять немного тлеющих углей под золой. Дров у нас сколько угодно, требуется только внимание.

Как только костёр разгорелся, Пенкроф стал готовить ужин. Герберт принёс две дюжины голубиных яиц, но моряку, гордившемуся тем, что он знает пятьдесят два способа приготовления яиц, пришлось довольствоваться самым простым — печением их в горячей золе. В несколько минут яйца испеклись, и потерпевшие крушение приступили к первому своему ужину на новой земле.

Яйца, содержащие все необходимые для человеческого питания вещества, подкрепили силы друзей. Если бы не гибель их старшего товарища, Сайруса Смита, самого знающего и самого изобретательного из них, они были бы почти счастливы. Но, увы, Сайруса Смита не было, и даже тело его не могло быть предано погребению.

---

[1] Нужно помнить, что в то время были так называемые опасные фосфорные спички, зажигавшиеся при трении о любую шероховатую поверхность. (Прим. пер.)

После ужина Герберт лёг спать. Корреспондент «Нью-Йорк геральд» стал заносить в свою книжку все события дня, но, сломленный усталостью, тоже скоро заснул; моряк всю ночь провёл у костра без сна, подкладывая дрова. Один Наб не остался в Камине: бедный малый до зари бродил по побережью, окликая своего пропавшего хозяина.

Так прошла ночь с 25 на 26 марта.

ГЛАВА ШЕСТАЯ

Опись имущества. — Трут. — Экскурсия в лес. — Вечнозелёные деревья. — Следы диких зверей. — Якамара. — Глухари. — Необычайная ловля удочкой.

Нетрудно перечислить предметы, которыми располагали потерпевшие крушение.

У них не было ничего, кроме носильного платья. Исключением являлись записная книжка и часы Гедеона Спилета, не выброшенные за борт по забывчивости. Но больше ничего — ни оружия, ни инструмента, ни даже перочинного ножика. Всё было выброшено в океан.

Вымышленные герои Даниеля Дефо и других авторов робинзонад никогда не попадали в такое бедственное положение. Обломки их собственных или прибитых к берегу чужих судов снабжали их самым необходимым. Они не оставались безоружными лицом к лицу с дикой природой. Здесь же люди были лишены всего. Из ничего они должны были создать всё!

О, если бы с ними был Сайрус Смит! Его изобретательный ум и глубокие знания пришли бы к ним на помощь! Может быть, не все надежды на спасение были бы потеряны... Но, увы, нечего было и мечтать видеть снова Сайруса Смита.

Потерпевшие крушение могли рассчитывать только на себя.

Как ни важно было знать, куда забросила их судьба, но все единогласно решили отложить экспедицию для выяснения этого вопроса на несколько дней, чтобы заготовить пищу более питательную, чем яйца и моллюски; в предвидении грядущих лишений и трудов прежде всего надо было восстановить силы.

Камин был достаточно удобным временным убежищем. Костёр горел, и нетрудно было сохранить тлеющие угли. Наконец, рядом была река с пресной водой. Поэтому решено было провести здесь несколько дней, чтобы подготовить как следует экспедицию в глубь материка или вдоль побережья.

Этот проект больше всего улыбался Набу. Он не верил, не хотел верить в гибель Сайруса Смита и потому не решался покинуть место, возле которого произошла катастрофа. Пока море не отдаст инженера, пока Наб своими глазами не увидит, своими руками не прикоснётся к трупу своего хозяина, он не поверит, что этот выдающийся человек мог так бессмысленно погибнуть в нескольких стах шагов от берега!

Утренний завтрак в этот день, 26 марта, состоял из голубиных яиц и литодомов. Герберт очень кстати нашёл в расселинах скал соль, образовавшуюся путём испарения морской воды.

По окончании завтрака моряк предложил Спилету отправиться с ним и с Гербертом на охоту. Но, поразмыслив, они пришли к заключению, что кому-нибудь необходимо остаться в пещере, чтобы поддерживать огонь и на случай, маловероятный, впрочем, что Набу, продолжавшему поиски инженера, понадобится помощь. Поэтому корреспондент остался в Камине.

— Идём, Герберт, — сказал моряк. — Мы найдём боевые припасы по дороге, а ружья наломаем себе в лесу.

Но перед уходом Герберт заметил, что не мешало бы изготовить на всякий случай что-нибудь похожее на трут.

— Но что же? — спросил Пенкроф.

— Обуглившаяся тряпка при нужде может заменить трут.

Моряк согласился с этим предложением. Правда, необходимость пожертвовать носовым платком не слишком его прельщала, но эта жертва была неизбежна, и клетчатый носовой платок Пенкрофа вскоре был превращён в трут. Этот трут был положен в сухое, защищённое от ветра и сырости место в расселине скалы.

Было около девяти часов утра. Погода снова портилась; ветер дул с юго-востока. Герберт и Пенкроф, отойдя от Камина, остановились и ещё раз взглянули на струйку дыма, поднимавшуюся к вершине утёса. Затем они пошли вдоль берега реки.

В лесу Пенкроф первым долгом отломил два толстых сука и превратил их в дубины. Герберт заострил концы их об обломок скалы. Чего бы он не дал теперь за нож!

Боясь заблудиться, моряк решил не терять из виду берега реки, сужавшейся в этом месте и протекавшей под сплошным зелёным навесом. Нечего и говорить, что лес оказался совершенно девственным. Единственные следы, замеченные Пенкрофом, были следами каких-то четвероногих; судя по размерам отпечатков, это были крупные животные, встреча с которыми была бы небезопасна. Отсутствие следов человека не огорчило моряка, а, скорее, обрадовало: знакомство с жителями этой тихоокеанской страны было ещё менее желательным, чем встреча с хищными зверями.

Почти не разговаривая, потому что дорога была трудной, Герберт и Пенкроф шли очень медленно и за час едва одолели одну милю. Пока что охоту нельзя было назвать успешной; множество птиц порхало в ветвях, но они казались очень пугливыми, и приблизиться к ним было совершенно невозможно. В числе прочих пернатых Герберт заметил в болотистой части леса птицу с острым и удлинённым клювом, напоминающую по виду зимородка. Однако она отличалась от последнего более ярким оперением с металлическим отливом.

— Это, должно быть, якамара, — сказал Герберт, пытаясь приблизиться к птице.

— Я бы не прочь попробовать мясо якамары, — ответил моряк, — если бы эта птица любезно позволила зажарить себя.

В эту минуту ловко брошенный юным натуралистом камень ударил птицу у основания крыла. Но удар был недостаточно силён, и якамара не замедлила скрыться из виду.

— Какой я неловкий! — с досадой воскликнул Герберт.

— Нет, мой мальчик, — возразил матрос, — удар был меткий, не всякий мог бы нанести такой. Не огорчайся этим, мы поймаем её в другой раз!

Они пошли дальше. Чем больше они углублялись в лес, тем гуще и величественнее он становился. Но ни на одном из деревьев не было годных в пищу плодов. Пенкроф напрасно искал какое-нибудь из драгоценных пальмовых деревьев, имеющих такое обширное применение в домашнем обиходе. Этот лес состоял исключительно из хвойных деревьев, в том числе из уже ранее распознанных Гербертом деодаров и великолепных сосен вышиной в сто пятьдесят футов.

Неожиданно перед юношей вспорхнула стайка небольших птиц. Они рассыпались по ветвям, теряя на лету свои лёгкие пёрышки, которые, точно пух, падали на землю. Герберт наклонился, поднял несколько перьев и, рассмотрев их, сказал:

— Это куруку!

— Я предпочёл бы, чтобы это были петухи или цесарки, — ответил Пенкроф. — Можно ли их есть?

— Вполне. Они очень вкусны. Если я не ошибаюсь, они подпускают охотников совсем близко к себе. Их можно бить палкой.

Моряк и юноша подкрались к дереву, нижние ветви которого были усеяны птичками, охотившимися за насекомыми. Охотники, действуя дубинами, как косами, сразу сшибали целые ряды глупых птичек, и не подумавших улететь.

Только после того, как сотня птиц упала на землю, остальные решили спасаться.

— Вот эта дичь для таких охотников, как мы с тобой, Герберт! — сказал, смеясь, Пенкроф. — Её можно взять голыми руками!

Моряк нанизал куруку, как жаворонков, на гибкий прут, и охотники снова пошли вперёд.

Как известно, они должны были сделать как можно больший запас пищи. Неудивительно поэтому, что Пенкроф ворчал всякий раз, когда какое-нибудь животное или птица, которых он не успевал даже рассмотреть, исчезали среди высокой травы. Если бы хоть Топ был с ними!

Но Топ исчез одновременно со своим хозяином невероятно, также погиб.

Около трёх часов пополудни охотники увидели на ветвях несколько пар глухарей. Герберт узнал самцов по их оперению.

Пенкроф загорелся желанием поймать одну из этих больших, как курица, птиц, чьё мясо не уступает по вкусу рябчику. Но это было нелегко, так как глухари не позволяли приблизиться к себе.

После нескольких неудачных попыток, только вспугнувших пернатых, моряк сказал юноше:

— Придётся, видно, ловить их удочкой!..

— Как рыбу? — воскликнул удивлённый Герберт.

— Да, как рыбу, — невозмутимо ответил моряк.

Пенкроф разыскал несколько тонких лиан и привязал их одну к другой. Получилось нечто вроде лесок, длиной в пятнадцать-двадцать футов каждая.

Вместо крючков на конце он укрепил большие шипы с острыми загнутыми концами, сорванные с карликовой акации. Наживкой послужили крупные красные червяки, ползавшие по земле поблизости.

Сделав все приготовления, Пенкроф расположил «крючки» в траве и затем спрятался с Гербертом за широким стволом, держа в руках вторые концы удочек. Герберт, правду сказать, не слишком верил в успех изобретения Пенкрофа.

Примерно через полчаса, как и предвидел моряк, несколько глухарей приблизились к удочкам; они подпрыгивали, клевали землю и, видимо, не подозревали о присутствии охотников.

Герберт, теперь уже живо заинтересованный происходящим, затаил дыхание. Что касается Пенкрофа, то моряк стоял с широко раскрытыми глазами и ртом и вытянутыми вперёд губами, точно он уже пробовал кусок жареного глухаря.

Между тем птицы прыгали среди наживки, не обращая на неё внимания. Тогда Пенкроф стал легонько дёргать концы удочек, чтобы червяки казались ещё живыми. Вне всякого сомнения, переживания моряка в эту минуту были много острее волнений обыкновенного рыболова, у которого «не клюёт».

Подёргивания удочек привлекли внимание птиц, и они начали клевать червяков. Три прожорливых глухаря проглотили наживку вместе с крючком.

Это-то и нужно было Пенкрофу.

Резким движением руки он «подсёк» добычу, и хлопанье крыльев показало ему, что птицы пойманы.

— Ура! — вскричал моряк, выскакивая из засады и бросаясь к птицам.

Герберт захлопал в ладоши. Он в первый раз в жизни видел, как ловят птиц на удочку. Но Пенкроф скромно отвёл поздравления, признавшись, что он не в первый раз проделывает это, да и честь изобретения такого способа принадлежит не ему.

— Но в нашем положении нам не раз придётся заниматься изобретательством, — закончил он.

Связав птиц за ноги, Пенкроф предложил Герберту пойти обратно.

День начинал склоняться к закату.

Охота была вполне удачной.

Обратный путь шёл вниз по течению реки. Заблудиться было невозможно, и к шести часам вечера, изрядно устав от ходьбы, Пенкроф и Герберт подошли к Камину.

ГЛАВА СЕДЬМАЯ

Наб ещё не вернулся. — Размышления журналиста. — Ужин. — Погода снова портится. — Ужасная буря. — В восьми милях от становища.

Гедеон Спилет, скрестив руки на груди, неподвижно стоял на отмели и смотрел на океан. На горизонте росла на глазах и быстро расползалась по всему небу большая чёрная туча. Ветер, и без того довольно свежий, крепнул по мере угасания дня. Небо было мрачным и предвещало бурю.

Журналист был так поглощён своими мыслями, что и не заметил, как к нему подошли Пенкроф и Герберт.

— Будет бурная ночь, мистер Спилет, — сказал моряк.

Гедеон Спилет живо обернулся и спросил невпопад:

— Как по-вашему, на каком расстоянии от берега волна унесла Сайруса Смита?

Моряк, не ожидавший вопроса, призадумался.

— Не больше чем в двух кабельтовых, — сказал он после минутного размышления.

— А что такое кабельтов? — спросил Гедеон Спилет.

— Шестьсот футов.

— Следовательно, Сайрус Смит исчез в тысяче двухстах футах от берега?

— Примерно, — ответил Пенкроф.

— И его собака тоже?

— Да.

— Меня больше всего удивляет, — сказал корреспондент, — гибель собаки и то, что море не отдало ни её трупа, ни трупа её хозяина.

— При таком бурном море это неудивительно, — возразил моряк. — Кроме того, течение могло отнести трупы далеко в сторону от этого берега.

— Значит, вы твёрдо убеждены, что инженер погиб?

— К сожалению, да.

— При всём уважении к вашему морскому опыту, Пенкроф, — сказал журналист, — я думаю, что в исчезновении Смита и его собаки — живы они или мертвы — есть что-то необъяснимое и неправдоподобное.

— Хотел бы я так думать, как вы, — со вздохом сказал моряк. — К несчастью, я совершенно не сомневаюсь в гибели нашего спутника...

С этими словами Пенкроф отошёл от журналиста и вернулся в Камин. Весёлый огонь потрескивал в очаге.

Герберт только что подбросил в костёр охапку сухих веток, и поднявшееся пламя освещало самые тёмные закоулки извилистого коридора.

Пенкроф занялся приготовлением пищи. Он решил состряпать сытный ужин, потому что всем нужно было восстановить силы. Связка куруку была отложена на следующий день, и моряк ощипал двух глухарей. Вскоре посаженная на вертел дичь жарилась над костром.

К семи часам вечера Наба ещё не было. Его продолжительное отсутствие начинало тревожить Пенкрофа. Он боялся, не случилось ли с бедным малым какого-либо несчастья в этой неисследованной местности или, того хуже, не наложил ли он на себя руки от отчаяния. Но Герберт совершенно иначе расценивал отсутствие Наба. По его мнению, Наб не возвращался потому, что случилось что-то, заставившее его продолжать поиски. А всякое новое обстоятельство могло только пойти на пользу Сайрусу Смиту! Если Наб ещё не вернулся, значит, у него появилась новая надежда. Может быть, он наткнулся на следы человека? Может быть, он шёл теперь по этим следам? Или — чего не бывает! — может быть, он уже нашёл своего хозяина?

Так рассуждал Герберт. Спутники не прерывали его. Журналист даже кивнул головой в знак согласия. Но Пенкроф не сомневался, что Наб просто зашёл дальше, чем накануне, и потому опаздывает.

Герберт, волнуемый смутными предчувствиями, несколько раз порывался пойти навстречу Набу, но Пенкроф убедил его, что это было бы напрасным трудом: в такой темноте невозможно было разыскать следы Наба и разумнее было просто поджидать его. Если же Наб не вернётся ночью, то рано утром он, Пенкроф, первым пойдёт на розыски.

Гедеон Спилет добавил, что им не следует разлучаться, и Герберту пришлось отказаться от своего проекта. Но две крупные слёзы скатились по его щекам.

Между тем погода явно портилась. Сильнейший шквал неожиданно пронёсся над побережьем. Океан, несмотря на то что сейчас был отлив, яростно шумел, разбивая свои валы о прибрежные скалы. Тучи песка, смешанного с водяной пылью, носились в воздухе. Ветер дул с такой силой, что дым от костра не находил выхода из узкого отверстия в скале и заполнил коридоры Камина.

Поэтому, как только глухари подрумянились, Пенкроф уменьшил огонь, оставив только тлеющие угли под золой.

К восьми часам Наба всё ещё не было. Все решили, что непогода заставила его укрыться где-нибудь и ждать наступления дня.

Дичь оказалась превосходной на вкус. Пенкроф и Герберт, у которых длинная экскурсия пробудила сильный аппетит, накинулись на неё с жадностью.

После ужина все улеглись спать. Герберт заснул немедленно.

Буря разыгралась не на шутку. Ветер достиг силы того урагана, который забросил воздушный шар из Ричмонда в этот отдалённый уголок Тихого океана. Камин, стоящий лицом к востоку, попал под самые сильные удары урагана. К счастью, нагромождение скал, давшее убежище потерпевшим крушение, было настолько прочным, что им не угрожала никакая опасность.

Несмотря на неистовство бури, грохот валов и раскаты грома, Герберт крепко спал. Сон в конце концов свалил и Пенкрофа, которого море приучило ко всему. Не спал лишь один Гедеон Спилет. Он упрекал себя в том, что не пошёл вместе с Набом. Что случилось с бедным парнем? Почему он не вернулся?

Журналист ворочался с боку на бок на своём песчаном ложе, не обращая внимания на бушующую стихию. Порой его отягощённые усталостью веки слипались, но тотчас же какая-нибудь новая мысль отгоняла сон.

Около двух часов ночи крепко спавший Пенкроф почувствовал, что кто-то толкает его в бок.

— Что случилось? — вскричал Пенкроф, просыпаясь и овладевая своими мыслями с быстротой, свойственной морякам.

Журналист стоял, склонившись над ним.

— Слушайте, Пенкроф, слушайте! — прошептал он.

Моряк насторожился, но ничего не услышал, кроме воя бури.

— Это ветер, — сказал он.

— Нет, — возразил Гедеон Спилет. — Мне послышалось…

— Что?

— Лай собаки!

— Собаки?!

Пенкроф вскочил на ноги.

— Да!

— Это невозможно! Да ещё при таком вое ветра.

— Вот… слушайте! — прервал его корреспондент.

Действительно, в минуту затишья Пенкроф услышал отдалённый лай.

— Слышите? — спросил корреспондент, сжимая его руку.

— Да… да… — ответил Пенкроф.

— Это Топ! Топ! — вскричал проснувшийся Герберт.

Все трое ринулись к выходу из Камина.

Выйти было трудно. Ветер, дувший в лоб, толкал их обратно. Только уцепившись за скалы, они смогли кое-как удержаться на ногах.

Тьма была непроницаемая. Море, небо, земля были одинаково беспросветно черны. В продолжение нескольких минут журналист и двое его товарищей стояли, оглушённые бурей, заливаемые дождём, ослеплённые песком. Но вдруг до них снова донёсся собачий лай.

Это мог лаять только Топ. Но был ли он один или сопровождал кого-нибудь?

Моряк пожал руку журналиста, приглашая его остаться на месте, — слова не были слышны, — и бросился в пещеру. Через минуту он возвратился, держа в руках пылающую головню. Подняв её над головой, он резко свистнул. В ответ раздался уже более близкий лай, и вскоре в пещеру вбежала собака. Герберт, Пенкроф и Спилет последовали за ней.

Моряк подбросил в костёр сухие ветки, и языки пламени осветили коридор.

— Это Топ! — вскричал Герберт.

Это действительно был Топ, великолепный англо-нормандский пёс, получивший от скрещивания двух пород быстрые ноги и тонкое обоняние — два огромных достоинства для охотничьей собаки.

Это была собака Сайруса Смита.

Но она была одна — ни инженер, ни Наб не следовали за ней.

Непонятно, каким образом инстинкт мог довести собаку до Камина, где она никогда не бывала. Но ещё более непонятным было то, что Топ, выдержавший борьбу с непогодой, не казался усталым.

Герберт притянул собаку к себе и ласкал её. Топ радостно тёрся головой о руки юноши.

— Раз нашлась собака — значит, найдётся и её хозяин! — сказал журналист. — В дорогу! Топ поведёт нас!

Пенкроф не спорил. Он понимал, что с приходом собаки его печальные предположения потеряли почву.

— В дорогу! — подхватил он.

Он тщательно укрыл золой тлеющие угли, чтобы сохранить огонь, забрал остатки ужина и пошёл к выходу, свистнув Топу. За ним последовали Герберт и журналист.

Буря достигла наивысшего напряжения. Сплошные тучи не пропускали ни одного луча света. Выбирать дорогу было невозможно. Лучше всего было довериться инстинкту Топа. Так и поступили. Спилет и Герберт шли следом за собакой, а моряк замыкал шествие.

Свирепствовавший с неслыханной силой ураган превращал струи ливня в водяную пыль. Однако одно обстоятельство благоприятствовало потерпевшим крушение: ураган дул с юго-востока, то есть прямо в спину им, и не только не затруднял, но даже ускорял ходьбу. К тому же надежда найти исчезнувшего товарища прибавляла силы. Потерпевшие крушение не сомневались в том, что Наб разыскал своего хозяина и послал за ними верного Топа. Но был ли инженер ещё жив или Наб вызвал своих товарищей только затем, чтобы отдать последний долг его праху?

К четырём часам утра они прошли около пяти миль. Пенкроф, Спилет и Герберт промокли до нитки и страдали от холода, но ни одна жалоба не сорвалась с их уст. Они были готовы следовать за Топом, куда бы умное животное ни повело их.

— Сайрус Смит спасён, Топ? Не правда ли? — спрашивал Герберт.

И собака лаяла в ответ.

Около пяти часов утра стало рассветать. В шесть наступил день. Облака неслись высоко в небе с огромной быстротой. Моряк и его спутники находились не меньше чем в шести милях от Камина. Они шли теперь вдоль плоского песчаного берега. Справа, параллельно берегу, тянулась гряда скал, но теперь, в час высокого прилива, видны были только их верхушки.

По левую руку побережье было окаймлено дюнами, поросшими чертополохом. Берег производил впечатление дикой просторной песчаной площадки.

Кое-где росли одинокие искривлённые деревья. Резкий юго-западный ветер пригибал их ветви к земле.

Далеко в глубине, на юго-западе, видна была опушка леса.

В эту минуту Топ стал проявлять признаки сильного возбуждения. Он то бросался вперёд, то возвращался назад, к моряку, как бы упрашивая его ускорить шаг. Собака покинула берег и, руководствуясь своим великолепным чутьём, без тени колебания свернула к дюнам. Люди последовали за ней.

Местность была совершенно пустынной. Ни одного живого существа не было видно вокруг. За кромкой дюн виднелась цепь причудливо разбросанных холмов.

Это была маленькая песчаная Швейцария, и, не будь острого чутья собаки, невозможно было бы ориентироваться в ней. После пяти минут ходьбы по дюнам журналист и его товарищи подошли к гроту у основания невысокого холма. Тут Топ остановился и залаял. Пенкроф, Спилет и Герберт вошли в грот.

Здесь они увидели Наба на коленях перед телом, лежащим на подстилке из трав. То был инженер Сайрус Смит.

ГЛАВА ВОСЬМАЯ

Жив ли Сайрус Смит? — Рассказ Наба, — Следы ног. — Неразрешимый вопрос. — Первые слова. — Сличение следов. — Возвращение в Камин. — Пенкроф в ужасе.

Наб не шевелился, Пенкроф задал ему только один вопрос:

— Жив?

Наб не отвечал. Гедеон Спилет и Пенкроф побледнели. Герберт скрестил руки на груди и словно окаменел.

Но было очевидно, что, поглощённый своим горем, Наб не заметил товарищей и не слышал вопроса моряка.

Журналист опустился на колени перед неподвижным телом и, расстегнув одежду на груди инженера, прижал ухо к сердцу. Минуту — она показалась всем вечностью — он прислушивался, стараясь уловить слабое биение.

Наб выпрямился. Он смотрел на товарищей блуждающими глазами. Истощённый усталостью, разбитый отчаянием, он был неузнаваем. Он считал своего хозяина мёртвым.

После долгого и внимательного исследования Гедеон Спилет поднялся с колен.

— Сайрус жив, — сказал он.

Пенкроф в свою очередь опустился на колени. Его ухо также уловило чуть слышное биение сердца и еле заметное дыхание.

По просьбе журналиста Герберт побежал за водой. В ста шагах от входа в пещеру он нашёл пробивающийся сквозь пески прозрачный ручеёк. Но под рукой не нашлось ни одной раковины, в которую можно было бы набрать воду. Юноша намочил в ручье свой носовой платок и бегом вернулся в грот.

К счастью, этот влажный кусок полотна вполне удовлетворил Гедеона Спилета: он хотел только смочить губы инженера. И действительно, несколько капель свежей воды оказали своё действие почти мгновенно. Вздох вырвался из груди Сайруса Смита. Герберту показалось даже, что он пытается что-то произнести.

— Мы спасём его! — сказал журналист.

Эти слова вернули Набу надежду. Он раздел своего хозяина, чтобы посмотреть, нет ли у того ран на теле. Но самый тщательный осмотр не обнаружил ни одной царапины. Это было странно — ведь Сайруса Смита пронесло через буруны.

Но объяснение этой загадки придёт позже. Когда Сайрус Смит сможет говорить, он расскажет всё, что произошло с ним. Теперь же надо было возвратить его к жизни. Гедеон Спилет предложил растереть его. Пенкроф немедленно снял с себя фуфайку и начал энергично растирать ею тело инженера. Согретый этим грубым массажем, Сайрус Смит чуть шевельнул рукой. Дыхание его стало более размеренным. Он, видимо, умирал от истощения, и, не явись вовремя его товарищи, Сайрус Смит погиб бы.

— Вы считали хозяина мёртвым? — спросил у Наба моряк.

— Да, — ответил Наб. — Если бы Топ не нашёл вас и вы не пришли, я похоронил бы своего хозяина и сам бы умер возле его могилы…

Наб рассказал, как он нашёл Сайруса Смита. Накануне, покинув Камин на рассвете, он пошёл вдоль берега на север, по тем самым местам, где уже проходил однажды. Там, — Наб признался, что делал он это без тени надежды, — он ещё раз стал осматривать песок, скалы в поисках хотя бы самых лёгких следов, которые могли бы навести его на правильный путь. Особенно внимательно искал он следы в той части берега, которая не покрывается водой во время приливов: приливы и отливы стирают с песка всякие следы. Наб не надеялся найти своего хозяина живым. Он искал труп, чтобы похоронить его собственными руками.

Наб искал долго, но безуспешно. Незаметно было, чтобы этот пустынный берег когда-либо посещал человек. Среди тысяч ракушек, устилавших землю, не было ни одной раздавленной. Нигде не было ни малейших следов пребывания человека, ни свежих, ни старых.

Наб решил пройти ещё несколько миль вдоль берега: течение могло отнести труп на большое расстояние, но, если утопленник находится в близком соседстве от пологого берега, редко бывает, чтобы волны не прибили его рано или поздно к земле.

Наб знал это и хотел в последний раз увидеть своего хозяина.

— Я прошёл ещё две мили, обошёл все рифы, обнажившиеся при отливе, и отчаялся уже что-либо найти, как вдруг около пяти часов вечера я увидел на песке отпечатки ног…

— Отпечатки ног?! — вскрикнул Пенкроф.

— Да!

— И эти следы начинались у самых рифов? — спросил журналист.

— Нет, — ответил Наб. — Они начинались там, где кончается линия прилива. Следы за этой чертой, должно быть, стёрлись при отливе.

— Продолжай, Наб, — попросил Гедеон Спилет.

— Увидев эти следы, я точно обезумел. Следы были совершенно отчётливыми и направлялись к дюнам. На протяжении четверти мили я шёл по этим следам с осторожностью, чтобы не стереть их. Через пять минут я услышал лай собаки. Это был Топ. И Топ проводил меня сюда, к моему хозяину!

В заключение Наб рассказал о своём горе при виде этого бездыханного тела. Он напрасно искал в нём признаки жизни. Но все его усилия привести инженера в сознание были тщетными. Единственное, что оставалось, — это отдать последний долг тому, кого верный слуга любил больше всего на свете!

Тогда Наб вспомнил о своих товарищах. И они, вероятно, захотят в последний раз увидеть Смита. Топ был рядом. Не может ли он довериться этому верному животному? Наб несколько раз назвал имя Гедеона Спилета, того из спутников инженера, которого Топ знал лучше других. Затем он поставил его мордой к югу и махнул рукой. Топ побежал в указанном направлении. Читателю известно, как, руководимый каким-то необычайным инстинктом, Топ, никогда не бывший в Камине, разыскал его.

Товарищи Наба выслушали этот рассказ с величайшим вниманием. Им было совершенно непонятно, как могло случиться, что Сайрус Смит после жестокой борьбы с волнами, которую он должен был выдержать, пробираясь вплавь через буруны, не имел ни одной царапины. Не менее загадочным было то, как инженер добрался до этого грота, затерянного среди дюн, почти в миле расстояния от берега.

— Значит, это не ты, Наб, доставил в грот своего хозяина? — спросил журналист.

— Нет, не я, — ответил Наб.

— Ясно, что мистер Смит добрался сюда сам, — заметил моряк.

— Ясно-то ясно, но совершенно непонятно, — заметил Гедеон Спилет.

Эту тайну мог разъяснить только сам инженер. А для этого нужно было ждать, чтобы он обрёл дар слова. К счастью, жизнь быстро возвращалась к нему. Растирание помогло восстановить кровообращение. Сайрус Смит снова шевельнул рукой, потом головой, и наконец несколько невнятных слов вырвалось из его уст.

Наб, склонившийся над ним, окликнул его, но инженер, по-видимому, не услышал оклика, и глаза его по-прежнему оставались закрытыми. Жизнь проявлялась в нём только движениями, сознание всё ещё не возвращалось.

Пенкроф пожалел, что у него не было ни огня, ни возможности развести его. К несчастью, он не догадался захватить с собою трут, который легко было бы воспламенить простым ударом двух камешков друг о друга. В карманах же инженера, если не считать часов, решительно ничего не было. Нужно было, следовательно, перенести Сайруса Смита в Камин, и как можно скорее. Таково было общее мнение.

Между тем инженер понемногу приходил в сознание. Вода, которой ему смачивали губы, оказывала своё действие. Пенкрофу пришла в голову счастливая мысль размешать в этой воде немножко сока от жареного глухаря.

Герберт, сбегав к берегу моря, принёс две раковины, Моряк состряпал свою микстуру и поднёс её ко рту инженера. Тот жадно выпил всё. После этого глаза его открылись.

Наб и журналист склонились над ним.

— Хозяин! Хозяин! — вскричал Наб.

Теперь инженер услышал его. Он узнал Наба и Спилета, потом Герберта и моряка и чуть заметно пожал им руки.

Снова он произнёс несколько слов, по-видимому повторяя вопрос, который волновал его даже в беспамятстве. На этот раз его слова были поняты всеми:

— Остров или материк?

— Ах! — не мог сдержать восклицания Пенкроф. — Чёрт возьми, нам это решительно безразлично, мистер Смит! Лишь бы вы были живы! Остров или материк? Узнаем позже!

Инженер слегка кивнул головой и как будто уснул.

Все замолчали, оберегая его сон. Журналист посоветовал пока что приготовить носилки для переноски инженера в Камин. Наб, Пенкроф и

Герберт вышли из грота и направились к высокому холму, увенчанному несколькими чахлыми деревьями.

По дороге моряк беспрерывно повторял:

— Остров или материк! Думать об этом, когда жизнь едва теплится! Что за человек!

Взобравшись на вершину холма, Пенкроф и его товарищи обломали самые толстые ветви морской сосны, затем смастерили из этих ветвей носилки; устланные травой и листьями, они представляли довольно удобное ложе.

Это отняло около сорока минут, и было уже десять часов утра, когда моряк, Герберт и Наб вернулись к инженеру, которого не покидал Гедеон Спилет.

Сайрус Смит очнулся только что от сна, или, вернее, забытья, в котором находился. Щёки его, до тех пор смертельно бледные, чуть порозовели. Он приподнялся, оглянулся вокруг, как будто спрашивая, где он находится.

— Можете ли вы выслушать меня, Сайрус, не утомляясь? — спросил журналист.

— Да, — ответил инженер.

— Мне кажется, — прервал их моряк, — что мистер Смит охотнее выслушает вас, если съест немного этого желе из глухаря. Кушайте, мистер Смит! — добавил он, протягивая инженеру подобие желе, к которому он прибавил теперь несколько кусочков глухаря.

Остатки жаркого были поделены между товарищами: все страдали от голода, и завтрак показался всем очень скудным.

— Ничего, — сказал моряк, — нас ждёт пища в Камине. Не мешает вам знать, мистер Смит, что там, на юге, у нас есть дом с комнатами, постелями, очагом, и в кухне несколько дюжин птичек, которых Герберт называет куруку. Ваши носилки готовы, и, как только вы немного окрепнете, мы перенесём вас в наше убежище.

— Спасибо, дружище! — отвечал инженер. — Ещё часок-другой, и мы сможем отправляться. Теперь рассказывайте, Спилет!

Журналист стал рассказывать инженеру о всех событиях, которые не могли быть ему известны: о последнем взлёте шара, о спуске на эту неведомую землю, кажущуюся пустынной, о находке Камина, о поисках инженера, о преданности Наба, о подвиге верного Топа и т.д.

— Но, — слабым голосом спросил Сайрус Смит, — разве не вы подобрали меня на берегу?

— Нет, — ответил журналист.

— И не вы доставили меня в этот грот?

— Нет.

— На каком расстоянии от рифов он находится?

— В полумиле примерно, — ответил Пенкроф. — Мы и сами поражались, что нашли вас в этом месте.

— В самом деле, как это странно! — сказал инженер, понемногу оживляясь и всё более заинтересовываясь подробностями.

— Но, — продолжал моряк, — вы нам не рассказали, что случилось с вами после того, как вы были смыты волной с воздушного шара.

Сайрус Смит мало что помнил. Волна оторвала его от аэростата. Сначала он погрузился на несколько футов в воду. Когда он выбрался на поверхность океана, он заметил какое-то живое существо рядом с собой. Это был Топ, бросившийся к нему на помощь. Подняв глаза, он не нашёл в небе шара: освободившись от его тяжести и тяжести Топа, аэростат умчался как стрела. Инженер увидел, что находится среди гневных волн, на расстоянии полумили от берега. Он попробовал бороться с волнами и энергично поплыл к берегу. Топ поддерживал его, вцепившись зубами в его одежду. Но стремительное течение подхватило его, понесло к северу, и после получасового сопротивления, выбившись из сил, он пошёл ко дну, увлекая за собой и Топа. Всего, что произошло потом, до той минуты, пока он не очнулся на руках у своих друзей, Сайрус Смит не помнил.

— Однако, — сказал Пенкроф, — несомненно, что вас выбросило на этот берег и что у вас хватило силы добраться до этой пещеры. Ведь Наб обнаружил следы ваших ног!

— Да, очевидно... — задумчиво ответил инженер. — А вы не видели следов других людей в этой местности?

— Ни одного, — сказал журналист. — Но если даже допустить, что неведомый спаситель, очутившийся как раз вовремя на месте, вытащил вас из воды и перенёс сюда, то почему он вас покинул?..

— Вы правы, Спилет! — согласился инженер. — Скажи, Наб, — продолжал он, обращаясь к своему слуге, — не ты ли... не было ли у тебя минуты затмения, во время которого... Нет, это чепуха!.. Сохранились ли эти следы?

— Да, хозяин, — ответил Наб. — У входа в грот, в месте, защищённом от дождя и ветра, виден отпечаток ноги на песке. Остальные следы уже, наверное, стёрты ветром и дождём.

— Пенкроф, — сказал Сайрус Смит, — будьте любезны, возьмите мои ботинки и посмотрите, совпадают ли они со следом?

Моряк исполнил просьбу инженера. В сопровождении Наба, указывавшего дорогу, он и Герберт пошли к месту, где сохранился след.

Тем временем Сайрус Смит говорил журналисту:

— Здесь произошло что-то трудно объяснимое.

— Действительно, необъяснимое, — согласился Гедеон Спилет.

— Не будем заниматься разрешением этой загадки сейчас, дорогой Спилет. Мы поговорим об этом позже!

Через минуту в грот вернулись моряк, Герберт и Наб. Не было никакого сомнения — ботинок инженера в точности совпадал со следом.

Итак, сам Сайрус Смит оставил эти следы!

— Всё понятно, — сказал инженер, — у меня были галлюцинации, которые я пытался приписать Набу. Очевидно, я шёл как лунатик, не сознавая, куда и зачем иду, и Топ, вытащивший меня из воды, руководствуясь инстинктом, привёл меня сюда... Топ! Иди сюда, собачка! Иди ко мне, Топ!

Великолепное животное подбежало к хозяину, громким лаем выражая свою преданность.

Все согласились, что другого объяснения событиям нельзя было придумать и что Топу принадлежала вся честь спасения Сайруса Смита.

Около полудня Пенкроф спросил инженера, выдержит ли он переноску. Вместо ответа Сайрус Смит с усилием встал на ноги.

Но тут же ему пришлось опереться на руку моряка, так как иначе он бы упал.

— Вот и отлично, — сказал Пенкроф. — Подать носилки господина инженера!

Наб принёс носилки. Поперечные ветви были устланы мхом и травами.

Уложив инженера, потерпевшие крушение вынесли его из грота.

Нужно было пройти восемь миль. Так как процессия по необходимости двигалась медленно и часто останавливалась, чтобы носильщики могли отдохнуть, путь до Камина отнял у них не меньше шести часов.

Ветер по-прежнему бушевал, но дождь прекратился. Лёжа на носилках, инженер внимательно осматривал местность. Он не разговаривал, но смотрел, не отрываясь, и рельеф местности с её неровностями, лесами и разнообразной растительностью запечатлевался в его памяти. Однако после двух часов пути усталость взяла верх, и он уснул.

В половине шестого маленький отряд подошёл к Камину. Все остановились. Носилки поставили на песок. Сайрус Смит крепко спал и не проснулся.

Пенкроф, к своему величайшему изумлению, заметил, что вчерашняя буря изменила облик местности. Произошли довольно значительные обвалы. Большие обломки скал лежали на берегу, и густой ковёр из морских трав и водорослей покрывал прибрежный песок. Очевидно было, что море хлынуло на берег и добралось до самого подножия гранитной стены.

У входа в Камин земля была изрыта яростным натиском волн.

У Пенкрофа сжалось сердце от предчувствия. Он кинулся в коридор, но почти тотчас же вернулся и, остановившись на пороге, грустно посмотрел на своих спутников.

Огонь угас. Вместо пепла в очаге была лишь тина. Жжёная тряпка, заменявшая трут, исчезла. Море проникло внутрь Камина, в глубину коридоров, и всё переворотило, всё уничтожило.

ГЛАВА ДЕВЯТАЯ

Сайрус с нами! — Опыты Пенкрофа. — Остров или континент? — Проекты инженера. — В Тихом океане. — В глубине леса. — Охота на водосвинку. — Приятный дым.

В нескольких словах моряк рассказал Спилету, Герберту и Набу о происшедшем. Отсутствие огня, могущее иметь очень печальные последствия, — так, по крайней мере, думал Пенкроф, — произвело неодинаковое впечатление на товарищей моряка.

Наб, бесконечно счастливый спасением своего хозяина, не думал, вернее, не хотел даже думать о словах Пенкрофа.

Герберт, казалось, до известной степени разделял тревогу моряка.

Что до журналиста, то он просто сказал:

— Уверяю вас, Пенкроф, это совершенно несущественно!

— Но я повторяю вам: мы остались без огня!

— Эка важность!

— И без какой бы то ни было возможности разжечь его!

— Пустяки!

— Но, мистер Спилет!..

— Будет вам!.. Разве Сайруса Смита нет с нами? — возразил журналист. — Разве наш инженер умер? Не беспокойтесь, он найдёт способ разжечь огонь.

— Чем?

— Ничем!

Что мог ответить на это Пенкроф? Он промолчал, потому что в глубине души разделял веру своих товарищей в инженера. Для них Сайрус Смит был вместилищем всех человеческих знаний и ума. Лучше было очутиться со Смитом на необитаемом острове, чем без него в оживлённейшем промышленном городе Штатов. При нём не будет ни в чём недостатка. При нём нельзя было отчаиваться. Если бы спутникам Сайруса Смита сказали, что извержение вулкана сейчас уничтожит эту землю, что море раскроется и поглотит её, они невозмутимо ответили бы: «Сайрус здесь, поговорите с ним!»

Однако прибегнуть к его изобретательности в данную минуту, было невозможно. Инженер, утомлённый переноской, снова погрузился в глубокий сон, а будить его Спилет не позволял.

Путников ожидал скудный ужин: всё мясо глухарей было съедено, а связки куруку исчезли. Приходилось запастись терпением и ждать.

Сайруса Смита перенесли в помещение посредине Камина и там положили на ложе из сухих водорослей и мха.

Наступила ночь. Ветер задул с северо-востока, и температура воздуха сразу значительно понизилась. Кроме того, так как море размыло перегородки, сооружённые Пенкрофом, по Камину гулял жестокий сквозняк.

Инженер непременно простудился бы, если бы его спутники не сняли с себя кто куртку, кто фуфайку и не укрыли его.

Весь ужин состоял из неизменных литодомов, во множестве найденных Гербертом и Набом на берегу океана. К моллюскам юноша добавил некоторое количество съедобных водорослей — саргассов, собранных им на скалах.

Эти водоросли в высушенном виде представляли собой желатинозную массу, довольно богатую питательными веществами и вкусную. Надо сказать, что эти водоросли на азиатских берегах Тихого океана являются существенной частью пищевого рациона туземцев.

— Всё-таки, — сказал моряк, — пора было бы мистеру Смиту прийти к нам на помощь!

Холод тем временем стал нестерпимым, и не было никакой возможности защититься от него. Моряк стал придумывать всякие способы развести огонь. Он отыскал немного сухого мха и, ударяя два камня один о другой, пытался искрой зажечь его. Но мох не хотел загораться.

Хотя и не веря в успешный исход, Пенкроф попробовал всё-таки добыть огонь по способу дикарей: трением двух сухих кусков дерева. Если бы энергия, затраченная им и Набом на трение, была превращена в тепловую, её хватило бы на то, чтобы вскипятить воду в котлах трансатлантического парохода. Но и этот опыт не удался: кусочки дерева только нагревались, да и то в значительно меньшей степени, чем сами работники.

После часа работы Пенкроф обливался по́том. Он с досадой бросил куски дерева.

— Скорее зимой будет жарко, чем я поверю, что дикари добывают этим способом огонь, — сказал он. — Легче, кажется, зажечь мои руки, растирая одну другой!

Но моряк был не прав, отрицая действенность этого способа. Бесспорно, дикари умеют добывать огонь быстрым трением двух кусочков сухого дерева. Но, прежде всего, не всякое дерево годится для этой операции, а во-вторых, для неё нужен навык, которого у Пенкрофа не было.

Дурное настроение Пенкрофа длилось недолго. Брошенные им два куска дерева были вскоре подняты Гербертом. Тот яростно тёр их один о другой.

Здоровенный моряк расхохотался, увидев, что слабый подросток пытается преуспеть в том, что не удалось ему.

— Три, Герберт, три! — подзадоривал он его.

— Я и тру! — смеясь, ответил Герберт. — Но у меня только одно желание: согреться. Скоро мне будет так же жарко, как тебе, Пенкроф.

Так и случилось. На эту ночь пришлось отказаться от попыток добыть огонь. Гедеон Спилет раз двадцать повторил, что для Сайруса Смита это не представит труда, а пока что он растянулся на песке в одном из коридоров. Герберт, Пенкроф и Наб последовали его примеру. Топ улёгся у ног своего хозяина.

Назавтра, 28 марта, проснувшись, инженер увидел своих спутников подле себя: они ожидали его пробуждения. Как и накануне, первыми его словами были:

— Остров или материк?

Как видно, это была его навязчивая идея.

— Мы не знаем этого, мистер Смит, — ответил моряк. — Узнаем тогда, когда вы сможете вести нас по этой земле.

— Кажется, я уже в состоянии сделать это, — сказал инженер.

Он поднялся на ноги без особых усилий.

— Вот это отлично! — вскричал моряк.

— Я умираю от голода! Дайте мне поесть, и у меня не останется никаких следов слабости. Ведь у вас есть огонь, не правда ли?

— Увы, у нас нет, или, вернее, больше нет огня... — после недолгого молчания признался моряк.

Он подробно рассказал инженеру о всех событиях предшествующего дня и насмешил того рассказом о единственной спичке и попытках добыть огонь по способу дикарей.

— Посмотрим, — сказал инженер, — если здесь не найдётся какой-нибудь замены трута...

— Тогда что? — перебил моряк.

— Тогда мы сделаем спички!

— Настоящие?

— Самые настоящие!

— Видите, как это просто! — сказал журналист, хлопая моряка по плечу.

Моряк не был убеждён, но и не стал спорить.

Все вышли на воздух.

Погода была прекрасной. Яркое солнце светило на безоблачном небе.

Инженер сел на камень. Герберт предложил ему немного моллюсков и водорослей.

— Это всё, что у нас есть, мистер Смит, — сказал он.

— Спасибо, голубчик, — ответил инженер. — Этого достаточно на сегодняшнее утро.

И он с аппетитом съел скудный завтрак, запивая его водой из раковины.

Позавтракав, он спросил:

— Значит, друзья мои, вы до сих пор не успели узнать, куда забросила нас судьба — на остров или на материк?

— Не успели, мистер Смит, — ответил юноша.

— Узнаем это завтра. А до тех пор нечего делать.

— Нет, есть, — возразил моряк. — Что именно?

— Добыть огонь!

У моряка, очевидно, также была своя навязчивая идея.

— Добудем, Пенкроф! — ответил инженер. — Да, вчера во время переноски мне показалось, что на западе я видел высокую гору. Верно ли это?

— Верно, — ответил Гедеон Спилет. — Гора действительно высокая.

— Отлично, — сказал инженер, — завтра мы взберёмся на вершину. А до тех пор, повторяю, делать нечего.

— Нет, нужно добыть огонь, — повторил упрямый моряк.

— Будет у вас огонь, Пенкроф! Немного терпения, — ответил журналист.

Моряк посмотрел на него с таким видом, который яснее слов говорил: «Если бы от вас зависела добыча огня, мы долго не ели бы жареного». Но он промолчал.

Сайрус Смит несколько минут размышлял.

Потом, обращаясь ко всем своим спутникам, произнёс:

— Друзья мои! Как ни печально наше положение, оно очень несложно. Либо мы на материке — тогда ценой бо́льших или меньших усилий мы доберёмся до обитаемых мест, — либо мы на острове. В этом последнем случае представляются две возможности: если остров обитаем — мы выпутаемся из беды при помощи местных жителей; если он пустынен — нам придётся рассчитывать только на себя!

— Ясно, — подтвердил Пенкроф.

— Как вы думаете, Сайрус, — спросил журналист, — куда нас забросил ураган?

— Точно не могу вам сказать, но многое говорит за то, что мы в Тихом океане. Когда мы вылетели из Ричмонда, ветер дул с северо-востока; его сила говорит о неизменности его направления. А если направление ветра с северо-востока на юго-запад было неизменным, то мы должны были пересечь штаты Северную Каролину, Южную Каролину, Джорджию, Мексиканский залив, Мексику и какую-то часть Тихого океана. Мне кажется, что мы пролетели от шести до семи тысяч миль. Следовательно, шар принёс нас либо на Маркизские острова, либо на Паумоту, либо, если скорость ветра была больше, чем я предполагаю, на Новую Зеландию. В этом последнем случае нам легко будет вернуться на родину: с англичанами или маорийцами мы быстро столкуемся. Но если, напротив, остров принадлежит к Микронезийскому архипелагу, нам придётся устраиваться здесь так, как будто бы мы никогда не сможем вернуться на родину.

— Никогда?! — вскричал журналист. — Вы сказали — никогда?

— Лучше предположить самое худшее, — ответил инженер, — и оставить в запасе только приятные неожиданности.

— Отлично сказано, — одобрил моряк. — Если это остров, можно надеяться, что он находится на пути следования кораблей.

— Всё это мы узнаем, когда взберёмся на гору, — сказал инженер. — Это первейшее и самое главное дело.

— Но сможете ли вы уже завтра перенести трудности этого восхождения? — спросил инженера Герберт.

— Надеюсь, — ответил инженер. — Но для этого, мой мальчик, нужно, чтобы ты и Пенкроф доказали, что вы ловкие охотники.

— Раз вы заговорили о еде, мистер Смит, — ответил моряк, — позвольте мне сказать вам, что если бы я был так же уверен в том, что по возвращении найду на чём жарить, как в том, что принесу дичь для жаркого…

— Приносите, Пенкроф, приносите! — прервал его инженер.

Решено было, что Сайрус Смит и Гедеон Спилет проведут день в Камине и ознакомятся с побережьем и гранитной стеной, а Наб, Герберт и Пенкроф тем временем отправятся в лес и постараются убить первое четвероногое или пернатое животное, которое попадётся им на глаза.

На этот раз охотники, вместо того чтобы следовать вверх по течению реки, углубились прямо в лес.

Топ сопровождал их, прыгая и резвясь в густой траве.

Это был тот же хвойный лес, по преимуществу сосновый. В некоторых местах, где сосны росли не так густо, отдельные деревья достигали огромной толщины. Это наводило на мысль, что неизвестная земля была расположена под более высокими градусами широты, нежели предполагал инженер. Несколько прогалин в лесу были завалены буреломом; тут были неистощимые склады дров.

За прогалинами лес снова смыкался и становился почти непроходимым.

Охотники бродили уже больше часа, но не встретили ещё ничего похожего на дичь.

— Смотрите, Пенкроф, — насмешливо заметил Наб. — Если так пойдёт дальше, то для того, чтобы зажарить обещанное вами жаркое, не понадобится большого огня.

— Терпение, Наб, — ответил моряк. — Боюсь, что не дичи не будет хватать, когда мы вернёмся…

— Значит, у вас нет доверия к мистеру Смиту?

— Есть!

— Но всё-таки вы не верите, что он добудет огонь?

— Я поверю в это, когда огонь запылает в очаге.

— Он запылает, раз хозяин сказал это!

— Посмотрим.

Солнце не достигло ещё зенита. Охотники продолжали пробираться в глубь леса. По пути Герберт обнаружил дерево со съедобными плодами. Это было миндальное дерево с совершенно зрелыми плодами.

Герберт указал дерево своим спутникам, и те с удовольствием отведали миндаля.

— Ну что ж, — сказал Пенкроф. — Водоросли — вместо хлеба, сырые моллюски — вместо дичи и миндаль на сладкое — вот самый подходящий обед для людей, у которых нет в кармане ни одной спички!

— Не надо жаловаться, — сказал Герберт.

— Я и не жалуюсь, мой мальчик, — ответил Пенкроф. — Я думаю только, что к такому обеду не мешало бы прибавить мясо.

— Топ что-то увидел! — вдруг вскричал Наб и побежал в чащу, где неожиданно исчез Топ.

Лаю собаки вторило какое-то странное хрюканье.

Моряк и Герберт последовали за Набом. Если собака действительно наткнулась на дичь, то, прежде чем обсуждать способ её приготовления, надо было её изловить.

В глубине чащи они увидели Топа в борьбе с каким-то животным, которое он схватил за ухо.

Четвероногое было похоже на кабана. Продолговатое туловище его имело около двух с половиной футов в длину; жёсткая, негустая щетинистая шерсть его была тёмно-коричневая, почти чёрная, но на брюхе менее тёмная. Лапы с когтями, которыми животное сейчас отчаянно упиралось в землю, казались перепончатыми. Герберт узнал в этом животном водосвинку — одного из самых крупных представителей отряда грызунов.

Водосвинка, вероятно впервые в жизни увидев людей, перестала сопротивляться Топу и только глупо вращала заплывшими жиром глазами.

Но едва Наб поднял дубинку, чтобы оглушить водосвинку, она вдруг рванулась и, оставив в зубах Топа кусок уха, с громким хрюканьем кинулась вперёд и скрылась в лесу, опрокинув по пути Герберта.

— Ах, негодная! — воскликнул Пенкроф.

Все три охотника помчались вслед за Топом. Они уже почти настигли животное, но оно юркнуло в небольшое болото, осенённое громадными вековыми соснами.

Наб, Герберт и Пенкроф остановились на берегу болота. Топ прыгнул в воду, но водосвинка ушла в глубину и притаилась там.

— Подождём, — сказал юноша. — Она скоро вернётся на поверхность, чтобы подышать.

— А не утонет ли водосвинка?

— Нет, она прекрасно плавает, — ответил Герберт.

Охотники окружили со всех сторон болото, чтобы отрезать отступление водосвинке. Топ продолжал плавать по поверхности.

Герберт не ошибся: через несколько минут животное высунуло голову из воды. Топ быстро подплыл и вцепился в добычу зубами. Через минуту вытащенная на берег водосвинка была убита Набом.

Пенкроф взвалил её на плечи и дал сигнал к возвращению.

Благодаря чутью Топа они легко нашли дорогу обратно.

Через полчаса они достигли поворота реки. Как и в первый раз, Пенкроф быстро соорудил плот с дровами, хотя за неимением огня работа эта казалась ему бесполезной. Спустив плот по течению, моряк и его спутники возвратились в Камин.

В пятидесяти шагах от убежища Пенкроф остановился, испустил громовое «ура!» и, протягивая руку по направлению к утёсу, вскричал:

— Герберт, Наб, глядите!

Из скал к небу поднимался столб дыма.

ГЛАВА ДЕСЯТАЯ

Изобретение инженера. — Вопрос, занимающий Сайруса Смита. — Восхождение на гору. — Лес. — Вулканическая почва. — Муфлоны. — Первый ярус. — Ночлег. — На вершине горы.

Через несколько секунд три охотника стояли уже перед весело потрескивающим костром. Сайрус Смит и журналист находились тут же. Не выпуская водосвинку из рук, Пенкроф изумлённо смотрел то на одного, то на другого.

— Ну, что скажете, дружище? — весело спросил его журналист. — Огонь-то есть, настоящий огонь, на котором можно приготовить великолепное жаркое для нашего пира!

— Но кто зажёг его? — спросил Пенкроф.

— Солнце!

Гедеон Спилет сказал истинную правду. Солнце зажгло костёр, так восхитивший Пенкрофа.

Моряк не верил своим глазам. Он был настолько ошеломлён, что не стал даже расспрашивать инженера.

— Значит, у вас было зажигательное стекло? — спросил Герберт.

— Стекла у меня не было. Но я изготовил его, дитя моё, — ответил Смит, показывая прибор, состоящий из двух обыкновенных часовых стеклышек, снятых с его часов и часов Спилета, соединённых по краям глиной и заполненных водой. Получилось настоящее зажигательное стекло. Сосредоточив солнечные лучи на сухом мхе, оно почти мгновенно воспламенило его.

Моряк молча смотрел на прибор, потом перевёл глаза на инженера. Но взгляд его был красноречивее слов!

Наконец дар речи возвратился к нему, и он воскликнул:

— Запишите это, мистер Спилет, запишите в свою книжку!

— Уже записал, — ответил журналист.

При помощи Наба моряк приготовил вертел, выпотрошил водосвинку и зажарил её над весёлым огнём, как обыкновенного молочного поросёнка.

Камин снова приобрёл жилой вид не только потому, что костёр распространял тепло, но и потому, что каменные перегородки были восстановлены. Как видно, Сайрус Смит и журналист не потратили попусту дня.

К Сайрусу Смиту почти полностью вернулись силы. Он даже испытал их, поднявшись на плоскогорье. Отсюда он на глаз определил высоту горы, на которую собирался взобраться, — приблизительно три тысячи пятьсот футов над уровнем моря. Перед наблюдателем, стоящим на вершине этой горы, должен был открываться горизонт по меньшей мере на пятьдесят миль вокруг. Таким образом, можно было надеяться, что занимавший

Сайруса Смита вопрос — остров или материк эта земля — будет сразу разрешён.

Ужин вышел превосходный. Жаркое из водосвинки оказалось очень вкусным. Водоросли саргассы и миндаль дополнили меню.

Во время ужина инженер почти не разговаривал, он мысленно разрабатывал план действий на завтрашний день. Пенкроф раз или два пытался навести разговор на тему о том, что им следует предпринять, но инженер только покачал головой. Видимо, он во всём любил порядок и систему.

— Завтра, — повторял он, — мы узнаем, куда мы попали, и в зависимости от этого выработаем план действий.

После ужина, подбросив несколько ветвей в огонь, обитатели Камина, не исключая и верного Топа, улеглись на песок и вскоре крепко заснули.

Ночь прошла спокойно, и на следующее утро, 29 марта, все проснулись свежими, отдохнувшими и готовыми к экспедиции, которая должна была решить их участь.

Перед отправлением в поход Пенкроф приготовил трут из куска носового платка, так как часовые стёкла были вставлены обратно в часы инженера и журналиста, в кремнях же не предвиделось недостатка на этой вулканической почве.

Захватив с собой остатки жаркого из водосвинки, в половине восьмого утра вооружённые дубинами исследователи покинули Камин.

По совету Пенкрофа они избрали кратчайшую дорогу к горе — напрямик через лес.

К девяти часам Сайрус Смит и его спутники вышли на западную опушку леса.

Дорога, вначале болотистая, затем сухая и песчаная, незаметно повышалась по мере продвижения от берега океана внутрь страны. В кустах промелькнули и тотчас же исчезли какие-то пугливые животные. Топ бросился преследовать их, но инженер отозвал его: сейчас было не до охоты.

Инженер не любил отвлекаться от поставленной цели. Можно было смело сказать, что в эту минуту его не интересовали ни рельеф местности, ни её обитатели; его занимала только гора, и только к ней он и стремился.

В девять часов путники остановились, чтобы передохнуть. Гора предстала перед ними, видимая от подножия до вершины. Она состояла из двух ярусов — первого высотой в две тысячи пятьсот футов и возвышающегося над ним конусообразного второго яруса.

Расположенные уступами гребни предгорий представляли естественную дорогу к этому конусу.

Сайрус Смит и его спутники начали подъём на первый уступ. Извилистый гребень его, постепенно возвышаясь, вёл к первому ярусу горы.

Неровности почвы свидетельствовали об её вулканическом происхождении. Повсюду были раскиданы куски пемзы, обсидиана. Там и здесь встречались отдельные группы деревьев, которые в нескольких сотнях футов ниже образовывали густые леса, почти непроницаемые для солнечных лучей.

Герберт обратил внимание на свежие следы, видимо, каких-то крупных животных, возможно, даже хищников.

— Вероятно, эти звери не так-то охотно уступят нам свои владения, — заметил Пенкроф.

— Что ж, — сказал журналист, охотившийся на тигров в Индии и на львов в Африке, — мы сумеем отделаться от них. А пока что будем настороже!

Тем временем экспедиция поднималась понемногу в гору. Извилистая дорога удлинялась ещё вследствие необходимости кружным путём обходить некоторые препятствия. В полдень был сделан привал для завтрака в сосновой рощице, вблизи ручейка, сбегающего каскадом в долину; экспедиция прошла только полдороги до первого яруса и, очевидно, раньше сумерек не могла до него добраться.

В час пополудни восхождение возобновилось. Пришлось несколько уклониться к юго-западу от прямой и пробираться сквозь густые заросли.

Выйдя из зарослей, альпинисты, взбираясь друг другу на плечи, одолели крутой откос, футов в сто высотой, и добрались до площадки, где росли редкие деревья. Отсюда им нужно было идти на восток по зигзагообразному пути, делающему менее заметной крутизну подъёма. Приходилось ступать с величайшей осторожностью.

Наб и Герберт шли в голове отряда, Пенкроф — в хвосте, Сайрус Смит и Спилет — в середине. Следы крупных животных встречались очень часто.

Несколько раз в отдалении мелькали какие-то четвероногие.

Пенкроф вдруг воскликнул:

— Глядите — бараны!

Отряд остановился в пятидесяти шагах от полудюжины крупных животных с густой шелковистой шерстью рыжего цвета и с большими рогами, загнутыми назад и приплюснутыми на концах.

Это были не обыкновенные бараны, а их разновидность, встречающаяся в гористых местностях умеренного пояса. Герберт назвал их муфлонами.

— А можно ли из них сделать жиго[1] и отбивные котлеты?

— Вполне.

— В таком случае для меня это бараны! — заявил Пенкроф.

Стоя неподвижно среди обломков базальта, животные удивлённо смотрели на исследователей, словно впервые в жизни видели двуногих. Потом неожиданно всполошились и мгновенно исчезли, прыгая с камня на камень.

— До скорого свидания! — крикнул им вслед Пенкроф с такой комической интонацией, что все расхохотались.

Восхождение продолжалось. Часто на склонах встречались следы лавы, застывшие серные потоки и просто отложения кристаллической серы, залегающие среди веществ, выбрасываемых вулканом перед началом извержения лавы: пуццолановой земли с пережжёнными, неправильной формы кристаллами и белого пепла, состоящего из бесчисленного множества мельчайших кристаллов полевого шпата.

По мере приближения к первому ярусу восхождение становилось всё более трудным.

Около четырёх часов пополудни экспедиция миновала зону распространения деревьев. Лишь кое-где стояли отдельные сосны, сгорбившиеся от борьбы с ветрами, которые неистовствуют на этой высоте. К счастью для инженера и его спутников, погода была безветреной; поднимись ветер, восхождение было бы ещё более затруднительным.

Не более пятисот футов по прямой отделяло исследователей от площадки первого яруса, где они хотели сделать привал на ночь. Но эти пятьсот футов выросли в две мили, так как дорога всё время шла зигзагами.

Ночь уже наступила, когда усталые путники добрались до площадки. Среди скал, в изобилии разбросанных на ней, легко было найти удобное

---

[1] Жиго — кушанье из задней ноги барана.

место для ночёвки. Правда, кругом было мало горючего, но всё же удалось собрать достаточный запас мхов и кустарников.

Пенкроф высек искру из кремня на трут, и Наб быстро раздул яркое пламя под защитой скалы. Костёр был разведён только для того, чтобы согреть путников. Ужин состоял из жаркого из водосвинки и нескольких пригоршен миндаля. В половине седьмого вечера исследователи кончили ужинать.

Сайрус Смит решил теперь же выяснить, можно ли будет найти обходный путь к вершине, если слишком большая крутизна подъёма не позволит взобраться в лоб на конус.

Пока Пенкроф, Гедеон Спилет и Наб устраивали ночлег, инженер с Гербертом отправились на разведку.

Была прекрасная тихая ночь. Сайрус Смит и Герберт в продолжение двадцати минут молча шли рядом; неожиданно перед ними встала стена, вздымавшаяся вверх под углом в 70°. Ни обойти это препятствие, ни одолеть его не было возможности.

Сайрус Смит уже решил возвратиться обратно, как вдруг заметил расселину в скале, служившую, очевидно, во время извержения стоком для лавы. Не колеблясь ни минуты, он и Герберт вошли в эту расселину. До вершины конуса оставалось около тысячи футов. Инженер решил продолжать восхождение, пока это будет возможно. Попутно он убедился, что вулкан давно погас.

Несмотря на кромешную тьму, Сайрус Смит и Герберт медленно, но неуклонно поднимались всё выше и выше. Инженер начал надеяться, что им удастся беспрепятственно добраться до самой вершины.

На небе горели великолепные созвездия. В зените сиял Антарес Скорпиона, рядом с ним бета[1] из созвездия Кентавра, которую считают самой близкой к Земле звездой. Возле Южного полюса величественно сверкал Южный Крест.

В восемь часов вечера Сайрус Смит и Герберт неожиданно для себя добрались до самой верхней точки конуса. При тусклом свете молодого месяца Сайрус Смит осмотрел горизонт.

— Это остров, — сказал он.

---

[1] У астрономов принято обозначать звёзды в созвездиях буквами греческого алфавита (альфа, бета, гамма, дельта и т.д.).

ГЛАВА ОДИННАДЦАТАЯ

На вершине горы. — Внутренность кратера. — Море вокруг. — Побережье с высоты птичьего полёта. — Водная система. — Обитаем ли остров? — Все части острова получают названия. — Остров Линкольна.

Через полчаса Герберт и Сайрус Смит возвратились в лагерь. Инженер коротко сказал своим спутникам, что они находятся на острове. Затем «островитяне» устроились кто как мог в своей базальтовой пещере, расположенной на высоте двух тысяч пятисот футов над уровнем моря, и уснули глубоким сном.

На следующее утро, 30 марта, инженер предложил своим спутникам снова взобраться на вершину потухшего вулкана, чтобы при дневном свете осмотреть остров.

— Быть может, — сказал он, — нам предстоит провести здесь всю жизнь... Остров может ведь лежать вдалеке от обитаемой земли и в стороне от путей кораблей, поддерживающих сообщение с южными архипелагами...

На этот раз инженера сопровождали все участники экспедиции. Все они хотели рассмотреть получше остров.

Около семи часов утра они покинули место ночлега. Никто из них не был удручён невесёлым настоящим. Каждый был полон веры в будущее. Но следует отметить, что эта вера имела разные источники у Сайруса Смита и всех остальных его товарищей.

Инженер без страха глядел вперёд, потому что чувствовал себя в силах вырвать у этой дикой природы всё необходимое для него самого и его товарищей.

Спутники же его не боялись будущего именно потому, что инженер был с ними. Отсюда и разные оттенки в уверенности. Пенкроф, например, с тех пор как инженер разжёг костёр, не тревожился бы за свою участь, даже очутившись на голой скале, если бы только Сайрус Смит был рядом с ним.

— Выбрались же мы из Ричмонда без разрешения начальства, — говорил он. — Было бы чертовски глупо, если бы мы не сумели в один прекрасный день выбраться из места, где нас никто, наверное, не станет удерживать!

Сайрус Смит вёл свой отряд по уже разведанному накануне пути. Погода стояла великолепная. Солнце поднималось по безоблачному небу, заливая ярким светом восточный склон горы.

Путники подошли к кратеру вулкана — гигантской воронке, уходившей на тысячу футов в глубь горы. Дно воронки было покрыто застывшей лавой. Такие же застывшие потоки змеились и вдоль склонов горы, достигая долин в северной части острова. На внутренних стенах кратера, наклон которых не превышал 35—40°, заметны были следы давних извержений, когда лава ещё не пробила себе стока и просто переливалась через края воронки.

Осмотр вулкана днём подтвердил предположение инженера, что он принадлежит к числу бездействующих.

Около восьми часов утра Сайрус Смит и его спутники добрались до вершины конуса.

— Море! Кругом море! — воскликнули они хором.

Действительно, сколько видел глаз, кругом была вода, только вода.

Вторично взбираясь на вершину горы, Сайрус Смит надеялся обнаружить на горизонте какую-нибудь землю, которую из-за темноты не удалось рассмотреть накануне вечером. Но сколько видел глаз, то есть на пятьдесят миль вокруг, не было ни земли, ни паруса. Остров был центром огромного и совершенно пустынного водного пространства.

Путники опустили взоры на остров, лежавший у их ног, как рельефная карта.

Гедеон Спилет спросил инженера:

— Какую площадь занимает этот клочок земли?

По сравнению с безбрежным океаном остров казался крошечным.

Сайрус Смит мысленно определил длину береговой линии острова, сделал поправку на высоту своего наблюдательного пункта и после недолгого молчания сказал:

— Мне кажется, друзья мои, что без большой ошибки можно определить длину береговой линии в сто миль.

— А площадь?

— Её труднее определить, потому что берега очень изрезаны.

Если Сайрус Смит не ошибся в расчётах, то остров по величине равнялся островам Мальта и Занте в Средиземном море. Очертания его поражали своей прихотливостью.

Когда Гедеон Спилет по просьбе инженера зарисовал контур острова в свою записную книжку, все признали, что он похож на какое-то фантастическое животное, на доисторического птерозавра[1], заснувшего на волнах Тихого океана.

Восточная часть побережья, на которую исследователи были выброшены крушением, врезывалась в море широким полукругом. Небольшой залив в этой части берега замыкался с юго-востока одним острым мысом, а с северо-востока — двумя мысами, походящими на раскрытую пасть акулы.

На северо-западе береговая линия напоминала своими очертаниями приплюснутый череп хищного животного. Здесь находился вулкан, на вершине которого стояли исследователи. Отсюда береговая линия шла на юг почти правильным вогнутым полукругом, прерывавшимся на западной стороне узкой бухтой. За бухтой берег вытягивался сужающейся полоской, оконечность которой напоминала хвост аллигатора. Вся эта часть суши представляла собой настоящий полуостров, почти на десять миль вдающийся в море. С юго-запада на северо-восток очертания береговой линии полуострова также представляли полукруг, образующий ещё один залив, северо-восточная оконечность которого примыкала к мысу, откуда началось описание острова.

В самом узком месте, то есть между Камином и бухтой на западном берегу, ширина острова не превышала десяти миль. Наибольшая длина его — от крайней северо-восточной точки до оконечности полуострова на юго-западе — равнялась тридцати милям.

Общий вид поверхности острова был таков: вся южная часть его — от берега океана до горы — была покрыта густым лесом; зато вся северная часть была бесплодной — одни камни и пески. Между вулканом и восточным берегом острова Сайрус Смит и его спутники увидели озеро, окаймлённое бордюром из зелёных деревьев.

Первое впечатление при взгляде с горы было, что озеро лежит на одном уровне с океаном. Но инженер объяснил своим спутникам, что оно по

---

[1] Птерозавры — группа вымерших пресмыкающихся, похожих по внешнему виду и по строению скелета на птиц.

меньшей мере на триста футов поднято над уровнем моря, потому что плоскогорье, служившее ему бассейном, было продолжением гранитной стены на восточном побережье.

— Значит, это озеро с пресной водой? — спросил Пенкроф.

— Безусловно. Оно должно питаться ручьями, стекающими с горы, — ответил инженер.

— Вот речка, впадающая в него! — воскликнул Герберт, указывая пальцем на ручеёк на западном склоне вулкана.

— Правильно, — сказал Сайрус Смит. — Надо полагать, что где-нибудь существует и сток, по которому изливается в море избыток воды из озера. Мы это проверим на обратном пути.

Этот ручеёк, озеро и уже известная обитателям острова река — вот и вся водная система острова. Так по крайней мере казалось инженеру. Однако он допускал, что под непроницаемой сенью деревьев, покрывающей две трети площади острова, имеются и другие реки, впадающие в океан. Это было даже более чем вероятно, судя по богатству растительности, представляющей лучшие образцы флоры умеренного климата.

В северной части острова не было никаких признаков текучей воды. Можно было только предположить наличие болот в расселинах и трещинах почвы на северо-востоке. Общий облик этой части поверхности — сушь, пески, камни — представлял разительный контраст с изобилием и пышностью большей, южной части острова. Вулкан был расположен ближе к северо-западной части острова и как будто отмечал границу двух зон — растительной и бесплодной.

Сайрус Смит и его спутники провели больше часа на вершине вулкана. Остров лежал под ними, как рельефная карта, окрашенная в различные цвета: зелёный — для леса, жёлтый — для песков, синий — для воды.

Оставалось разрешить один важнейший вопрос: обитаем ли остров?

Этот вопрос первым поставил журналист. Только что произведённый внимательный осмотр острова, казалось, давал право ответить на него отрицательно. Нигде не было заметно никаких следов деятельности человека. Ни группы домов, ни отдельных построек, ни рыбачьей хижины на побережье. Ни один дымок не поднимался в воздух. Правда, наблюдателей, стоявших на вершине горы, отделяло добрых тридцать миль от крайней точки острова — хвоста полуострова на юго-западе, а на этом расстоянии даже зоркие глаза Пенкрофа не в состоянии были бы рассмотреть постройки. Правда и то, что взоры наблюдателей не могли приподнять зелёного покрова ветвей, скрывавшего добрых три четверти острова, чтобы посмотреть, не прячется ли под ним человеческое поселение.

Обычно на таких узких полосках земли островитяне селятся ближе к берегу моря; но побережье-то как раз и производило впечатление абсолютно пустынного. Поэтому, пока более подробное обследование не докажет обратного, остров приходилось признать необитаемым.

Важно было ещё установить, посещается ли он — пусть хоть наездами — туземцами с соседних островов. Но и на этот вопрос было трудно ответить. На пятьдесят миль вокруг нигде не было и признаков другой земли. Но такие расстояния легко покрывают и маленькие малайские и большие полинезийские пироги. Следовательно, решение вопроса всецело зависело от близости острова к какому-нибудь архипелагу.

Сможет ли Сайрус Смит без инструментов определить местоположение острова — его широту и долготу? Это было сомнительно. Поэтому необходимо было, безопасности ради, принять меры на случай неожиданной высадки на остров диких туземцев.

Исследование острова было закончено. Сайрус Смит и его спутники установили его протяжённость, нанесли на карту его контуры, вычислили длину береговой линии, познакомились с его горной и водной системами. Местоположение, размеры и очертания лесов, рек, равнин и плоскогорий были нанесены на карту. Оставалось спуститься с горы и заняться выяснением естественных богатств острова — растительных, животных и ископаемых.

Но прежде чем подать сигнал к спуску, Сайрус Смит обратился к своим товарищам с маленькой речью:

— Друзья мои! — начал он. — Случай забросил нас на этот уединённый клочок земли. Нам придётся здесь жить, может быть даже долго. Впрочем, возможно, что неожиданно к нам на помощь придёт какой-нибудь корабль… Я говорю «неожиданно», потому что остров этот слишком незначителен: здесь нет даже удобной стоянки для кораблей. Вдобавок остров расположен слишком далеко к югу для кораблей, совершающих рейсы к архипелагам Тихого океана, и слишком далеко к северу для кораблей, направляющихся в Австралию в обход мыса Горн. Не хочу ничего скрывать от вас…

— И очень хорошо делаете, — перебил его журналист. — Вы имеете дело с мужчинами! Мы верим вам, но и вы можете положиться на нас! Не правда ли, друзья?

— Я буду во всём повиноваться вам, мистер Смит, — сказал Герберт, пожимая руку инженера.

— За вами, хозяин, в огонь и в воду! — воскликнул Наб.

— Не будь я Пенкроф, — сказал моряк, — если хоть когда-нибудь стану отлынивать от работы! Если вы пожелаете, мистер Смит, мы превратим этот остров в уголок Америки. Мы построим здесь города, проложим железные дороги, проведём телеграф!.. Только у меня есть одна просьба...

— Какая?

— Я хотел бы, чтобы мы не рассматривали себя как потерпевших крушение. Мы — колонисты, приехавшие сюда, чтобы колонизировать этот остров!

Сайрус Смит улыбнулся.

Предложение моряка было единогласно принято.

— А теперь — в путь! Домой, в Камин! — воскликнул Пенкроф.

— Ещё минуточку, друзья мои, — остановил его инженер. — Мне кажется, что нужно как-нибудь назвать этот остров, его заливы, горы, реки, леса, лежащие перед нашими глазами.

— Отлично, — сказал журналист. — Это в дальнейшем облегчит отдачу и исполнение приказаний.

— Действительно, — согласился моряк, — очень удобно иметь возможность как-то называть места, где был или куда идёшь. Пусть будет хоть видимость того, что мы живём в каком-то путном месте...

— В Камине, — лукаво заметил Герберт.

— Правильно! — сказал Пенкроф. — Согласны ли вы на это название, мистер Смит?

— Конечно, Пенкроф!

— Давайте придумывать названия другим местам! — весело сказал моряк. — Мне Герберт однажды читал книжку про Робинзона. Назовём части острова «бухта Провидения», «мыс Кашалотов», «залив Обманутой надежды»...

— Лучше дать имена мистера Смита, мистера Спилета, Наба... — возразил Герберт.

— Моё имя! — воскликнул Наб, обнажая великолепные белые зубы.

— А почему бы нет? — ответил Пенкроф. — Чем плохо назвать — «порт Наба»? Отлично звучит! Или — «мыс Гедеона»!..

— Я предпочёл бы имена, напоминающие родину, — сказал Гедеон Спилет.

— Я согласен с вами, — вмешался инженер. — Лучше всего, друзья мои, назвать большой залив на востоке «бухтой Союза», соседний залив, тот, что южнее, — «бухтой Вашингтона», гору, на которой мы сейчас находимся, — «горой Франклина», озеро, лежащее под нами, — «озером Гранта». Эти имена всегда будут напоминать нам Америку[1]. Для рек же, лесов, мысов выберем названия, которые бы соответствовали их очертаниям. Благодаря этому они будут лучше запоминаться. Остров настолько необычен по форме, что нам нетрудно будет подыскать характерные названия для большинства его частей. Что же касается неизвестных нам водоёмов, неисследованных лесов и холмов, мы будем придумывать им названия по мере нашего знакомства с ними.

Предложение инженера было встречено единодушным одобрением. Остров лежал под ногами исследователей, как развёрнутая карта, и оставалось только дать названия всем этим выступам и выемкам, горам и долинам.

Гедеон Спилет тут же заносил на карту все принятые наименования. Прежде всего были записаны предложенные инженером названия бухт Вашингтона и Союза и горы Франклина.

— Я предлагаю назвать полуостров, вытянувшийся на юго-запад, «Змеиным полуостровом», а его загнутый хвост — «мысом Рептилии». Он ведь и вправду похож на хвост пресмыкающегося, — сказал Герберт.

— Принято! — сказал инженер.

— Теперь назовём этот залив на северо-востоке, поразительно напоминающий челюсти акулы, «заливом Акулы», — продолжал Герберт.

— Отличное название! — воскликнул Пенкроф. — А для полноты картины образующие его два мыса назовём «мысами Челюсти».

— Но ведь там два мыса, — возразил журналист.

---

[1] Джордж Вашингтон — первый президент США; Вениамин Франклин — известный физик и американский политический деятель; Улисс Грант — командующий войсками северян во время войны между северными и южными штатами. (Прим. пер.)

— Что ж, — ответил Пенкроф, — один будет «Северной челюстью», другой — «Южной челюстью».

— Записано, — сказал Гедеон Спилет.

— Остаётся ещё назвать юго-восточный мыс, — заметил Пенкроф.

— «Мыс Когтя»! — воскликнул Наб, также желавший принять участие в наименовании владений колонистов.

Наб придумал очень удачное название: мыс действительно казался когтем того гигантского животного, каким представлялся весь остров в целом.

Возбуждённое воображение колонистов не замедлило окрестить реку, протекающую подле Камина, «рекой Благодарности»; островок, на который их выбросил аэростат, — «островком Спасения»; плоскогорье, высившееся над Камином, — «плоскогорьем Дальнего вида».

Наконец непроходимому лесу, покрывавшему Змеиный полуостров, дали название «леса Дальнего Запада». Этим кончилась работа по наименованию важнейших частей острова. Позже, по мере новых открытий, перечень названий должен был пополняться.

Страны света инженер определил пока что приблизительно — по высоте и положению солнца. На следующий день он решил записать время восхода и захода солнца, чтобы, отметив положение солнца как раз в середине этого промежутка времени, точно определить страны света.

Все сборы были закончены, и колонисты уже готовились тронуться в обратный путь, как вдруг Пенкроф вскричал:

— Ну и разини же мы!

— Почему это? — спросил Гедеон Спилет, уже спрятавший в карман записную книжку и собиравшийся встать.

— А остров-то! Ведь его-то мы и забыли назвать!

Герберт хотел было предложить назвать остров именем инженера; все его товарищи одобрили бы эту мысль. Но Сайрус Смит просто сказал:

— Назовём остров именем великого гражданина, борющегося теперь за единство американской республики. Назовём его именем Линкольна![1]

Троекратное «ура» послужило ответом на предложение инженера.

---

[1] Авраам Линкольн — североамериканский политический деятель, бывший президентом республики во время войны северных штатов с южными. (Прим. пер.)

В этот вечер, перед сном, колонисты вспоминали о своей далёкой родине. Они говорили об ужасной войне, залившей всю страну кровью, о том, что правое дело — дело Севера — не может не восторжествовать, что рабовладельческий Юг не сможет долго сопротивляться таким вождям, как Грант и Линкольн.

Беседа эта происходила 30 марта. Колонисты, конечно, не подозревали, что через шестнадцать дней страшное преступление будет совершено в Вашингтоне и Авраам Линкольн падёт от пули фанатика.

ГЛАВА ДВЕНАДЦАТАЯ

Проверка часов. — Пенкроф удовлетворён. — Подозрительный дым. — Течение Красного ручья. — Островная флора. — Фауна. — Горные фазаны. — Преследование кенгуру. — Озеро Гранта. — Возвращение в Камин.

Обогнув кратер по узкому выступу гребня, колонисты спустились к первому ярусу горы и остановились на месте своего вчерашнего ночлега.

Пенкроф предложил позавтракать. Гедеон Спилет и Сайрус Смит одновременно вынули часы из кармана. Тут-то и возникла мысль о проверке часов. Часы Гедеона Спилета не пострадали от воды; это был великолепный хронометр, и журналист каждый вечер аккуратнейшим образом заводил его. Часы же инженера, естественно, остановились за то время, что он провёл среди дюн.

Сайрус Смит завёл их и, определив по высоте солнца, что должно быть около девяти часов утра, перевёл стрелки.

Гедеон Спилет хотел последовать его примеру, но инженер остановил его:

— Не делайте этого, дорогой мой! Ведь ваши часы поставлены по ричмондскому времени, не правда ли?

— Да, Сайрус.

— А Ричмонд стоит примерно на меридиане Вашингтона?

— Конечно!

— В таком случае не переводите стрелок! Аккуратно заводите часы, но не прикасайтесь к стрелкам! Это нам пригодится.

«К чему это?» — подумал моряк, но не решился задать вопрос вслух.

Колонисты позавтракали с таким аппетитом, что остатки дичи и миндаля были целиком уничтожены. Но Пенкроф нисколько не был обеспокоен этим, зная, что можно будет пополнить запасы провизии по пути.

Сайрус Смит предложил своим спутникам возвратиться в Камин другой дорогой. Он хотел вблизи осмотреть озеро Гранта, так эффектно окаймлённое зеленью.

Колонисты стали спускаться по склону горы, по которому стекал питающий озеро ручеёк. Говоря об острове, они называли его части только что придуманными собственными именами. Герберт — по молодости, Пенкроф — по свойственной ему восторженности — всё время упражнялись в этом.

— Не правда ли, Герберт, — говорил моряк, — теперь-то уж невозможно заблудиться: как бы мы ни шли — через озеро Гранта или через леса Дальнего Запада, — мы непременно выйдем к плоскогорью Дальнего вида, а тем самым и к бухте Союза.

Колонисты условились не слишком отдаляться друг от друга. Несомненно, на острове водились и опасные хищники, поэтому следовало соблюдать осторожность. Пенкроф, Герберт и Наб почти всё время шли впереди, сопровождаемые Топом, обыскивавшим каждый встречный куст. Гедеон Спилет и инженер шли рядом.

Сайрус Смит всю дорогу молчал; он часто отходил в сторону, чтобы подобрать то кусочек минерала, то ветку растения. Всё это он молча опускал в карман.

— Какого чёрта ради собирает он всю эту дрянь? — шептал Пенкроф. — Сколько я ни смотрю, я не вижу ничего такого, за чем стоило бы наклониться…

Около десяти часов утра маленький отряд спустился к первым отрогам горы Франклина. Кругом росли только редкие кусты и деревья. Отряд вступил теперь на обширную лужайку, не менее мили в поперечнике, тянущуюся до опушки леса. Почва под ногами была жёлто-коричневая, пережжённая. Однако следов лавы, часто встречающихся в северной части острова, здесь не было заметно.

Сайрус Смит надеялся уже беспрепятственно достигнуть ручейка, который, по его мнению, должен был находиться под деревьями на краю лужайки, как вдруг он увидел, что шедший впереди Герберт поспешно возвращается, а Наб и Пенкроф притаились за скалами.

— Что случилось, дружок? — спросил инженер у юноши.

— Мы заметили дымок, — ответил тот, — в ста шагах отсюда, среди скал.

— Значит, здесь есть люди! — воскликнул журналист.

— Не надо показываться им на глаза, — сказал Сайрус Смит, — пока мы не узнаем, с кем имеем дело. Я скорее боюсь, чем желаю встречи с туземцами. Где Топ?

— Топ впереди.

— И он не лает? Странно! Надо его позвать.

Инженер и журналист присоединились к своим спутникам и спрятались за скалами. Осторожно выглянув, они сразу заметили столбик ярко-жёлтого дыма, поднимавшегося в небо невдалеке.

Топ, услышав лёгкий свист хозяина, тотчас же прибежал. Сделав своим товарищам знак не трогаться с места, инженер тихо исчез среди скал.

Колонисты с тревогой ждали исхода его разведки, как вдруг до них донёсся громкий голос инженера, который звал их. Они немедленно присоединились к нему. Резкий и неприятный запах ударил им в нос. По этому запаху инженер догадался об источнике замеченного дыма.

— Этот огонь, вернее, этот дым, — весело сказал он, — рождён самой природой. Здесь где-то есть серный источник, в котором мы, в случае нужды, отлично сможем лечить ларингиты[1].

— Как жалко, — воскликнул Пенкроф, — что я не простужен!

Подойдя к месту, из которого выходил дым, они увидели бьющий из скалы ключ. Вода его издавала характерный запах сероводорода.

Погрузив руку в воду, инженер отметил её густоту и маслянистость. На вкус вода была чуть сладковатой. Температура её равнялась примерно 95° по Фаренгейту (35° по Цельсию).

Герберт поинтересовался, каким образом инженер определил температуру.

— Это очень просто, дружок. Погрузив руку в воду, я не ощутил ни жара, ни холода. Следовательно, вода нагрета до температуры человеческого тела, то есть до тридцати пяти — тридцати шести градусов по Цельсию.

Не нуждаясь в целебных свойствах серной воды, колонисты продолжали свой путь к уже близкой опушке леса.

Как и предполагал Сайрус Смит, под первыми деревьями леса они наткнулись на ручеёк, кативший свои прозрачные воды среди крутых

[1] Ларингит — воспаление гортани.

берегов, красная окраска которых говорила о насыщенности почвы окисью железа.

Цвет почвы дал колонистам повод назвать ручеёк «Красным». Воды ручейка оказались пресными. Следовательно, воды питаемого им озера должны быть годными для питья; таким образом, если бы удалось разыскать здесь пещеру, мало-мальски более удобную для жилья, чем Камин, у озера можно было бы поселиться.

Окружающая колонистов растительность принадлежала к видам, распространённым в умеренной зоне Австралии и Тасмании. Хвойных деревьев, обильно растущих в уже осмотренной ими части острова, здесь не было. Деревья ещё не потеряли своей листвы, хотя в Южном полушарии апрель является осенним месяцем и соответствует октябрю в Северном. Это были преимущественно казуарины. Группа австралийских кедров высилась посреди полянки, покрытой высокой травой. Но кокосовой пальмы, в изобилии растущей на других островах Тихого океана, здесь не было. Очевидно, широта острова была ниже зоны распространения пальм.

— Как жалко, что здесь нет пальмы, этого полезного дерева с такими вкусными плодами! — сказал Герберт.

По редким веткам казуаринов порхали сотни птиц, быстрый полёт которых не давал возможности юному натуралисту Герберту распознать их породу. Всё это птичье население верещало, свистело, каркало, наполняя воздух оглушительным шумом.

Внезапно из соседней чащи послышался особенно резкий и нестройный хор голосов. Колонисты услышали пение птиц, рычание зверей и какое-то бормотание, как будто напоминающее говор туземцев. Наб и Герберт, забыв об осторожности, бросились в чащу на звуки голосов.

К счастью, там оказались не туземцы и не хищные животные, а только с полдюжины фазанов-пересмешников. Несколько ловких ударов палки прекратили концерт и одновременно доставили колонистам вкусное жаркое на обед.

В чаще Герберт заметил поразительно красивых голубей, крылья которых имели бронзовый отлив. У некоторых были ярко окрашенные хохолки, у других — зелёные плюмажи. Однако попытки Герберта поймать хоть одну из этих птиц не увенчались успехом. Будь у колонистов ружьё, один выстрел дробью уложил бы десятки птиц. Но вместо ружья им приходилось пользоваться камнями и палками, а применение этих первобытных видов оружия требует огромной ловкости и длительных упражнений.

Колонисты особенно остро почувствовали недостаточность своего вооружения, когда увидели впереди стадо четвероногих, передвигавшихся огромными скачками. Большие животные прыгали так высоко и с такой лёгкостью, что казались окрылёнными.

Стадо промелькнуло перед глазами колонистов и в мгновение ока скрылось из виду.

— Это кенгуру! — воскликнул Герберт.

— А они съедобны? — спросил Пенкроф.

— Филе кенгуру, зажаренное на вертеле, — ответил Гедеон Спилет, — удивительно вкусно...

Не успел ещё журналист закончить фразы, как Пенкроф, а за ним Наб и Герберт кинулись по следам кенгуру. Тщетно Сайрус Смит звал их обратно. Ярые охотники пустились преследовать этих животных, подпрыгивающих с упругостью мячика. После пяти минут бега преследователи выбились из сил, а стадо исчезло в зарослях. Собаке посчастливилось не больше, чем людям.

— Мистер Смит, — сказал, возвратившись, Пенкроф, — вы видите, как необходимы нам ружья! Можете ли вы изготовить их?

— Посмотрим... — ответил инженер. — Но сначала мы изготовим луки и стрелы. Я не сомневаюсь, что скоро вы будете так же искусно управляться с ними, как прирождённые австралийцы.

— Луки, стрелы! — с презрительной усмешкой возразил Пенкроф. — Это детские игрушки!

— Не привередничайте, друг мой, — сказал журналист. — Луки со стрелами в течение тысячелетий заливали мир кровью. Порох изобрели недавно, а война, к несчастью, так же стара, как род человеческий.

— Вы снова правы, мистер Спилет, — сознался моряк. — Я всегда сначала намелю вздор, а потом раскаиваюсь... Не сердитесь на меня!

Герберт, страстный естествоиспытатель, перевёл разговор на кенгуру:

— Стадо, которое мы встретили, не так-то легко взять голыми руками. Это гигантские кенгуру с густой серой шерстью. Сколько я помню, есть ещё чёрные и красные кенгуру, горные кенгуру и, наконец, кенгуру-крысы. Всего существует не менее дюжины разновидностей кенгуру.

— Герберт, — важно сказал моряк, — для меня существует только одна разновидность — «кенгуру на вертеле»! И как раз её-то у нас не будет сегодня вечером!

Колонисты не могли не рассмеяться, услышав классификацию Пенкрофа. Впрочем, старый моряк и не думал шутить. Он искренне был огорчён тем, что весь обед будет состоять из одних горных фазанов. Но судьба оказалась милостивой к нему.

Топ, отлично понимавший, что его обед под угрозой, рыскал по сторонам с энергией, подстёгиваемой голодом. Весьма возможно, что попадись ему в зубы какая-нибудь дичь, он и не подумал бы поделиться ею с охотниками. Но Наб не спускал с него глаз.

Около трёх часов пополудни Топ исчез в кустарнике. Вскоре его глухое рычание сигнализировало колонистам, что он натолкнулся на какую-то дичь. Наб кинулся вслед за ним и нашёл его пожирающим какое-то животное. Опоздай Наб на десять секунд, и невозможно было бы уже установить, что заполевал Топ, — с такой быстротой добыча исчезала в желудке собаки. Впрочем, Топу посчастливилось напасть на целый выводок грызунов, и два из них, удавленные им, лежали тут же на земле.

Наб с торжеством вернулся к своим товарищам, держа в каждой руке по грызуну размером с доброго зайца. Это были агути, несколько бóльшего размера, чем их тропические сородичи. Их жёсткая, густая шерсть блестела на солнце.

— Ура! — крикнул Пенкроф. — Да здравствует жаркое! Теперь можно и домой!

Колонисты продолжали прерванный на мгновение путь. Они шли вниз по течению Красного ручья, катившего свои прозрачные воды под густой сенью казуаринов, банксий и гигантских камедных деревьев. Мало-помалу ложе ручья стало расширяться. Сайрус Смит решил, что это указывает на близость устья. Действительно, как только кончилась лесная чаща, тотчас же стало видимым озеро Гранта.

Исследователи вышли на западный берег озера. Местность была поразительно красивой. Зеркальная гладь воды занимала поверхность в двести гектаров; берег озера, тянущийся миль на семь, был сплошь покрыт густой растительностью.

На востоке сквозь живописно приподнятый зелёный занавес на горизонте сверкал океан. На севере озеро вдавалось в землю полукругом, тогда как южный берег его был заострён. Множество водяных птиц гнездилось на берегах озера.

Зимородки парами важно и неподвижно сидели на скалах, уставившись в воду. Выследив проплывающую мимо рыбу, они внезапно вытягивали шею, наклонялись вперёд так, что клюв их принимал почти вертикальное направление, и вдруг камнем падали в воду, чтобы сейчас же возвратиться на поверхность с рыбой в клюве.

Вода в озере была прозрачной и пресной. Судя по концентрическим кругам, местами появлявшимся на его поверхности, озеро изобиловало рыбой.

— Озеро поразительно живописно! — сказал Гедеон Спилет. — Как приятно было бы поселиться здесь!

— Мы и поселимся тут, — ответил Сайрус Смит.

Желая кратчайшей дорогой возвратиться в Камин, колонисты направились к южному берегу озера, с трудом продираясь сквозь чащу зарослей. Около двух миль они шли до плоскогорья Дальнего вида. Отсюда прямая дорога вела к изгибу реки Благодарности, от которого до Камина было не больше полумили. Но инженеру хотелось узнать, через какой водосток уходит из озера избыточная вода, приносимая Красным ручьём; поэтому маленький отряд пошёл вдоль опушки леса, по направлению к северу. Можно было предположить, что этот водосток проложил себе путь в граните.

Озеро, судя по всему, было просто-напросто гигантской котловиной, понемногу наполнявшейся водой из Красного ручья. Следовательно, избыток воды, поставляемой ручьём, должен был где-то и как-то изливаться в море.

Инженеру нужно было найти это место, чтобы посмотреть, не может ли быть использована сила падения воды. Однако, пройдя больше мили, исследователи не нашли никакого водостока.

Было уже начало пятого часа пополудни. Голод заставил колонистов прекратить разведку. Спустившись к левому берегу реки Благодарности, они вернулись в Камин.

Куски жареного агути, быстро приготовленные Набом и Пенкрофом, были признаны всеми великолепным кушаньем. После обеда, когда колонисты собрались лечь спать, Сайрус Смит позвал их и, вынув из кармана собранные им по пути образцы пород, коротко сказал:

— Друзья мои, это — железная руда, это — пирит[1], это — глина, это — известь, это — каменный уголь. Всё это нам даёт природа. Нам остаётся использовать её дары.

[1] Пирит — серный колчедан.

ГЛАВА ТРИНАДЦАТАЯ

Ножи. — Изготовление луков и стрел. — Кирпичный завод. — Печь для обжига глины. — Кухонная посуда. — Полынь. — Южный Крест. — Важное астрономическое наблюдение.

— С чего же мы начнём, мистер Смит? — обратился на следующее утро моряк к инженеру.

— С самого начала, — ответил Сайрус Смит.

И действительно, колонистам надо было начинать всё с самого начала. У них не было ни одного инструмента, даже самого простейшего, а нуждались они абсолютно во всём. Это всё нужно было создать в кратчайший срок. Правда, они располагали опытом, накопленным человечеством, и им ничего не нужно было изобретать, но зато изготовлять нужно было бессчётное множество предметов. Нужные колонистам железо и сталь пока были рудой, кухонная посуда — сырой глиной, бельё и одежда — волокнистыми растениями. Но колонисты были мужчинами в лучшем смысле этого слова. Сайрус Смит нигде не нашёл бы себе лучших, более преданных и более прилежных помощников.

«Началом», о котором говорил Сайрус Смит, должно было послужить сооружение печи для обжига глины.

— Зачем нам эта печь? — спросил Пенкроф.

— Чтобы изготовить глиняную посуду, — ответил Сайрус Смит.

— А из чего мы сделаем печь?

— Из кирпичей.

— А кирпичи?

— Из глины. В дорогу, друзья! Чтобы напрасно не таскать тяжестей, мы построим мастерскую на месте залегания глины. Наб доставит нам провизию, а огня для варки будет больше чем достаточно.

— Конечно, — сказал журналист. — Но вот вопрос: что, если нам нечего будет варить? Ведь оружия-то у нас нет никакого!..

— Ах, если бы у нас был хоть нож... — вздохнул моряк.

— Что было бы тогда? — спросил Сайрус Смит.

— Я бы быстро сделал лук и стрелы, и провизии бы у нас было хоть отбавляй.

— Да, нож... острое лезвие... — размышлял вслух инженер.

В эту минуту взор его упал на Топа, носившегося взад и вперёд по берегу.

— Топ, сюда! — крикнул он.

Собака немедленно подбежала. Инженер снял с неё ошейник и, переломив его пополам, сказал:

— Вот вам **два** ножа, Пенкроф!

Моряк ответил ему двойным криком «ура». Ошейник Топа был сделан из тонкой пластинки отличной стали. Чтобы превратить эту пластинку в нож, достаточно было хорошенько отточить её. Точильных камней на берегу было сколько угодно. Через два часа колонисты располагали уже двумя великолепными лезвиями на крепких деревянных ручках.

Эти первые орудия были встречены настоящей овацией. Это была большая и — что самое главное — своевременная победа.

Сайрус Смит дал сигнал тронуться в путь. Он намеревался возвратиться к западному берегу озера Гранта, где вчера нашёл глину.

Поднявшись по течению реки Благодарности к плоскогорью Дальнего вида, колонисты пересекли его и, пройдя пять миль, подошли к поляне, расположенной в двухстах шагах от озера Гранта.

По дороге Герберт увидел дерево, из ветвей которого южноамериканские индейцы изготовляют луки. Колонисты срезали несколько длинных прямых ветвей и обстругали их так, чтобы середина была потолще, а концы потоньше. Оставалось теперь только найти тетиву. Вскоре нашлось растение из семейства мальвовых, волокна которого обладают крепостью сухожилий.

Пенкроф быстро изготовил великолепные луки, которым не хватало теперь только стрел. Самые стрелы можно было изготовить из веток без сучков и искривлений. Но недоставало наконечников, которые должны быть твёрдыми, как железо. Впрочем, Пенкрофа это не беспокоило: сделав свою часть работы, он верил в то, что случай и Сайрус Смит довершат остальное.

Колонисты подошли к залежам глины. Она вполне годилась для выделки кирпичей. Операция предстояла несложная: нужно было обезжирить глину песком, вылепить кирпичи и обжечь их на огне.

Обычно кирпичи выделываются в специальных формах, но инженеру пришлось довольствоваться ручной лепкой.

Весь этот день и часть следующего были потрачены на это. Глину увлажняли, месили ногами и руками, а затем нарезали одинаковыми кусками.

Один опытный рабочий может в течение двенадцатичасового рабочего дня сделать вручную до десяти тысяч кирпичей.

Пять кирпичников с острова Линкольна, работая не покладая рук, за двое суток вылепили едва пять тысяч кирпичей.

Сырые кирпичи были уложены рядами для просушки; только после неё, то есть через три-четыре дня, можно было приступить к обжигу.

Пользуясь свободным днём, Сайрус Смит решил 2 апреля произвести определение местонахождения острова.

Накануне он точно заметил момент захода солнца за горизонт и, сделав поправку на рефракцию лучей[1], записал его. Утром 2 апреля он так же точно отметил момент восхода солнца. Оказалось, что между заходом и восходом прошло 11 часов 36 минут. Следовательно, ровно в 6 часов 12 минут после восхода солнце пройдёт через меридиан, и место, которое оно будет занимать на небе, — это север[2]. Ровно в 6 часов 12 минут после восхода солнца Сайрус Смит установил направление севера и, отметив два дерева, лежавших на одной прямой с меридианом, получил таким образом для дальнейших наблюдений постоянную меридиональную линию.

В ожидании момента, когда можно будет приступить к обжигу кирпичей, колонисты заготовили горючее. Они срезали все нижние ветви деревьев, стоящих на опушке леса, и собрали весь валежник. Попутно они понемногу охотились.

Колонисты имели уже к этому времени до дюжины стрел с острыми наконечниками. Последними они были обязаны Топу. Верный пёс притащил однажды дикобраза. Мясо его негодно в пищу, но иглы, которыми усеяна его шкура, были драгоценнейшей находкой для колонистов. Они тотчас же

---

[1] Рефракция лучей — преломление света в земной атмосфере, изменяющее видимое положение светил, поднимая их над горизонтом.

[2] В Северном полушарии это был бы юг. (Прим. пер.)

были укреплены на концах стрел, к противоположным концам которых, для верности прицела, Пенкроф приладил перья какаду.

Журналист и Герберт вскоре сделались искуснейшими лучниками. Благодаря этому кладовая Камина постоянно была переполнена запасами всевозможной дичи, убитой главным образом в лесу на левом берегу реки Благодарности. Этот лес, в память о первой неудачной охоте на якамару, колонисты назвали «лесом Якамары».

Дичь обычно ели свежую, и только окорока водосвинок заготовлялись впрок. Их коптили в дыму сырых дров. Пища была вкусной и сытной, но всё же колонистам надоели жаркие. Они мечтали о супе.

Но эта мечта могла осуществиться только тогда, когда в их распоряжении будут горшки. А для того чтобы изготовить горшки, нужно было сначала сложить печь.

Во время экскурсий колонисты несколько раз натыкались на следы каких-то крупных животных.

Сайрус Смит приказал всем соблюдать величайшую осторожность, так как предполагал, что это следы хищников. И действительно, однажды Гедеон Спилет и Герберт увидели животное, напоминающее по внешности ягуара. Хищник, к счастью, не тронул их, не то дело могло бы кончиться плохо.

Пенкроф и Гедеон Спилет поклялись друг другу, как только у них будет серьёзное оружие, то есть одно из тех ружей, которых так настойчиво добивался Пенкроф, объявить хищникам войну не на жизнь, а на смерть, и очистить от них остров.

Колонисты не тратили напрасно времени на оборудование Камина, так как Сайрус Смит решил подыскать лучшее или, в крайнем случае, построить новое жилище. Они довольствовались тем, что сделали мягкие подстилки из свежего мха; на этих примитивных постелях усталые труженики отлично спали.

6 апреля, на рассвете, инженер и его спутники собрались на полянке, где сохли кирпичи. Естественно, что обжиг должен был происходить не в печах, а на открытом воздухе. Кирпичи, сложенные в кучу, образовали нечто вроде печи, которая сама себя обжигала.

Валежник в аккуратных связках был окружён несколькими рядами подсохших кирпичей, образовавших высокий куб. В этом кубе были оставлены отдушины для воздуха. Работа эта продолжалась целый день, и только в сумерках Пенкроф зажёг костёр.

Всю ночь колонисты не ложились спать, поддерживая жаркий огонь в кубе. Обжиг продолжался сорок восемь часов и удался на славу. Покамест дымящаяся масса кирпичей остывала, Наб и Пенкроф, по указанию Сайруса Смита, успели натаскать целую кучу обломков известкового шпата, во множестве разбросанных на северном берегу озера. Прокалённый на огне шпат давал чистую негашёную известь; эту известь смешали с песком, чтобы уменьшить оседание массы, и получился отличный известковый раствор.

9 апреля в распоряжении инженера Смита было достаточное количество известкового раствора и кирпичей для приведения в исполнение его планов.

Не теряя ни минуты времени, колонисты приступили к закладке печи для обжигания глиняной посуды и спустя пять дней готовую печь уже загрузили каменным углём, который инженер нашёл на поверхности земли возле устья Красного ручья.

Вскоре печь весело задымилась. Поляна превратилась в фабрику, и восторженный Пенкроф, кажется, искренне верил, что его печь в состоянии выпускать любые изделия современной промышленности. Пока же колонисты довольствовались тем, что изготовили несколько горшков, грубых, но годных для варки пищи. Исходным материалом послужила та же глина, к которой Сайрус Смит велел прибавить немного извести и кварца. Получившаяся смесь, известная под названием гончарной глины, пошла на выделку тарелок, кружек, кувшинов и т.п.

Эти неуклюжие предметы, однако, великолепно служили своей цели, ничуть не хуже, чем сделанные из самого драгоценного каолина.

Пенкроф, узнав, что эта глина называется также «трубочной», смастерил себе несколько неуклюжих трубок. Впрочем, сам он находил их восхитительными. К сожалению, табака не было, и это было большим лишением для моряка.

— Но табак будет, так же как и всё остальное! — повторял он в порыве безграничного доверия к инженеру.

Гончарные работы затянулись до 15 апреля, хотя колонисты даром времени не теряли.

Став гончарами, они только этой работой и занимались. Если бы Сайрус Смит приказал им заниматься кузнечной работой, они все стали бы такими же добросовестными кузнецами.

Вечером 15 апреля они возвратились в Камин и перенесли туда все свои изделия. Печь загасили до новой надобности. Возвращение было отмечено удачной находкой растения из рода полынных, могущего заменить трут. Приготовленное надлежащим образом, то есть прокипячённое в азотной кислоте, это растение воспламеняется от первой искры. Собрав несколько пучков, инженер протянул их моряку со словами:

— Возьмите, Пенкроф, это растение пригодится вам. Пенкроф внимательно осмотрел покрытые длинным шелковистым пухом стебли.

— Что это такое, мистер Смит? — спросил он. — Неужели табак?

— Нет, — улыбнулся Сайрус Смит, — для учёных это китайский чернобыльник. Для нас же с вами — это трут.

Действительно, из чернобыльника получился отличный трут, когда инженер высушил и смешал его с азотнокислым калием — иначе говоря, селитрой, которая в изобилии встречалась во многих местах на острове.

В этот вечер колонисты, собравшиеся в центральной комнате Камина, впервые поужинали по-настоящему.

Наб приготовил суп из агути, ветчину из ноги водосвинки о гарниром из варёных корневищ растения, которое Герберт называл «caladium macrorhizum». Это растение, растущее как трава в умеренном поясе, под тропиками растёт как дерево. Корневища оказались очень питательными и по вкусу напоминали продукт, продающийся в английских гастрономических магазинах под названием «портландское саго». До известной степени эти корневища могли заменить хлеб, отсутствие которого сильно ощущали колонисты острова Линкольна.

После ужина Сайрус Смит и его товарищи вышли на берег подышать свежим воздухом перед сном. Было около восьми часов. Ночь обещала быть великолепной. Луна ещё не всходила, но горизонт уже серебрился теми нежными и бледными тонами, которые можно было бы назвать лунной зарёй. В зените струили яркий свет великолепные приполярные созвездия и среди них Южный Крест, которым инженер любовался несколькими днями раньше с горы Франклина.

Сайрус Смит в течение нескольких минут не отрывал глаз от этого созвездия, состоявшего из двух звёзд первой величины в основании и у вершины, звёзды второй величины слева и звёзды третьей величины справа.

Неожиданно он обратился к Герберту:

— Скажи, дружок, сегодня, кажется, пятнадцатое апреля?

— Да, мистер Смит, — ответил юноша.

— В таком случае завтра один из тех четырёх дней в году, когда среднее время совпадает с солнечным. Иными словами, дитя моё, завтра солнце пройдёт через меридиан ровно в полдень. Если погода будет хорошая, я думаю, что мне удастся с достаточной точностью установить долготу острова.

— Без инструментов? Без секстанта? — удивился Герберт.

— Да, — сказал инженер. — А теперь, пользуясь безоблачным небом, попробуем сегодня же определить широту острова по высоте склонения Южного Креста над горизонтом. Вы понимаете, друзья мои, что, прежде чем всерьёз устраиваться здесь на жительство, недостаточно убедиться в том, что эта земля — остров, нужно с возможной точностью установить, на каком расстоянии находится этот остров от Америки, Австралии и от главных тихоокеанских архипелагов.

— В самом деле, — согласился журналист. — Может быть, целесообразно построить не дом, а корабль — ведь вполне возможно, что мы находимся всего в какой-нибудь сотне миль от обитаемой земли.

— Поэтому-то я и хочу определить сегодня широту, а завтра в полдень долготу острова Линкольна.

Если бы у инженера имелся секстант — аппарат, позволяющий с большой точностью измерять угловые расстояния между предметами, — это вычисление не представило бы никаких трудностей: ночью по высоте Южного Креста над горизонтом, днём по прохождению солнца через зенит инженер получил бы координаты острова[1]. Но в том-то и заключалась главная трудность, что прибора не было и его нужно было чем-то заменить.

Сайрус Смит вернулся в Камин. При свете очага он выстругал две плоские линейки и соединил их концами так, что они могли сдвигаться и раздвигаться, как циркуль. Вместо гвоздя линейки были соединены шипом акации, найденным в валежнике.

---

[1] Координаты острова — величины, определяющие его положение на земном шаре, то есть широта и долгота.

С этим «астрономическим прибором» в руках инженер возвратился на берег. Но так как высоту склонения звёзды необходимо измерять при резко очерченной линии горизонта, Сайрус Смит решил наблюдение произвести с плоскогорья Дальнего вида и затем, вычисляя результат, учесть его высоту над уровнем моря.

Эту высоту он намеревался измерить при помощи очень простого приёма, известного из начального курса геометрии.

Все колонисты последовали за инженером на плоскогорье Дальнего вида. Там он выбрал место на краю гранитной стены, откуда открывался вид на горизонт — от мыса Когтя до самой южной точки острова — мыса Рептилии.

На юге линия горизонта, освещённая снизу лучами ещё не взошедшей луны, резко выделялась на тёмном фоне моря и поэтому могла быть «взята» прибором Сайруса Смита с полной точностью.

В это время созвездие Южного Креста представлялось наблюдателю в опрокинутом виде, и его альфа, ближайшая к полюсу, находилась в основании созвездия.

Южный Крест отстоит от Южного полюса несколько дальше, чем Полярная звезда от Северного. Альфа созвездия удалена от него почти на 27°. Сайрус Смит это знал и должен был сделать соответствующую поправку при вычислениях. Для того чтобы упростить наблюдение, он производил его в момент прохождения звёзды через нижний меридиан.

Сайрус Смит направил одну ножку своего деревянного циркуля на горизонт, а другую на альфу Южного Креста. Угол между линейками давал высоту склонения звёзды над горизонтом. Для того чтобы не сдвинуть случайно линеек, он закрепил их при помощи поперечной планки, прибитой шипами акации.

Теперь оставалось только измерить полученный угол и внести поправку на высоту наблюдательного пункта над уровнем моря. Полученная таким вычислением величина угла укажет высоту альфы Южного Креста, то есть полюса, над горизонтом и тем самым определит широту местности, ибо широта данной местности есть не что иное, как высота полюса мира над её горизонтом.

Вычисления были отложены на следующее утро, и в девять часов вечера все колонисты уже спали глубоким сном.

ГЛАВА ЧЕТЫРНАДЦАТАЯ

Высота гранитной стены. — Практическое приложение теоремы о подобии треугольников. — Экскурсия на север. — Устричная отмель. — Планы на будущее. — Прохождение солнца через меридиан. — Широта и долгота острова Линкольна.

Утро следующего дня, 16 апреля, колонисты, вставшие на заре, использовали для стирки белья и чистки одежды. Инженер обещал приготовить мыло, как только найдёт необходимое сырьё — соду или поташ, жир или растительное масло. Разрешение важнейшего вопроса об одежде откладывалось до более благоприятного времени. К счастью, платье колонистов было достаточно прочным и могло выдержать ещё, по крайней мере, шесть месяцев. Однако все планы на будущее зависели от местонахождения острова и его отдалённости от обитаемых земель. Этот вопрос должен был решиться не позже полдня, если погода будет благоприятствовать.

Солнце поднялось на безоблачном небе. Всё предвещало великолепный день, один из тех ясных осенних дней, которыми природа как будто прощается с летом.

Прежде всего инженер должен был дополнить вчерашние наблюдения, определив высоту гранитной стены над уровнем моря.

— Вам, верно, понадобится такой же, как вчера, угломерный инструмент? — спросил инженера Герберт.

— Нет, дитя моё. Мы сделаем это иначе, но с такой же точностью.

Любознательный Герберт последовал за инженером на берег океана, в то время как Пенкроф, Наб и Гедеон Спилет продолжали заниматься своим делом.

Сайрус Смит раздобыл тонкую прямую жердь и вымерил её длину по своему росту, который был ему известен с точностью до одного миллиметра. В жерди оказалось ровно двенадцать футов. Герберт по указанию инженера изготовил отвес, то есть, попросту говоря, привязал камень к концу длинной лианы.

В двадцати шагах от полосы прибоя и примерно в пятистах шагах от отвесной гранитной стены Сайрус Смит воткнул жердь на два фута в песок и при помощи этого примитивного отвеса установил её строго перпендикулярно к линии горизонта.

Затем он лёг на песок и отполз назад на такое расстояние, чтобы глаз его мог одновременно видеть самый кончик шеста и гребень гранитной стены.

Найденную таким образом точку он отметил на песке камнем.

Поднявшись затем с песка, он сказал Герберту:

— Помнишь ли ты геометрию?

— Немного помню, мистер Смит, — скромно ответил Герберт.

— Помнишь ли ты свойства двух подобных треугольников?

— Да. Их соответственные стороны пропорциональны.

— Так вот, дитя моё, я только что построил два подобных треугольника. Оба они прямоугольны. Меньший имеет катетами расстояние от камешка до жерди и высоту жерди; гипотенузой же ему служит луч моего зрения. Большему катетами служат расстояние от гранитной стены до того же камешка и искомая высота гранитной стены. Гипотенузой же, как и для меньшего, служит луч моего зрения, то есть продолжение первой гипотенузы.

— Ах, мистер Смит, я понял! — воскликнул Герберт. — Как расстояние от камешка до жерди пропорционально расстоянию от камешка до стены, так высота жерди пропорциональна высоте стены! Верно?

— Верно, Герберт, — ответил инженер. — Поэтому, измерив точно первые два расстояния и зная высоту жерди, мы можем вычислить по тройному правилу высоту гранитной стены так же точно, как если бы мы измерили её в натуре.

Оба горизонтальных катета были вымерены той же жердью, выступавшей из песка ровно на десять футов.

Первый катет — от камешка до места, где стояла жердь, — равнялся пятнадцати футам. Второй — расстояние от камешка до стены — равнялся пятистам футам.

Сделав измерения, инженер и юноша вернулись в Камин.

Там Сайрус Смит острой ракушкой начертил на песке следующую пропорцию:

$$15 : 500 = 10 : x;$$

$$x = (500 * 10) / 15 = 333{,}3$$

то есть высота гранитной стены равнялась трёмстам тридцати трём футам с третью.

Затем Сайрус Смит взял изготовленный им накануне угломер, линейки которого, закреплённые поперечной планкой, давали угол склонения альфы Южного Креста над горизонтом. Этот угол инженер старательно вымерил при помощи круга, поделённого на триста шестьдесят равных частей. Угол равнялся 10°. Следовательно, общее угловое расстояние между полюсом и горизонтом, с учётом 27°, отделяющих альфу Южного Креста от полюса, и с поправкой на высоту наблюдательного пункта над уровнем моря, равнялось примерно 37°. Сайрус Смит объявил, что остров Линкольна лежит на 37° южной широты или, принимая поправку в 5° на несовершенство его «астрономических приборов», между 35 и 40° южной широты.

Теперь оставалось вычислить долготу острова. Этим вычислением инженер намеревался заняться в тот же день в двенадцать часов, то есть в ту минуту, когда солнце проходит через меридиан.

Колонисты решили посвятить этот день прогулке, вернее, исследованию части острова, находящейся между северным берегом озера и заливом Акулы, а если время позволит, то дойти и до оконечности мыса Северной челюсти.

Завтракать предполагалось в дюнах, и возвращение домой намечалось на поздний вечер.

В половине девятого утра маленький отряд уже шёл по берегу пролива.

На противоположном берегу пролива, на островке, по песку ползали какие-то крупные животные, по-видимому тюлени. Тюлени не употребляются в пищу, так как мясо их отвратительно на вкус, но Сайрус Смит почему-то внимательно разглядывал их и, ничего не объясняя, заявил своим спутникам, что вскоре им придётся посетить этот островок.

Побережье пролива было усеяно бесчисленными ракушками, многие из которых привели бы в восторг естествоиспытателей. Но и колонисты нашли здесь нечто очень полезное для себя. Наб неожиданно обнаружил обширную устричную отмель, обнажённую отливом.

— Наб — молодчина! — воскликнул Пенкроф, разглядывая отмель.

— Действительно, это счастливая находка, — сказал Гедеон Спилет. — Если правда, что каждая устрица ежегодно приносит от пятидесяти до шестидесяти тысяч икринок, то у нас здесь будет неисчерпаемый запас устриц.

— Я слышал, что устрицы не питательны, — сказал Герберт.

— Это верно, — согласился Сайрус Смит. — В устрицах очень мало азотистых веществ, и человеку, питающемуся исключительно устрицами, пришлось бы ежедневно съедать их пятнадцать-шестнадцать дюжин.

— Что же, — вмешался в разговор Пенкроф, — это не беда. Мы могли бы ежедневно съедать по сотне дюжин каждый и всё-таки не истощили бы запаса. Не взять ли нам несколько дюжин устриц на завтрак?

И, не ожидая ответа на своё предложение — он был совершенно уверен, что возражений не будет, — моряк при помощи Наба собрал изрядное количество этих моллюсков. Их сложили в сетку из стеблей гибиска, сплетённую Набом, в которой уже хранился кое-какой запас провизии для завтрака. Затем колонисты снова зашагали между дюнами и открытым морем.

Время от времени Сайрус Смит смотрел на часы: он боялся опоздать с подготовкой наблюдения прохождения солнца через меридиан, которое должно было произойти ровно в полдень.

Вся эта часть острова, до мыса Южной челюсти, была совершенно бесплодна. Песок, ракушки и куски окаменевшей лавы — вот и всё, что было видно. Только чайки, альбатросы и дикие утки посещали этот унылый берег; на последних Пенкроф поглядывал с жадностью, даже пробовал сбить их стрелой, но неудачно — утки всё время носились в воздухе, не садясь, а стрелять влёт моряк ещё не научился.

— Видите, мистер Смит, — не преминул сказать Пенкроф, — до тех пор, пока у нас не будет одного-двух ружей, мы не сможем по-настоящему охотиться.

— Вы правы, Пенкроф, — ответил ему журналист. — Впрочем, всё зависит от вас самого. Достаньте железо для ствола, сталь для курка, селитру, уголь и серу для пороха, ртуть и азотную кислоту для пистолетов и, наконец, свинец для пуль — и Сайрус Смит сделает нам великолепные ружья!

— О, нет, — возразил инженер, — все эти материалы, вероятно, имеются на острове, но ведь огнестрельное оружие — вещь тонкая, и для его изготовления нужны очень сложные приборы. Впрочем, посмотрим, может быть, позже и удастся что-либо сделать.

— Зачем только мы выбросили за борт гондолы всё оружие и все инструменты, вплоть до перочинного ножа! — с грустью воскликнул моряк.

— Ты забываешь, Пенкроф, — ответил ему Герберт, — что не выбрось мы всего этого за борт, шар выбросил бы нас самих в море.

— Ты прав, мой мальчик, — сказал моряк, — я упустил это из виду. — И, по ассоциации вспомнив о воздушном шаре, он добавил: — Воображаю, как удивились Джонатан Форстер и его спутники, когда наутро нашли пустую площадь и убедились, что шар улетел!

— Лично меня меньше всего беспокоит, что они могли подумать, — заметил журналист.

— Однако всё-таки эта идея пришла в голову мне, — не без гордости сказал моряк.

— Поистине гениальная идея, Пенкроф, — рассмеялся журналист, — ведь ей мы обязаны своим пребыванием здесь.

— Я предпочитаю находиться здесь, чем быть в лапах у южан! — воскликнул моряк. — Особенно с тех пор, как мистер Смит с нами...

— Да и я тоже, — примирительно сказал Гедеон Спилет. — Чего нам, собственно говоря, недостаёт? Ничего!

— Или, вернее, — всего! — моряк расхохотался так, что задрожали его широкие плечи. — Но я уверен, что рано или поздно мы найдём способ выбраться отсюда.

— Может быть, даже раньше, чем вы думаете, друзья мои, — сказал инженер. — Возможно, что остров Линкольна находится на недалёком расстоянии от какого-нибудь населённого архипелага или от материка. Через час мы это будем знать. У нас нет карты, но я храню в памяти отчётливое воспоминание о контурах южной части Тихого океана. Широта острова, которую я определил вчера, говорит, что остров Линкольна лежит на одной параллели с Новой Зеландией на западе и с Чили на востоке. Но расстояние между этими землями достигает почти шести тысяч миль. Нужно узнать, где именно между этими землями расположен наш остров. Ответ на этот вопрос, надеюсь, с достаточной точностью даст определение его долготы.

— Скажите, мистер Смит, не правда ли, ближе всего к нам по широте расположен архипелаг Паумоту? — спросил Герберт.

— Да, — ответил инженер, — но нас всё-таки отделяет от него не меньше тысячи двухсот миль.

— А там? — показывая на юг, спросил Наб, с величайшим вниманием прислушивавшийся к разговору.

— Там ничего нет, — ответил Пенкроф.

— Да, действительно, — подтвердил инженер.

— Скажите, Сайрус, — спросил Гедеон Спилет, — а что, если остров Линкольна находится всего в двухстах-трёхстах милях от Новой Зеландии или Чили?

— Что же, в таком случае, вместо того чтобы строить дом, мы построим корабль, и капитан Пенкроф будет командовать им!

— Что же, мистер Смит, — воскликнул моряк, — я с величайшим удовольствием стану капитаном, как только вы построите посудину, способную держаться на воде!

— Построим, если понадобится, — сказал инженер.

Пока эти отважные люди беседовали, настал час, когда инженеру нужно было уже готовиться к наблюдениям. Каким образом он без приборов определит точный момент прохождения солнца через меридиан? Герберт не мог понять этого.

Колонисты находились в это время в шести милях от Камина, в той части острова, где они нашли чудесным образом спасшегося инженера. Они сделали привал и, так как было уже половина двенадцатого, стали готовить завтрак. Герберт взял кружку, предусмотрительно захваченную Набом, и отправился к протекавшему невдалеке ручью за пресной водой.

Тем временем Сайрус Смит приготовил всё для астрономических наблюдений. Он выбрал на берегу песчаную площадку, выровненную до идеальной гладкости отливом. Инженеру было безразлично, строго ли горизонтальна выбранная им площадка или она имеет уклон, так же как не играло никакой роли, стоит ли перпендикулярно к земле воткнутый им в песок шест длиною в шесть футов. Больше того, инженер сам придал ему наклон в сторону, противоположную солнцу, то есть к югу; не надо забывать, что колонисты острова Линкольна наблюдали дневное движение лучезарного светила в северной части неба в силу того, что сам остров находился в Южном полушарии.

Герберт вдруг сообразил, каким образом инженер думает определить момент прохождения солнца через точку зенита, то есть меридиан острова, или ещё проще — солнечный полдень данного места: он использует для этого тень шеста, падающую на песок!

Действительно, тот момент, когда тень шеста будет самой короткой, и явится полднем. Техника наблюдения состояла в том, чтобы, внимательно следя за тенью, заметить мгновение, когда после укорачивания тень снова начнёт удлиняться.

Наклонив шест в сторону, противоположную солнцу, Сайрус Смит делал тень, отбрасываемую им, более длинной и тем самым более заметными изменения в её длине. В самом деле, чем длиннее часовая стрелка, тем легче уследить за её движением по циферблату. В опыте инженера Смита тень шеста и являлась такой стрелкой на циферблате.

Когда, по его мнению, настало время, Смит опустился на колени на песок и при помощи колышков стал отмечать последовательное уменьшение длины тени шеста на песке. Его спутники, склонившись над ним, с величайшим интересом следили за его работой.

Гедеон Спилет, держа хронометр в руках, старался не упустить момента, когда тень шеста начнёт удлиняться. Так как Сайрус Смит выбрал для этого наблюдения день 16 апреля, когда солнечное, или истинное, время совпадает со средним, хронометр журналиста должен был точно указать, который час в Вашингтоне, когда на острове Линкольна полдень, а это значительно упрощало все вычисления.

Пока солнце медленно всходило к зениту, тень шеста всё время уменьшалась. Когда Сайрусу Смиту показалось, что она вновь начинает расти, он спросил:

— Который час?

— Пять часов и одна минута, — немедленно ответил журналист.

Определение было закончено. Оставалось только произвести вычисления. Ничто не могло быть более простым. Между меридианами острова Линкольна и Вашингтоном существовала разница округлённо в пять часов. Как известно, Солнце в своём видимом суточном движении вокруг Земли проходит один градус в четыре минуты, то есть пятнадцать градусов в час. Пятнадцать градусов, помноженные на пять часов, давали семьдесят пять градусов. Отсюда ясно, что если Вашингтон расположен на 77° 3' 11", или округлённо в семидесяти семи градусах от Гринвичского меридиана, то остров Линкольна расположен западнее Гринвича на семьдесят семь плюс семьдесят пять градусов, то есть на 152° западной долготы.

Сообщив этот результат колонистам, Сайрус Смит на случай возможных ошибок при наблюдении, так же как это он сделал при определении широты, заявил, что правильней будет считать остров Линкольна лежащим между тридцать пятой и сороковой параллелью и между сто пятидесятым и сто пятьдесят пятым меридианом к западу от Гринвича.

Возможная погрешность в вычислениях в переводе на мили, считая по шестьдесят миль в одном градусе, давала около трёхсот миль по широте и долготе. Но эта неточность не могла повлиять на решение колонистов: остров Линкольна находился на таком большом расстоянии от ближайшей обитаемой земли, что надо было оставить всякую мысль добраться до неё на хрупком и маленьком судне.

Действительно, географические координаты острова указывали, что он находится в тысяче восьмистах милях от Новой Зеландии, тысяче двухстах — от архипелага Паумоту и в четырёх тысячах пятистах — от американского побережья. Но сколько Сайрус Смит ни напрягал память, он не мог вспомнить на карте этой части Тихого океана ни одного острова.

ГЛАВА ПЯТНАДЦАТАЯ

Зимовка окончательно решена. — Вопрос о металле. — Исследование островка Спасения. — Охота на тюленей. — Каталонский способ. — Железо. — Сталь.

На следующий день, 17 апреля, первые слова моряка, обращённые к журналисту, были:

— Кем мы будем сегодня, мистер Спилет?

— Кем прикажет быть Сайрус, — ответил журналист.

В этот день бывшим кирпичникам и гончарам пришлось стать металлургами.

Накануне колонисты после завтрака продлили своё исследование до оконечности мыса Челюсти, отстоящей в семи милях от Камина. Там кончались дюны, и почва приобретала ясно выраженный вулканический характер. Здесь не было уже сплошных гранитных стен, как на плоскогорье Дальнего вида; узкий залив, стиснутый двумя мысами, был окаймлён цепью прихотливо разбросанных скал, состоящих из изверженных вулканом пород.

Дойдя до этой точки, колонисты повернули назад и только в сумерках добрели до Камина. Несмотря на усталость, они не легли спать, пока не решили окончательно вопроса, оставаться ли на острове Линкольна или попытаться покинуть его.

Даже ближайшая к острову земля — архипелаг Паумоту — отстояла от него на огромном расстоянии — в тысячу двести миль. Пенкроф решительно заявил, что простая шлюпка, особенно накануне наступления бурного зимнего времени, не может покрыть такое расстояние. Но и сооружение простой шлюпки, даже при наличии всех необходимых инструментов, было бы нелёгким делом. Колонистам же пришлось бы начать с изготовления простейших инструментов — молотков, пил, топоров, буравов, рубанков, на что требовалось немало времени. Поэтому колонисты решили зазимовать на острове, подыскав жилище более комфортабельное, чем Камин.

Прежде всего нужно было использовать железную руду, залежи которой инженер обнаружил в северо-западной части острова, и превратить её в железо и сталь.

Недра земли редко содержат в себе металлы в чистом виде. Чаще всего они встречаются в соединениях с кислородом или серой. Два образца руды, найденные инженером, как раз и были — один окисью железа, другой — серным колчеданом, то есть сернистой солью железа. Инженер решил получить железо из его окиси путём восстановления этой окиси углём — при плавке смеси руды с углём. Есть два способа плавки: один — простой и быстрый, так называемый «каталонский способ», имеющий то преимущество, что руда при нём непосредственно превращается в железо; другой способ, несравненно более сложный, — доменная плавка, — состоит в превращении руды в чугун и уже чугуна в железо путём извлечения из него углерода, содержащегося в нём в небольшом количестве — от трёх с половиной до четырёх процентов.

Сайрусу Смиту нужен был не чугун, а железо. Поэтому он остановился на первом способе. Руда, найденная инженером, оказалась очень богатой железом. Это была бурая, тяжёлая руда, состоящая из окиси железа с примесью кремнезёма. Руды этого сорта в Европе применяются для изготовления высокосортного железа, которым славятся Швеция и Норвегия.

Невдалеке от месторождения железной руды находились уже известные колонистам выходящие на поверхность земли залежи каменного угля. Близость этих последних представляла очень большое удобство.

— Значит, мы становимся металлургами, мистер Смит? — спросил Пенкроф.

— Да, мой друг, но прежде, если вы ничего не имеете против, мы поохотимся на тюленей на островке Спасения.

— Охотиться на тюленей? — Моряк с недоумением посмотрел на журналиста. — Разве для изготовления железа нужны тюлени?

— Очевидно, да, если Сайрус это говорит, — ответил тот.

Но инженер уже вышел из Камина, и Пенкроф вынужден был отправиться на охоту за тюленями, так и не получив объяснений. Колонисты собрались на берегу пролива, возле брода.

Сотня пингвинов беспечно следила за приближением людей. Колонисты, вооружённые дубинками, легко могли перебить многих из них, но их не привлекало бессмысленное побоище, тем более, что оно могло испугать тюленей, лежавших на песке в нескольких кабельтовых.

Колонисты с тысячью предосторожностей подвигались к северной оконечности островка, обходя вырытые в песке ямки, служившие гнёздами водяным птицам. В полосе прибоя перед ними виднелись какие-то чёрные точки, плававшие на поверхности и издали напоминавшие движущиеся рифы.

Охотники хотели дать тюленям время выбраться на землю. В воде эти животные чрезвычайно подвижны благодаря сильным ластам, короткой и густой шерсти и веретенообразному туловищу. Но на суше они неповоротливы и медлительны, так как их короткие ласты позволяют им только ползать.

Зная привычки тюленей, Пенкроф посоветовал колонистам подождать, пока они не выберутся на песок, — при солнечном свете они быстро погружаются в глубокий сои. Тогда останется только отрезать им отступление к воде и начать охоту. Следуя этому совету, охотники притаились за дюнами и молча ожидали.

Прошло не меньше часа, прежде чем тюлени вылезли на песок. Пенкроф и Герберт подкрались к ним вдоль берега, отрезая отступление к воде, в то время как Сайрус Смит, Гедеон Спилет и Наб ползли по песку, подбираясь к будущему театру военных действий.

Вдруг моряк испустил громкий крик. Инженер и двое его товарищей, уже не скрываясь, кинулись к тюленям. Двое ластоногих, застигнутые ими, упали под ударами дубин, но остальным удалось добраться до воды и спастись.

— Честь имею доложить, что заказанные вами тюлени доставлены, — шутливо сказал инженеру Пенкроф.

— Отлично, — ответил Сайрус Смит. — Мы из них сделаем кузнечные мехи.

Инженеру нужно было устроить приспособление для нагнетания воздуха в печь во время плавки руды, и он решил изготовить его из шкуры тюленя.

Убитые ластоногие были средней величины; длина их от головы, по форме напоминавшей собачью, до кончика хвоста равнялась шести футам.

Чтобы не таскать на себе лишней тяжести, Наб и Пенкроф стали на месте снимать шкуры с убитых животных. Тем временем Сайрус Смит, журналист и Герберт занялись исследованием островка.

Наб и Пенкроф успешно справились со своим делом, и через три часа Сайрус Смит располагал уже двумя тюленьими кожами, годными для изготовления мехов.

Дождавшись отлива, колонисты снова перешли пролив вброд и вернулись в Камин.

Изготовление мехов было нелёгким делом. Нужно было натянуть кожу на заготовленную деревянную раму и пришить её растительными волокнами так, чтобы мехи не пропускали воздух. Последнее условие было самым трудным.

Два ножа, сделанные из ошейника Топа, были единственными «инструментами», находившимися в распоряжении инженера. Несмотря на это, общими усилиями всех колонистов, под руководством инженера, в три дня хозяйство колонии обогатилось настоящей машиной для нагнетания воздуха в печь, плавящую руду.

С утра 20 апреля колония вступила в «металлургическую эру» своей жизни, как писал журналист в записной книжке. Как известно, инженер решил производить плавку на месте залегания руды и угля, то есть примерно в шести милях от Камина, у подножия северо-восточного склона горы Франклина. Нечего было и думать ежедневно возвращаться на ночлег в Камин. Поэтому колонисты решили выстроить на месте плавки шалаш из ветвей и жить там всё время, пока не кончат это важное дело, требующее непрерывного наблюдения — ночью и днём.

Приняв такое решение, они отправились в путь ранним утром. Наб и Пенкроф волочили на плетёнке из прутьев воздуходувную машину и небольшой запас продовольствия, который можно было пополнять по мере надобности на месте.

Они шли сквозь густую чащу леса Якамары, пересекая её по диагонали, с юго-востока на северо-запад. Колонистам пришлось попутно прокладывать себе дорогу. Впоследствии эта дорога постоянно служила им для прямого сообщения между плоскогорьем Дальнего вида и горой Франклина.

Уже известные им породы деревьев были представлены в этом лесу великолепными экземплярами. Но Герберт заметил и несколько новых деревьев, в частности драцену, которую Пенкроф, смеясь, тут же окрестил «самодовольным пореем». Действительно, несмотря на гигантский рост, драцена принадлежит к тому же семейству лилейных, что и лук, порей и спаржа. Варёные корневища драцены очень приятны на вкус; если их подвергнуть брожению, то из них можно получить отличный напиток. Колонисты сделали запас этих корней.

Дорога через лес была очень длинной. Ходьба отняла целый день. Но колонисты не жалели о потраченном времени, так как имели возможность наблюдать фауну и флору острова. Топ, преимущественно интересовавшийся фауной, носился по траве и забирался в кустарники, вспугивая тучи всякой дичи.

В пять часов пополудни Сайрус Смит решил сделать привал. Колонисты теперь находились у подножия почти отвесного восточного склона горы Франклина. В трёхстах-четырёхстах шагах от их стоянки протекал Красный ручей.

Лагерь был тотчас же разбит. Меньше чем в час на опушке леса вырос шалаш из ветвей, обвитых лианами и обмазанных глиной. Геологические изыскания были отложены до следующего дня. Наб приготовил ужин. Яркий костёр запылал у порога шалаша, и в восемь часов вечера все уснули здоровым сном.

На следующее утро, 21 апреля, Сайрус Смит в сопровождении Герберта отправился на поиски железной руды. Он нашёл залежи её почти на самой поверхности земли у истоков Красного ручья. Легкоплавкость породы, содержащей руду, позволяла извлечь из неё железо тем единственным способом, который был доступен колонистам, — восстановлением.

Инженер решил плавить руду не по каталонскому способу, а по его упрощённому варианту, применяемому крестьянами в глухих углах Корсики.

Действительно, каталонский способ требует устройства специальных печей и тиглей, в которых руда и уголь засыпаются чередующимися слоями и плавятся при высокой температуре. Но Сайрус Смит решил не строить специальной печи, а просто сложить правильным кубом перемежающиеся слои руды и угля и в середину куба нагнетать из мехов сильную струю воздуха.

Каменный уголь, так же как и руда, залегал на поверхности земли, и добыть его не представляло никакого труда.

Колонисты предварительно раздробили руду на мелкие куски и отделили от них посторонние примеси. Затем руда и уголь были размещены чередующимися слоями — слой руды на слое угля.

Теперь, после того как уголь будет зажжён и в куб станут нагнетать воздух мехами, под влиянием обильного притока кислорода воздуха уголь, сгорая, превратится в окись углерода, которая, воздействуя на руду окиси железа, отнимет у неё кислород и таким образом выделит из неё чистое железо.

Инженер распорядился установить возле куба мехи, снабжённые на конце трубой из огнеупорной глины.

Мехи приводились в движение простейшим механизмом, состоящим из рамы, через которую была переброшена верёвка из растительных волокон, и противовеса из камней.

Мехи нагнетали в куб мощную струю воздуха, повышающую температуру плавки и способствующую ускоренному протеканию химических процессов в руде[1].

Дело было нелёгкое. Но в конце концов плавка удалась, и результатом её была большая железная болванка с губчатой поверхностью. Теперь, чтобы отделить железо от расплавленной породы, надо было ковать болванку. У наших металлургов, конечно, не было молота. Но они были в таком же положении, в каком, вероятно, был первый в мире металлург, и поступили так же, как и он: первую болванку они превратили в молот и им стали ковать следующие, используя в качестве наковальни осколок гранитной скалы.

Полученный металл был груб на вид, но тем не менее это было настоящее железо, вполне годное к употреблению.

После долгих и утомительных трудов 25 апреля колонисты уже располагали порядочным количеством железных полос, из которых выковали множество необходимых им инструментов и орудий: ломы, щипцы, кирки, лопаты, клещи и т.д. Пенкроф и Наб во всеуслышание заявили, что никогда ещё не видели лучших.

---

[1] В описании процесса выплавки железа, а также в изложении ряда других химических и металлургических процессов, упоминаемых дальше в книге (добывание кислоты, прокатка проволоки и т.д.), автор допускает ряд неточностей и ошибок.

Но колонисты не могли довольствоваться только этими инструментами. Для изготовления же других железо не годилось — нужна была сталь.

Сталь — это соединение железа с углеродом. Получают её либо из чугуна, отнимая у него лишний углерод, либо из железа, добавляя к нему недостающее количество углерода. Первый способ даёт натуральную, пудлинговую сталь, второй — томлёную.

Инженер, имея чистое железо, решил делать сталь вторым способом. Он добился этого, расплавив железо с растёртым в порошок углём в специальном огнеупорном тигле.

Пенкроф и Наб стали по указаниям инженера ковать получившуюся сталь. Прежде всего они сделали топоры. Раскалив их докрасна, они сразу окунули их в холодную воду. Благодаря этому топоры приобрели отличную закалку. Затем были изготовлены другие инструменты, грубые на вид, но годные к употреблению: рубанки, топорики, стальные полосы, из которых можно было сделать пилы, ножницы, наконечники для пик, молотки, гвозди и т.д.

Наконец 5 мая закончился первый металлургический период. Колонисты вернулись в Камин, готовые, если это понадобится, превратиться из кузнецов в рабочих любой другой специальности.

ГЛАВА ШЕСТНАДЦАТАЯ

Снова стоит вопрос о жилище. — Фантазия Пенкрофа. — Исследование северного берега озера. — Северная оконечность плоскогорья. — Змеи. — Волнение Топа. — Борьба под водой. — Ламантин.

Наступило 6 мая — день, соответствующий 6 ноября в Северном полушарии.

Небо хмурилось уже несколько дней подряд. Следовало подумать о жилье на зиму. Однако было ещё не холодно.

Если бы на остров Линкольна попал стоградусный термометр Цельсия, столбик ртути держался бы, вероятно, в среднем на уровне 10—12° выше нуля.

Эта высокая средняя температура не удивляла колонистов, так как климатические условия острова Линкольна, расположенного между 35 и 40° широты, должны были соответствовать климатическим условиям Греции или Сицилии. Но, так же как в Греции и Сицилии, на острове Линкольна в разгаре зимы температура могла резко понизиться — возможны были даже снег и мороз.

К этому следовало подготовиться: дождливый сезон должен был начаться со дня на день, и на этом острове, затерявшемся среди необозримых просторов Тихого океана, бури и непогода должны были свирепствовать с такой же силой, как и в открытом океане.

Поэтому вопрос о подыскании более удобного жилища, чем Камин, требовал неотложного разрешения.

Разумеется, Пенкрофу не хотелось расставаться с их нынешним приютом, который он сам открыл и оборудовал, но и он понимал, что Камин ненадёжен и неудобен для жилья. Однажды океан уже вторгнулся в него, и вторично рисковать этим было бы неблагоразумно.

— Кроме того, — добавил Сайрус Смит, поставивший этот вопрос на обсуждение своих друзей, — нам необходимо принять меры предосторожности.

— Против кого? — перебил его журналист. — Ведь остров необитаем!

— Допускаю, хотя мы и не исследовали его полностью. Но если даже он совершенно необитаем, это не значит, что на нём нет диких зверей. Их-то я и опасаюсь. Лучше заранее принять необходимые меры предосторожности, чем быть вынужденными поочерёдно каждую ночь караулить у костра. Наконец, друзья мои, нужно ведь всё предвидеть — мы находимся в той части Тихого океана, которую часто посещают малайские пираты.

— Как! — воскликнул Герберт. — На таком расстоянии от земли?

— Да, да, мой мальчик! Малайцы отважные моряки, а малайские пираты опаснее диких зверей. Нам надо обезопасить себя от них.

— Отлично, — сказал Пенкроф, — мы вооружимся против двуногих и четвероногих хищников. Но как вы считаете, мистер Смит, не лучше ли сначала исследовать весь остров, а потом уже принимать решения?

— Это правильно, — поддержал моряка журналист. — Может быть, на западном берегу острова нам удастся разыскать какую-нибудь пещеру.

— Согласен с вами, друзья мои, — ответил инженер. — Но вы упускаете из виду, что нам нужно жилище, расположенное вблизи от пресной воды. С вершины горы Франклина мы не обнаружили на западе ни одного ручейка; здесь же мы живём между двумя водоёмами с пресной водой: между рекою Благодарности и озером Гранта. Это значительные преимущества, которыми не следует пренебрегать. Кроме того, восточный берег острова меньше, чем западный, подвержен действию пассата, дующего в Южном полушарии с северо-запада.

— В таком случае, мистер Смит, почему бы нам не построить себе дом на берегу озера Гранта? — спросил моряк. — У нас теперь нет недостатка ни в кирпиче, ни в инструментах. Чёрт побери, неужели же мы будем худшими строителями, чем были кирпичниками, гончарами и кузнецами?

— Я не сомневаюсь в ваших способностях, но, прежде чем принять решение, надо хорошенько поискать. Жилище, созданное самой природой, сэкономит нам много труда и будет, вероятно, более безопасным, чем дом, построенный нами.

— Хорошо, Сайрус, не спорю с вами, — сказал журналист. — Но ведь мы осмотрели всю гранитную стену на этом берегу и не нашли в ней ни одной трещины, не то что пещеры.

— Ни одной, — подтвердил Пенкроф. — Вот если бы нам удалось пробуравить эту стену и сделать себе в ней жилище где-нибудь наверху! То-

то было бы хорошо! Я вижу уже отсюда по фасаду стены пять или шесть окон нашей квартиры.

— И мраморную лестницу для подъёма, — добавил Наб.

— Вы смеётесь, — воскликнул моряк, — но что невозможного в том, что я предлагаю? Разве у нас нет ломов и кирок? Разве мистер Смит не сможет изготовить порох, чтобы взорвать скалу? Ведь правда, мистер Смит, вы приготовите порох в тот день, когда это нам понадобится?

Сайрус Смит не прерывал энтузиаста-моряка. Атаковать эту массу гранита, даже имея взрывчатые вещества, было бы поистине геркулесовой работой. Как жалко, что природа не выполнила сама труднейшей части этой работы!..

Тем не менее инженер предложил своим товарищам ещё раз внимательно исследовать всю гранитную стену от устья реки до её северного края.

Однако самое тщательное обследование не обнаружило никаких признаков пещеры — на протяжении свыше двух миль стена была гладкой, без единой трещины.

Как это ни было досадно, но пришлось отказаться от идеи моряка — было бы безумием с голыми руками лезть на приступ этого гранитного массива. Случай помог Пенкрофу сразу наткнуться на единственное по всему побережью годное для жилья место — Камин, но и это обиталище приходилось теперь покинуть.

Исследователи подошли к северному углу гранитной стены. От этого места до самого берега пологий склон представлял собой беспорядочное нагромождение камней, земли, песка, переплетённых корневищами кустарников. Местами из-под почвы прорывались острые зубцы гранита. Деревья отдельными островками росли на покрытых травой уступах. Ближе к океану растительность глохла, от подножия склона до самого берега расстилалась бесплодная песчаная полоса.

Сайрус Смит пришёл к выводу, что где-то поблизости излишек озёрной воды должен был пробить себе сток. Должны же были куда-нибудь стекать избыточные воды, приносимые в озеро Гранта Красным ручьём!

Между тем колонисты обследовали все окрестности озера, от устья до плоскогорья Дальнего вида, и не нашли там никаких признаков водостока.

Следовательно, этот сток должен был быть здесь, и только здесь!

Поэтому инженер предложил своим спутникам взобраться на стену и возвратиться в Камин поверху, попутно осмотрев северный и восточный берега озера.

Предложение его было принято, и тотчас же Герберт и Наб вскарабкались на вершину стены. Инженер, журналист и моряк последовали за ними и очутились там же несколькими минутами позже.

В двухстах шагах от края стены сквозь листву виднелась сверкающая под солнечными лучами пелена воды.

Местность была поразительно красива. Деревья с пожелтевшей листвой придавали оттенок грусти этому идиллическому пейзажу. Несколько огромных стволов, повалившихся от старости, выделялись тёмной окраской своей коры на фоне зелёного ковра, устилающего почву.

Вместо того чтобы пройти прямо к северному берегу озера, колонисты направились вдоль опушки леса к левому берегу устья Красного ручья, хоть это и удлиняло путь почти на полторы мили.

Дорога была нетрудной — деревья росли на расстоянии нескольких футов одно от другого, оставляя широкий проход.

Растительность здесь была беднее, чем между Красным ручьём и рекой Благодарности. Чувствовалось, что здесь проходит граница плодородной зоны.

Сайрус Смит и его товарищи шли по этой неизвестной ещё им части острова, соблюдая величайшую осторожность. Их единственным оружием были луки и палки с острыми железными наконечниками. К счастью, они не встретили ни одного хищника; эти звери водились, очевидно, только в густых лесах южной части острова; но зато колонисты были неприятно поражены, увидев, как внезапно Топ сделал стойку перед огромной змеёй длиной в четырнадцать-пятнадцать футов.

Наб дубиной убил змею, оказавшуюся неядовитой; она принадлежала к виду так называемых алмазных змей, которых австралийские дикари даже употребляют в пищу. Но это не исключало возможности встречи и с ядовитыми змеями, укус которых смертелен.

Топ, оправившийся от удивления и испуга, стал гоняться за гадами с яростью, внушавшей тревогу за него самого. Поэтому Сайрус Смит часто отзывал его назад.

Вскоре путники подошли к устью Красного ручья в том месте, где он впадал в озеро. На противоположном берегу озера лежала поляна, где колонисты уже были раньше, спускаясь с горы Франклина.

Сайрус Смит отметил, что ручей обильно снабжал озеро водой. Следовательно, природа должна была где-то проделать сток для воды, не то озеро вышло бы из берегов.

Колонисты решили непременно отыскать этот сток, чтобы выяснить, нельзя ли использовать механическую силу падения воды.

Они пошли в обход берегов озера, которое, по-видимому, было исключительно богато рыбой. Пенкроф дал себе слово в первую же свободную минуту приготовить несколько удочек для рыбной ловли.

Путь маленького отряда лежал вокруг северо-восточного, острого угла озера. Казалось, что именно здесь находится сток, тем более, что вершина угла почти вплотную примыкала к краю отвесной стены плоскогорья. Но при ближайшем рассмотрении выяснилось, что и здесь никакого стока нет и что берег озера после крутого поворота идёт почти параллельно океанскому побережью.

На этом берегу озера растительность была не так обильна, но всё же отдельные купы деревьев, разбросанные тут и там, делали пейзаж живописным и привлекательным.

Озеро Гранта было видно отсюда всё целиком. Ни малейшая рябь не колыхала зеркальной поверхности его вод.

Топ, шаривший в кустах, вспугнул множество самых разнообразных птиц. Герберт удачно сбил одну из них стрелой. Птица упала в заболоченную траву. Топ кинулся за ней и принёс в зубах великолепный экземпляр лысухи, величиной с куропатку.

Эта водяная птица с жгуче-чёрным оперением, окаймлённым белой полоской, коротким клювом и перепончатыми лапами представляла малозавидную дичь, так как мясо её очень невкусно, и охотники без сожаления уступили её Топу.

Колонисты достигли восточного берега озера. Скоро должны были начаться уже знакомые им места. Инженер был глубоко удивлён, не находя нигде стока озёрной воды. Он поделился своим удивлением с моряком и журналистом.

В эту минуту Топ, бежавший до сих пор совершенно спокойно, стал проявлять признаки возбуждения.

Умное животное носилось взад и вперёд по берегу, внезапно останавливалось и, подняв лапу, смотрело на воду, словно делая стойку над каким-то невидимым зверем. Собака яростно принималась лаять, как будто угрожая этому невидимому врагу, и так же внезапно умолкала.

Вначале ни Сайрус Смит, ни остальные колонисты не обращали внимания на Топа. Но когда собака зарычала, инженер встревожился.

— Что происходит с Топом? — спросил он.

Собака подбежала к хозяину, затем снова кинулась к берегу, видимо не на шутку чем-то взволнованная. Потом неожиданно она кинулась в воду.

— Назад, Топ! — крикнул инженер.

— Что происходит в воде? — спросил Пенкроф, всматриваясь в поверхность озера.

— Верно, Топ учуял какое-то животное, — сказал Герберт.

— Может быть, там крокодил? — высказал предположение Гедеон Спилет.

— Не думаю, — возразил инженер. — Крокодилы не водятся под такими низкими широтами.

Между тем Топ, повинуясь призыву хозяина, вернулся на берег, но он не мог стоять спокойно. Он прыгал в высокой траве, как будто провожал вдоль берега какое-то неведомое животное, плывшее под самой поверхностью воды. В поведении собаки было что-то странное.

Инженер сгорал от любопытства, но ничем не мог объяснить себе загадочное поведение Топа.

— Надо всё-таки довести до конца нашу разведку, — сказал Сайрус Смит своим спутникам.

Через полчаса колонисты дошли до юго-восточного угла озера и снова очутились на плоскогорье Дальнего вида. Хотя они обошли весь берег озера, инженер так и не узнал, где и как происходит сток избытка озёрной воды.

— И тем не менее этот сток существует! — повторял он. — Если его нет извне, это только значит, что он находится где-то внутри гранитного массива.

— Но почему вы придаёте такое большое значение этому стоку, Сайрус? — спросил журналист.

— Теперь, убедившись, что внешнего стока нет, я придаю этому особенное значение: если сток проходит внутри гранитного массива, значит, там есть какая-то выемка. Может быть, отведя воду в другое место, мы сможем использовать эту выемку для жилья.

— Но ведь может быть, что сток находится на самом дне озера! — сказал Герберт.

— Вполне возможно, — ответил инженер, — что так оно и есть. Для нас это будет очень печально, ибо тогда нам самим придётся строить дом, раз уж природа не захотела прийти к нам на помощь.

Колонисты собирались уже вернуться в Камин, когда Топ вдруг снова заволновался. Он с бешенством залаял и, прежде чем Сайрус Смит смог удержать его, опять кинулся в воду.

Все подбежали к берегу. Собака успела уже отплыть от него на двадцать шагов.

Инженер только собирался приказать ей немедленно вернуться, как вдруг из воды, видимо неглубокой в этом месте, высунулась огромная голова какого-то животного.

Герберт мгновенно узнал это животное с конической головой, с огромными глазами и толстыми короткими щетинками усов.

— Это ламантин![1] — воскликнул он.

Огромное животное напало на собаку, и прежде чем Гедеону Спилету и Герберту пришла в голову мысль выстрелить в зверя из лука, схваченный ламантином Топ уже исчез под водой.

Наб, вооружившись окованной железом палкой, хотел броситься в воду, чтобы атаковать ламантина в его родной стихии, но инженер запретил ему сделать это.

— Ни с места, Наб! — крикнул он храброму негру.

Тот нехотя повиновался.

Между тем под водой происходила какая-то борьба, совершенно необъяснимая, потому что Топ, конечно, не мог сопротивляться в этих условиях. Борьба эта могла иметь только один исход — гибель Топа. Это видно было по клокотанию воды. Но внезапно из круга пены показался Топ.

---

[1] Ламантины — травоядные животные, принадлежащие к отряду сирен. Они живут в морях близ берегов, а также в реках. Два вида ламантинов свойственны берегам и рекам Бразилии и берегам Антильских островов, один вид живёт на берегах Западной Африки. В той части Тихого океана, где Жюль Верн поместил свой «таинственный» остров, ламантины не встречаются. Напасть на собаку и увлечь её под воду ламантин не может.

Выброшенный из воды какой-то неизвестной силой, он описал в воздухе кривую в добрый десяток футов, снова упал во взволнованную воду и беспрепятственно доплыл до берега; при осмотре оказалось, что на теле собаки нет ни одной царапины.

Сайрус Смит переглянулся с товарищами, ничего не понимая в происходящем. Но это было ещё не всё: казалось, борьба под водой продолжается. Очевидно, ламантин, на которого напало какое-то крупное животное, теперь боролся за собственную жизнь.

Эта борьба продолжалась недолго. Внезапно вода окрасилась кровью, и труп ламантина всплыл на поверхность среди красного пятна. Вскоре его прибило к самому берегу.

Колонисты бросились к нему. Это было огромное животное, длиной футов в пятнадцать и весом более чем в тысячу фунтов.

На шее его зияла рана, нанесённая как будто острым ножом.

Какое животное могло нанести ему эту страшную рану?

Ответа на это не было.

Озабоченные и смущённые происшествием, колонисты вернулись в Камин.

ГЛАВА СЕМНАДЦАТАЯ

Посещение озера. — Течение. — Проект Сайруса Смита. — Жир ламантина. — Использование серного колчедана. — Мыло. — Селитра. — Серная кислота. — Азотная кислота. — Новый сток.

На следующий день, 7 мая, рано утром колонисты принялись за работу. Наб остался в Камине готовить завтрак. Пенкроф и Герберт отправились за дровами. Инженер же и Гедеон Спилет взобрались на плоскогорье Дальнего вида.

Вскоре они пришли к тому берегу озера, где накануне был убит ламантин. Туша его лежала на отмели, и тучи птиц уже пожирали её. Пришлось отгонять их камнями, так как инженер хотел сохранить жир ламантина для технических целей. Кроме того, мясо животного было очень ценным питательным продуктом: в некоторых малайских княжествах оно считается лакомством, достойным украшать стол туземных князьков.

Но это уже касалось заведующего продовольствием — Наба.

У Сайруса Смита в эту минуту были другие мысли.

Вчерашнее происшествие ни на минуту не переставало волновать его. Ему страстно хотелось проникнуть в тайну подводного боя и узнать, какое чудовище нанесло такую страшную рану ламантину. И он в раздумье стоял над спокойными водами озера, отражавшими первые лучи утреннего солнца.

Мель, на которой лежала туша, была окружена неглубокой водой. Но ближе к середине озера дно постепенно понижалось, и надо было полагать, что оно достигает значительной глубины. Озеро можно было рассматривать как обширный бассейн, пополняемый краном — Красным ручьём

— Итак, Сайрус, — окликнул погрузившегося в размышления инженера Гедеон Спилет, — мне кажется, что в озере нет ничего подозрительного…

— Действительно, дорогой Спилет, — ответил тот. — Тем более загадочным становится вчерашнее происшествие.

— Правда, ламантин получил вчера очень странную рану. Но ещё труднее понять, каким образом случилось, что Топ был с такой силой выброшен из воды? Право, можно подумать, что его вышвырнула на поверхность сильная рука и что та же рука, вооружённая кинжалом, убила затем ламантина…

— Да, — задумчиво сказал инженер. — Здесь есть что-то непонятное. Впрочем, не менее непонятно и то, каким образом я сам спасся. Представляете ли вы себе, дорогой Спилет, как я выбрался из воды, как забрался в дюны? Я чувствую здесь какую-то тайну… Вероятно, рано или поздно мы откроем её. Будем же внимательно наблюдать за всем, но только не надо привлекать внимания наших товарищей к этим событиям. Сохраним наши сомнения про себя и будем как ни в чём не бывало заниматься своим делом!

Известно, что инженер не установил ещё местонахождения стока озёрной воды. Но так как нигде не было никаких признаков того, что озеро когда-либо выходило из берегов, такой сток должен был где-то существовать.

Пристально всматриваясь в воду, Сайрус Смит внезапно с удивлением заметил довольно сильное течение на её поверхности.

Он стал бросать в воду сучья и увидел, что течение идёт в направлении к южному углу озера. Следуя за течением, он дошёл до крайней южной точки берега.

Там течение как будто внезапно пропадало в какой-то трещине на дне.

Сайрус Смит приложил ухо к поверхности воды и явственно услышал шум подводного водопада.

— Спилет, — сказал он, поднимаясь с песка, — я нашёл сток. Воды озера уходят через какую-то трещину в гранитном массиве. Остаётся теперь только разыскать эту трещину и использовать её в наших целях. И я разыщу её!

Инженер срезал длинную ветвь, очистил её от листьев и, погрузив её в воду, обнаружил существование широкого отверстия всего в одном футе под поверхностью воды. Это отверстие и было началом стока, так долго и безуспешно разыскиваемого колонистами.

Сила течения в этом месте была так велика, что ветку мгновенно вырвало из рук инженера и засосало внутрь.

— Видите, — сказал инженер Гедеону Спилету, — теперь нет никаких сомнений — отверстие стока именно здесь; я его вытащу на свет!

— Как? — спросил журналист.

— Понизив уровень воды в озере на три фута.

— А как вы понизите уровень?

— Сделаю для воды другой, более широкий сток, чем этот.

— Где, Сайрус?

— Там, где берег озера ближе всего подходит к стене.

— Но ведь это гранитная стена!

— Я взорву гранит, и вода, прорвавшись в новое русло, непременно понизит свой уровень и откроет это отверстие.

— И образует водопад, силу которого мы используем, — добавил журналист.

Инженер пошёл обратно, пригласив следовать за собой Гедеона Спилета. Вера этого последнего в гений инженера была так велика, что он ни на минуту не усомнился в осуществимости его проекта. А между тем стена была монолитная и огромная, и непонятно было, как мог инженер мечтать взорвать её, не имея никаких взрывчатых веществ. Казалось, задуманная работа превышала его силы и возможности.

Когда Сайрус Смит и Гедеон Спилет вернулись в Камин, Герберт и Пенкроф были заняты разгрузкой пригнанного ими плота с дровами.

— Дровосеки кончили свою работу, мистер Смит, — шутливо доложил моряк, — и когда вам понадобятся каменщики…

— Нет, мне не нужны будут каменщики, — ответил инженер. — Мне необходимы химики.

— Да, — подхватил журналист, — мы собираемся взорвать остров.

— Взорвать остров?! — вскричал Пенкроф.

— По крайней мере, часть его, — уточнил Гедеон Спилет.

— Послушайте, друзья мои, — прервал их инженер. — Я поделюсь с вами своими предложениями…

По мнению инженера, в гранитной толще, служащей основанием плоскогорью Дальнего вида, существовала более или менее значительная пустота, пещера, которую он и хотел исследовать. Чтобы осуществить этот проект, прежде всего нужно было отвести воду от отверстия этой пещеры, то есть, дав воде другой, более широкий сток, понизить её уровень во всём озере.

Сайрус Смит считал возможным осуществить свой проект, использовав имеющиеся на острове материалы.

Не приходится говорить, что предложение инженера было восторженно встречено всеми колонистами, а особенно Пенкрофом. Моряка пленяла здесь грандиозность замысла. Шутка ли — взорвать гранитный массив и создать новый водопад!

Он заявил, что с такой же охотой станет химиком, как стал бы каменщиком или сапожником, если бы этого потребовал Сайрус Смит.

Первым долгом Наб и Пенкроф получили задание вытопить жир из ламантина и вырезать мясо. Даже не спросив объяснений, они тотчас же отправились на работу, таково было их доверие к инженеру.

— Я готов стать кем угодно, кем угодно, — шепнул Пенкроф Набу, — даже преподавателем танцев и хороших манер, если этого потребует мистер Смит.

Через несколько минут в дорогу собрались и прочие колонисты. Волоча за собой корзину из прутьев, они пошли вверх по течению реки по направлению к тем залежам каменного угля, возле которых инженер нашёл серный колчедан.

Весь день ушёл на переноску колчедана к Камину. К вечеру там уже высился запас породы весом в несколько тонн.

На следующий день, 8 мая, инженер приступил к производству. В найденном им серном колчедане к сернистому железу примешивались углерод, кремнезём и алюминий. Задачей колонистов было отделить от остальных элементов сернистое железо и получить из него серную кислоту.

Колонистам серная кислота должна была пригодиться и в дальнейшем для дубления кожи, изготовления свечей и т.п., но в данную минуту она была нужна инженеру для других целей.

Сайрус Смит выбрал площадку недалеко от Камина и приказал тщательно разровнять на ней почву. На площадке колонисты разложили валежник и дрова, а поверх них навалили большие глыбы колчедана. В промежутки между глыбами они засыпали предварительно измельчённые кусочки колчедана.

После этого зажгли дрова. Огонь сообщился и породе, горючей благодаря содержащимся в ней углероду и сере. Когда огонь пробивался наружу, его засыпали новыми слоями колчедана и поверх плотно утрамбовывали землёй, оставляя только несколько отдушин, так же как это делается при превращении штабеля дров в древесный уголь.

После этого оставалось ждать десять-двенадцать дней, чтобы дать сернистому железу время превратиться в железный купорос, а алюминию — в сернокислый алюминий; эти две соли растворимы в воде, тогда как остальные вещества, входившие в состав руды, — каменноугольная зола, пепел древесины и кремнезём — нерастворимы[1].

В то время как протекал этот химический процесс, Сайрус Смит приступил к другим работам.

Наб и Пенкроф собрали жир ламантина в большие глиняные кувшины. Из этого жира нужно было извлечь глицерин путём омыления, то есть путём обработки его известью или содой. Эти вещества, омыляя жир, выделяют из него глицерин, который и нужен был инженеру.

В извести у инженера не было недостатка, но жир, обработанный известью, даёт кальцинированное мыло, не растворимое в воде и, следовательно, негодное к употреблению. Между тем обработка жира содой даёт растворимые мыла, годные для технических и хозяйственных целей.

Поэтому инженер решил постараться добыть соду. Было ли это трудной задачей? Нет, ведь на побережье можно было собрать любое количество водорослей. Колонисты собрали их, высушили, а затем зажгли из них костры в специально вырытых ямах. Горение водорослей поддерживали несколько дней, чтобы поднять температуру до точки плавления золы. В результате на дне ям образовались плотные массы сероватого вещества, с давних пор известного под названием «натуральной соды».

Добытой таким способом содой инженер обработал жир ламантина и получил, с одной стороны, растворимое мыло, а с другой — нейтральное вещество, глицерин.

Но это было ещё не всё.

Сайрусу Смиту для осуществления его планов нужно было ещё одно вещество — азотнокислый калий, иначе называемый селитрой.

Селитру можно получать, воздействуя азотной кислотой на углекислый калий, содержащийся в растительной золе. Но как раз азотной кислоты у инженера не имелось, и именно её он и хотел получить. Здесь был порочный круг, выхода из которого не было. К счастью, тут сама природа пришла на помощь инженеру, преподнеся готовую селитру. Герберт нашёл залежи селитры у северного подножия горы Франклина.

---

[1] Состав серного колчедана и способ получения из него серной кислоты является в значительной степени выдумкой автора.

Эти разнообразные работы отняли дней восемь и закончились, таким образом, раньше, чем сернистое железо превратилось в железный купорос.

В течение следующих дней колонисты успели приготовить огнеупорные тигли и построить кирпичную печь особой конструкции, предназначенную для перегонки железного купороса. Все эти работы были закончены к 18 мая, почти одновременно с завершением химического процесса в руде.

Гедеон Спилет, Наб, Пенкроф и Герберт под руководством Смита превратились в искуснейших рабочих! Впрочем, это неудивительно: нужда — лучший учитель в мире.

После того как серный колчедан был полностью расплавлен, получившиеся вещества, то есть железный купорос, сернокислый алюминий, кремнезём, зола и пепел, были погружены в наполненный водой бассейн. Смесь размешали палками, дали ей отстояться и затем слили получившуюся прозрачную жидкость с осадка. В жидкости в растворе содержались сернокислый алюминий и железный купорос, а остальные вещества, не растворимые в воде, остались в твёрдом виде на дне бассейна.

Слитую в тигли жидкость стали выпаривать на лёгком огне; вскоре на дно тиглей стали осаждаться кристаллы железного купороса. Невыпаренный остаток жидкости, представлявший собою так называемый маточный рассол сернокислого алюминия, был слит, и Сайрус Смит получил достаточное количество кристаллов железного купороса, из которых теперь нужно было приготовить серную кислоту.

В заводской практике установка для производства серной кислоты — громоздкая и дорогая штука. Нужно строить большие здания с особым оборудованием, платиновые аппараты, свинцовые камеры, не боящиеся разъедающего действия кислоты, и т.д.

Конечно, инженер не мог построить ничего даже в отдалённой степени напоминающего заводскую сернокислотную установку. Но ему было известно, что в Богемии, да и в ряде других мест, серную кислоту изготовляют иными способами, причём, несмотря на несложность аппаратуры, получают продукт более высокой концентрации, чем на заводах. Такая кислота известна под названием «нордгаузенской».

Способ этот заключается в прокаливании кристаллов железного купороса, представляющего собой сернокислую соль железа, в закрытых сосудах. При этом образуются окись железа и пары серной кислоты, которые после охлаждения конденсируются в жидкую серную кислоту.

Для этой операции и были заготовлены огнеупорные тигли и кирпичная печь.

Процесс отлично удался, и 20 мая, на двенадцатый день после начала работ, инженер располагал достаточным количеством реактива, к которому он в дальнейшем должен был неоднократно прибегать в самых разнообразных случаях.

Зачем ему была нужна серная кислота? Исключительно для того, чтобы добыть азотную кислоту. Теперь это было проще простого, так как селитра, обработанная серной кислотой, при перегонке даёт азотную кислоту.

Но зачем нужна была азотная кислота? Этого ещё не знали колонисты, так как инженер не поделился с ними подробностями своих планов.

Тем временем работы подходили к концу, и последняя операция дала, наконец, инженеру продукт, ради получения которого было произведено столько манипуляций.

Выпарив предварительно глицерин в открытых сосудах, инженер прилил к нему азотную кислоту. В сосудах сразу получилась какая-то желтоватая маслянистая жидкость.

Эту последнюю операцию Сайрус Смит проделал один, на большом расстоянии от Камина, так как при малейшей неосторожности мог произойти взрыв. Вернувшись к своим друзьям с кружкой жидкости, он просто сказал им:

— Это нитроглицерин.

Действительно, это было то самое взрывчатое вещество, в десять раз более сильное, чем порох, которое причинило уже столько несчастий из-за неосторожного обращения с ним.

Однако, как только химики нашли способ, пропитывая нитроглицерином простые вещества, например сахар, превращать его в динамит, опасную жидкость стало возможным применять без непосредственной угрозы для жизни рабочих.

Но динамит не был ещё изобретён в то время, когда колонисты попали на остров Линкольна.

— И эта-то жидкость взорвёт огромную скалу? — спросил Пенкроф, недоверчиво посматривая на кружку.

— Совершенно верно, друг мой, — ответил инженер, — и взрыв нитроглицерина будет ещё сильнее от того, что этот гранит очень твёрд и окажет сильное сопротивление.

— Когда же мы увидим это, мистер Смит?

— Завтра же, как только мы пробьём дыру для закладки взрывчатого вещества, — ответил инженер.

На следующий день, 21 мая, колонисты, встав с зарёй, отправились к озеру Гранта. Они выбрали на восточном берегу озера уголок, отстоящий всего на пятьсот футов от берега моря. Уровень озёрной воды в этом месте был выше склона плоскогорья, и вода отделялась от последнего только гранитной стеной, подпирающей берег.

Очевидно было, что, если взорвать эту стену, вода хлынет в пробоину и поток с высоты будет низвергаться на берег. Вследствие этого общий уровень воды в озере понизится, и отверстие бывшего стока должно будет открыться, то есть произойдёт то, чего, собственно говоря, и добивался инженер.

Итак, задача состояла в том, чтобы пробить брешь в стене. По указаниям инженера Пенкроф, вооружённый киркой, ловкими и сильными ударами стал долбить гранит. Отверстие, которое ему предстояло пробить, начиналось на горизонтальной грани стены и должно было наискосок пробить гранит, чтобы закончиться ниже уровня воды в озере. При этом взрыв нитроглицерина, разорвав гранитную толщу, откроет озёрной воде широкий сток.

Работа была трудной, так как инженер, желая действовать наверняка, решил зарядить отверстие огромным количеством нитроглицерина — не меньше десяти литров. Но Пенкроф и Наб, сменявший моряка, когда тот уставал, работали с таким усердием, что к четырём часам пополудни работа была закончена.

Оставалось решить вопрос, каким образом взорвать мину. Обычно нитроглицерин взрывают затравкой из гремучего пороха, детонация которого при взрыве заставляет взорваться и нитроглицерин (для того чтобы это вещество взорвалось, нужен толчок, иначе, будучи просто зажжённым, оно сгорает не взрываясь).

Конечно, Сайрус Смит мог бы приготовить запал. За неимением гремучего пороха он мог бы при помощи азотной кислоты изготовить какой-нибудь суррогат его, спрессовать его и, поджегши запал длинным шнуром, взорвать нитроглицерин.

Но Сайрус Смит знал, что нитроглицерин обладает свойством взрываться от детонации. Это-то свойство его он и решил использовать.

Действительно, удар молота по нескольким каплям нитроглицерина, расплёсканным на поверхности камня, достаточен для того, чтобы вызвать взрыв. Но это рискованная операция: человек, наносящий такой удар, в девяносто девяти случаях из ста сам стал бы первой жертвой взрыва.

Сайрус Смит придумал поэтому такой способ взорвать нитроглицерин: к выступу над миной на верёвке из растительных волокон он подвесил кусок железа весом в несколько фунтов. Другая, длинная верёвка, предварительно пропитанная серой, была привязана одним концом к первой, а второй конец её протянут по земле на несколько десятков футов. Расчёт инженера был очень простой: если поджечь вторую верёвку, она, медленно сгорая, передаст огонь первой, та разорвётся, и кусок железа всей своей тяжестью ударит по нитроглицерину.

Этот замысел был приведён в исполнение. Инженер, удалив своих спутников на почтительное расстояние, наполнил доверху нитроглицерином пробитое Пенкрофом отверстие в граните и разбрызгал несколько капель его по камням непосредственно под куском железа. Затем он поджёг второй, свободный конец верёвки и быстро удалился. Верёвка должна была гореть двадцать пять минут. И действительно, ровно через двадцать пять минут раздался взрыв.

Казалось, весь остров задрожал до самого своего основания. Туча камней взлетела к небу, как будто изверженная вулканом. Сотрясение воздуха было так велико, что скалы Камина зашатались. Колонисты, хотя они находились на расстоянии двух миль от мины, попадали на землю. Вскочив на ноги, они побежали к месту взрыва.

Троекратное «ура» вырвалось из их грудей: гранитная стена дала широкую трещину! Стремительный поток воды вырывался из неё, пенясь, катился к краю плоскогорья и оттуда каскадом низвергался вниз с высоты трёхсот футов!

ГЛАВА ВОСЕМНАДЦАТАЯ

Пенкроф больше ни в чём не сомневается. — Старый сток озера. — Спуск в подземелье. — Путь сквозь гранит. — Топ исчезает. — Центральная пещера. — Колодец. — Тайна. — Удары кирки. — Возвращение.

План Сайруса Смита удался на славу. Однако инженер, по обыкновению, не проявлял ничем своего удовлетворения. Зато Герберт чуть не танцевал, а Наб прыгал от восторга, как ребёнок. Пенкроф качал головой и беспрерывно повторял:

— Ну и молодчина наш инженер, ну и молодчина же он!

Нитроглицерин сделал своё дело. Брешь, образовавшаяся в стене, пропускала по меньшей мере в три раза больше воды, чем прежний сток. Следовательно, через несколько времени уровень воды в озере неизбежно должен будет значительно понизиться.

Колонисты пошли в Камин за палками с железными наконечниками, трутом, огнивом и верёвками. Нагруженные всем этим, они вернулись к берегу озера. Топ сопровождал их.

По дороге моряк сказал инженеру:

— Знаете ли, мистер Смит, при посредстве вашей замечательной жидкости можно было бы разрушить весь остров до основания!

— Разумеется, — сказал инженер. — И не только этот остров, но и целый континент и даже всю Землю, Дело только в количестве взрывчатого вещества.

— Нельзя ли использовать этот нитроглицерин, чтобы заряжать огнестрельное оружие?

— Нет, Пенкроф. Это было бы слишком опасно. Но мы можем изготовить хлопчатобумажный и даже настоящий порох, так как у нас есть азотная кислота, селитра, сера и уголь. За этим не было бы остановки. Беда в том, что у нас нет оружия...

— О мистер Смит! — воскликнул моряк. — Если бы вы только захотели!..

Пенкроф, по-видимому, окончательно вычеркнул слово «невозможно» из словаря острова Линкольна.

Взобравшись на плоскогорье, колонисты направились к той части озера, где находился прежний сток. Отверстие его должно было уже обозначиться над поверхностью озера, а так как воды озера стекали теперь иным путём, очевидно, можно было проникнуть внутрь этого водостока.

В несколько минут колонисты дошли до этого места и с первого же взгляда убедились, что их расчёт оказался правильным.

Действительно, в гранитной стене озёрного бассейна зияло отверстие. Узкий карниз, обнажённый спавшей водой, позволял добраться до него, не замочив ног. Ширина отверстия достигала двадцати футов, но высота его не превышала и двух футов. Оно напоминало отверстие канализационного стока под тротуаром большого города.

Отверстие было слишком узким для человека, но Наб и Пенкроф, вооружившись кирками, меньше чем в час пробили достаточно широкий проход.

Инженер заглянул внутрь отверстия и убедился, что наклон стока, по крайней мере в его начальной части, не превышает тридцати пяти градусов. Следовательно, если угол наклона дальше не увеличится, можно будет без труда спуститься по нему до самого моря. А если — и это было весьма вероятно — где-нибудь в граните имеется пещера, её нетрудно будет приспособить для жилья.

— Мистер Смит, — спросил сгоравший от нетерпения моряк, — почему же вы не двигаетесь вперёд? Глядите, Топ уже забрался в отверстие.

— Не спешите, друг мой, — сказал инженер, — нужно сначала сделать факелы. Наб, пойди срежь несколько смолистых веток.

Наб и Герберт помчались к берегу озера, где росли сосны и другие хвойные деревья, и вскоре возвратились с охапкой веток. Связав их в пучки, колонисты высекли огонь и зажгли ветки. Наконец маленький отряд вступил в тёмный тоннель, так недавно ещё служивший стоком для избытка озёрных вод.

Вопреки ожиданиям, тоннель вскоре стал расширяться, и через несколько десятков шагов колонисты смогли идти, не склоняя даже головы. Гранитный пол, с незапамятных времён омываемый водой, был скользкий, и колонистам приходилось соблюдать осторожность, чтобы не упасть. Поэтому они привязали себя друг к другу, как это делают альпинисты при восхождении на гору. К счастью, уступы в граните, похожие на настоящие ступеньки, облегчали спуск и делали его безопасным. Покрывавшие стены и свод тоннеля капельки воды сверкали, как алмазы, при свете факелов.

Инженер, всматриваясь в гранит, не мог разглядеть в нём никаких прослоек, ни одной трещины. Это была совершенно компактная масса, состоящая из плотно спаянных между собою частиц.

Тоннель существовал здесь, очевидно, с самого возникновения острова. Плутон, бог подземного царства, а не Нептун, бог моря, создал его своими руками, и можно было различить на стенах следы этой вулканической работы, которую не могла целиком стереть даже текучая вода.

Колонисты спускались очень медленно. Они не могли не испытывать некоторого волнения, отваживаясь проникнуть в глубины этого массива, где, очевидно, никогда не ступала человеческая нога. Они не говорили этого вслух, но каждый думал про себя, что какой-нибудь спрут или другое гигантское головоногое могло обитать здесь, в нижних пещерах, сообщающихся с морем. Надо было идти с исключительной осторожностью.

Впрочем, во главе маленького отряда шёл Топ, и можно было положиться на чутьё собаки, которая, несомненно, проявит признаки беспокойства при первой же опасности!

Сделав ещё сотню шагов по извилистому спуску, Сайрус Смит, шедший впереди, остановился. То же сделали и его товарищи. Место, где они находились, было как бы выдолблено в скале и образовало средних размеров пещеру. Капли воды падали с её сводов. Но это не значило, что они просачиваются сквозь гранит массива. Это были следы, оставленные потоком, так долго бурлившим в этой пещере.

Воздух чуть отдавал сыростью, но был чист и годен для дыхания.

— Что скажете, дорогой Сайрус? — обратился Гедеон Спилет к инженеру. — Вот вам убежище, скрытое от всех в недрах земли, спокойное, уединённое, но... негодное для жилья!

— Почему это? — спросил Пенкроф.

— Потому что пещера слишком мала и лишена естественного освещения.

— Но разве мы не можем увеличить её, расширить, пробить отверстие для света и воздуха? — возразил Пенкроф, ни в чём теперь не сомневавшийся.

— Давайте продолжим разведку, — предложил Сайрус Смит. — Пройдём ещё вглубь, быть может, природа избавит нас от лишней работы.

— Ведь мы спустились едва на треть высоты озера над уровнем моря, — добавил Герберт.

— Правильно! — подтвердил инженер. — Мы прошли не больше ста футов от входа. Нет ничего невозможного в том, что ещё сотней футов ниже…

— Куда девался Топ? — прервал своего хозяина Наб.

В пещере собаки не оказалось.

— Топ, вероятно, побежал вперёд, — предположил моряк.

— Идём за ним, — скомандовал Сайрус Смит.

Спуск возобновился.

Инженер внимательно следил за всеми извилинами пути; несмотря на множество поворотов, он отчётливо представлял себе в каждую данную минуту общее направление тоннеля и его положение относительно моря.

Колонисты спустились ещё на пятьдесят футов; отдалённый шум, доносившийся из глубины гранитного массива, вдруг привлёк их внимание. Они остановились и прислушались. Каменный тоннель, как слуховая труба, совершенно отчётливо доносил этот шум до ушей колонистов.

— Это лай Топа! — вскричал Герберт.

— Да, — ответил Пенкроф. — На кого это наш добрый пёс лает с таким бешенством?

— Это становится всё более и более интересным! — прошептал Гедеон Спилет инженеру.

Тот утвердительно кивнул головой.

Колонисты поспешили на помощь собаке. Лай Топа доносился всё явственней. В нём слышалось бешенство. С кем же это Топ вступил в драку?

Колонисты не думали сейчас об опасности — их мучило любопытство.

Они не спускались уже медленно по скользкому коридору, а почти бежали по нему, забыв всякую осторожность.

Ещё пятьдесят футов — и они очутились рядом с Топом. Здесь тоннель переходил в великолепную обширную пещеру. Топ метался взад и вперёд, яростно лая.

Пенкроф и Наб, раздув свои факелы, подняли их высоко над головой, чтобы осветить тёмные углы пещеры. Сайрус Смит, Гедеон Спилет и Герберт готовились встретить палками неведомую опасность.

Но огромная пещера была пуста.

Колонисты обошли все уголки её; в пещере не было никого, ни одного живого существа. И тем не менее Топ продолжал лаять. Ни ласки, ни угрозы не могли заставить его замолчать.

— Здесь где-то должен быть сток, по которому озёрная вода попадала в океан, — сказал инженер.

— Правильно, — ответил Пенкроф, — надо идти осторожно, чтобы не провалиться в пропасть.

— Топ, вперёд! — крикнул Сайрус Смит.

Собака, подстёгнутая окриком хозяина, кинулась в дальний конец пещеры и здесь залаяла с удвоенной яростью.

Все последовали за ней. Факелы осветили отверстие чёрного провала, словно пробуравленного в гранитной толще. Очевидно, через этот колодец вода, наполнявшая ещё недавно пещеру, стекала в океан. Но это уже не был тоннель, слегка наклонный и вполне доступный исследованию, — это был бездонный колодец, отвесно врезавшийся в землю.

Колонисты склонили факелы над отверстием колодца. Но в его тёмной глубине ничего не было видно.

Сайрус Смит бросил в отверстие горящую ветку. Смолистое дерево ещё ярче запылало от быстроты падения, но в колодце по-прежнему ничего не удалось рассмотреть. Пламя угасло с лёгким треском — ветка, очевидно, достигла воды, то есть уровня океана.

Инженер по продолжительности падения ветки высчитал глубину колодца, — в нём должно было быть не менее девяноста футов. Следовательно, пещера находилась на высоте девяноста футов над уровнем моря.

— Вот наш дом, — сказал Сайрус Смит.

— Не забывайте, что только что он был занят каким-то существом, — возразил Гедеон Спилет.

— Но это существо, кто бы оно ни было, бежало через колодец, уступив нам место, — сказал инженер.

— Однако, — заметил моряк, — я бы дорого дал, чтобы быть на месте Топа четверть часа тому назад. Не лаял же он без толку!

Сайрус Смит взглянул на собаку. Если бы кто-либо из его товарищей подошёл в эту минуту поближе к нему, он услышал бы, как инженер прошептал:

— Да, я и сам думаю, что Топ видел что-то такое, о чём мы не подозреваем.

Итак, мечты колонистов в значительной степени сбылись. Случай, которому помогла гениальная проницательность инженера, сослужил им огромную службу. В их распоряжении находилась теперь пещера, такая огромная, что они даже при свете факела не могли составить себе представления о её размерах. Однако уже сейчас ясно было, что её можно поделить кирпичными перегородками на несколько комнат. Если это и не был настоящий «дом», в буквальном значении слова, то, во всяком случае, это было удовлетворительное и просторное жилище. Вода ушла отсюда навсегда, и место было свободным.

Оставалось разрешить два вопроса: первый — об освещении пещеры, находящейся внутри гранитного массива, и второй — о средствах сообщения с внешним миром.

Нечего было и думать пробить окна в потолке, — он упирался в огромную гранитную толщу в несколько десятков, если не сотен футов. Но, быть может, в передней стене, выходящей к морю, удастся прорубить отверстие? Сайрус Смит, во время спуска следивший за направлением пути, предполагал, что эта стена не должна быть чересчур толстой.

Если бы удалось разрешить таким образом вопрос об освещении, то этим самым разрешилась бы и вторая трудность, ибо там, где можно прорубить окно, там можно пробить и дверь и соединить её с поверхностью земли верёвочной лестницей.

Инженер поделился своими мыслями с остальными колонистами.

— Прикажете начать, мистер Смит? — сказал моряк. — Кирка при мне, и я сумею пробить ею любую стену. Где надо бить?

— Здесь!

Инженер указал моряку на значительное углубление в стене, уменьшавшее намного её толщину.

Пенкроф с ожесточением напал на гранит. В течение получаса при свете факелов только и видны были, что осколки гранита, разлетающиеся по сторонам при каждом ударе кирки. Моряка сменил Наб, а затем Гедеон Спилет.

Работа продолжалась уже свыше двух часов, и колонисты начали тревожиться, что толщина стены в этом месте превышает длину кирки, когда неожиданно очередной удар Гедеона Спилета пробил в стене дыру, сквозь которую кирка выпала наружу.

— Ура! Ура! — крикнул Пенкроф.

Толщина стены не превышала трёх футов.

Сайрус Смит заглянул в пробитое отверстие, возвышавшееся на восемьдесят футов над землёй. Перед ним расстилался берег, островок Спасения и на заднем плане — безбрежный океан.

Через пробитое довольно широкое отверстие в пещеру хлынул поток дневного света, эффектно осветивший её.

Пещера как бы состояла из двух частей: левая имела не больше тридцати футов в высоту и ширину при длине в сто с лишним футов. Зато правая часть была грандиозна. Свод её вздымался на восемьдесят футов в высоту. Беспорядочно разбросанные в нескольких местах гранитные столбы поддерживали этот свод, как колонны в храме. И это было делом рук одной только природы! Она сама, без участия человека, создала эту феерическую Альгамбру[1] в толще гранитного массива!

Колонисты были ошеломлены и восхищены. То, что представлялось им узкой пещерой, в действительности оказалось изумительной красоты дворцом. Крики восторга вырвались из всех грудей. «Ура» раздавалось, как гром, и эхо, повторяясь бессчётное число раз, замирало где-то далеко под тёмными сводами.

— Друзья мои! — воскликнул Сайрус Смит. — Мы ярко осветим эту пещеру, построим себе комнаты, кладовые, склады, мастерские, кухню, и у нас будет ещё в запасе огромный зал, где можно хоть музей устраивать!

— Как мы назовём пещеру? — спросил Герберт.

— Гранитным дворцом! — предложил Сайрус Смит. Колонисты встретили его слова новыми возгласами «ура».

---

[1] Альгамбра — дворец халифов в Гренаде (Испания), славившийся своей красотой и роскошью.

Факелы в это время уже почти полностью сгорели. Так как обратный путь лежал через тоннель, колонисты решили отложить до следующего дня работы по оборудованию своего нового жилища.

Перед тем как уйти, Сайрус Смит ещё раз подошёл к колодцу. Он прислушался, склонившись над его тёмным отверстием.

Никакого шума не доносилось оттуда, не было слышно даже плеска воды. Инженер бросил в колодец ещё одну горящую ветвь. Стенки колодца снова на мгновенье осветились, но так же, как и в первый раз, ничего подозрительного в нём не оказалось. Если даже какое-нибудь морское чудовище и было застигнуто врасплох бегством воды, то оно, очевидно, успело уже выбраться на простор через этот колодец.

Между тем инженер продолжал молча и неподвижно стоять на месте, внимательно прислушиваясь.

Моряк подошёл к нему и, прикоснувшись к его руке, окликнул:

— Мистер Смит!

— Что, друг мой? — не сразу ответил инженер, точно мысли его были очень далеко.

— Факелы скоро погаснут!

— В путь, — сказал инженер.

Маленький отряд попрощался с пещерой и начал восхождение по склону тёмного тоннеля. Топ замыкал отступление, время от времени оборачиваясь и как-то странно лая.

Обратный путь был довольно трудным. Колонисты передохнули несколько минут в верхней пещере, как бы служившей площадкой для отдыха на середине этой гранитной лестницы. Затем они снова стали подниматься.

Вскоре в лицо им подул свежий ветерок. Капли воды на стенах тоннеля уже не сверкали больше — они испарились. Дымное пламя факелов тускнело. Факел Наба затрещал и погас. Надо было ускорить шаг, чтобы не остаться в полной темноте.

Колонисты так и сделали, и около четырёх часов, в ту самую минуту, когда угас последний факел, они подошли к отверстию стока.

ГЛАВА ДЕВЯТНАДЦАТАЯ

План Сайруса Смита. — Фасад Гранитного дворца. — Верёвочная лестница. — Мечты Пенкрофа. — Ароматические травы. — Кроличий садок. — Водопровод. — Вид из окон Гранитного дворца.

Назавтра, 22 мая, были начаты работы по приспособлению пещеры под жильё. Колонистам хотелось как можно скорее переменить своё плохо защищённое убежище в Камине на просторное, сухое, укрытое от небесных и морских вод жилище в гранитной толще. Однако они не думали совершенно покидать Камин — инженер собирался использовать это помещение под мастерскую для всякого рода работ.

Первой заботой Сайруса Смита было установить, куда именно выходит наружный «фасад» будущего Гранитного дворца.

Он пошёл по берегу вдоль гранитной стены, ища выпавшую вчера через отверстие кирку.

Так как падение кирки должно было быть отвесным, достаточно было найти её, чтобы заметить место, где пробито отверстие.

Инженер легко нашёл кирку в песке и, мысленно восстановив перпендикуляр к месту её падения, обнаружил отверстие в гранитной стене на высоте примерно восьмидесяти футов.

Несколько голубей уже вилось вокруг этого отверстия.

По мысли инженера, левая часть пещеры должна была быть разделена на пять комнат с прихожей, которые будут освещаться пятью окнами и дверью, пробитыми в граните. Пенкроф одобрил проект пробить окна, но не понимал, зачем ещё нужно устраивать дверь, когда старый сток представлял собой естественную лестницу, по которой в любую минуту легко было добраться в Гранитный дворец.

— В том-то и дело, друг мой! — мягко возразил ему инженер. — Если по этой лестнице легко будет ходить нам, то так же легко это будет и всякому другому. Я полагаю, что целесообразней будет наглухо закрыть отверстие старого стока и, больше того, скрыть самое его существование от посторонних глаз, может быть даже подняв для этого снова уровень воды в озере!

— А как же мы будем входить? — спросил моряк.

— По наружной лестнице, — ответил Сайрус Смит. — По верёвочной лестнице, которую можно убрать в любую минуту и без которой не будет доступа в наше жилище.

— Но к чему столько предосторожностей? — спросил Пенкроф. — До сих пор мы не встретили ещё ни одного опасного зверя. Что до туземцев, то мы убедились, что остров необитаем.

— Уверены ли вы в этом, Пенкроф? — спросил инженер, пристально глядя на моряка.

— Полной уверенности, конечно, не может быть, пока мы не исследуем остров со всех сторон, — ответил тот, — но...

— Да, — прервал его инженер, — мы познакомились только с маленькой частичкой острова. Но если даже допустить, что здесь не живут туземцы и мы избавлены от внутренних врагов, никто не может поручиться, что завтра на остров не высадятся приехавшие откуда-то извне пираты. Эти места Тихого океана — опасные места. Надо нам вооружиться против всяких случайностей!

Доводы Сайруса Смита были настолько убедительны, что Пенкроф, не возразив ни единым словом, приготовился выполнять его распоряжения.

По фасаду Гранитного дворца колонисты хотели пробить пять окон и дверь. Эти отверстия в граните должны были освещать, собственно, только «квартиру». Для освещения большой пещеры нужно было пробить ещё широкую дыру в стене и несколько узких скважин. Фасад дворца выходил на восток, так что первые лучи восходящего солнца должны были приветствовать колонистов по утрам. Для защиты от ветров и дождя инженер велел сделать плотные ставни, в ожидании, пока не будет изготовлено стекло.

Таким образом, первой задачей было пробить отверстия в стене фасада. Если бы эта работа производилась киркой, она затянулась бы надолго. Но, как известно, Сайрус Смит был изобретательным и находчивым человеком. Он использовал для этого остатки нитроглицерина. Остроумно локализовав взрывную силу этого вещества, он добился того, что гранит взорвался только в тех местах, которые были намечены им.

Кирка и мотыга довершили начатую нитроглицерином работу, и через несколько дней Гранитный дворец был ярко освещён лучами дневного света, проникавшими вплоть до самых отдалённых уголков его.

По плану Сайруса Смита квартира должна была состоять из пяти комнат, выходящих окнами к океану. Первой направо была передняя с наружной дверью, к которой предполагалось привязать верёвочную лестницу. Рядом с ней — кухня, шириной в тридцать футов; дальше — столовая, шириной в сорок футов; затем спальня — такой же ширины и, наконец, устроенный по настоянию Пенкрофа «товарищеский уголок», примыкавший к большому залу.

Эти комнаты, — вернее было бы сказать — эта анфилада комнат, образовавшая квартиру колонистов, — занимали только небольшую часть пещеры и отделялись широким коридором от кладовых для инструментов, материалов и провизии.

Все запасы как растительной, так и животной пищи, собранные колонистами, должны были сохраняться в превосходных условиях, совершенно защищённые от сырости. Места было столько, что бояться переполнения склада запасов не приходилось.

Кроме того, в распоряжении колонистов была маленькая пещера, находившаяся на полпути от стока к Гранитному дворцу. Это был своеобразный чердак дворца.

После того как этот план был одобрен, оставалось только привести его в исполнение. Горнорабочие снова превратились в кирпичников, а затем в носильщиков. Скоро весь нужный для постройки кирпич был сложен у подножия Гранитного дворца.

До сих пор Сайрус Смит и его товарищи проникали в пещеру через ложе бывшего стока. Им приходилось для этого взбираться на плоскогорье Дальнего вида, делая порядочный крюк вдоль течения реки Благодарности, потом спускаться почти на двести футов по старому стоку и тем же путём возвращаться. Всё это требовало немало времени и отнимало много сил. Сайрус Смит решил в первую очередь соорудить прочную верёвочную лестницу.

Лестница эта была сработана особенно тщательно. Сплетённая из стеблей тростника, она была так же прочна, как толстый стальной трос. Перекладины были изготовлены из лёгкого и прочного красного кедра. Мастер Пенкроф собственноручно проделал всю работу, никому не доверяя даже части её.

Одновременно было заготовлено ещё несколько таких же верёвок. У дверей Гранитного дворца был устроен примитивный, но прочный кран, и с его помощью колонисты легко перетаскивали тяжести от подножия стены до уровня нового жилища.

После этого колонисты приступили к работе по оборудованию пещеры. Несколько тысяч кирпичей и достаточный запас извести были в их распоряжении. Первым долгом они сложили внутренние перегородки из кирпича, и в течение короткого времени помещение было поделено на комнаты, склады и кладовые.

Работы велись под руководством инженера, который и сам в каждую свободную минуту брался за молоток или лопату. Не было ремесла, с которым Сайрус Смит не был бы знаком. Во всяком деле он служил примером своим товарищам.

Колонисты работали охотно и весело. Пенкроф, плотничая, плетя верёвки или таская кирпичи, умел заражать своим весёлым настроением товарищей по работе. Вера его в инженера была безгранична, и ничто не могло поколебать её. Он считал Сайруса Смита способным предпринять любое дело и в любом деле добиться успеха. Вопрос об одежде и обуви, об освещении квартиры в зимние вечера, о превращении дикой растительности острова в культурную — все эти важнейшие вопросы казались ему необычайно просто разрешимыми: стоит только Сайрусу Смиту захотеть, и всё тотчас же устроится. Пенкроф верил, что всё будет сделано вовремя и хорошо. Он верил, что все реки острова станут судоходными и будут перевозить богатства, извлекаемые из недр земли. Он видел уже рудники и карьеры, где работали самые сложные машины, он слышал уже как будто шум гружёных железнодорожных поездов, — да, поездов! — несущихся по поверхности острова Линкольна!..

Инженер не спорил с Пенкрофом. Он не мешал мечтать этому славному человеку. Понимая, что все колонисты невольно заражаются его верой, он только улыбался, слушая болтовню моряка, и не делился с окружающими тревогой, которую внушали ему мысли о будущем.

Действительно, закинутые в этот уголок Тихого океана, лежащий далеко в стороне от обычных морских путей, колонисты не могли надеяться на постороннюю помощь. Остров Линкольна отстоял на таком огромном расстоянии от ближайшей обитаемой земли, что нечего было и думать добраться до неё на хрупком и ненадёжном судне собственной постройки. Следовательно, всё будущее колонистов было только в их руках, и все надежды были только на свои собственные силы.

— Мы, — любил повторять моряк, — на сто голов выше всех старых Робинзонов, которые считали чудом всякую чепуху, сделанную ими самими.

Колонисты действительно многое знали, а люди, которые знают, преуспевают там, где другие прозябают и в конце концов погибают.

Герберт отличился во время этих работ. Способный, трудолюбивый, он схватывал всё на лету, и дело у него спорилось. Сайрус Смит всё больше и больше привязывался к юноше. Герберт же преклонялся перед инженером и горячо любил его. Пенкроф отлично видел растущую взаимную симпатию этих двух людей, но не ревновал.

Наб оставался Набом. Как всегда, он был воплощением скромности, бескорыстия, храбрости, усердия и преданности. Он верил в своего хозяина так же слепо, как и Пенкроф, но не проявлял так шумно своей веры. Когда моряк бурно выражал свой восторг, Наб всем своим видом как бы говорил: «Есть чему удивляться! Ведь иначе-то и быть не могло!» Пенкроф и он очень сдружились. Вскоре они перешли на «ты».

Что касается Гедеона Спилета, то он исполнял свою долю в общих работах, и никак нельзя было назвать его неловким. Это немало удивляло моряка, не думавшего, что ему доведётся когда-нибудь столкнуться с журналистом, который не только всё понимает, но и всё умеет.

Лестница была окончательно установлена 28 мая. Она имела около ста перекладин на своём восьмидесятифутовом протяжении.

Подъём на такую высоту представлял бы немалый труд, если бы примерно в сорока футах над землёй в гранитной стене не было выступа. Сайрус Смит велел разровнять и углубить этот выступ, превратив его в нечто вроде межлестничной площадки. К этой площадке наглухо прикрепили первую часть лестницы, а к концу второй, свободно свисавшей вниз, привязали длинную верёвку, так что лестницу можно было втягивать наверх, прекращая таким образом сообщение Гранитного дворца с землёй. Благодаря площадке подъём в Гранитный дворец был значительно облегчён. Впрочем, Сайрус Смит обещал через некоторое время устроить гидравлическую подъёмную машину.

Колонисты скоро привыкли пользоваться лестницей. Все они были людьми ловкими и подвижными. Пенкроф в качестве бывшего моряка, привыкшего лазать по вантам, дал им несколько уроков. Значительно труднее было научить этому искусству Топа. Бедняга не привык к таким упражнениям. Но Пенкроф был отличным учителем, и в скором времени

Топ стал так же легко взбираться по лестнице, как это делают его собратья в цирке. Нечего и говорить, что моряк был горд успехами своего ученика. Тем не менее частенько Пенкроф поднимался в Гранитный дворец с Топом на спине, к большому удовольствию умного пса.

Несмотря на то, что работы по оборудованию жилья велись ускоренным темпом, так как холодный сезон приближался, колонисты не забывали позаботиться и о заготовке провизии. Герберт и журналист, ставшие главными поставщиками съестных припасов, каждый день по нескольку часов кряду охотились.

Из-за отсутствия моста или лодки они не могли перебраться через реку Благодарности. Поэтому огромные леса Дальнего Запада до поры до времени оставались неисследованными — экскурсия туда была отложена до первых весенних дней, — и колонисты охотились только в лесу Якамары. Но и в этом лесу было множество дичи, и деревянные пики и стрелы колонистов служили им здесь не хуже, чем самые усовершенствованные ружья.

Однажды Герберт нашёл в юго-западной части леса полянку, покрытую высокой, густой и чуть влажной травой, насыщавшей воздух приятным запахом. Тут росли тимьян, богородская трава, базилик, чабер и другие пахучие травы.

Журналист заметил, что было бы странным, если бы возле так хорошо накрытого стола для кроликов не оказалось самих кроликов, и вместе с Гербертом внимательно обследовал поляну.

На ней росло множество полезных растений, и натуралист нашёл бы здесь немало образцов для пополнения своих коллекций. Герберт собрал некоторое количество лекарственных растений — базилика, ромашки, мелиссы, буквицы и т.д., из которых готовятся жаропонижающие, вяжущие, кровоостанавливающие, противогнилостные и противоревматические средства. Когда по возвращении Пенкроф спросил юношу, к чему ему эта трава, тот ответил:

— Чтобы лечиться, когда кто-нибудь из нас заболеет.

— А зачем нам болеть? — серьёзно возразил моряк. — Ведь врачей-то на острове нет!

На это нечего было возразить, но тем не менее юноша сохранил собранные им растения, с общего согласия всех остальных обитателей Гранитного дворца.

Кроме лекарственных трав, юный натуралист нашёл порядочное количество листьев растения, известного в Северной Америке под названием чая Освего; при варке этих листьев получается очень вкусный напиток.

В конце полянки охотники неожиданно наткнулись на естественный кроличий садок. Земля была сплошь изрыта ямками.

— Это норы! — воскликнул Герберт.

— Да, я вижу, — сказал журналист. — Но обитаемы ли они?

— Вот это неизвестно!

Вопрос, однако, разрешился сам собой. Как только охотники подошли к норам, из них сотнями выскочили маленькие животные, с виду похожие на кроликов. Они рассыпались в разные стороны с такой быстротой, что даже Топу не удалось догнать ни одного из них. Но журналист твёрдо решил не трогаться с места, пока он не поймает по меньшей мере полдюжины этих грызунов. Он хотел, приручив несколько пар кроликов, создать собственный крольчатник.

Поставив силки над отверстием норок, легко можно было поймать грызунов живыми. Но в данную минуту у охотников не было под руками ни силков, ни материала, из которого их можно было бы изготовить. Они решили поэтому вооружиться терпением и исследовать палкой все норки, одну за другой. После часа таких поисков четверо грызунов были пойманы в своих норах. Это были так называемые американские кролики, очень похожие на своих европейских сородичей.

Вечером эти кролики были поданы к ужину. Кушанье оказалось на редкость вкусным.

31 мая перегородки в Гранитном дворце были закончены. Оставалось только меблировать комнаты, но это было уже делом долгих зимних вечеров. В кухне был устроен очаг. Наибольшей трудностью для новоявленных печников было сооружение дымоотводной трубы. Сайрус Смит решил, что проще всего будет изготовить её из глины. Так как нечего было и думать выпустить трубу через потолок, колонисты ограничились тем, что пробили над окном ещё одно отверстие, в которое и выпустили косо протянутую по комнате трубу. Это устройство в дни сильных лобовых ветров грозило заполнять кухню дымом, но, во-первых, такие ветры не могли быть частыми, а во-вторых, старшего повара, Наба, эта перспектива мало беспокоила.

Когда первая часть работ по оборудованию Гранитного дворца была закончена, инженер решил приступить к заделке отверстия старого стока, примыкавшего к озеру, чтобы сделать невозможным вход во дворец с этой стороны. Колонисты подкатили к отверстию обломки скал и скрепили их цементом. Сайрус Смит отложил на время осуществление своего проекта — снова поднять уровень воды в озере — и ограничился тем, что скрыл отверстие травами, ветками и молодыми деревцами, в расчёте на то, что весной они примутся на новом месте и окончательно скроют отверстие от непосвящённых глаз.

Вместе с тем он использовал старый сток, чтобы снабдить Гранитный дворец постоянным притоком пресной воды из озера. Маленькая канава, пробитая под поверхностью озера, питала струйку, дающую колонистам двадцать пять — тридцать галлонов[1] питьевой воды в сутки.

Таким образом, Гранитный дворец был обеспечен свежей проточной водой.

Наконец всё оборудование жилища было закончено. И вовремя, потому что зима уже начиналась! Пока инженер не успел ещё изготовить оконного стекла, отверстия окон были заделаны плотными ставнями.

Гедеон Спилет артистически замаскировал пробоины в граните ползучими растениями, посадив их в трещины скал, так что окна оказались скрытыми свежей и красивой зелёной занавесью.

Колонисты не могли нахвалиться своим новым, просторным, безопасным и здоровым жильём. Перед окнами их квартиры открывался необъятный простор океана, между двумя мысами Челюстей на севере и мысом Когтя на юге. У подножия их дома расстилалась великолепная бухта Союза.

Да, у этих мужественных людей были основания быть довольными делом рук своих!

Пенкроф безмерно гордился своим новым жилищем, или, как он называл его, «квартиркой на шестом этаже, с чердаком».

---

[1] Галлон равен примерно 4 ½ литра.

ГЛАВА ДВАДЦАТАЯ

Дождливый сезон. — Вопрос об одежде. — Охота на тюленей. — Изготовление свечей. — Внутреннее оборудование Гранитного дворца. — Два мостика. — Возвращение с устричной отмели. — Что Герберт нашёл в кармане.

Зима наступила вместе с июнем, соответствующим декабрю Северного полушария. Первыми признаками её были беспрестанные ливни и ветры. Жильцы Гранитного дворца могли теперь воочию убедиться в преимуществах помещения, не боящегося непогоды. Камин оказался явно негодным убежищем, не способным защитить от суровой зимы, не говоря уже о том, что высокие зимние приливы грозили ему затоплением.

В предвидении этой возможности Сайрус Смит принял ряд мер для сохранения кузницы и печей, установленных в Камине.

Июнь ушёл на разные домашние работы, которые, однако, нисколько не мешали охоте, так что кладовые Гранитного дворца всё время ломились от запасов. Пенкроф собирался в первую же свободную минуту заняться изготовлением западней, от которых он ожидал чудес. Между делом он изготовил несколько верёвочных силков, и не проходило дня, чтобы кроличий садок не давал дани в виде одного или нескольких грызунов.

Наб почти всё своё время тратил на соление или копчение мяса, приготовляя, таким образом, великолепные консервы.

Вопрос об одежде подвергся очень серьёзному обсуждению. У колонистов не было другого платья, кроме того, какое было на них в момент крушения воздушного шара. Эта одежда была тёплой и прочной, так же как и бельё, и колонисты заботились о содержании её в безукоризненной чистоте. Но всё же рано или поздно, а нужно будет сменять её. Кроме того, одежда эта не могла защитить их от холода, если зима на острове окажется суровой.

Здесь не могла помочь даже изобретательность Сайруса Смита. Он должен был сначала заняться удовлетворением насущнейших потребностей колонии в жилище, в тепле, в пище и не мог разрешить проблемы одежды до наступления холодов. Нужно было, таким образом, постараться как-нибудь перенести морозы, не слишком ропща на судьбу, Когда же настанет весна, можно будет организовать охоту на муфлонов — горных баранов, водящихся на горе Франклина, — а, добыв шерсть, инженер уж сумеет найти способ превратить её в тёплую одежду. Как? Он об этом подумает после, когда придёт время.

— Что же, — сказал Пенкроф, — зиму как-нибудь протянем, поджаривая себе пятки у камина. Топлива у нас сколько угодно, и нет никакого смысла экономить его.

— Кстати, — сказал Гедеон Спилет, — остров Линкольна лежит под невысоким градусом широты, поэтому нет причин бояться чересчур суровой зимы. Не говорили ли вы, Сайрус, что наша тридцать пятая параллель соответствует примерно положению Испании или Италии в другом полушарии?

— Да, но не следует забывать, что и в Испании бывают очень холодные зимы. Снега и льда там сколько угодно, и, может быть, такие же испытания ожидают нас и на острове Линкольна. Однако это всё-таки остров, и поэтому я надеюсь, что здесь зима будет более умеренной.

— Почему, мистер Смит? — спросил Герберт.

— Потому, мой мальчик, что море можно считать гигантским резервуаром, накапливающим летнее тепло. С наступлением зимы оно постепенно возвращает это тепло, и благодаря этому в приморских землях температура меньше колеблется за год — летом там не так жарко, а зимой не так холодно.

— Поживём — увидим! — сказал Пенкроф. — Не пугайте меня сегодня холодами, которых ещё может и не быть. А вот что бесспорно — это то, что дни становятся короткими, а ночи длинными. По-моему, самое время подумать об освещении!

— Ничего не может быть проще, — ответил Сайрус Смит.

— Да, думать просто, — смеясь, сказал моряк.

— Нет, сделать просто!

— Когда же мы приступим к делу?

— Завтра же организуем охоту на тюленей.

— Чтобы сделать светильни?

— Фи, конечно, нет! Мы сделаем свечи!

Действительно, инженер думал об изготовлении свечей. В этой мысли не было ничего невыполнимого: у колонистов были известь и серная кислота, а тюлени могли дать любое нужное количество жира.

Этот разговор происходил 4 июня. На следующее утро, 5 июня, колонисты отправились на островок. Погода была неважная. Выжидая отлива, чтобы перейти вброд пролив, колонисты решили, как только это окажется возможным, построить лодку. Это упростило бы сообщение с островом, да и сделало бы возможной поездку вверх по течению реки Благодарности, отложенную до первых весенних дней.

На песке лежало множество тюленей, и колонисты без труда убили с полдюжины. Наб и Пенкроф освежевали их, и колонисты отнесли в Гранитный дворец около трёхсот фунтов жира, целиком предназначенного для изготовления свечей. Кроме того, они принесли шкуры убитых тюленей, из которых можно было изготовить прочную обувь.

Производство свечей оказалось чрезвычайно простым, и хотя изготовленные свечи были весьма неказисты на вид, но цели своей служили отлично. Если бы в распоряжении Сайруса Смита была только одна серная кислота, он должен был бы сначала нагреть тюлений жир вместе с серной кислотой и, отфильтровав получившийся глицерин, отделить кипячением из образовавшихся новых соединений олеин, маргарин и стеарин. Но так как у него была известь, он избрал более быстрый и простой способ. Он обработал жир известью и получившееся известковое (кальцинированное) мыло подверг действию серной кислоты, которая связала кальций и освободила жирные кислоты — олеиновую, маргариновую и стеариновую. Из этих кислот первую — жидкую — инженер удалил прессовкой, что же касается двух других, то они и были нужны для производства свечей. Эта работа отняла не больше двадцати четырёх часов.

Свечи были сформованы вручную, но от фабричных их отличало только то, что они не были отбелены и отполированы. Кроме того, фитили их, изготовленные из растительных волокон, сгорая, оставляли нагар, в отличие от фабричных, пропитанных борной кислотой фитилей, которые сгорают без остатка вместе с корпусом свечи. Но инженер сделал пару отличных щипцов для удаления нагара, и обитатели Гранитного дворца не имели оснований жаловаться на недостаточность освещения во время долгих зимних вечеров.

В течение июня у колонистов было немало работ по внутреннему оборудованию их нового жилища. Пришлось усовершенствовать ряд старых инструментов и изготовить много новых. В числе прочих инструментов колонисты сделали пару ножниц. Это позволило им наконец подстричь волосы и бороды.

Изготовление ручной пилы было нелёгким делом, но ценой величайших усилий колонисты добились своего и получили пилу, которая способна была резать дерево поперёк волокон. При помощи этой пилы они соорудили столы, стулья, шкафы и рамы кроватей. Кухня была оборудована полками, на которых Наб аккуратно расставил кухонную посуду. Кухня имела теперь очень нарядный вид, и Наб расхаживал по ней так же торжественно, как если бы это была химическая лаборатория.

Но вскоре столярам пришлось стать плотниками. Новый сток, образованный взрывом гранитной стены, преградил кратчайшую дорогу в северную часть острова, и колонистам, чтобы не переходить через поток, приходилось делать порядочный крюк, идя в обход истоков Красного ручья. Проще, конечно, было перекинуть на плоскогорье Дальнего вида и на берегу океана мостики длиной в двадцать — двадцать пять футов, тем более, что для этого достаточно было повалить поперёк потока несколько стволов деревьев, предварительно очистив их от веток.

Когда мостики были перекинуты, Наб и Пенкроф отправились на устричную отмель. Они тащили за собой грубо сделанную тележку, заменившую неудобную для переноски тяжестей старую плетёную корзину, и привезли обратно несколько тысяч устриц.

Устрицы быстро акклиматизировались на побережье, подле устья реки Благодарности, среди скал, образовавших естественные садки. Моллюски эти были ценным добавлением к столу, и колонисты почти ежедневно лакомились ими.

Как видим, остров Линкольна удовлетворял почти все нужды колонистов, хотя они успели ознакомиться только с очень незначительной частью его.

Можно было предполагать, что более широкое обследование острова, особенно отдалённых уголков его лесистой части, тянувшейся между рекой Благодарности и мысом Рептилии, даст колонистам новые ценные продукты.

Только одного не хватало обитателям острова. Азотистые продукты, то есть мясо, были у них в изобилии, так же как и зелень. Перебродившие корни драцены давали им кисловатый напиток, по вкусу несколько напоминавший пиво. Они добыли даже сахар, но не из свёклы или сахарного тростника, а просто собирая сок клёна, дерева, растущего в умеренной зоне и обильно представленного на острове. Они пили вкусный чай Освего из листьев, собранных Гербертом. Наконец, у них было сколько угодно соли, единственного из минералов, применяемого людьми в пищу. Но хлеба у них не было.

Возможно, что в лесах южной, неисследованной части острова можно было найти какие-нибудь растения, заменяющие хлеб, — хлебное дерево или саго, — но до сих пор колонисты не нашли их и обходились без хлеба.

Однажды — в этот день шёл проливной дождь — колонисты сидели все в большом зале Гранитного дворца.

Герберт неожиданно воскликнул:

— Глядите, мистер Смит, хлебное зерно!

И юноша показал своим товарищам зёрнышко, единственное зёрнышко, провалившееся сквозь дырку в кармане в подкладку его куртки. Герберт в Ричмонде любил сам кормить голубей, и зерно это случайно застряло у него в кармане.

— Хлебное зерно? — живо переспросил Смит.

— Да, мистер Смит, но одно-единственное...

— Вот так находка, Герберт! — улыбаясь, сказал моряк. — Что мы можем сделать из одного зёрна?

— Мы испечём хлеб! — ответил Сайрус Смит.

— Хлеб, печенье, торты, пирожные, — подхватил Пенкроф. — Боюсь только, как бы мы не растолстели от мучной пищи!

Герберт, не придавший никакого значения своей находке, хотел уже выбросить зёрнышко, но Сайрус Смит взял его, осмотрел и, убедившись, что оно было в хорошем состоянии, поднял глаза на моряка.

— Пенкроф, — сказал он спокойно, — знаете ли вы, сколько колосьев может дать одно зерно?

— Полагаю, что один колос, — ответил моряк, удивлённый вопросом.

— Десять, Пенкроф! А знаете ли вы, сколько зёрен может дать колос?

— Право, не знаю.

— В среднем по восемьдесят. Следовательно, посадив это зёрнышко, мы при первом же сборе урожая снимем восемьсот зёрен, которые при втором сборе дадут шестьсот сорок тысяч зёрен, при третьем — пятьсот двенадцать миллионов, а при четвёртом — свыше четырёхсот миллиардов зёрен, если, конечно, ни одно зёрнышко не погибнет. Вот!

Товарищи слушали Сайруса Смита не прерывая. Они были ошеломлены названными им цифрами. И, однако, эти цифры были правильные.

— Так-то, друзья мои, — продолжал инженер, — такова прогрессия плодородия почвы. А что значит эта прогрессия хлебного зёрна рядом с прогрессией макового, приносящего тридцать две тысячи зёрен при первом же урожае, или табачного, дающего триста шестьдесят тысяч? Если бы не тысячи причин, действующих губительно на эти растения, в несколько лет весь земной шар был бы заполнен ими. А теперь, Пенкроф, отвечайте, знаете ли вы, сколько четвериков хлеба составят четыреста миллиардов зёрен?

— Нет, — ответил моряк, — но зато я твёрдо знаю, что я осёл…

— Так знайте же, Пенкроф, что, если считать по сто тридцать тысяч зёрен на четверик, это составит свыше трёх миллионов четвериков.

— Трёх миллионов! — вскрикнул Пенкроф.

— Да, трёх миллионов.

— В четыре года?

— В четыре года, — подтвердил Сайрус Смит, — а может быть, даже и в два, если под этой широтой можно собирать по два урожая в год.

На это заявление Пенкроф ответил громогласным «ура».

— Отсюда следует, Герберт, — закончил инженер, — что ты сделал исключительно важную для нас находку. Помните, друзья, что в том положении, в котором мы очутились, всё, буквально всё может сослужить нам службу. Очень прошу вас — никогда не забывайте этого.

— Обещаю вам, мистер Смит, что мы не забудем, — ответил за всех Пенкроф. — И если я когда-нибудь найду зерно табака, дающее триста шестьдесят тысяч зёрен, уверяю вас, я не выброшу его на ветер! А теперь знаете, что нам остаётся сделать?

— Посадить это зерно, — ответил Герберт.

— Правильно, — сказал Гедеон Спилет, — и беречь его как зеницу ока, ибо в нём заключаются все наши надежды на будущие урожаи.

— Если только оно взойдёт, — добавил моряк.

— Оно взойдёт, — уверенно сказал инженер.

Это происходило 20 июня — как раз подходящее время для посева единственного и драгоценнейшего зёрнышка. Сначала думали посадить его в глиняный горшок, но по зрелом размышлении решено было довериться природе и высадить его прямо в землю. В тот же день произвели «сев», и не приходится говорить, что все меры предосторожности были приняты, чтобы результат его был удачным.

Погода несколько прояснилась, и колонисты воспользовались этим, чтобы взобраться на «крышу» Гранитного дворца. Там, на плоскогорье, они выбрали местечко, защищенное со всех сторон от ветров, на которое полуденное солнце изливало всю силу своих лучей. Они очистили от насекомых и червяков площадку, вскопали её, устлали ровным слоем удобренной извести и слегка увлажнённой земли и высадили туда бесценное зёрнышко. Затем место это огородили палисадником.

Казалось, что колонисты закладывают первый камень здания. Пенкроф вспомнил день, когда он пытался и не осмеливался зажечь единственную на острове спичку. Но сегодня дело было ещё важней. Действительно, тем или иным способом, днём раньше или днём позже, но колонисты добыли бы себе огонь. Другое дело это зерно — никакие усилия не вернут его им, если, по несчастью, оно погибнет.

ГЛАВА ДВАДЦАТЬ ПЕРВАЯ

Холода. — Исследование болот юго-восточной части острова. — Шакаловые лисицы. — Будущее Тихого океана. — Работа кораллов. — Охота. — Болото Казарки.

С этих пор не проходило и дня, чтобы Пенкроф не посетил огороженный клочок земли, который он серьёзно называл своим «хлебным полем». Горе насекомым, которые осмеливались приблизиться к этому заповедному месту! Пенкроф не давал им пощады.

В конце июня, после долгих беспрестанных дождей, начались холода, и 29 июня термометр Цельсия, если бы такой был на острове, показывал бы не меньше 6° ниже нуля.

Льдины скопились у устья реки Благодарности, и в скором времени вся река замёрзла. Ещё раньше покрылось льдом озеро.

Колонистам пришлось несколько раз пополнять свой запас топлива. Пенкроф, раньше чем река стала, сплавил по её течению несколько огромных плотов с валежником. К древесному топливу колонисты добавили несколько тележек каменного угля, за которым приходилось ходить к самому подножию горы Франклина.

Тепло, выделяющееся при сгорании каменного угля, было особенно оценено колонистами, когда 4 июля температура упала до 15° ниже нуля. Они сложили вторую печь в столовой и проводили там за работой всё время.

Только теперь, во время жестоких морозов, Сайрус Смит понял, какая счастливая мысль пришла ему в голову, когда он решил отвести струйку воды из озера в Гранитный дворец. Начинаясь под ледяным покровом, она, не замерзая, доходила до резервуара подле кухни и, наполнив его, изливалась в колодец.

Наступившие ясные, сухие морозные дни позволили колонистам предпринять экскурсию в болота юго-восточной части острова, между рекой Благодарности и мысом Когтя. Туда и обратно нужно было пройти не меньше шестнадцати-семнадцати миль; следовательно, экспедиция должна была продлиться целый день, и то при условии быстрой ходьбы. Так как предполагалось посетить неисследованную часть острова, было решено, что в экспедиции примут участие все колонисты.

В шесть часов утра 5 июля, как только забрезжила заря, Сайрус Смит, Гедеон Спилет, Наб, Пенкроф и Герберт, вооружённые луками, стрелами, пиками с железными наконечниками и силками, захватив с собой достаточный запас провизии, покинули Гранитный дворец. Топ открывал шествие.

Кратчайшей дорогой была дорога через замёрзшую реку Благодарности.

— Лёд не может заменить настоящего моста, — заметил инженер.

И постройка настоящего моста была внесена в список очередных работ.

Впервые колонисты ступали ногой на правый берег реки Благодарности и углублялись в его великолепные хвойные леса, теперь покрытые пеленой снега.

Не прошли они и полумили, как из густого кустарника стрелой выскочила целая семья четвероногих, вспугнутая, по-видимому, лаем Топа.

— О, да ведь это лисицы! — воскликнул Герберт, глядя вслед убегающим зверям.

Это действительно были лисицы, но очень крупные, до одного метра в длину, и издававшие какое-то подобие лая; этот лай так удивил Топа, что он недоуменно остановился и тем дал возможность скрыться быстрым животным.

Собака, не знавшая естественной истории, вправе была удивляться, Но этот лай выдал породу убежавших зверей. Эти лисицы с рыжеватым мехом и чёрными хвостами, свисающими почти до земли, без сомнения, принадлежали к виду шакаловых лисиц. Герберт искренне сожалел, что Топу не удалось поймать ни одного из этих представителей семейства собак.

— Можно ли их есть? — спросил Пенкроф, которого и флора и фауна острова интересовали только с этой стороны.

— Нет, — ответил Герберт. — Знаешь, Пенкроф, зоологи до сих пор не решили вопроса, можно ли считать лисиц чистыми представителями собачьей породы.

Сайрус Смит не мог удержать улыбки, услышав ответ Герберта. Для моряка же лисицы перестали существовать, как только он узнал, что они относятся к «породе» несъедобных. Но, между прочим, он заметил, что, когда в Гранитном дворце будет собственный курятник, необходимо будет позаботиться о том, чтобы эти четвероногие грабители не наносили ему визитов. Никто не возразил моряку.

Было уже около восьми часов утра. Небо было прозрачным и таким синим, каким оно бывает только в морозные дни. Но разгорячённые ходьбой колонисты не чувствовали уколов холода.

К счастью, не было ветра, а в безветрие мороз легче переносится. Громадное, но негреющее солнце только что встало из глубины океана и медленно поднималось в небе.

Поверхность океана была синей и спокойной, как вода какого-нибудь средиземноморского залива в ясный летний день. Мыс Когтя, изогнутый и острый, как ятаган, явственно виднелся в четырёх милях к юго-востоку. Налево был виден уголок бухты Союза, ничем не защищённой от океана. Вне всякого сомнения, это было не слишком подходящее убежище для кораблей, гонимых бурей.

Абсолютное спокойствие поверхности воды, её одинаковый во всей бухте цвет, отсутствие рифов и скал — всё указывало на то, что здесь была бездонная глубина, что океан катил свои волны над пропастью.

Вдалеке виднелись верхушки леса Дальнего Запада. Можно было подумать, что находишься на унылом берегу приполярного островка, осаждённого ледниками.

Колонисты сделали в этом месте привал и съели по нескольку ломтей холодного мяса.

Завтракая, колонисты продолжали осматривать местность. Эта часть острова Линкольна своим бесплодием резко отличалась от плодоносной западной части. Журналист заметил по этому поводу, что, если бы случай выбросил их на северное побережье, они вначале были бы очень невысокого мнения о приютившем их острове.

— Думаю, что мы и не добрались бы здесь до берега, — сказал инженер. — Море здесь, видимо, очень глубоко, и в нём нет даже скал, на которых можно было бы передохнуть. Напротив Гранитного дворца есть островок, мели, скалы, дающие хоть некоторую надежду на спасение. Здесь же ничего — бездонная пропасть…

— Странно, — добавил Гедеон Спилет, — встретить на таком маленьком острове такое разнообразие природных условий. Это было бы вполне понятно на большом материке. Честное слово, можно подумать, что богатая растительностью западная часть острова омывается тёплыми водами Мексиканского залива, а эти северные и северо-восточные берега — водами сурового полярного моря.

— Вы правы, Спилет, — сказал Сайрус Смит. — И мне приходила в голову та же мысль. Этот остров и по форме и по природным условиям совершенно необычен. Он в миниатюре представляет все характерные черты настоящего материка. Меня бы не удивило, если бы оказалось, что в прошлом он был частью материка.

— Как? Материк посредине Тихого океана?! — воскликнул Пенкроф.

— Почему бы и нет? — ответил инженер. — Австралия, Новая Зеландия, весь тот комплекс, который англичане называют Австралазией, вместе с тихоокеанскими архипелагами отлично мог в прошлом быть шестой частью света, такой же значительной, как Европа, Азия, Африка и обе Америки. Я вполне допускаю, что все острова, находящиеся посреди этого громадного океана, представляют собой не что иное, как вершины гор материка, опустившегося под воду в доисторические времена.

— Как Атлантида? — спросил Герберт.

— Да, дитя моё... если только она существовала когда-либо.

— И остров Линкольна был частью этого материка? — спросил Пенкроф.

— Это очень вероятно, — ответил инженер. — И, пожалуй, это единственное разумное объяснение неодинаковых природных условий в разных частях острова...

— И обилия разнообразных животных, живущих на нём и посейчас, — добавил Герберт.

— Да, мой мальчик. Ты подсказал мне новый довод в защиту моего предположения. Мы убедились, что на острове живёт множество животных, к тому же самых разнообразных пород. Это не случайность; по-моему, это служит доказательством тому, что остров Линкольна некогда был частью материка, постепенно опустившегося на дно Тихого океана.

— Следовательно, по-вашему, — возразил Пенкроф, видимо не убеждённый словами инженера, — и этот остаток материка в один прекрасный день также опустится под воду и между Америкой и Азией не будет никакой земли?

— Нет, будет, — ответил инженер. — За это время возникнут новые материки, над возведением которых работают сейчас миллиарды миллиардов мельчайших существ.

— Что это за строители? — спросил удивлённо Пенкроф.

— Это кораллы. Это они неустанным трудом подняли на поверхность вод ряд островов, множество атоллов и рифов Тихого океана. Чтобы уравновесить на чаше весов одно ореховое ядрышко, необходимы тысячи этих крохотных существ. Кораллы, поглощая из морской воды соль и растворённые в ней другие твёрдые вещества, образуют известняк, из которого вырастают громадные подводные скалы, по крепости и прочности не уступающие граниту. В давно прошедшие, первые периоды существования нашей планеты природа создавала земли при помощи вулканических процессов. Теперь, видимо, подземный огонь как фактор землеобразования ослаб, и природа поручает эту работу микроскопическим существам на дне морей и океанов. Я знаю, пройдут века, миллиарды поколений кораллов сменят миллиарды других поколений кораллов, и из вод Тихого океана возникнет новый материк, который заселят и цивилизуют наши отдалённые потомки…

— Ох, до этого ещё много воды утечёт! — сказал Пенкроф.

— Природе некуда спешить, — ответил инженер.

— Но к чему создавать новые континенты? — спросил Герберт. — Мне кажется, что площадь современных материков больше чем достаточна для расселения человечества. А природа не станет делать никакой бесполезной работы!

— Это верно, — ответил инженер, — но с точки зрения интересов будущих поколений образование новых материков, особенно в тропических зонах, где главным образом и растут коралловые острова, никак нельзя считать бесполезным. По крайней мере, таково моё мнение…

— Мы слушаем вас, мистер Смит, — сказал Герберт, — расскажите нам вашу теорию.

— Вот в чём заключается моя мысль. Учёные, по крайней мере многие из них, допускают, что рано или поздно растительная и животная жизнь на нашей планете угаснет из-за холода. Разногласия среди учёных вызывают только причины этого похолодания Земли. Некоторые считают, что холод наступит через миллионы лет вследствие охлаждения Солнца; другие считают, что задолго до того погаснет подземный огонь, который, по их мнению, оказывает большое влияние на климат Земли. Я лично склоняюсь к этой последней гипотезе, сравнивая будущее Земли с настоящим Луны, угасшей и охлаждённой звезды, на которой не может быть жизни, несмотря на то что Солнце продолжает отдавать её поверхности своё тепло. Итак, если Луна охладилась, то это следствие того, что совершенно угас её внутренний огонь, которому она обязана своим существованием, как и все прочие светила. Словом, какова бы ни была причина охлаждения, но рано или поздно наша планета замёрзнет, причём это замерзание совершится не сразу, а постепенно. Что произойдёт тогда? Произойдёт то, что страны, расположенные в умеренном поясе, станут так же мало пригодными для жизни, как нынешние полярные земли. Поэтому человечество, да и весь животный мир, устремится к широтам, получающим больше солнечного тепла. Начнётся гигантское переселение народов. Европа, Средняя Азия, Северная Америка мало-помалу обезлюдеют так же, как Австралия и Южная Америка. Растительный мир последует за животным. Флора отступит к экватору одновременно с фауной. Центральная Америка и Африка станут самыми населёнными частями света. Лапландцы и самоеды встретят привычные для себя климатические условия на берегах Средиземного моря, в нынешней Италии. Едва ли экваториальные земли смогут тогда вместить и пропитать всё человечество. Может быть, предусмотрительная природа, уже сейчас предвидя будущее великое переселение людей, животных и растений к экватору, поручила кораллам немедленно приступить к постройке основания нового материка. Я часто думал об этих вещах, друзья мои, и пришёл к убеждению, что когда-нибудь внешний облик нашей планеты коренным образом изменится: поднимутся со дна морского новые континенты, и вытесненная ими вода зальёт старые. В будущие столетия новые Колумбы отправятся открывать острова Чимборасо, Гималаи, Монблан[1], остатки Америки, Азии, Европы, ещё не поглощённые водой. Затем, через десятки тысячелетий, и эти новые материки, в свою очередь, станут непригодными для жизни. Земля остынет, как остывает тело, покинутое жизнью, и всякие проявления жизни если не навсегда, то во всяком случае на время исчезнут с нашей планеты.

---

[1] Чимборасо — высочайшая горная вершина в Андах Эквадора (Южная Америка); Гималаи — высокие горы в Азии; Монблан — самая высокая вершина в Европе. (Прим. авт.)

— Всё это очень интересно, — сказал Пенкроф, внимательно слушавший инженера, — но скажите, мистер Смит, может быть, и наш остров построен кораллами?

— Нет, — ответил инженер, — остров Линкольна, несомненно, вулканического происхождения.

— Значит, он исчезнет в один прекрасный день?

— Это вполне вероятно.

— Надеюсь, что к тому времени нас уже здесь не будет.

— Не беспокойтесь, Пенкроф, нас-то наверное уже не будет здесь. У нас нет никакой охоты провести здесь всю жизнь, и рано или поздно мы выберемся отсюда.

— А пока что, — добавил Гедеон Спилет, — будем устраиваться здесь так, словно мы собираемся прожить тут целую вечность. Нехорошо делать дело наполовину!

Этими словами закончился разговор. Завтрак был съеден.

Колонисты снова тронулись в путь и скоро дошли до начала заболоченной местности.

Болото занимало площадь почти в двадцать квадратных миль и тянулось вплоть до юго-восточной оконечности острова. Почва здесь была илистой, глинистой, устланной местами гнилыми листьями и ветвями. Повсюду на солнце сверкали покрытые льдом лужи. Вода не могла скопиться здесь ни вследствие наводнения, ни вследствие дождей. Оставалось заключить, что болото питается просачивающейся подпочвенной водой, как и было в действительности. Можно было даже опасаться, что в жаркое время года это болото отравляет воздух миазмами болотной лихорадки.

Над заболоченной травой носился целый птичий мирок. Профессиональный охотник едва успевал бы спускать курок: тут были дикие утки, казарки, целые стаи доверчивых бекасов, безбоязненно позволявших приблизиться к себе. Они летали такими плотными рядами, что выстрел из дробовика, наверное, уложил бы несколько дюжин птиц.

Но колонисты могли стрелять только из луков. Эффект не был таким блистательным, но бесшумные стрелы имели то преимущество, что не вспугивали птиц.

Охотники удовольствовались на этот раз дюжиной диких уток, зная, что в любой момент они смогут пополнить здесь свои запасы провианта.

Назвав эту местность «болотом Казарки», к пяти часам вечера Сайрус Смит и его спутники повернули домой.

В восемь часов они перешли по льду реку Благодарности и подошли к Гранитному дворцу.

ГЛАВА ДВАДЦАТЬ ВТОРАЯ

Западни. — Лисицы. — Северо-западный ветер. — Снежная буря. — Колода. — Рафинирование сахара. — Таинственный колодец. — Планы разведок. — Дробинка.

Сильные холода держались до 15 августа. Однако температура ни разу не опускалась ниже -15°. При безветрии этот холод легко переносился колонистами. Но стоило подняться даже лёгкому ветерку — и плохо одетые люди начинали страдать от укусов мороза.

Пенкроф сожалел, что вместо тюленей и шакаловых лисиц, шкуры которых оставляют желать лучшего, на острове Линкольна не оказалось нескольких медведей.

— Медведи, — говорил он, — обычно неплохо одеты. Я бы не желал ничего лучшего, как одолжить у них на зиму их тёплую шубу.

— Но, — возразил, смеясь, Наб, — может быть, медведи не согласились бы одолжить тебе свою шубу?

— Мы бы заставили их, Наб, мы бы заставили их! — авторитетно заявил Пенкроф.

Но этих опасных хищников на острове не было, или, по крайней мере, они не встретились до сих пор колонистам.

На всякий случай Гедеон Спилет, Пенкроф и Герберт устроили западни на плоскогорье Дальнего вида и на опушке леса. По словам Пенкрофа, какое бы животное ни попало в них — хищник ли, грызун ли, — всякое пригодится в хозяйстве Гранитного дворца.

Западни были устроены чрезвычайно просто: они состояли из ям, прикрытых сверху ветвями и травами; на дно этих ям клалась какая-нибудь приманка, запах которой должен был привлечь животное. Вот и всё. Нужно оговориться, что места выбирались не случайно, а только там, где часто можно было наблюдать следы животных.

Ежедневно колонисты осматривали ямы. В течение первых же дней они нашли в них трёх лисиц.

— Чёрт возьми, — воскликнул Пенкроф, вытаскивая из ямы третьего зверька, угрюмо скалившего зубы, — неужели в этих местах только и живут что лисицы? Добро бы они ещё годились на что-нибудь!

— Вы заблуждаетесь, Пенкроф, — сказал ему журналист, — лисицы совсем не так уж бесполезны.

— А на что они годны?

— Чтобы служить приманкой другим зверям!

Журналист был прав, и трупы лисиц были оставлены в ямах в качестве приманок.

Моряк изготовил также множество силков, и они давали больше добычи, чем западни. Не проходило дня, чтобы в силок не попадал хоть один кролик. Пища была довольно однообразной, но Наб умел подавать кроликов под разными соусами, и колонисты не жаловались на стол.

Между тем в течение второй недели августа западни порадовали колонистов более крупными и более полезными животными, чем лисицы. То были кабаны, уже замеченные ими в лесу, к северу от озера Гранта.

Пенкроф не стал никого спрашивать, съедобны ли эти животные, — на этот вопрос ему ответило их сходство с обыкновенными европейскими и американскими свиньями.

— Но ведь это не настоящие свиньи, Пенкроф, — предупредил моряка Герберт.

— Герберт, — попросил тот, наклоняясь над ямой и вытаскивая кабана за короткий отросток, служивший ему хвостом. — Герберт, если это даже не свинья, не говори мне этого...

— Почему?

— Потому что это меня огорчит!

— Неужели ты так любишь свиней, Пенкроф?

— Я очень люблю свинину, — ответил моряк, — а особенно свиные ножки. Если бы у свиней было не четыре, а восемь ног, я бы любил их вдвое больше!

Пойманные животные принадлежали к подсемейству пекари — американских свиней, точнее — к виду таяссу, различимому по сросшимся пястным косточкам на задних ногах животного. Пекариобразные, и в том числе таяссу, обычно водятся стадами, и можно было предполагать, что они во множестве встречаются в лесистых местах острова. Животные эти оказались съедобными с головы до ног, и Пенкроф ничего другого от них не требовал.

В середине августа погода внезапно переменилась под влиянием поднявшегося северо-западного ветра. Температура поднялась на несколько градусов, и пары воды, находившиеся в атмосфере, выпали на землю в виде снега. Весь остров покрылся белым покровом и стал совершенно неузнаваемым. Снег обильно падал в продолжение нескольких дней, и слой его достиг толщины в два фута.

Ветер стал крепнуть, и скоро уже с высоты Гранитного дворца можно было слышать рёв волн, разбивающихся о скалы. Местами бушующий ветер подымал целые столбы снега, вращающиеся вокруг своей оси и, подобно водяным смерчам, переносящиеся с места на место. Ураган, нёсшийся с северо-запада, задевал остров Линкольна только своим краешком, да и положение Гранитного дворца, выходящего окнами на восток, избавляло его обитателей от лобовой атаки бури. Но ни Сайрус Смит, ни его товарищи, конечно, не рисковали высунуть даже кончик носа из дому в этот страшный буран, мало чем отличавшийся от самых сильных полярных бурь.

Пять дней — с 20 по 25 августа — колонисты безвыходно просидели в Гранитном дворце, слушая, как свирепствует ветер в лесу Якамары, где немало деревьев было вырвано с корнем и повалено на землю. Но это нисколько не огорчало Пенкрофа.

— Ветер работает на нас, — говорил он, — чем больше деревьев он повалит, тем меньше придётся нам рубить.

Впрочем, помешать буйству ветра колонисты всё равно не могли.

Можно себе представить, какими счастливыми чувствовали себя колонисты за гранитными стенами своего непоколебимо крепкого убежища. Здесь они были в полнейшей безопасности, совершенно недосягаемые для ветра.

Деревянный или даже каменный дом на плоскогорье Дальнего вида вряд ли смог бы противостоять такому свирепому урагану.

Точно так же и Камин оказался бы совершенно негодным для жилья; уже по одному шуму океана, с грохотом обрушивавшегося на первое пристанище колонистов на острове, можно было себе представить, какой незавидной была бы их участь, если бы не счастливая находка Гранитного дворца.

Колонисты не бездельничали в эти дни вынужденного сидения взаперти. В кладовых дворца хранилось много досок, и за это время обстановка жилища пополнилась достаточным количеством столов и стульев. Прочность их; судя по количеству истраченного материала, была выше самых строгих требований. Правда, этот «запас прочности» образовался за счёт веса мебели, которую нелегко было сдвинуть с места, но ни Наба, ни Пенкрофа, гордых делом рук своих, это нимало не огорчало, и они не променяли бы свои изделия даже на мебель Буля[1].

Затем столяры превратились в корзинщиков, и неплохих корзинщиков. Ещё до наступления периода дождей Герберт и Пенкроф, обнаружив на берегу озера Гранта целую заросль ивняка, заготовили большое количество ивовых прутьев. Теперь эти прутья были пущены в работу.

Первые пробы были неудачны, но настойчивость и сообразительность колонистов преодолели все трудности, и инвентарь колонии скоро обогатился большим запасом корзин всевозможных размеров.

В последнюю неделю августа погода ещё раз переменилась. Мороз усилился, но буря стихла. Колонисты устремились на воздух. Снег лежал повсюду двухфутовым покровом, но верхний слой его уплотнился, затвердел, и по нему можно было легко ходить.

Сайрус Смит с товарищами взобрался на плоскогорье Дальнего вида. Какая перемена! Леса, не так давно радовавшие глаз яркой зеленью, были погребены теперь под одноцветной белой пеленой. Всё было бело — от вершины горы Франклина до прибрежной полосы, всё — леса, поля, озеро, река, земля...

Река Благодарности текла под ледяным сводом, который с треском ломался при каждом отливе и приливе. Колонисты не могли определить размер повреждений, нанесённых ураганом лесу, для этого нужно было подождать, чтобы растаял снег.

Гедеон Спилет, Пенкроф и Герберт не преминули осмотреть западни.

Колонисты с трудом разыскали их под толстым слоем снега. Им пришлось даже остерегаться, чтобы не попасть самим в свои же западни, — это было бы слишком обидно. Но западни оказались пустыми, несмотря на то что весь снег кругом был испещрён очень отчётливыми следами когтей.

---

[1] Буль — известный художник-мебельщик конца XVII и начала XVIII века.

Герберт, не колеблясь, заявил, что это следы какого-то животного из породы кошачьих. Это подтверждало опасения инженера, что на острове имеются опасные хищники. Очевидно, они скрывались в лесах Дальнего Запада, и только движимые голодом рискнули забраться на плоскогорье Дальнего вида.

— Что же это за кошки? — спросил Пенкроф.

— Ягуары! — ответил Герберт.

— А я думал, что эти звери встречаются только в тёплых странах! — удивился Пенкроф.

— В Америке, — сказал Герберт, — они водятся от Мексики до пампасов Буэнос-Айреса. А так как остров Линкольна находится под одной примерно широтой с провинциями Ла-Платы, нет ничего удивительного, что здесь имеются ягуары.

— Ладно, будем настороже! — заявил Пенкроф.

Вскоре потеплело, и снег начал таять. Выпавшие дожди ускорили таяние, и через непродолжительное время земля совершенно обнажилась. Несмотря на стоявшую дурную погоду, колонисты возобновили свои запасы миндаля, корней драцены, корнеплодов, кленового сока, кроликов, агути и кенгуру. Для этого им пришлось несколько раз побывать в лесу, носившем следы урагана: множество деревьев было повалено на землю и вырвано с корнями.

Наб и Пенкроф пробрались даже к залежам каменного угля и привезли несколько тележек горючего. Попутно они убедились, что труба гончарной печи изрядно пострадала от урагана и укоротилась по крайней мере на пять-шесть футов.

Одновременно с пополнением запасов угля был возобновлён и запас дров: колонисты сплавили по течению реки Благодарности, снова ставшей судоходной, несколько плотов валежника, так как опасались, что холода могут возобновиться.

Посетив Камин, колонисты только порадовались, что так своевременно перебрались в другое место. Море оставило здесь следы своего буйства. Огромные валы, перекатившись через островок Спасения, устлали коридоры Камина густым слоем водорослей.

В то время, как Наб, Герберт и Пенкроф охотились или возобновляли запасы горючего, Гедеон Спилет и Сайрус Смит занялись приведением в порядок Камина. Очистив коридоры от песка и водорослей, они нашли горн и печи почти неповреждёнными под слоем песка, засыпавшего их при первом же нашествии волн.

Вскоре колонисты могли убедиться, что поступили очень благоразумно, сделав запас топлива. В Северном полушарии в феврале часто бывают жестокие морозы. То же самое могло быть на острове Линкольна в августе, так как в Южном полушарии этот месяц соответствует февралю.

Действительно, неожиданно температура резко упала, ветер перескочил через несколько румбов на юго-восток, и снова выпал снег.

Мороз был тем более чувствителен, что всё время дул резкий ветер.

Колонистам снова пришлось отсиживаться в Гранитном дворце и забаррикадировать все окна и дверь, оставив только щели для притока воздуха. Естественно, что потребление свечей резко возросло. Чтобы растянуть запас их до наступления хорошей погоды, колонисты часто ограничивались огнём очага.

Несколько раз то один, то другой из колонистов пытался спуститься к берегу океана по обледенелым перекладинам лестницы, но всякий раз холод заставлял отказаться от этой попытки, и смельчак поспешно возвращался к очагу отогреть замёрзшие пальцы.

Для того чтобы чем-нибудь заполнить томительно тянувшееся время, Сайрус Смит предложил заняться рафинированием кленового сока, который они до сих пор употребляли вместо сахара в натуральном виде, пользуясь его свойством густеть при долгом стоянии на воздухе.

Слово «рафинирование» не должно вызывать у читателя представление о сложном оборудовании сахарорафинадных заводов. Для того чтобы сахарный сироп выкристаллизовался, его достаточно было подвергнуть очень лёгкой и несложной операции: всё дело заключалось в выпаривании сиропа на медленном огне.

Как только поднималась пена и сироп начинал густеть, Наб принимался размешивать его палкой, чтобы ускорить испарение и не дать вареву пригореть.

После нескольких часов кипячения — операции, которая пришлась в эти холодные дни по вкусу всем колонистам, — сироп сгустился. Его вылили тогда в глиняные формы, предварительно прокалённые на том же огне очага, и дали остыть. Назавтра из форм был вынут сахар, чуть темноватый, но прозрачный и безупречного вкуса.

Холода длились до середины сентября. Узникам Гранитного дворца их добровольное заключение начинало казаться чересчур утомительным. Почти ежедневно они делали вылазки правда, весьма непродолжительные. В промежутках работали над оборудованием своей квартиры. Во время работы беседовали.

Сайрус Смит рассказывал своим товарищам о практическом приложении разных наук. У колонистов не было книг, но инженер был ходячей книгой, всегда раскрывавшейся на нужной странице.

Дни проходили, и колонисты по-прежнему бодро смотрели в будущее. Однако приближалось время, когда заключению колонистов должен был наступить конец. Все с нетерпением ждали если не хорошей погоды, то хотя бы прекращения морозов. Если бы только они были теплей одеты! Какие бы экскурсии они совершали! Но Сайрус Смит не позволял никому рисковать здоровьем.

— Нам нужны все рабочие руки, — говорил он, и колонисты беспрекословно подчинялись.

После Пенкрофа самым нетерпеливым из узников был Топ. Верный пёс скучал в Гранитном дворце и, перебегая из одной комнаты в другую, всем своим видом говорил о недовольстве заключением.

Сайрус Смит часто замечал, что, приближаясь к отверстию глубокого, доходящего до океана колодца, перекрытого деревянным настилом, Топ глухо ворчал.

Иногда он даже царапал этот настил, точно пытаясь приподнять его. При этом он как-то тревожно и злобно лаял.

Инженер, следя за ним, упорно старался понять, почему так волновалось умное животное. Колодец доходил до моря — это было бесспорно. Но не было ли в нём каких-нибудь ответвлений, сообщающихся с другими пещерами? Не забредало ли в них изредка какое-нибудь морское чудище? Инженер не знал, что думать, но не мог заставить себя не тревожиться. Привыкнув доводить до конца всякую мысль в научной области, он не прощал себе этого отвлечения в область загадочного, почти что сверхъестественного. Но всё же у него не находилось ответа на вопрос, чем объяснить загадочное поведение Топа — разумнейшего из псов, никогда не терявшего времени на бессмысленный лай на луну. Ведь не зря же собака часами напрягала слух и обоняние, упорно что-то вынюхивая в пропасти. Очевидно, там происходило нечто такое, что должно было разбудить в ней тревогу!

Поведение Топа занимало инженера настолько сильно, что он даже стеснялся самому себе признаться в этом. Во всяком случае он считал лишним тревожить остальных колонистов своими смутными предчувствиями и только с Гедеоном Спилетом поделился мыслями, которые в нём вызывало непонятное поведение Топа.

Наконец морозы спали. Начались дожди, дожди пополам со снегом, шквалы, град.

Но эта непогода держалась недолго. Лёд растаял, снег сошёл, берега, лес, река стали опять проходимыми.

Наступление весны привело в восторг обитателей Гранитного дворца, и вскоре они стали проводить в нём только часы еды и сна.

В конце сентября колонисты много охотились. Пенкроф преследовал Сайруса Смита требованиями дать наконец обещанные ружья. Зная, что без специальных инструментов и калибров невозможно сделать мало-мальски пригодное огнестрельное оружие, инженер всё время отмалчивался, а когда Пенкроф прижимал его к стене, просил обождать ещё немного или отговаривался тем, что Герберт и Гедеон Спилет стали меткими стрелками из лука. Действительно, от их стрел не могли спастись теперь ни агути, ни кенгуру, ни водосвинки, ни голуби, ни дикие утки, ни прочие пернатые, четвероногие, ползающие, летающие и бегающие существа.

Но упрямый моряк не слушал его доводов и заявлял инженеру, что будет приставать к нему до тех пор, пока тот не исполнит его просьбу. Гедеон Спилет поддерживал, впрочем, Пенкрофа.

Но в данную минуту Сайруса Смита занимал не столько вопрос об оружии, сколько об одежде. Платье колонистов выдержало эту зиму, но не могло сохраниться до будущей. Нужно было во что бы то ни стало добыть либо шкуры пушных зверей, либо шерсть. Самым разумным было обзавестись стадом муфлонов, благо их немало было на острове, и стричь их по мере надобности.

Загон для домашнего скота, птичий двор для пернатых — иначе говоря, некоторое подобие фермы, — вот что нужно было колонистам создать в течение весны и лета в каком-нибудь пункте острова.

Для этого следовало как можно скорей осмотреть не исследованные до сих пор части острова: густые леса на правом берегу реки Благодарности —

от её устья до Змеиного полуострова — и всё западное побережье. Но эту экспедицию можно было предпринять только после стойкого улучшения погоды, то есть приходилось отложить её по меньшей мере на целый месяц.

Колонисты с нетерпением ждали этого времени, тем более, что одно неожиданное событие усилило их стремление ознакомиться со своими владениями.

Дело было 24 октября. В этот день Пенкроф отправился на осмотр западней, где он всегда держал приманки.

В одной из западней он нашёл трёх животных, которые должны были обрадовать Наба: то были самка пекари и два её детёныша.

Пенкроф в восторге взвалил добычу себе на плечи и отправился в Гранитный дворец, спеша похвастать успехом перед товарищами.

— Ура, мистер Смит! — крикнул он. — Нынче у нас роскошный обед! И вы, мистер Спилет, полакомитесь!..

— Я не прочь полакомиться, — ответил журналист. — Только чем?

— Молочным поросёнком, — ответил моряк.

— Только всего? — пожал плечами Спилет. — А я-то решил уже, что вы хотите угостить нас куропаткой с трюфелями.

— Как! — возмущённо закричал моряк. — Вы гнушаетесь молочным поросёнком?

— Не гнушаюсь, — без всякого энтузиазма ответил тот, — и при условии, что…

— Ладно, ладно, господин писатель, — прервал его моряк, не любивший скептического отношения к своим успехам. — Рано вы загордились! Небось месяцев семь тому назад, когда мы только попали на остров, вы не были таким взыскательным.

— В том-то и дело, — невозмутимо ответил журналист, — что человек никогда не довольствуется тем, что имеет…

— Надеюсь, что Наб отличится сегодня. Глядите, этим двум пекарятам не больше чем по три месяца. Они нежны, как масло. Наб, поди сюда! Я сам буду готовить жаркое.

И, сопровождаемый Набом, моряк отправился, священнодействовать на кухню.

Колонисты не мешали ему командовать. Наб и он приготовили действительно роскошный обед: жаркое из пекари, суп из кенгуру, копчёная ветчина, миндаль на десерт, пиво из драцены и чай Освего. Но «гвоздём» пира, бесспорно, были тушёные молодые пекари.

В пять часов пополудни стол был накрыт к обеду в столовой Гранитного дворца.

Суп из кенгуру был признан всеми превосходным.

После супа Наб подал пекари.

Пенкроф пожелал сам поделить их и навалил чудовищные порции на тарелки своих сотрапезников.

Молочные поросята действительно были поразительно вкусными, и Пенкроф с увлечением поедал свою порцию, как вдруг он громко вскрикнул и выругался.

— Что случилось? — спросил Сайрус Смит.

— Случилось... то... что я сломал зуб, — ответил моряк.

— Вот как! Значит, в ваших поросятах есть камешки? — пошутил Гедеон Спилет.

— Очевидно, — сказал Пенкроф, вынимая изо рта твёрдое тело, о которое он сломал зуб.

Это был не камень. Это была дробинка.

ЧАСТЬ ВТОРАЯ ПОКИНУТЫЙ

ГЛАВА ПЕРВАЯ

О дробинке. — Постройка пироги. — Охота. — На вершине каури. — Никаких следов человека. — Рыбная ловля. — Перевёрнутая черепаха. — Исчезновение черепахи. — Объяснение Сайруса Смита.

Прошло ровно семь месяцев — день в день — с того момента, как колонисты были выброшены на остров Линкольна.

Самые тщательные поиски за всё это время не дали никаких оснований предполагать, что остров обитаем.

Ни один столб дыма не выдавал костра, разожжённого рукой человека, Никаких следов людского труда, ничего, что говорило бы о том, что здесь — теперь или когда-нибудь в прошлом — бывал человек.

Остров казался необитаемым не только в настоящее время, но и во все времена...

И вот всё это логическое построение рухнуло, обращено в прах однойединственной дробинкой, найденной в теле безобидного зверька!

Ибо эта дробинка была выброшена огнестрельным оружием, и никто другой, кроме человека, не мог владеть этим оружием!

Когда Пенкроф положил дробинку на стол, все колонисты посмотрели на неё с величайшим удивлением.

Все последствия этого происшествия, огромные, несмотря на незначительность повода, сразу предстали перед их умственными взорами.

Кажется, появись в столовой Гранитного дворца привидение, — они изумились бы не больше.

Сайрус Смит взял дробинку, поднёс её к глазам, пощупал, покатал на ладони, ещё раз поднёс к глазам и потом сказал:

— Можете ли вы с уверенностью заявить, Пенкроф, что пекари, раненный этой дробинкой, не старше трёх месяцев от роду?

— Да, мистер Смит. Когда я его нашёл в западне, он сосал свою матку.

— Отлично, — заявил инженер, — это неопровержимо доказывает, что не больше как три месяца тому назад на острове Линкольна был сделан выстрел из ружья!

— И дробинка, вылетевшая при этом выстреле, ранила, но не смертельно, молочного поросёнка, — добавил Гедеон Спилет.

— Правильно, — согласился инженер. — Какие выводы должны мы сделать из этого факта? Ясно какие: либо остров был обитаем ещё до нашего прибытия сюда, либо на нём появились люди не далее как три месяца тому назад. Добровольно ли они поселились на острове или так же, как и мы, стали вынужденными его обитателями вследствие крушения? На этот вопрос мы не можем сейчас получить ответа. Точно так же мы не знаем пока, европейцы это или малайцы, враги или друзья, остаются ли они на острове и в данное время или уже покинули его. Но все эти вопросы так непосредственно интересуют нас, что мы не имеем права оставлять их невыясненными.

— Нет, сто раз нет! Тысячу раз нет! — вскричал моряк, вставая из-за стола. — На острове Линкольна не может быть других людей, кроме нас! Остров мал, и, будь он обитаем, мы бы уже тысячу раз наткнулись на его жителей!

— Действительно, было бы странно, если бы это было не так, — добавил Герберт.

— Но было бы в тысячу раз более странным, — заметил журналист, — если бы этот поросёнок родился с дробинкой в теле!

— А может быть, — серьёзно сказал Наб, — у Пенкрофа в зубе…

— Как бы не так, Наб! — воскликнул моряк. — Значит, я, не замечая, таскал в продолжение семи месяцев дробинку во рту? Так, что ли? Но где же, чёрт побери, она могла спрятаться? — спросил он, широко раскрывая рот, чтобы все увидели великолепные тридцать два зуба. — Гляди, Наб, гляди внимательней! И если ты найдёшь у меня хоть одно дупло, я разрешаю тебе вырвать целую дюжину зубов!

— Гипотезу Наба придётся отклонить, — сказал Сайрус Смит, невольно улыбаясь, несмотря на серьёзность положения. — Несомненно, что не раньше как три месяца тому назад здесь раздался выстрел. Но я убеждён, что люди, высадившиеся на этот берег, появились совсем недавно или пробыли на острове очень недолго. Иначе, когда мы знакомились с островом с вершины горы Франклина, мы бы заметили обитателей острова или были бы замечены ими. Следовательно, с наибольшей долей вероятности можно предположить, что на остров несколько времени тому назад попали потерпевшие крушение. Это предположение надо как можно скорее проверить.

— Я полагаю, что тут нужна сугубая осторожность, — заметил журналист.

— Согласен с вами, — сказал инженер. — К несчастью, можно опасаться, что на остров попали малайские пираты.

— Как вы думаете, мистер Смит, не лучше, ли было бы, прежде чем отправляться на поиски, построить пирогу? — спросил Пенкроф. — Ведь это позволило бы нам подняться вверх по течению реки и объехать кругом всё побережье.

— Мне нравится ваша мысль, Пенкроф, — сказал Сайрус Смит. — Но мы не можем столько ждать: пирогу надо делать не меньше месяца.

— Столько нужно на постройку настоящей шлюпки. Но нам сейчас такая не нужна. Я обязуюсь в пять дней построить пирогу, достаточно прочную, чтобы плавать по реке Благодарности.

— В пять дней построить лодку? — воскликнул недоверчиво Наб.

— Да, Наб, только индейскую лодку.

— Деревянную? — всё ещё сомневаясь, спрашивал Наб.

— Деревянную, — подтвердил Пенкроф. — Вернее, из коры. Повторяю, мистер Смит, я ручаюсь, что в пять дней лодка будет готова.

— Пять дней я согласен ждать, — сказал инженер.

— Но в эти дни нам придётся быть настороже, — заметил Герберт.

— Безусловно! — согласился Сайрус Смит. — Друзья мои, очень прошу вас с сегодняшнего дня охотиться только в ближайших окрестностях Гранитного дворца.

Обед закончился менее весело, чем надеялся Пенкроф.

На острове, очевидно, были и другие люди, кроме наших колонистов. После того как была обнаружена дробинка, сомневаться в этом было невозможно.

Новость эта не могла не вызвать живого беспокойства у колонистов.

Перед отходом ко сну Сайрус Смит долго говорил об этом с Гедеоном Спилетом. Они спрашивали себя, не стоит ли происшествие с дробинкой в какой-нибудь связи с почти необъяснимым спасением инженера и другими странными случайностями, которые поражали их уже несколько раз? Обсудив все доводы «за» и «против» этого предположения, Сайрус Смит закончил следующими словами:

— Хотите знать моё мнение обо всём этом, дорогой Спилет?

— Конечно, Сайрус.

— Извольте! Я убеждён, что как бы внимательно мы ни осматривали остров, мы ничего не найдём.

На следующее же утро Пенкроф принялся за работу. Он думал строить не килевую лодку, но самую простую плоскодонку, удобную для плавания по мелководью.

Куски коры, сшитые между собой, должны были составить каркас лодки, настолько лёгкой, что её без труда можно будет переносить на руках в тех местах, где плавание окажется невозможным.

Пенкроф собирался закрепить швы в коре деревянными гвоздями и был убеждён, что лёгкая пирога не даст течи.

Прежде всего нужно было разыскать деревья с гибкой и прочной корой. К счастью, последний ураган свалил ряд елей-дуглас, кора которых была вполне пригодна для постройки лодки. Нужно было только отодрать эту кору. При несовершенстве орудий, которыми располагали колонисты, это было нелёгким делом, но в конце концов они довели его до конца. Работу эту выполнил Пенкроф при помощи инженера.

Тем временем и Гедеон Спилет с Гербертом не бездельничали. Они стали поставщиками провизии для всей колонии.

Гедеон Спилет не переставал восхищаться ловкостью, которой достиг юноша в обращении с луком и пикой. Герберт неоднократно проявлял большое мужество, сочетавшееся у него с полным самообладанием.

Охотники, следуя совету Сайруса Смита, не отдалялись больше чем на две мили от Гранитного дворца. Но уже ближайшие к опушке участки леса давали достаточную добычу: агути, водосвинок, кенгуру, пекари и т.п. Правда, западни с наступлением тёплой погоды почти всё время стояли пустыми, но зато силки на кроличьей поляне каждый день регулярно приносили свою дань, и одной этой дани хватило бы на прокорм всей колонии.

Часто во время охоты Герберт разговаривал с Гедеоном Спилетом об этой злосчастной дробинке, нарушившей их покой.

Однажды — это было 26 октября — юноша сказал журналисту:

— Не удивляет ли вас, мистер Спилет, что потерпевшие крушение до сих пор не появлялись в окрестностях Гранитного дворца?

— Это было бы удивительно, если бы они всё ещё были здесь. Но в этом нет ничего удивительного, если они уже покинули остров.

— Следовательно, вы думаете, что они уже уехали отсюда?

— Я считаю это больше чем вероятным, мой мальчик. Видишь ли, если бы они оставались здесь по сие время, вне сомнения, чем-нибудь они выдали бы своё присутствие!

— Но ведь если они смогли уехать с острова, значит, это не были потерпевшие крушение?

— Нет, Герберт. Возможно, что они, так сказать, временно потерпели крушение — ветер мог забросить их на берег, не сломав их судна, и, как только ветер утих, они покинули остров.

— Заметили ли вы, что мистер Смит не столько хочет, сколько боится появления на острове других обитателей?

— Действительно, — согласился журналист. — Он думает, что люди эти — малайские пираты. А с ними лучше поменьше сталкиваться.

— Может быть, мистер Спилет, мы натолкнёмся где-нибудь на следы их высадки на берег и тогда кое-что узнаем?

— Возможно, мой мальчик. Брошенный лагерь, угасший костёр могут нам многое сказать. Мы будем искать эти следы при очередной разведке.

Разговор этот происходил в части леса, соседней с рекой Благодарности и отличавшейся исключительной красотой деревьев. В числе прочих там росли возвышавшиеся почти на двести футов над поверхностью земли хвойные деревья; новозеландские туземцы называют их «каури».

— Знаете, мистер Спилет, — сказал Герберт, — я взберусь на вершину каури, оттуда можно будет осмотреть довольно большую площадь.

— Хорошая мысль, — одобрил журналист. — Но сможешь ли ты взобраться на вершину этого гиганта?

— Попробую, — сказал Герберт.

Ловкий и подвижной юноша вскарабкался на первые ветви по гладкому стволу и оттуда уже легко взобрался на самую вершину дерева, как мачта возвышавшуюся над огромной зелёной скатертью леса.

С этого наблюдательного пункта видна была вся южная часть острова от мыса Когтя на юго-востоке до мыса Рептилии на юго-западе. На северо-западе высилась гора Франклина, загораживавшая добрую треть горизонта. Но зато вся неисследованная часть острова, которая могла служить приютом неизвестным обитателям его, лежала перед Гербертом как на ладони.

Юноша всматривался в неё с крайним напряжением.

Океан был абсолютно пустынен. Берег его был частично скрыт деревьями. Возможно, что какой-нибудь корабль, особенно если он потерял мачты, и оставался не замеченным наблюдателем, но, с другой стороны, и следов присутствия корабля не было никаких.

В лесах Дальнего Запада также ничего не было видно. Леса эти представляли сплошную чащу, без единой полянки, без единого просвета.

Никаких признаков пребывания людей на острове не было заметно и в воздухе: небо было прозрачное, и малейший дымок был бы отчётливо виден на нём.

На мгновение Герберту показалось, что он видит лёгкий дымок, поднимающийся на западе. Но более внимательное наблюдение показало ему, что он ошибается. Нет, нет, там не было никакого дыма!

Герберт спустился с дерева, и охотники вернулись в Гранитный дворец.

Сайрус Смит, выслушав рассказ юноши, задумчиво покачал головой. Было совершенно очевидно, что необходимо полностью исследовать остров, чтобы получить разрешение этой загадки.

Через два дня, 28 октября, произошло ещё одно не поддающееся объяснению событие.

Бродя по берегу, мили за две от Гранитного дворца, Герберт и Наб натолкнулись по какой-то счастливой случайности на большую черепаху, панцирь которой отливал красивым зелёным цветом.

Герберт заметил эту черепаху, когда она ползла по камням, пробираясь к морю.

— Ко мне, Наб, живее! — крикнул он.

Наб подбежал.

— Прекрасная черепаха, но как нам её поймать?

— Нет ничего легче, Наб, — ответил Герберт. — Мы перевернём черепаху на спину, чтобы она не могла убежать.

Пресмыкающееся, чувствуя опасность, спряталось под панцирь. Не видно было больше ни его головы, ни лап. Черепаха была неподвижна, как камень.

Герберт и Наб, подсунув палки под брюхо черепахи, соединёнными усилиями не без труда перевернули её на спину.

Черепаха эта, фута в три длиной, должна была весить по крайней мере четыреста фунтов.

— Отлично! — вскричал Наб. — То-то обрадуется наш Пенкроф!

В самом деле, Пенкроф мог быть очень доволен, так как мясо этих черепах представляет собой лакомое блюдо.

— Как же быть теперь с нашей добычей? — спросил Наб. — Ведь не можем же мы донести её до Гранитного дворца?

— Оставим её здесь, она никуда не уйдёт. Мы вернёмся с тележкой, чтобы забрать её.

— Решено, — согласился Наб.

Всё же Герберт для большей верности обложил черепаху камнями, несмотря на протесты Наба, находившего эту предосторожность излишней.

Затем охотники отправились в Гранитный дворец по обнажённому отливом берегу моря. Желая сделать сюрприз Пенкрофу, Герберт ни словом не обмолвился о найденном им великолепном образчике пресмыкающихся.

Спустя два часа Герберт с Набом, захватив с собой тележку, уже приближались к месту, где они оставили черепаху.

«Великолепный образчик пресмыкающихся» исчез бесследно. Наб и Герберт удивлённо посмотрели друг на друга. Потом они огляделись вокруг. Быть может, это не то место, где они оставили черепаху? Но камни, которыми Герберт обложил черепаху, лежали тут же. Ошибки не могло быть.

— Вот как! — сказал Наб. — Значит, черепахи всё-таки умеют переворачиваться?

— Очевидно, — ответил Герберт, разочарованно глядя на разбросанные вокруг камни.

— Пенкроф будет очень огорчён!

— Даже Сайрус Смит и тот не мог бы объяснить это таинственное исчезновение, — сказал Герберт.

— А мы ничего не расскажем ему, — предложил Наб, который вообще был не прочь скрыть это неудачное приключение.

— Напротив, Наб, необходимо всё рассказать, — ответил Герберт.

И оба отправились в обратный путь, волоча за собой тележку, которая была теперь только лишним грузом.

Инженер и моряк работали на своём участке. Герберт рассказал им о загадочном происшествии с черепахой.

— Эх вы, бестолковые! — вскричал с досадой моряк. — Ведь вы позволили убежать, по крайней мере, пятидесяти превосходным, супам!

— Но, Пенкроф, ведь, мы не виноваты, что черепаха убежала, я ведь говорю тебе, что мы перевернули её, — оправдывался Наб.

— Значит, вы её плохо перевернули! — возражал упрямый, моряк.

— Мы не только перевернули её! — вскричал Герберт и рассказал, как он обложил черепаху камнями.

— Тогда это какое-то чудо, — проворчал Пенкроф.

— Я был уверен, мистер Смит, — сказал Герберт, — что, если черепаху положить на спину, она не сможет сама перевернуться на живот, особенно если это большая черепаха.

— Это совершенно верно, дружок, — ответил Сайрус Смит.

— Как же это всё-таки случилось?

— На каком расстоянии от моря вы оставили эту черепаху? — спросил инженер, раздумывая об этом странном случае.

— По крайней мере, в пятнадцати футах.

— Это было во время отлива?

— Да, мистер Сайрус.

— Тогда всё ясно, — сказал инженер. — То, что черепаха не могла сделать на суше, она легко проделала в воде. Когда прилив стал заливать её, она перевернулась и совершенно спокойно уплыла в море.

— Ах, какие же мы разини! — вскричал Наб.

— Об этом я уже имел честь вам доложить, — насмешливо подхватил моряк.

Сайрус Смит дал вполне правдоподобное объяснение этому событию. Но был ли он сам уверен в правильности своих объяснений? Едва ли.

ГЛАВА ВТОРАЯ

Первое испытание пироги. — Находка. — Буксир. — Мыс Находки. — Что было в ящике: снасти, утварь, оружие, инструменты, одежда, книги. — Чего не хватало Пенкрофу.

29 октября лодка из коры была наконец готова. Пенкроф сдержал своё слово и за пять дней смастерил нечто вроде пироги, каркас которой был сделан из гибких прутьев.

Одна перекладина позади, другая посредине, чтобы укрепить борта, третья впереди, уключины для пары вёсел, наконец, кормовое весло вместо руля — такова была эта лодочка длиною в двенадцать футов и весом не более двухсот фунтов.

Спустить это «судно» на воду было чрезвычайно просто. Лёгкую пирогу принесли на берег перед самым Гранитным дворцом, и первая же волна прилива подхватила её. Пенкроф вскочил в пирогу в тот же самый момент и, действуя одним кормовым веслом, стал производить испытание судна. Он убедился, что лодка отлично держалась на воде, была подвижна и хорошо слушалась руля.

— Ура! — закричал моряк, который никогда не упускал случая похвастаться своим успехом. — На этой лодке можно объехать вокруг…

— Всего света? — спросил Гедеон Спилет.

— Нет, вокруг острова! Положим камни вместо балласта, соорудим мачту впереди, парус, и мы можем отправиться куда угодно! Мистер Смит, и вы, мистер Спилет, и ты, Герберт, и ты, Наб, разве вы не хотите испытать наше новое судно? Чёрт возьми, надо же узнать, сможет ли оно выдержать всех нас?

Действительно, это не мешало выяснить. Пенкроф одним взмахом весла направил пирогу к берегу, искусно лавируя в узком проходе между скалами. Было решено испытать в этот день пирогу, пройдя вдоль берега до того места, где кончаются южные утёсы.

В момент отплытия Наб вдруг закричал:

— А ведь твоя лодка не прочь выпить, Пенкроф!

— Не беда, Наб, — ответил моряк. — Надо же дереву разбухнуть. Двух дней для этого вполне достаточно, и на третий день в нашей пироге будет столько же воды, сколько её бывает в желудке завзятого пьянчуги. Усаживайтесь скорее!

Все заняли свои места, и Пенкроф отчалил.

Погода стояла отличная. Вода в море была спокойна, как в озере, и пирога неслась по ней стрелой.

Наб и Герберт гребли каждый одним веслом. Пенкроф рулил.

Моряк пересёк пролив и направил пирогу к южной оконечности островка. С юга подул лёгкий бриз. Но ни в проливе, ни в открытом море не заметно было ни малейшей зыби.

Колонисты отплыли на полмили от берега, чтобы полюбоваться горой Франклина во всей её красоте.

Пенкроф направил пирогу к устью реки. Пирога шла вдоль закруглённого мыса, скрывавшего за собой болотистую равнину, названную колонистами болотом Казарки. Это место находилось приблизительно в трёх милях от реки Благодарности. Колонисты решили добраться до оконечности мыса, чтобы бросить беглый взгляд на побережье.

Пирога следовала за всеми извилинами берега на расстоянии двух кабельтовых от него, огибая рифы, уже скрытые под водой начавшимся приливом. Гранитная стена, постепенно понижаясь, шла от устья, до крутого изгиба реки. В отличие от монолитной гладкой стены, образующей основание плоскогорья Дальнего вида, это было хаотическое нагромождение скал, угрюмых, мрачных и причудливо разбросанных. Казалось, что все они были высыпаны в этом месте из одной огромной телеги. Никакой растительности не было на остром гребне этой стены, тянущемся на две мили вдоль опушки леса. С птичьего полёта это скопление голых камней должно было походить на руку великана, высунувшуюся из зелёного рукава платья.

Увлекаемая парой вёсел, пирога плыла вдоль берега. Гедеон Спилет, держа записную книжку в одной руке, а карандаш — в другой, широкими штрихами срисовывал очертания берега.

Наб, Пенкроф и Герберт болтали, осматривая эту не исследованную ещё часть своих владений.

По мере того как пирога продвигалась к югу, оба мыса Челюсти как будто сдвигались с места и ещё тесней замыкали вход в бухту Союза.

Сайрус Смит молчал всю дорогу, напряжённо всматриваясь в берег.

Через три четверти часа пирога добралась до оконечности мыса. Пенкроф собирался уже обогнуть его, как вдруг Герберт вскочил на ноги и, указывая на какую-то чёрную точку на песке, спросил:

— Что бы это могло быть?

Все взгляды направились в указанное им место.

— В самом деле, — сказал журналист, — там что-то лежит. Как будто какой-то обломок, полузанесённый песком.

— Нет, — воскликнул Пенкроф, — это не обломок! Я вижу отчётливо бочки! Может быть, они полные!

— К берегу, Пенкроф! — скомандовал Сайрус Смит.

После нескольких взмахов вёсел пирога причалила в крохотной бухте, и пассажиры выскочили на землю.

Пенкроф не ошибся. На песке лежали две бочки, крепко привязанные к продолговатому большому ящику.

— Значит, где-то возле острова потерпел крушение корабль? — спросил Герберт.

— По-видимому, да, — сказал Гедеон Спилет.

— Но что в этом сундуке? — вскричал Пенкроф с вполне понятным нетерпением. — Ах, чёрт побери, он заколочен, нечем его вскрыть!.. Впрочем, если стукнуть камнем…

С этими словами моряк поднял с песка увесистый камень и хотел разбить им ящик, но инженер остановил его.

— Пенкроф, можете ли вы набраться терпения хоть на один часок?

— Но, мистер Смит, подумайте, ведь в этом ящике, может быть, хранится всё то, в чём мы нуждаемся!

— Верю, верю, Пенкроф, — ответил инженер, — но и вы поверьте мне: не ломайте ящика, он может нам пригодиться! Перевезём его в Гранитный дворец — там легко можно будет вскрыть его, не ломая. Ящик отлично приспособлен для плавания, и если он доплыл сюда, то сможет продержаться на воде и до устья реки.

— Вы снова правы, мистер Смит, а я снова виноват, — сознался моряк. — Но если бы вы знали, как иногда трудно бывает владеть собой!

Инженер дал разумный совет. Пирога действительно не смогла бы вместить всех вещей, помещающихся в ящике, и проще было сразу отбуксировать его поближе к Гранитному дворцу, чем перевозить в несколько приёмов вещи.

Но откуда взялся этот ящик? Это был важный вопрос.

Сайрус Смит и его товарищи обошли всё побережье на расстоянии нескольких сот шагов, внимательно осматривая песок. Но нигде не было видно других следов крушения.

Герберт и Наб взобрались на скалу и оттуда, с возвышения, осмотрели также и море. Однако всё было пусто — ни паруса, ни корпуса разбитого бурей судна не было в виду.

И тем не менее крушение-то произошло — в этом не могло быть сомнений. Возможно даже, что история с дробинкой была как-то связана с этим крушением. Может быть, пришельцы причалили в какой-нибудь иной точке побережья? Быть может, и посейчас они находились там?

Во всяком случае колонисты уверены были теперь, что потерпевшие крушение не были малайскими пиратами: выброшенный волнами ящик мог быть только европейского или американского происхождения.

Все возвратились к этому ящику, имевшему пять футов в длину при трёх футах ширины. Он был сколочен из дубовых, отлично пригнанных досок и сверху обтянут толстой кожей, прибитой медными гвоздями. Две большие бочки, герметически закупоренные, но, судя по звуку, пустые, были привязаны к ящику узлами, в которых Пенкроф сразу узнал «морские узлы». Всё вместе взятое было в отличной сохранности, что объяснялось, вероятно, тем, что течение выбросило ящик на песок, минуя скалы.

После внимательного осмотра колонисты пришли к заключению, что ящик недолго пробыл в воде и недавно был выброшен на берег. Вода как будто не могла просочиться внутрь; следовательно, содержимое ящика должно было быть в полной сохранности.

Очевидно, ящик был сброшен за борт экипажем терпящего бедствие судна в расчёте на то, что, так или иначе достигнув берега, они найдут там ящик. Для этого команда судна и привязала к нему пустые бочки.

— Отбуксируем ящик в Гранитный дворец, — сказал инженер, — и там уж вскроем его и составим опись содержимого. Если мы найдём на острове кого-либо из спасшихся при этом крушении, мы отдадим свою находку владельцам. Если же мы никого не найдём…

— То сохраним её для себя! — восторженно воскликнул Пенкроф. — Ах, если бы вы знали, как мне не терпится узнать, что там находится!

Первые волны прилива стали уже лизать песок возле ящика. Колонисты отвязали верёвки, связывавшие бочки, и прикрепили их к корме пироги. Затем Пенкроф и Наб разрыли вёслами песок, в котором плотно засел ящик, и вскоре пирога, таща за собой ящик, стала огибать мыс, получивший тут же название «мыса Находки».

Груз был тяжёлый, и бочки только-только поддерживали его на поверхности, поэтому моряк всё время тревожился, чтобы буксир не оборвался и ящик не погрузился под воду. К счастью, его тревога оказалась напрасной, и через полтора часа после отплытия — понадобилось столько времени, чтобы пройти ничтожное расстояние в три мили, — пирога причалила к подножию Гранитного дворца.

Пирога и ящик были вытащены на песок, и вскоре начавшийся отлив оставил их на сухом месте.

Наб сбегал домой за инструментами, и колонисты приготовились вскрыть ящик.

Пенкроф не скрывал своего крайнего возбуждения.

Моряк начал с того, что отвязал обе бочки. Они были в полной сохранности и, конечно, в дальнейшем могли пригодиться в хозяйстве. Затем он взломал замок щипцами и поднял крышку.

Под ней оказалась вторая оболочка — цинковая, предназначенная, очевидно, для того, чтобы при всяких обстоятельствах предохранить содержимое ящика от действия воды.

— Ай! — вскричал Наб. — Неужели в ящике консервы?

— Надеюсь, что нет, — ответил ему журналист.

— О, если бы там был... — прошептал моряк.

— Что именно? — спросил Наб, услышавший слова моряка.

— Ничего!..

Цинковая оболочка была взрезана во всю длину ящика и отогнута к краям. Затем из ящика поочерёдно извлекли множество самых разнообразных предметов и разложили их на песке. При извлечении каждой новой вещи Пенкроф испускал восторженное «ура», Герберт хлопал в ладоши, а Наб танцевал, как дикарь.

В ящике были книги, при виде которых Герберт чуть не сошёл с ума от радости, и кухонная утварь, которую Наб готов был осыпать поцелуями.

Впрочем, и остальные колонисты были не менее счастливы, так как ящик содержал инструменты, одежду, книги, оружие и т.п. Вот подробная опись содержимого ящика, занесённая в записную книжку Гедеона Спилета:

«Орудия: три ножа с многими лезвиями; два топора для дровосеков; два плотничьих топора; три рубанка; три тесла; шесть долот; два напильника; три молотка; три буравчика; два бурава; десять мешков гвоздей и винтов; три пилы разных размеров; две коробки иголок.

Оружие: два кремнёвых ружья; два пистонных ружья; два карабина с центральным боем; пять ножей, четыре абордажные сабли; два бочонка с порохом, каждый в двадцать пять фунтов весом; двенадцать коробок с пистонами; два мешка дроби; ящик патронов для карабина.

Приборы: один секстант; один бинокль; одна подзорная труба; один компас; карманный компас; один термометр Фаренгейта; один барометр-анероид; одна коробка, содержащая камеру фотоаппарата, объектив, пластинки, химикаты и прочие принадлежности для фотографирования.

Одежда: две дюжины рубашек из какой-то особой ткани, с виду похожей на шерсть, но, несомненно, растительного происхождения; три дюжины чулок из той же ткани.

Посуда: один железный котелок; шесть кастрюль медных, лужёных; три железные сковороды; десять приборов столовых, алюминиевых; два чайника алюминиевых; одна переносная печурка; шесть столовых ножей.

Книги: один атлас географический, один словарь различных полинезийских наречий; шесть томов естественнонаучной энциклопедии; три стопы писчей бумаги; две общие тетради с чистыми страницами».

— Надо признаться, — сказал журналист, закончив составление описи, — что владелец ящика был практичным человеком. Он ничего не позабыл: инструменты, приборы, оружие, одежда, книги, посуда!.. Можно подумать, что он, предвидя крушение, заранее к нему подготовился!

— Действительно, ничто не забыто… — с задумчивым видом прошептал Сайрус Смит.

— Без сомнения, судно, которое сбросило этот ящик, не было малайским пиратским кораблём, — добавил Герберт.

— Если только, — сказал Пенкроф, — владелец ящика не стал пленником этих пиратов…

— Это нелепое предположение, — возразил журналист. — Вероятнее всего, какое-нибудь американское или европейское судно было повреждено бурей в этих местах, и его пассажиры, желая обеспечить себя хоть самым необходимым на случай крушения, уложили этот ящик и сбросили его в воду.

— Согласны ли вы с этим, мистер Смит? — спросил Герберт.

— Да, дитя моё, — ответил инженер. — Это вполне правдоподобно. Надо думать, что незадолго до крушения или в самый момент его пассажиры собрали в ящик предметы первой необходимости, чтобы потом подобрать их на берегу.

— В том числе фотоаппарат? — перебил его насмешливо Пенкроф.

— Мне и самому неясно назначение этого аппарата, — ответил инженер. — Конечно, лучше было бы, если бы вместо него в ящик вложили больше одежды или оружия.

— Разве на всей этой массе предметов — одежде, приборах, оружии, книгах — нет никаких марок или клейма, по которым можно было бы определить их происхождение? — спросил Гедеон Спилет.

Это была разумная мысль. Колонисты внимательно пересмотрели каждую вещь, особенно книги и приборы. Но ни оружие, ни инструменты, вопреки обыкновению, не имели фабричной марки. Впрочем, все они были в превосходном состоянии и как будто не были ещё в употреблении. Та же странность отмечалась и в посуде и орудиях — всё было новое. Это свидетельствовало, что выбор их для упаковки в ящик не был случайным, а что они отбирались методически и продуманно. О том же говорила и цинковая оболочка для предохранения от воды: запаять её в спешке было невозможно.

Естественнонаучная энциклопедия и словарь полинезийских наречий были на английском языке, но ни год издания, ни имя издателя нигде не были обозначены. Что касается атласа, то это было великолепное издание, включающее карты всех частей света, вычерченные в меркаторской проекции [1], с французской номенклатурой названий, но так же, как остальные книги, без года издания и фамилии издателя.

[1] Меркаторская проекция — способ изображения земного шара на плоскости, предложенный Гергардом Меркатором. Эта проекция принята главным образом для морских карт.

Таким образом, на всех этих многочисленных предметах не оказалось ни одного указания на место их изготовления, ничего такого, что могло бы позволить хоть заподозрить национальность судна, недавно бывшего в этих местах. Но каково бы ни было происхождение ящика, он осчастливил колонистов острова Линкольна. До этого времени они кое-как удовлетворяли неотложнейшие нужды. Теперь же они получили возможность добывать не только самое необходимое, но всё, чего они только могли пожелать.

Надо оговориться, что один из колонистов не был вполне удовлетворён. Это был Пенкроф. Казалось, что в ящике не хватало чего-то такого, в чём он крайне нуждался. По мере того как ящик опорожнялся, его крики «ура» становились всё менее восторженными.

Когда опись была закончена, Наб услышал, как Пенкроф прошептал:

— Всё это отлично, но для меня-то ничего не нашлось в этом ящике…

— Чего же ты ждал, дружище? — спросил моряка Наб.

— Полфунта табаку, — серьёзно ответил Пенкроф. — Тогда бы счастье моё не имело границ…

Все расхохотались при этих словах моряка. Находка делала ещё более неотложным полное обследование всего острова.

Колонисты решили, что на рассвете следующего дня они отправятся в путь вверх по течению реки Благодарности, по направлению к западному берегу острова. Если потерпевшие крушение ютились в этой части побережья, они должны были терпеть серьёзные лишения, поэтому нужно было поспешить к ним на помощь.

К вечеру все извлечённые из ящика вещи были перенесены в Гранитный дворец и аккуратно разложены в кладовых и большом зале.

Поужинав, колонисты рано улеглись спать, чтобы на заре выйти из дому.

ГЛАВА ТРЕТЬЯ

Отъезд. — Прилив. — Различные растения. — Якамара. — Виды леса. — Гигантские эвкалипты. — Почему их называют «лихорадочными деревьями». — Стаи обезьян. — Водопад. — Лагерь.

30 октября, прежде чем занялось утро, были закончены все приготовления к экспедиции, ставшей неотложной в связи с событиями последних дней. Действительно, обстоятельства сложились так, что колонисты считали себя не потерпевшими крушение и нуждающимися в помощи, а постоянными жителями острова, обязанными оказывать помощь людям, попавшим в беду.

Они решили подняться вверх по течению реки Благодарности так далеко, как это позволит сама река, и только там, где она станет несудоходной, начать пешеходную часть экспедиции. Таким образом, большая часть пути будет проделана без утомления, и «багаж» экспедиции — оружие и запасы продовольствия — будет доставлен далеко на запад почти без труда.

Колонистам пришлось подумать не только о том багаже, который нужен им для осуществления экспедиции, но и о том, который, возможно, придётся тащить на обратном пути в Гранитный дворец. Ведь если на побережье действительно произошло крушение, — а всё говорило за правильность этого предположения, — на берегу неизбежно должны были быть раскиданы многочисленные обломки, полезные и необходимые в их хозяйстве.

В предвидении этого, конечно, следовало бы скорей захватить с собой тележку, чем хрупкую пирогу. Но пирога должна была везти путников, в то время как неуклюжую и тяжёлую тележку им пришлось бы тащить самим, Пенкроф по этому поводу высказал сожаление, что в ящике не оказалось пары крепких нью-джерсейских лошадок, которые весьма пригодились бы колонистам.

Запас провизии, погруженный Набом в пирогу, состоял из копчёного мяса, нескольких галлонов пива и куска рафинированного сахара. Этот запас обеспечивал трёхдневное пропитание. Впрочем, при нужде всегда можно было пополнить его дорогой, а Наб не забыл захватить с собой переносную печурку.

Колонисты взяли с собой два больших топора, для того чтобы прорубать себе дорогу в густом лесу, бинокль и карманный компас. Из оружия были взяты два кремнёвых ружья, более полезных на острове, чем пистонные, так как кремень в них всегда мог быть заменён, тогда как запас пистонов был весьма ограничен. Кроме того, захватили один карабин и патроны.

Пришлось также взять немного пороха из запаса, составляющего всего пятьдесят фунтов. Но инженер собирался изготовить особое взрывчатое вещество, которое могло заменить порох.

Кроме огнестрельного оружия, были взяты пять ножей в кожаных ножнах.

Теперь колонисты могли считать себя хорошо вооружёнными и, углубляясь в неисследованный девственный лес, не бояться за благополучный исход экспедиции.

Не приходится говорить, что Герберт, Наб и Пенкроф были на верху блаженства; однако Сайрус Смит заставил их пообещать, что они не сделают ни одного выстрела без нужды.

В шесть часов утра пирога была спущена на воду. Все сели в неё, включая, конечно, и Топа, и пирога направилась к устью реки Благодарности.

Прилив начался только полчаса тому назад. Таким образом, в распоряжении колонистов было ещё несколько часов подъёма воды, которые следовало использовать, так как при отливе грести против течения реки было бы трудно.

Полнолуние — время особенно сильных приливов, поэтому колонистам почти не пришлось работать вёслами: прибывающая вода несла лодку с достаточной скоростью. В несколько минут лодка доплыла до крутого изгиба реки Благодарности, то есть как раз до того места, где семь месяцев тому назад Пенкроф соорудил первый плот.

За поворотом река, расширяясь, текла к юго-западу под густым сводом вечнозелёных хвойных деревьев.

Вид берегов реки был великолепен. Сайрус Смит и его спутники не уставали восхищаться поразительными эффектами, которые создаёт природа.

По мере продвижения вверх по течению характер растительности менялся. На правом берегу реки росли ряды великолепных вязов, столь ценимых строителями из-за их свойства противостоять разрушающему действию воды. За ними следовали принадлежащие к тому же семейству деревья — каркасы, орехи которых дают отличное масло. Ещё дальше Герберт обнаружил несколько деревьев, чьи гибкие ветви, вымоченные в воде, при плетении дают отличные канаты.

Временами пирога останавливалась и причаливала к берегу. Герберт, Гедеон Спилет, Пенкроф с ружьями в руках, предшествуемые Топом, высаживались и осматривали заросли. Не говоря о дичи, здесь могли встретиться разные полезные растения, которыми не следовало пренебрегать.

Юному натуралисту удалось найти дикий шпинат и многочисленных представителей семейства крестоцветных, в частности дикую капусту, которую можно «цивилизовать» путём пересадок. Далее он обнаружил кресс, редьку, репу и, наконец, невысокое растение ростом в один метр, с ветвистыми стеблями, покрытыми лёгким пушком, со светло-коричневыми семенами.

— Знаешь ли ты, что это за растение? — спросил Герберт у моряка.

— Табак? — воскликнул Пенкроф, видевший своё любимое зелье только в пачках с фабричной этикеткой.

— Нет, Пенкроф, это не табак, а горчица, — сказал юноша.

— Горчица… — разочарованно вздохнул моряк. — Помни, мой мальчик, если ты где-нибудь наткнёшься на табак, не пренебрегай им!

— Найдётся когда-нибудь и табак, — утешил его журналист.

— Правда? — вскричал Пенкроф. — Ну, в тот день я не смогу вам ответить на вопрос, чего недостаёт нашему острову!

Найденные разнообразные растения были осторожно выкопаны и перенесены в пирогу, где сидел Сайрус Смит, погружённый в свои мысли.

Журналист, Герберт и моряк несколько раз высаживались то на правый, то на левый берег реки.

Следя за карманным компасом, инженер констатировал, что, начиная от изгиба у устья, река Благодарности на протяжении трёх миль текла по прямой с северо-востока на юго-запад. Он не сомневался, что выше река повернёт на северо-запад, к горе Франклина, питающей её истоки.

При очередной высадке на берег Гедеону Спилету удалось поймать пару живых птиц. Это были пернатые с удлинённым клювом и шеей, короткими крыльями и без видимых признаков хвоста. Герберт распознал в них тинаму, или скрытохвостых.

Колонисты решили, что эта пара будет первыми обитателями птичьего двора колонии.

До сих пор ружья молчали. Первый выстрел в лесу Дальнего Запада был вызван появлением красивой птицы, похожей на зимородка.

— Узнаю её! — воскликнул Пенкроф и машинально спустил курок.

— Что вы узнали? — спросил журналист.

— Птицу, которая улетела от нас при первой нашей экскурсии!.. Её именем мы назвали лес…

— Это якамара! — вскричал Герберт.

Действительно, это была якамара, или жакамара, красивая птица с жёстким оперением, отливающим металлическим блеском. Несколько дробинок свалили её на землю.

Топ снёс её в пирогу.

Около десяти часов утра путники добрались до второго поворота реки Благодарности, примерно в пяти милях от первого. Здесь, под сенью густых деревьев, был сделан получасовой привал для завтрака.

Ширина реки в этом месте всё ещё равнялась шестидесяти-семидесяти футам при глубине в пять-шесть футов. Инженер обнаружил несколько притоков, но все это были совершенно несудоходные ручьи.

Лес тянулся кругом, сколько видел глаз. Нигде — ни под сенью чащи, ни на берегу реки — не было заметно никаких признаков присутствия человека. Исследователи не обнаружили ни одного подозрительного следа. Было совершенно очевидно, что топор дровосека не рубил ни одного из этих вековых деревьев, что никогда нож охотника не рассекал эти лианы, переплетавшиеся между стволами соседних деревьев, не оставляя прохода, что никогда нога человеческая не ступала по этой густой траве. Если пассажирам погибшего корабля и удалось добраться до берега, то ясно было, что искать их следовало где-нибудь на побережье, а не здесь, в чаще девственного леса.

Инженер торопил поэтому своих спутников, чтобы скорее дойти до западного берега острова, находящегося, по его расчётам, в пяти милях отсюда. Колонисты снова сели в пирогу и поплыли, хотя теперь река уклонялась от побережья в сторону горы Франклина. Тем не менее решено было следовать по её течению до тех пор, пока под дном пироги будет хотя полфута воды. Это экономило силы и время участников экспедиции, потому что в лесу пришлось бы прорубать каждый шаг дороги.

Вскоре прилив перестал нести лодку — не то наступил уже час отлива, не то на таком расстоянии от океана он терял свою силу. Так или иначе, но колонистам пришлось взяться за вёсла. Наб и Герберт сели на скамейку и стали грести, Пенкроф вооружился кормовым веслом, и плавание продолжалось.

Казалось, на западе лес редел. Деревья стали расти менее густо. Появились даже отдельные группы их, разделённые просветами. Но именно благодаря своей изолированности и обилию воздуха и света они разрастались ещё пышней, ещё величественней.

Какая дивная растительность! Ботаник, лишь взглянув на неё, мог бы с точностью сказать, под какой широтой лежит остров Линкольна.

— Эвкалипты! — воскликнул вдруг Герберт.

Действительно, тут росли эти великолепные деревья, представители субтропической флоры, родичи эвкалиптов[1] Австралии и Новой Зеландии, расположенных под той же широтой, что и остров Линкольна. Некоторые из этих деревьев поднимались в высоту на двести футов. Они имели по двадцать футов в обхвате, и кора их, изборождённая натёками ароматного клея, имела пять пальцев в толщину. Трудно было представить себе более величественное и странное зрелище, чем эти деревья с перпендикулярной к земле листвой, не задерживающей солнечных лучей.

Земля вокруг эвкалиптов поросла густой свежей травой, в которой прыгали целые стаи птичек со сверкающими, как алмазы, крыльями.

— Вот так деревья! — воскликнул Наб. — Годны ли они на что-нибудь?

---

[1] Под той широтой, где расположен остров Линкольна, эвкалипты не могут расти.

— Как бы не так! — презрительно ответил Пенкроф. — Эти великаны-деревья, как и великаны-люди, годны только на то, чтобы их за плату показывали на ярмарках.

— Ошибаетесь, Пенкроф, — возразил Гедеон Спилет, — это дерево за последнее время начинает получать всё большее применение в столярном деле.

— А я скажу, — добавил юный натуралист, — эти эвкалипты принадлежат к семейству, насчитывающему много полезных пород: гвоздичное дерево, дающее великолепное гвоздичное масло; гранатовое дерево, дающее вкусные гранаты; eugenia cauliflora, из плодов которого добывают неплохое вино; мирт ugni, его сок — вкусный алкогольный напиток; мирт caryophyllus, кора которого заменяет корицу; обыкновенный мирт, ягоды которого могут заменить перец; eugenia pimenta, из которого добывают ямайский перец; eucalyptus robusta, дающий что-то вроде манной крупы; eucalyptus Gunei, сок которого, перебродив, даёт напиток, похожий на пиво... Впрочем, разве можно перечислить всё применения деревьев этого семейства, насчитывающего сорок шесть родов и тысячу триста видов!

Колонисты внимательно слушали лекцию по ботанике, с увлечением прочитанную юным натуралистом.

Сайрус Смит улыбался, а Пенкроф смотрел на своего воспитанника с непередаваемой гордостью.

— Однако, Герберт, — сказал он после некоторого раздумья, — я готов поклясться, что все эти полезные деревья не такие великаны, как эти!

— Ты прав, Пенкроф, — согласился юноша.

— Значит, я был прав, говоря, что великаны ни на что не годны.

— Вы опять ошибаетесь, Пенкроф, — сказал инженер. — Именно эти великаны, под которыми мы находимся сейчас, полезны человечеству.

— Чем?

— Тем, что оздоровляют местность, где они растут. Знаете ли вы, как их называют в Австралии и Новой Зеландии?

— Нет.

— «Лихорадочными деревьями».

— Потому что они вызывают лихорадку?

— Нет, потому что они предохраняют от лихорадки.

— Отлично. Я запишу это название, — сказал журналист.

— Запишите, Спилет. Доказано, что присутствие эвкалиптовых рощ значительно умеряет болезнетворное влияние возбудителей лихорадки. Это естественное лекарство было испробовано в некоторых местностях Южной Европы и Северной Африки, где особенно свирепствовали лихорадки, и с течением времени установили, что здоровье населения улучшилось — перемежающаяся лихорадка в зоне посадки эвкалиптов совершенно исчезла. Этот факт доказан наукой и теперь совершенно бесспорен. Для нас, невольных обитателей острова Линкольна, большое счастье, что эвкалипты растут тут.

— Вот так остров! Какой чудесный остров! — воскликнул Пенкроф. — Говорил я вам, что ему не хватает только…

— Успокойтесь, Пенкроф, — рассмеялся инженер, — и табак разыщем! Однако давайте грести дальше. Нужно подняться вверх по реке так далеко, как только можно.

Пирога снова тронулась в путь. На протяжении ближайших двух миль эвкалипты росли непрерывными рядами, возвышаясь над всеми остальными деревьями. Сколько видел глаз по обе стороны реки Благодарности — всюду росли эти чудесные деревья-великаны.

Извилистая река пробила себе путь среди высоких, густо поросших зеленью берегов. Во многих местах путешественникам мешали плавучие водоросли и даже острые скалы. Плавание становилось затруднительным. Пришлось перестать грести, и Пенкроф, стоя на корме, толкал лодку шестом.

Чувствовалось, что река мелеет и что недалеко то место, где из-за мелководья придётся выйти из пироги и продолжать путь пешком.

Солнце уже склонялось к горизонту. Деревья отбрасывали на землю непомерно длинную тень.

Сайрус Смит, видя, что в этот день не удастся добраться до западного берега острова, решил сделать привал на ночь в том месте, где мелководье заставит расстаться с пирогой. До западного берега оставалось ещё пять-шесть миль, и это расстояние было слишком велико, чтобы пытаться одолеть его ночью, тем более, что путь лежал через неисследованные леса.

Подталкиваемая шестом пирога плыла среди зелёных берегов. Острые глаза Пенкрофа разглядели в лесу стаю обезьян, бегавших по деревьям. Два или три раза отдельные животные подбегали к самому берегу и пялили глаза на челнок со спокойствием и бесстрашием, доказывавшими, что они впервые видят человека и не научились ещё бояться его.

Не представляло никакого труда уложить на месте несколько этих четвероруких, но Сайрус Смит решительно воспротивился такому бессмысленному избиению животных, которое, кстати, могло оказаться небезопасным для колонистов: обезьяны были сильными и ловкими, и лучше было оставить их в покое.

Около четырёх часов плавание стало ещё более трудным — водоросли и камни загромождали всё ложе реки. Берега поднимались всё выше и выше, и вот уже река врезалась в первые отроги, горы Франклина. Очевидно, исток её был близок, так как она питалась водами, стекающими с южного склона.

— Не позже как через четверть часа придётся остановиться, мистер Смит, — доложил Пенкроф.

— Что ж, Пенкроф, остановимся и сделаем привал на ночь, — ответил инженер.

— На каком расстоянии от Гранитного дворца мы находимся? — спросил Герберт.

— Если учесть все извилины пути, примерно в семи милях. Завтра утром мы расстанемся с пирогой, часа за два пройдём путь до западного берега и будем располагать почти целым днём для обследования береговой полосы.

Скоро пирога зашуршала о дно, покрытое галькой. Ширина реки в этом месте не превышала двадцати футов. Густой покров зелени задерживал дневной свет, и здесь царила полутьма. Откуда-то доносился шум падающей воды. Видимо, невдалеке находились пороги. Действительно, за первым поворотом глазам колонистов открылся водопад.

Пирога дрогнула, наткнувшись на препятствие, и остановилась.

Пенкроф столкнул её с мели, направил к правому берегу и пришвартовал судёнышко к стволу дерева.

Было уже около пяти часов. Место было восхитительно красиво. Последние лучи заходящего солнца, пробиваясь сквозь густую листву, окрашивали во все цвета радуги брызги и водяную пыль маленького водопада; река превратилась здесь в ручеёк с прозрачной и чистой водой.

Колонисты быстро разожгли костёр и приготовили ужин. На ночь было установлено посменное дежурство на случай, если в лесу окажутся хищники. Но ночь прошла спокойно, и на следующий день, 31 октября, в пять часов утра все были уже на ногах, готовые продолжать путь.

ГЛАВА ЧЕТВЁРТАЯ

Путь на запад. — Стаи четвероруких. — Новый ручей. — Лес вместо берега. — Мыс Рептилии. — Герберт завидует Гедеону Спилету. — Бамбуковая роща.

Сайрус Смит полагал, что до западного берега оставалось не больше двух часов ходьбы. Но нельзя было точно определить время, так как могла встретиться необходимость прорубать дорогу среди густых зарослей деревьев и кустарников, к тому же переплетённых между собой цепкими лианами. Это, конечно, надолго задержало бы экспедицию.

Колонисты, тщательно привязав пирогу к дереву, выступили в путь. Пенкроф и Наб несли двухдневный запас провизии для всего отряда. Об охоте нечего было и думать: инженер посоветовал своим спутникам ни в каком случае не стрелять, чтобы преждевременно не выдать своего присутствия обитателям западного берега.

Первые удары топора пришлись по кустарнику среди чащи мастиковых деревьев. Сайрус Смит, держа компас в руке, указывал направление. Колонисты медленно продвигались вперёд по ими же проложенной дороге. Почва кругом была совершенно сухая, но по сочности и густоте растительности нетрудно было угадать, что либо под почвой находятся подземные водоёмы, либо где-то поблизости протекает какая-нибудь речка или ручеёк.

В продолжение первых часов пути снова встретились стаи обезьян. Они с любопытством рассматривали людей, которых явно видели впервые.

Гедеон Спилет шутливо спросил своих спутников, не смотрят ли эти четверорукие на них как на каких-то обезьяньих выродков.

По правде сказать, пешеходы имели действительно жалкий вид в этой чаще зарослей, где сваленные деревья, кустарник, ползучие растения на каждом шагу преграждали им дорогу, тогда как проворные и сильные животные, не зная никаких препятствий, с молниеносной быстротой переносились с ветки на ветку.

Обезьян было много, но, к счастью, они не проявляли никакой враждебности к людям.

В половине десятого утра колонистам неожиданно преградила путь неизвестная речка, глубокая и прозрачная, с быстрым течением. Ложе речки, шириной в тридцать-сорок футов, было усеяно камнями и порожками, через которые вода прорывалась с сердитым грохотом. Речка была абсолютно несудоходна.

— Вот так штука! — воскликнул Наб. — Придётся возвращаться!

— Нет, — ответил Герберт, — в конце концов это только ручеёк. Через него можно перебраться вплавь.

— К чему это? — возразил Сайрус Смит. — Ясно, что ручеёк впадает в море. Пойдём вниз по течению, вдоль этого берега, и мы непременно выйдем к морю. Вперёд, друзья!

— Подождите, — остановил всех журналист. — А как же быть с названием ручья? Не надо допускать пробелов в нашей географии.

— Правильно, — сказал Пенкроф.

— Герберт, назови как-нибудь этот ручей, — попросил инженер.

— Предлагаю сначала осмотреть его до устья, — ответил юноша.

— Согласен, — сказал Сайрус Смит. — Итак, в дорогу!

— Ещё минуту, — попросил Пенкроф.

— Что случилось? — спросил журналист.

— Охота-то запрещена, но, надеюсь, на рыбную ловлю это запрещение не распространяется?

— У нас нет времени, — возразил инженер.

— О, не больше пяти минут, — настаивал моряк. — Всего пять минут, и у нас будет роскошный завтрак!

С этими словами моряк лёг на берег, погрузил руки в воду и в течение двух-трёх минут вытащил несколько дюжин великолепных раков.

— Вот это здорово! — вскричал Наб и последовал примеру своего друга.

— Говорил я вам, что на этом острове есть всё... кроме табака, — со вздохом сказал моряк.

Наловив полный мешок раков, колонисты пошли дальше. Путь вдоль берега речки был несравненно легче, чем среди зарослей, и путешественники двигались значительно быстрее.

По-прежнему ничто не указывало на присутствие человека. Изредка колонисты наталкивались на следы крупных животных, приходивших на берег утолять жажду, но было совершенно очевидно, что не здесь маленький пекари был ранен дробинкой, стоившей Пенкрофу зуба.

Наблюдая за быстрым течением ручья, Сайрус Смит пришёл к заключению, что колонисты находятся значительно дальше от западного берега моря, чем это им казалось.

Действительно, наступил час прилива, и если бы устье ручья было близко, то течение не было бы таким стремительным — поток замедлил бы свой бег, сталкиваясь с встречной приливной водой. Между тем ручей катил свои воды, следуя естественному наклону русла, по-прежнему с большой быстротой.

Инженер был очень удивлён этим обстоятельством и часто посматривал на компас, чтобы увериться, что извилистое течение не ведёт экспедицию обратно в леса Дальнего Запада.

Между тем ручей постепенно расширялся, и течение его становилось уже не столь бурным. Лес на обоих берегах был по-прежнему непроницаемо густой, но подозрительного в нём ничего не было, так как Топ не лаял.

В половине одиннадцатого, к великому удивлению Сайруса Смита, Герберт, шедший впереди, остановился и крикнул:

— Океан!

Выбежав на опушку леса, колонисты действительно увидели перед собой западный берег острова. Но какая огромная разница между этим берегом и тем, на который их первоначально забросило крушение! Ни гранитной стены, ни прибрежных рифов, ни даже песчаного пляжа, — лес и только лес! Это не был обычный берег океана с широким песчаным пляжем или хаотическим нагромождением скал. Здесь была красивейшая опушка леса, состоящая из величественных деревьев.

Берег поднимался почти отвесно, выше самого высокого прилива, и на плодоносной почве, покоящейся на гранитном основании, великолепный лес рос так же густо, как в самом центре суши.

Колонисты подошли к маленькой бухточке, которая едва вместила бы две-три рыбачьи барки. Эта бухта служила устьем ручью. Но — странная особенность — ручей вливался в море не по чуть наклонной плоскости своего ложа, как это бывает обычно, а падал с высоты почти сорока футов. Этим и объяснялось то, что быстрота течения не умерялась приливом. Действительно, даже самые высокие приливы не достигали устья ручья, и должны были пройти миллионы лет, прежде чем ручей выроет отлогий спуск к морю в своём гранитном ложе.

С общего согласия ручей тотчас же был назван «рекой Водопада».

Опушка леса тянулась к северу над самым берегом океана на протяжении примерно двух миль. Дальше деревья редели, и сквозь просветы в них можно было различить ряд живописных холмов, тянувшихся почти по прямой с юга на север. Вся южная часть побережья, до самого мыса Рептилии, поросла великолепным густым лесом. Очевидно, что поиски потерпевших крушение следовало производить именно в этом направлении, так как северная, бесплодная часть острова не могла никому дать приюта.

Воздух был чист и прозрачен, и с вершины скалы, на которой Наб и Пенкроф приготовили завтрак, видно было всё побережье. Горизонт был совершенно пустынен. Таким же пустынным было и побережье — нигде не было видно ни малейшего обломка крушения, не говоря уже о корабле.

Для очистки совести инженер решил осмотреть каждую извилину берега до самой оконечности Змеиного полуострова.

Колонисты быстро управились с завтраком, и в половине двенадцатого Сайрус Смит дал сигнал к отправлению. Если бы побережье было песчаным, колонисты могли бы проделать весь этот путь, не торопясь, за четыре часа. Но здесь, где на каждом шагу им приходилось преодолевать препятствия, делать крюки и обходы, прорубать дорогу в кустарниках, рубить сплетения лиан, — путь этот требовал по крайней мере вдвое больше времени.

Несмотря на все старания, до сих пор колонисты не обнаружили никаких признаков недавнего крушения корабля. Впрочем, как правильно заметил Гедеон Спилет, отлив мог отнести в море все обломки крушения, не оставив и следа от корабля, выброшенного бурей на этот участок побережья.

Рассуждение журналиста было вполне резонным, тем более, что происшествие с дробинкой неопровержимо устанавливало, что не далее трёх месяцев тому назад на острове раздался ружейный выстрел.

В пять часов пополудни колонисты находились ещё в двух милях от оконечности Змеиного полуострова. Очевидно было, что они не могли успеть дойти до этого пункта и засветло вернуться к своему временному лагерю у устья реки Водопада. Следовательно, им придётся заночевать на самом мысе Рептилии. К счастью, провизии было достаточно.

Около семи часов вечера, изнывая от усталости, колонисты добрались до мыса Рептилии. Здесь кончался прибрежный лес, и берег приобретал привычный облик песчаного пляжа, чередующегося со скалами. Вполне возможно было, что где-нибудь в складке изрезанной береговой линии ютится потерпевший крушение корабль; но было уже слишком темно для того, чтобы сейчас же предпринять разведку. Её отложили на утро.

Герберт и Пенкроф отправились на поиски места, могущего служить ночлегом. Там, где кончались последние деревья поредевшего леса Дальнего Запада, юноша вдруг увидел густую бамбуковую поросль.

— Как хорошо! — воскликнул он. — Вот драгоценная находка!

— Драгоценная? — недоуменно спросил Пенкроф.

— Конечно, — ответил Герберт. — Ты, вероятно, знаешь, Пенкроф, что ствол бамбука, изрезанный на полоски, служит для изготовления корзин; что тот же ствол, размолотый в порошок и смоченный в воде, является сырьём для изготовления высших сортов бумаги, так называемой китайской бумаги; что стволы бамбука, в зависимости от их диаметра, могут служить палками, трубками, водопроводными трубами; что большие бамбуки — великолепный строительный материал, лёгкий, прочный и почему-то никогда не подвергающийся нападению со стороны насекомых... Нет, не стоит тебе рассказывать всего этого, ибо ты к этому равнодушен. Но...

— Но?.. — спросил Пенкроф.

— Но зато я скажу тебе, что в Индии этот бамбук идёт в пищу вместо спаржи!

— Спаржа в тридцать футов высотой? — воскликнул моряк. — И она вкусная?

— На редкость! — заявил Герберт. — Только в пищу употребляют не тридцатифутовые деревья, а молодые побеги бамбука.

— Отлично, мой мальчик, отлично! — одобрил Пенкроф.

— Добавлю ещё, что сердцевина молодых побегов, политая уксусом, считается изысканным блюдом...

— Совсем хорошо, Герберт!

— ...и что, наконец, сок бамбука представляет очень приятный на вкус напиток.

— И это всё? — спросил моряк.

— Всё.

— А курить его нельзя?

— К сожалению, нет, мой бедный Пенкроф.

Герберту и моряку недолго пришлось искать подходящее для ночлега место. Прибрежные скалы были подточены сильным ежедневным прибоем и выветрены резкими юго-западными ветрами — в них было множество пещер, в которых можно было укрыться на ночь от непогоды. Но в ту минуту, когда разведчики собрались зайти в одну из пещер, оттуда донеслось яростное рычание.

— Назад! — крикнул Пенкроф. — У нас ружья заряжены только мелкой дробью, а зверю, который способен так рычать, дробь причинит не больше вреда, чем крупинки соли.

С этими словами моряк оттащил Герберта назад под прикрытие скалы — и вовремя, ибо тотчас же вслед за этим из пещеры показалось великолепное животное.

Это был ягуар, такой же крупный, как и его азиатские родичи, то есть футов в пять длиной от лба до кончика хвоста. Его рыжая шкура была испещрена круглыми чёрными пятнами, а брюхо было грязно-белого цвета.

Герберт сразу узнал этого свирепого хищника — соперника тигра.

Ягуар шагнул вперёд. Судя по его взъерошенной шерсти и налитым кровью сверкающим глазам, можно было предположить, что он уже не раз сталкивался с людьми.

В этот момент из-за скал показался Гедеон Спилет. Герберт, думая, что журналист не заметил ягуара, хотел броситься навстречу к нему, чтобы предупредить об опасности. Но тот сделал юноше знак не шевелиться и спокойно продолжал приближаться. Спилету не раз случалось охотиться на тигра. Подойдя на десять шагов к животному, он вскинул карабин к плечу и остановился. Ни один мускул не дрогнул на его лице.

Ягуар съёжился в комок и в следующую секунду сделал прыжок в сторону охотника. Но в это самое мгновение журналист спустил курок, и ягуар, получив пулю между глаз, упал мёртвым.

Герберт и Пенкроф подбежали к нему. Наб и Сайрус Смит, находившиеся на некотором расстоянии, также кинулись на звук выстрела и замерли от удивления при виде великолепного животного, распростёртого на земле.

— Ах, мистер Спилет! — воскликнул Герберт. — Если бы вы знали, как я восхищаюсь вами и как я вам завидую!

— Ты и сам бы мог сделать это не хуже, — ответил журналист.

— Я?.. С таким хладнокровием?!.

— А ты думай при этом, что ягуар — то заяц, и ты убьёшь его, нисколько не волнуясь.

— Вот видишь, Герберт, — подхватил Пенкроф, — то может быть проще этого!

— А теперь, друзья мои, — сказал Гедеон Спилет, — так как ягуар освободил пещеру, мы преспокойно и с полным комфортом можем расположиться в ней на ночь.

— А если там жили и другие ягуары? — спросил Пенкроф.

— На всякий случай зажжём костёр у входа в пещеру, — ответил журналист. — Тогда мы будем спокойны, что ни один хищник не осмелится переступите её порога.

— Что ж, пожалуйте в ягуарову гостиницу, — сказал моряк, и первый вошёл в пещеру, таща за собой труп ягуара.

Заняв пещеру, колонисты первым долгом натаскали в неё запас валежника. Наб в это время снимал шкуру со зверя.

Сайрус Смит, в свою очередь заметив бамбуковую рощу, срезал несколько стволов и положил их в заготовленную кучу дров.

Затем все уселись на песок пещеры, усеянный костями, и, на случай неожиданного нападения зарядив пулями ружья, приступили к ужину.

Перед отходом ко сну они зажгли у входа в пещеру костёр. В ту же секунду раздались звуки взрывов. Это горящий бамбук взрывался с шумом пушечной пальбы. Уже один этот шум должен был удержать хищников на почтительном расстоянии от пещеры.

Честь изобретения этого шумового эффекта принадлежала не Сайрусу Смиту. Татары с древнейших времён применяли этот способ, чтобы, отпугивать опасных хищников Центральной Азии.

ГЛАВА ПЯТАЯ

Предложение вернуться назад вдоль южного берега. — Очертания берега. — Поиски следов предполагаемого крушения. — Остатки воздушного шара. — Находка естественного порта. — В полночь на берегу реки Благодарности. — Плывущая по течению пирога.

Сайрус Смит и его товарищи спали спокойно, как младенцы, в пещере, любезно предоставленной им ягуаром.

С восходом солнца колонисты были уже на берегу, на самом краю мыса, и снова пытливо всматривались в широко раскрытый перед ними горизонт. Инженер опять удостоверился, что ни простым глазом, ни в подзорную трубу нигде нельзя обнаружить ни паруса, ни остова разбитого бурей судна.

Таким же пустынным казалось и побережье, по крайней мере та часть его, которая была доступна обозрению. Тем не менее следовало вблизи осмотреть южный берег острова, — быть может, там в какой-нибудь извилине берега находятся люди.

Когда произвести эту разведку? Не посвятить ли ей этот день, 2 ноября?

Это не входило в первоначальные планы колонистов. Оставляя пирогу на привязи у истоков реки Благодарности, они предполагали вернуться за ней и спуститься к Гранитному дворцу вниз по течению. План был составлен в расчёте на то, что следы крушения скорее всего будут обнаружены именно на западном берегу острова. Но после того, как было установлено, что на этом побережье нет ничего подозрительного, необходимо было произвести разведку на южном берегу.

Гедеон Спилет первый предложил продолжать разведку, чтобы до конца выяснить вопрос. Он спросил у Сайруса Смита, на каком расстоянии от мыса Рептилии находится мыс Когтя.

— Примерно в тридцати милях, если следовать за всеми изгибами берега, — ответил инженер.

— Тридцать миль! — воскликнул Гедеон Спилет. — Это целый день ходьбы! И всё-таки мне кажется, что нам следует вернуться в Гранитный дворец вдоль южного берега.

— Но ведь от мыса Когтя до Гранитного дворца ещё добрых десять миль, — возразил Герберт.

— Ладно, будем считать сорок миль, — согласился журналист. — И всё-таки необходимо пойти именно этим путём! Мы устанем, но зато узнаем это побережье; кроме того, не будет нужды снова предпринимать такое дальнее путешествие!

— Это верно. Но как быть с пирогой? — спросил Пенкроф.

— Пирога простояла сутки без охраны у истоков реки Благодарности, — ответил Гедеон Спилет, — простоит и ещё двое суток. У нас ещё не было основания жаловаться на то, что остров кишит ворами.

— А всё-таки, — возразил моряк, — когда я вспоминаю случай с черепахой, я начинаю сомневаться.

— Черепаха, черепаха... Разве вам не известно, что её перевернул прилив?

— Кто знает?.. — прошептал инженер.

— Но... — начал Наб.

Набу что-то хотелось сказать. Он открыл рот, чтобы говорить, но молчал.

— Что ты хотел сказать, Наб? — спросил его инженер.

— Если мы будем возвращаться южным берегом, то за мысом Когтя нам преградит путь...

— Река Благодарности, — подхватил Герберт, — и у нас не будет ни моста, ни лодки, чтобы перебраться на другой берег.

— Это пустяки, — возразил моряк. — Срубим несколько деревьев и переправимся через реку.

— А всё-таки, — сказал Гедеон Спилет, — если мы захотим поддерживать связь с лесами Дальнего Запада, нам придётся перекинуть мост через реку.

— Мост? — воскликнул Пенкроф. — Но ведь мистер Смит — инженер. Он нам построит мост, если мы его попросим об этом... Что же касается сегодняшней переправы через реку, за неё я беру ответственность на себя и ручаюсь, что ни одна нитка на вас не промокнет. У нас есть ещё запас провизии на целый день. Итак, предлагаю отправляться в путь!

Предложение журналиста, так энергично поддержанное моряком, было единогласно принято — каждому хотелось поскорее покончить с сомнениями насчёт крушения. Но нужно было выступать в путь немедленно, потому что переход в сорок миль был трудным и нечего было мечтать добраться до Гранитного дворца до наступления ночи.

В шесть часов утра маленький отряд уже шёл вдоль южного берега. В предвидении неприятных встреч с двуногими и четвероногими животными ружья были заряжены пулями, и Топу, открывавшему шествие, было приказано «искать» на опушке леса.

От оконечности мыса, образующей завиток хвоста Змеиного полуострова, на протяжении почти пяти миль путь шёл по окружности. Этот участок был быстро пройден колонистами, причём, несмотря на самые тщательные поиски, не удалось обнаружить никаких признаков крушения: ни следов лагеря, ни пепла костра, ни отпечатка человеческой ноги.

В том месте, где изгиб берега образовал бухту Вашингтона, перед колонистами открывался вид на всю южную часть острова. Мыс Когтя виднелся в двадцати пяти милях к югу, полускрытый утренним туманом, и вследствие какого-то странного миража казался как бы висящим в воздухе между небом и океаном. От того места, где находились колонисты, и до центра огромной бухты берег состоял из широкого пляжа с плотно слежавшейся и гладкой песчаной поверхностью. Дальше побережье было сильно изрезано: выступавшие в море острые и низкие косы сменялись угрюмыми чёрными скалами. Этот хаос заканчивался только у самого мыса Когтя.

Таковы были очертания берега. Колонисты, остановившиеся на несколько минут для отдыха, с любопытством разглядывали эту неизвестную им часть острова.

— Судно, выброшенное на такой берег, — сказал Пенкроф, — неминуемо погибло бы. Это очень опасное место: песчаные мели у берегов и рифы поодаль…

— Но всё-таки от крушения остались бы хоть какие-нибудь следы, — заметил журналист.

— Куски обшивки могли бы застрять на скалах, но не на отмелях, — ответил моряк.

— Почему так?

— Да потому, что эти мели много опасней скал. Они засасывают всё, что на них попадает. Достаточно несколько дней, чтобы они без следа поглотили целиком корпус многотонного корабля.

— Значит, Пенкроф, по вашему мнению, не было бы ничего удивительного в том, что эти пески не сохранили никаких следов потерпевшего крушение корабля?

— Ничего удивительного. Однако и в этом случае ветер должен был бы занести далеко на берег, за пределы досягаемости волн, лёгкие части такелажа. Они-то и явились бы следами крушения.

— Что ж, давайте продолжать поиски, — сказал инженер.

В час пополудни колонисты находились уже в центре бухты Вашингтона. С утра они прошли около двадцати миль. Здесь был сделан привал на завтрак.

От этого места берег извивался, пересекаясь выемками и нагромождениями скал, сползавших в воду. В данную минуту эти скалы были покрыты высокой водой прилива, но при отливе они обнажались. Океанские волны, разбиваясь об их выступающие из воды верхушки, набегали на берег пенистыми гребнями. До мыса Когтя береговая линия шла узенькой полоской, сжатой между скалами и опушкой леса.

Дорога становилась труднопроходимой из-за многочисленных обвалов, преграждавших её.

После получасового отдыха маленький отряд снова тронулся в путь, исследуя каждую выемку берега и каждый прибрежный риф всякий раз, когда они чем-нибудь привлекали внимание. Но колонисты неизменно разочаровывались, убеждаясь в том, что предполагаемый обломок корабля был простым камнем или водорослями. Попутно они установили, что этот берег изобилует съедобными ракушками. Впрочем, эти пищевые резервы могли быть использованы только после того, как будет построен мост через реку Благодарности.

Таким образом, и здесь ожидания колонистов не оправдались: южный берег так же, как и западный, не хранил никаких следов крушения.

Около трёх часов пополудни Сайрус Смит и его спутники подошли к маленькой закрытой бухте, представлявшей собой естественный порт, совершенно не видимый со стороны моря.

Узкий пролив, соединявший бухту с открытым морем, извивался среди скал.

В глубине бухты землетрясение пробило брешь в скалах, и сквозь эту брешь шёл отлогий подъём на плоскогорье. Бухта эта, отстоящая милях в десяти от мыса Когтя, по прямой находилась не больше чем в четырёх милях расстояния от плоскогорья Дальнего вида.

Гедеон Спилет предложил сделать здесь привал. Предложение журналиста было встречено всеобщим одобрением, так как все проголодались от ходьбы и, несмотря на то что час обеда ещё не наступил, с удовольствием бы перекусили. Решено было вместо обеда съесть остатки провизии и затем уже до самого Гранитного дворца не делать привалов.

Спустя несколько минут, усевшись в тени деревьев, колонисты с жадностью набросились на кушанья, вытащенные Набом из походной сумки.

Площадка возвышалась на пятьдесят-шестьдесят футов над уровнем моря, так что с неё открывался вид даже на далёкую бухту Союза. Но ни островок Спасения, ни Гранитный дворец, скрытые завесою густых деревьев, не были видны. Не приходится и говорить, что первым долгом колонисты осмотрели весь горизонт в подзорную трубу. Но горизонт был совершенно чист. Точно так же не оказалось никаких следов крушения и на оставшемся ещё не исследованным участке берега от этой площадки до мыса Когтя.

— Видимо, мы ничего и не найдём, — сказал Гедеон Спилет. — Надо с этим примириться. Утешением нам будет служить сознание, что никто не станет оспаривать у нас право на владение островом Линкольна.

— Ну, а дробинка? — спросил Герберт. — Ведь она не приснилась нам всем, надеюсь!

— Нет, чёрт побери! — воскликнул Пенкроф, вспоминая о сломанном зубе.

— Какое же заключение прикажете сделать? — настаивал журналист.

— Вот какое, — остановил спор инженер, — три месяца тому назад, охотой или неволей, но к острову причалил корабль…

— Как, Сайрус, неужели вы допускаете, что корабль засосало песком и при этом не осталось ни малейшего следа? — вскричал журналист.

— Нет, дорогой Спилет, я этого не думаю. Но если не внушает сомнения положение, что какой-то человек был на острове три месяца тому назад, то не менее бесспорно и то, что в данное время его на острове больше нет.

— Следовательно, — вмешался Герберт, — если я правильно понял вас, вы полагаете, что корабль отплыл?

— Конечно.

— И мы потеряли случай вернуться на родину? — спросил Наб.

— Да, боюсь, что безвозвратно.

— Ну-с, если это безвозвратно, так идём в Гранитный дворец, — предложил Пенкроф, уже заскучавший по дому.

Но не успел он подняться с земли, как послышался лай Топа, и собака выбежала из леса, держа в пасти лоскут запачканной грязью ткани.

Наб вырвал у собаки этот лоскут.

Топ продолжал лаять и, то бросаясь в лес, то возвращаясь обратно, как бы просил своих хозяев следовать за ним.

— О, кажется, Топ нашёл разгадку истории с моей дробинкой! — воскликнул Пенкроф.

— Там потерпевший крушение! — воскликнул Герберт.

— Может быть, он ранен, — добавил Наб.

— Или умер, — ответил журналист.

Колонисты бросились вслед за собакой в лес. На всякий случай взвели курки своих ружей.

Им пришлось зайти довольно далеко в чащу, но, к своему искреннему огорчению, они нигде не нашли отпечатков ног. Кусты и лианы были невредимы, и, чтобы следовать за Топом, нужно было прокладывать себе путь топором. Трудно было допустить, что здесь когда-либо проходил человек.

Однако Топ бежал вперёд уверенно и смело, не сбиваясь с пути. Видно было, что он хорошо знал, куда и зачем ведёт за собой людей.

Пробежав минут семь-восемь, Топ внезапно остановился. Колонисты вышли вслед за ним на полянку, окаймлённую высокими деревьями. Но сколько они ни смотрели, ни в траве, ни под деревьями ничего необычного не было.

— Что это с Топом? — спросил Сайрус Смит.

Собака громко лаяла, прыгая у подножия гигантской сосны.

Вдруг Пенкроф расхохотался.

— Вот так штука! — воскликнул он. — Это я понимаю!

— Что, что?.. — спросил инженер.

— Мы искали следы крушения на море и на суше…

— Ну и что же?

— А они в воздухе!

И моряк указал своим товарищам на огромный кусок белой ткани, висевший на верхушке сосны.

— Но это же не корабль! — воскликнул, не подумав, журналист.

— Прошу извинения, — насмешливо возразил моряк.

— Как? Это…

— Это бренные останки нашего воздушного корабля!

Пенкроф не ошибался. Действительно, на сосне висела оболочка воздушного шара.

Испустив громкое «ура», моряк добавил:

— Сколько чудесной ткани! Подумайте, какое множество тут рубашек и носовых платков! Скажите, мистер Спилет, где ещё на свете вы найдёте остров, на котором рубашки растут на деревьях?

Для колонистов было счастьем, что аэростат, взвившись в последний раз в воздух, упал обратно на остров. Они могли сохранить оболочку в её теперешнем виде, чтобы попытаться покинуть остров воздушным путём, либо использовать эти сотни квадратных футов превосходной ткани для разных хозяйственных нужд, предварительно отмыв оболочку от лака, которым она была покрыта. Вполне понятно, что восторг Пенкрофа разделили и все остальные колонисты.

Оболочку нужно было снять с дерева, за которое она зацепилась, чтобы спрятать её в более надёжное место. Это была нелёгкая работа. Наб, Герберт и Пенкроф, взобравшиеся на сосну, должны были проявить чудеса ловкости, чтобы высвободить огромный аэростат.

Работа отняла свыше двух часов, и в результате её колонисты получили не только самую оболочку с вентилем, пружинами и медной отделкой, но также и сетку, то есть большое количество верёвок и канатов, кольцо и якорь.

Оболочка оказалась в очень хорошем состоянии и повреждена была только в одном месте.

Это было богатство, в буквальном смысле слова свалившееся с неба.

— Правда, мистер Смит, — сказал моряк, — если мы когда-нибудь и решимся покинуть остров, то мы сделаем это не на шаре? С этими махинами никогда ничего нельзя знать заранее: эти воздушные корабли идут не туда, куда хочешь. Мы-то это хорошо знаем! Поверьте мне, куда лучше построить хорошее судёнышко, этак тонн на двадцать, и бы разрешите мне вырезать из этой оболочки бизань и фок. Остаток же мы употребим на одежду.

— Посмотрим, Пенкроф, посмотрим, — ответил инженер.

— А пока что надо найти, куда бы спрятать всё это добро, — сказал Наб.

Действительно, нечего было и думать тащить в Гранитный дворец такой тяжёлый груз ткани и канатов. В ожидании же, пока колонисты смогут привезти тележку для перевозки его, следовало как-нибудь обезопасить это сокровище от капризов первого же урагана.

Ценой больших усилий колонистам удалось оттащить находку к берегу и спрятать её в пещеру, куда не могли проникнуть ни ветер, ни дождь, ни волны.

— Нам нужен был шкаф, — сказал Пенкроф, — и шкаф нашёлся. Но так как он не запирается на ключ, следует скрыть входное отверстие в пещеру — не от двуногих, а от четвероногих воров.

К шести часам пополудни всё было приведено в порядок, и можно было продолжать путь. Маленькой бухте было дано название «порт Шара». По дороге к мысу Когтя Пенкроф разговаривал с инженером о различных работах, которые предстояло осуществить в ближайшее время. Прежде всего надо было перебросить мост через реку Благодарности, чтобы облегчить сообщение с южным берегом острова. После этого можно было бы погрузить оболочку шара на тележку, так как пирога не выдержала бы такой тяжести. Далее нужно было построить палубное судно, которое Пенкроф оснастит как шлюп и на котором можно будет предпринять путешествие вокруг острова, — и так далее, и так далее…

Ночь уже наступила, когда колонисты подошли к мысу Находки, к тому месту, где они нашли выброшенный на песок ящик. Этот участок уже был исследован ими и не хранил никаких следов крушения. Следовательно, не оставалось ничего другого, как согласиться с заключением Сайруса Смита о том, что корабль уже покинул остров.

От мыса Находки до Гранитного дворца было не больше четырёх миль. Колонисты быстро прошли это расстояние и около полуночи подошли к первому изгибу реки Благодарности.

Ширина реки в этом месте составляла около восьмидесяти футов, и пересечь её вплавь было бы нелегко. Но, как известно, Пенкроф взял на себя обязательство переправить колонистов на другой берег.

Все были утомлены до последнего предела длинным переходом и вознёй с воздушным шаром. Всем не терпелось поскорее добраться до Гранитного дворца, чтобы поужинать и лечь спать. Если бы мост через реку был уже построен, через четверть часа путники были бы уже дома.

Но моста ещё не было. А ночь была непроглядно чёрной.

Пенкроф готовился выполнить данное им остальным колонистам обещание. Для этого он решил срубить два дерева, из которых намеревался соорудить некое подобие плота.

Сайрус Смит и Гедеон Спилет в ожидании, пока их помощь понадобится моряку, уселись на берегу реки. Герберт, чтобы не заснуть, прогуливался по берегу.

Вдруг юноша подбежал к инженеру и, указывая на реку, воскликнул:

— Глядите, что это там плывёт по течению?

Пенкроф прервал свою работу и, всмотревшись в движущийся тёмный предмет на поверхности воды, сказал:

— Это лодка!

Присмотревшись, все действительно, к своему величайшему удивлению, увидели какую-то лодку, плывшую по течению.

— Эй, на лодке! — крикнул моряк по профессиональной привычке, не подумав о том, что, может быть, лучше было бы не выдавать своего присутствия.

Ответа не было. Лодка продолжала плыть по течению. Она была уже всего в десятке шагов от колонистов, когда моряк воскликнул:

— Да это ж наша пирога! Она сорвалась с привязи и плывёт по течению, надо прямо сказать — как нельзя более своевременно!

— Наша пирога?.. — прошептал инженер.

Пенкроф был прав. Это действительно была пирога колонистов, сорвавшаяся с привязи. Тихонько покачиваясь, она спускалась вниз по течению реки Благодарности. Нужно было тотчас же перехватить её, иначе она могла уплыть в море. Наб и Пенкроф стали ловить лодку длинными ветвями, наспех срубленными с деревьев.

Вскоре моряку удалось зацепить пирогу и подтащить её к берегу. Инженер первым вскочил в неё, схватил причальный канат и, осмотрев его, убедился, что он разорвался от трения о скалу.

— Знаете, — тихо сказал он журналисту, — это стечение обстоятельств иначе как…

— Странным, — подхватил тот, — не назовёшь!

Но странное или нет — стечение обстоятельств было счастливым для колонистов. Герберт, Пенкроф, Наб и журналист в свою очередь сели в пирогу. Трое первых не сомневались в том, что причальный канат перетёрся сам. Но и они не могли не удивляться тому, что пирога подплыла к берегу как раз в то время, когда колонисты находились там. Приплыви она четвертью часа раньше — никто её не перехватил бы, и она безвозвратно пропала бы в море.

Сделав несколько взмахов вёслами, колонисты переплыли реку и причалили к берегу у самого подножия Гранитного дворца. Вытащив лодку на песок, они пошли к лестнице.

Но вдруг Топ яростно залаял, а Наб, ощупью искавший в темноте первые ступеньки верёвочной лестницы, вскрикнул. Лестницы не было.

ГЛАВА ШЕСТАЯ

Пенкроф кричит. — Ночь, проведённая в Камине. — Стрела Герберта. — Предложение Сайруса Смита. — Неожиданный выход. — Что произошло в Гранитном дворце. — Как колонисты нашли слугу.

Сайрус Смит молча остановился. Его спутники обшарили всю стену, предполагая, что ветер отнёс в сторону лестницу, каким-нибудь образом оторвавшуюся от привязи. Но лестница не находилась. Проверить же, не забросил ли её сильный порыв ветра на верхнюю площадку, в этой кромешной тьме было невозможно.

— Если это шутка, — сурово сказал Пенкроф, — то она неудачна и несвоевременна. Возвратиться домой и не найти лестницы, чтобы подняться в свои комнаты!.. Такая шутка не может понравиться уставшим людям.

Наб заахал и застонал.

— Ведь ветра-то не было! — заметил Герберт.

— Мне начинает казаться, что на острове Линкольна происходят странные вещи! — воскликнул Пенкроф.

— Что же тут странного, Пенкроф? — возразил журналист. — Нет ничего проще. Кто-то забрался в дом во время нашего отсутствия, удобно расположился в нём и втянул лестницу.

— Но кто же это? — возмущённо спросил моряк.

— Тот самый охотник, который ранил дробинкой пекари, — ответил Гедеон Спилет. — Он логически должен существовать, иначе это последнее приключение было бы совершенно необъяснимым.

— Если там кто-то прячется, — с раздражением сказал Пенкроф, — я окликну его. Надеюсь, что он ответит мне.

И громовым голосом моряк рявкнул такое «эй», что задрожали скалы. Колонисты насторожились. Им послышалась какая-то заглушённая возня в Гранитном дворце. Но никто не ответил на оклик Пенкрофа.

Тот снова закричал:

— Эй, кто там?

Снова никакого ответа.

В этом происшествии было что-то такое, что удивило бы даже самых флегматичных людей. Колонисты же были людьми, кровно заинтересованными в происходящем. В их положении каждое самое незначительное событие могло привести к серьёзным последствиям, и уж, конечно, за все семь месяцев их пребывания на острове с ними не случалось ничего такого, что могло бы сравниться с этим происшествием.

Угнетённые неожиданностью и странностью происходящего, колонисты, забыв про усталость, неподвижно стояли у подножия Гранитного дворца. Они не знали, что подумать, что делать, теряясь в догадках и предположениях, одно нелепей другого.

Наб хныкал, огорчённый невозможностью вернуться в свою кухню, и как раз в такую минуту, когда, все запасы провизии истощились и их нельзя было пополнить.

— Друзья мои, — сказал Сайрус Смит, — нам остаётся только одно: дождаться рассвета и тогда уже действовать в зависимости от обстоятельств. Предлагаю это время провести в Камине. Там мы будем защищены от непогоды, и если не сможем поужинать, то хоть выспимся вволю.

— Кто же всё-таки этот нахал, забравшийся в наш дом? — подумал вслух Пенкроф.

Он никак не мог примириться с мыслью о невозможности немедленно узнать это.

Но кем бы ни был этот «нахал», единственно разумное, что можно было сделать, — это последовать совету инженера и отправиться в Камин спать. На всякий случай Топу дан был приказ остаться под окнами Гранитного дворца. А когда Топ получал приказ, он выполнял его в точности.

Храбрый пёс остался у подножия стены, в то время как его хозяева удалились по направлению к берегу.

Утверждение, что уставшие колонисты крепко спали этой ночью на песке Камина, было бы грубым нарушением истины. Для этого они были слишком взволнованы загадочным происшествием.

Гранитный дворец был не только их домом, но и складом всех богатств. В нём хранились все запасы продовольствия, оружие, приборы, инструменты, боевые припасы и т.д. и т.п. Если бы всё это пропало, им пришлось бы с самого начала обзаводиться хозяйством. Это было бы большим несчастьем!

Снедаемые беспокойством, колонисты ежеминутно выходили из Камина, чтобы посмотреть, дежурит ли Топ. Один Сайрус Смит сохранял хладнокровие и терпеливо ожидал утра, несмотря на то что его пытливый ум никак не мог примириться с тем, что он сам и его спутники находились в зависимости от каких-то таинственных влияний, которые инженер не мог даже назвать.

Гедеон Спилет был совершенно согласен с инженером, и они несколько раз вполголоса принимались разговаривать о загадочных событиях, объяснить которые они не могли, несмотря на весь свой ум и жизненный опыт.

Одно было бесспорно: остров хранил какую-то тайну, проникнуть в которую колонисты в данное время не могли.

Герберт не знал, что думать обо всём этом, но не решался расспрашивать инженера.

Что до Наба, то он считал, что всё происходящее, в конечном счёте, должно заботить не его, а его хозяина, и, если бы он не боялся оскорбить равнодушием товарищей, славный парень проспал бы всю ночь так же безмятежно, как он спал обычно в Гранитном дворце.

Больше всех волновался Пенкроф. Он по-настоящему был взбешён.

— Над нами кто-то издевается! — кипятился он. — Я терпеть не могу служить посмешищем для других! Честное слово, этому шутнику лучше было бы не попадаться мне под руку!

Как только забрезжили первые лучи зари, колонисты, зарядив ружья, отправились на берег, к кромке скал. Около пяти часов утра солнце осветило замкнутые ставни и скрытые зеленью окна Гранитного дворца.

Громкий крик вырвался у колонистов: дверь, которую они закрыли перед уходом, была распахнута настежь.

Кто-то занял Гранитный дворец. Сомнениям не было места.

Верхняя часть верёвочной лестницы, протянутая от двери к площадке, была на своём месте. Но вторая половина лестницы была поднята кверху, к двери. Очевидно, непрошеные гости не хотели, чтобы их беспокоили. Узнать, кто они и сколько их, было пока невозможно — никто не показывался у дверей.

Пенкроф снова крикнул.

Ответа не было.

— Ах, негодяи! — вскричал моряк. — Они спят так спокойно, как будто бы у себя в постелях. Ах, пираты, бандиты, разбойники!

Никто не отвечал на его крики. Колонисты готовы были усомниться, действительно ли занят Гранитный дворец, но положение лестницы неопровержимо доказывало это; больше того, можно было с уверенностью сказать, что непрошеные гости и посейчас находятся внутри дворца. Как добраться до них?..

Герберту пришла в голову мысль привязать к концу стрелы верёвочку и выстрелить этой стрелой из лука, целясь в последние ступеньки лестницы, свисавшие с порога двери. Если стрела пройдёт между двумя перекладинами, можно будет, потянув за верёвочку, спустить лестницу на землю и восстановить сообщение с Гранитным дворцом.

Другого выхода не было, а этот если не при первом, так при десятом выстреле, но должен был дать результат. К счастью, запасы стрел и луков хранились в одном из коридоров Камина; там же находились и длинные верёвки из лёгких стеблей гибиска.

Пенкроф привязал верёвку к хвосту стрелы и передал её Герберту. Юноша натянул тетиву лука и с величайшей тщательностью прицелился в свисавшее звено лестницы.

Сайрус Смит, Гедеон Спилет, Наб и Пенкроф отступили на несколько шагов, чтобы наблюдать за тем, как будут реагировать на это захватчики Гранитного дворца. Журналист, приложив к плечу карабин, взял на прицел открытую дверь квартиры.

Стрела свистнула, увлекая за собой верёвку, и пролетела между первой и второй перекладинами.

Первый же выстрел попал в цель.

Герберт в ту же секунду потянул второй конец верёвки.

Но из двери высунулась рука и, на лету перехватив лестницу, втянула её внутрь помещения.

— Ах, негодяй! — заревел моряк. — Ну погоди, я тебя накормлю свинцовыми орешками!

— Но кто же это? — спросил Наб.

— Как? Ты не видел?

— Нет.

— Да ведь это же мартышка, горилла, орангутанг, шимпанзе, макака! Обезьяны — вот кто захватил Гранитный дворец во время нашего отсутствия.

В эту минуту, словно для того, чтобы подтвердить правильность заявления моряка, несколько четвероруких, распахнув ставни, показались в окнах Гранитного дворца. Они приветствовали настоящих хозяев помещения тысячью кривляний и гримас.

— Я не сомневался, что это шутка! — воскликнул Пенкроф. — Но сейчас один из этих шутников заплатит за всех других.

С этими словами моряк вскинул ружьё к плечу и выстрелил. Все обезьяны мгновенно спрятались внутрь, за исключением одной, смертельно раненной, которая полетела на землю.

Это было большое животное, несомненно принадлежавшее к семейству человекообразных.

Герберт с первого же взгляда признал в нём орангутанга.

— Какой великолепный зверь! — воскликнул Наб.

— Может быть, он и великолепен, — хмуро ответил Пенкроф, — но я всё-таки не знаю, как мы попадём обратно в Гранитный дворец!

— Герберт отличный стрелок, — сказал журналист, — и стрел у него достаточно. Пусть он снова попробует.

— Ничего не выйдет, — возразил Пенкроф, — эти образины хитрые! Они не выпустят лестницы... Когда я подумаю, что они там натворили в наших кладовых, у меня в глазах темнеет...

— Терпение, Пенкроф! — посоветовал журналист. — Обезьянам не удастся долго морочить нас...

— Я поверю в это, когда последняя из них спустится вниз. Да, кстати, мистер Спилет, сколько этих шутников забралось к нам, как вы думаете?

Невозможно было ответить на этот вопрос, так как обезьяны больше не показывались в окнах. Герберту снова удалось зацепить стрелой лесенку, но, когда её стали тянуть книзу, она не подалась и верёвка оборвалась.

Положение колонистов было поистине затруднительным. Пенкроф бесновался. В этом происшествии была своя смешная сторона, но колонистам было не до смеха. Они не сомневались теперь, что рано или поздно сумеют вернуться в Гранитный дворец, но когда и как — этого они сами не знали.

В течение следующих двух часов положение не изменилось. Обезьяны не показывались в окнах. Только три или четыре раза чёрные руки высовывались из отверстий окон, но, встреченные ружейными выстрелами, тотчас же исчезали.

— Давайте спрячемся, — предложил инженер. — Обезьяны решат, что мы сняли осаду, и снова покажутся в окнах. Тогда Спилет и Герберт легко перебьют их.

Предложение инженера было принято, и в то время как Герберт и журналист, искуснейшие стрелки колонии, спрятались за скалами, Наб, Сайрус Смит и Пенкроф пошли в лес на охоту: час завтрака настал, а у колонистов не было никаких запасов провизии.

Через полчаса охотники вернулись с несколькими голубями. Наб зажарил дичь на костре. Обезьяны всё ещё не показывались.

Гедеон Спилет и Герберт, передоверив свой сторожевой пост Топу, тоже пошли завтракать, а затем снова вернулись в засаду.

Прошло ещё два часа без каких бы то ни было перемен. Четверорукие не проявляли никаких признаков жизни. Можно было подумать, что они покинули дворец. Но это было маловероятно. Скорей всего, испуганные шумом выстрелов и гибелью одного из своих, они смирно сидели в глубине комнат или в кладовых. Когда колонисты думали о хранящихся там вещах, их терпение начинало быстро иссякать и сменялось вполне оправданным раздражением и бешенством.

— Нет, это слишком глупо! — сказал журналист. — А главное, это положение может тянуться бесконечно долго!

— Чёрт побери, надо же что-нибудь придумать, чтобы выгнать этих обезьян! — воскликнул Пенкроф. — Мы осилили бы их, даже если б их там было двадцать штук... Но для этого нужно, чтобы они приняли бой... Нет ли какого-нибудь способа добраться до них?

— Есть один, — ответил инженер, которого, видимо, осенила какая-то мысль.

— Один способ? — спросил Пенкроф. — Что ж, очевидно, он хорош, раз нет других. А в чём заключается ваш способ?

— Спуститься в Гранитный дворец по старому стоку озера, — ответил инженер.

— Тысяча чертей! — воскликнул моряк. — И как это я не подумал об этом!

Действительно, другого способа выгнать обезьян из дворца у колонистов не было. Отверстие стока, как известно, было замуровано скреплёнными цементом камнями; но можно было разобрать эту стену. К счастью, Сайрус Смит не сумел ещё привести в исполнение свой проект — скрыть это отверстие, снова подняв уровень воды в озере. Тогда бы эта работа отняла намного больше времени.

Около полудня колонисты, захватив с собой ломы и кирки из Камина, прошли снова под окнами Гранитного дворца, чтобы взобраться на плоскогорье Дальнего вида. Топа они оставили на карауле у подножия стены. Но не сделали они и пятидесяти шагов, как послышался яростный лай собаки.

Колонисты остановились.

— Бежим! — крикнул Пенкроф.

И все стремглав помчались обратно.

Подбежав к дворцу, они увидели, что положение изменилось.

Обезьяны, чем-то испуганные, искали спасения в бегстве. Две-три из них перепрыгивали с окошка на окошко с ловкостью акробатов. Они не пытались даже спустить лестницу, забыв, очевидно от страха, об этом простейшем способе бегства. Колонисты прицелились и выстрелили. Ни один заряд не пропал даром. Две-три обезьяны, раненые или убитые, попадали внутрь комнаты. Остальные свалились с высоты и разбились о землю.

Через несколько минут Гранитный дворец словно вымер.

— Ура! — вскричал Пенкроф. — Ура! Ура!

— Не рано ли кричать «ура»? — сказал ему Гедеон Спилет.

— Почему рано? Ведь все враги убиты, — возразил моряк.

— Не спорю. Но это не поможет нам вернуться домой.

— Что ж, пойдём к старому стоку.

— Придётся, хотя лучше было бы… — начал инженер.

Но ему не пришлось докончить фразы: лестница вдруг соскользнула с порога двери и, развернувшись, упала на землю.

— Ах, чёрт возьми! — вскричал моряк. — Вот это здорово!

И он вопросительно посмотрел на Сайруса Смита.

— Чересчур здорово! — пробормотал тот и первый бросился к лестнице.

— Берегитесь, мистер Смит, — предостерёг его Пенкроф. — Там, может быть, остались ещё обезьяны!

— Посмотрим! — крикнул на бегу инженер.

Все колонисты последовали за ним. Через минуту они добрались до верху. Комнаты были пусты. Кладовые оказались в сохранности.

— А лестница-то? — недоумевал Пенкроф. — Кто же сбросил её нам?

В эту минуту раздался крик, и крупная обезьяна, притаившаяся в тёмном коридоре, вбежала в комнату, преследуемая Набом.

— Ах, разбойник! — вскричал Пенкроф и, взмахнув топором, хотел рассечь череп орангутангу, но инженер удержал его руку.

— Пощадите её, Пенкроф, — сказал он.

— Пощадить эту обезьяну?

— Да, это она сбросила нам лестницу!

Инженер сказал это таким странным тоном, что трудно было понять, шутит ли он или говорит серьёзно.

Колонисты все вместе навалились на обезьяну и после недолгой борьбы повалили её на пол и связали.

— Уф! — облегчённо вздохнул Пенкроф. — А теперь что мы с ней будем делать?

— Мы из неё сделаем слугу, — ответил Герберт.

Юноша не шутил, говоря это. Он знал, что эти умные животные отлично поддаются дрессировке.

Колонисты рассматривали своего пленника; это был представитель того вида человекообразных обезьян, лицевой угол которых только немногим острее лицевого угла[1] австралийцев или готтентотов.

---

[1] Лицевой угол — угол, составленный двумя скрещивающимися линиями: первой — от срединной точки междубровья к промежутку между передними резцами и второй — от этого промежутка к наружному отверстию слухового прохода. Во времена Жюля Верна считали, что чем ниже уровень развития расы, тем острее её лицевой угол. Современная наука эту теорию отвергает.

Орангутанги отличаются от своих сородичей — свирепых бабуинов, легкомысленных макак, грязных сагуинов — своим почти человеческим разумом. Приручённые орангутанги служат за столом, прибирают комнаты, чистят одежду, ботинки, приучаются пользоваться ножом, вилкой, ложкой и даже пить вино так же, как… самый исполнительный слуга. Известно, что у знаменитого французского естествоиспытателя Бюффона была такая обезьяна, которая долго и преданно служила ему.

Орангутанг, пойманный колонистами, был громадным самцом шести футов ростом, пропорционально сложенным, с широченной грудью и небольшой головой; лицевой угол его достигал шестидесяти пяти градусов, череп был закруглён, шерсть была мягкой и блестящей. Одним словом, это был великолепный образец человекообразной обезьяны. Его глаза, несколько меньшие, чем у человека, светились умом. Белые зубы сверкали под густыми усами, а под подбородком вилась курчавая бородка.

— Вот так красавец! — сказал Пенкроф. — Если бы знать его язык, можно было бы живо сговориться с ним.

— Скажите, мистер Смит, вы не шутя думаете взять этого зверя в услужение? — спросил Наб.

— Да, Наб, и он будет превосходным слугой, — ответил инженер. — Он молод, поэтому воспитать его будет нетрудно. Нам не придётся вырывать у него клыки и бить его, как это бывает при обучении старых орангутангов. Если мы будем хорошо относиться к нему, он скоро привяжется к нам.

Пенкроф, уже, видимо, забывший свои кровожадные планы расправы с «шутниками», подошёл к обезьяне.

— Ну что, дружище, — сказал он, — как ты себя чувствуешь?

Оранг что-то проворчал.

— Хочешь вступить в число членов колонии? Так, что ли?

Обезьяна снова что-то буркнула.

— И жалованья большого не попросишь?

Ответ обезьяны на сей раз был явно утвердительный.

— Его разговор страдает монотонностью, — заметил Гедеон Спилет.

— Ничего, мистер Спилет, лучшие слуги — это те, кто меньше всего говорит. И потом, он не требует жалованья! Но ты не унывай, — обратился моряк к обезьяне, — если мы будем довольны тобой, получишь сразу за всё время!

Таким образом, колония пополнилась ещё одним членом. По предложению Пенкрофа орангутанга назвали «Юпитером», а сокращённо «Юпом».

ГЛАВА СЕДЬМАЯ

Планы очередных работ. — Мост через реку. — Подъёмный мост. — Урожай пшеницы. — Ручеёк. — Мостки. — Птичий двор. — Голубятня. — Два онагра. — Упряжка. — Поездка в порт Шара.

Таким образом, колонисты водворились снова в своё жилище. Очень удачным было то, что стаей обезьян овладел ужас как раз в ту минуту, когда колонисты собрались разрушить заслонку прежнего водостока. Неужели животные почувствовали, что на них собираются напасть с другой стороны? Это было единственным правдоподобным объяснением неожиданной паники среди обезьян.

До захода солнца колонисты успели перенести в лес и закопать трупы обезьян и привести в порядок Гранитный дворец. Обезьяны, к счастью, только разбросали вещи, ничего не попортив. Наб развёл огонь в печи и изготовил сытный обед, пришедшийся всем по вкусу.

Не забыли при этом и Юпа — он получил свою порцию миндаля и кореньев. Пенкроф развязал ему руки, но решил не развязывать ног до тех пор, пока орангутанг не привыкнет к новой обстановке.

Перед сном Сайрус Смит и его товарищи обсудили планы ближайших работ. Первой и самой безотлагательной было сооружение моста через реку Благодарности; этот мост должен был связать Гранитный дворец кратчайшей дорогой с южной частью острова. Затем нужно было построить загон — кораль — для муфлонов и других животных, дающих шерсть, которых колонисты намеревались поймать живыми. Необходимо было всерьёз позаботиться об одежде: мост позволит перевезти в Гранитный дворец оболочку шара, из которой можно сшить бельё, а обитатели кораля дадут шерсть для зимней одежды.

Сайрус Смит хотел построить кораль у истоков Красного ручья, так как там скот имел бы пастбище с великолепной сочной травой. Дорога между Красным ручьём и Гранитным дворцом частично уже была проложена, и перевозка грузов оттуда была бы очень несложным делом, особенно, если удалось бы поймать какое-нибудь упряжное животное: тогда вместо неуклюжей тачки колонисты сделали бы большую повозку.

Но если не было никаких неудобств в том, чтобы кораль находился в отдалении от Гранитного дворца, то птичий двор должен был быть под руками. Поэтому решено было строить его на берегу озера, невдалеке от старого водостока.

Назавтра, 3 ноября, серия новых работ началась. Все рабочие руки были привлечены к ответственному сооружению — постройке моста.

Взвалив на плечо пилы, топоры, колуны, молотки, новоявленные плотники спустились к подножию Гранитного дворца.

Там Пенкроф вдруг остановился и сказал:

— А что, если мистеру Юпу придёт снова в голову мысль поднять наверх лестницу, которую он вчера так любезно сбросил нам?

— Закрепим её нижний конец, — ответил инженер.

Так и сделали: в песчаный грунт вбили два кола и к ним накрепко привязали лестницу.

После этого колонисты поднялись вдоль левого берега до излучины реки Благодарности. Осмотрев берега, инженер решил, что это место вполне подходит для постройки моста. Действительно, отсюда до порта Шара, открытого два дня тому назад, было не больше трёх с половиной миль. Здесь нетрудно было проложить проезжую дорогу и таким образом чрезвычайно упростить сообщение Гранитного дворца с южной частью острова.

Сайрус Смит поделился с товарищами своим планом, очень простым и в то же время очень остроумным.

Инженер задумал ни больше ни меньше, как искусственно окружить плоскогорье Дальнего вида водой, чтобы обезопасить его от непрошеных посещений четвероногих и четвероруких гостей.

При этом не только сам Гранитный дворец, но и Камин, и будущий птичник, и верхняя часть плоскогорья Дальнего вида, где предполагалось разбить хлебные поля, были бы ограждены от набегов животных.

Проект инженера очень легко было привести в исполнение — плоскогорье и так было с трёх сторон окружено водой: с северо-запада — озером Гранта, с севера — новым водостоком, с востока до устья реки Благодарности — морем и, наконец, с юга — частью самой реки Благодарности, от её устья до излучины, через которую колонисты хотели теперь перебросить мост.

Оставалась, таким образом, незащищённой только западная часть плоскогорья, между излучиной реки и южной оконечностью озера, протяжением не больше одной мили. Здесь легко было вырыть широкий и глубокий ров и заполнить его озёрной водой, избыток которой будет стекать прямо в реку Благодарности. Конечно, уровень воды в озере из-за этого снова несколько понизится, но, вычислив дебит[1] вод Красного ручья, инженер счёл его достаточным для приведения этого проекта в исполнение.

— Таким образом, — закончил свою речь инженер, — всё плоскогорье превратится в настоящий островок, сообщающийся с остальными нашими владениями мостом, который мы сейчас строим, двумя мостками, уже установленными нами в верхнем и нижнем течении водостока, и, наконец, ещё двумя мостками, которые нам придётся перебросить через ров. Все эти мосты и мостки мы сделаем подъёмными и таким образом совершенно обезопасим себя от всяких неожиданностей.

Чтобы наглядней пояснить товарищам свой план, Сайрус Смит начертил его на песке. Все одобрили этот план, и Пенкроф, подняв свой молоток, крикнул: «Ура!»

— Итак, начнём с большого моста! — сказал инженер.

Наметив подходящие деревья, колонисты свалили их, очистили от ветвей и распилили на брёвна. Мост, неподвижный в части, примыкающей к правому берегу реки Благодарности, со стороны левого берега должен был быть подъёмным. Подъём и спуск этой части обеспечивались системой противовесов, как на шлюзах.

Ширина реки в этом месте равнялась примерно восьмидесяти футам. Колонисты при помощи копра забили в реку сваи для поддержки неподвижной части моста. По расчёту инженера, мост мог выдержать значительную нагрузку. Работа эта была очень трудной и длительной. К счастью, у колонистов не было недостатка ни в инструментах для обработки дерева, ни в железе и гвоздях для креплений, ни в изобретательности руководителя, ни в доброй воле рабочих, набивших себе руку на всякого рода физическом труде за эти семь месяцев. Надо отметить, что Гедеон Спилет работал не только не хуже других, но не без успеха соревновался в сноровке и ловкости с Пенкрофом, заставляя моряка признаться, что «ничего подобного он не ожидал от газетчика».

---

[1] Дебит — количество воды или другой жидкости, даваемое каким-нибудь источником в определённый промежуток времени.

Постройка моста заняла целые три недели. Колонисты завтракали и обедали тут же на стройке и возвращались в Гранитный дворец только ночевать. Погода всё время стояла великолепная. За это время Юп постепенно освоился с новой обстановкой и привык к своим хозяевам, хотя и продолжал смотреть на них с величайшим любопытством. Пенкроф не предоставил ему ещё полной свободы, откладывая это до тех пор, пока Гранитный дворец не будет окружён непроходимым рвом.

20 ноября мост был окончен. Его подвижную часть, уравновешенную противовесом, можно было поднимать и опускать при самом небольшом усилии. При поднятой подвижной части между неподвижной частью и берегом оставался просвет в двадцать футов шириной, достаточный, для того, чтобы остановить непрошеное вторжение животных.

Следующей работой было намечено рытьё рва.

— Ров сделает наш птичий двор недосягаемым для лисиц и прочих вредных животных, — сказал Пенкроф.

— Не говоря уже о том, что тогда можно будет пересадить на площадку над дворцом разные полезные растения, — добавил Наб.

— И распахать второе поле под пшеницу, — с торжествующим видом закончил моряк.

Действительно, первый «посев» пшеницы, состоявший из одного зёрна, благодаря заботам Пенкрофа дал великолепные всходы. «Жатва», как и предсказал инженер, принесла десять колосьев, в каждом из которых было по восьмидесяти зёрен. Таким образом, за шесть месяцев — это обеспечивало два урожая в год — колонисты получили восемьсот зёрен.

Семьсот пятьдесят зёрен — пятьдесят колонисты на всякий случай отложили в запас — нужно было высеять в новом месте с такой же заботливостью, как и первое, единственное зерно.

Распахав «поле», колонисты окружили его высоким забором из заострённых кольев, чтобы преградить доступ животным. Для отпугивания птиц Пенкроф устроил ряд пугал, свидетельствовавших о богатстве его фантазии. После этого каждое из семисот пятидесяти зёрен было высажено в особую ямку и предоставлено заботам природы.

21 ноября Сайрус Смит проложил трассу рва, замыкавшего на западе кольцо воды вокруг Гранитного дворца. Слой почвы, лежавший на граните, едва достигал двух-трёх футов. Пришлось поэтому снова прибегнуть к

помощи нитроглицерина, и в течение пятнадцати дней в граните был пробит ров шириной в пятнадцать и глубиной в шесть футов.

Снова нитроглицерин подорвал гранитную перемычку между озером и рвом, и новый ручей, названный колонистами «Глицериновым», заструил свои воды в реку Благодарности. Как и предвидел инженер, уровень озера снова понизился, но очень незначительно.

К середине декабря закончились все работы по превращению Гранитного дворца в остров. Получился неправильный многоугольник, имеющий в периметре около четырёх миль; окружённый кольцом воды, он стал совершенно недоступным для всякого вторжения извне.

Несмотря на то, что стояла сильная жара, колонисты решили не прерывать работ и тут же приступили к постройке птичьего двора.

Нечего и говорить, что после того, как плоскогорье было превращено в островок, мистер Юп получил свободу. Он не расставался со своими хозяевами и не проявлял никакого желания бежать.

Юп не знал себе равных в искусстве взбираться по лестнице Гранитного дворца.

Колонисты уже поручали ему кое-какие работы: переноску дров, камней, извлечённых из ложа Глицеринового ручья, и т.п.

— Юп ещё не стал настоящим каменщиком, но «обезьянка» из него получилась отличная, — весело сказал как-то Герберт, намекая на прозвище «обезьяны», которое каменщики дают своим подручным. И надо признаться, что в этом случае прозвище было действительно уместным и заслуженным!

Птичий двор был разбит на юго-восточном берегу озера на участке площадью в двести квадратных ярдов [1]. Окружив участок забором, колонисты выстроили навесы и шалаши для будущих обитателей.

Первыми из них оказалась пара тинаму, не замедлившая дать многочисленное потомство. Вскоре к тинаму присоединилось полдюжины диких уток, постоянных жителей берегов озера. Эти утки принадлежали к так называемой китайской разновидности; крылья их, раскрывающиеся веером, и оперение по блеску и краскам могут поспорить с золотистыми фазанами. Через несколько времени Герберту удалось захватить живьём и приручить пару куриных, с коротким, загнутым вниз хвостом, с красивым

[1] Ярд равен 91,44 сантиметра.

синевато-чёрным оперением, испещрённым маленькими круглыми и овальными пятнами. Это были хохлатые цесарки.

Пеликаны, зимородки, водяные курочки сами добровольно явились на птичий двор, и весь этот маленький мирок, после нескольких ссор и драк, мирно ужился и стал размножаться с быстротой, снимавшей с колонистов всякую заботу о дальнейшем пропитании.

Один уголок птичьего двора был отведён под голубятню.

Скоро в голубятню поступили первые жильцы. Голуби привыкли возвращаться на ночь в своё новое жилище и обнаружили больше склонности к приручению, чем их родичи — вяхири, которые, кстати сказать, редко размножаются в неволе.

Настало наконец время подумать и об использовании оболочки аэростата, чтобы сшить бельё; колонисты окончательно отказались от мысли покинуть остров на воздушном шаре и лететь по воле ветра над безграничным океаном — к этому могли прибегнуть только люди, лишённые самого необходимого.

Решено было перевезти оболочку шара в Гранитный дворец, и Сайрус Смит занялся переделкой тяжёлой тележки: её нужно было облегчить и сделать более подвижной.

Но вопрос о тягловой силе по-прежнему оставался нерешённым: колонисты всё ещё не нашли на острове животного, которое могло бы заменить в упряжке лошадь или осла.

— Нам больше и не нужно, как одно такое животное, — говаривал Пенкроф. — Рано или поздно мистер Смит построит паровую тележку или настоящий паровоз, потому что нам никак нельзя обойтись без железной дороги от Гранитного дворца к порту Шара, с ответвлением к горе Франклина!

И честный моряк искренне верил тому, что говорил. Вот до чего может дойти необузданная фантазия!

Случай, видимо вообще благоволивший к моряку, не заставил его долго ждать. 23 декабря днём колонисты, работавшие в Камине, вдруг услышали крики Наба и громкий лай Топа. Предполагая, что случилась какая-то беда, они поспешно бросились к дворцу.

Что же оказалось?

На плоскогорье через спущенный по недосмотру мостик забрели два крупных животных, похожих и на лошадей и на ослов. Это были самец и самка, стройные, буланой масти, с белыми ногами и хвостом и с чёрными полосами на голове, шее и крупе.

Животные спокойно паслись на лужайке, посматривая живыми, бесстрашными глазами на людей, в которых они ещё не угадали будущих хозяев.

— Да это онагры! — воскликнул Герберт.

— Разве это не ослы? — огорчился Пенкроф.

— Нет, Пенкроф. Видишь, у них короткие уши, и форма тела совсем другая.

— А впрочем, это неважно! Это живые двигатели, как сказал бы мистер Смит, и поэтому их нужно поймать!

Моряк крадучись, чтобы не испугать животных, пробрался к мостику через Глицериновый ручей и поднял его. Таким образом, онагры оказались в плену.

Колонисты решили приручать их исподволь и предоставить им возможность в течение нескольких дней без помех бродить по плоскогорью, где росла густая и сочная трава, а тем временем построить конюшню подле птичьего двора.

В первые дни колонисты старались не подходить к онаграм, чтобы не вспугнуть их. Онагры, видимо, тосковали по простору лесов и полей и часами стояли на берегу Глицеринового ручья, глядя на недоступные теперь для них, отделённые глубоким рвом леса.

Тем временем колонисты приготовили сбрую, переделали тележку и прорубили просеку в лесу, соединив порт Шара прямой дорогой с Гранитным дворцом.

Теперь оставалось только запрячь онагров. Этим занялся Пенкроф, успевший уже приучить их есть из своих рук. Животные позволили взнуздать себя, но когда их запрягли, стали брыкаться, и их с трудом удалось сдержать. Однако они упорствовали недолго и после нескольких упражнений начали ходить в упряжке.

В один прекрасный день вся колония уселась в повозку и отправилась к порту Шара. Можно себе представить, как трясло колонистов на этой едва намеченной дороге! Тем не менее повозка беспрепятственно достигла цели, и в неё сложили оболочку и сетку шара.

В восемь часов вечера повозка уже вернулась обратно и, переехав снова через мост, остановилась у подножия Гранитного дворца. Онагров распрягли и отвели на конюшню, а Пенкроф перед сном с таким удовлетворением зевнул, что эхо долго не утихало под сводами Гранитного дворца.

ГЛАВА ВОСЬМАЯ

Бельё. — Обувь из тюленьей кожи. — Изготовление пироксилина. — Посев. — Успехи мистера Юпа. — Кораль. — Облава на муфлонов. — Новые растения и птицы.

Вся первая неделя января была посвящена шитью белья. Иголки, найденные в ящике, замелькали в неискусных, но сильных пальцах, и если бельё колонистов было неладно скроено, то во всяком случае крепко сшито.

Ниток было больше чем достаточно, так как Сайрус Смит предложил использовать те, которыми была сшита оболочка аэростата. Герберт и Спилет с поразительным терпением выдёргивали нитки из длинных полотнищ оболочки. Пенкроф вынужден был отказаться от этой работы, действовавшей ему на нервы. Но когда приступили к шитью, никто не мог сравниться с ним: общеизвестно, что моряки всегда проявляли склонность к портняжному мастерству.

Так было изготовлено несколько дюжин рубашек и носков, и колонисты с наслаждением надели свежее бельё и легли спать на простыни, превратившие ложа Гранитного дворца во вполне приличные постели.

Одновременно была изготовлена обувь из тюленьей кожи: пора было сменить изношенные сапоги колонистов.

Начало 1866 года ознаменовалось сильной жарой. Тем не менее охота шла полным ходом. Агути, пекари, кенгуру, всевозможная крылатая и четвероногая дичь кишела в лесу. Герберт и Гедеон Спилет стали такими меткими стрелками, что ни одна пуля не пропадала у них даром.

Чтобы пополнить быстро убывающие запасы пуль, Сайрус Смит приготовил дробь из железа — на острове не было никаких следов свинца. Но так как железные дробинки были легче свинцовых, их пришлось сделать более крупными и, следовательно, заряжать ружьё меньшим количеством их. Однако меткие охотники быстро приноровились к этому неудобству.

Вопрос о порохе также стоял на очереди. Запасы найденного пороха были невелики. Инженер мог бы приготовить настоящий порох, так как он располагал селитрой, серой и углём, но для изготовления пороха хорошего качества требуется специальное оборудование; поэтому Сайрус Смит предпочёл делать пироксилин, пользуясь тем, что клетчатки — основной составной части этого соединения — на острове было сколько угодно.

Такую клетчатку в почти чистом виде добывают из волокон льна и конопли, из бумаги, тряпья, сердцевины бузины и т.п. Как раз бузины на острове были целые заросли у устья Красного ручья, и колонисты пользовались ягодами этого растения вместо кофе.

Оставалось только собрать сердцевину бузины, то есть клетчатку, и обработать её дымящейся азотной кислотой. Получение этого второго вещества не представляло трудностей, и Сайрус Смит, имея селитру и серную кислоту, уже однажды добыл его.

Инженер окончательно решил заменить порох пироксилином. Он мирился с недостатками этого взрывчатого вещества — лёгкой воспламеняемостью и мгновенностью образования газа, которые грозят разрывом ствола огнестрельного оружия, — ради его достоинств. Ведь пироксилин не портится от сырости, не загрязняет дула ружья, и его взрывчатая сила вчетверо больше, чем сила пороха.

Для изготовления пироксилина достаточно было погрузить клетчатку на четверть часа в дымящуюся азотную кислоту, затем промыть её в проточной воде и высушить. Как видим, ничего не могло быть проще. Таким образом, охотники получили достаточный запас взрывчатого вещества, правда требующего осторожности в обращении, но дающего зато отличные результаты.

Пока инженер готовил суррогат пороха, остальные колонисты распахали полтора гектара земли на плоскогорье, не позабыв оставить достаточное пространство под пастбище для онагров. Сделав несколько экскурсий в леса Якамары и Дальнего Запада, они принесли дикий шпинат, хрен, репу, которые при правильном уходе должны были привиться на новой почве и разнообразить ежедневную пищу колонистов, по-прежнему продолжавших питаться почти исключительно мясом.

Тем временем Юп, проявивший незаурядные способности, был возведён в звание слуги. Ему сшили куртку, короткие полотняные штаны и передник, карманы которого привели оранга в неистовый восторг. Он постоянно держал руки в карманах и не позволял никому прикоснуться к ним.

Умный орангутанг был великолепно выдрессирован Набом; казалось, он отлично понимал слова своего учителя. Юп искренне привязался к Набу, а тот отвечал ему взаимностью. Если Юп не был занят переноской дров или другими домашними работами, он всё время проводил на кухне, подражая каждому движению Наба. Учитель проявлял необычайное терпение в обучении ученика, тот же, со своей стороны, с поразительной быстротой усваивал уроки учителя.

Можно себе представить восторг колонистов, когда в один прекрасный день Юп с салфеткой в руке стал прислуживать им за столом. Ловкий и внимательный орангутанг отлично справлялся с обязанностями официанта: он менял тарелки, приносил блюда, наливал напитки в кружки. И всё это он проделывал с невозмутимо серьёзным видом, смешившим колонистов и доставлявшим несказанное удовольствие Пенкрофу.

За столом только и слышно было:

— Юп, тарелку супа!

— Юп, ещё порцию агути!

— Юп, воды!

— Молодчина, Юп! Умница, Юп!

И Юп, не теряясь, выполнял все приказания, следил за всем и кивал головой, когда Пенкроф повторял свою любимую шутку:

— Ничего не поделаешь, Юп, придётся удвоить вам жалованье!

Нечего и говорить, что орангутанг вполне освоился с жизнью в Гранитном дворце. Колонисты часто брали его с собой в лес, но он никогда не проявлял ни малейшего желания бежать от них. Надо было видеть его марширующим со вскинутой на плечо палкой, которую ему вырезал Пенкроф!

Когда нужно было сорвать плод с верхушки дерева, стоило только мигнуть Юпу, и он уже карабкался по стволу. Если колесо повозки застревало в колее, Юп одним толчком плеча высвобождал его.

— Вот силач-то! — восклицал при этом Пенкроф. — Если бы он был хоть вполовину таким злым, насколько он послушен и добр, с ним трудно было бы сладить!

В конце января колонисты приступили к работе по постройке кораля у подножия горы Франклина. Каждое утро Сайрус Смит, Герберт и Пенкроф запрягали в тележку онагров и отправлялись за пять миль к истокам Красного ручья, по свежепроложенной «дороге в кораль».

Там, у подножия южного склона горы, под постройку был выбран обширный луг, окаймлённый по краям деревьями и орошаемый маленьким ручейком — притоком Красного ручья. Трава здесь была густая и сочная.

Колонисты хотели окружить этот луг изгородью, достаточно высокой, чтобы через неё не могли перепрыгнуть самые лёгкие животные; загон был рассчитан на сотню голов рогатого скота и приплод.

После того как инженер вехами обозначил на земле границы кораля, колонисты занялись рубкой деревьев. Часть уже была срублена при прокладке дороги к коралю, и их осталось только приволочь к месту постройки. Из срубленных деревьев вытесали сотни кольев, и эти колья Пенкроф забил в землю.

В передней части изгороди были установлены широкие двустворчатые ворота, сколоченные из толстых досок, скреплённых поперечными брусьями.

Постройка кораля отняла около трёх недель; кроме изгороди, были построены просторные дощатые сараи, в которых пойманные животные могли укрываться от непогоды. И изгородь и сараи пришлось строить очень прочными, так как муфлоны — сильные животные и следовало опасаться их ярости. Концы кольев, заострённые и обожжённые в огне, также были скреплены поперечными брусьями. Расставленные на известных расстояниях подпорки сообщали прочность всему сооружению.

После окончания постройки колонисты решили устроить большую облаву у подножия горы Франклина, на пастбищах, часто посещаемых животными. 7 февраля, ясным летним днём, они приступили к этой облаве.

Герберт и Гедеон Спилет верхом на онаграх, к тому времени уже окончательно выдрессированных, исполняли обязанности загонщиков. Охотники собирались окружить стадо со всех сторон и подогнать его, постепенно суживая круг, к открытым настежь воротам кораля.

Наб, Сайрус Смит, Пенкроф и Юп разместились в разных местах в лесу, в то время как Герберт и Гедеон Спилет скакали на онаграх, пугая муфлонов. Топ всячески помогал им в этом деле.

Можно себе представить, как утомились в этот день охотники! Сколько им пришлось бегать взад и вперёд! Из сотни окружённых ими муфлонов почти две трети прорвались сквозь кольцо облавы. Но в конечном счёте около тридцати муфлонов и десяток диких коз были оттеснены к коралю. Они бросились в открытые ворота изгороди, полагая, что нашли путь к бегству, но этого только и добивались колонисты: ворота были заперты, и животные оказались в плену.

Результат облавы в общем удовлетворил колонистов. Большинство муфлонов оказалось самками, готовившимися вскоре дать приплод. Следовательно, в недалёком будущем колонисты должны были получить достаточное количество шерсти и кож.

В этот вечер колонисты вернулись в Гранитный дворец вконец обессиленными. Однако на следующее утро они снова отправились в кораль навестить своих пленников. Те, по-видимому, пытались ночью опрокинуть изгородь, но, не добившись успеха, смирились.

Февраль не ознаменовался никакими значительными событиями. Текущие работы шли своим чередом. Колонисты между делом улучшали дороги к порту Шара и коралю и начали прорубать третью дорогу — к западному берегу острова. Но густые леса Змеиного полуострова по-прежнему оставались неисследованными. Они кишели опасными хищниками, которых Гедеон Спилет твёрдо решил истребить.

Перед наступлением осени колонисты отдали много времени пересаженным на плоскогорье Дальнего вида диким растениям. Не проходило дня, чтобы Герберт не приносил из экскурсии какое-нибудь новое растение. То он находил дикий цикорий, из семян которого при отжиме получается отличное масло, то обыкновенный щавель, известный своими противоцинготными свойствами.

Огород поселенцев, содержавшийся в величайшем порядке, ежедневно поливаемый, защищённый от налётов пернатых, уже зеленел аккуратными квадратиками латука, щавеля, репы, красного картофеля и других огородных растений. Почва плоскогорья была необыкновенно плодородной, и колонисты ждали превосходного урожая.

В напитках у них также не было недостатка, за исключением вина. Кроме чая Освего и сиропа из корней драцены, Сайрус Смит приготовил отличное пиво.

Хозяйство колонистов процветало благодаря их трудолюбию, знаниям и энергии.

Жаркими летними вечерами, по окончании работ, колонисты любили отдыхать на гребне плоскогорья Дальнего вида, под навесом из ползучих растений, специально для этой цели посаженных Набом. Они беседовали, делясь друг с другом знаниями, строя планы на будущее. Добродушная весёлость моряка постоянно оживляла разговоры этих людей.

Вот уже одиннадцать месяцев, как они жили на этом острове, оторванные от всего мира. В день, когда шар сбросил их на остров, они были несчастными людьми, не знавшими, смогут ли они вырвать у враждебной природы хоть минимум благ, необходимых для поддержания жизни. Сегодня же, благодаря знаниям их руководителя, благодаря их уму и трудолюбию, они превратились в настоящих колонистов и сумели заставить служить себе растения, животных и самые недра острова Линкольна.

Они часто разговаривали об этом, без горечи глядя в прошлое и с надеждой и уверенностью — в будущее.

Сайрус Смит охотней слушал своих товарищей, чем говорил сам. Часто он улыбался какой-нибудь выходке Пенкрофа или шутке Герберта, но всегда и повсюду он размышлял о необъяснимых происшествиях, о до сих пор не разгаданной тайне острова.

ГЛАВА ДЕВЯТАЯ

Погода портится. — Гидравлический подъёмник. — Оконное стекло и стеклянная посуда. — Частые посещения короля. — Рост поголовья. — Вопрос журналиста. — Точное местонахождение острова. — Предложение Пенкрофа.

В первой неделе марта погода испортилась. Полнолуние пришлось на начало месяца, и жара стояла нестерпимая. Чувствовалось, что воздух перенасыщен электричеством и что должен наступить более или менее продолжительный грозовой период.

Действительно, 2 марта с неслыханной силой загрохотал гром. Ветер дул с востока, и град забарабанил в окна Гранитного дворца. Пришлось наглухо закрыть окна и дверь, иначе все помещения дворца были бы залиты водой.

Пенкроф, увидя, что отдельные градинки достигают величины голубиного яйца, испугался за посев хлеба, который находился под серьёзной угрозой. В ту же минуту он кинулся на плоскогорье. Пшеница начинала уже колоситься. Моряк прикрыл «поле» полотнищем из оболочки аэростата и тем спас урожай, но зато град исхлестал моряка так, что на нём не осталось живого места.

Непогода длилась восемь суток, и всё время беспрестанно гремел гром. В перерывах между двумя грозами до Гранитного дворца доносились раскаты грома издалека. Затем гроза разыгрывалась с новой силой. На небе беспрерывно змеились молнии. Несколько деревьев, в том числе громадная сосна у берега озера, были свалены молнией. Два-три раза молния ударяла в песок, и в этих местах оставалась стекловидная масса расплавленного песка. Это навело инженера на мысль изготовить стекло для защиты Гранитного дворца от дождя, снега и ветра.

Колонисты использовали дни непогоды для работ внутри Гранитного дворца, обстановка которого день ото дня улучшалась.

Инженер сконструировал простой токарный станок, на котором колонисты обтачивали всякого рода кухонную утварь и туалетные принадлежности, в частности пуговицы, недостаток которых они остро ощущали.

Для оружия, которое содержалось в величайшем порядке, были устроены специальные козлы. Комнаты были обставлены этажерками, шкафами. Всё время, пока стояла плохая погода, в залах Гранитного дворца не смолкал стук молотков, скрежет пил, скрип токарного станка, перекликавшиеся с раскатами грома.

Юп также не был забыт. Ему построили специальную комнатку подле главного склада; здесь оранга постоянно ожидала мягкая постель.

— Этот молодчина Юп никогда ни на что не жалуется, никогда худого слова не скажет! — говорил Пенкроф. — Какой замечательный слуга!

Нечего и говорить, что Юп теперь был обучен всем тонкостям службы. Он чистил одежду, поворачивал вертел, подметал комнаты, прислуживал за столом, складывал и переносил дрова. Но что больше всего умиляло Пенкрофа — это то, что Юп никогда не уходил спать, не навестив Пенкрофа в спальне.

Здоровье членов колонии — двуногих, двуруких, четвероруких и четвероногих — не оставляло желать лучшего. Жизнь на свежем воздухе в этом здоровом, умеренном климате, физический труд и обильная пища закалили колонистов.

Герберт вырос за год на два дюйма. Он заметно возмужал, обещая в недалёком будущем превратиться в рослого и красивого мужчину. Он пользовался каждой свободной от физической работы минутой, чтобы пополнять свои знания, читая и перечитывая книги, найденные в ящике.

После практических уроков, преподносимых ежедневно самою жизнью, он брал уроки математики, физики и химии у Сайруса Смита и иностранных языков — у Гедеона Спилета. Инженер и журналист с величайшей охотой занимались со способным юношей.

Затаённой мыслью инженера было передать Герберту все свои знания. Юноша жадно впитывал в себя науку.

«Когда я умру, он заменит меня», — думал инженер.

9 марта буря утихла, но небо оставалось покрытым облаками до конца этого последнего летнего месяца.

В марте самка онагра дала приплод. В корале много муфлонов также произвели на свет детёнышей, и целая куча ягнят блеяла под навесом сарая, к великой радости Герберта и Наба, у которых были свои любимцы среди новорождённых.

Колонисты попытались также приручить пекари. Опыт удался. Подле птичника был построен хлев, в котором вскоре закопошилось множество маленьких пекари, жиревших не по дням, а по часам благодаря заботам Наба.

Юп, которому была поручена доставка в хлев кухонных отбросов, помоев и т.п., исправнейшим образом выполнял свои обязанности. И если он порой дёргал своих маленьких питомцев за смешно торчащие хвостики, то это была не злость, а детская шалость: хвостики забавляли его, как игрушки.

В один из мартовских дней Пенкроф напомнил Сайрусу Смиту обещание, которое тот не выполнил ещё из-за недостатка времени.

— По-моему, мистер Смит, сейчас можно уже заняться постройкой того приспособления для подъёма в Гранитный дворец, которое заменит лестницы, — сказал он инженеру.

— Вы говорите о подъёмной машине? — спросил инженер.

— Называйте это, как вам будет угодно, — ответил Пенкроф. — Дело не в названии, а в том, чтобы без усталости подниматься домой.

— Нет ничего более лёгкого, Пенкроф. Но нужно ли это?

— Конечно, мистер. Смит. Мы имеем всё необходимое для жизни, можно уже подумать и об удобствах. Такая машина необходима для подъёма тяжестей. Не так-то просто взбираться по верёвочной лестнице с тяжёлым грузом.

— Ладно, Пенкроф, постараюсь доставить вам это удовольствие.

— Но ведь у вас нет машины для того, чтобы приводить в движение подъёмник...

— Сделаем.

— Паровую?

— Нет, гидравлическую!

Действительно, инженер мог использовать для приведения в действие подъёмника силу воды.

Для этого надо было увеличить суточный приток воды в Гранитный дворец из озера Гранта. Отверстие старого водостока было расширено, и в Гранитный дворец потекла могучая струя воды, вращавшая лопасти установленного инженером цилиндрического вала; верёвочный привод от этого вала вращал в свою очередь колесо, установленное над дверью снаружи Гранитного дворца, а к колесу на прочном канате была подвешена корзина подъёмника. Включение и выключение гидравлического «мотора» осуществлялись при посредстве длинной верёвки, свисавшей до самой земли.

17 марта подъёмная машина впервые заработала. Можно себе представить, с каким удовлетворением встретили колонисты это нововведение, избавлявшее их от труда по подъёму тяжестей. Особенно доволен был Топ, так и не приобретший сноровки Юпа в лазании по верёвочной лестнице.

Затем Сайрус Смит попробовал изготовить стекло. Ему пришлось перестроить для этой цели бывшую гончарную печь. Это было нелёгким делом, но в конце концов он добился успеха, и Герберт и Гедеон Спилет, его постоянные помощники, в течение многих дней не покидали стеклодельной мастерской.

Для изготовления стекла нужно было иметь песок, мел и углекислый или сернокислый натр. Песка было сколько угодно на побережье, так же как и мела; морские водоросли содержали соду, и, наконец, из серного колчедана можно было получить серную кислоту. Если же принять во внимание, что обилие каменного угля позволяло всё время поддерживать в печи нужную высокую температуру, ясно, что у инженера было под рукой всё необходимое для изготовления стекла.

Труднее всего было сделать железную трубку длиной в пять-шесть футов, которая служит для захвата расплавленной массы. Но инженеру удалось согнуть в трубку тонкий железный лист, и инструмент был готов.

28 марта печь затопили. Сто весовых частей песка были смешаны с тридцатью пятью частями мела, сорока — сернистого натра и двумя частями истолчённого в порошок каменного угля. Смесь эту всыпали в тигли из огнеупорной глины. Когда под действием высокой температуры смесь расплавилась, Сайрус Смит зачерпнул трубкой некоторое количество массы и стал вращать трубку на заранее заготовленной железной доске, чтобы придать массе форму, удобную для выдувания. Затем он протянул трубку Герберту и предложил дуть в свободный конец её.

— Дуть так, как будто пускаешь мыльный пузырь? — спросил юноша.

— Именно так, — смеясь, подтвердил инженер.

И Герберт, надув щёки, с такой силой принялся дуть в трубку, всё время вращая её между ладонями, что стеклянная масса стала растягиваться пузырём. Прибавив, по указанию инженера, к этому пузырю ещё некоторое количество расплавленной массы, юноша снова стал дуть в трубку. Так продолжалось до тех пор, пока он не выдул шар диаметром в один фут. Тогда инженер взял трубку из рук юноши и, раскачивая её, как маятник, заставил шар вытянуться в длину и принять цилиндрическую форму.

Выдувание дало таким образом полый внутри стеклянный цилиндр, закрытый с концов двумя круглыми крышками. Эти крышки отделили от цилиндра острой железной полоской, смоченной холодной водой. Той же полоской цилиндр разрезали по длине и после нового согревания, вернувшего ему вязкость, раскатали его на доске деревянным катком.

Так было изготовлено первое стекло. Для того, чтобы получить пятьдесят стёкол, пришлось пятьдесят раз повторить эту операцию.

Вскоре окна Гранитного дворца украсились, может быть, некрасивыми, но достаточно прозрачными стёклами.

Изготовление стеклянной посуды — стаканов и бутылей — было сущим пустяком по сравнению с изготовлением оконного стекла.

Впрочем, колонисты и не гнались за изяществом и довольствовались той формой, которая выдувалась на конце трубки.

Во время одной из экскурсий, предпринятых в лес Дальнего Запада Сайрусом Смитом и Гербертом, юноша открыл дерево, которое должно было внести существенное дополнение в пищу колонистов. Дерево было покрыто чешуйчатой корой, а листья испещрены параллельными тонкими жилками.

— Что это за дерево? — спросил инженер. — Оно напоминает пальму.

— Это саговая пальма, cycas revoluta, явнобрачное растение, — ответил юноша. — Я видел его изображение в нашей энциклопедии.

— Но я не вижу на нём плодов.

— Они и не нужны нам, мистер Сайрус, — ответил Герберт, — в самом стволе дерева содержится нечто вроде муки, измолотой самой природой.

— Значит, это хлебное дерево?

— Да.

— Дитя моё, — сказал инженер, — ты сделал очень важное открытие, если ты только не ошибся!

Но Герберт не ошибся. Разрубив ствол дерева, юный натуралист нашёл в середине его мучнистую белую ткань, пронизанную волокнами и разделённую на части волокнистыми же перегородками. Эта крахмалистая масса была пропитана горьковатым и неприятным по запаху соком, впрочем легко отделяющимся при отжиме. Мучнистая кашка саговой пальмы представляла собой превосходный питательный продукт.

Назавтра все колонисты отправились собирать этот продукт.

Пенкроф, день ото дня всё больше восхищавшийся своим островом, спросил по дороге инженера:

— Мистер Смит, как вы думаете, есть ли на свете острова для потерпевших крушение?

— Что вы хотите сказать, Пенкроф?

— Я спрашиваю, есть ли острова, специально приспособленные для потерпевших крушение, где всё сделано для того, чтобы несчастные потерпевшие чувствовали себя как дома?

— Возможно, что есть, — улыбаясь, ответил инженер.

— Не «возможно», а безусловно есть! — воскликнул Пенкроф. — И так же безусловно, что остров Линкольна — именно такой остров!

Колонисты возвратились в Гранитный дворец с большим запасом стволов хлебного дерева. Инженер устроил пресс для отжима сока от крахмалистой кашки, и вскоре в кладовой Гранитного дворца уже хранился порядочный запас муки, которая в руках Наба превращалась в пироги и пудинги.

Самки онагра и козы, содержавшиеся в корале, к этому времени стали давать много молока. Поэтому колонисты часто отправляли в кораль тележку, или, вернее, лёгкую двуколку, сооружённую взамен прежней неуклюжей махины. Когда очередь ехать выпадала Пенкрофу, он всегда брал с собой Юпа и поручал ему править онаграми. Обезьяна, щёлкая в воздухе кнутом, отлично справлялась и с этим делом.

Всё процветало на острове Линкольна, где колонисты жили уже больше года. Это служило частой темой вечерних бесед колонистов на веранде плоскогорья за чашкой кофе из ягод бузины, который подавал Юп.

В этот вечер, 1 апреля, колонисты случайно заговорили об уединённом положении острова Линкольна в Тихом океане.

— Кстати, Сайрус, не делали ли вы новых вычислений долготы и широты нашего острова с тех пор, как получили секстант? — спросил Гедеон Спилет.

— Нет, — ответил инженер.

— Я советовал бы сделать. Ведь старые ваши вычисления были произведены с помощью очень несовершенных инструментов.

— К чему это? — возразил Пенкроф. — По-моему, остров и так лежит очень хорошо.

— Не спорю, Пенкроф. Но ведь никогда не лишне знать точно, где находишься, а так как при помощи секстанта это очень легко установить...

— Вы совершенно правы, — сказал инженер. — Давно бы следовало сделать это, хотя я вполне уверен в том, что первое определение координат не очень далеко от истинного.

— Но, может быть, мы всё-таки значительно ближе к обитаемой земле, чем думали? — не сдавался журналист.

— Узнаем это завтра, — сказал инженер.

— А я полагаю, что остров и сейчас стоит на том месте, куда его поставил мистер Смит, — вмешался моряк, — если только он сам не сдвинулся с места.

— Посмотрим! — рассмеялся инженер.

Назавтра он вооружился секстантом и сделал новые вычисления координат острова. В первый раз он получил следующие приблизительные данные о местонахождении острова:

западная долгота — от 150 до 155°,

южная широта — от 30 до 35°.

Точное второе вычисление дало:

западная долгота — 150° 30',

южная широта — 34° 57'.

Таким образом, несмотря на несовершенство первых «приборов», Сайрус Смит в своих вычислениях ошибся меньше чем на 5°.

— А теперь, — сказал Гедеон Спилет, — посмотрим по карте, что за соседство у нашего острова!

Герберт принёс атлас и раскрыл его на карте Тихого океана. Инженер с циркулем в руках собрался уже нанести остров на карту, как вдруг циркуль задрожал в его руке и он воскликнул:

— Но ведь в этой части Тихого океана есть ещё один остров!

— Остров? — переспросил Пенкроф.

— Очевидно, это и есть наш остров? — сказал Гедеон Спилет.

— Нет, — ответил Сайрус Смит. — Этот остров расположен под ста пятьюдесятью тремя градусами долготы и тридцатью семью градусами и одиннадцатью минутами широты, то есть на два с половиной градуса западней и на два градуса южнее нашего острова.

— А как называется этот остров? — спросил Герберт.

— Остров Табор.

— Большой остров?

— Нет, крохотный клочок земли среди водной пустыни. Вероятно, на него никогда и не ступала нога человека.

— Что ж, в таком случае мы первые вступим на него, — сказал Пенкроф.

— Мы?

— Да, мистер Смит. Мы построим палубное судно, и я возьму на себя управление им. На каком расстоянии от острова Табор мы находимся?

— Примерно в ста пятидесяти милях, — ответил Сайрус Смит.

— Всего в ста пятидесяти милях? Это пустяки! При хорошем ветре это расстояние можно одолеть за двое суток!

— Но к чему это нам? — спросил журналист.

— Мало ли что может случиться… Надо посмотреть своими глазами.

И колонисты решили строить судно, чтобы в октябре, к началу новой весны, спустить его на воду.

ГЛАВА ДЕСЯТАЯ

Постройка корабля. — Второй сбор урожая. — Новое растение, скорее приятное, чем полезное. — Кит. — Гарпун. — Разделка туши. — Применение китового уса. — Конец мая. — Пенкрофу нечего больше желать.

Когда Пенкрофу приходил в голову какой-нибудь проект, он не успокаивался, пока не приводил его в исполнение. Сейчас ему захотелось посетить остров Табор, и, так как для этого нужно было построить судно, он приставал к Сайрусу Смиту до тех пор, пока тот не составил проекта этого судна.

Вот он в общих чертах: длина судна — тридцать пять футов, ширина — девять футов. Такая пропорция, если удастся придать подводной части надлежащую форму, обеспечивала быстроходность проектируемому судну. Осадка его не должна была превышать шести футов. Палубу предполагалось настлать вдоль всей длины судна — от носа до кормы — и соединить двумя люками с разделённым перегородкой на две каюты трюмом. Судно должно было быть оснащено как шлюп.

Прежде всего надо было решить, какое дерево пойдёт на постройку судна: вязы или ели. И тех и других на острове было множество. Пенкроф и инженер остановили свой выбор на ели: это дерево, так же хорошо, как и вяз, сохраняющееся в воде, легче поддаётся обработке.

Так как шлюп мог быть спущен на воду не раньше весны, то есть через шесть месяцев, решено было, что на постройке судна будут работать только Сайрус Смит и Пенкроф. Герберт и Гедеон Спилет будут поставлять дичь к столу, а Наб и его верный помощник Юп по-прежнему будут ведать хозяйством колонии.

Выбрав деревья, инженер и моряк срубили их, очистили от ветвей и распилили на доски с ловкостью профессиональных пильщиков. Через восемь дней в углублении между гранитной стеной и Камином уже была построена верфь, и на стапелях её вырисовывался грубый контур будущего судна.

Сайрус Смит строил судно не вслепую. Судостроение, как и большинство других технических проблем, было, немного знакомо ему, и он предварительно вычертил на бумаге все детали будущего судна. Пенкроф оказал ему в этом деле значительную помощь советами, так как несколько лет проработал на Бруклинской верфи и отлично знал кораблестроительную практику.

Можно себе представить, с каким жаром Пенкроф отдавался своей работе! Если бы не протесты инженера, он не оставлял бы верфи и ночью. Только один раз он отвлёкся от постройки: когда нужно было собирать второй урожай пшеницы — 15 апреля. Этот второй урожай был так же хорош, как и первый, и принёс ожидаемое заранее количество зёрна.

— Пять четвериков, мистер Смит, — сказал Пенкроф, подсчитав своё богатство.

— Считая по сто тридцать тысяч зёрен в четверике, это составит шестьсот пятьдесят тысяч зёрен, — сказал инженер. — Мы посеем снова весь урожай, исключая «страховой» фонд, и следующие всходы дадут нам уже четыре тысячи четвериков!

— И у нас будет хлеб?

— Да, у нас будет хлеб.

— Но ведь придётся построить мельницу.

— Построим и мельницу.

Третий посев был произведён на настоящем, большом поле, но почва была подготовлена под посев с той же тщательностью, как и в прошлые разы на крохотных участках.

По окончании посева Пенкроф вернулся к своей любимой работе.

Герберт и Гедеон Спилет тем временем продолжали ежедневно охотиться. Часто они забирались глубоко в чащу неисследованного леса Дальнего Запада.

В глухом лесу великолепные деревья жались одно к другому так тесно, словно для них не хватало места. Исследование этой чащи представляло значительную трудность, и журналист никогда не отваживался углубляться в лес, не имея при себе компаса.

Во время одной из таких экскурсий была сделана важная находка, честь которой всецело принадлежала Гедеону Спилету. Это произошло 30 апреля.

Двое охотников углубились в лес Дальнего Запада. Журналист, шедший шагов на пятьдесят впереди, вышел на полянку, поросшую сравнительно редкими деревьями. Гедеон Спилет сразу обратил внимание на странные кусты с прямыми стеблями и множеством веточек, усеянных гроздьями цветов. Журналист сорвал одну ветку и, вернувшись к юноше, спросил:

— Что это за растение, Герберт?

— А где вы нашли его, мистер Спилет?

— Тут, на полянке. Там много таких же кустов.

— Знаете, мистер Спилет, своей находкой вы заслужили вечную благодарность Пенкрофа.

— Значит, это табак?

— Да. Может быть, не первосортный, но настоящий табак.

— Как я рад за Пенкрофа! Надеюсь, что он не выкурит всего и уделит и нам малую толику!

— У меня есть предложение, мистер Спилет, — давайте не будем ничего говорить Пенкрофу. Приготовим табак из листьев и в один прекрасный день преподнесём ему набитую трубочку!

— Согласен. В этот день нашему моряку не останется ничего больше желать в этом мире!

Охотники сделали большой запас драгоценных листьев и украдкой пронесли сго в Гранитный дворец, принимая такие меры предосторожности, словно Пенкроф был таможенным досмотрщиком, а они — контрабандистами.

Сайрус Смит и Наб были посвящены в тайну, но моряк так ничего и не заподозрил в течение всех двух месяцев, потребовавшихся на сушку, ферментацию и резку листьев. Всё это время он, не отрываясь, занимался своим любимым делом. Только один раз, 1 мая, он бросил постройку судна, чтобы вместе с друзьями-колонистами принять участие а необычной охоте.

Уже два-три дня в виду острова в море всё время плавало огромное животное, в котором даже на расстоянии можно было узнать кита, вдобавок очень крупного.

— Как хорошо было бы завладеть им! — воскликнул моряк. — Ах, если бы у нас было хоть какое-нибудь судёнышко и гарпун, я бы, не задумываясь, пошёл на кита! Добыча стоит того, чтобы потратить на неё время!

— А мне бы хотелось посмотреть, как вы охотитесь с гарпуном, Пенкроф, — сказал Гедеон Спилет. — Это, должно быть, очень любопытно.

— Любопытно-то любопытно, но небезопасно. Однако так как мы лишены возможности охотиться на кита, то и не будем заниматься им.

— Меня поражает, что кит появился под таким относительно высоким градусом широты, — сказал журналист.

— Что ж тут удивительного, мистер Спилет? — возразил Герберт. — Ведь мы находимся как раз в той части Тихого океана, которую английские и американские моряки называют «китовым полем». Киты чаще всего встречаются в Южном полушарии именно между Южной Америкой и Новой Зеландией.

— Герберт прав, — подтвердил Пенкроф. — Меня, напротив, удивляло, что мы не видели их до сих пор. Впрочем, всё это не существенно, раз мы не можем охотиться на них.

И моряк со вздохом вернулся к своей работе. В каждом моряке сидит рыболов, и если удовольствие, полученное от рыбной ловли, прямо пропорционально размеру улова, то можно себе представить, что испытывает китобой при виде кита.

Между тем кит, видимо, и не собирался покинуть воды острова Линкольна.

Гедеон Спилет и Герберт, когда они не охотились, и Наб в свободные от кухонных дел минуты видели его быстро рассекающим спокойную воду бухты Союза — от мыса Когтя до мыса Челюсти. Кит, работая хвостовым плавником, двигался в воде толчками со скоростью, иногда достигавшей двенадцати миль в час. Порой он так близко подплывал к островку Спасения, что его можно было рассмотреть всего — от головы до конца хвоста. Этот чёрный кит был представителем почти вконец истреблённого подсемейства настоящих китов.

Видно было, как он выбрасывает из ноздрей на огромную высоту фонтаны пара… или воды, ибо, как это ни странно, натуралисты до сих пор не решили вопроса — водяные ли это брызги или выдыхаемый тёплый воздух, мгновенно превращающийся на морозе в пар.

Присутствие громадного млекопитающего очень занимало колонистов, особенно Пенкрофа, который совершенно потерял покой и не мог из-за этого работать. В конце концов моряк стал даже во сне видеть кита и тосковал по нем, как ребёнок по игрушке.

Утром 3 мая колонистов разбудил крик Наба. Из окошка тот увидел, что кит лежит на отмели мыса Находки, едва в трёх милях от Гранитного дворца. Очевидно, он попал на мель во время прилива, а теперь, при отливе, не мог выбраться в открытое море. Так или иначе, но нужно было поспешить, чтобы отрезать ему путь к отступлению.

Вооружившись пиками с железными наконечниками и кирками, колонисты бегом устремились к мысу Находки и меньше чем в двадцать минут очутились возле огромного животного.

— Какое чудовище! — воскликнул Наб.

Действительно, этот южный кит был гигантских размеров — не менее восьмидесяти футов в длину, и весить он должен был по крайней мере полтораста тысяч фунтов.

Млекопитающее лежало неподвижно, не пытаясь воспользоваться начавшимся приливом, чтобы выбраться в открытое море. Колонисты поняли причину этой неподвижности, когда обошли кругом гигантскую тушу, — кит был мёртв, и гарпун торчал в его боку.

— Значит, где-то поблизости недавно были китобои, — сказал Гедеон Спилет.

— Почему вы думаете? — спросил моряк. — А гарпун!

— Гарпун ничего не доказывает, мистер Спилет, — ответил Пенкроф. — Бывает, что раненный гарпуном кит проходит тысячи миль. Может быть, этого кита ранили где-нибудь в Северном Ледовитом океане.

— Однако… — начал Гедеон Спилет, не удовлетворённый объяснением моряка.

— Это вполне возможно, — прервал его Сайрус Смит. — Но давайте сначала осмотрим гарпун, может быть, на нём выгравировано название китобойного судна.

Пенкроф вырвал гарпун из бока кита и прочитал следующую надпись:

«МАРИЯ-СТЕЛЛА»

Вайн-Ярд

— Вайн-Ярд! — воскликнул он. — Да это ведь моя родина! И я «Марию-Стеллу» знаю. Прекрасное китобойное судно. Ах, друзья мои, подумайте только — судно из Вайн-Ярда!

Так как трудно было ожидать, что «Мария-Стелла» явится за загарпуненным ею китом, колонисты решили немедленно приступить к разделке туши, пока она не стала разлагаться.

Хищные птицы уже кружили над ней, и их пришлось отгонять ружейными выстрелами.

Кит оказался самкой, и вымя его было наполнено молоком, которое, по мнению естествоиспытателя Диффенбаха, вполне заменяет коровье молоко и не отличается от него ни вкусом, ни цветом, ни составом.

Пенкроф, некогда служивший на китобойном судне, руководил разделкой туши — довольно неприятным занятием, длившимся три дня. Никто не уклонялся от этой работы, даже Гедеон Спилет, так что моряк в конце концов признал его «вполне удовлетворительным китобойцем».

Китовый жир, разрезанный на куски по тысяче фунтов каждый, был растоплен в глиняных сосудах тут же на месте — колонисты не хотели отравлять воздух в окрестностях Гранитного дворца. Один язык дал около шести тысяч фунтов, а нижняя губа — четыре тысячи.

Кроме жира, надолго обеспечившего колонистов стеарином и глицерином, остался ещё китовый ус, который должен был найти какое-нибудь применение в хозяйстве, хотя на острове Линкольна ни зонтики, ни тем более корсеты не были в ходу. Верхняя челюсть кита была снабжена восемью сотнями роговых пластинок, заострённых на концах и представлявших как бы зубцы гигантского гребня. Эти зубцы, каждый по шесть футов длиной, стоящие густыми рядами, служат киту для того, чтобы задерживать тысячи мелких рыбёшек и моллюсков, которыми он питается.

Закончив разделку туши, колонисты вернулись к прерванным занятиям, предоставив кита морским птицам, которые быстро обклевали его до костей.

Но перед тем, как вернуться на верфь, инженер занялся какой-то операцией, возбудившей любопытство во всех колонистах. Взяв дюжину пластинок китового уса, он разрезал каждую на шесть частей и заострил с обеих сторон концы полученных полосок.

— Что вы делаете, мистер Смит? — спросил инженера Герберт.

— Это пригодится нам, чтобы убивать волков, лисиц и даже ягуаров, только не сейчас, а зимой, когда у нас будет лёд.

— Не понимаю... — начал Герберт.

— Сейчас поймёшь, мой мальчик, — прервал его инженер. — Зимой я сверну в спираль эти полоски и буду поливать их водой до тех пор, пока они совсем не обледенеют. Тогда я покрою ледяной катышек слоем жира и разбросаю по земле в местах, где водятся дикие животные. Что произойдёт, когда голодное животное проглотит эту приманку? Теплота его желудка растопит лёд, и спиралька из китового уса, распрямившись, проткнёт стенки желудка.

— Вот это остроумно! — воскликнул Пенкроф.

— Это не моё изобретение, а охотников-алеутов. Но нам эти приманки сэкономят порох и пули. Итак, подождём до зимы!

Между тем постройка судна подвигалась вперёд. Можно было уже видеть его очертания и предсказать, что оно будет обладать превосходными мореходными качествами.

Пенкроф работал невероятно мною. Надо было обладать его железным здоровьем, чтобы не поддаться усталости.

Товарищи потихоньку готовили ему награду за все его труды, и день 31 мая стал одним из самых счастливых дней в жизни моряка.

В этот день после обеда Пенкроф по обыкновению собирался вернуться на верфь, как вдруг чья-то рука опустилась на его плечо.

Это был Гедеон Спилет.

Журналист сказал:

— Куда это вы спешите, друг мой? Разве можно уже вставать из-за стола? Вы забываете про десерт, Пенкроф!

— Спасибо, мистер Спилет, мне не хочется сладкого.

— Ну, выпейте хоть чашку кофе!

— Тоже не хочется. Благодарю!

— Тогда, может быть, трубочку выкурите?

Пенкроф вскочил из-за стола: его добродушное лицо побледнело от волнения, когда он увидел, что журналист подносит ему трубку, набитую табаком, а Герберт — раскалённый уголёк.

Моряк хотел что-то сказать, но не мог выговорить ни слова. Схватив трубку, он поднёс её к губам и, разжегши табак, сделал одну за другой пять-шесть затяжек.

Густое облако дыма окутало его со всех сторон, и из этого облака донёсся растроганный голос, повторявший:

— Табак! Настоящий табак!..

— Да, Пенкроф, настоящий и хороший табак, — сказал Сайрус Смит.

— Теперь на нашем острове нет ни в чем недостатка!

И Пенкроф курил, курил, курил…

— Кто нашёл табак? — спросил он. — Ты, Герберт?

— Нет, Пенкроф, это мистер Спилет.

— Мистер Спилет! — воскликнул моряк и, бросившись к журналисту, прижал его к груди с такой силой, что тот долго не мог отдышаться.

— Уф, — сказал он, переводя дыхание. — Вы обязаны этим, Пенкроф, не только мне, но и Герберту, определившему растение, Сайрусу Смиту, приготовившему его, и Набу, сохранившему секрет.

— Друзья мои, я никогда не забуду этого! — растроганно сказал моряк. — До самой смерти буду помнить!..

ГЛАВА ОДИННАДЦАТАЯ

Зима. — Мельница. — Навязчивая идея Пенкрофа. — Китовый ус. — Топливо будущего. — Топ и Юп. — Бури. — Разрушения на птичьем дворе. — Экскурсия к болоту. — Сайрус Смит остаётся один. — Исследование колодца.

Зима началась в июне, соответствующем в этих широтах декабрю Северного полушария, и главной заботой колонистов стало изготовление зимней одежды. Они обстригли муфлонов кораля и получили превосходного качества шерсть. Оставалось теперь превратить её в ткань.

Сайрус Смит, не имея возможности строить сложные текстильные машины для чесания, трепания и кардования шерсти, решил ограничиться изготовлением так называемого войлока, получающегося от сцепления волокон при валянии шерсти простым деревянным вальком. Правда, войлок жёсток на ощупь и негибок, но зато он лучше всякой другой шерстяной ткани хранит тепло. Кстати, у муфлонов была короткая шерсть, то есть как раз такая, которая нужна для изготовления войлока.

При помощи всех остальных колонистов, в том числе и Пенкрофа, снова оторвавшегося от постройки судна, инженер приступил к подготовке шерсти для валяния. Прежде всего нужно было обезжирить её. Для этого шерсть вымачивали в течение суток в чанах с нагретой до семидесяти градусов водой. Затем её хорошенько вымыли в воде с примесью соды. После сушки сырьё для валяния было готово. Оставалось построить сукновальню; для её работы инженер применил движущую силу водопада.

Это была простейшая машина, в точности копировавшая предка нынешних паровых и электрических сукновальных машин. Она состояла из деревянной рамы, корыт, в которые наваливалась шерсть, толкачей и вала с двумя кулачками. Приводимый в движение силой падения воды вал при помощи кулачков поочерёдно поднимал то один, то другой толкач и опускал их в корыта с шерстью. От тяжести толкачей шерсть сваливалась, перепутывалась и выходила из корыт в виде войлока, одинаково годного для изготовления одеял и верхней одежды. Теперь колонисты во всеоружии готовы были встретить самую холодную зиму.

Холода наступили в двадцатых числах июня. Пенкрофу, к его величайшему огорчению, пришлось приостановить постройку судна, которая, впрочем, продвинулась так далеко вперёд, что весной шлюп уже мог быть спущен на воду.

Моряку во что бы то ни стало хотелось навестить остров Табор. Сайрус Смит не одобрял этой мысли, так как нечего было и думать найти помощь на этом необитаемом и бесплодном скалистом островке, а путешествие в сто пятьдесят миль было нешуточным риском для маленького судёнышка.

— Странно то, Пенкроф, — пытался он разубедить моряка, — что вы всегда говорите о своём нежелании расстаться с островом Линкольна и первый же хотите покинуть его!

— Только на несколько дней, мистер Смит, — возразил моряк. — И только для того, чтобы ознакомиться с островом Табор.

— Но он меньше и бесплодней нашего острова.

— Я не сомневаюсь в этом.

— Так к чему же рисковать собой?

— Чтобы узнать, что там делается!

— Но там ничего не может происходить!

— Как знать!

— А если вас застигнет в пути буря?

— Летом этого не может быть. Но всё-таки, так как надо всё предвидеть, я поеду только с Гербертом.

— Пенкроф, — сказал инженер, кладя ему руку на плечо, — неужели вы думаете, что мы утешимся когда-нибудь, если произойдёт несчастье с вами или с этим мальчиком, который волей случая стал нашим сыном?

— Ручаюсь вам, мистер Смит, — с непоколебимой уверенностью заявил моряк, — что мы не причиним вам этого горя. Впрочем, сейчас об этом ещё рано говорить, а когда мы спустим на воду наш красавец шлюп и вы убедитесь в его превосходных качествах, вы и не подумаете отговаривать меня. Скажу вам по секрету, что мой шлюп будет лучшим в мире судном!

— Вы могли бы сказать **наш** шлюп, — рассмеявшись, сказал инженер.

Такие разговоры часто происходили между моряком и инженером, но каждый оставался при своём мнении.

Первый снег выпал в конце июня. Хотя в корале были заранее заготовлены запасы на всю зиму и не было нужды в частом посещении его, колонисты условились, что будут навещать кораль не реже одного раза в неделю.

Снова были расставлены западни, и впервые были испробованы приманки Сайруса Смита. Китовый ус, свёрнутый спиралькой и скрытый под слоями льда и жира, был разбросан на опушке леса в том месте, где обычно проходят на водопой звери.

К полному удовлетворению инженера, эта алеутская приманка действовала великолепно. На неё попалось с дюжину лисиц, несколько диких кабанов и даже один ягуар. Все они умерли от прободения желудка.

С наступлением зимы возобновились работы внутри Гранитного дворца — починка платья, разные мелкие поделки и, наконец, шитьё парусов всё из той же неистощимой оболочки воздушного шара.

В июле настали жестокие морозы. Но так как колонисты не жалели ни дров, ни угля, в Гранитном дворце было тепло. Сайрус Смит установил второй камин в большом зале, и теперь колонисты обычно собирались здесь по вечерам. Они разговаривали, работая, или читали зслух, когда делать было нечего, и время проходило незаметно.

Колонисты по-настоящему блаженствовали, сидя по вечерам за чашкой бузинного кофе в ярко освещённом, жарко натопленном зале, когда на открытом воздухе выла и ревела буря.

Сайрус Смит, осведомлённый почти во всех областях техники и экономики, обычно делился по вечерам своими знаниями с товарищами.

Однажды, после очередной его лекции на тему об индустриальном развитии мира, Гедеон Спилет задал ему следующий вопрос:

— Скажите, дорогой Сайрус, не может ли в один прекрасный день технический прогресс мира остановиться?

— Но почему?

— Из-за недостатка каменного угля, этого ценнейшего из ископаемых богатств природы.

— Да, действительно, уголь представляет огромную ценность, — согласился инженер.

— И вы согласны со мной, — сказал Гедеон Спилет, — что когда-нибудь настанет день, когда все запасы его будут исчерпаны?

— О, покамест эти запасы ещё очень велики, и из недр земли извлекается ежегодно только самая незначительная их часть.

— Но вы же сами говорили, что с ростом индустриализации потребление угля возрастёт в геометрической прогрессии.

— И это верно; но, с другой стороны, если даже будут исчерпаны разрабатываемые теперь месторождения угля, хотя при применении новых машин и углублении шахт их ещё хватит на много лет, останутся американские и австралийские залежи, которые надолго обеспечат нужды промышленности.

— На сколько? — спросил журналист.

— Лет на двести пятьдесят — триста.

— Нас это устраивает, — сказал Пенкроф, — но бедным нашим правнукам придётся плохо!

— Они найдут какую-нибудь замену углю, — возразил Герберт.

— Надо надеяться, — сказал Гедеон Спилет. — Ибо, если не будет угля, станут машины, станут поезда, пароходы, фабрики, заводы — всё то, что движет прогресс.

— Но что же заменит уголь? — спросил Пенкроф. — Как вы думаете, мистер Смит?

— Вода, мой друг, — ответил инженер.

— Как? — воскликнул моряк. — Вода будет гореть в топках пароходов и локомотивов? Вода будет нагревать воду?

— Да, но вода, разложенная на свои составные части, — ответил инженер. — Воду, вероятней всего, будут разлагать электричеством, которое к тому времени будет полностью изучено и подчинено человеку. Да, друзья мои, я уверен, что в недалёком будущем вода заменит топливо и водород и кислород, образующие её, станут неиссякаемым и могучим источником тепла и света. Наступит день, когда трюмы пароходов и тендеры паровозов вместо угля будут загружены баллонами с этими двумя газами, сжатыми до минимального объёма, и они будут сгорать с огромной тепловой отдачей. Таким образом, бояться за наше потомство не приходится. Пока Земля будет обитаема, она не будет испытывать недостатка ни в свете, ни в тепле, ни в пище, ни в одежде.

— Хотел бы я дожить до этих дней, когда вода заменит уголь! — сказал моряк.

— Ты слишком рано родился, Пенкроф, — произнёс Наб, до тех пор не раскрывавший рта.

Но не слова Наба прервали беседу. Вдруг Топ залаял с теми же интонациями, которые и раньше обращали на себя внимание и тревожили инженера. Продолжая лаять, собака подбежала к колодцу, отверстие которого находилось в конце внутреннего коридора.

— Что это Топ лает? — спросил Пенкроф.

— И Юп что-то заворчал!

Действительно, орангутанг присоединился к собаке, и оба они проявляли видимые признаки беспокойства.

— Очевидно, какое-то морское животное укрылось в основании колодца. Ведь он выходит прямо к океану, — попытался объяснить тревогу животных журналист.

— Другого объяснения не придумаешь, — сказал моряк. — Замолчи, Топ! Юп, пошёл в свою комнату!

Собака и обезьяна замолчали. Юп покорно пошёл в свою каморку.

Топ же оставался в зале и по временам продолжал тревожно рычать.

Колонисты скоро забыли об этом происшествии, но инженер весь вечер просидел нахмурившись и не открывал рта.

Весь конец июля попеременно шли то дождь, то снег. Эта зима оказалась более тёплой, чем прошлая, ниже -13° ртутный столбик в термометре не опускался. Но если холода были не такими резкими, как прошлой зимой, то бури были более частыми, а ветер дул почти беспрерывно.

Море несколько раз заливало Камин.

Колонисты, глядя из окон Гранитного дворца на огромные волны, бессильно разбивающиеся у подножия их жилища, чувствовали себя бесконечно счастливыми. Зрелище было действительно величественное и интересное для людей, находившихся в полной безопасности. Волны, пенясь, взлетали на огромную высоту и обрушивались всей своей страшной массой на берег, докатываясь до гранитного массива, который служил основанием жилищу колонистов. Водяные брызги взлетали на сотню футов вверх.

В такие бури было опасно ходить по острову, так как ветер часто валил деревья. Несмотря на это, колонисты аккуратно раз в неделю навещали кораль. К счастью, участок, где его построили, был защищён от бешенства урагана юго-восточными отрогами горы Франклина. Поэтому ни ограда, ни постройки, ни деревья кораля не пострадали.

Зато птичий двор, помещающийся на плоскогорье Дальнего вида и, следовательно, открытый всем ветрам, был изрядно потрёпан бурей: крышу голубятни дважды срывало, и ограда была повалена. Всё это приходилось переделывать заново и строить более прочно — остров Линкольна, как оказалось, был расположен в центре самой скверной части Тихого океана, где образуются циклоны, хлещущие его, как кнут хлещет волчок. Только здесь волчок был неподвижен, а кнут вращался вокруг своей оси.

В начале августа буря несколько утихла. Но вместе с успокоением пришли и холода, и столбик термометра упал до 22° ниже нуля.

3 августа состоялась давно задуманная и всё откладывавшаяся экскурсия к болоту Казарки.

Охотников привлекали в изобилии водившиеся там водяные птицы: дикие утки, чирки, нырки и т.д. Поэтому давно уже было принято решение в первый же погожий день отправиться туда на охоту.

В экскурсии приняли участие не только Гедеон Спилет и Герберт, но также Пенкроф и Наб. Сайрус Смит отказался присоединиться к товарищам, сказавшись занятым.

Охотники направились к болоту по дороге в порт Шара, пообещав к вечеру вернуться домой. Топ и Юп сопровождали их. Как только они перешли мост через реку Благодарности, инженер поднял его и вернулся в Гранитный дворец, чтобы привести в исполнение план, ради которого он остался один дома.

План этот заключался в следующем: осмотреть самым внимательным образом, сверху донизу, колодец, сообщавшийся с морем.

Почему Топ так часто кружил возле его отверстия? Почему он так странно лаял, подбегая к колодцу? Почему Юп всегда разделял волнение Топа? Может быть, в этом колодце есть ответвление, соединяющее его с какой-то частью суши?

Все эти вопросы Сайрус Смит хотел выяснить, но так, чтобы никто из его товарищей об этом не знал. Поэтому он откладывал исследование колодца до того дня, когда случай оставит его одного дома.

Инженер решил спуститься в колодец по старой верёвочной лестнице, лежавшей без дела с тех пор, как была установлена подъёмная машина. Он подтащил лестницу к выходному отверстию колодца, диаметр которого достигал шести футов, крепко привязал её и спустил в глубину. Затем, зажегши фонарь и вооружившись револьвером и ножом, стал спускаться по ступенькам.

В стенах колодца нигде не было видно никаких отверстий. Но местами неровности гранита образовали выступы, цепляясь за которые сильное и ловкое существо без труда могло подняться до выходного отверстия колодца. Эта мысль пришла в голову инженеру, но, сколько он ни искал подтверждения её, никаких следов на выступах ему не удалось обнаружить.

Сайрус Смит продолжал спускаться, освещая фонарём каждый миллиметр стены, но ничего подозрительного не нашёл.

Достигнув последних перекладин лестницы, он почувствовал близость воды, поверхность которой была в тот миг совершенно спокойна. Нигде в стенах колодца не было ни одного отверстия, через которое могло бы проникнуть живое существо.

Инженер постучал по стене рукояткой ножа. Гранит ответил глухим звуком, свидетельствовавшим о компактности его массива.

Чтобы добраться до дна колодца, нужно было сначала пройти сквозь его подводную часть, постоянно заполненную океанской водой. Это было доступно только какому-нибудь морскому животному.

Выяснить, где именно кончался колодец, в какой точке побережья он соединялся с открытым океаном, инженер не мог.

Закончив осмотр, Сайрус Смит взобрался обратно по лестнице, снова прикрыл отверстие колодца и в глубоком раздумье вернулся в большой зал Гранитного дворца.

«Я ничего не обнаружил, — сказал он себе, — но всё-таки тут что-то есть!»

ГЛАВА ДВЕНАДЦАТАЯ

Снаряжение судна. — Нападение шакаловых лисиц. — Юп ранен. — Юпа лечат. — Юп выздоравливает. — Окончание постройки судна. — Торжество Пенкрофа. — «Благополучный». — Первая проба судна. — Неожиданное письмо.

Вечером охотники вернулись домой, до отказа нагруженные дичью. Они настреляли её столько, сколько могут унести четверо людей. Даже Топ нёс связки нырков вместо ошейника, а Юп был перепоясан бекасами.

— Вот, мистер Смит, — воскликнул восторженно Наб, — это называется поохотиться! Посмотрите, сколько из этого выйдет копчёностей и паштетов! Только мне одному со всем не справиться. Не поможешь ли ты мне, Пенкроф?

— Нет, Наб, мне нужно заняться оснасткой судна. Постарайся обойтись без меня, — сказал моряк.

— А вы, Герберт?

— Завтра моя очередь ехать в кораль, — ответил юноша.

— Тогда, может быть, вы, мистер Спилет?

— Я готов, Наб, — согласился журналист. — Только предупреждаю тебя, что я твои кулинарные секреты напечатаю в газете.

— Как вам будет угодно, мистер Спилет, я ничего против этого не имею.

Назавтра Гедеон Спилет, возведённый в звание поварёнка, водворился на кухне. Инженер ещё накануне рассказал ему о своём исследовании, и журналист вполне согласился с ним, что хотя ничего подозрительного и не удалось обнаружить, но тут кроется какая-то тайна.

Холода держались всю неделю, и колонисты выходили из дому только для того, чтобы навестить птичник. Весь Гранитный дворец был пропитан аппетитными запахами блюд, приготовляемых Набом и журналистом. Однако не всё добытое на охоте было превращено в консервы и паштеты. Пользуясь тем, что в эти холодные дни дичь нисколько не портилась, колонисты в течение нескольких дней ели её в свежем виде и пришли к выводу, что на свете нет кушанья вкусней, чем жаркое из болотной дичи.

В продолжение целой недели Пенкроф при помощи Герберта сшивал паруса для шлюпа. Моряк работал с таким увлечением, что паруса вскоре были готовы. Верёвки для снастей оказались отличного качества, так как колонисты сохранили сетку оболочки воздушного шара. Материала было достаточно, и моряк сделал из него ликтросы, гордень, ванты и шкоты. По указаниям Пенкрофа Сайрус Смит выточил для него блоки на своём токарном станке. Таким образом, всё снаряжение судна было изготовлено ещё до того, как окончилась постройка корпуса.

Пенкроф сшил даже флаг, окрасив его полотнище в национальные цвета при помощи различных растений, указанных ему Гербертом. Только к тридцати семи звёздам, представляющим на американском флаге тридцать семь штатов республики, моряк прибавил тридцать восьмую звезду — звезду «штата Линкольна», так как он считал остров неотделимой частью своей родины.

В ожидании, пока этот флаг взовьётся над шлюпом, колонисты подняли его над входом в Гранитный дворец.

Между тем зима подходила к концу. Казалось уже, что эта вторая зима на острове пройдёт без каких бы то ни было неприятных событий, как вдруг в ночь с 11 на 12 августа плоскогорье Дальнего вида подверглось опасности полного опустошения.

После утомительного трудового дня колонисты крепко спали. Вдруг около четырёх часов утра их разбудил отчаянный лай Топа. Собака лаяла теперь не у отверстия колодца, а у двери. Она царапала её когтями, точно желая высадить. Юп также испускал отрывистые крики.

— Что с тобой, Топ? — спросил Наб, вскочивший первым.

Собака ещё пуще залаяла.

— Что с ней случилось? — спросил Сайрус Смит.

Все колонисты, как были, неодетые, кинулись к окнам. Перед их глазами расстилалась пелена снега, чуть белевшая в непроглядно чёрной ночи. Ничего увидеть нельзя было, но зато они явственно услышали лай, доносившийся снизу. Ясно было, что на берег у подножия дворца забрались какие-то животные, разглядеть которых не было возможности.

— Кто там? — спросил Пенкроф.

— Волки, ягуары или обезьяны, — ответил Наб.

— А наш птичник! — воскликнул Герберт. — А наш огород!

— Как они пробрались сюда? — недоумевал Пенкроф.

— Они, вероятно, прошли по мосткам, — сказал инженер. — Кто-то из нас забыл поднять их.

— В самом деле, — признался журналист. — Помнится, я не поднял мостика на берегу...

— Вот за это спасибо, мистер Спилет! — вскричал моряк.

— Что сделано, того не воротишь! — остановил Пенкрофа Сайрус Смит. — Лучше подумаем, что теперь предпринять.

Таковы были вопросы и ответы, которыми быстро обменялись колонисты. Ясно было, что звери — какие, это было пока неизвестно, — перебрались по мосткам через водосток и теперь угрожали самому плоскогорью Дальнего вида. Надо было предупредить их вторжение и дать им бой на подступах к плоскогорью.

— Но что же это за звери? — ещё раз спросил Пенкроф, прислушиваясь к смутно доносившемуся лаю.

Герберт вдруг вздрогнул: он вспомнил, что уже однажды слышал этот лай — во время первого посещения истоков Красного ручья.

— Это шакаловые лисицы! — воскликнул он.

— Вперёд! — вскричал моряк.

И все колонисты, наспех одевшись и вооружившись топорами, карабинами и ружьями, кинулись в корзину подъёмника и быстро спустились на берег.

Шакаловые лисицы, когда их много и когда они озлоблены голодом, — очень опасные животные. Однако колонисты, не колеблясь, бросились в самую гущу стаи.

Выстрелы, пронзившие темноту ночи короткими вспышками света, заставили податься назад первые ряды наступавших.

Колонистам всего важнее было не допустить лисиц на плоскогорье Дальнего вида: там были огороды, птичник и хлебное поле; нашествие голодных лисиц грозило всему этому опустошением и гибелью. Так как дорога на плоскогорье была только одна — узкая полоска вдоль левого берега реки Благодарности, то именно здесь и нужно было устроить живой заслон.

Все отлично понимали это, и, по приказу Сайруса Смита, колонисты быстро выстроились поперёк дороги. Топ, широко раскрывший пасть, обнажая острые клыки, Юп, размахивавший, как палицей, подаренной ему Пенкрофом дубиной, стали впереди колонистов.

Ночь была очень тёмной. Только при вспышках выстрелов, из которых каждый должен был попасть в цель, колонисты видели своих врагов. Лисиц было не меньше сотни, и глаза их блестели в темноте, как раскалённые угольки.

— Нельзя пропускать их! — вскричал Пенкроф.

— Не пропустим! — ответил инженер.

Задние ряды лисиц напирали на передние, и колонистам беспрерывно приходилось пускать в ход то ружья, то топоры.

Множество трупов шакаловых лисиц уже валялось на земле, но количество нападавших не уменьшалось. Колонистам даже казалось, что стая всё время увеличивается.

Вскоре битва пошла врукопашную. Все колонисты получили по нескольку ран, к счастью пустячных. Герберт выстрелом в упор избавил Наба от лисицы, взобравшейся к нему на спину. Топ обезумел от ярости и, только успев перегрызть горло одному противнику, уже кидался к следующему. Юп, вооружённый дубиной, бил ею без отдыха. Его никак не удавалось оттащить назад. Обладая, очевидно, способностью видеть во тьме, он всё время кидался в самую гущу боя и только отрывистым, резким свистом выдавал своё крайнее возбуждение. В пылу боя он забрался далеко в ряды врагов, и при свете выстрелов колонисты увидели, что он бешено отбивается от нападающих на него со всех сторон лисиц.

После двух часов непрерывного сражения колонисты наконец одержали победу. При первых лучах зари лисицы отступили к мостику, который Наб поспешил поднять за ними. Когда окончательно рассвело, колонисты насчитали около пятидесяти трупов лисиц на снегу.

— Где Юп? — вскричал Пенкроф.

Юп исчез. Наб окликнул его, и в первый раз Юп не ответил на призыв своего друга.

Все бросились на поиски Юпа, боясь найти его мёртвым. Очистив площадку от трупов, запятнавших её своей кровью, они нашли оранга буквально погребённым под кучей шакаловых лисиц.

Бедный Юп ещё держал в руке обломок дубины. Когда она сломалась, безоружная обезьяна была опрокинута на землю. Глубокие раны покрывали её грудь.

— Юп жив! — воскликнул Наб, склонившийся над орангутангом.

— Тогда мы спасём его, — сказал моряк. — Мы будем ухаживать за ним как за братом.

Юп, казалось, понял слова моряка. Он склонил ему голову на плечо, словно в знак благодарности. Раны колонистов оказались только царапинами, так как огнестрельное оружие держало лисиц на почтительном расстоянии. Более или менее серьёзно пострадал только орангутанг.

Наб и Пенкроф перенесли Юпа к подъёмнику. Несмотря на боль от переноски, храбрый орангутанг один только раз застонал. Корзину подъёмника тихонько подняли до дверей Гранитного дворца, и там Наб уложил оранга на лучшую постель.

Гедеон Спилет промыл его раны. Ни одна не казалась тяжёлой, ни одна не задевала сколько-нибудь важного для жизни органа. Но Юп был ослаблен потерей крови, и вскоре у него начался сильный жар.

Бедного оранга перевели на строжайшую диету и заставили выпить несколько чашек жаропонижающих настоев из лекарственных трав, которыми располагала аптека колонии.

Юп заснул сначала очень беспокойным сном. Но мало-помалу дыхание его стало ровней. Колонисты тихонько вышли из комнаты, чтобы не нарушать его покоя. Только Топ изредка «на цыпочках» подходил к постели друга и лизал его лапу, свисавшую с кровати.

Первым долгом колонисты оттащили подальше в лес трупы убитых лисиц и там глубоко закопали их в землю.

Ночное нападение, которое могло окончиться очень печально, дало им хороший урок. Теперь они не ложились спать, не проверив, все ли мосты подняты.

Юп, здоровье которого в первые дни внушало серьёзные опасения, стал быстро поправляться. Его могучий организм поборол болезнь, и Гедеон Спилет, немножко смысливший в медицине, вскоре объявил его вне опасности. 16 августа Юп начал есть. Наб готовил ему всякие сладкие блюда, и тот с жадностью поедал их. Надо признаться, что Юп был обжорой и сластёной, а Наб ничего не делал, чтобы отучить его от этого порока.

Через десять дней после ранения мистеру Юпу было разрешено встать с постели. Все его раны затянулись, и можно было не сомневаться, что в несколько дней к обезьяне вернётся вся её былая мощь и ловкость. Как все выздоравливающие, Юп стал неимоверно прожорливым. Журналист не мешал ему обжираться, веря, что инстинкт животного сам предостережёт Юпа от излишеств.

25 августа Наб вдруг позвал своих товарищей, сидевших в большом зале:

— Мистер Смит, мистер Спилет, Пенкроф и Герберт! Идите сюда!

Колонисты поспешили на его зов в комнату Юпа. Что же они увидели? Орангутанг невозмутимо и серьёзно сидел на табуретке и курил.

— Моя трубка! — воскликнул Пенкроф. — Он взял мою трубку! Ах, негодяй! Ну, кури на здоровье, брат, я тебе её дарю!

И Юп выпускал клубы дыма один за другим, испытывая, видимо, при этом величайшее наслаждение. Сайруса Смита это нисколько не удивило. Он рассказал колонистам о многих случаях, когда приручённые обезьяны приучались курить. С этого дня мистер Юп стал обладателем собственной трубки, которая висела постоянно над его койкой, и собственного запаса табака. Он сам набивал себе трубку, разжигал её горящим угольком и, куря, казался счастливейшим из четвероногих. Не приходится и говорить, что общность вкусов ещё более укрепила узы дружбы, связывавшие моряка с орангутангом.

— Я думаю, что Юп настоящий человек! — говаривал моряк Набу. — Скажи, ты бы удивился, если бы он заговорил в один прекрасный день?

— Нисколько, честное слово! Меня скорее удивляет, — ответил Наб, — что он не говорит!

— А забавно было бы, — продолжал моряк, — если бы в один прекрасный день Юп подошёл ко мне и сказал: «Поменяемся трубками, Пенкроф!»

— Да, — сказал Наб. — Какая досада, что он нем от природы!

В сентябре весна окончательно вступила в свои права, и работы на открытом воздухе возобновились.

Постройка судна быстро подвигалась вперёд. Обшивка бортов уже была полностью закончена, и сейчас подходило к концу крепление перемычек.

Пенкроф предложил инженеру обшить корпус досками и изнутри, что должно было придать судну ещё большую прочность.

Не зная, какие неожиданности готовит колонии будущее, инженер одобрил мысль моряка об укреплении судна.

Внутренняя обшивка и палуба были закончены к 15 сентября.

Все швы обшивки и корпуса были тщательно законопачены паклей и залиты кипящей смолой.

Вместо балласта шлюп нагрузили обломками гранита, общим весом примерно около двенадцати тысяч фунтов. Поверх балласта был настлан помост. Внутренность корпуса была поделена перегородкой на две каюты, вдоль стен которых шли длинные скамьи, служившие в то же время и ящиками. Основание мачты находилось как раз посредине между каютами. Из каждой каюты на палубу вёл люк, закрывавшийся плотно пригнанной крышкой.

Пенкроф без труда разыскал на острове мачтовый лес. Он выбрал молодую сосну с прямым стволом без ответвлений; очистив её от коры и срубив верхушку, он получил прекрасную мачту. Железные части мачты, руля и корпуса были изготовлены в кузнице, грубо, но прочно. Наконец, реи, гик, флагшток и вёсла были закончены в первых числах октября.

Решено было испробовать судно в плаванье вокруг острова, чтобы определить его мореходные качества и степень его надёжности.

10 октября шлюп был спущен на воду. Пенкроф сиял. Спуск прошёл благополучно. Вполне снаряжённое судёнышко на катках было подведено к берегу реки во время отлива и с первыми же приливными волнами закачалось на поверхности воды под громкие аплодисменты колонистов, а особенно Пенкрофа, не проявившего в этом случае ни тени скромности. Его тщеславие должно было, впрочем, находить пищу и после спуска шлюпа, так как с общего согласия всех колонистов ему было вверено командование судном и присвоено звание капитана.

Капитан Пенкроф первым долгом потребовал, чтобы шлюпу было дано название. После долгих споров большинством голосов решено было наименовать шлюп «Благополучным».

Уже с первой минуты, как только «Благополучный» закачался на волнах, можно было видеть, что судёнышко выстроено на славу и что оно будет отлично держаться на море в любую погоду. Пробную поездку колонисты решили, впрочем, совершить тотчас же, не откладывая. Погода стояла превосходная, ветер дул с юго-востока, и волнение было умеренное.

— Готовься к посадке! — крикнул капитан Пенкроф.

Но колонисты ещё не завтракали в это утро, да, кроме того, было бы благоразумно захватить с собой на борт провизию, так как экскурсия могла продлиться до вечера.

Сайрусу Смиту так же, как и моряку, не терпелось испробовать выстроенный по его чертежам корабль. Однако он не разделял слепой веры моряка в достоинства своего детища и счастлив был, что тот больше не заговаривает о поездке на остров Табор. Инженер надеялся даже, что моряк оставил эту мысль. Ему было страшно подумать, что двое-трое его товарищей рискнут отправиться в простор океана на этом крохотном и ненадёжном судёнышке, едва в пятнадцать тонн водоизмещением.

В половине одиннадцатого всё население колонии, включая Топа и Юпа, было уже на борту шлюпа. Наб и Герберт по команде капитана подняли якорь.

Сайрус Смит и журналист поставили паруса, и «Благополучный», направляемый умелой рукой Пенкрофа, поплыл.

Выйдя из бухты Союза, «Благополучный» доказал, что при попутном ветре он может развивать вполне достаточную скорость. Обогнув мыс Находки, Пенкроф привёл шлюп к ветру и направил его вдоль южного берега острова. Пройдя несколько кабельтовых, Пенкроф убедился, что «Благополучный» так же хорошо идёт против ветра, как и по ветру, и не дрейфует. Попробовав лавировку, моряк убедился, что и в этом отношении «Благополучный» вполне благополучен.

Пассажиры шлюпа были в восторге. Они располагали теперь надёжным судёнышком, которое могло сослужить им службу при нужде.

Пенкроф направил судно на траверс порта Шара. Отсюда, на расстоянии трёх-четырёх миль от берега, остров предстал перед ними в новом свете. От мыса Когтя до мыса Рептилии открывалась великолепная панорама с густым хвойным лесом на первом плане и свежей зеленью молодой листвы леса Дальнего Запада на втором. Гора Франклина, как декорация, высилась на заднем плане с белым пятном снеговой шапки на макушке.

— Как красиво! — воскликнул Герберт.

— Да, наш остров удивительно красив, — сказал Пенкроф. — Я люблю его, как родное существо. Он приютил нас, нищих и голодных. Теперь же мы не можем пожаловаться на недостаток чего бы то ни было.

— Верно, капитан, — подхватил Наб. — Мы теперь ни в чём не нуждаемся!

И оба испустили троекратное громкое «ура» в честь гостеприимного острова.

Гедеон Спилет, прислонившись к мачте, зарисовывал в записную книжку развёртывавшуюся перед его глазами панораму.

Сайрус Смит молча смотрел на берег.

— Итак, мистер Смит, — обратился к нему Пенкроф, — что вы можете сказать о нашем «Благополучном»?

— Как будто неплохое судёнышко, Пенкроф, — ответил инженер.

— Так. А как вы полагаете, может ли оно предпринять небольшое путешествие?

— Какое путешествие?

— Ну, хотя бы на остров Табор.

— Друг мой, я считаю, что в случае действительной нужды можно было бы, не задумываясь, довериться «Благополучному», даже если предстояло бы совершить более длинный переход. Но, несмотря на это, я буду очень огорчён, если узнаю, что вы решили предпринять поездку к острову Табор, в которой нет никакой нужды.

— Надо же нам познакомиться со своими соседями, — возразил Пенкроф, упорствовавший в своём желании. — Остров Табор — наш сосед, да ещё вдобавок единственный, вежливость требует, чтобы мы хоть однажды навестили его!

— Чёрт побери, — рассмеялся Гедеон Спилет, — Пенкроф становится блюстителем приличий!

— Ничего подобного, — возразил моряк.

Ему не хотелось огорчать Сайруса Смита, но ещё меньше хотелось отказываться от этой поездки.

— Подумайте, Пенкроф, — настаивал инженер. — Ведь вы не можете один отправиться в плаванье.

— Мне достаточно будет одного спутника.

— Допускаю, — согласился инженер. — Значит, вы рискуете лишить колонию острова Линкольна двух из пяти её членов.

— Из шести, — возразил моряк. — Вы забываете Юпа!

— Из семи, — поправил его Наб. — Топ стоит человека.

— Да и риска-то никакого нет, мистер Смит!

— Возможно, — сказал инженер. — Но всё-таки подвергаться опасности без всякой нужды — нелепо.

Упрямый моряк ничего не ответил и прекратил разговор, решив про себя возобновить его при первом удобном случае. Он не знал ещё, что непредвиденное обстоятельство придёт к нему на помощь и превратит в человеколюбивое дело то, что до сих пор было только ничем не оправданным капризом.

ГЛАВА ТРИНАДЦАТАЯ

Отъезд решён. — Предложения. — Сборы. — Первая ночь. — Вторая ночь. — Остров Табор. — Поиски на берегу. — Поиски в лесу. — Животные. — Растения. — Дом.

«Благополучный», пройдя несколько миль вдоль берега, взял курс к порту Шара. Колонисты хотели проверить, судоходен ли узкий проход между скалами и отмелью, так как они предполагали сделать порт Шара местом постоянной стоянки шлюпа.

Они подошли уже к самому берегу, как вдруг Герберт, стоявший на носу, крикнул:

— Держи к ветру, Пенкроф, держи к ветру!

— Что там такое? — спросил моряк. — Риф?

— Нет... погоди... Я что-то плохо вижу... Держи ещё круче к ветру! Так держать!..

С этими словами Герберт быстро перегнулся через борт, погрузил руку в воду и, выпрямившись, сказал:

— Бутылка!

Сайрус Смит взял бутылку из его рук, выбил из неё пробку и вытащил листок бумаги, на котором было написано:

«Потерпел крушение... Остров Табор. 153° 0' западной долготы, 37° 11' южной широты».

— Человек, потерпевший крушение! — воскликнул Пенкроф. — И это в двух сотнях миль от нас! Ах, мистер Смит, теперь, надеюсь, вы не будете возражать против поездки на остров Табор?

— Нет, Пенкроф, — ответил инженер. — Вы поедете туда!

— Завтра же?

— Хоть завтра!

Инженер не выпускал из рук клочка бумаги, вынутого из бутылки. Ещё раз рассмотрев его, он сказал:

— Этот документ, друзья мои, самый текст его говорит прежде всего о том, что потерпевший крушение — человек, сведущий в мореплавании: он совершенно точно указывает координаты острова Табор. Во-вторых, ясно, что он англичанин или американец, ибо записка написана по-английски.

— Это логично, — заметил Гедеон Спилет. — Теперь мы получаем ключ к разгадке тайны ящика, выброшенного на берег. Очевидно, терпевший бедствие у острова Линкольна корабль дотащился до острова Табор и там погиб. Что касается спасшегося при крушении человека, то он должен благодарить судьбу, что Пенкрофу пришла в голову мысль именно сегодня устроить пробную поездку на шлюпе. Выйди мы на день позже — и бутылка могла бы разбиться о скалы!

— Действительно, — воскликнул Герберт, — какое счастливое совпадение, что бутылку прибило к берегу острова Линкольна именно сегодня!

— А вам это совпадение не кажется странным, Пенкроф? — спросил Сайрус Смит.

— Не странным, а удачным, — ответил моряк. — Впрочем, разве вы со мной не согласны, мистер Смит? Должна же была попасть куда-нибудь эта бутылка! Почему бы ей не приплыть сюда?

— Быть может, вы правы, Пенкроф, — задумчиво начал инженер, — но...

— Но, — перебил его Герберт, — ведь ничто не указывает, что эта бутылка пробыла долго в воде. Не правда ли?

— Правда, — отозвался Гедеон Спилет. — Больше того, мне кажется, что записка совсем недавно написана. Как ваше мнение, Сайрус?

— На этот вопрос трудно ответить. Впрочем, мы это скоро узнаем...

Пенкроф не оставался бездеятельным во время этого разговора. Он повернул на другой галс, и «Благополучный» под всеми парусами понёсся к мысу Когтя. Дорогой все колонисты думали о потерпевшем крушение. Не опоздает ли их помощь?

Обогнув мыс Когтя, «Благополучный» около четырёх часов стал на якорь у устья реки Благодарности.

В тот же вечер был составлен план новой экспедиции. Решено было, что в ней, кроме Пенкрофа, примет участие только Герберт, уже знакомый с управлением парусным судном. Выехав назавтра, 11 октября, они могли достигнуть острова Табор 13 октября, так как при попутном ветре шлюп должен был пройти сто пятьдесят миль самое большее в сорок восемь часов.

Один день они должны были провести на острове. Положив два-три дня на обратный путь, возвращения «Благополучного» можно было ждать 17—18 октября.

Погода была хорошая, барометр медленно, но неуклонно подымался, ветер дул всё время в одном направлении, — казалось, всё складывалось благополучно для смелых людей, спешивших на помощь несчастному, потерпевшему крушение.

Гедеон Спилет, не забывший ещё своего звания газетного корреспондента, запротестовал против решения оставить его на острове. Он заявил, что скорее пустится вплавь к острову Табор, чем пропустит такое интересное событие. Поэтому и его включили в состав экспедиции.

В тот же вечер колонисты перенесли на борт «Благополучного» постели, оружие, порох и пули, восьмидневный запас провизии и, наконец, компас. Назавтра в пять часов утра друзья попрощались, и Пенкроф, подняв паруса, взял курс прямо на остров Табор.

«Благополучный» отплыл уже на четверть мили от берега, когда команда его заметила на плоскогорье Дальнего вида две человеческие фигуры, машущие руками. То были Сайрус Смит и Наб.

Пенкроф, журналист и Герберт послали прощальный привет своим друзьям.

Всё утро «Благополучный» не терял из виду острова Линкольна. С этого расстояния остров казался зелёной корзинкой с торчащей из неё белой верхушкой горы Франклина. Около трёх часов пополудни остров исчез за горизонтом.

«Благополучный» вёл себя превосходно. Он легко брал волну и развивал достаточную скорость.

Подняв все паруса, Пенкроф вёл судно по компасу прямо к острову.

Через определённые промежутки времени Герберт сменял моряка у руля. Юноша так уверенно вёл судно, что Пенкроф даже при желании не мог бы ни к чему придраться.

Гедеон Спилет развлекал разговорами своих спутников и помогал ставить или убирать паруса. Капитан Пенкроф не мог нахвалиться своим экипажем; он обещал выдать им в награду «по чарке водки».

Перед заходом солнца на небе ненадолго показался серп луны. Ночь наступила тёмная, но звёздная, обещающая хорошую погоду.

Пенкроф из осторожности убавил парусность: внезапно мог налететь шквал, и встретить его под всеми парусами было бы опасно. Эта осторожность казалась излишней в такую спокойную ночь, но Пенкроф был предусмотрительным капитаном, и нельзя было не одобрить его распоряжения.

Журналист спокойно проспал всю ночь. Пенкроф же и Герберт сменялись у руля каждые два часа. Моряк полагался на юношу как на самого себя, и Герберт действительно заслуживал этого доверия.

Ночь прошла спокойно, так же как и следующий день, 12 октября.

«Благополучный» ни на линию не отклонился от курса, и если его не снесло в сторону течением, то он должен был находиться уже невдалеке от острова Табор.

Океан был совершенно пустынен. Редко-редко над ним пролетала какая-то большая птица, альбатрос или фрегат. По-видимому, это были единственные живые существа, посещавшие часть Тихого океана между островом Табор и островом Линкольна.

— А ведь сейчас самый разгар китобойной кампании, — заметил Герберт. — Мне кажется, трудно представить себе более пустынное море.

— Оно не так пустынно, как это тебе кажется, — возразил Пенкроф.

— Что ты хочешь сказать?

— А нас-то ты за людей не считаешь? — рассмеялся моряк. — Что ж, по-твоему, мы дельфины, что ли?

К вечеру, по расчёту моряка, «Благополучный» прошёл около ста двадцати миль, делая в среднем по три с половиной мили в час. Ветер был слабый и, видимо, собирался совсем упасть. Однако капитан Пенкроф надеялся, что на следующее утро остров Табор появится на горизонте, если только шлюп не снесло с курса.

Команда судна не сомкнула глаз в эту ночь с 12 на 13 октября. Глубокое волнение овладело колонистами. Сколько неожиданностей ждало их! Были ли они действительно вблизи острова Табор? Жив ли ещё потерпевший крушение? Кто он? Согласится ли он переменить одно место заключения на другое? Все эти вопросы, ответ на которые можно было получить только завтра, не давали им покоя.

При первых проблесках зари они стали пристально вглядываться в горизонт на западе.

— Земля! — вскричал вдруг Пенкроф около шести часов утра.

Едва видимый на горизонте берег острова Табор находился милях в пятнадцати. Пенкроф направил шлюп прямо к земле. Восходящее солнце осветило теперь несколько горных вершин на острове.

— По-видимому, этот островок значительно меньше нашего острова Линкольна, — заметил Герберт.

В одиннадцать часов утра «Благополучный» находился всего в двух милях от острова. Пенкроф в поисках подходящего для причала места убрал почти все паруса и вёл шлюп вперёд с большой осторожностью.

Теперь перед ними предстал весь островок. Он был покрыт такой же растительностью, как и остров Линкольна. Но, как это ни странно, ни один дымок не указывал на пребывание на нём человека, ни одного сигнала не было на побережье. А между тем записка не оставляла никаких сомнений в том, что на острове нашёл приют потерпевший крушение. Он, несомненно, должен был видеть их приближение.

Не могло быть также сомнений в том, что это был именно остров Табор — других островов в этой части Тихого океана не было.

Между тем «Благополучный», направляемый умелой рукой Пенкрофа, вошёл в извилистый и узкий проход между рифами.

Около полудня киль его зашуршал о песчаное дно.

Всё время, пока длилось причаливание, Гедеон Спилет, не отнимая подзорной трубы от глаз, осматривал берег.

Судёнышко было поставлено на якорь, чтобы отлив не унёс его в море, и Пенкроф с двумя товарищами, зарядив на всякий случай ружья, вышли на берег и направились к видневшемуся поблизости невысокому холму, чтобы с его вершины осмотреть местность.

Исследователи шли по лужайке, тянувшейся до самого подножия холма. Стайки голубей и морских ласточек вырывались у них из-под ног. Из лесу, опушка которого близко подходила к берегу моря, доносился шорох кустарников и шум от бега каких-то пугливых зверьков. Но ничто не указывало на присутствие человека.

Пенкроф, Герберт и Гедеон Спилет взобрались на холм и стали осматривать островок. Береговая линия его с редкими бухтами и мысами тянулась примерно на шесть миль и представляла удлинённый овал.

Море кругом, сколько видел глаз, было пустынно. Ни земли, ни паруса…

В отличие от острова Линкольна, бесплодного и дикого в одной своей части, но богатого и плодоносного во всех остальных частях, этот островок одинаково густо весь порос зеленью. Наискосок, пересекая овал островка, по неширокому лугу катил свои воды быстрый ручеёк, впадавший в океан.

— Да, остров невелик, — сказал Герберт.

— Нам бы на нём было тесно, — добавил Пенкроф.

— Вдобавок, кажется, он необитаем… — сказал журналист.

— Действительно, — подтвердил Герберт, — не видно никаких признаков человека.

— Давайте отправимся на поиски! — предложил Пенкроф.

Моряк и его товарищи вернулись на берег к месту стоянки «Благополучного». Они решили сначала обойти пешком всё побережье островка, прежде чем рискнуть забраться в глубь его.

Идти берегом было легко, только местами дорогу преграждали скалы, но их нетрудно было обойти.

Колонисты направились сначала к югу, спугивая по пути многочисленные стаи водяных птиц и стада тюленей, бросавшихся в воду, как только они приближались.

— Эти животные не в первый раз видят человека, — заметил журналист. — Они боятся людей, следовательно, знакомы с ними.

Через час разведчики дошли до крайней южной точки овала, оканчивавшегося острым мысом, и повернули к северу. Западный берег острова, которым они сейчас шли, ничем не отличался от восточного: это была такая же широкая песчаная полоса, окаймлённая лесом.

На всём побережье острова — они обошли его за четыре часа кругом — не было никаких следов человека.

Остров Табор, по-видимому, был необитаем. Ведь записка в бутылке могла быть написана много месяцев и даже лет тому назад, и потерпевший крушение мог либо возвратиться на родину, либо умереть от лишений.

Строя всевозможные предположения, Гедеон Спилет, Пенкроф и Герберт на скорую руку пообедали на «Благополучном», чтобы до наступления ночи успеть исследовать остров. Около пяти часов вечера они углубились под зелёные своды леса.

Они встретили в лесу разбегавшихся при их приближении животных, главным образом коз и свиней, несомненно европейского происхождения. Очевидно, какое-то китобойное судно завезло сюда несколько пар этих животных, и они быстро размножились тут, Герберт решил на обратном пути захватить с собой по паре коз и свиней для разведения.

Таким образом, не было сомнений в том, что когда-то люди посещали этот остров. Это стало ещё более очевидным, когда путники наткнулись на просеки, прорубленные в лесу, на деревья, явно срубленные топором. Но эти деревья, уже полусгнившие, могли быть срублены много лет назад. Зарубки поросли мхом, и густая трава выросла на проложенных когда-то в лесу тропинках.

— Ясно, — сказал журналист, — что люди не только высаживались на этот остров, но и жили на нём некоторое время. Остаётся узнать, кто здесь был. Сколько человек высадилось? Сколько осталось в живых?

— В записке говорится только об одном потерпевшем крушение, — заметил Герберт.

— Если он всё ещё находится на острове, — сказал Пенкроф, — не может быть, чтобы мы его не нашли.

Исследователи шли по тропинке, пересекающей остров по диагонали. Тропинка неожиданно вывела к ручью, впадавшему в океан.

Не только следы топора и домашние животные выдавали пребывание человека на острове, — то же говорили и некоторые растения: Герберт очень обрадовался, увидев ростки картофеля, моркови, капусты, репы, цикория. Все эти овощи одичали — видно было, что их посадили довольно давно.

Конечно, юный натуралист решил собрать семена, чтобы развести эти овощи на острове Линкольна.

— Вот это хорошо, — сказал моряк. — То-то Наб будет рад!.. Если мы даже не найдём потерпевшего крушение, мы всё-таки не без пользы съездили сюда.

— Правильно, — согласился Гедеон Спилет. — Однако, судя по виду этих растений, можно опасаться, что остров уже с давних пор снова стал необитаем.

— Конечно, — подтвердил Герберт, — обитатель острова, кем бы он ни был, не стал бы так запускать такие драгоценные культуры.

— Вероятно, этот потерпевший крушение был подобран кораблём и вернулся домой, — заметил Пенкроф.

— Значит, по-твоему, записка была написана давно?

— Понятно.

— И бутылка приплыла к острову Линкольна после долгих блужданий по океану?

— Почему бы нет? Но уже смеркается, и нам пора прекратить поиски.

— Вернёмся на борт, а завтра начнём их сызнова, — предложил журналист.

Совет был хорош, и колонисты готовились уже последовать ему, как вдруг Герберт воскликнул:

— Дом!

Колонисты поспешили к показавшейся вдали хижине. Несмотря на тусклый свет сумерек, видно было, что она построена из досок и обтянута просмолённой парусиной.

Дверь была не заперта и открылась от толчка Пенкрофа.

Хижина была пуста.

ГЛАВА ЧЕТЫРНАДЦАТАЯ

Опись имущества. — Ночь. — Несколько букв. — Продолжение поисков. — Растения и животные. — Герберт в опасности. — На борту «Благополучного». — Отплытие. — Погода портится. — Инстинкт моряка. — Затерянные в океане. — Спасительный свет.

Гедеон Спилет, Пенкроф и Герберт молча стояли в полутёмной хижине. Пенкроф громко крикнул. Ответа не было. Тогда моряк высек огонь и зажёг веточку. Огонёк осветил ненадолго внутренность хижины, производившей впечатление нежилой. В глубине её был грубый очаг, засыпанный давно остывшей золой, поверх которой лежала связка сухих дров. Пенкроф поднёс к ней веточку, и вскоре хижина осветилась ярким отблеском огня.

Колонисты увидели тогда неубранную постель с сырыми, пожелтевшими от времени простынями. Видимо, постелью давно уже не пользовались. В углу очага лежали два покрытых ржавчиной котелка и опрокинутая кастрюля. У стены стоял шкаф, в котором висели заплесневевшие одежды моряка. На столе стоял потемневший оловянный обеденный прибор. В углу валялись инструменты и орудия, два охотничьих ружья, из которых одно сломанное. На полке колонисты нашли почти нетронутый бочонок с порохом, бочонок с пулями и несколько коробок пистонов. Всё это было покрыто густым слоем пыли, скопившейся, видимо, за много лет.

— Никого нет, — сказал журналист.

— Да, — подтвердил Пенкроф.

— В этой комнате уже много лет не живут, — добавил Герберт.

— Знаете, мистер Спилет, — предложил моряк, — чем возвращаться на борт «Благополучного», проведём эту ночь здесь!

— Вы правы, Пенкроф, — согласился журналист. — Надеюсь, что владелец комнаты, если он вернётся, не обидится, что мы без спроса расположились тут.

— Увы, он не вернётся, — сказал моряк, грустно покачав головой.

— Вы думаете, что он уехал с острова?

— Если бы он уезжал, он взял бы с собой инструменты и оружие, — ответил Пенкроф. — Вы знаете, как потерпевшие крушение дорожат этими вещами. Нет, нет, — убеждённо добавил моряк, — он не уехал с острова! Если предположить, что он сам смастерил лодку и на ней пустился в плавание, тогда уж подавно он не оставил бы здесь все эти вещи. Нет, он и сейчас на острове.

— Живой? — спросил Герберт.

— Живой или мёртвый... Но если он умер и не похоронил сам себя, то где-нибудь должны же лежать его останки.

Запас дров в хижине позволил всю ночь поддерживать огонь в очаге. Закрыв дверь, Гедеон Спилет, Пенкроф и Герберт уселись на скамейку. Они мало говорили, но много думали. В том расположении духа, в каком они были сейчас, их бы не удивило, если бы вдруг открылась дверь и в хижину вошёл человек. Но дверь не отворилась, и человек не вошёл.

Так прошла вся ночь.

Наутро исследователи первым долгом ещё раз осмотрели хижину. Она была построена в очень уютном месте, на пологом склоне, под великолепными камедными деревьями. Перед окнами была прорублена широкая просека до самого берега моря. Маленькая лужайка, обнесённая уже повалившейся изгородью, вела к берегу ручья, впадавшего в океан невдалеке от хижины.

Сама хижина была сделана из досок, причём легко было заметить, что доски эти были сняты с обшивки или палубы какого-то корабля. Отсюда можно было сделать вывод, что судно потерпело крушение у острова и что из состава его команды спасся, по меньшей мере, один человек, который и соорудил из, обломков корабля эту хижину.

Это предположение превратилось в уверенность, когда Гедеон Спилет обнаружил на одной из досок заднего фасада хижины полустёртую надпись:

«БР ТАН Я».

— *«Британия»!* — прочёл моряк, когда Гедеон Спилет показал ему эти буквы. — Это название очень многих судов. Трудно определить по нему, был ли этот корабль американский или английский.

— Да это и неважно, Пенкроф.

— Правда, — согласился моряк, — и если кто-нибудь из его экипажа выжил, мы узнаем, какой национальности был корабль. Однако, прежде чем продолжать поиски, не мешало бы взглянуть на «Благополучного».

Пенкроф почему-то забеспокоился о своём шлюпе.

«Что, если на острове есть люди и они завладели судном?» — подумал он.

Но тут же он пожал плечами, настолько неправдоподобным показалось ему это предположение.

Однако как бы там ни было, но моряк не прочь был позавтракать на борту судна. Расстояние до него было небольшое — едва одна миля.

Колонисты пошли быстрым шагом к своему судну, попутно шаря глазами в зарослях. Козы и свиньи сотнями бежали от них.

Спустя двадцать минут Пенкроф и его спутники увидели перед собой «Благополучного»; шлюп стоял на якоре на старом месте.

Пенкроф облегчённо вздохнул. Этот шлюп был его детищем, а отцы вправе беспокоиться о своих детях даже тогда, когда это не вызывается обстоятельствами.

Колонисты взошли на борт и приготовили себе очень плотный завтрак, в расчёте на поздний обед. Окончив завтрак, они возобновили поиски.

Наиболее вероятным было предположение, что от кораблекрушения уцелел только один человек и что он уже умер. Неудивительно поэтому, что Пенкроф и его товарищи искали скорее останки мертвеца, чем следы живого человека. Но все их поиски были напрасны. Пришлось прийти к заключению, что если обитатель острова умер, то труп его был съеден хищными животными, не оставившими от него даже костей.

— Мы тронемся в обратный путь завтра на заре, — сказал Пенкроф своим товарищам, когда они часа в два пополудни прилегли на несколько минут в тени дерева, чтобы отдохнуть.

— Мне кажется, что мы без всяких угрызений совести можем увезти с собой оружие и инструменты из хижины, — заявил Герберт.

— Я тоже так думаю, — сказал Гедеон Спилет, — они пригодятся нам в Гранитном дворце. Если я не ошибаюсь, в хижине имеется изрядный запас пороха и пуль.

— Кстати, не забыть бы захватить две-три пары свиней, — добавил Пенкроф. — У нас на острове Линкольна домашних свиней ведь не водится.

— Надо взять также и семена огородных растений, — заметил Герберт. — Тогда у нас будут все овощи Старого и Нового Света. Может быть, стоит остаться лишний день на острове Табор, чтобы забрать с собой всё, что нам может пригодиться?

— Нет, — ответил моряк, — я хочу сняться с якоря завтра на рассвете. Ветер как будто собирается задуть с запада, тогда мы и обратно поплывём с попутным ветром.

— В таком случае не будем терять времени даром, — сказал Герберт, поднимаясь с земли.

— Правильно, Герберт, — ответил Пенкроф, — ты займись сбором семян, а в это время мистер Спилет и я поохотимся на свиней. Думаю, что и без Топа мы сможем поймать пару-другую.

Герберт тотчас же направился к огороду, в то время как журналист и, моряк углубились в лес.

Им попадалось множество свиней, но животные убегали, как только они показывались, и не позволяли приблизиться к себе. Однако после получасового преследования охотники поймали пару свиней, забившихся в густой кустарник.

В это время они услышали отчаянные крики, доносившиеся откуда-то из недалека. К этим крикам вскоре присоединилось рычание, в котором не было ничего человеческого.

Гедеон Спилет и Пенкроф бросили верёвки, которыми приготовились вязать свиней, и прислушались. Животные воспользовались этим, чтобы убежать.

— Как будто голос Герберта? — сказал журналист.

— Бежим! — ответил Пенкроф.

И оба со всех ног кинулись на голоса. Они хорошо сделали, что поспешили: за поворотом тропинки перед ними открылась полянка, и они увидели, что Герберт лежит, поваленный на землю каким-то зверем, очевидно гигантской обезьяной, собиравшейся прикончить его.

Кинуться на чудовище, в свою очередь повалить его на землю и освободить Герберта — всё это было делом мига для Пенкрофа и Гедеона Спилета. Моряк был настоящим геркулесом, журналист был также крепким мужчиной. Освободив Герберта, они живо связали его противника, так что тот не мог пошевелить ни рукой, ни ногой.

— Ты не ранен, Герберт? — спросил Пенкроф.

— Нет, нет!

— Если бы эта обезьяна ранила тебя… — начал с угрозой моряк.

— Но это не обезьяна! — возразил Герберт.

При этих словах моряк и журналист посмотрели на своего пленника, лежавшего на земле. Это был человек. Но какой страшный! Дикарь в полном смысле этого слова!

Взъерошенные волосы, огромная борода, почти закрывавшая грудь, вместо одежды — набедренная повязка, какой-то рваный лоскут, дикие блуждающие глаза, огромные ручищи, затвердевшие, словно роговые, ступни босых ног, — таков был облик этого несчастного существа, потерявшего право называться человеком.

— Уверен ли ты, Герберт, что это человек? — спросил моряк.

— Увы, в этом нельзя сомневаться!

— Значит, это и есть потерпевший крушение? — спросил журналист.

— По-видимому. Только несчастный совершенно одичал и потерял человеческий облик, — ответил Пенкроф.

Моряк был прав. Было очевидно, что если потерпевший крушение и был когда-то цивилизованным человеком, то одиночество превратило его в дикаря, даже, хуже того, в настоящего пещерного человека. Память он потерял, должно быть, очень давно и так же давно разучился пользоваться орудиями и оружием. Он забыл даже, как обращаться с огнём. Сразу было видно, что он силён, ловок, но все эти физические достоинства развились в нём в ущерб уму.

Гедеон Спилет заговорил с пленником, но тот не только не понял обращённых к нему слов, но как будто даже не слышал их. И тем не менее, присмотревшись, журналист пришёл к выводу, чтр он не окончательно лишился рассудка.

Пленник лежал спокойно, не пытаясь высвободиться из опутавших его верёвок. Быть может, в каких-то уголках его мозга зашевелились смутные воспоминания при виде людей. Убежал бы он, если бы ему предоставили свободу, или остался бы с ними? Этот вопрос так и остался нерешённым, ибо колонисты не решились на такой эксперимент.

— Кем бы он ни был в прошлом, — сказал журналист, — наш долг доставить его на остров Линкольна.

— Да, да, — подхватил Герберт, — может быть, товарищеские заботы и уход вернут ему разум!

Пенкроф недоверчиво покачал головой.

— Попробуем всё-таки, — сказал журналист. — Это наш долг!

Все трое это понимали, и они твёрдо были уверены, что Сайрус Смит одобрил бы их решение.

— Оставить его связанным? — спросил моряк.

— Посмотрим, может быть, он пойдёт с нами сам, если мы развяжем ему ноги, — предложил Герберт.

— Попробуем, — сказал моряк.

И он развязал верёвки на ногах пленника, оставив его руки крепко связанными. Дикарь сам поднялся с земли и, не делая никакой попытки к побегу, пошёл вместе с колонистами. Его глаза неотступно были устремлены на людей, шагавших рядом с ним. Но, видимо, он не узнавал в них себе подобных.

Гедеон Спилет посоветовал сначала отвести несчастного в его хижину: быть может, вид знакомых предметов произведёт на него какое-нибудь впечатление? Быть может, достаточно будет одной искры, чтобы разжечь у этого человека угасшее сознание?

Хижина была очень близко. Они дошли до неё в несколько минут. Но пленник равнодушно скользнул глазами по обстановке, как будто ничего не узнавая.

Оставалось только сделать вывод, что несчастный уже очень давно находится в одиночестве на острове и, постепенно дичая всё больше и больше, дошёл до состояния совершеннейшего «озверения».

Журналист решил, однако, испытать, какое действие окажет на пленника вид зажжённого огня. Он разжёг полено в очаге. Сначала огонёк как будто привлёк взгляд несчастного, но почти тотчас же вслед за этим он равнодушно отвёл глаза в сторону. Делать было нечего, и оставалось только перевести его на борт «Благополучного». Так и поступили.

Моряк остался караулить несчастного, а Гедеон Спилет и Герберт снова сошли на берег и через несколько часов вернулись на борт, неся с собой всё ценное из хижины потерпевшего крушение, семена растений, несколько убитых птиц и две пары живых свиней. Всё это было погружено на

«Благополучный», и оставалось только ждать утреннего прилива, чтобы поднять якорь и тронуться в обратный путь.

Пленника поместили в переднюю каюту. Он вёл себя спокойно, но продолжал оставаться безучастным решительно ко всему происходящему вокруг него.

Пенкроф принёс ему поесть, но он с отвращением оттолкнул варёное мясо. Зато, когда моряк предложил ему одну из уток, только что убитых Гербертом, он с жадностью набросился на неё и тут же сожрал сырое мясо.

— Вы думаете, что он выздоровеет? — спросил Пенкроф журналиста, с сомнением покачав головой.

— В этом нет ничего невозможного, — ответил тот. — Это одиночество привело его в такое состояние, но ведь больше он не будет одиноким!..

— Кажется, этот несчастный очень давно не видел людей, — сказал Герберт.

— Да, надо думать, что давно!

— Сколько лет ему может быть? — спросил юноша.

— Трудно сказать, — ответил журналист. — Он так оброс волосами, что невозможно рассмотреть черты его лица. Но я думаю, что он уже не молод. Возможно, что ему лет пятьдесят.

— Обратили ли вы внимание, мистер Спилет, — продолжал Герберт, — на его глубоко запавшие глаза?

— Да, Герберт. Только надо отметить, что в них светится больше разума, чем это можно было бы ожидать, судя по его поведению.

— Будущее покажет, — сказал Пенкроф. — Мне не терпится узнать мнение мистера Смита о нашем дикаре. Как странно — мы поехали спасать цивилизованного человека, а нашли дикаря!

Ночь прошла спокойно. Неизвестно, спал ли пленник, но, во всяком случае, он не сделал никаких попыток к побегу, хотя ему развязали руки и ноги.

На следующий день, 15. октября, на заре, произошла предсказанная Пенкрофом перемена погоды. Ветер задул с северо-запада, он засвежел и развёл большую волну. В пять часов утра якорь был поднят. Пенкроф сразу же взял рифы на парусах и направил шлюп на восток-северо-восток — прямо к острову Линкольна.

Первый день плавания прошёл без происшествий. Пленник попрежнему сидел в передней каюте и вёл себя хорошо. Он как будто стал осмысленнее смотреть на окружающее, когда у него под ногами закачалась палуба: возможно, у него мелькнули воспоминания о прежней профессии. Так или иначе, но он целый день провёл спокойно, производя скорее впечатление удивлённого, чем умалишённого человека.

Назавтра, 16 октября, ветер стал ещё свежее. Направление его несколько изменилось в сторону, и он сносил «Благополучного» к северу. Пенкрофу пришлось всё время идти в бейдевинд.

Моряку всё меньше и меньше нравилось состояние погоды: океан обрушивал вал за валом на нос судёнышка. Пенкрофу было ясно, что, если ветер не изменится, на обратный путь уйдёт много больше времени, чем на путь к острову Табор.

И точно, 17-го утром исполнилось сорок восемь часов, как шлюп отплыл с острова Табор, а острова Линкольна ещё и в помине не было. Невозможно было даже определить, на каком расстоянии от него находится судёнышко, так как лага у Пенкрофа не было, а скорость ветра всё время менялась.

Прошло ещё двадцать четыре часа, а земля по-прежнему не появлялась. Ветер перешёл в шторм. Всё время приходилось менять галсы, брать рифы, делать повороты. В этот день был момент, когда «Благополучного» целиком накрыло волной — от киля до верхушки мачты. К счастью, Пенкроф предвидел такую возможность и приказал всем привязаться, не то волна непременно смыла бы кого-нибудь за борт.

В эту опасную минуту команда «Благополучного» неожиданно получила помощь от пленника. Инстинктом моряка угадав опасность, он выскочил из люка и сильным ударом шеста выбил фальшборт, чтобы вода, залившая палубу, скорее стекла. Когда шлюп выпрямился, он, не сказав ни слова, вернулся в свою каюту.

Пенкроф, Гедеон Спилет и Герберт, онемев от изумления, смотрели на него.

Между тем положение час от часу становилось всё опасней. Моряк сознавал, что заблудился в этом безбрежном океане, и не знал, как стать на правильный курс.

Ночь с 19-го на 20-е была тёмной. Однако около одиннадцати часов вечера ветер спал, и волнение немного утихло. «Благополучный» снова стал набирать скорость. К чести его строителей надо отметить, что судёнышко великолепно вело себя во всё время непогоды.

Пенкроф, Гедеон Спилет и Герберт не смыкали глаз в эту ночь. Они напряжённо всматривались в темноту, зная, что остров Линкольна должен быть где-то невдалеке. Либо они должны были увидеть его не позже рассвета следующего дня, либо примириться с мыслью, что «Благополучный», снесённый с курса течениями и ветром, заблудился в океане.

Пенкроф, взволнованный до крайности, не терял, однако, надежды. Это был мужественный человек.

Не выпуская из рук руля, он упорно всматривался в непроницаемую темноту.

Около двух часов ночи он вдруг вскочил на ноги.

— Огонь в виду! — вскричал он.

Действительно, в двадцати милях к северо-востоку в темноте мерцал огонёк. Остров Линкольна находился там, и это был костёр, зажжённый Сайрусом Смитом!

Пенкроф, правивший много северней, быстро переменил курс и направил судно на этот огонёк, блиставший, как звезда первой величины.

ГЛАВА ПЯТНАДЦАТАЯ

Возвращение. — Спор. — Сайрус Смит и неизвестный. — Порт Шара. — Лечение. — Волнующие испытания. — Слёзы.

На следующий день, 20 октября, около семи часов утра, после четырёхдневного плавания, «Благополучный» бросил якорь в устье реки Благодарности.

Сайрус Смит и Наб, крайне обеспокоенные непогодой и продолжительным отсутствием своих товарищей, с зари дежурили на плоскогорье Дальнего вида. Наконец они увидели вдали долгожданное судёнышко.

— Наконец-то! — вскричал инженер. — Вот они!

Наб от восторга пустился в пляс.

Пересчитав людей, находящихся на палубе шлюпа, инженер сперва подумал, что либо Пенкрофу не удалось найти потерпевшего крушение на острове Табор, либо этот несчастный отказался переменить одну тюрьму на другую и остался на своём острове.

Действительно, на палубе «Благополучного» находились только Пенкроф, Гедеон Спилет и Герберт.

Когда судёнышко причалило, инженер, встретивший их на берегу вместе с Набом, крикнул:

— Мы очень беспокоились за вас, друзья мои! Не случилось ли с вами какого-нибудь несчастья?

— Нет, — ответил Гедеон Спилет. — Всё обошлось благополучно. Сейчас мы расскажем вам все подробности.

— Однако всё-таки вас постигла неудача в поисках? Иначе на палубе было бы не три человека.

— Простите, мистер Смит, — возразил моряк, — нас четверо.

— Вы разыскали этого потерпевшего крушение?

— Да.

— И привезли его сюда?

— Да.

— Живого?

— Да.

— Где же он? Кто он?

— Это человек, вернее, это бывший человек! — ответил журналист. — Вот и всё, что мы можем сказать вам, Сайрус.

И он в кратких словах рассказал инженеру о всех событиях последних дней, о том, как производились поиски, как единственный дом на острове оказался запущенным и нежилым, как, наконец, они нашли потерпевшего крушение, потерявшего всякий человеческий облик.

— Мы даже сомневались, стоит ли везти его сюда, — добавил Пенкроф.

— Нет, вы правильно поступили, Пенкроф! — живо сказал Сайрус Смит.

— Но этот несчастный потерял разум...

— В данное время, возможно, — ответил Сайрус Смит. — Но ещё несколько месяцев тому назад этот несчастный был таким же человеком, как вы и я. Кто знает, во что превратится после долгих дней одиночества тот из нас, которому суждено пережить всех остальных...

— Но, мистер Смит, почему вы думаете, что этот человек одичал недавно? — спросил Герберт.

— Потому, что записка была написана недавно и единственный человек, который мог её написать, — это сам потерпевший крушение.

— В том, однако, случае, если эта записка не была написана его товарищем, ныне умершим.

— Это невозможно, дорогой Спилет. — Почему? — спросил журналист.

— Потому, что в таком случае в записке говорилось бы о двух потерпевших крушение.

Герберт рассказал также инженеру о мгновенном возврате рассудка к этому человеку — в минуту, когда волна грозила гибелью судну.

— Ты прав, Герберт, придавая большое значение этому факту, — сказал инженер. — Этот несчастный не неизлечим. Он одичал от отчаяния и безнадёжности. Но здесь, окружённый заботливым вниманием, он выздоровеет. Мы спасём его!

Когда обитателя острова Табор вывели на берег, он первым долгом хотел убежать. Но Сайрус Смит мягко остановил его, положив ему руку на плечо. Несчастный, дрожа, остановился, опустил глаза, наклонил голову. Мало-помалу, однако, он успокоился.

— Бедный, бедный! — прошептал инженер, внимательно всматриваясь в неизвестного.

Судя по внешности, в нём не осталось ничего человеческого. Однако, так же как и журналисту, Сайрусу Смиту показалось, что в глазах неизвестного светится какая-то затаённая мысль.

Колонисты решили, что неизвестный — отныне они так называли его — будет жить в одной из комнат Гранитного дворца, откуда он не мог бежать. Он без сопротивления последовал в своё новое жилище. Колонисты закрыли за ним дверь и оставили его в одиночестве, надеясь, что рано или поздно в нём проснётся разум, и колония острова Линкольна увеличится на одного человека.

Во время завтрака, наспех приготовленного Набом, ибо путешественники умирали с голоду, Сайрус Смит заставил снова во всех подробностях повторить рассказ о поездке на остров Табор. Он согласился с предположением своих товарищей, что неизвестный должен был быть англичанином или американцем, во-первых, потому, что на эту мысль наводила надпись «Британия» на доске хижины, и, во-вторых, потому, что, несмотря на густую гриву волос и всклокоченную бороду, придававшую ему дикий вид, неизвестный был типичным представителем англо-саксонской расы.

— Кстати, Герберт, мы так и не успели расспросить, как случилось, что неизвестный напал на тебя? — сказал Гедеон Спилет.

— Честное слово, мне почти нечего рассказывать, — ответил юноша. — Помнится, я нагнулся за каким-то растением, как вдруг услышал шум точно снежного обвала, доносившийся с высокого дерева. Я не успел даже обернуться на шум, как этот несчастный свалился на меня, и не подоспей мистер Спилет и Пенкроф…

— Мой мальчик, — прервал его взволнованно инженер, — ты подвергался огромной опасности! Но, не будь этого, несчастный безумец, быть может, ничем не выдал бы своего присутствия, и у нас было бы одним товарищем меньше!

— Вы надеетесь сделать из него человека, Сайрус? — спросил журналист.

— Да, — ответил инженер.

Позавтракав, колонисты спустились на берег и занялись разгрузкой «Благополучного». Осмотрев тщательно оружие и инструменты, инженер не нашёл, однако, ничего такого, что позволило бы установить личность незнакомца.

Одичавших свиней с почётом водворили в хлев, где они быстро освоились.

Такой же хороший приём встретили и два бочонка с порохом и пулями и коробки с пистонами. Тут же было решено устроить маленький пороховой погреб на «чердаке», либо даже вне Гранитного дворца, чтобы не бояться взрыва.

Когда разгрузка шлюпа закончилась, Пенкроф сказал:

— Мистер Смит! Мне кажется, что следовало бы поставить «Благополучный» в более надёжное место.

— А разве вы считаете, что стоянка возле устья реки плохая? — спросил инженер.

— Да, мистер Смит. Во время отлива судно будет стоять на песке, а это «утомляет» корабль. Надо сказать, что «Благополучный» оказался чудесным судёнышком. Он великолепно держал себя во время бури и заслуживает лучшего отношения к себе.

— А нельзя ли держать его на якоре посредине реки?

— Можно-то можно, но устье не защищено от ветров, и «Благополучный» может от этого здорово пострадать.

— Куда же вы хотите поставить его, Пенкроф? — спросил журналист.

— В порт Шара, — ответил моряк. — Мне кажется, что там действительно хорошее место для стоянки.

— Не слишком ли это далеко?

— Подумаешь, какие-нибудь три мили от дворца по хорошей дороге!

— Что же, Пенкроф, поставьте туда ваш «Благополучный», хотя, по правде сказать, я предпочёл бы постоянно иметь его перед глазами. Когда у нас будет немного времени, мы построим для него специальный порт.

— Вот здорово! — вскричал Пенкроф. — Порт с маяком, молом и сухим доком? Честное слово, мистер Смит, с вами не пропадёшь!

— При одном условии, дорогой Пенкроф: если вы будете мне помогать. Ведь во всякой нашей совместной работе вы делаете три четверти.

Герберт и моряк взошли опять на борт «Благополучного», подняли якорь, поставили паруса и с попутным ветром быстро приплыли в тихую гавань порта Шара. Через два часа они уже вернулись в Гранитный дворец.

Как вёл себя незнакомец в первые дни пребывания на острове Линкольна? Была ли надежда, что дикость его смягчится под влиянием человеческого общества? Несомненно и бесспорно! Он настолько быстро осваивался в новой обстановке, что Сайрус Смит и Гедеон Спилет начали сомневаться, действительно ли у него был период полной утраты разума.

В первые дни, привыкнув к вольному воздуху и безграничной свободе острова Табор, неизвестный глухо возмущался стеснениями, которые ему чинили колонисты. Сайрус Смит опасался даже, что он выбросится из окна Гранитного дворца. Но мало-помалу дикарь успокоился, и ему предоставили больше свободы. Итак, колонисты вправе были надеяться на его выздоровление. Неизвестный постепенно отвыкал от приобретённой на острове привычки есть сырое мясо и начал охотно есть блюда, приготовленные Набом.

Сайрус Смит воспользовался сном неизвестного, чтобы подстричь ему бороду и волосы, придававшие ему такой дикий вид. Затем вместо набедренной повязки его снабдили более приличной одеждой. Благодаря всему этому неизвестный сразу приобрёл более цивилизованный облик, и казалось даже, что его взгляд стал менее угрюмым и диким.

Сайрус Смит старался уделять ему ежедневно по нескольку часов. Он садился работать рядом с ним и придумывал тысячи уловок, чтобы как-нибудь привлечь его внимание. Ему казалось, что достаточно одной искры, достаточно какого-нибудь одного воспоминания, чтобы у этого несчастного вновь заработала память. Ведь на борту «Благополучного» во время бури он действовал, как разумный человек.

Инженер не пропускал случая громко говорить в присутствии неизвестного, стараясь заинтересовать его разговором. Постоянно тот или иной из колонистов, а иногда и все вместе заходили в комнату неизвестного. Они говорили обычно о море, кораблях и о моряках, считая, что эти темы должны больше всего интересовать его. Иногда казалось, что он начинает прислушиваться к их разговорам, и колонисты вынесли убеждение, что кое-что из того, что они говорили, доходило до его сознания. Временами его лицо выражало страдание — несомненное доказательство того, что он о чём-то думает. Однако он не говорил ещё, хотя несколько раз колонистам казалось, что вот-вот он заговорит.

Всё это время несчастный был грустен и спокоен. Но не было ли это спокойствие напускным? Быть может, его угнетала неволя? Нельзя было ничего сказать с уверенностью. Было вполне естественно, что он внешне изменился, находясь постоянно среди дружественно относящихся к нему людей, угадывавших малейшее его желание, кормивших, поивших и одевавших его. Но освоился ли он с своей новой жизнью или только стал ручным, как животное?

Этот вопрос был очень важным, но как Сайрусу Смиту ни хотелось поскорее получить ответ на него, он боялся оказывать какое бы то ни было давление на своего пациента. Для инженера незнакомец был только больным. Станет ли он когда-нибудь выздоравливающим?..

Инженер не выпускал незнакомца из виду ни на одну минуту. Он следил за каждым его движением, как охотник за редчайшим зверем.

Колонисты с глубоким волнением наблюдали за всеми фазами этого лечения, предпринятого инженером. Они всячески, чем могли, старались помочь ему, и постепенно все, за исключением разве скептика Пенкрофа, уверовали в возможность выздоровления обитателя острова Табор.

С течением времени незнакомец стал проявлять привязанность к Сайрусу Смиту. Инженер решил проделать маленький опыт: привести незнакомца к берегу океана, а затем пойти с ним в лес, который должен был напомнить ему леса острова Табор, где он, видимо, провёл много лет своей жизни.

— Но кто может поручиться, что он не убежит, очутившись на свободе? — спросил журналист.

— Этот опыт надо проделать, — ответил инженер.

— Увидите, — возразил Пенкроф, — как только этот парень очутится на вольном воздухе, он тотчас же удерёт от нас!

— Не думаю, — сказал Сайрус Смит.

Посмотрим, — ответил Гедеон Спилет

В этот день, 30 октября, то есть на девятый день пребывания незнакомца на острове, жаркое солнце заливало ослепительными лучами побережье. Было совсем тепло.

Сайрус Смит и Пенкроф зашли в комнату незнакомца. Они нашли его сидящим у окна и глядящим на небо.

— Пойдёмте, мой друг, — сказал ласково инженер.

Незнакомец тотчас же поднялся. Он последовал за Сайрусом Смитом, не спуская с него глаз. Моряк, не веривший в успех опыта, замыкал шествие.

Они втроём стали в корзину подъёмной машины. Герберт, Наб и Гедеон Спилет уже ждали их внизу. Корзина скользнула вниз, и через полминуты все были в сборе на берегу.

Колонисты отошли на несколько шагов, чтобы оставить незнакомца на свободе. Взор его отражал глубокое волнение, когда он смотрел на маленькие волны, лизавшие песок. Но он не делал никаких попыток к побегу.

— Возможно, что море не вызывает в нём мыслей о бегстве, — заметил Гедеон Спилет. — Надо отвести его на опушку леса. Только тогда опыт будет убедительным.

— Кстати, и бежать-то ему некуда, ведь мостки-то подняты, — сказал Герберт.

— Как же! — рассмеялся Пенкроф. — Так его и остановит такая лужица, как Глицериновый ручей! Да он его просто-напросто перепрыгнет!

— Посмотрим, — сказал Сайрус Смит, не спуская глаз со своего «больного».

Колонисты повели неизвестного к устью реки Благодарности и оттуда все вместе взобрались на плоскогорье Дальнего вида.

Подойдя к опушке леса, к величественным деревьям, листву которых колыхал ветерок, неизвестный остановился и полной грудью вдохнул опьяняющий лесной воздух.

Колонисты стояли позади него, готовые броситься за ним при попытке скрыться в лесу.

Действительно, одну секунду незнакомец как будто собирался прыгнуть в воду Глицеринового ручья, чтобы переплыть на тот берег, к лесу, но почти мгновенно он овладел собой, отступил на несколько шагов, опустился на землю, и две крупные слёзы покатились из его глаз.

— А! — воскликнул инженер. — Ты плачешь? Значит, ты снова стал человеком!

ГЛАВА ШЕСТНАДЦАТАЯ

Нераскрытая тайна. — Первые слова незнакомца. — Двенадцать лет на островке. — Признание. — Исчезновение. — Сайрус Смит исполнен доверия. — Постройка мельницы. — Первый хлеб. — Героический поступок. — Честные руки.

Несчастный действительно плакал. Какое-то воспоминание мелькнуло в его дремлющем сознании, и, как сказал Сайрус Смит, слёзы возродили в нём человека.

Колонисты отошли в сторону, чтобы неизвестный не чувствовал стеснения. Но ему и в голову не пришло воспользоваться своей свободой, чтобы бежать. Спустя некоторое время Сайрус Смит отвёл его в Гранитный дворец.

Дня через два неизвестный впервые проявил желание принять участие в повседневных заботах колонии. Было очевидно, что он всё слышал, всё понимал, но почему-то упорно не хотел разговаривать.

Однажды ночью Пенкроф, приложив ухо к перегородке его комнаты, услышал, как он бормочет:

— Нет, не здесь! Ни за что!

Моряк рассказал своим товарищам об этом.

— Здесь кроется какая-то грустная тайна, — сказал Сайрус Смит.

Незнакомец взял однажды лопату и отправился работать на огород. Временами он бросал работу и, опершись на лопату, подолгу стоял в глубоком раздумье. Инженер посоветовал своим спутникам не тревожить его в такие минуты и уважать его стремление к одиночеству. Если нечаянно кто-либо из колонистов подходил к нему в это время, он, рыдая, убегал.

По-видимому, его терзали угрызения совести. Гедеон Спилет не удержался и как-то высказал такую мысль:

— Он не говорит потому, что ему нужно начать с тяжёлых признаний.

Так или иначе, но колонистам пришлось запастись терпением и ждать.

Через несколько дней, 3 ноября, неизвестный по обыкновению прервал работу. Лопата выпала из его рук, и Сайрус Смит увидел, что он плачет.

Движимый непреодолимым чувством сострадания, инженер подошёл к нему и, опустив ему руку на плечо, участливо спросил:

— Друг мой, что с вами?

Неизвестный отвёл глаза в сторону, а когда Сайрус Смит захотел пожать его руку, живо отступил на несколько шагов.

— Посмотрите мне в глаза, друг мой, — твёрдо сказал инженер, — я этого хочу.

Неизвестный поднял на него глаза, словно загипнотизированный, и рванулся, чтобы убежать. Однако почти в ту же секунду в его лице произошло какое-то изменение. Глаза его метали молнии. Слова теснились на его устах. Видно было, что он не в силах больше молчать. Наконец, скрестив руки на груди, он глухим голосом спросил:

— Кто вы?

— Такие же потерпевшие крушение, как и вы, — ответил Сайрус Смит, взволнованный до глубины души. — Такие же люди, как вы!

— Такие же люди, как я? Нет!..

— Вы среди друзей, — настаивал инженер.

— Среди друзей?.. У меня — друзья? — воскликнул неизвестный, закрывая лицо руками. — Нет!.. Никогда... Оставьте меня! Оставьте меня!

И он убежал к морю и там долго неподвижно стоял. Сайрус Смит вернулся к своим товарищам и передал им эту сцену.

— Да, в жизни этого человека есть какая-то мрачная тайна. Мне кажется, что и сознание-то в нём проснулось от угрызений совести...

— Да, странного человека мы привезли! — сказал моряк. — У него какие-то подозрительные тайны.

— Которые, тем не менее, мы должны уважать! — живо возразил Сайрус Смит. — Если даже он и совершил в прошлом какой-нибудь проступок, то он достаточно жестоко был наказан за него, и да простятся ему грехи его.

В продолжение двух часов неизвестный оставался один на пляже, погрузившись в воспоминания о прошлом... видимо, очень печальном прошлом. Колонисты не теряли его из виду, но и не нарушали его одиночества. По истечении этого времени он как будто принял решение и твёрдыми шагами подошёл к инженеру.

Глаза его были красны от пролитых слёз, но он больше не плакал.

— Вы англичанин? — спросил он Сайруса Смита.

— Нет, американец, — ответил инженер.

— Ага! — сказал незнакомец и вполголоса добавил: — Это лучше!

— А вы, мой друг? — в свою очередь спросил инженер.

— Англичанин, — ответил тот.

И, словно эти несколько слов стоили ему огромного напряжения, незнакомец поспешно повернулся и зашагал взад и вперёд по берегу реки Благодарности в состояний сильнейшего возбуждения.

Через некоторое время, проходя мимо Герберта, он вдруг остановился и сдавленным от волнения голосом спросил:

— Какой у нас месяц?

— Ноябрь, — ответил юноша.

— А год?

— Тысяча восемьсот шестьдесят шестой.

— Двенадцать лет! Двенадцать лет! — вскричал незнакомец и снова зашагал.

Герберт поспешил передать колонистам этот разговор.

— Несчастный потерял уже счёт годам! — воскликнул Гедеон Спилет.

— Да, — ответил Герберт. — Видимо, он провёл двенадцать лет на своём островке!

— Двенадцать лет! — сказал Сайрус Смит. — Двенадцать лет полного одиночества... с каким-то пятном на совести!.. От этого помутился бы самый светлый ум!

— Мне почему-то кажется, — добавил Пенкроф, — что этот человек не потерпел крушения, а был высажен на остров Табор в наказание за какое-то преступление.

— По-моему, вы правы, Пенкроф, — заметил журналист. — Но если это так, то нет ничего невозможного в том, что те, кто его высадил на остров, в один прекрасный день вернутся за ним.

— Но, не найдя его на месте, — сказал Герберт, — они решат, что он умер...

— В таком случае, — заявил Пенкроф, — надо вернуться и...

— Друзья мои! — перебил его инженер. — Не стоит обсуждать этот вопрос, покамест это только предположения. Несчастный жестоко наказан за свои ошибки, какими бы тяжёлыми они ни были. Он сам изнемогает от желания покаяться в них перед нами. Не будем же спешить с выводами! Не сегодня-завтра он сам всё нам расскажет, и тогда мы узнаем, как нам следует поступить. Только он может сказать нам, была ли у него надежда когда-нибудь вернуться на родину. Впрочем, я лично в этом сомневаюсь.

— Почему? — спросил журналист.

— Потому, что, если бы у него была уверенность, что настанет день, когда за ним приедут, он ждал бы терпеливо этого дня и не бросал бы записок в море. Нет, я склонён думать, что он был обречён умереть в одиночестве на этом островке, не увидев людей.

— Всё-таки, — сказал моряк, — есть одно обстоятельство, которое я не могу себе уяснить...

— Какое именно?

— Если этот человек уже двенадцать лет находился на острове, надо полагать, что он уже довольно давно одичал, правда?

— Возможно, — согласился с ним Сайрус Смит.

— Следовательно, он написал записку много лет тому назад!

— Конечно... Хотя, с другой стороны, записка кажется только что написанной.

— А кроме того, непонятно, каким образом бутылка плыла несколько лет от острова Табор к острову Линкольна?

— Здесь, по-моему, нет ничего непонятного, — возразил журналист. — Кстати, она могла уже давно плавать вблизи нашего острова.

— Нет, — сказал Пенкроф. — Вы ошибаетесь. Нельзя предположить, что её выбрасывало на берег, а потом опять подбирало море. Берег, возле которого мы нашли бутылку, — скалистый, и она неминуемо должна была разбиться...

— Да, вы правы, — задумчиво сказал Сайрус Смит.

— Кроме того, — продолжал моряк, — если бы записка пробыла много лет в воде, она пострадала бы от влаги, а между тем мы нашли её в отличной сохранности.

Замечания моряка были совершенно справедливыми: было что-то непонятное в том, что записка, найденная в бутылке, казалась только что написанной. Кроме того, в записке с такой точностью указывались широта и долгота острова, что автор её, несомненно, обладал большим запасом географических сведений, чем это обычно бывает у простых моряков.

— Вы правы, друзья мои, — повторил инженер, — здесь есть что-то не поддающееся объяснению. И тем не менее не надо вызывать на откровенность нашего нового товарища. Он сам расскажет нам всё, что знает… Когда сможет…

В продолжение следующих дней неизвестный не произнёс ни одного слова и ни разу не вышел за ограду плоскогорья. Он работал на огороде без отдыха, с зари до зари, но всё время сторонился людей. В часы завтраков и обедов он довольствовался сырыми овощами, несмотря на то что его всякий раз неизменно звали к столу. С наступлением ночи он не возвращался в свою комнату, а усаживался где-нибудь на берегу или, если погода была плохая, под каким-нибудь выступом скалы. Он вёл теперь такой же образ жизни, как и на острове Табор, и тщетно колонисты уговаривали его изменить своё поведение. В конце концов они решили не настаивать и терпеливо ждать. Настал, наконец, день, когда неизвестный, мучимый совестью, не выдержал и с губ его сорвались ужасные признания.

Это было 10 ноября, около восьми часов вечера. Усталые от дневных трудов, колонисты собрались под навесом и по обыкновению мирно беседовали, как вдруг перед ними предстал неизвестный. Глаза его блестели каким-то странным блеском. Во всём его облике было что-то дикое, как в первые, худшие дни пребывания на острове.

Сайрус Смит и его товарищи были поражены, видя, что он весь дрожит от страшного возбуждения. Что с ним происходит? Неужели вид людей ему тягостен? Неужели он не в силах был больше переносить трудовой жизни и его тянуло обратно, к животному состоянию?

Можно было подумать это, слушая, как он отрывисто выкрикивает:

— Почему я здесь?.. Кто дал вам право насильно увезти меня с моего островка?.. Знаете ли вы, кто я?.. Что я сделал?.. Почему я был там один?.. Может быть, меня нарочно оставили там, чтобы я умер в одиночестве?.. Что вы знаете о моём прошлом?.. Быть может, я был вором, убийцей, диким зверем, который не вправе жить рядом с людьми?.. Что вы знаете об этом, скажите!..

Колонисты слушали, затаив дыхание, эти полупризнания, словно против воли вырывавшиеся из груди неизвестного.

Сайрус Смит, желая успокоить его, сделал шаг к нему навстречу, но неизвестный поспешно отступил.

— Нет! Нет! — воскликнул он. — Не подходите ко мне! Скажите только, свободен ли я?

— Вы свободны, — ответил инженер.

— Тогда прощайте!

И с этими словами он убежал.

Наб, Пенкроф и Герберт погнались за ним, но вскоре вернулись ни с чем.

— Надо дать ему свободу! — сказал инженер.

— Но он никогда не вернётся, — ответил моряк.

— Он вернётся! — уверенно заявил Сайрус Смит.

После этого прошло много дней, но уверенность инженера не поколебалась: он всё время утверждал, что рано или поздно, но несчастный вернётся.

— Это последняя вспышка дикости, — говорил он. — Угрызения совести проснулись в нём, и он не вынесет нового одиночества. Он вернётся!

Тем временем обычные работы продолжались как на засеянных полях и огородах, так и в корале, где Сайрус Смит хотел построить настоящую ферму. Само собой разумеется, что семена, вывезенные Гербертом с острова Табор, были самым тщательным образом посеяны.

Всё плоскогорье Дальнего вида превратилось в уголок обработанной земли, требовавший неустанного труда колонистов.

По мере того как увеличивалось количество огородных растений, приходилось расширять площадь, отведённую под них, и вскоре всё плоскогорье покрылось прямоугольниками вспаханной земли.

Колонисты решили, что целесообразней распахать под огороды ограждённое со всех сторон плоскогорье Дальнего вида, чем отводить часть его площади под пастбища, которые не боятся нашествий четвероногих и четвероруких. Но онаграм не пришлось страдать от уничтожения их пастбищ, так как травы, такой же сочной и вкусной, было сколько угодно в других местах острова.

15 ноября началась третья жатва. На этот раз колонисты сняли урожай в четыре тысячи четвериков, то есть свыше пятисот миллионов хлебных зёрен! Теперь колония была несказанно богата хлебом, ибо достаточно

было ежегодно сеять по нескольку четвериков, чтобы в течение круглого года и люди и животные были вполне обеспечены хлебом.

Убрав урожай, колонисты посвятили последние дни ноября мукомолью.

И в самом деле, у них было зерно, но не мука, и без постройки мельницы они не могли обойтись. После долгих споров решено было строить не водяную мельницу, а обыкновенный ветряк на плоскогорье Дальнего вида. Так как это плоскогорье представляло собой возвышенное и открытое всем ветрам место, то не приходилось опасаться, что мельнице не хватит движущей силы.

Пенкроф, сторонник постройки ветряной мельницы, привёл последний аргумент в защиту своего проекта.

— Вдобавок ко всему прочему, — сказал он, — ветряная мельница оживит нам пейзаж!

Колонисты ретиво взялись за дело. Первым долгом был выбран строевой лес. Большие валуны, валяющиеся на северном берегу озера, могли послужить жерновами, а в качестве материала для крыльев должна была пригодиться всё та же неистощимая оболочка воздушного шара.

Сайрус Смит спроектировал мельницу и выбрал для неё место невдалеке от птичьего двора, на берегу озера. Клеть мельницы была устроена вращающейся, чтобы можно было поворачивать её в зависимости от направления ветра.

Работа на постройке спорилась. Наб и Пенкроф, ставшие отличными плотниками, быстро вытесали по чертежам Сайруса Смита все части будущей постройки, и вскоре в избранном месте уже высилась башня с островерхой крышей. Остов крыльев был прочно укреплён на валу железными скрепами.

Ящик, в котором помещаются оба жёрнова, направляющий зерно жёлоб, широкий вверху и узкий внизу, подвижной ковш и, наконец, сито, отделяющее муку от шелухи, были заблаговременно приготовлены, и теперь осталось только собрать механизм. Работа на постройке мельницы оказалась несложной, но длительной, и только 1 декабря всё было окончено.

Как всегда, Пенкроф восхищался делом своих рук. Он не сомневался, что мельница будет отлично работать.

— Теперь только бы подул хороший ветер, и наша мельница пойдёт полным ходом! — сказал он Сайрусу Смиту.

— Нам «хорошего» ветра не нужно, дорогой Пенкроф, — ответил ему инженер. — Был бы хоть какой-нибудь.

— А я думал, при сильном ветре мельница будет быстрей молоть!

— Нет никакой нужды в том, чтобы сильный ветер быстрей вращал крылья мельницы, — сказал инженер, — Опыт показал, что мельница лучше всего работает при среднем ветре, имеющем скорость двадцать четыре фута в секунду. Тогда крылья делают шестнадцать оборотов в минуту, а больше и не требуется.

Не было никаких оснований откладывать торжество пуска мельницы, тем более что колонистам не терпелось отведать настоящего печёного хлеба. Поэтому тотчас же мельницу засыпали зерном, и на следующий день за завтраком колонисты уплетали уже великолепный хлеб. Можно представить себе их радость!

Между тем неизвестный всё ещё не возвращался. Гедеон Спилет и Герберт обыскали весь лес Дальнего Запада, но не нашли этого человека. Это серьёзно встревожило их. Конечно, дикарь с острова Табор не мог голодать в кишащих дичью лесах острова Линкольна, но они пуще всего боялись именно возврата его диких привычек.

Один Сайрус Смит продолжал утверждать, что неизвестный обязательно вернётся.

— Он вернётся, — твердил инженер с уверенностью, которую теперь не разделял никто из его товарищей. — На острове Табор он знал, что он одинок. Здесь он знает, что его ожидают люди. Он уже приподнял наполовину завесу тайны над своей прежней жизнью. Уверен, что он скоро придёт и расскажет нам всё до конца. И в этот день он окончательно возвратится к нам!

События доказали справедливость утверждений инженера.

3 декабря Герберт пошёл удить рыбу на южный берег озера. Он был безоружен, так как до сих пор опасные хищники никогда не показывались в этой части острова. Наб и Пенкроф в это время были заняты на птичьем дворе, а Гедеон Спилет и Сайрус Смит — в Камине: они добывали соду, так как запас мыла приходил к концу.

Внезапно издалека донёсся крик Герберта:

— Помогите! Помогите!

Сайрус Смит и Гедеон Спилет находились, слишком далеко и ничего не слышали, но Пенкроф и Наб мигом выбежали из птичника и бросились на голос к озеру. Но, опережая их, неизвестный, присутствия которого в этой местности никто не подозревал, перемахнул через Глицериновый ручей и устремился на помощь к юноше.

Оказалось, что Герберту угрожал огромный ягуар. Застигнутый врасплох, юноша прислонился спиной к дереву, а зверь, припав к земле, готовился к прыжку.

Неизвестный, вооружённый только ножом, кинулся на страшного хищника. Тот обернулся к новому противнику.

Борьба была недолгой. Неизвестный был наделён нечеловеческой силой и ловкостью. Он схватил ягуара за горло и сжал его с такой силой, точно у него были не пальцы, а железные клещи. При этом он не обращал никакого внимания на то, что страшные когти хищника терзали его тело. Второй, свободной рукой он всадил нож в самое сердце зверя.

Ягуар упал. Неизвестный оттолкнул его ногой и хотел снова скрыться, так как колонисты уже подбегали, но Герберт схватил его за руку и умоляюще вскрикнул:

— Нет, нет! Не уходите!

Сайрус Смит подошёл к спасителю Герберта. Кровь потоком текла по его плечу, но он не обращал на это внимания.

— Друг мой, — сказал ему Сайрус Смит. — Теперь мы навек обязаны вам! Вы рисковали жизнью, чтобы спасти нашего мальчика.

— Чего стоит моя жизнь? — прошептал неизвестный. — Кому она нужна?

— Вы ранены?

— Это неважно.

— Дайте мне руку.

Но неизвестный скрестил руки на груди. Взгляд его снова затуманился. Он отступил на шаг, как будто желая убежать.

Но, сделав усилие над собой, резко спросил:

— Кто вы? Что вам нужно от меня?

Инженер понял, что он хочет знать историю колонистов. В нескольких словах он рассказал ему всё, что произошло со дня их бегства из Ричмонда. Неизвестный слушал его рассказ с величайшим вниманием. Затем инженер сообщил, какую радость испытали все колонисты, узнав, что их тесная семья пополнилась ещё одним человеком.

При этих словах неизвестный покраснел и опустил голову на грудь.

— А теперь, когда вы узнали, кто мы, — закончил Сайрус Смит, — согласны ли вы протянуть нам руку?

— Нет, — ответил неизвестный. — Вы честные люди, а я...

ГЛАВА СЕМНАДЦАТАЯ

Всегда в одиночестве. — Просьба неизвестного. — Ферма в корале. — Двенадцать лет тому назад. — Боцман «Британии». — Покинутый на острове Табор. — Рука Сайруса Смита. — Таинственная записка.

Эти слова подтверждали догадки колонистов. Очевидно, прошлая жизнь неизвестного таила какие-то преступления, не искупленные ещё в собственных его глазах.

Однако после спасения Герберта неизвестный согласился вернуться в Гранитный дворец и с тех пор не покидал больше его пределов.

Колонисты, живо заинтересованные тайной жизни неизвестного, всё же условились ни в каком случае не выпытывать у него эту тайну и вести себя с ним так, словно они ничего не подозревали.

В течение следующих дней жизнь вошла в колею. Сайрус Смит и Гедеон Спилет работали всё это время вместе то как химики, то как инженеры. Журналист отвлекался от работы только для того, чтобы поохотиться с Гербертом, так как после случая с ягуаром решено было не отпускать юношу одного в лес.

Наб и Пенкроф были заняты работами на птичьем дворе, в корале и по хозяйству.

Что касается неизвестного, то он всё время держался в стороне от людей. Он никогда не садился за общий стол и не принимал участия в общих беседах. Даже спал он, пользуясь тёплой погодой, на воздухе, под деревьями плоскогорья Дальнего вида. Казалось, что он не выносит общества спасших его людей.

— Непонятно, — говорил Пенкроф, — зачем в таком случае он требовал помощи от себе подобных? Зачем он бросил записку в море?

— Он сам скажет нам это, — неизменно отвечал в таких случаях инженер.

— Когда?

— Быть может, раньше, чем вы думаете, Пенкроф.

И точно, день признаний близился.

10 декабря, через неделю после происшествия с ягуаром, неизвестный подошёл к Сайрусу Смиту и тихим голосом сказал ему:

— У меня к вам большая просьба, мистер Смит!

— Пожалуйста, говорите, — ответил инженер, — но сперва позвольте мне сказать вам…

При этих словах неизвестный густо покраснел и готов был убежать. Но Сайрус Смит, сразу понявший, что он боится расспросов о прошлом, удержал его.

— Поверьте, друг мой, мы не только ваши товарищи по несчастью, но и настоящие, преданные друзья! Вот и всё, что я хотел вам сказать. А теперь я слушаю вас!

Неизвестный провёл рукой по глазам. Эта рука дрожала. В течение некоторого времени от волнения он не мог выговорить ни слова.

— Я хочу просить вас о милости, — наконец произнёс он.

— О какой?

— У вас есть кораль в четырёх-пяти милях отсюда. Животные, которые в нём содержатся, нуждаются в уходе. Я хочу просить вас позволить мне жить при них.

Сайрус Смит в течение нескольких секунд не отрывал от неизвестного взгляда, исполненного глубокого сочувствия.

— Друг мой, в корале есть только хлев, едва годный даже для животных.

— Этого совершенно достаточно для меня, мистер Смит.

— Мы не станем с вами спорить, друг мой, — сказал инженер. — Вы всегда будете желанным гостем в Гранитном дворце. Хотите жить в корале? Пожалуйста! Но если ваше решение твёрдо, мы примем меры к тому, чтобы как следует устроить вас там на жительство.

— Мне это совершенно не нужно. Я готов довольствоваться тем, что там есть.

— Друг мой, — инженер умышленно называл так неизвестного, — позвольте нам поступить в этом вопросе по своему разумению!

— Слушаюсь, мистер Смит, — ответил тот и удалился.

Инженер рассказал товарищам о предложении неизвестного. Колонисты тотчас же решили выстроить в корале деревянный дом и обставить его как можно комфортабельней. В тот же день они отправились в кораль, захватив с собой нужные инструменты, и не прошло и недели, как постройка жилого дома была закончена. Здание было поставлено футах в двадцати от хлева, чтобы удобней было следить за стадом муфлонов, насчитывавшим уже свыше восьмидесяти голов. Дом был снабжён столом, табуретками, кроватью, шкафом и достаточным запасом оружия и боевых припасов.

Неизвестный не принимал, впрочем, никакого участия в постройке дома. Всё это время он работал на огороде и сам подготовил всю землю, отведённую под посев, так что колонистам осталось только высеять семена.

20 декабря все работы в корале подошли к концу. Инженер вечером объявил неизвестному, что дом готов. Тот ответил, что этой же ночью он переберётся туда.

После ужина колонисты по обыкновению собрались в большом зале Гранитного дворца. Было около восьми часов вечера, и неизвестный должен был скоро отправиться в своё новое жилище.

Неожиданно раздался лёгкий стук в дверь. Не ожидая ответа, в комнату вошёл неизвестный и сразу же заговорил:

— Прежде чем расстаться с вами, я должен рассказать вам свою историю. Вот она...

Это вступление взволновало колонистов. Инженер поднялся и подошёл к неизвестному.

— Мы ни о чём вас не спрашиваем, друг мой, — сказал он. — Вы вправе ничего не рассказывать.

— Нет, мой долг всё рассказать вам!

— Садитесь же.

— Нет, я постою.

— Тогда мы готовы выслушать вас.

Неизвестный прислонился к стене. Он стоял выпрямившись, скрестив руки на груди. Голос его звучал глухо, и видно было, что рассказ стоит ему больших усилий. Колонисты слушали его в полном молчании.

— 20 декабря 1854 года, — начал неизвестный, — яхта «Дункан», принадлежавшая Эдуарду Гленарвану, бросила якорь у мыса Бернуилли, на западном берегу Австралии, под тридцать седьмым градусом широты. Пассажирами яхты были её владелец, Эдуард Гленарван, его супруга, майор английской армии, француз-географ, молодая девушка и мальчик. Оба последних были детьми капитана Гранта, корабль которого «Британия» пропал без вести около двух лет назад.

«Дунканом» командовал капитан Джон Манглс, и экипаж его состоял из пятнадцати человек.

Яхта эта бросила якорь у берегов Австралии в связи со следующими событиями.

За шесть месяцев до этого яхта «Дункан» подобрала в Ирландском море бутылку, содержащую записки, написанные на трёх языках: английском, немецком и французском. В записках говорилось о том, что три человека уцелели после крушения «Британии» — капитан Грант и двое матросов — и нашли приют на земле; записка указывала широту этого места, но прочесть долготу было невозможно — чернила на записке расплылись.

Указанная в записке южная широта была 37°. Для того чтобы разыскать потерпевших крушение при неизвестной долготе, нужно было следовать вдоль тридцать седьмой параллели через континенты и океаны.

Так как английское адмиралтейство отказалось послать экспедицию за капитаном Грантом, Эдуард Гленарван решил сам отправиться на поиски. Он познакомился с детьми капитана Гранта — Мэри и Робертом — и велел снарядить в дальнее плавание свою яхту «Дункан». Вскоре «Дункан» вышел из Глазго, прошёл через Магелланов пролив в Тихий океан и поднялся к берегам Патагонии. Первоначальное толкование найденной в бутылке записки как будто указывало, что здесь, в плену у туземцев, находятся капитан Грант и его товарищи.

«Дункан» высадил своих пассажиров на западном побережье Патагонии и отплыл тотчас же, чтобы принять их на борт на восточном берегу Южной Америки, у мыса Корриентес.

Экспедиция Эдуарда Гленарвана пересекла всю Патагонию, следуя вдоль тридцать седьмой параллели, но нигде не нашла никаких следов капитана Гранта. Поэтому 13 ноября экспедиция вернулась на «Дункан», и яхта продолжала плавание вдоль той же тридцать седьмой параллели.

Посетив по пути острова Тристан д'Акунья и Амстердам, лежащие на той же параллели, как я уже сказал, «Дункан» 20 декабря 1854 года подплыл к мысу Бернуилли на австралийском берегу.

Эдуард Гленарван намеревался пересечь Австралию, так же как он пересёк Южную Америку. Поэтому экспедиция снова высадилась на берег. В нескольких милях от места высадки участники экспедиции наткнулись на ферму, принадлежавшую одному ирландцу. Владелец фермы пригласил их остановиться и отдохнуть у него.

Гленарван рассказал этому ирландцу, какие обстоятельства привели в Австралию его экспедицию, и спросил, не слыхал ли ирландец чего-либо о трёхмачтовом паруснике «Британия», потерпевшем крушение около двух лет тому назад где-то возле западного побережья Австралии.

Владелец фермы ничего не слышал об этом крушении, но, к общему изумлению, один из его слуг вмешался в разговор и сказал:

— Если капитан Грант ещё жив, он находится в Австралии!

— Кто вы? — спросил лорд Гленарван.

— Я шотландец, как и вы, сэр! — ответил этот человек. — И я — один из потерпевших крушение вместе с капитаном Грантом!

Этого человека звали Айртон. Представленные им документы удостоверяли, что он служил боцманом на «Британии». Когда корабль разбился о скалы, он выбрался на берег и был до последней минуты убеждён, что он единственный из всего экипажа «Британии» спасся при крушении.

— Только, — добавил он, — «Британия» разбилась не на западном, а на восточном побережье Австралии, и если капитан Грант ещё жив и находится в плену у туземцев, то его нужно искать по ту сторону австралийского материка.

Человек этот говорил уверенным голосом. Взор его был ясен и не прятался от испытующих взоров участников экспедиции Гленарвана. Не было оснований не верить ему, тем более что владелец фермы, у которого он служил больше года, хорошо отзывался о нём.

Гленарван поверил этому человеку и решил, следуя его совету, пересечь Австралию по тридцать седьмой параллели. Сам Гленарван, его жена, дети капитана Гранта, майор, француз-географ, капитан Манглс и несколько человек из экипажа «Дункана» вошли в состав маленького отряда, который должен был повести Айртон. Тем временем «Дункан» под командой Тома Остина, помощника капитана Манглса, должен был отправиться в Мельбурн и там ждать распоряжений Гленарвана.

Экспедиция тронулась в путь 23 декабря 1854 года.

Нужно сказать, что Айртон был предателем. Он действительно служил раньше боцманом на «Британии», но, поссорившись с капитаном Грантом, попытался взбунтовать экипаж и захватить корабль. Попытка окончилась неудачей, и капитан Грант ссадил его на берег — на **западный** берег Австралии — и 8 апреля 1852 года отплыл дальше.

Этот негодяй ничего не слышал о крушении «Британии». Он впервые узнал о нём из рассказа Гленарвана. После того как его изгнали из команды «Британии», Айртон, под именем Бена Джойса, стал атаманом шайки беглых каторжников. Его наглое утверждение, что «Британия» потерпела крушение у **восточных** берегов Австралии, уговоры направить поиски в этом направлении имели только одну цель: заманить Гленарвана на сушу и захватить его яхту «Дункан», чтобы превратить её в пиратское судно.

Неизвестный умолк на минуту. Голос его дрожал, но он заставил себя продолжать рассказ:

— Экспедиция тронулась в путь в глубь австралийского материка. С самого начала её преследовали всяческие беды. В этом не было ничего удивительного, так как шайка Айртона, или Бена Джойса, всё время следовала за экспедицией по пятам, выполняя замысел своего преступного предводителя.

Между тем «Дункан» ремонтировался в Мельбурне. Айртону нужно было убедить Гленарвана приказать помощнику капитана яхты Тому Остину привести яхту в какой-нибудь глухой уголок побережья, где её легко было бы захватить.

Заведя экспедицию, терпевшую неимоверные лишения, в дебри девственного леса, Айртон уговорил Гленарвана предписать Тому Остину привести «Дункан» в бухту Туфолда. В этой уединённой бухте яхту должна была поджидать шайка Айртона.

В ту минуту, когда Гленарван собирался вручить Айртону письменный приказ, предатель неожиданно был разоблачён, и ему пришлось бежать. Однако впоследствии он сумел завладеть силой этим приказом; через два дня Айртон добрался до Мельбурна.

До этого времени все преступные замыслы Айртона осуществлялись беспрепятственно. Он не сомневался, что и дальше его план будет так же удачно приведён в исполнение: Том Остин поведёт «Дункан» в бухту Туфолда, там яхту встретит шайка, перебьёт экипаж, завладеет судном, и... Бен Джойс, он же Айртон, станет властелином морей!

Но тут счастье изменило ему.

Прибыв в Мельбурн, Айртон передал приказ Тому Остину. Ознакомившись с его содержанием, тот сейчас же поднял якорь. Но можно себе представить растерянность и гнев Айртона, когда на второй день плавания он узнал, что командир ведёт судно не к бухте Туфолда, к Австралии, а к восточному берегу Новой Зеландии! Он запротестовал. Тогда Том Остин показал ему приказ, В нём действительно, по счастливой ошибке географа-француза, местом свидания был назначен восточный берег Новой Зеландии.

Все надежды Айртона рухнули. Он возмутился и попытался взбунтовать команду «Дункана». Его посадили под замок. Он не знал даже, что стало с его сообщниками и с Гленарваном.

«Дункан» крейсировал у берегов Новой Зеландии до 3 марта. В этот день Айртон услышал пушечную пальбу. Стреляли пушки «Дункана». Вскоре Гленарван и его спутники взошли на борт яхты. Вот что произошло.

Преодолев тысячи опасностей, Гленарван вывел свой отряд к восточному берегу Австралии, к бухте Туфолда. «Дункана» там не было! Он телеграфировал в Мельбурн. В ответ поступила телеграмма: «Дункан» вышел 18 сего месяца в неизвестном направлении». Гленарван подумал, что его яхта попала в руки шайки Бена Джойса и стала пиратским кораблём.

Тем не менее Гленарван решил продолжать поиски. Это был смелый и благородный человек. Он нанял торговое судно, достиг на нём западных берегов Новой Зеландии и пересёк её вдоль тридцать седьмой параллели, не найдя никаких следов капитана Гранта. Но на противоположном берегу, к своему величайшему удивлению, он увидел свою яхту, ожидавшую его здесь в течение пяти недель.

Это произошло 3 марта 1855 года. Айртон, сидевший всё это время в заключении на яхте, был приведён к Гленарвану. Тот попытался выяснить у преступника всё, что ему известно о судьбе капитана Гранта. Айртон отказался отвечать. Гленарван пригрозил ему, что в первом же порту передаст его в руки английских властей. Бандит упорно молчал.

«Дункан» продолжал путь вдоль тридцать седьмой параллели. Между тем жена Гленарвана задалась целью сломить сопротивление Айртона. После долгих усилий она добилась своего, и Айртон предложил Гленарвану рассказать всё, что ему известно о судьбе капитана Гранта, если тот пообещает высадить его на какой-нибудь пустынный островок Тихого океана, а не сдавать английским властям.

Гленарван согласился на это условие.

Тогда Айртон рассказал всю свою историю. К общему разочарованию, оказалось, что после того, как капитан Грант списал его на берег, никаких сведений о судьбе его у Айртона не было. Тем не менее Гленарван решил сдержать данное им слово. «Дункан» продолжал свой путь вдоль тридцать седьмой параллели и дошёл до острова Табор. Там решено было высадить Айртона. Там же по счастливой случайности был найден капитан Грант и двое его товарищей.

Айртон, таким образом, должен был заменить их на этом пустынном острове. В ту минуту, когда он покидал борт яхты, Гленарван обратился к нему со следующими словами:

— Айртон, здесь вы будете жить вдали от обитаемой земли, без общения с людьми. Бежать отсюда вы не сможете. Вы будете одиноки, но, в отличие от капитана Гранта, о вашем одиночестве люди будут знать. Хотя вы этого и не заслуживаете, но люди будут помнить о вас. Я знаю, где вас найти, Айртон, и никогда не забуду этого!

После этого «Дункан» поднял якорь и ушёл. Это произошло 18 марта 1855 года[1].

Айртон остался в одиночестве на острове. Но он был в изобилии снабжён оружием, всякого рода орудиями и продовольствием. Он мог поселиться в домике, выстроенном капитаном Грантом. Жизнь его была обеспечена, и ему оставалось только вспоминать на досуге о своих преступлениях и раскаиваться в них.

И, смею вас заверить, он раскаялся... Он был очень несчастен... Он сказал себе, что, когда люди приедут, чтобы забрать его с острова, он должен быть достойным этой милости.

Так прошли два или три года. Айртон, измученный одиночеством, проглядевший все глаза в поисках паруса или дымка на горизонте, невыносимо страдал. Он чувствовал, что дичает в одиночестве, что сходит с ума от горя и стыда...

В конце концов он превратился в того зверя, которого вы нашли и подобрали...

Думаю, что и без слов ясно, что Айртон, Бен Джойс и я — одно лицо...

---

[1] События, рассказанные здесь, служат темой другого романа Жюля Верна — «Дети капитана Гранта».

Сайрус Смит и его товарищи встали в конце рассказа. Трудно передать словами, насколько они были взволнованы. Картина безысходного горя и непереносимых страданий, развернувшаяся перед ними, растрогала их до глубины души.

— Айртон, — сказал Сайрус Смит, — вы были великим преступником, но страданиями и раскаянием искупили свои преступления. Вы прощены, Айртон! Хотите теперь стать нашим товарищем?

Айртон попятился.

— Вот моя рука! — сказал инженер.

Айртон подбежал и пожал протянутую ему руку. Крупные слёзы скатились по его щекам.

— Хотите жить с нами? — спросил инженер.

— Мистер Смит, позвольте мне хоть несколько времени пожить одному в корале! — попросил он.

— Как хотите, Айртон, — ответил инженер. — Но скажите, друг мой, если вы так стремитесь к одиночеству, зачем же вы бросили в море записку, которая помогла нам найти вас?

— Я не бросал никакой записки, — ответил Айртон. И с этими словами, поклонившись, он вышел из комнаты.

ГЛАВА ВОСЕМНАДЦАТАЯ

Беседа. — Сайрус Смит и Гедеон Спилет. — Идея инженера. — Телеграф. — Провода. — Батарея. — Алфавит. — Лето. — Процветание колонии. — Два года на острове Линкольна.

— Бедняга! — воскликнул Герберт.

Юноша подошёл к выходной двери и увидел, как Айртон, скользнув вниз в корзине подъёмной машины, исчез во тьме.

— Он вернётся! — сказал Сайрус Смит.

— Мистер Смит! — воскликнул Пенкроф. — Что бы это могло значить? Айртон не бросал записки в море! Кто же в таком случае бросил её?

Вопрос Пенкрофа был как нельзя более уместным.

— Он сам бросил записку, — ответил Наб, — только несчастный уже тогда был полусумасшедшим и потому не запомнил…

— Правильно, Наб, — подтвердил Герберт, — он сделал это бессознательно.

— Иного объяснения быть не может, — чересчур охотно согласился инженер. — Понятно также, каким образом Айртон мог точно указать местоположение острова: предшествующие события вполне объясняют это.

— Однако, — возразил Пенкроф, — если он бросил записку в море до своего одичания, то есть семь-восемь лет тому назад, то как случилось, что записка совершенно не пострадала от воды?

— Это доказывает только, что Айртон потерял рассудок значительно позже, чем он сам думает.

— Да, это единственное, что можно предположить, — сказал Пенкроф. — Иначе эта история была бы совершенно необъяснимой.

— Да, — рассеянно подтвердил инженер, видимо, тяготившийся этим разговором.

— Но сказал ли нам Айртон всю правду? — спросил Пенкроф.

— Да, — ответил журналист. — Всё, что он нам рассказал, — чистая правда. Я отлично помню, что в газетах был помещён точно такой же отчёт об экспедиции Гленарвана.

— Не сомневайтесь, Пенкроф, — сказал Сайрус Смит. — Айртон говорил правду, ибо он не щадил себя. Когда люди так беспощадны к самим себе, они всегда говорят правду.

На следующий день, 21 декабря, взобравшись на плоскогорье Дальнего вида, колонисты не нашли там Айртона: видимо, он ещё накануне ночью отправился в кораль. Они решили не докучать ему своим присутствием, предоставив времени залечить раны, которые не излечивались дружеским вниманием.

Герберт, Пенкроф и Наб вернулись к своим обычным занятиям. Инженер и Гедеон Спилет возобновили прерванную последними событиями работу по добыванию соды.

— Знаете ли, дорогой Сайрус, — сказал журналист, — что данное вами вчера объяснение происшествия с бутылкой совершенно неудовлетворительно? По-моему, нельзя допустить и мысли, что этот несчастный написал записку и бросил бутылку в море, не сохранив об этом никаких воспоминаний.

— Да я и не думаю, что это он бросил записку, — ответил тот.

— Как, вы считаете…

— Я ничего не считаю… Я ничего не знаю! — прервал его инженер. — Я и это происшествие заношу в список таинственных событий, которые я не в силах объяснить…

— Как ваше спасение, ящик, выброшенный на песок, приключения Топа и так далее? Вы об этом говорите? Да, это действительно загадочно! Найдём ли мы когда-нибудь ключ к разгадке этого ряда тайн?

— Найдём! — решительно заявил инженер. — Найдём, хотя бы для этого пришлось перерыть весь остров до самых глубоких недр!

— Может быть, случай раскроет эту тайну?

— Случай, Спилет? Я так же мало верю в случай, как и в чудеса. Есть какая-то причина всех этих непонятных событий, и я раскрою её! А пока что — будем работать и наблюдать, наблюдать и работать!

Настал январь 1867 года. Летние работы были в разгаре. Герберт и Гедеон Спилет, посетившие кораль, убедились, что Айртон отлично устроился. Он жил в выстроенном для него доме и прекрасно справлялся с уходом за большим стадом. Хотя это и не вызывалось необходимостью, но колонисты решили навещать кораль каждые два-три дня, чтобы не оставлять Айртона подолгу в одиночестве.

Пребывание Айртона в этой отдалённой части острова было полезно и потому, что Айртон, конечно, не преминул бы сообщить обитателям Гранитного дворца о всех интересных происшествиях в окрестностях кораля.

Могло случиться, что о происходящем вблизи кораля событии нужно будет немедленно сообщить в Гранитный дворец. Не говоря уже обо всём связанном с «тайнами острова Линкольна», на горизонте мог появиться корабль, могло произойти крушение на западном побережье, могли, наконец, высадиться пираты.

Поэтому Сайрус Смит счёл необходимым наладить средство быстрой связи между коралем и Гранитным дворцом. 10 января он поделился с колонистами своими мыслями по этому поводу.

— Всё это правильно, мистер Смит, — сказал Пенкроф. — Но как это осуществить? Не думаете же вы провести телеграф?

— Ошибаетесь, Пенкроф, думаю!

— Электрический?

— Какой же другой? У нас есть все необходимые вещества для изготовления батарей. Трудно будет только тянуть проволоку, но и с этим как-нибудь справимся!

— Ну, — заявил моряк, — теперь уж недалёк тот день, когда я на железной дороге прокачусь по острову!

Колонисты тотчас же принялись за дело, начав с самого трудного — изготовления проволоки, ибо если бы здесь их постигла неудача, то всё прочее — батареи и т.п. — было бы ненужным.

Как известно, железо на острове Линкольна было превосходного качества, а следовательно, должно было хорошо вытягиваться.

Сайрус Смит начал с того, что изготовил волочильню — стальную доску с отверстиями разного диаметра, проходя сквозь которые железный прут всё больше утончается, пока не достигнет требуемого диаметра.

Волочильню инженер закалил «сколько было мочи», как он сам выразился, и закрепил неподвижно на столбах, глубоко вкопанных в землю, неподалёку от водопада, силу которого он снова хотел использовать: ему пришла в голову мысль заставить вал сукновальни, приводимый во вращение силой падения воды, протягивать проволоку через волочильню, наматывая её на себя.

Этот процесс был достаточно сложным и требовал неустанного внимания. Тонкие полосы мягкого железа, заострённые с одного конца, вставлялись в самые крупные отверстия волочильни и протягивались через них вращающимся валом сукновальни. Намотавшаяся на вал лента в 25—30 футов в длину разматывалась и снова протягивалась, на этот раз через отверстия меньшего калибра. В конечном итоге инженер получил ряд кусков проволоки длиной по пятьдесят футов каждый. Из этих кусков, скреплённых между собой, и составилась линия проводов протяжением в пять миль, соединившая Гранитный дворец с коралем.

Эта работа не должна была отнять много времени. Убедившись, что машина хорошо работает, Сайрус Смит предоставил наблюдение за ней своим товарищам, а сам занялся изготовлением батарей.

Ему нужно было получить батарею постоянного тока. Инженер решил устроить самую простую батарею, подобную той, которую изобрёл в 1820 году Беккерель[1]. Для неё нужно было иметь цинк (читатели помнят, что ящик, выброшенный на песок, был запаян в цинковую оболочку; колонисты сохранили её), азотную кислоту и поташ. Всё это у инженера было под руками.

Вот как была устроена эта батарея. Сайрус Смит заготовил несколько стеклянных банок и наполнил их азотной кислотой. Затем он закрыл банки пробками с прорезанными посредине отверстиями. В эти отверстия были вставлены стеклянные трубки, закрытые снизу глиняными пробочками. Через верхнюю, открытую часть трубок в них был налит раствор поташа. Таким образом, азотная кислота и поташ вступили во взаимодействие через глиняную пробочку. После этого инженер взял две полоски цинка и погрузил одну, через пробку, в азотную кислоту, а другую — в раствор поташа. Когда обе пластинки были соединены проволочкой, возник электрический ток, текущий от отрицательного полюса, погружённого в азотную кислоту, к положительному, погружённому в раствор поташа. Оставалось последовательно соединить между собой отдельные элементы, чтобы получить батарею, достаточную для питания электрического телеграфа.

[1] Беккерель — известный французский физик (1788—1878).

6 февраля колонисты начали устанавливать снабжённые стеклянными изоляторами столбы для проводов. Через несколько дней проводка была готова к передаче электрических сигналов со скоростью ста тысяч километров в секунду.

Инженер изготовил две батареи — одну для Гранитного дворца, другую для кораля, так как хотел наладить двустороннюю связь.

Приёмный и передающий аппараты были очень просты. На обоих концах линии изолированная проволока наматывалась на брусок мягкого железа. Получался электромагнит. Когда в цепь включался ток, он шёл от положительного полюса батареи к электромагниту, намагничивал его и через землю возвращался к отрицательному полюсу. Как только подача тока прекращалась, электромагнит размагничивался. Пластинка из мягкого железа, закреплённая подле электромагнита, притягивалась к нему, когда он был намагничен, и возвращалась в исходное положение, как только ток прерывался. К этой пластинке было прикреплено остриё графита, чертившее на бумажной полоске линии и точки, в зависимости от того, какой подавался сигнал — долгий или короткий. Комбинации из чёрточек и точек, известные под названием азбуки Морзе, делали возможным передачу букв, слов и целых фраз этим способом.

Передающий аппарат состоял из ключа, при нажиме на который в цепь включался ток, действовавший на электромагнит, пока ключ не отпускали в исходное положение.

Вся установка была окончательно готова 12 февраля. В этот день Сайрус Смит послал первую телеграмму Айртону и тотчас же получил от него ответ.

Пенкроф радовался телеграфу, как ребёнок новой игрушке, и с этих пор стал ежедневно по утрам и по вечерам телеграфировать Айртону, который никогда не оставлял его без ответа.

После устройства телеграфа колонисты всегда знали, находится ли Айртон в корале. Кроме того, он теперь не должен был чувствовать себя таким одиноким, как прежде.

Сайрус Смит не реже одного раза в неделю навещал его в корале, а иногда и сам Айртон приходил в Гранитный дворец, где его всегда хорошо принимали.

Лето незаметно подходило к концу. Продовольственные запасы колонии неизменно увеличивались, в особенности после того, как созрели вывезенные с острова Табор растения. Плоскогорье Дальнего вида стало теперь настоящей житницей колонии. Четвёртый урожай пшеницы был превосходным. Понятно, что никому из колонистов не пришло в голову пересчитать четыреста миллиардов зёрен, снятых с полей. Моряк, в шутку изъявивший готовность заняться этим делом, в ужасе замахал руками, когда инженер объяснил ему, что работы хватило бы на две с половиной тысячи лет, даже если бы он отсчитывал по триста зёрен в минуту все двадцать четыре часа в сутки!

Погода стояла великолепная. Дни были жаркие, но по вечерам свежие бризы охлаждали воздух, и ночи стояли прохладные. Несколько раз проходили грозы, короткие, но необычайно сильные, — небосвод был всё время озарён молниями, а гром грохотал, не затихая ни на секунду.

Колония процветала. Птичник настолько разросся, что пришлось искусственно сокращать количество его обитателей. Свиньи опоросились, и бедным Пенкрофу и Набу пришлось тратить бездну времени на уход за ними. Онагры также принесли приплод. Теперь на них часто ездили верхом Гедеон Спилет и Герберт, ставший под руководством журналиста превосходным наездником. Иногда онагров запрягали в тележку, чтобы привезти в Гранитный дворец каменный уголь или мясо из кораля.

За это время колонисты несколько раз побывали в чаще лесов Дальнего Запада. Эти экскурсии предпринимались и летом, так как непроницаемый ветвистый свод защищал исследователей от палящих лучей солнца и в лесу было даже прохладно. Так они осмотрели весь левый берег реки Благодарности вплоть до самых истоков реки Водопада.

Ягуарам, которых ненавидел Гедеон Спилет, была объявлена беспощадная война. Герберт стал хорошим помощником журналиста в этом деле. Отличное вооружение позволяло охотникам теперь не только не бояться, но даже искать встречи с этими хищниками. В результате около двадцати великолепных шкур украшали большой зал Гранитного дворца. Если бы лето продолжалось дольше, все ягуары были бы истреблены — к этому, собственно, и стремился журналист.

Несколько раз в охотничьих экскурсиях принимал участие и Сайрус Смит. Он искал в гуще лесов не следы животных... Но ничего подозрительного он не заметил.

Топ и Юп, сопровождавшие его в этих экскурсиях, вели себя совершенно спокойно, но зато в Гранитном дворце, как и прежде, собака часто исступлённо рычала, кружась около отверстия колодца.

Этим же летом впервые был испробован фотографический аппарат, найденный в ящике. Гедеон Спилет и Герберт сделали множество снимков в самых живописных уголках острова. Не забыты были также и фотопортреты членов колонии. Особенно Пенкроф был доволен своей фотографией, прибитой к стене большого зала. Он часто и подолгу останавливался перед ней и всматривался, словно она была выставлена в витрине лучшего фотографа Бродвея[1]. Но надо признаться, что удачней всех вышел снимок Юпа. Мистер Юп позировал перед аппаратом с не поддающейся описанию серьёзностью, и снимок его только что не говорил!

— Так и кажется, что он сейчас скривит рожу! — смеялся моряк.

Юпу трудно было бы угодить, если бы он не был удовлетворён этим снимком. Но, к чести славного орангутанга, надо сказать, что ему снимок очень нравился и он подолгу не без самодовольства рассматривал его.

Летняя жара окончилась в марте. Наступила дождливая пора, но воздух был ещё тёплый. Судя по мартовской погоде, можно было предвидеть суровую, зиму. 21 марта колонистам показалось даже, что уже выпал первый снег, Герберт, выглянув из окна, вскричал:

— Весь островок Спасения покрыт снегом!

— Как, уже выпал снег? — воскликнул журналист.

Все колонисты подошли к окнам. Они увидели, что не только островок, но и весь берег у подножия Гранитного дворца покрыт густой белой пеленой.

— Кажется, это действительно снег! — сказал Пенкроф.

— Похоже на то! — ответил Наб.

— Но ведь термометр показывает четырнадцать градусов выше нуля! — заметил Гедеон Спилет.

Сайрус Смит молча смотрел на белую пелену. Он не мог объяснить себе этот феномен — снег в это время года и при такой температуре.

— Тысяча чертей! — воскликнул Пенкроф. — Все наши огороды помёрзнут!

---

[1] Бродвей — одна из главных улиц Нью-Йорка.

Моряк хотел уже спуститься на берег, но ловкий Юп опередил его и первым скользнул вниз. Не успел орангутанг коснуться земли, как пелена снега вдруг поднялась с земли и рассеялась в воздухе сотнями тысяч пушистых хлопьев, на несколько минут заслонивших даже дневной свет.

— Это птицы! — воскликнул Герберт.

Действительно, это были тучи морских птиц с ослепительно белым оперением. Сотни тысяч их опустились на остров и после недолгого отдыха вновь взмыли в воздух. Всё это произошло так быстро, что колонисты не успели подстрелить ни одной из птиц.

Таким образом, не удалось даже узнать, к какому виду они принадлежат.

Через несколько дней, 26 марта, исполнилась вторая годовщина дня, когда колонисты были заброшены воздушным шаром на остров Линкольна.

ГЛАВА ДЕВЯТНАДЦАТАЯ

Виды на будущее. — Планы обследования побережья. — Вид с моря на Змеиный полуостров. — Базальтовые скалы на западном берегу. — Непогода. — Наступление ночи. — Новое происшествие.

На протяжении этих двух лет ни одно судно не появилось вблизи острова. Было совершенно очевидно, что остров Линкольна лежал в стороне от обычных морских путей. Быть может, он даже не был никому известен. Эта догадка подтверждалась картами: остров не был нанесён на них. Таким образом, колонистам нечего было ждать избавления из-за моря: они могли рассчитывать только на себя, чтобы вернуться на родину. Существовала только одна возможность спасения. Как раз о ней и говорили в один апрельский вечер колонисты, собравшиеся в большом зале Гранитного дворца.

— По-моему, — говорил Гедеон Спилет, — есть только один способ покинуть остров Линкольна — это построить большой корабль, могущий выдержать длинный морской переход. Мне кажется, что если мы смогли построить шлюп, то сможем выстроить и настоящий корабль.

— И если мы смогли добраться до острова Табор, то доберёмся и до архипелага Паумоту! — добавил Герберт.

— Не скажу «нет», — ответил Пенкроф, виднейший авторитет колонии по всем морским вопросам, — не скажу «нет», хотя это далеко не одно и то же — проплыть полтораста или полторы тысячи миль. Наш шлюп, когда его трепал ветер при поездке на остров Табор, был всё время невдалеке от берега. Но пройти тысячу двести миль — это совсем другое дело, а до ближайшей населённой земли по меньшей мере такое расстояние!

— Значит ли это, Пенкроф, что вы побоялись бы при нужде совершить такое путешествие? — спросил журналист.

— Я бы не побоялся ничего на свете, — ответил моряк. — Ведь вы знаете, мистер Спилет, что я не трус.

— Конечно, Пенкроф, — ответил журналист.

— Кстати, Пенкроф, ведь у нас теперь есть ещё один моряк, — заметил Наб.

— Кто?

— Айртон.

— Правда, — сказал Герберт.

— Если только он согласится уехать отсюда, — сказал Пенкроф.

— Ну, вот ещё что! — воскликнул журналист. — Неужели вы думаете, что Айртон отказался бы ехать, если бы яхта Гленарвана пришла за ним на остров Табор?

— Вы забываете, друзья мои, — вмешался в спор инженер, — что в последние годы пребывания на острове Табор Айртон потерял рассудок. Но вопрос не в этом. Надо обдумать, вправе ли мы считать приход яхты Гленарвана за Айртоном шансом на наше спасение? Вы не забыли, надеюсь, что Гленарван обещал Айртону забрать его с острова Табор, когда, по его мнению, тот будет достаточно наказан за свои преступления. Я убеждён, что он исполнит своё обещание.

— А я добавлю, — сказал журналист, — что он скоро приедет, ибо прошло уже двенадцать лет с тех пор, как он высадил Айртона на остров Табор.

— Я согласен с вами, что Гленарван вернётся и, может быть, даже скоро, но нам-то от этого не легче. Ведь он пойдёт к острову Табор, а не к острову Линкольна!

— Это бесспорно, — вмешался Герберт. — Кстати сказать, ведь остров Линкольна даже не нанесён на карту.

— Поэтому, друзья мои, — сказал инженер, — нам надо принять меры к тому, чтобы всякий посетивший остров Табор был извещён о том, что мы и Айртон находимся на острове Линкольна.

— Нет ничего проще, — ответил журналист. — Надо только оставить в хижине Айртона письмо с точными координатами острова Линкольна. Гленарван или его посланный непременно найдут это письмо.

— Досадно, что мы не сделали этого в первую поездку на остров Табор, — сказал моряк.

— Чего ради мы стали бы делать это? — возразил Герберт. — В то время мы не знали истории Айртона, не знали и того, что за ним обещали вернуться. А когда мы узнали всё это, наступила осень, и уже поздно было возвращаться туда.

— Верно, — сказал Сайрус Смит. — И сейчас это путешествие придётся отложить до весны.

— А что, если яхта Гленарвана придёт как раз зимой? — спросил Пенкроф.

— Это маловероятно, — ответил инженер. — Гленарван не рискнёт пускаться в плавание по Тихому океану в зимнюю пору. Либо он уже побывал на острове Табор за эти пять месяцев, либо он приедет туда не раньше будущего октября. В этом случае мы не опоздаем, если в первые же весенние дни свезём письмо на остров.

— Было бы большим несчастьем, — заметил Наб, — если бы оказалось, что «Дункан» уже побывал на острове и возвратился в Европу.

— Будем надеяться, что этого не случилось, — сказал инженер.

— Мы узнаем это, побывав на острове Табор, — заявил журналист. — Если яхта Гленарвана посетила остров, там обязательно останутся хоть какие-нибудь следы этого посещения.

— Бесспорно, — согласился инженер. — Итак, друзья мои, покамест у нас не отнята надежда на спасение этим путём, мы терпеливо ждём. Если же окажется, что надеяться нам не на что, мы тогда обсудим, что делать.

— Но как бы там ни было, мы должны заявить во всеуслышание, что мы покидаем остров Линкольна вовсе не потому, что нам здесь плохо живётся! — сказал моряк.

— Нет, нет, Пенкроф, — ответил Сайрус Смит. — Только потому, что мы оторваны здесь от своих близких...

На этом и порешили, и вопрос о постройке большого корабля временно отпал. Колонисты занялись теперь подготовкой к третьей зимовке на острове Линкольна.

Однако они решили ещё до наступления зимы совершить объезд берегов острова Линкольна на шлюпе. Это решение было принято в связи с тем, что они до сих пор не имели полного представления о северном и западном побережьях острова. План этой морской экспедиции был разработан и предложен Пенкрофом и одобрен Сайрусом Смитом.

Погода была неустойчивой, но барометр падал или поднимался постепенно, так что резкой перемены погоды опасаться не приходилось. В середине апреля, после нескольких дней плохой погоды, стрелка барометра медленно начала ползти вверх и замерла на уровне семисот пятидесяти миллиметров. Пенкроф решил, не откладывая, отправиться в экскурсию.

Отплытие было назначено на 16 апреля. «Благополучный», стоявший в порту Шара, был снаряжён для путешествия, могущего продлиться несколько дней.

Сайрус Смит предложил Айртону принять участие в этой экспедиции, но тот предпочёл остаться на берегу. Тогда было решено, что он переселится на это время в Гранитный дворец. Юп должен был составить ему компанию.

16 апреля колонисты, сопровождаемые Топом, взошли на борт «Благополучного». Ветер дул с юго-запада, и шлюпу пришлось лавировать, чтобы добраться до мыса Рептилии. Почти весь день ушёл на этот переход в двадцать миль, ибо через два часа после отплытия кончился отлив, и «Благополучному» шесть часов подряд пришлось бороться с приливом. Уже в сумерках он обогнул мыс. Пенкроф предложил Сайрусу Смиту продолжать путь, взяв два рифа на парусах.

Но инженер предпочёл стать на якорь в нескольких кабельтовых от берега, чтобы с восходом солнца приступить к осмотру этой части острова.

Колонисты решили впредь плыть только днём, а ночью становиться на якорь в том месте, где их застанут сумерки.

Ночь прошла спокойно. Ветер упал. Колонисты, кроме капитана Пенкрофа, спали на борту «Благополучного» так же крепко, как в Гранитном дворце.

На заре следующего дня Пенкроф поднял якорь и, поставив все паруса, стал огибать западный берег острова. Колонисты были уже на этом берегу, покрытом великолепным лесом, и, однако, он снова возбудил всеобщее восхищение. Они шли так близко от берега, как это только было возможно, стараясь уменьшить скорость до минимума, чтобы всё видеть. Несколько раз они становились на якорь, и Гедеон Спилет фотографировал эти очаровательные места.

Около полудня «Благополучный» подошёл к устью реки Водопада. На правом берегу реки растительность была менее густой, и деревья стояли отдельными группами. Ещё дальше начиналась зона бесплодия.

Какой разительный контраст между южной и северной частями этого берега! Насколько первая была лесистой, зелёной и весёлой, настолько же вторая была дикой, мрачной и бесплодной. Можно себе представить, в каком отчаянии были бы колонисты, если бы они потерпели крушение именно на этом берегу острова! С вершины горы Франклина они могли составить себе лишь приблизительное представление о характере этой части острова и теперь, рассматривая её вблизи, были просто ошеломлены её странным видом.

«Благополучный» шёл в полумиле от берега. С этого расстояния были отчётливо видны составляющие его глыбы всех видов, форм и размеров, начиная от двадцати и кончая тремястами футов в высоту. Цилиндрические, как башни, призматические, как церковные шпили, пирамидальные, как обелиски, конические, как фабричные трубы, глыбы эти громоздились одна на другую. Больший хаос не получился бы даже при столкновении двух громадных ледников. Здесь от скалы к скале тянулся как бы мостик, там верхушки скал изгибались, словно аркады готического собора, тут раскрывалась мрачная пасть бездонной пропасти, рядом виднелись фантастически нагромождённые шпили, стрелы, каких не создала бы самая богатая фантазия средневекового строителя.

Колонисты, затаив дыхание, смотрели на это чудо природы. Но Топ, на которого дикая красота местности не производила ни малейшего впечатления, громко лаял, будя в скалах тысячеголосое эхо. Лай этот показался инженеру странным: именно так лаял пёс у отверстия колодца в Гранитном дворце.

— Причалим здесь! — предложил Сайрус Смит.

«Благополучный» подошёл вплотную к земле. Однако, несмотря на самый внимательный осмотр всего берега, колонисты не нашли здесь следов пребывания человека. Всё было голо, пустынно и мрачно.

Пришлось вернуться на борт и продолжать плавание. Дальше к северо-западу берег стал низменным и песчаным. Отдельные чахлые деревья высились над заболоченной низиной, уже знакомой колонистам. Но по контрасту с дикой пустынностью только что оставленного побережья тысячи водяных птиц, гнездившихся здесь, придавали этой части берега необычайно оживлённый вид.

Вечером «Благополучный» бросил якорь в маленьком заливе. Он причалил к самому берегу — настолько здесь было глубоко. Ночь снова прошла спокойно, ибо ветер утих с последними лучами солнца и снова поднялся только на рассвете. Так как шлюп стоял у самого берега, присяжные охотники колонии — Гедеон Спилет и Герберт — ещё до света отправились в лес на охоту. С первыми лучами восходящего солнца они вернулись на борт, перегруженные всякого рода дичью. Тотчас же «Благополучный» поднял якорь и быстро помчался при попутном ветре к мысу Северной челюсти. Ветер заметно свежел.

— Меня не удивит, — сказал Пенкроф, — если внезапно поднимется сильный западный ветер. Вчера на закате небо было багряно-красным, да и барашки на гребнях волн не предвещают ничего хорошего, не говоря уже о «кошачьих хвостах».

«Кошачьими хвостами» моряк называл вытянутые в длину облачка, похожие на хлопья ваты. Они плавают в небе не ниже чем в пяти милях над уровнем моря и обыкновенно предвещают бурю.

— В таком случае, — сказал Сайрус Смит, — поставим все паруса и поищем убежище в заливе Акулы. Там, я думаю, «Благополучный» будет в безопасности.

— В полной безопасности, — подтвердил Пенкроф. — Кстати сказать, весь северный берег покрыт однообразными дюнами, так что там и смотреть не на что.

— В заливе Акулы нужно будет не только переночевать, но и провести весь завтрашний день. Этот залив заслуживает внимательного изучения, — заметил инженер.

— Нам, вероятно, всё равно придётся так поступить, — сказал Пенкроф. — Посмотрите на запад: какой угрожающий вид у неба! Как быстро оно затянулось тучами!

— Во всяком случае, при этом ветре мы успеем достигнуть мыса Северной челюсти, — заметил журналист.

— Ветер-то подходящий, — ответил моряк, — но, чтобы войти в пролив, придётся лавировать, а это лучше было бы делать при дневном свете, а не в сумерках...

— Судя по тому, что мы видели в южной части залива Акулы, там дно должно быть усеяно рифами, — заметил Герберт.

— Поступайте так, как считаете нужным, Пенкроф, — сказал Сайрус Смит. — Мы всецело полагаемся на вас.

— Будьте покойны, мистер Смит, без нужды я не стану рисковать. Я предпочёл бы получить удар ножом в бок, чем пробоину в борту «Благополучного». Который час? — спросил Пенкроф.

— Десять часов, — ответил инженер.

— А какое расстояние до мыса Северной челюсти?

— Примерно пятнадцать миль.

— Значит, через два с половиной — три часа мы выйдем на траверс мыса. Будет двенадцать — двенадцать с половиной часов. Беда, что в это время — разгар отлива — нам, пожалуй, трудно будет войти в пролив против течения и ветра.

— Тем более, — сказал Герберт, — что сегодня как раз полнолуние, то есть период самых высоких приливов. К тому же апрельские приливы и отливы вообще самые сильные.

— Скажите, Пенкроф, — спросил Сайрус Смит, — а нельзя ли нам выждать окончания отлива на якоре у оконечности мыса?

— Что вы, мистер Смит! — воскликнул моряк. — Стать на якорь у самого берега, когда надвигается буря! Да это равносильно покушению на самоубийство!

— Что же тогда делать?

— Постараюсь продержаться в открытом море до начала прилива, то есть примерно до семи часов вечера. Если не будет слишком темно, попробую войти в пролив. В противном случае ляжем в дрейф на ночь и попытаемся пройти на рассвете.

— Поступайте, как знаете, Пенкроф, — повторил инженер, — мы всецело доверяем вам.

— Вот, — сказал Пенкроф, — если бы на берегу стоял хоть один маяк, тогда морякам было бы много легче!

— Увы, — ответил Герберт, — на сей раз на берегу не будет догадливого инженера, чтобы снова развести путеводный костёр…

— Кстати, Сайрус, — сказал Гедеон Спилет, — мы забыли даже поблагодарить вас. Не приди вам в голову счастливая мысль разжечь костёр на берегу, мы никогда не попали бы на остров!

— Костёр? — переспросил Сайрус Смит, удивлённо смотря на журналиста.

— Мистер Спилет говорит о том костре, который вы зажгли на плоскогорье Дальнего вида в ночь с девятнадцатого на двадцатое октября. Не будь этого костра, мы прошли бы ночью мимо острова, не заметив его, — пояснил Пенкроф.

— Да, да... — пробормотал инженер. — Это действительно была счастливая мысль...

— А теперь, если только Айртон не додумается до этого, некому будет оказать нам услугу.

— Действительно, некому, — подтвердил инженер.

Через несколько минут, найдя на носу шлюпа журналиста, Сайрус Смит шепнул ему на ухо:

— Если на этом свете есть что-нибудь абсолютно достоверное, дорогой Спилет, так это то, что в ночь с девятнадцатого на двадцатое октября я не разжигал никакого костра ни на плоскогорье Дальнего вида, ни в какой бы то ни было другой части острова!..

ГЛАВА ДВАДЦАТАЯ

Ночь в море. — Залив Акулы. — Признания. — Приготовления к зиме. — Ранние холода. — Морозы. — Работы внутри дома. — Через шесть месяцев. — Неожиданное происшествие.

Обстоятельства сложились именно так, как предсказал Пенкроф, — инстинкт моряка не обманул его. Ветер всё свежел, пока не перешёл в штормовой, со скоростью ста — ста пяти километров в час. Такой ветер парусники даже в открытом море встречают четырьмя рифами на парусах. Войти в пролив против ветра и отлива не удалось. Повторной попытки во время прилива моряк не осмелился предпринять, так как при обложенном низко нависшими тучами небе сумерки наступили раньше, чем прилив. Поэтому Пенкроф решил провести ночь в открытом море.

К счастью, несмотря на сильный ветер, волнение на море было умеренное, и Пенкрофу не приходилось опасаться огромных валов, страшных для маленьких судёнышек. «Благополучный» не опрокинулся бы даже при сильном волнении — он был правильно нагружён балластом, — но, если бы волны хлестали через палубу, могла бы возникнуть опасность, что обшивка борта не выдержит ударов воды. Пенкроф всю ночь провёл у руля. Он был полон веры в достоинства своего корабля, но тем не менее с замиранием сердца ждал наступления утра.

В продолжение всей этой ночи Гедеон Спилет и Сайрус Смит ни разу не смогли улучить минуты, чтобы обменяться мнениями по вопросу об этом новом проявлении таинственной силы, действовавшей на острове Линкольна, Гедеон Спилет не переставая думал о тайне костра, огонь которого он видел собственными глазами, так же как его видели и Герберт и моряк. Они все втроём не сомневались, что этот огонь, послуживший им путеводной звездой в ночи, был разведён инженером, а тут оказывается, что тот не разводил никакого огня!

Журналист решил выяснить этот вопрос, как только «Благополучный» пристанет к берегу. Он хотел также, чтобы Сайрус Смит рассказал остальным колонистам об этом странном событии. Быть может, если они вместе займутся исследованием тайны, её удастся раскрыть.

Как бы там ни было, но в эту ночь огонь не загорелся на побережье у входа в неисследованный пролив, и до рассвета маленькое судёнышко боролось с ветром в открытом море.

При первых проблесках зари ветер несколько утих и переменил направление на два румба. Это позволило Пенкрофу взять курс прямо на вход в узкий пролив. Около семи часов утра, обогнув мыс Северной челюсти, «Благополучный» вошёл в воды залива, обрамлённого застывшей лавой.

— Вот залив, который мог бы послужить великолепной гаванью для целого флота! — сказал журналист.

— Любопытней всего то, — ответил Сайрус Смит, — что залив этот образован двумя встречными потоками лавы, извергнутой вулканом. Он защищён со всех сторон, и я думаю, что в самую сильную бурю море в нём должно быть таким же спокойным, как озеро.

— Ясно, — ответил моряк, — ветру для того, чтобы пробраться сюда, нужно проскользнуть через узенький и извилистый пролив. Я убеждён, что «Благополучный» мог бы простоять здесь круглый год, даже не качнувшись ни разу.

— Мы словно в пасти акулы, — заметил Наб, намекая на странную форму залива.

— Верно, Наб, но надеюсь, ты не боишься, что она захлопнется над нами? — рассмеялся Герберт.

— Не боюсь, — ответил Наб серьёзно, — но всё-таки залив мне не нравится. У него чересчур угрюмый и неприветливый вид.

— Интересно, насколько глубок залив, — сказал Пенкроф.

— Наш капитан боится, что он слишком мелок для его громадного корабля, — пошутил Гедеон Спилет.

Но моряк, не обращая внимания на шутки, размотал верёвку длиной футов пятьдесят с железным грузилом на конце и выпустил её за борт. Грузило не достало дна.

— Залив — настоящая пропасть! — сказал инженер. — Но это и не удивительно — остров ведь вулканического происхождения.

— Берега залива производят впечатление отвесных стен, — сказал Герберт. — Я думаю, что если бы у Пенкрофа была верёвка в пять раз длинней этой, то и тогда он не достал бы дна.

— Всё это замечательно, — заметил журналист, — но этому порту не хватает одной вещи...

— Какой, мистер Спилет? — спросил моряк.

— Какой-нибудь выемки, траншеи, хода, по которым можно было бы выбраться на берег. Я не вижу ничего подобного...

Действительно, на отвесных скалах из лавы нигде не видно было ни одного уступа. Это были недоступные стены, напоминающие норвежские фиорды, но ещё более мрачные. «Благополучный» прошёл кругом залива у самого берега, но не нашёл места для высадки.

Пенкроф утешился тем, что при нужде можно будет взорвать стену динамитом. Убедившись, что в заливе делать больше нечего, он направил шлюп к выходу из него и около двух часов пополудни вышел в открытое море.

— Уф! — вздохнул Наб с облегчением. Славный парень чувствовал себя неважно всё время, пока шлюп находился в заливе Акулы.

От мыса Челюсти до устья реки Благодарности было не больше восьми миль. Поставив все паруса, «Благополучный» взял курс на Гранитный дворец; он шёл в расстоянии одной мили от берега. Огромные глыбы из лавы вскоре сменились песчаными дюнами. Дюны эти посещались только водяными птицами.

Около четырёх часов пополудни «Благополучный» обогнул островок Спасения и вошёл в пролив, отделяющий его от острова. В пять часов якорь шлюпа впился в песчаное дно устья реки Благодарности.

Прошло три дня с тех пор, как колонисты покинули Гранитный дворец. Айртон встретил их на берегу вместе с Юпом, который приветствовал своих хозяев весёлым урчанием.

Колонисты закончили полное обследование берегов острова, не найдя нигде ничего подозрительного. Таким образом, если на острове жило какое-то таинственное существо, то оно могло прятаться только в чаще непроницаемых лесов, покрывавших Змеиный полуостров, куда колонисты ещё не заглядывали.

Гедеон Спилет уговорил Сайруса Смита обратить внимание остальных колонистов на странные явления, случающиеся на острове, и, в частности, на последнее событие, самое непонятное и самое необъяснимое. Но инженер, прежде чем поделиться своими тревогами с товарищами, в двадцатый раз переспросил Гедеона Спилета:

— Уверены ли вы, дорогой Спилет, что это был именно костёр? Быть может, это был метеор или зарево извержения вулкана?

— Нет, нет, Сайрус! Это вне всякого сомнения был огонь, зажжённый человеческой рукой. Можете спросить об этом Герберта и Пенкрофа. Они видели его так же отчётливо, как и я, и они подтвердят вам мои слова.

Через несколько дней после этого разговора, вечером двадцать пятого апреля, когда все колонисты собрались на плоскогорье Дальнего вида, Сайрус Смит обратился к ним со следующей речью:

— Друзья мои! Я хотел бы привлечь ваше внимание к ряду фактов, имевших место на нашем острове. Я хочу узнать ваше мнение по этому поводу. Лично мне эти факты кажутся, так сказать, сверхъестественными...

— Сверхъестественными? — спокойно переспросил моряк, выпуская клуб дыма из трубки. — Следовательно, наш остров можно назвать сверхъестественным?..

— Нет, Пенкроф, но **таинственным** — безусловно. Впрочем, быть может, вам удастся объяснить то, что кажется необъяснимым Спилету и мне.

— Продолжайте, мистер Смит, — попросил моряк.

— Начну вот с чего, — сказал инженер. — Можете ли вы объяснить, каким образом после падения в море я очутился в четверти мили расстояния от берега, без единой царапины, во-первых, и не сохранив никакого воспоминания о том, как я туда добрался, во-вторых?..

— Может быть, вы были оглушены...

— Нет, это исключается, — ответил быстро инженер. — Дальше. Можете ли вы объяснить, каким образом Топ открыл ваше убежище, отстоявшее в пяти милях расстояния от грота, где я лежал?

— Инстинкт... — начал было Герберт.

— Какой там инстинкт! — возразил журналист. — Не забывайте, что, несмотря на проливной дождь, ливший всю ночь, Топ добрался до нас сухим и без единого пятнышка грязи.

— Допустим, что и это неважно, — продолжал инженер. — Но пойдём дальше. Можете ли вы объяснить, какая сила выбросила Топа из воды во время борьбы с ламантином?

— Нет, не можем, — признался Пенкроф, — так же как не можем объяснить, кто и каким оружием нанёс ламантину странную рану...

— Отлично. Продолжаю, — сказал Сайрус Смит. — Можете ли вы, друзья мои, объяснить, каким образом попала дробинка в тело трёхмесячного пекари? Как — без какого бы то ни было следа крушения — на берег выбросило ящик, содержащий столь необходимые нам предметы? Каким образом наша пирога сорвалась с привязи и подплыла к нам в ту самую секунду, когда мы в ней нуждались? Чем были испуганы обезьяны, захватившие Гранитный дворец? Как случилось, что лестница «сама» упала на землю? Почему во время первой же морской прогулки мы наткнулись на бутылку с запиской? Наконец, кем написана была эта записка, раз Айртон утверждает, что он никогда не писал её?

Герберт, Пенкроф и Наб переглядывались, не зная, что ответить инженеру. Они впервые сопоставили все эти загадочные факты и теперь были в высшей степени удивлены.

— Честное слово, — пробормотал Пенкроф, — вы, кажется, правы, мистер Смит!.. Трудно объяснить все эти вещи...

— Но это ещё не всё, друзья мои, — продолжал инженер. — Ко всем перечисленным фактам присоединился ещё один, не менее странный и необъяснимый, чем все предшествующие.

— Какой, мистер Смит? — живо спросил Герберт.

— Вы говорили, что, возвращаясь с острова Табор, увидели зажжённый на острове Линкольна костёр?

— Конечно, — ответил моряк.

— И вы совершенно уверены, что это был костёр, а не метеор или горящие газы?

— Совершенно уверен.

— И ты тоже, Герберт?

— Что вы, мистер Смит! — воскликнул юноша. — Этот огонь блестел, как звезда первой величины!

— А может быть, это и была звезда? — насторожился инженер.

— Нет, нет, — возразил Пенкроф. — Небо было покрыто тучами, да и никакая звезда не могла стоять так низко над горизонтом. Мистер Спилет ведь был с нами, и он может подтвердить наши слова.

— Добавлю ещё, — сказал журналист, — что огонь был очень яркий, как будто это был электрический свет...

— Нам показалось, что он светил с плоскогорья Дальнего вида над Гранитным дворцом, — добавил Герберт.

— Так вот, друзья мои, — сказал инженер, — в ночь с девятнадцатого на двадцатое октября ни Наб, ни я не зажигали никакого огня!

— Как, — вскричал Пенкроф, — вы не…

Он буквально задыхался от изумления и не мог даже докончить фразы.

— Мы не выходили из Гранитного дворца, — ответил инженер. — И если на побережье горел в ту ночь огонь, то он был зажжён не нашими руками!

Пенкроф и Герберт были ошеломлены. Они ни на секунду не усомнились в том, что действительно видели в ночь с 19 на 20 октября огонь на побережье острова Линкольна.

Колонисты должны были признать, что какая-то тайна окружает их. Какая-то неведомая сила, безусловно дружественно расположенная к ним, существовала на острове. Очевидно, какое-то существо таилось в укромных уголках или в самых недрах острова. Но что же это за существо? Вот вопрос, который нужно было разрешить, чего бы это ни стоило!

Сайрус Смит напомнил также колонистам, как странно, иногда вели себя Топ и Юп у отверстия колодца в Гранитном дворце. Он признался им, что исследовал этот колодец, но не нашёл ничего подозрительного.

В заключение инженер предложил своим товарищам, как только наступит весна, перерыть остров сверху донизу и во что бы то ни стало найти таинственного покровителя колонии. Предложение его было единогласно одобрено всеми.

С этого вечера Пенкроф стал задумчивым и озабоченным. Остров, который он до сих пор считал чем-то вроде своей личной собственности, теперь казался ему чужим: на нём жило какое-то существо, от которого моряк чувствовал себя в известной степени зависимым. Он часто беседовал с Набом о «чудесах» острова Линкольна, и вскоре оба друга были близки к тому, чтобы уверовать в существование какой-то сверхъестественной силы.

Между тем в мае, соответствующем ноябрю Северного полушария, началась дурная погода. Зима обещала быть суровой. Поэтому колонисты, не откладывая в долгий ящик, приступили к заготовкам топлива и провизии. Впрочем, теперь им не страшна была даже холодная зима. Стадо муфлонов дало им столько шерсти, что можно было изготовить любое количество валяной тёплой одежды.

Не приходится говорить, что и Айртон был снабжён зимней одеждой. Сайрус Смит предложил ему на зиму переселиться в Гранитный дворец, и Айртон обещал сделать это, как только закончит последние работы в корале. Он переехал в Гранитный дворец в середине мая и с тех пор зажил одной жизнью со всеми колонистами. Айртон всегда стремился быть чем-нибудь полезным своим товарищам, но никогда не принимал участия в их развлечениях, оставаясь всё время грустным и молчаливым.

Большую часть этой третьей зимы на острове Линкольна колонисты провели взаперти в Гранитном дворце. Частые бури и ураганы, казалось, стремились потрясти остров до самых устоев гранитных массивов. Огромные валы прилива грозили залить весь остров, и несомненно, что корабль, бросивший якорь у его берегов, был бы разбит в щепки. Два раза во время таких бурь река Благодарности вздувалась и выходила из берегов, грозя снести мосты, наведённые колонистами. Невзирая на ужасную погоду, колонистам пришлось срочно укреплять их.

Естественно, что страшные ветры нанесли немало вреда сооружениям и посевам плоскогорья Дальнего вида. Особенно пострадали ветряная мельница и птичий двор. Колонистам несколько раз пришлось чинить бреши, проделанные ураганом, чтобы спасти эти постройки от полного разрушения.

В дни больших холодов на плоскогорье несколько раз забирались ягуары и стаи четвероруких. Опасаясь, что осмелевшие от голода хищники причинят непоправимый ущерб плантациям и птичьему двору, колонисты учредили постоянное дежурство на плоскогорье и часто ружейными выстрелами отгоняли слишком предприимчивых зверей.

Колонистам, таким образом, некогда было скучать, тем более что зимой не прекращались работы по благоустройству Гранитного дворца. Несколько раз за зиму колонисты отправлялись на охоту. Особенно удачной была большая охота на болоте Казарки, предпринятая Гедеоном Спилетом и Гербертом при участии Топа и Юпа.

Так прошли четыре самых холодных месяца — июнь, июль, август и сентябрь. Надо отметить, что обитатели Гранитного дворца, в общем, совершенно не страдали от суровой зимы и непогоды. Да и кораль, защищённый от ветров отрогами горы Франклина, почти не пострадал, так что Айртону, вернувшемуся в него на несколько дней во второй половине октября, удалось самолично исправить все повреждения, не прибегая к помощи остальных колонистов.

За зиму в области «таинственных событий» не произошло ничего нового, хотя теперь Пенкроф и Наб склонны были видеть влияние тайной силы в самых незначительных происшествиях. Даже Топ и Юп перестали бродить возле отверстия колодца и не проявляли больше никаких признаков беспокойства. Казалось, таинственное существо покинуло остров. Колонисты, однако, часто беседовали о цепи сверхъестественных событий и не меняли решения заняться поисками, как только потеплеет. Но тут случилось событие настолько важное, что исполнение всех проектов колонистов было надолго отложено.

Дело было в октябре. Весна вступила в свои права. Под тёплыми лучами солнца на деревьях засверкала свежая, нежная зелёная листва.

17 октября, соблазнённый ясным солнечным днём, Герберт решил сфотографировать из окна Гранитного дворца бухту Союза, от мыса Когтя до мыса Южной челюсти.

Горизонт вырисовывался с необычайной резкостью. Океан, чуть колышимый лёгким ветерком, сверкал зеркальной гладью изумрудной воды.

Сделав снимок, Герберт по обыкновению отправился проявлять его в тёмную каморку Гранитного дворца. Вернувшись в комнату, юноша посмотрел на свет закреплённую пластинку. Присмотревшись, он обнаружил на стекле какую-то точку, пятнившую море на горизонте.

«Верно, попалась испорченная пластинка», — подумал юноша и, вооружившись сильной лупой, вывинченной из бинокля, наклонился над стеклом.

Но, не успев всмотреться в пластинку, он громко вскрикнул и чуть не уронил стёклышко.

Юноша, стремглав выбежав из комнаты, нашёл Сайруса Смита и молча вручил ему пластинку, указывая пальцем на пятнышко.

Сайрус Смит всмотрелся в него, потом вскочил на ноги, схватил подзорную трубу и подбежал к окну.

Быстро осмотрев горизонт, он нашёл то, что искал.

Опустив тогда подзорную трубу, инженер произнёс только одно слово:

— Корабль!

Действительно, в виду острова Линкольна находился корабль.

ЧАСТЬ ТРЕТЬЯ ТАЙНА ОСТРОВА

ГЛАВА ПЕРВАЯ

Гибель или спасение? — Вызов Айртона. — Важное совещание. — Это не «Дункан». — Подозрительный корабль. — Пушечный выстрел. — Бриг становится на якорь. — Наступление ночи.

За два с половиной года, истёкших со времени крушения аэростата, это был первый корабль, который появился в виду острова на вечно пустынном море. Но пристанет ли он к берегу или пройдёт мимо? Только через несколько часов можно было получить ответ на этот вопрос, Сайрус Смит и Герберт позвали Гедеона Спилета, Наба и Пенкрофа и сообщили им новость. Пенкроф схватил подзорную трубу и стал пристально всматриваться в чуть видневшуюся вдали точку.

— Тысяча чертей! — воскликнул он. — Да это настоящий корабль!

Как это ни странно, но голос его не выражал радости.

— Приближается ли он к острову? — спросил Гедеон Спилет.

— Пока ничего нельзя сказать, — ответил моряк. — Над горизонтом виднеются только его мачты, но не корпус.

— Что нам делать? — спросил Герберт.

— Ждать! — просто ответил Сайрус Смит.

В течение довольно долгого времени колонисты, погружённые в свои мысли, хранили молчание. Можно себе представить, какое волнение, сколько тревог и надежд разбудило в них это неожиданное событие — самое серьёзное из всех, когда-либо приключавшихся на острове Линкольна.

Положение колонистов никак нельзя было сравнить с положением тех несчастных, потерпевших крушение на бесплодном острове, которые ценой величайших усилий вырывают у мачехи-природы жалкие крохи для поддержания своей жизни. Естественно, эти горемыки всем существом рвутся обратно в обитаемые земли. Напротив, Пенкроф и Наб, чувствовавшие себя богатыми и счастливыми на острове Линкольна, не без сожаления покинули бы его. Они привыкли к этому острову, в который они вложили столько труда, и в конце концов полюбили его.

Но и для них появление корабля было желанным событием — это был словно плавучий кусок родины, везущий им новости, везущий новых людей. Сердца колонистов учащённо бились. Время от времени Пенкроф брал подзорную трубу и всматривался в горизонт. Корабль находился сейчас примерно в двадцати милях к востоку от острова. Колонисты, следовательно, никак не могли подать ему сигнал: флаг не был бы замечен, выстрел не был бы слышен, огонь не был бы виден.

Вне всякого сомнения, остров, увенчанный высоким конусом горы Франклина, был замечен с корабля. Но решится ли корабль причалить к острову? Может быть, он случайно очутился в этой части Тихого океана, где на карты нанесён только островок Табор? Тем более, что и этот островок находится далеко в стороне от обычных путей кораблей, поддерживающих сообщение между Полинезийскими архипелагами, Новой Зеландией и Южной Америкой. Ответ на вопрос, который каждый ставил себе, неожиданно дал Герберт.

— Может быть, это «Дункан»? — сказал юноша.

«Дунканом», как известно, называлась яхта Гленарвана, высадившего Айртона на остров Табор и обещавшего когда-нибудь вернуться за ним. Островок Табор расположен вблизи от острова Линкольна, корабль, держащий курс на него, конечно, мог пройти мимо острова Линкольна.

— Надо немедленно вызвать Айртона, — сказал Сайрус Смит. — Только он может сказать нам, «Дункан» ли это.

Все согласились с мнением инженера, и Гедеон Спилет, подойдя к телеграфному аппарату, быстро отстучал: *«Айртон, приходите немедленно».*

Через несколько секунд пришёл ответ: *«Есть, иду».*

В ожидании прихода Айртона колонисты продолжали смотреть в подзорную трубу на корабль.

— Если это «Дункан», — сказал Герберт, — Айртон без труда узнает его: он ведь плавал на этой яхте.

— Воображаю, как он будет взволнован, когда узнает «Дункан», — заметил Пенкроф.

— Да, но теперь Айртон может с высоко поднятой головой вступить на борт «Дункана», — сказал инженер. — Было бы хорошо, если бы корабль оказался именно яхтой лорда Гленарвана. Всякое другое судно покажется мне подозрительным — в этих водах всегда укрывались пираты.

— Тогда мы будем защищаться! — воскликнул Герберт.

— Конечно, дитя моё, — улыбнулся инженер, — но лучше было бы, если бы нам не приходилось защищаться.

— Может быть, дело обстоит не так плохо, Сайрус, — сказал журналист. — Остров Линкольна ведь не нанесён на карты. Уже одно это может побудить проходящий мимо корабль свернуть с пути, чтобы осмотреть неизвестную землю.

— Конечно, — согласился с ним Пенкроф.

— И я так думаю, — ответил инженер. — Насколько мне известно, это даже входит в обязанность капитанов судов — осматривать замеченные ими неизвестные земли.

— В таком случае, как мы поступим, если этот корабль станет на якорь в нескольких кабельтовых от острова? — спросил Пенкроф.

Вопрос моряка сначала остался без ответа. Но, поразмыслив, Сайрус Смит ответил своим обычным спокойным тоном:

— Вот что мы сделаем в этом случае, друзья мои: мы вступим в переговоры с капитаном корабля и попросим его принять нас на борт, предварительно объявив остров Линкольна собственностью Североамериканских Соединённых Штатов. Затем, вернувшись на родину, мы предложим всем желающим переселиться на этот остров и превратим его в настоящую колонию.

— Ура! — воскликнул Пенкроф. — Мы сделали щедрый подарок Штатам! Ведь мы уже цивилизовали этот дикий остров: назвали все его части, отыскали естественный порт, проложили дороги, провели телеграф, построили верфь, фабрики, мельницу, мосты! Правительству останется только занести его на карту!

— А что, если во время нашего отсутствия остров будет занят кем-нибудь? — спросил Гедеон Спилет.

— Тысяча чертей! — вскричал моряк. — Я предпочитаю в таком случае никуда не уезжать с острова и остаться охранять его! Ручаюсь, что его не украдут у меня, как часы из кармана зеваки!

В течение следующего часа нельзя было решить, идёт ли корабль по направлению к острову или проходит мимо него, хотя он заметно приблизился. Море было спокойно, и корабль мог подойти к острову, не боясь разбиться о скалы у неизвестных берегов.

Около четырёх часов пополудни пришёл Айртон.

Сайрус Смит пожал ему руку и, подводя его к окну, сказал:

— Мы пригласили вас по важному делу, Айртон! В виду острова появился корабль.

Айртон побледнел и вздрогнул.

Выглянув в окно, он вперил взор в горизонт, но ничего не увидел.

— Возьмите подзорную трубу, — сказал Гедеон Спилет, — и посмотрите на корабль: возможно, что это «Дункан», явившийся, чтобы отвезти вас на родину.

— «Дункан»? — прошептал Айртон. — Так скоро?

Эти слова словно против воли вырвались из его груди. Он опустил голову.

Неужели двенадцать лет одиночества на необитаемом острове не казались ему достаточным искуплением вины? Неужели он не прощал себе своих преступлений и считал, что они не прощены ему другими?

— Нет, — сказал он, не поднимая головы, — это не может быть «Дункан»...

— Посмотрите, Айртон, — сказал инженер, — нам нужно знать заранее, «Дункан» ли это, чтобы принять соответствующие меры.

Айртон взял подзорную трубу и посмотрел в указанном направлении. В продолжение нескольких минут он молча вглядывался в горизонт.

— Нет, — сказал он после нескольких минут молчания, — мне кажется, что это не «Дункан».

— Почему вы так думаете? — спросил Гедеон Спилет.

— «Дункан» — паровая яхта, а здесь я не вижу ни малейшего признака дыма ни над кораблём, ни позади его.

— А может быть, он идёт сейчас под одними парусами? — возразил Пенкроф. — Ветер как будто попутный, и вполне возможно, что он бережёт уголь, находясь на таком далёком расстоянии от обитаемой земли.

— Возможно, что вы правы, Пенкроф, — ответил Айртон, — и что яхта идёт с погашенными огнями в топках. Подождём, пока корабль не приблизится к берегу, тогда мы окончательно выясним этот вопрос.

С этими словами Айртон отошёл в глубь комнаты и уселся на табуретку, скрестив руки на груди.

Колонисты продолжали обмениваться мнениями о корабле, но Айртон не принимал больше участия в споре. Все были так взволнованы, что, конечно, о продолжении текущих работ никто и не думал. Гедеон Спилет и Пенкроф были особенно возбуждены. Они нервно шагали по комнате. Герберт был более сдержан, но и его грызло любопытство. Наб один сохранил полное спокойствие — он верил, что хозяин устроит всё к лучшему. Что касается инженера, то тот сидел, погружённый в раздумье.

В глубине души он скорее опасался, чем желал приближения судна.

А корабль между тем понемногу приближался к острову. В подзорную трубу уже можно было рассмотреть, что это бриг европейской или американской постройки, а не малайский «прао», на каких обычно плавают малайские пираты. Таким образом, можно было надеяться, что опасения инженера окажутся неосновательными и появление корабля вблизи острова Линкольна ничем не угрожает колонистам. Айртон, по просьбе инженера, ещё раз посмотрел в подзорную трубу и подтвердил, что это действительно бриг.

Теперь явственно было видно, что бриг шёл на юго-запад. Он должен был вскоре скрыться за мысом Когтя, и, чтобы следить за ним, пришлось бы взобраться на скалы в бухте Вашингтона, невдалеке от порта Шара. Это было тем более досадно, что было уже около пяти часов пополудни и скоро должны были наступить сумерки, а в темните наблюдение станет невозможным.

— Что мы сделаем, когда наступит ночь? — спросил Гедеон Спилет. — Зажжём ли мы костёр, чтобы подать сигнал о себе?

Журналист задал им самый важный вопрос, от решения которого зависела вся дальнейшая судьба колонистов. Несмотря на свои тяжёлые предчувствия, даже Сайрус Смит высказался за костёр. Ночью корабль мог пройти мимо острова, а придёт ли когда-либо другой корабль, это никто не мог сказать...

— Да, — сказал журналист, — придётся дать знать экипажу корабля, что на острове живут люди. Не использовать этой возможности вернуться на родину — значит потом всю жизнь раскаиваться.

Решено было, что Наб и Пенкроф отправятся в порт Шара и там с наступлением ночи разожгут большой костёр, чтобы привлечь внимание экипажа брига.

Но в ту минуту, когда Наб и моряк собирались покинуть Гранитный дворец, корабль неожиданно переменил курс и направился прямо к бухте Союза. Бриг, очевидно, был быстроходным, судя по той скорости, с какой он приближался к берегу.

Поездка в порт Шара была отменена, и Айртона попросили снова взять подзорную трубу, чтобы окончательно установить, «Дункан» это или нет. Дело в том, что яхта лорда Гленарвана также была оснащена, как бриг. Айртон старался разглядеть, есть ли труба между двумя мачтами корабля, находившегося теперь в десяти милях от них.

Лучи заходящего солнца ещё озаряли горизонт, и судно было отчётливо видно. Айртон опустил подзорную трубу и уверенно сказал:

— Это не «Дункан». — И вполголоса добавил: — Это и не мог быть «Дункан»!

Пенкроф снова направил подзорную трубу на корабль. Теперь отчётливо было видно, что это бриг в триста-четыреста тонн водоизмещением со смелыми и изящными линиями, отлично оснащённый и, должно быть, чрезвычайно быстроходный. Но определить, к какой национальности принадлежит судно, моряк не мог.

— На его флагштоке развевается флаг, но я не могу ещё различить цветов, — сказал он.

— Меньше чем через полчаса мы будем это знать совершенно точно, — ответил журналист. — Впрочем, теперь ведь ясно, что капитан судна намеревается пристать к нашему острову. Следовательно, если не сегодня, то самое позднее завтра мы познакомимся с ним.

— А всё-таки, — возразил Пенкроф, — лучше заранее знать, с кем имеешь дело! Я не прочь был бы уже сейчас распознать цвета флага этого молодчика! — И моряк снова взялся за подзорную трубу.

День склонялся к закату. С наступлением сумерек ветер упал.

Флаг брига бессильно повис складками, и теперь было совсем трудно разглядеть его цвета.

— Это не американский флаг, — рассуждал вслух Пенкроф, — и не английский — красные полоски на нём выделялись бы... И не французский... Может быть, испанский? Нет... Кажется, он одноцветный... Какие флаги легче всего встретить в этих морях? Чилийский? Но он трёхцветный... Бразильский? Он зелёный... Японский? Он чёрный с жёлтым, а этот...

Моряк положил подзорную трубу. Айртон, в свою очередь, поднёс её к глазам. В это время порыв ветра развернул загадочный флаг.

— Флаг чёрный, — глухо сказал Айртон.

Действительно, неизвестное судно шло под чёрным флагом. Предчувствие не обмануло Сайруса Смита...

Был ли это пиратский корабль, конкурирующий с малайскими «прао»? Чего искали пираты у берегов острова Линкольна? Не думали ли они использовать эту никому не известную землю для хранения награбленного?

Эти мысли молнией мелькнули в уме у колонистов. У них не было, впрочем, никаких сомнений в том, что на корабле развевался флаг морских разбойников. Тот самый чёрный флаг, который поднял бы «Дункан», если бы беглым каторжникам удалось захватить яхту.

Колонисты не стали терять времени на рассуждения.

— Друзья мои, — сказал Сайрус Смит, — возможно, что этот корабль хочет только осмотреть берега острова и не собирается высаживать экипаж. Мы вправе надеяться на это. Поэтому нужно сделать всё, чтобы скрыть наше присутствие здесь. Наб и Айртон! Пойдите на мельницу, снимите с неё крылья — они слишком заметны. А мы пока что замаскируем ветвями окна Гранитного дворца. Огней зажигать не будем. Пираты не должны знать, что на острове есть люди!

— А как быть с нашим «Благополучным»? — спросил Герберт.

— О, за него нечего беспокоиться! — ответил Пенкроф. — Он хорошо скрыт в порту Шара, и пираты не так-то легко найдут его.

Приказания инженера были немедленно исполнены. Айртон и Наб взобрались на плоскогорье Дальнего вида и разобрали крылья ветряной мельницы. Тем временем остальные колонисты сбегали на опушку леса

Якамары и набрали там каждый по охапке веток и лиан. На расстоянии эта зелень должна была производить впечатление естественной растительности в трещине скалы и совершенно скрывать окна Гранитного дворца. Одновременно колонисты привели в порядок оружие и расположили огнестрельные припасы так, чтобы можно было без потери времени перезаряжать ружья.

Когда все эти приготовления были закончены, Сайрус Смит сказал голосом, выдававшим его волнение:

— Друзья мои! Ведь правда, вы готовы защищать остров Линкольна, если пираты попытаются завладеть им?

— Да, Сайрус, — ответил журналист за всех. — Мы готовы драться до последней капли крови!

Инженер протянул обе руки своим товарищам, которые взволнованно пожали их. Один Айртон оставался в стороне. Быть может, он, как бывший пират, считал себя недостойным присоединиться к колонистам?

Сайрус Смит понял, что происходит в душе Айртона, и, подойдя к нему, сказал:

— А вы, Айртон, как собираетесь поступить?

— Я исполню свой долг, — ответил тот.

Он подошёл к окну и взглянул в просветы между листвой.

Было около половины восьмого вечера. Солнце зашло за горизонт уже около двадцати минут назад. Смеркалось. Однако бриг продолжал приближаться к бухте Союза. Он находился теперь едва в восьми милях от берега.

Собирается ли бриг войти в бухту Союза? Таков был первый вопрос. Если он войдёт в бухту, то станет ли он на якорь? Это был второй вопрос. Быть может, он намеревался только осмотреть берег и отправиться дальше, не высаживая экипажа? На все эти вопросы ответ должен был последовать не позже как через час. Оставалось только запастись терпением.

Сайрус Смит понимал, что появление пиратов представляло очень серьёзную угрозу существованию колонии. Поэтому его больше всего занимал теперь вопрос о количестве пиратов и качестве их вооружения, так как он почти не сомневался, что колонистам придётся с оружием в руках защищать свой остров.

Ночь наступила. Серп молодого месяца скрылся вместе с последними лучами вечерней зари. Глубокая тьма покрыла море и остров. Тяжёлые тучи, низко нависшие над горизонтом, не пропускали ни одного луча света. Ветер совершенно упал. Ни один листик не колыхался на деревьях. Корабль теперь не был виден — он шёл с погашенными огнями.

— Кто знает, — сказал Пенкроф, — может быть, завтра утром от этого проклятого корабля не останется и следа?..

Как бы в ответ на слова моряка, в море вспыхнул яркий огонёк, и тотчас же до Гранитного дворца донёсся пушечный выстрел. Значит, корабль приближается, и он вооружён пушками!

Между вспышкой света и выстрелом прошло шесть секунд. Следовательно, корабль находился на расстоянии одной с четвертью мили от берега.

Тут послышался лязг разматываемой цепи и звук падения тяжёлого предмета в воду.

Бриг стал на якорь против Гранитного дворца!

ГЛАВА ВТОРАЯ

Военный совет. — Предчувствия. — Предложение Айртона. — Айртон и Пенкроф на островке Спасения. — Норфолкские каторжники. — Их планы. — Подвиг Айртона. — Шесть против пятидесяти.

Намерения пиратов были совершенно ясны. Корабль бросил якорь на таком близком расстоянии от берега, что не оставалось никаких сомнений в том, что наутро его экипаж высадится на берег.

Колонисты были готовы к борьбе, но не забывали и об осторожности. Они могли рассчитывать, что пираты не откроют их присутствия, если ограничатся исследованием берегов и не станут забираться в глубь острова. Действительно, можно было предположить, что пираты остановились вблизи острова, чтобы пополнить запасы пресной воды, и, найдя её в устье реки Благодарности, не станут подыматься вверх по её течению и не заметят моста, скрытого за извилиной реки.

Но зачем они подняли чёрный флаг? Зачем палили из пушки? Было ли это только озорством или частью церемониала, знаменующего вступление во владение островом?

Колонисты знали теперь, что пираты имеют на борту орудия. Что могли они противопоставить пушкам брига? Только ружья...

— Как бы там ни было, — сказал Сайрус Смит, — в Гранитном дворце мы совершенно недосягаемы для пиратов. Они не могут знать об отверстии старого водостока, а не зная о существовании этого отверстия, невозможно найти его под густой порослью.

— Хорошо, Гранитный дворец в безопасности, — воскликнул Пенкроф, — но наши посевы, птичник, кораль?! Ведь они могут всё разрушить в несколько часов!

— Всё, — подтвердил спокойно инженер, — и мы ничем не можем помешать им...

— Весь вопрос в том, сколько на корабле пиратов? — заметил Гедеон Спилет. — Если не больше дюжины, мы как-нибудь справимся с ними, но если сорок-пятьдесят человек или того больше...

— Мистер Смит, — сказал Айртон, подходя к инженеру, — у меня к вам просьба.

— Какая, мой друг?

— Позвольте мне подплыть к бригу и разведать численность его команды.

— Но ведь это значит рисковать жизнью, Айртон, — нерешительно ответил инженер.

— Ну и что же, мистер Смит?

— Это много больше, чем просто выполнить свой долг.

— Я и хочу сделать больше, чем должен!..

— Вы хотите подплыть к бригу в пироге? — спросил Гедеон Спилет.

— Нет, мистер Спилет, я проберусь вплавь. Пирога не пройдёт так незаметно и бесшумно, как пловец.

— Знаете ли вы, что бриг стоит на якоре в миле с четвертью от берега? — спросил Герберт.

— Я хорошо плаваю, — ответил Айртон.

— Повторяю вам, это значит рисковать жизнью! — воскликнул инженер.

— Это неважно, — ответил Айртон. — Мистер Смит, я прошу вашего разрешения как милости! Это, может быть, вернёт мне уважение к себе!

— Я согласен, Айртон, — ответил инженер, чувствуя, что отказ поверг бы в отчаяние бывшего каторжника, ставшего снова честным человеком.

— Я провожу вас, — сказал Пенкроф.

— Вы не доверяете мне? — живо спросил Айртон. И более тихим голосом добавил: — Увы, я заслужил это!..

— Нет, нет, Айртон! — вскричал Сайрус Смит. — Вы плохо истолковали слова Пенкрофа! Он верит вам, так же как и все мы!

— Я хотел проводить вас только до островка Спасения, Айртон. Ведь может случиться, что кто-нибудь из этих негодяев высадился там, и в таком случае четыре руки лучше двух. Затем я подожду вас на островке, а на бриг вы отправитесь один.

Айртон успокоился, получив это объяснение, и стал готовиться к экспедиции. Его план был смелым, но осуществимым, так как ночь была очень тёмной. Доплыв до корабля, он должен был потихоньку взобраться на борт, а там уже нетрудно будет выяснить состав и численность экипажа, а может быть, и узнать намерения бандитов.

Все колонисты проводили Айртона и Пенкрофа до берега. Там Айртон разделся и обмазался жиром, чтобы меньше страдать от холода — температура воды всё ещё оставалась низкой, а он предвидел возможность пребывания в море в течение многих часов.

Пенкроф и Наб тем временем отправились за пирогой, стоявшей на привязи в нескольких сотнях шагов вверх по течению реки Благодарности. Когда они вернулись, Айртон уже был готов. Герберт накинул ему на плечи шкуру ягуара, и он сел в пирогу вместе с Пенкрофом.

Вскоре крохотное судёнышко исчезло в темноте. Было десять с половиной часов вечера.

Колонисты решили подождать возвращения Айртона в Камине.

Несколькими взмахами вёсел Пенкроф переправил пирогу через узкий пролив и причалил к берегу островка.

Высадка была сделана с величайшей осторожностью, так как на островке могли находиться пираты. Но вскоре разведчики убедились, что их опасения были неосновательны.

Тогда Айртон, сопровождаемый Пенкрофом, быстрыми шагами направился к противоположному берегу островка, вспугивая на ходу спящих морских птиц. Дойдя до берега, он, не колеблясь, бросился в море и поплыл к бригу, теперь освещённому несколькими фонарями.

Пенкроф остался ожидать товарища, усевшись на обломок скалы.

Айртон плыл совершенно бесшумно, чуть выставляя голову из воды. Взгляд его был устремлён на тёмную массу брига, скудно освещённую несколькими фонарями, бросавшими жёлтые отсветы на гладкую поверхность моря. Айртон не думал об опасностях, грозящих ему не только на бриге, но и в океане, где водились акулы; все его помыслы были направлены к тому, чтобы выполнить данное товарищам обещание. Отлив помогал ему плыть, и он быстро удалялся от берега.

Через полчаса Айртон, никем не замеченный, подплыл к бригу и уцепился за цепь якоря. Передохнув немного, он взобрался по этой же цепи на самый конец водореза. Там сушились несколько пар матросских штанов. Он натянул на себя пару и, устроившись поудобней, стал вслушиваться в разговоры.

На бриге ещё не спали. Напротив, экипаж болтал, смеялся, пел. До Айртона доносились отдельные фразы:

— Удачное приобретение этот бриг!

— Он добрый ходок, наш «Быстрый». Недаром его так назвали!

— Весь норфолкский флот мог бы гнаться за ним! Догонишь его!.. Чёрта с два!

— Ура нашему капитану!

— Бобу Гарвею ура!

Можно вообразить, что пережил Айртон, услышав это имя: Боб Гарвей был его старым товарищем по австралийской шайке, смелым и опытным моряком, способным на любое преступление!

Из дальнейших разговоров Айртон понял, что Боб Гарвей захватил этот бриг невдалеке от Норфолка. Бриг был нагружен оружием, боевыми припасами и инструментами, предназначенными для одного из Сандвичевых островов! Собрав на борту брига всю свою шайку, Боб Гарвей стал бороздить волны Тихого океана, охотясь за кораблями; бывший каторжник был более беспощаден, чем самые свирепые из малайских пиратов.

Пираты хвастали своими подвигами, стараясь перекричать один другого. Все были навеселе, а некоторые совсем пьяные. Вот что узнал Айртон из их разговора.

Теперешняя команда «Быстрого» состояла исключительно из англичан, бежавших с норфолкской каторги.

Что такое Норфолк?

На 29° 2' южной широты и 165° 42' восточной долготы, к востоку от Австралии, расположен маленький островок, имеющий едва шесть миль в окружности. Островок этот увенчан горой Питта, возвышающейся на тысячу сто футов над уровнем моря. Это остров Норфолк, принадлежащий Англии и превращённый в каторгу для самых закоренелых преступников. Здесь их пятьсот человек, подчинённых буквально железной дисциплине, малейшее нарушение которой влечёт тягчайшие наказания. Сто пятьдесят солдат охраняют каторгу. Возглавляет остров губернатор.

Трудно себе представить сборище более отъявленных негодяев, чем норфолкские каторжники. Иногда — хотя такие случаи очень редки, — несмотря на неусыпное наблюдение, отдельным каторжникам удаётся бежать с островка, захватив какой-нибудь корабль. Эти беглые каторжники становятся пиратами Полинезийских островов.

Так поступили Боб Гарвей и его спутники. Так в своё время хотел поступить сам Айртон. Боб Гарвей захватил «Быстрый», стоявший на якоре в виду острова Норфолка, перебил весь его экипаж, и вот уже целый год, как бриг, ставший пиратским кораблём, плавал по Тихому океану под командой пожизненного каторжника Боба Гарвея, давнего знакомца Айртона.

Большинство пиратов сидело на юте, в задней части корабля, но некоторые лежали на палубе, на носу и громко переговаривались.

Айртон узнал, что «Быстрый» по чистой случайности наткнулся на остров Линкольна. Боб Гарвей ничего не знал о его существовании, но, встретив по пути не нанесённую на карту землю, решил, как это предугадал Сайрус Смит, осмотреть её и, если она окажется подходящей, сделать из неё главную операционную базу для своего брига.

Что касается чёрного флага и пушечного выстрела, то это было чистым бахвальством со стороны пиратов, подражавших обычаю военных кораблей приветствовать спуск и подъём флага пушечными выстрелами.

Таким образом, колонии грозила страшная опасность. Естественно, что остров с удобным портом, пресной водой, множеством дичи и всякого рода растений, с неприступными убежищами Гранитного дворца должен был оказаться настоящим кладом для пиратов. То обстоятельство, что он даже не был нанесён на карту, являлось огромным преимуществом: никому не известный остров представлял особенно надёжное убежище.

Конечно, при этих условиях нельзя было надеяться, что Боб Гарвей и его сообщники пощадят колонистов. Напротив, пираты первым долгом поспешат истребить до последнего неудобных сожителей. У колонистов не оставалось даже возможности уступить пиратам Гранитный дворец и скрыться куда-нибудь: остров был мал, и, где бы они ни поселились на нём, всё равно рано или поздно пираты обнаружили бы их убежище.

Следовательно, нужно было принять бой и драться до тех пор, пока последний пират не покинет остров или пока не будет убит последний колонист.

Так думал Айртон. И он не сомневался, что таково же мнение и Сайруса Смита.

Но была ли у колонистов хоть какая-нибудь надежда на успешный исход борьбы? Это зависело от вооружения брига и численности его экипажа.

Айртон решил разузнать всё это. Примерно через час голоса стали утихать, и большинство пиратов, опьянев, заснуло. Айртон поднялся с водореза на палубу «Быстрого», погружённую в почти полный мрак.

Скользя между распростёртыми на палубе телами спящих, Айртон обошёл весь бриг и установил, что он вооружён четырьмя пушками, стреляющими восьми-десятифунтовыми ядрами.

На палубе валялось человек десять, но надо было полагать, что внутри корабля находилось ещё немало людей. Кстати, Айртон из разговоров пиратов между собой как будто уловил, что на бриге их было пятьдесят человек. Пятьдесят пиратов против шести колонистов острова Линкольна! Но Айртон мог радоваться тому, что теперь колонисты хотя бы не будут застигнуты врасплох: зная огромный численный перевес своих врагов, они смогут соответствующим образом подготовиться к борьбе.

Больше Айртону нечего было делать на бриге, и он решил отправиться обратно, чтобы поскорей доложить Сайрусу Смиту результаты разведки. Но в эту минуту бывшему пирату, хотевшему, как он сам говорил, сделать больше, чем от него требовал долг, пришла в голову героическая мысль. Выполнить её — значило отдать свою жизнь, но спасти остров и колонистов. Колонисты, конечно, не смогут одолеть пятьдесят врагов, вооружённых артиллерией. Пираты либо возьмут Гранитный дворец штурмом, либо поведут против него правильную осаду и голодом вынудят сдаться его защитников. И Айртон представил себе, как люди, вызволившие его из беды, будут безжалостно убиты, плоды их трудов уничтожены, и остров, где он снова почувствовал себя честным членом общества, превратится в зловещее гнездо разбоя…

Он сказал себе, что, в сущности, это он, Айртон, явится виновником всех этих бед, ибо Боб Гарвей только привёл в исполнение его план. Несказанный ужас овладел им, а вместе с ним непреодолимое желание взорвать бриг со всеми, кто был на нём. Айртон сам погибнет при этом, но зато он исполнит свой долг!

Он не колебался. Крюйт-камера[1] расположена на всех кораблях в кормовой части, и пробраться к ней нетрудно. На судне, занимающемся таким промыслом, пороха должно было быть вдоволь, и одной искры достаточно, чтобы он взорвался.

Айртон потихоньку пробрался на нижнюю палубу, лавируя между спящими. Фонарь, прикреплённый к основанию грот-мачты, тускло освещал помещение. Под фонарём были свалены в кучу ружья, пистолеты и прочее оружие.

Айртон взял один револьвер и убедился, что он заряжен. Этого было достаточно, чтобы вызвать взрыв. Он, крадучись, пошёл дальше, на корму, разыскивая пороховой погреб.

Ходьба среди распростёртых тел в почти волной темноте была нелёгким делом. Несколько раз Айртон натыкался на спящих и, затаив дыхание, слушал, как пьяные спросонья проклинают его. Но в конце концов он благополучно добрался до самой двери крюйт-камеры.

Дверь была заперта крепким висячим замком. Айртону пришлось взламывать его. Это было тем труднее, что работу надо было производить, стараясь не шуметь. Но замок недолго сопротивлялся могучим рукам Айртона, и дверь в пороховой погреб открылась.

В эту минуту на плечо Айртона легла тяжёлая рука.

— Ты что здесь делаешь? — властно спросил внезапно вынырнувший из темноты высокий человек. И он поднёс к лицу Айртона потайной фонарик.

Айртон отскочил назад. Он узнал в спрашивавшем своего старого знакомца Боба Гарвея. Тот, однако, не мог узнать Айртона, обросшего бородой. К тому же он считал его давно умершим.

— Что ты здесь делаешь? — снова спросил он, хватая Айртона за пояс.

Айртон, не отвечая ни слова, оттолкнул предводителя пиратов и хотел броситься в пороховой погреб: револьверный выстрел в бочонок — и всё было бы кончено!

— Ко мне, ребята! — крикнул Боб Гарвей.

Два-три пирата, разбуженные его криком, немедленно вскочили на ноги и бросились на Айртона, стремясь свалить его на пол. Тот стряхнул с себя нападающих и дважды выстрелил из пистолета.

---

[1] Крюйт-камера — пороховой погреб.

Двое пиратов упали, но третий в это время нанёс Айртону ножевую рану в плечо.

Айртон понял, что план его рухнул: Боб Гарвей прислонился спиной к двери порохового погреба, а на всём бриге слышались голоса пиратов, проснувшихся от выстрелов. Айртону нужно было поберечь себя, чтобы помогать колонистам в их борьбе с пиратами. Выход был один — бежать.

Но было ли ещё возможно бегство?

В револьвере Айртона оставалось ещё четыре заряда. Он снова выстрелил два раза подряд. Первый выстрел, направленный в Боба Гарвея, не попал в цель или ранил предводителя каторжников несерьёзно, второй на месте свалил одного пирата. Воспользовавшись минутным замешательством своих врагов, Айртон кинулся к трапу, ведущему на верхнюю палубу. Пробегая мимо фонаря, он разбил его, и помещение погрузилось в полную темноту. Но два человека из экипажа спускались в это время по узкому трапу. Пятым выстрелом Айртон убил первого, а испуганный второй сам поспешил отскочить назад, оставляя дорогу свободной. Двумя прыжками Айртон достиг палубы и три секунды спустя, выстрелив в упор в пирата, пытавшегося задержать его, перешагнул через борт и бросился в море.

Не успел он сделать и пяти взмахов руками, как вокруг него градом зашлёпали по воде пули.

Как должны были волноваться Пенкроф, дожидавшийся Айртона на островке, и остальные колонисты, находившиеся в Камине, при шуме этой ночной перестрелки на борту брига! Они кинулись на берег и, зарядив ружья, были готовы отразить всякое нападение.

Они не сомневались, что пираты обнаружили Айртона и прикончили его, а теперь, пользуясь темнотой, попробуют высадиться на берег.

Прошло полчаса в напряжённом ожидании. Выстрелы смолкли, но ни Пенкроф, ни Айртон не возвращались. Неужели островок Спасения был захвачен пиратами? Не следовало ли им отправиться туда, на помощь Пенкрофу, раз уж Айртон погиб? Но как переправиться на островок? Переправа вброд в часы прилива была невозможна, а пироги не было... Можно представить себе, какие страшные минуты переживали Сайрус Смит и его товарищи!

Наконец около полуночи к берегу пристала пирога с двумя людьми. Колонисты встретили с распростёртыми объятиями легко раненного в плечо Айртона и целого и невредимого Пенкрофа.

Они отправились к Камину, и там Айртон рассказал всё, что произошло на бриге, не утаив также и своей неудачной попытки взорвать корабль.

Айртон не скрыл от колонистов всей опасности создавшегося положения. Пираты теперь были предупреждены. Они знали, что остров Линкольна обитаем; поэтому они высадят на берег только хорошо вооружённые и большие отряды. Если колонисты попадутся им в руки, нечего ждать пощады!

Все наперебой благодарили Айртона и жали ему руки.

— Надо возвращаться в Гранитный дворец, — сказал инженер.

— Как, по-вашему, мистер Смит, — спросил Пенкроф, — есть у нас надежда выкрутиться?

— Да, Пенкроф.

— Шесть против пятидесяти!..

— Ничего! На нашей стороне преимущество ума!

ГЛАВА ТРЕТЬЯ

Поднимается туман. — Намерение инженера. — Три поста. — Айртон и Пенкроф. — Первая лодка. — Две другие. — На островке Спасения. — Шесть каторжников высадились на берег. — Бриг поднимает якорь. — Ядра «Быстрого». — Безнадёжное положение. — Неожиданная развязка.

Ночь прошла спокойно. Колонисты были настороже, но пираты, по-видимому, и не думали этой ночью высаживаться на берег в темноте. После того как утихли раскаты выстрелов, посланных вдогонку Айртону, ни один звук не выдавал больше присутствия брига в водах бухты Союза. Можно было даже подумать, что пираты, испугавшись неизвестного противника, без борьбы оставили остров и снялись с якоря.

Но на заре колонисты разглядели какое-то плотное пятно в тумане.

Это был «Быстрый».

— Друзья мои, — сказал инженер, — мы много должны успеть сделать, прежде чем рассеется утренний туман. Он скрывает нас от глаз пиратов и позволяет нам действовать, не привлекая их внимания. Нам всего важнее внушить пиратам уверенность, что защитников острова много и, следовательно, они способны оказать серьёзное сопротивление. Поэтому я предлагаю разделиться на три группы. Первая займёт Камин, вторая поместится в устье реки Благодарности, а что касается третьей, то, по-моему, ей следует расположиться на островке Спасения, чтобы воспрепятствовать или, по крайней мере, задержать высадку десанта. Мы имеем четыре винтовки и два карабина. Таким образом, каждый получит оружие. Пороха и пуль у нас достаточно, поэтому можно не жалеть зарядов. Нам не опасны ни пули, ни даже ядра брига — они не могут пробить эти скалы, а так как мы не будем стрелять из окон Гранитного дворца, пираты не догадаются, что пушечное ядро, направленное в пробоину в граните, может причинить нам неисчислимые беды. Опасна для нас только схватка врукопашную, потому что пиратов в десять раз больше, чем нас. Поэтому наша тактика — всячески мешать высадке, но не выходить из-под прикрытия. Не будем беречь зарядов! Стреляйте часто и метко! На долю каждого из нас приходится по восемь-десять врагов, и каждый из нас должен убить такое количество пиратов! И тогда победа будет наша!

Сайрус Смит правильно обрисовал положение. Он говорил совершенно спокойно, как будто речь шла не о битве с сомнительным исходом, а о самых обыденных работах.

Колонисты без единого возражения одобрили план инженера.

Теперь нужно было всем поспешить занять свои посты, прежде чем рассеется туман.

Наб и Пенкроф принесли из Гранитного дворца запасы пуль и пороха. Гедеон Спилет и Айртон, оба отличные стрелки, получили по карабину, бившему на целую милю. Остальные колонисты взяли каждый по винтовке.

Вот как были распределены посты.

Сайрус Смит и Герберт должны были укрыться в Камине, откуда можно было обстреливать берег у подножия Гранитного дворца.

Гедеону Спилету и Набу следовало спрятаться среди скал в устье реки Благодарности, все мостики через которую были подняты, чтобы затруднить высадку на левый берег реки.

Айртон и Пенкроф спустили на воду пирогу и приготовились занять каждый по посту на островке Спасения.

Выстрелы из четырёх различных точек побережья должны были внушить нападающим представление, что остров населён большим количеством людей и надёжно защищён.

Если пираты высадятся на берег островка, несмотря на обстрел, Айртон и Пенкроф должны будут немедленно сесть в пирогу и присоединиться к другим колонистам; то же самое они должны сделать, если лодка с брига направится в пролив, отделяющий островок Спасения от берега острова Линкольна, чтобы не быть отрезанными от остальных колонистов.

Прежде чем разойтись по местам, колонисты в последний раз пожали друг другу руки. Пенкроф должен был напрячь все силы, чтобы скрыть волнение, прощаясь с Гербертом, которого он любил как родного сына. Затем все расстались.

Сайрус Смит и Герберт первые заняли свой пост. Через две-три минуты Гедеон Спилет и Наб также скрылись среди скал, а ещё через пять минут Пенкроф и Айртон, благополучно переправившиеся через пролив, высадились на островок Спасения и заняли указанные им места за выступами скал на восточном его берегу.

Туман был ещё настолько густым, что их никто не заметил, да и сами они едва нашли дорогу.

Было шесть с половиной часов утра.

Вскоре верхние слои тумана стали рассеиваться. В течение нескольких минут большие клочья его ещё плыли над поверхностью воды. Затем поднялся ветерок и окончательно разогнал туман.

«Быстрый» показался во всей своей красе; он стоял на двух якорях, носом к северу, обратившись к острову своим правым бортом. Как и говорил накануне Сайрус Смит, бриг находился не больше чем в миле с четвертью от острова.

Зловещий чёрный флаг развевался на его мачте.

Инженер в бинокль увидел, что пушки правого борта брига были направлены на остров.

Очевидно, пушкари готовы были открыть огонь по первому приказу.

На палубе «Быстрого» находилось человек тридцать пиратов. Некоторые из них праздно слонялись из стороны в сторону. Другие сидели на баке. Двое, взобравшись на марс, пристально смотрели на остров в подзорные трубы.

Очевидно, Боб Гарвей и его спутники терялись в догадках насчёт происшествия прошлой ночи. Спасся ли этот полуголый человек, пытавшийся взорвать пороховой погреб, дравшийся, как тигр, выпустивший в них шесть зарядов из своего револьвера, убив одного и тяжело ранив двух их товарищей? Откуда он явился? Зачем забрался на борт брига? Действительно ли он думал взорвать бриг, как это предполагал Боб Гарвей? Все эти вопросы оставались без ответа. Но зато у пиратов теперь не было сомнений в том, что неизвестный остров, у берегов которого они бросили якорь, был обитаем и что, по-видимому, обитатели его готовились защищаться. Но, с другой стороны, сколько пираты ни всматривались, они не видели ни живой души. Побережье казалось совершенно пустынным. Может быть, обитатели острова поселились в глубине его?

Надо полагать, что предводитель пиратов задавал себе все эти вопросы и, не получая ответа на них, решил соблюдать величайшую осторожность.

В продолжение полутора часов на бриге нельзя было заметить никаких приготовлений к высадке. Ясно было, что Боб Гарвей колеблется. В лучший бинокль нельзя было рассмотреть колонистов, притаившихся среди скал. Конечно, пирату не пришло в голову заподозрить, что под завесой зелени, на высоте восьмидесяти футов над берегом, в толще огромной гладкой гранитной стены расположено жилое помещение.

Вся видимая с брига часть острова — от мыса Когтя до мыса Северной челюсти — ничем не выдавала присутствия человека на острове.

Однако в восемь часов утра на борту «Быстрого» началось какое-то движение. Заскрипели блоки, и на воду спустилась шлюпка. В неё сели семь человек, вооружённых винтовками. Один из них взялся за руль, четверо за вёсла, а двое последних уселись на носу, держа винтовки наизготовку. Очевидно, это были только разведчики, а не десантный отряд.

Пенкроф и Айртон, скрытые среди скал, затаились, ожидая приближения лодки на ружейный выстрел.

Шлюпка подвигалась к берегу чрезвычайно осторожно. Вёсла опускались в воду с большими интервалами. Видно было, как один из пиратов на носу всё время измеряет глубину лотом, ища фарватер в устье реки Благодарности. Ясно было, что Боб Гарвей решил подвести бриг возможно ближе к берегу. Человек тридцать пиратов, взобравшись на ванты, провожали глазами своих товарищей.

В двух кабельтовых от берега шлюпка остановилась. Рулевой её встал и осмотрел побережье, ища безопасное место для причала.

В эту минуту раздались два выстрела, и лёгкий дымок поднялся над прибрежными скалами. Рулевой и пират, измерявший глубину фарватера, одновременно рухнули на дно шлюпки. Пули Айртона и Пенкрофа уложили их на месте.

Отчаянные проклятия раздались на шлюпке, которая тотчас же снова тронулась в путь. На место убитого рулевого сел один из гребцов.

Почти в тот же миг раздался страшный грохот, клуб дыма вырвался из борта брига, и в скалу, под которой скрывался Айртон, ударило ядро. Стрелок, однако, остался невредимым.

Но вместо того чтобы возвратиться на бриг, как это можно было ожидать, шлюпка быстро поплыла вдоль берега островка, стремясь обогнуть его с юга. Пираты гребли изо всех сил, чтобы поскорее уйти за пределы досягаемости выстрелов.

Их замысел был ясен — они хотели войти в пролив, чтобы стрелки на острове, сколько бы их там ни было, очутились между двух огней — с лодки и с брига.

В течение следующей четверти часа шлюпка беспрепятственно подвигалась вдоль берега островка в полной тишине.

Пенкроф и Айртон, отлично понявшие манёвр пиратов, стремившихся отрезать их от острова, тем не менее не покидали своих постов, то ли не желая выдать себя и попасть под обстрел судовой артиллерии, то ли в надежде, что журналист и Наб, с одной стороны, и инженер с Гербертом — с другой, придут к ним на помощь, открыв стрельбу по пиратской шлюпке.

Ещё через пять минут пираты были уже на траверсе устья реки Благодарности, меньше чем в двух кабельтовых от него. Прилив начинался, и сильное течение в проливе гнало шлюпку с большой быстротой к устью. Пиратам приходилось тратить немало усилий, чтобы держаться на середине пролива. В тот момент, когда они проходили мимо устья, раздались ещё два выстрела, и снова два человека упали на дно лодки. Наб и журналист, в свою очередь, не промахнулись.

Опять бриг выстрелил из пушки в направлении дымков, но ядро снова ударилось в скалы, никому не причинив вреда.

В шлюпке оставалось, таким образом, в живых только три человека. Влекомая течением, она с быстротой стрелы пронеслась мимо Сайруса Смита и Герберта; боясь промахнуться, эти последние пропустили пиратов, не стреляя. Обогнув северную оконечность островка, пираты налегли на вёсла, сколько было мочи, и понеслись обратно к бригу.

До сих пор колонистам везло. Борьба началась неудачно для их противников, насчитывавших в своих рядах уже четырёх тяжело раненных, а может быть, и убитых, тогда как колонисты, не потеряв даром ни одного заряда, были целы и невредимы.

Если пираты не переменят тактику и будут и дальше посылать на берег по одной шлюпке, то колонисты смогут перебить их одного за другим!

Теперь очевидна была правильность стратегического плана инженера. Пираты должны были увериться, что они имеют дело с многочисленным и хорошо вооружённым противником.

Прошло не менее получаса, прежде чем шлюпка преодолела встречное течение и подошла к борту «Быстрого». Яростные крики донеслись с брига, когда на палубу были подняты раненые пираты.

Бриг три или четыре раза выпалил по острову из пушек, но безрезультатно.

Тогда уже целая дюжина пиратов, пьяных от злости, бросилась в шлюпку и стала грести по направлению к островку, чтобы расправиться с его защитниками. Во второй шлюпке, спущенной на воду вслед за первой, поместилось восемь человек, и она направилась прямо к устью реки Благодарности.

Положение Пенкрофа и Айртона становилось угрожающим: им нужно было скорее вернуться на остров, Однако они дождались, пока первая шлюпка приблизилась на ружейный выстрел, и снова метко направленными пулями внесли замешательство в ряды врагов. Затем они вышли из-под прикрытия, под яростным обстрелом пиратов благополучно перебежали островок, сели в пирогу и через пять минут присоединились к Сайрусу Смиту и Герберту в Камине. Как раз в этот момент первая шлюпка причалила к южной оконечности островка.

Одновременно донеслись звуки выстрелов от устья реки, к которому быстро приближалась вторая шлюпка. Двое из сидевших в ней были убиты наповал меткими выстрелами Наба и Гедеона Спилета, а остальные пираты, растерявшись от неожиданности, бросили управление шлюпкой, и она с силой налетела на рифы. Шестеро оставшихся в живых пиратов, подняв оружие над головой, чтобы уберечь его от воды, выбрались на правый берег реки и со всех ног бросились бежать по направлению к мысу Находки, где их не могли настичь пули.

Положение теперь было таково: островок был занят двенадцатью пиратами, среди которых, правда, были раненые. В их распоряжении имелась шлюпка. На самом острове высадилось шесть пиратов, но они лишены были возможности перебраться на левый берег реки Благодарности, так как их шлюпка разбилась, а мостки через реку были подняты.

— Дело идёт на лад, мистер Смит! — воскликнул Пенкроф, вбегая в Камин. — Дело идёт на лад! Не правда ли? Что вы об этом думаете?

— Я думаю, — ответил инженер, — что пираты сейчас переменят тактику. Они не так глупы, чтобы позволить перестрелять себя поодиночке в столь невыгодных для них условиях.

— И всё-таки им не удастся перебраться через пролив, — возразил моряк. — Карабины мистера Спилета и Айртона бьют на целую милю, — они всегда смогут помешать переправе.

— Это верно, — сказал Герберт, — но что можно сделать двумя карабинами, имея против себя всю судовую артиллерию?

— Да, но бриг-то пока ещё не в проливе, — возразил моряк.

— А кто может помешать ему войти в него? — спросил инженер.

— Боб Гарвей никогда не рискнёт на это, — ответил моряк. — Слишком велик риск сесть на мель при отливе.

— Нет, это вполне возможно, — сказал Айртон. — Они могут войти в пролив при высокой воде, с тем чтобы, если понадобится, покинуть его, как только начнётся отлив. А за это время пираты разгромят из пушек наши посты.

— Сто тысяч чертей! — вскричал Пенкроф. — Мне кажется, что негодяи действительно снимаются с якоря!

— Не следует ли нам заблаговременно укрыться в Гранитном дворце? — спросил Герберт.

— Нет, подождём ещё, — ответил инженер.

— А как же Наб и мистер Спилет? — спросил Пенкроф.

— Они сумеют сами добраться сюда, когда придёт время. Айртон, приготовьтесь! Теперь настало время пустить в ход ваш карабин и карабин мистера Спилета!

Инженер не ошибался. «Быстрый» поднял якорь и собирался приблизиться к острову.

Прилив должен был продолжаться ещё полтора часа, и за это время многое можно было сделать. Однако, вопреки мнению Айртона, Пенкроф всё ещё не верил, что бриг рискнёт войти в пролив.

Тем временем пираты, захватившие островок, все собрались на берегу пролива. Вооружённые обыкновенными винтовками, они не могли причинить никакого вреда колонистам, которые скрывались в Камине и вблизи устья реки Благодарности.

Пираты не подозревали, что колонисты имеют дальнобойные карабины, и потому считали себя вне опасности и спокойно разгуливали по берегу.

Но их заблуждению суждено было скоро рассеяться. Карабины Гедеона Спилета и Айртона заговорили почти одновременно и, очевидно, сказали что-то очень неприятное двум из пиратов, потому что те свалились как подкошенные.

Это послужило сигналом к панике. Оставшиеся в живых пираты, не дав себе даже труда подобрать своих раненых или убитых товарищей, кинулись к лодке и изо всех сил стали грести по направлению к бригу.

— Восемью меньше! — воскликнул Пенкроф. — Честное слово, можно подумать, что мистер Спилет и Айртон сговорились между собой!

— Смотрите, — прервал Айртон, — бриг снялся с якоря!

Ветер дул с моря. Подняв фок и марсель, бриг медленно приближался к земле.

В Камине, и у устья реки за манёврами корабля следили, затаив дыхание. Положение колонистов должно было стать отчаянным, если бриг подойдёт вплотную к берегу. Что могли они противопоставить его артиллерии? Как могли они помешать пиратам высадиться на берег?

Сайрус Смит хорошо понимал свою беспомощность и ломал себе голову, не зная, какое принять решение. Укрыться в Гранитном дворце и выдерживать осаду в течение недель, а может быть, даже и месяцев, пользуясь тем, что запасы продовольствия там очень велики? Отлично. Но чем это кончится?

Пираты станут хозяевами острова и рано или поздно одержат верх над узниками Гранитного дворца.

Однако оставалась ещё надежда, что Боб Гарвей не осмелится войти в пролив и остановится за островком, в полумиле от берега. На этом расстоянии обстрел из пушек не представлял такой опасности.

— Никогда, — повторял Пенкроф, — никогда Боб Гарвей, если он хороший моряк, не решится войти в пролив! Он понимает, что стоит налететь шквалу — и бриг погиб! Без корабля же ему крышка!

Тем временем бриг приближался к островку Спасения, держа курс на его южную оконечность. Намерения Боба Гарвея стали совершенно ясны: по разведанному шлюпкой фарватеру он хотел приблизиться к Камину и ядрами ответить на пули, нанесшие такой урон его команде.

Вот уже «Быстрый» достиг оконечности островка; ещё несколько минут — и он легко обогнул её и вышел на траверс реки Благодарности.

— Вот бандит! — воскликнул Пенкроф. — Неужели он осмелится?

В эту минуту Гедеон Спилет и Наб присоединились к другим колонистам, оставив свой пост в устье реки.

Это было разумное решение: в такую опасную минуту лучше было держаться всем вместе. Дождь пуль встретил появление двух колонистов, добравшихся до Камина, прячась за скалы.

— Спилет, Наб! — крикнул инженер, когда они вбежали под прикрытие Камина. — Вы не ранены, надеюсь?

— Нет, нет, — ответил журналист, — только слегка задеты осколками. Но глядите, этот проклятый бриг входит в пролив!

— Да, — ответил Пенкроф, — и не позже чем через десять минут он сможет стать на якорь перед Гранитным Дворцом!

— Придумали ли вы какой-нибудь план, Сайрус? — спросил Гедеон Спилет.

— По-моему, нужно укрыться в Гранитном дворце, пока не поздно и пираты не успели нас заметить.

— И я так думаю, — сказал журналист, — но, очутившись там взаперти...

— Мы успеем обдумать положение и принять решение, — прервал его инженер. — Итак, в Гранитный дворец, друзья мои!

— И поскорей! — добавил журналист.

— Не разрешите ли вы мне и Айртону остаться здесь, мистер Смит? — спросил моряк.

— К чему это, Пенкроф? — ответил инженер. — Не стоит нам дробить силы!

Нельзя было терять ни секунды. Колонисты вышли из Камина и, пользуясь естественным прикрытием скал, добрались до подножия Гранитного дворца.

Но гул пушечного выстрела возвестил им, что «Быстрый» уже совсем близко.

Броситься в корзину подъёмной машины, подняться к двери жилья, кинуться в большой зал, где Топ и Юп были заперты со вчерашнего дня, — всё это было делом буквально одной минуты.

Колонисты вовремя вернулись домой: сквозь просветы в листве, скрывающей окна Гранитного дворца, они увидели, что «Быстрый», окутанный дымом выстрелов, уже шёл проливом. Сайрус Смит предложил даже отойти от окон, так как бриг беспрерывно палил вслепую из всех орудий под несмолкающие крики «ура» всей команды.

Колонисты, однако, надеялись, что зелёная завеса скроет от глаз пиратов Гранитный дворец. Но вдруг ядро пробило наружную дверь и влетело в коридор.

— Проклятие! — вскричал Пенкроф. — Они открыли наше убежище.

На бриге, верно, не подозревали, что скрывается под зелёной завесой, но на всякий случай Боб Гарвей решил послать туда ядро. Когда в стене открылась зияющая пробоина, он приказал обстрелять её из всех орудий. Положение колонистов стало отчаянным. Их убежище было обнаружено, они не могли ничем защищаться от дождя ядер, дробившего гранит в щебень.

Колонистам оставалось только покинуть своё жилище, обречённое на разрушение, и укрыться в верхней пещере.

Они собрались уже сделать это, как вдруг до них донёсся гул взрыва, сопровождавшийся отчаянными криками. Сайрус Смит и его товарищи бросились к окнам.

Они увидели, как бриг, поднятый с огромной силой в воздух каким-то водяным смерчем, треснул посредине и в десять секунд затонул без следа вместе со своим преступным экипажем…

ГЛАВА ЧЕТВЁРТАЯ

Колонисты спускаются на берег. — Айртон и Пенкроф занимаются спасательными работами. — Беседа за завтраком. — Рассуждения Пенкрофа. — Осмотр корпуса брига. — Пороховой погреб невредим. — Новые богатства. — Последние обломки. — Осколок цилиндра.

— Бриг взорвался! — вскричал Герберт.

— Да, бриг взлетел на воздух, — ответил моряк, бросаясь вместе с Гербертом и Набом к корзине подъёмной машины.

— Но что же произошло? — спросил Гедеон Спилет, ошеломлённый неожиданной развязкой.

— О, на этот раз мы всё узнаем! — живо ответил инженер.

— Что мы узнаем?..

— После, после! Сейчас некогда! Идём, Спилет! Идём, Айртон! Важно то, что пираты больше не существуют!

И, увлекая за собой Спилета и Айртона, инженер присоединился у подножия Гранитного дворца к Герберту, Набу и Пенкрофу.

От брига не осталось и следа. Подброшенный в воздух странным смерчем, он лёг набок и в этом положении затонул. Очевидно, в его борту была огромная пробоина. Но так как глубина пролива в этом месте не превышала двадцати футов, можно было не сомневаться, что при отливе корпус затонувшего судна обнажится. На поверхности моря плавали запасные мачты, реи, бочонки, ящики, клетки с ещё живыми птицами — всё, что находилось на палубе в момент взрыва. Но ни одной доски с палубы, ни куска обшивки брига ещё не всплыло на поверхность, так что причина его внезапной гибели по-прежнему оставалась неизвестной.

Однако через некоторое время обе мачты корабля, переломившиеся при толчке несколько выше основания, всплыли со всеми своими парусами, часть из которых была свёрнута, а другая распущена.

Чтобы не дать течению унести в море эти богатства, Айртон и Пенкроф хотели вскочить в пирогу и отбуксировать обломки крушения к островку Спасения или Гранитному дворцу, но слова Спилета остановили их.

— Вы забыли о шести пиратах, скрывающихся на правом берегу, — сказал журналист.

Все обратили взгляды к мысу Находки, куда бежали бандиты, спасшиеся с разбившейся о скалы шлюпки. Но их не было видно.

Очевидно, после гибели брига они скрылись в глубине острова.

— Мы займёмся ими после, — сказал инженер. — Они представляют некоторую опасность, так как вооружены, но всё-таки их всего шесть человек против нас шестерых. Шансы, таким образом, равны. Поэтому займёмся сейчас более срочными делами.

Айртон и Пенкроф сели в пирогу и поплыли за обломками крушения.

Новолуние наступило всего два дня тому назад, и прилив поэтому был особенно высоким. Нужно было ждать не меньше часа, пока корпус судна покажется из воды.

Айртон и Пенкроф успели перехватить мачты и, обвязав их верёвками, передать концы стоящим на берегу колонистам. Соединёнными усилиями тем удалось подтянуть драгоценные обломки к берегу. Тем временем на пирогу подобрали все плававшие в воде ящики, бочонки, клетки с птицами и т.п. и доставили всё это в Камин.

Тут один за другим стали всплывать трупы пиратов. Айртон узнал в одном из них Боба Гарвея и, указывая на него своему спутнику, взволнованно сказал:

— Таким и я был, Пенкроф.

— Но теперь вы уже не такой, мой славный Айртон! — ответил ему моряк.

Странно было, что на поверхность всплыло так мало трупов. Колонисты насчитали всего шесть утопленников. Очевидно, захваченные врасплох взрывом, пираты не успели бежать, и упавшее набок судно погребло их всех. Отлив отнёс трупы в открытое море и тем избавил колонистов от неприятной необходимости рыть могилы на своём острове.

В продолжение следующих двух часов Сайрус Смит и его товарищи были заняты только перетаскиванием в безопасное место мачт и парусов, оказавшихся в отличной сохранности. Работа настолько поглотила колонистов, что они почти не разговаривали. Зато сколько каждый из них успел передумать за эти часы! Бриг заключал в себе огромные богатства. Ведь корабль — это целый плавучий мирок, в котором есть всё необходимое. Имущество колонии должно было теперь пополниться тысячью полезных предметов.

«Почему бы нам не поднять со дна и не отремонтировать этот бриг? — думал Пенкроф. — Если в нём только одна пробоина, её нетрудно будет заделать. А корабль в триста-четыреста тонн водоизмещением — настоящий великан по сравнению с нашим «Благополучным». На таком корабле можно поплыть куда угодно! Надо будет, чтобы мистер Смит и Айртон осмотрели со мной корпус брига. Дело стоящее!»

Действительно, если бриг мог ещё держаться на воде, то шансы вернуться на родину значительно возрастали. Но для того чтобы получить ответ на этот вопрос, надо было запастись терпением и дождаться отлива; тогда можно будет осмотреть затонувшее судно.

Сложив в недоступное для воды место свои приобретения, колонисты разрешили себе маленький перерыв. Они буквально умирали от голода. К счастью, кухня была недалеко, и Наб быстро приготовил обильный завтрак. Чтобы не терять времени на ходьбу, колонисты позавтракали в Камине.

Естественно, что разговор всё время вращался вокруг неожиданного события, спасшего колонию.

— Поистине чудесное спасение! — сказал моряк. — Надо признаться, что эти пираты взлетели на воздух как нельзя более своевременно. Ещё несколько минут — и Гранитный дворец был бы разрушен дотла!

— Как вы думаете, Пенкроф, — спросил журналист, — что случилось? Что вызвало этот взрыв?

— Нет ничего более простого, мистер Спилет, — ответил моряк. — Пиратский корабль — не военное судно. Дисциплина и порядок там слабые. Ясно, что пороховой погреб при такой частой стрельбе был открыт. Ну вот, достаточно было, чтобы туда забрался какой-нибудь растяпа или чтобы кто-нибудь оступился и упал, — и вся махина взлетела на воздух.

— Знаете, мистер Спилет, — сказал Герберт, — меня удивляет, что взрыв произвёл так мало разрушений. Глядите, на воде почти нет обломков, да и шум взрыва был несильный... Можно подумать, что бриг не взорвался, а просто утонул.

— И тебя это удивляет, дитя моё? — спросил инженер.

— Очень.

— Меня тоже, Герберт, — признался инженер. — Но когда мы осмотрим корпус брига, мы, вероятно, найдём объяснение этому странному происшествию.

— Что вы, мистер Смит! — воскликнул Пенкроф. — Неужели вы думаете, что бриг просто-напросто затонул, наткнувшись на риф?

— Почему бы нет? — опросил Наб. — Ведь в проливе есть рифы.

— Ну, Наб, ты, верно, ничего не видел. За секунду до того, как затонуть, бриг поднялся на гребень огромной волны и, наклонившись набок, погрузился на дно. Если бы он просто наткнулся на риф, он бы тихо затонул, как всякое другое честное судно.

— Но ведь это как раз нечестное судно! — рассмеялся Наб.

— Терпение, Пенкроф, терпение! — сказал инженер. — Скоро мы всё узнаем.

— Узнать-то мы узнаем, но я и сейчас готов голову прозакладывать, что никаких рифов в проливе нет, — ответил моряк. — Скажите, мистер Смит, как по-вашему, нет ли и здесь проявлений той же сверхъестественной силы?..

Инженер не ответил.

— Чем бы ни было вызвано крушение, — сказал журналист, — взрывом или рифом, но оно произошло как нельзя более кстати. Согласны вы с этим, Пенкроф?

— Да, да... — ответил моряк. — Но не в этом дело. Я спрашивал у мистера Смита, не видит ли он и здесь проявления той же силы?

— Я пока воздержусь от ответа, — сказал инженер. — Вот всё, что я могу вам сейчас сказать.

Слова инженера нисколько не удовлетворили Пенкрофа. Он твёрдо верил во «взрыв» и ни за что не соглашался допустить, что в проливе, дно которого устлано таким же мелким песком, как и пляж, в проливе, который он неоднократно переходил вброд, находится неизвестный ему подводный риф. «Наконец, — рассуждал он, — в момент крушения был разгар прилива, то есть уровень воды был достаточно высок, чтобы позволить трёхсоттонному бригу преспокойно пройти, не задев рифа, который не выступает из воды при отливе. Отсюда следует, — делал он вывод, — что бригу не на что было наткнуться и он просто-напросто взорвался».

Надо признать, что рассуждения моряка были строго логичны.

В начале второго часа колонисты сели в пирогу и направились к месту крушения. Было очень досадно, что не сохранились шлюпки с брига. Одна из них, как известно, разбилась о скалы у устья реки Благодарности, другая затонула вместе с бригом и не всплыла на поверхность, очевидно раздавленная его корпусом.

В это время «Быстрый» стал понемногу выступать из воды.

Бриг не лежал на боку, как думал Пенкроф. Потеряв мачты при толчке, он, погружаясь в воду, перевернулся килем вверх.

Колонисты объехали судно кругом и установили если не причину ужасной катастрофы, то, по крайней мере, характер полученных бригом повреждений. На носу, по обе стороны киля, в семи или восьми футах под ватерлинией обшивка корпуса была разворочена, и на её месте зияла огромная пробоина в двадцать футов в диаметре. Эту пробоину никаким способом нельзя было заделать. Сила удара была так велика, что все скрепы на всём протяжении корпуса расшатались и не держали. Киль был буквально вырван из днища судна и треснул в нескольких местах.

— Тысяча чертей! — воскликнул Пенкроф. — Боюсь, что этот корабль трудно будет отремонтировать!

— Не только трудно, но даже невозможно, — заметил Айртон.

— Если здесь был взрыв, — сказал Гедеон Спилет, — то надо признаться, что он имел странные последствия: вместо того чтоб взлететь на воздух надводной части судна, пострадала почему-то только подводная часть... Нет, эти пробоины скорее говорят о столкновении с рифом.

— В проливе нет никаких рифов, — упрямо возразил моряк. — Я готов допустить что угодно, но только не столкновение с рифом!

— Надо пробраться внутрь брига, — сказал инженер. — Может быть, там мы найдём объяснение причин катастрофы.

Это было самое разумное, не говоря уже о том, что необходимо было ознакомиться с имуществом, находящимся на борту, и организовать спасение его.

Проникнуть внутрь брига было нетрудно. Вода продолжала отступать, и нижняя палуба, ставшая верхней после того, как бриг перевернулся, была вполне доступна обозрению. Балласт, состоящий из тяжёлых чугунных чушек, пробил её в нескольких местах. Слышалось журчание воды, вытекающей сквозь трещины обшивки. Сайрус Смит и его товарищи, вооружившись топорами, вступили на полуразрушенную палубу. Её загромождали ящики с разными товарами. Так как ящики пробыли в воде очень недолго, возможно, что их содержимое не слишком пострадало.

Первым долгом колонисты занялись перевозкой на сушу этих ящиков. До начала прилива оставалось ещё несколько часов, и колонисты решили использовать это время. Айртон и Пенкроф установили над пробоиной в борту тали и с их помощью перегружали в пирогу ящики и бочки. Пирога тотчас же отвозила груз на берег и возвращалась за следующей партией. Колонисты забирали всё, что попадалось под руку, так как не было времени на сортировку и отбор нужного — этим они предполагали заняться позже.

Однако между делом они с удовлетворением отметили, что груз брига состоял из самых разнообразных товаров: орудий, оружия, тканей, съестных припасов, домашней утвари и т.д. Здесь был полный ассортимент всего необходимого для дальнего плавания к Полинезийскому архипелагу.

Это было как раз то, о чём только могли мечтать колонисты.

Сайрус Смит с величайшим удивлением увидел, что внутренность брига пострадала не меньше, чем его борта, — всё здесь было в таком хаотическом беспорядке, точно в трюме взорвался снаряд огромной силы: переборки и подпоры были разбиты, груз разбросан, обшивка корпуса исковеркана. Особенно пострадала носовая часть.

Колонисты легко пробрались на корму, сделав проход между тюками с грузом. Кстати, это было нетрудно, так как тюки были не тяжёлыми, но лежали они в беспорядке.

Пройдя на корму, колонисты первым делом стали искать крюйт-камеру. Сайрус Смит не думал, что она была взорвана, и надеялся найти в ней несколько бочонков пороха; так как обычно порох хранится в металлической упаковке, он, вероятно, не успел отсыреть от пребывания под водой.

Так оно и оказалось. Найдя крюйт-камеру, колонисты обнаружили в ней бочонков двадцать пороха, обшитых изнутри медью. С величайшей осторожностью порох был извлечён и отправлен на берег. Пенкроф при этом своими глазами убедился, что не взрыв крюйт-камеры явился причиной катастрофы: как раз кормовая часть брига, в которой помещалась крюйт-камера, меньше всего пострадала от крушения.

— Возможно, — сказал упрямый моряк, — но я всё-таки повторяю, что бриг не мог наткнуться на риф в проливе, потому что там нет никаких рифов!

— Что же произошло в таком случае? — спросил юноша.

— Не знаю, — ответил моряк. — И мистер Смит не знает, и никто не знает, и никогда не узнает!

Работы внутри затонувшего корабля отняли несколько часов, и незаметно снова начался прилив. Пришлось приостановить спасательные операции. Впрочем, спешить особенно было некуда, так как корпус брига глубоко погрузился в песок и держался в нём так прочно, что течение не смогло бы сдвинуть его с места.

Можно было поэтому спокойно отложить продолжение работ до следующего отлива.

Однако самое судно было обречено — сыпучие пески на дне пролива неминуемо должны были засосать его, и нужно было поскорее снять с него всё, что представляло ценность для колонии.

Было уже около пяти часов вечера. Этот день был очень нелёгким для колонистов. Они пообедали с аппетитом и после обеда, несмотря на усталость, не могли сдержать любопытства и занялись осмотром ящиков, спасённых с «Быстрого».

В большей части ящиков находилось готовое платье и обувь в количестве, которого хватило бы, чтобы одеть с головы до ног целую колонию.

— Вот мы и стали богачами! — воскликнул Пенкроф. — Но что нам делать с такими огромными запасами?

Такими же весёлыми возгласами и криками «ура» моряк встречал каждую бочку рома, каждый ящик с табаком, огнестрельным или холодным оружием, земледельческими орудиями, слесарными, кузнечными, плотничьими инструментами, мешки с зерном, нисколько не пострадавшие от недолгого пребывания в воде. Какая нужда во всём этом была два года тому назад! Но и теперь, когда изобретательные колонисты сами обеспечили себя всем необходимым, эти богатства не были лишними.

Обширные кладовые Гранитного дворца могли вместить всё. Но в этот день колонисты так устали, что решили отложить переноску нового имущества до следующего вечера. Кстати, не следовало забывать, что шестеро каторжников из состава экипажа «Быстрого» находились на острове. Это, несомненно, были отъявленные негодяи, и нужно было принять какие-то меры предосторожности. Хотя мост через реку и все мостки были подняты, но никто не сомневался, что узенькая полоска воды не остановит пиратов, если они захотят переправиться на другой берег.

А доведённые до отчаяния пираты были опасней диких зверей.

Колонисты условились позже обсудить вопрос о взаимоотношениях с этими людьми; но пока что следовало оберегать от них имущество, сложенное вблизи Камина, и всю ночь поочерёдно один из колонистов стоял в карауле.

Однако этой ночью каторжники не пытались напасть на колонистов. Юп и Топ, оставленные на страже у Гранитного дворца, конечно, не замедлили бы поднять тревогу.

Три следующих дня — 19, 20 и 21 октября — были посвящены переноске с затонувшего корабля всего, что имело хоть какую-нибудь ценность для колонии.

Во время отлива колонисты разгружали всё более оседавшее в песок судно, во время прилива перетаскивали добытое добро в кладовые Гранитного дворца. Они отодрали от корпуса судна значительную часть его медной обшивки.

Прежде чем песок окончательно засосал бриг, Айртон и Пенкроф успели, ныряя на дно пролива, выудить якоря, якорные цепи, чугунные чушки балласта и даже четыре пушки, которые они подняли на поверхность при помощи герметически закупоренных пустых бочек. Всё это было благополучно доставлено на берег и переправлено в Гранитный дворец.

Как видим, арсенал Гранитного дворца выиграл от крушения брига не меньше, чем его склады и кладовые. Увлекающийся Пенкроф уже строил в мечтах батарею, охраняющую вход в устье реки и пролив. С этими четырьмя пушками он обязывался преградить доступ к острову Линкольна даже «самому мощному в мире флоту»!

Когда от брига остался только никуда не годный остов, наступившая непогода довершила дело разрушения. Сайрус Смит хотел взорвать остов, чтобы пригнать обломки к берегу, но жестокий норд-ост развёл на море сильное волнение, и в ночь с 23 на 24 октября волны окончательно разбили остов брига и выбросили часть обломков на берег.

Несмотря на самые тщательные поиски, Сайрус Смит не обнаружил ни в капитанской каюте, ни в других помещениях никаких судовых документов. Пираты, очевидно, сознательно уничтожили все бумаги, по которым можно было установить национальность и порт, к которому был приписан

«Быстрый», равно как и имя его владельца или капитана. Однако по некоторым конструктивным особенностям брига Айртон и Пенкроф признали в нём судно, построенное на английских верфях.

Через восемь дней после катастрофы — вернее, после чудесного спасения колонистов — не осталось никаких следов брига даже во время отливов. Обломки либо унесло в море, либо их собрали колонисты. Кладовые же Гранитного дворца обогатились всем ценным, что имелось на бриге.

Тайна, окутывающая историю гибели пиратского корабля, вероятно, никогда бы и не разъяснилась, если бы 30 октября Наб не наткнулся на берегу на обломок цилиндра из толстого железа, хранивший следы взрыва: оболочка цилиндра была изогнута и искромсана, очевидно каким-то сильным взрывчатым веществом.

Наб принёс этот кусок железа своему хозяину, работавшему в мастерских Камина.

Инженер внимательно осмотрел цилиндр и, обернувшись к Пенкрофу, спросил:

— Вы по-прежнему убеждены, что «Быстрый» не наткнулся на риф, а погиб от другой причины?

— Да, мистер Смит, — ответил моряк. — Вы не хуже меня знаете, что в проливе нет никаких рифов.

— Ну, а если он наткнулся на этот кусок железа? — спросил инженер, показывая моряку цилиндр.

— Что? На эту дурацкую трубу? — вскричал недоверчиво Пенкроф.

— Друзья мои, — сказал инженер, — помните ли вы, что перед тем, как затонуть, бриг взлетел, словно поднятый водяным смерчем?

— Да, мистер Смит, — ответил за всех Герберт.

— Вы хотите знать, что вызвало этот смерч? Вот эта штука.

И инженер показал всем железный цилиндр.

— Вот эта? — переспросил Пенкроф, думая, что инженер шутит.

— Она самая. Этот цилиндр — всё, что осталось от торпеды.

— Торпеды?! — вскрикнули хором колонисты.

— А кто выпустил эту торпеду? — спросил Пенкроф, не желавший ещё признать себя побеждённым.

— Не я! Это всё, что я могу вам ответить, — сказал Сайрус Смит. — Но факт тот, что торпеда была выпущена, и мы были свидетелями её огромной разрушительной силы.

ГЛАВА ПЯТАЯ

Утверждение Сайруса Смита. — Грандиозные планы Пенкрофа. — Воздушная батарея. — Пираты. — Колебания Айртона. — Великодушие инженера. — Пенкроф неохотно сдаётся.

Итак, гибель брига объяснялась взрывом торпеды под водой… Сайрус Смит, которому во время войны неоднократно приходилось испытывать эти страшные орудия разрушения, не мог ошибиться в своём заключении. Вот почему были столь значительны разрушения в корпусе судна, сделавшие невозможным его ремонт. И неудивительно: мог ли маленький бриг «Быстрый» устоять против торпеды, пускающей ко дну броненосный фрегат с такой же лёгкостью, как простую рыбацкую барку?

Да, торпеда давала разгадку гибели брига. Но необъяснимым оставалось появление самой торпеды.

— Друзья мои, — сказал Сайрус Смит, — мы не имеем больше права сомневаться в том, что на нашем острове живёт какое-то таинственное существо. Кто этот благодетель, вмешательство которого столько раз уже выручало нас из беды? Я не могу догадаться… Но от этого его заботы о нас не становятся менее ценными. Если вспомнить всё, что он сделал для нас, не останется сомнений в том, что это человек, и к тому же человек необычайно могущественный. Этот неизвестный спас мне жизнь, вытащив меня из воды. Айртон должен быть благодарен ему за записку в бутылке, которая предупредила нас о его бедственном положении. Добавлю, что ящик, наполненный вещами, в которых мы особенно нуждались, несомненно был подброшен на берег у мыса Находки им же; что это он зажёг костёр на плоскогорье Дальнего вида, позволивший «Благополучному» вернуться на остров; что дробинка, найденная нами в теле молодого пекари, вылетела из его ружья; что торпеда, потопившая бриг, была выпущена тоже им! Одним словом, вся та цепь загадочных событий, над объяснением которых мы столько ломали себе голову, вся она — дело его рук. Кем бы ни был этот таинственный человек — таким же потерпевшим крушение, как мы, или изгнанником, — мы были бы неблагодарнейшими из людей, если бы не чувствовали себя безмерно обязанными ему. Мы кругом в долгу перед ним, и я надеюсь, что когда-нибудь мы сумеем отплатить ему за все благодеяния!

— Вы правы, дорогой Сайрус, — ответил Гедеон Спилет. — Нельзя больше сомневаться, что на острове скрывается какой-то таинственный человек, покровительствующий нашей колонии. Я бы сказал, что могущество этого человека сверхъестественно, если бы я верил в сверхъестественное... Может быть, он через колодец проникает в Гранитный дворец и таким образом узнает все наши замыслы и планы? Но как? Ведь колодец сообщается только с морем?.. Кстати, вспомним, что никто, кроме него, не мог выбросить Топа из озера Гранта, когда на собаку напал ламантин; что никто другой не мог убить под водой этого ламантина; что Сайруса Смита, тонувшего в нескольких сотнях футов от берега, мог спасти только он, ибо всякий другой в этих условиях был бы совершенно беспомощен! Очевидно, этот человек сильнее даже стихий!

— Да, — согласился Сайрус Смит, — ваше замечание совершенно справедливо. У этого человека огромные возможности, которые могут показаться сверхъестественными не посвящённым в его тайну. Если бы мы нашли этого человека, я уверен, тайна сама собой бы разъяснилась. Но в том-то и заключается вопрос: должны ли мы стремиться раскрыть тайну нашего великодушного покровителя или нам следует терпеливо ждать, пока он сам не захочет сделать это? Как ваше мнение?

— Моё мнение, — ответил Пенкроф, — что кем бы ни был этот человек, он славный парень и молодчина, и я его очень уважаю!

— Согласен с вами, — сказал инженер, — но это не ответ на мой вопрос.

. — Моё мнение, мистер Смит, — сказал Наб, — что мы можем искать этого человека бесконечно долго, но найдём его только тогда, когда он сам того захочет.

— Ты, кажется, прав, Наб! — сказал Пенкроф.

— И я считаю Наба правым, — заметил Гедеон Спилет, — но это ещё не повод для того, чтобы отказаться от попытки найти нашего покровителя. Найдём мы его или нет, это неважно. Главное то, что мы сделаем всё от нас зависящее, чтобы выплатить долг благодарности!

— А как твоё мнение, мой мальчик? — спросил инженер, поворачиваясь к Герберту.

— О, — воскликнул юноша, — я не знаю, чего бы я не отдал, чтобы иметь возможность лично поблагодарить нашего спасителя!

— Ты прав, Герберт, — сказал Пенкроф, — честное слово, я, кажется, согласился бы пожертвовать одним глазом при условии, если бы другим увидел этого человека!

— А вы, Айртон? — спросил инженер.

— Я, мистер Смит, не считаю себя вправе высказывать своё мнение по этому вопросу. Ваше решение будет правильным решением, и если вы захотите, чтобы и я принял участие в поисках, я готов за вами следовать куда угодно!

— Благодарю вас, Айртон, — ответил инженер, — но мне хотелось бы получить от вас более прямой ответ. Вы — наш товарищ и равноправный член колонии. Поскольку речь идёт о важном деле, вы должны так же, как и все остальные, принять участие в его обсуждении.

— Мне кажется, — сказал Айртон, — что мы должны сделать всё, чтобы разыскать нашего неизвестного покровителя. Быть может, он одинок и страдает. Быть может, он нуждается в помощи, как нуждался в ней я.

— Решено! — сказал Сайрус Смит. — Мы возобновим поиски, как только это будет возможно. Мы перероем весь остров сверху донизу, проникнем в самые потаённые уголки его, и да простит нам неизвестный покровитель нашу нескромность, вызванную горячим чувством благодарности!

В течение следующих дней колонисты занимались заготовкой сена и уборкой урожая. Перед тем как отправиться в экспедицию в неисследованные части острова, они хотели покончить со всеми неотложными работами. После уборки хлеба они занялись огородами.

Весь урожай разместился в необъятных кладовых Гранитного дворца рядом с запасами сушёного мяса, тканями орудиями, инструментами, оружием, боевыми припасами и прочим.

Что касается пушек, снятых с брига, то Пенкроф упросил колонистов поднять их в Гранитный дворец и пробить для них специальные амбразуры между окнами. С этой высоты жерла пушек держали под своим прикрытием всю бухту Союза, превращая её в своеобразный маленький Гибралтар.

Ни один корабль не мог теперь приблизиться с этой стороны к острову против воли колонистов.

— Теперь, когда наша батарея установлена, — сказал Пенкроф инженеру, — необходимо испытать её в действии!

— Вы уверены, что это полезно? — спросил инженер.

— Это не только полезно, но совершенно необходимо! Без такого испытания мы не будем знать, на какое расстояние бьют наши пушки!

— Что ж, попробуем… — согласился инженер.

Испытание произвели в тот же день в присутствии всей колонии, включая Юпа и Топа. Оказалось, что радиус действия орудий превышал пять миль.

— Ну-с, мистер Смит, — воскликнул Пенкроф по окончании испытания, — согласитесь, что наша батарея работает великолепно! Ни один тихоокеанский пират не сможет теперь высадиться на остров без нашего позволения!

— Поверьте мне, Пенкроф, — ответил инженер, — лучше, чтобы нам не пришлось пускать эту батарею в действие.

— Кстати, — вспомнил вдруг моряк, — как мы поступим с теми шестью пиратами, которые находятся на острове? Неужели мы позволим им слоняться по нашим полям, лесам и долинам? Ведь эти пираты — настоящие ягуары, и я считаю, что с ними надо поступить, как с ягуарами! Что вы об этом скажете, Айртон? — спросил моряк, оборачиваясь к товарищу.

Айртон не сразу ответил, и Сайрус Смит пожалел, что Пенкроф, не подумав, обратился к нему с этим бестактным вопросом. Поэтому он глубоко взволновался, услышав, как Айртон произнёс дрожащим голосом:

— Я слишком долго был таким же ягуаром, Пенкроф… Я не вправе в данном случае высказывать своё мнение!

И с этими словами он медленно вышел из комнаты.

— Какой я осёл! — воскликнул Пенкроф, поняв свою ошибку. — Бедняга Айртон! Между тем ведь он в такой же мере, как каждый из нас, вправе решать этот вопрос!

— Это верно, Пенкроф, но тем не менее его отказ от участия в обсуждении такого вопроса делает ему честь, — сказал журналист. — Мы не должны напоминать Айртону о его тёмном прошлом!

— Слушаюсь, мистер Спилет! — ответил моряк. — Впредь буду умнее! Я лучше проглочу свой язык, чем ещё раз огорчу Айртона! Но возвратимся к вопросу о пиратах. Мне кажется, что эти негодяи не заслуживают никакого сожаления. Нужно поскорей очистить от них остров!

— Это ваше твёрдое убеждение, Пенкроф? — спросил инженер.

— Да, так я думаю.

— И вы считаете нужным начать истреблять их даже прежде, чем они сами откроют враждебные действия?

— А разве то, с чего они начали на острове, недостаточно? — недоумевающе спросил Пенкроф.

— Но ведь могло случиться, что они раскаялись, — возразил инженер.

— Они?.. Раскаялись?.. — моряк пожал плечами.

— Пенкроф, вспомни Айртона! — сказал Герберт, пожимая руку моряка. — Ведь он снова стал честным человеком!

Пенкроф посмотрел поочерёдно на всех своих товарищей. Ему и в голову не приходило, что его предложение будет так встречено. Честная, но примитивная натура моряка не могла примириться с тем, что можно так церемониться с пиратами, сообщниками Боба Гарвея, каторжниками и убийцами. Для Пенкрофа они были хуже диких зверей, и он, не задумываясь, истребил бы их всех до последнего.

— Странно! — сказал он. — Все против меня! Хотите великодушничать с этими хищниками? Пожалуйста! Только, чур, потом не раскаиваться!..

— Да ведь нам не угрожает никакая опасность, Пенкроф, если мы будем держаться настороже, — сказал Герберт.

— Хм! — заметил журналист, не принимавший до сих пор участия в споре. — Их шестеро, и они хорошо вооружены. Представь себе, Герберт, что каждый из них убьёт из засады только одного из нас. Этого будет достаточно, чтобы они стали хозяевами колонии.

— Но ведь до сих пор они не делали никаких покушений на нас! — возразил Герберт. — Может быть, они и не думают даже об этом? Кроме того, ведь нас тоже шестеро!

— Ладно, ладно! — сказал Пенкроф, не убеждённый этими возражениями. — Пусть эти раскаявшиеся убийцы обделывают свои делишки! Не будем им мешать.

— Перестань, Пенкроф, не притворяйся свирепым! — сказал Наб. — Небось, если бы один из этих пиратов был на расстоянии ружейного выстрела, ты и не подумал бы…

— Я пристрелил бы его, как бешеную собаку! — холодно возразил моряк.

— Пенкроф, — сказал инженер, — вы неоднократно говорили, что относитесь с уважением к моим советам. Согласны ли вы и в этот раз довериться мне?

— Я поступлю так, как вам будет угодно, мистер Смит, — сказал моряк, ничуть не поколебленный в своём убеждении.

— В таком случае будем ждать, пока они первыми нападут на нас!

Так и порешили, хотя Пенкроф продолжал уверять, что ничего хорошего из этого не получится. Колонисты условились всё время быть начеку, но не трогать первыми пиратов. Ведь остров был достаточно поместителен и плодороден. Если хоть тень порядочности уцелела в них, эти пираты отлично могли исправиться. Самые условия их новой жизни должны были толкнуть их на этот новый путь. Во всяком случае, хотя бы из соображений гуманности, следовало подождать. Правда, колонисты были теперь стеснены в передвижениях. Раньше, выходя за пределы своего жилища, они должны были опасаться только встречи с дикими зверями. Теперь же за каждым деревом их мог подкарауливать пират, пожалуй более опасный, чем любой хищный зверь. Это было неприятно колонистам, но они с этим мирились, вопреки настояниям Пенкрофа.

Кто был прав — Пенкроф или остальные колонисты, — на этот вопрос ответит будущее.

ГЛАВА ШЕСТАЯ

План экспедиции. — Айртон возвращается в король. — Посещение порта Шара. — Мнение Пенкрофа. — Телеграмма. — Айртон не отвечает. — Отъезд. — Почему не работал телеграф. — Выстрел.

Теперь главной заботой колонистов была подготовка экспедиции для обследования всего острова. Эта экспедиция имела целью, во-первых, разыскать таинственного покровителя колонии и, во-вторых, выяснить, что стало с пиратами, где они поселились, какой образ жизни ведут и насколько они опасны для колонии.

Сайрусу Смиту хотелось немедленно тронуться в путь, но экспедиция должна была продлиться несколько дней, и не мешало захватить с собой, кроме достаточного запаса провизии, также и всё необходимое для разбивки лагеря на привалах. Для этого нужно было взять повозку. К несчастью, один из онагров зашиб ногу и временно выбыл из строя. Колонисты решили поэтому подождать его выздоровления и отложили отъезд до 20 ноября. Ноябрь в южных широтах соответствует маю Северного полушария. Весна была в самом разгаре. Солнце подходило к тропику Козерога, и дни становились всё длиннее. Иными словами, время для экспедиции было выбрано как нельзя более удачно.

Остающиеся до отъезда девять дней решено было посвятить земледельческим работам на плоскогорье Дальнего вида.

Айртону пришлось возвратиться в кораль, обитатели которого требовали ухода и забот. Решено было, что он пробудет там два-три дня и вернётся в Гранитный дворец только после того, как обеспечит скот кормами на всё время своего отсутствия.

Перед тем как отпустить Айртона, Сайрус Смит спросил, не хочет ли он, чтобы кто-нибудь из колонистов отправился с ним в кораль, так как остров стал менее безопасным с тех пор, как на него высадились пираты.

Айртон отклонил это предложение, заявив, что он не боится никого и в случае нужды сумеет защитить себя. Если же в окрестностях кораля случится какое-нибудь происшествие, он не замедлит сообщить об этом по телеграфу.

Он уехал на рассвете 9 ноября в повозке, в которую был впряжён только один онагр. Через два часа после его отъезда колонисты получили телеграмму, в которой он сообщал, что в корале всё в порядке.

Эти два дня были посвящены Сайрусом Смитом осуществлению плана, который должен был предохранить Гранитный дворец от опасности неожиданного нападения. Инженер хотел поднять уровень воды в озере Гранта на два-три фута, чтобы совершенно скрыть от непосвящённых глаз отверстие бывшего водостока. Для этого достаточно было сделать плотину у истоков реки Водопада и Глицеринового ручья.

Все колонисты, кроме Айртона, занятого в корале, приняли участие в этой работе, и оба водостока были быстро запружены сцементированными обломками скал.

Уровень воды в озере Гранта поднялся на три с лишним фута, и теперь никто не мог заподозрить, что под водой находится отверстие прежнего водостока.

По окончании этой работы Пенкроф, Гедеон Спилет и Герберт решили сходить в порт Шара. Моряку не терпелось узнать, открыли ли каторжники маленькую бухту, в которой стоял на якоре «Благополучный».

— Я не дал бы медного гроша за наш шлюп, — сказал он, — если бы эти джентльмены обнаружили его!

10 ноября после обеда моряк и его спутники вышли из Гранитного дворца. Все они вооружились ружьями, причём Пенкроф демонстративно зарядил двумя пулями каждый ствол своего ружья: это не предвещало ничего доброго людям или животным, которые попадутся ему по дороге.

Наб проводил своих товарищей до берега реки и поднял за ними мост.

Маленький отряд пошёл прямо по дороге в порт Шара. Несмотря на то, что расстояние это не превышало трёх миль, колонисты потратили на него больше двух часов. Зато они попутно осмотрели весь прилегающий к дороге лес. Пиратов здесь не было; не зная, какими средствами обороны располагает колония, они, видимо, предпочли поселиться в более отдалённой и менее доступной части острова.

Придя в порт Шара, Пенкроф с величайшим удовлетворением увидел, что «Благополучный» спокойно стоит на якоре в узкой бухточке.

Впрочем, это было и неудивительно: порт Шара был так укрыт со всех сторон скалами, что ни с моря, ни с суши его нельзя было заметить.

— Замечательно! — воскликнул Пенкроф. — Эти негодяи ещё не приходили сюда! Змеи всегда ищут траву погуще. Очевидно, мы найдём их в лесах Дальнего Запада!

— Я счастлив, что они не нашли «Благополучного», — заметил Герберт. — Они, несомненно, бежали бы на нём, и мы лишились бы возможности поехать на остров Табор…

— И лорд Гленарван никогда не узнал бы, куда девался Айртон, — добавил журналист.

— Но «Благополучный» на месте, мистер Спилет, и всегда готов по первому приказу тронуться в путь, так же как и его экипаж!

— Я думаю, Пенкроф, что эту поездку придётся отложить до конца обследования. Возможно, что, когда нам удастся разыскать нашего покровителя, нужда в этой поездке отпадёт: не забывайте, что это он написал записку об Айртоне. Может быть, он знает также и об ожидаемом возвращении яхты лорда Гленарвана?

— Однако кто бы это мог быть? — воскликнул Пенкроф. — Обидно то, что он знает всех нас, а мы даже не можем догадаться, кто он! Если он такой же потерпевший крушение, как мы, то почему он прячется от нас? Кажется, мы честные люди, и знакомство с нами не должно никому казаться зазорным! Добровольно ли он поселился здесь? Может ли он покинуть остров, если ему захочется сделать это? Здесь ли он ещё или уже уехал?..

Продолжая беседу на эту тему, Пенкроф, Гедеон Спилет и Герберт взошли на борт «Благополучного» и стали прохаживаться по палубе.

Вдруг моряк остановился и, склонившись над бимсом, на который был намотан причальный канат, воскликнул:

— Вот это здорово!

— Что случилось, Пенкроф? — спросил журналист.

— А то, что этот узел завязан не мною!..

И Пенкроф указал на узел, которым была завязана верёвка на самом бимсе.

— Как так не вами? — спросил журналист.

— Нет, могу поклясться, что не я! Это плоская петля, а у меня привычка делать двойную морскую!

— Вы ошибаетесь, Пенкроф. Наверное, вы забыли, что завязали одним узлом.

— Нет, этого не может быть! Эти узлы делаешь механически, не думая! А в таких случаях руки не ошибаются!

— Значит, пираты всё-таки нашли «Благополучный»? — спросил Герберт.

— Не знаю, — ответил моряк, — но могу поручиться, что кто-то поднимал якорь «Благополучного» и потом снова бросил его.

— Но если бы это сделали пираты, то они бежали бы на нём или, в крайнем случае, ограбили бы его.

— Куда им бежать? На остров Табор? — возразил Пенкроф. — Навряд ли они рискнули бы предпринять это путешествие на корабле с таким малым водоизмещением...

— Кроме того, для этого они должны были бы знать точные координаты острова Табор, в чём я сомневаюсь, — заметил журналист.

— Как бы там ни было, — заявил моряк, — но наш «Благополучный» куда-то плавал! Это так же верно, как то, что меня зовут Пенкрофом!

Моряк говорил с такой уверенностью, что Гедеон Спилет и Герберт почувствовали себя убеждёнными. Было совершенно очевидно, что «Благополучный» стоит не совсем на том месте, куда его поставил Пенкроф; не было сомнений и в том, что якорь вытаскивался. Зачем бы люди стали производить эти два манёвра, если бы судёнышко не отчаливало от берега?

— Но как случилось, что мы не заметили корабля вблизи от острова? — спросил журналист, желавший рассеять все сомнения.

— Что ж тут удивительного, мистер Спилет? — ответил моряк. — Поднимите якорь ночью, и, если будет дуть хороший ветер, за два часа вы отойдёте так далеко, что потеряете из виду остров!

— В таком случае последний вопрос, — сказал Гедеон Спилет, — для какой цели пираты пользовались «Благополучным» и почему они поставили его обратно в порт?

— Отнесём это к разряду необъяснимых событий, мистер Спилет. Для нас важно, что «Благополучный» стоит на месте. К несчастью, у нас нет уверенности, что он и дальше будет стоять здесь, раз уж пираты нашли его...

— Послушай, Пенкроф, — сказал Герберт, — ведь мы можем отвести «Благополучный» в устье реки, под самые окна Гранитного дворца. Там он будет в безопасности.

— И да и нет, — ответил моряк. — Устье реки — неподходящее место для стоянки. Там очень неспокойное море.

— Тогда вытащим его на песок у Камина.

— Вот это, кажется, правильная мысль. Однако так как мы всё равно собираемся надолго покинуть Гранитный дворец, по-моему, лучше оставить «Благополучного» здесь на то время, что мы будем в экспедиции.

— Вы правы, Пенкроф. По крайней мере, за него можно быть спокойным во время непогоды, — сказал Гедеон Спилет.

— Но что, если пираты снова явятся сюда? — начал Герберт.

— Что ж, — прервал его Пенкроф, — не найдя «Благополучного» здесь, они поищут его в районе Гранитного дворца и во время нашего отсутствия завладеют им. Я согласен с мистером Спилетом — оставим шлюп на месте.

— В таком случае, в путь! — сказал журналист.

Возвратившись в Гранитный дворец, Пенкроф отдал отчёт о всём виденном инженеру. Тот вполне одобрил решение оставить шлюп в порту Шара. Он пообещал моряку исследовать берега реки, чтобы выяснить, можно ли создать искусственную гавань для «Благополучного» невдалеке от Гранитного дворца.

Вечером Сайрус Смит послал Айртону телеграмму с просьбой привезти с собой из кораля пару коз, нужных Набу. Однако Айртон, вопреки своему обыкновению, не подтвердил получения телеграммы. Это удивило инженера. Впрочем, Айртон мог уже уйти из кораля — прошло два дня со времени его отъезда, и, возможно, он уже возвращался в Гранитный дворец.

Колонисты ждали Айртона больше двух часов. Наб дежурил у моста, чтобы опустить его, как только покажется повозка, запряжённая онагром. Но и в девять часов вечера Айртона ещё не было. Инженер подошёл к аппарату и послал вторую телеграмму с просьбой немедленно ответить.

Приёмный аппарат молчал.

Колонисты забеспокоились. Очевидно, с Айртоном что-то случилось. Либо его больше не было в корале, либо он находился там, но не был свободен в своих поступках. Следовало ли сейчас же, тёмной ночью, отправляться в кораль?

Поднялся спор. Одни настаивали на том, чтобы пойти немедленно, другие возражали.

— Но, — сказал Герберт, — ведь могла просто-напросто случиться авария на телеграфной линии.

— Возможно, что ты прав, — сказал инженер. — Подождём до завтра. Может быть, действительно Айртон не получил нашей телеграммы.

Ночь прошла в напряжённом ожидании.

На рассвете Сайрус Смит снова попробовал протелеграфировать, но ответа не получил.

— В кораль! — сказал он тогда.

— И вооружимся как следует, — добавил Пенкроф.

Было решено, что Наб останется в Гранитном дворце. Он проводил своих товарищей до мостков через Глицериновый ручей, затем, подняв мостки, спрятался в деревьях в ожидании возвращения колонистов или Айртона. Если появятся пираты и сделают попытку перебраться на этот берег ручья, Наб должен был попытаться отогнать их ружейными выстрелами, а если это не поможет — искать убежища в Гранитном дворце.

В шесть часов утра колонисты зашагали по дороге в кораль. Топ бежал впереди, не проявляя никаких признаков беспокойства. Попутно колонисты проверяли исправность телеграфной линии. На протяжении первых двух миль столбы были в сохранности, изоляторы на месте, и никакого обрыва проводов не замечалось. Но, подойдя к столбу №74, Герберт, шедший впереди, вдруг остановился и закричал:

— Провод оборван!

Колонисты подбежали к нему. Действительно, дорогу преграждал поваленный телеграфный столб. Теперь понятно было, почему Айртон не отвечал на телеграммы из Гранитного дворца.

— Думаю, что не ветер опрокинул столб, — сказал Пенкроф.

— Нет, — ответил Гедеон Спилет, — у подножия его вырыта яма. Столб повалили намеренно.

— И провод перекручен. Смотрите, вот разрыв!

— В кораль! В кораль! — воскликнул моряк.

Колонисты находились теперь в двух с половиной милях от кораля. Они не шли, а бежали, уверенные в том, что в корале случилось какое-то несчастье. Теперь пугало их не то, что Айртон не подал вести о себе, —

причина этого была ясна, — а то, что он, обещав вернуться накануне вечером, не пришёл. Кроме того, пираты не стали бы без нужды прерывать связь между коралем и Гранитным дворцом. Колонисты искренне привязались к своему новому товарищу, их чрезвычайно взволновала опасность, угрожавшая ему.

Наконец вдали показалась ограда кораля. Здесь всё выглядело как обычно: ограда стояла прочно, ворота были заперты. Но, подойдя ближе, колонисты заметили, что из кораля не доносится никаких звуков — ни блеяния муфлонов, ни голоса Айртона.

Кругом царила тишина.

— Войдём внутрь, — сказал Сайрус Смит.

И инженер смело направился к воротам. Остальные колонисты, приложив ружья к плечу, готовы были стрелять при малейшей тревоге.

Сайрус Смит поднял засов ворот и хотел уже толкнуть створку, когда Топ отчаянно залаял. Из-за ограды раздался выстрел, и Герберт, вскрикнув, упал на землю.

ГЛАВА СЕДЬМАЯ

Журналист и Пенкроф в корале. — Герберта переносят в дом. — Отчаяние моряка. — Лечение. — Пираты появляются вновь. — Как предупредить Наба? — Верный пёс. — Ответ Наба.

Услышав крик Герберта, Пенкроф бросил ружьё и кинулся к нему.

— Они убили его! — вскричал он. — Мой бедный мальчик! Они убили его!..

Сайрус Смит и Гедеон Спилет также подбежали к Герберту. Журналист, склонившись над юношей, удостоверился, что его сердце ещё бьётся.

— Герберт жив! — сказал Гедеон Спилет. — Его нужно перенести на постель...

— В Гранитный дворец? Это невозможно, — возразил инженер.

— Тогда в кораль! — вскричал Пенкроф.

— Минутку подождите, — сказал Сайрус Смит.

И он бросился влево, вдоль ограды кораля. Неожиданно он увидел перед собой одного из пиратов. Тот целился в него из ружья. Инженер быстро нагнулся, и пуля сорвала у него шляпу с головы. Не успел пират перезарядить ружьё, как нож Сайруса Смита, более верный, чем пуля, вонзился ему в сердце.

Тем временем Гедеон Спилет и Пенкроф перелезли через ограду кораля, откинули колоду, подпиравшую изнутри ворота, и, убедившись, что домик Айртона пуст, перенесли туда бедного Герберта и уложили его на постель Айртона.

Через несколько минут Сайрус Смит также вернулся к раненому.

Горесть моряка при виде недвижимого Герберта не поддавалась описанию. Он рыдал, он проклинал судьбу, он порывался разбить себе голову о стену. Ни инженеру, ни Гедеону Спилету не удавалось успокоить его. Впрочем, и сами они были в полном отчаянии.

Тем не менее всё необходимое было сделано для того, чтобы вырвать из когтей смерти бедного юношу. Гедеон Спилет за время своей полной приключениями жизни приобрёл некоторые познания в медицине. Ему и в прошлом неоднократно приходилось оказывать помощь при огнестрельных и ножевых ранах.

Совладав с первым порывом горя, он занялся раной Герберта.

С самого начала журналиста неприятно поразила вялость раненого. Он приписал её потере крови. Герберт был мёртвенно бледным. Сердце его билось еле слышно, так что много раз журналисту казалось, что биение совсем прекратилось. Сознание совершенно покинуло раненого. Это всё были очень неприятные симптомы.

Обнажив грудь юноши, журналист омыл её холодной водой. Показалось отверстие раны между третьим и четвёртым рёбрами. Повернув Герберта на спину — раненый испустил при этом стон, но настолько слабый, что, казалось, это был его последний вздох, — Гедеон Спилет увидел выходное отверстие.

— Какое счастье! — воскликнул он. — Пуля прошла навылет, и нам не придётся вынимать её!

— Но сердце? — спросил Сайрус Смит.

— Сердце не задето, иначе Герберт был бы уже мёртв.

— Мёртв! — вскричал Пенкроф, отчаянно зарыдав. Моряк услышал только последнее слово.

— Нет, Пенкроф, нет! — ответил инженер. — Он не умер. Сердце у него бьётся! Он даже застонал только что. Но ради самого Герберта, успокойтесь! Нам нужно всё наше мужество. Не заставляйте нас терять его, мой друг!

Пенкроф умолк. Только крупные слёзы потекли по его щекам.

Тем временем Гедеон Спилет старался вспомнить, как надо поступать в таких случаях. Он не сомневался в том, что пуля, войдя в грудь, вышла через спину. Но какие разрушения она могла причинить на своём пути? Какие жизненно важные органы задеты? На этот вопрос едва ли мог бы ответить и профессионал-хирург, тем более трудно было его решить журналисту.

Но он твёрдо знал одно: нужно предотвратить воспалительный процесс в поражённых тканях и неизбежное его следствие — лихорадку. Но как это сделать? Какие антисептические и жаропонижающие средства применить?

Прежде всего нужно было обеззаразить оба раневых отверстия. Гедеон Спилет боялся промывать раны тёплой водой, чтобы не вызвать нового кровотечения, так как Герберт и без того потерял уже много крови. Поэтому он ограничился тем, что омыл их холодной ключевой водой.

Юношу положили на левый бок и оставили его в этом положении.

— Не надо позволять ему ворочаться, — сказал Гедеон Спилет. — Это положение наиболее удобно для заживления ран на груди и на спине. Герберту нужен полный покой.

— И мы не сможем перевезти его в Гранитный дворец? — спросил Пенкроф.

— Нет, Пенкроф, — ответил журналист.

— Проклятие! — вскричал моряк.

— Пенкроф! — укоризненно сказал инженер.

Гедеон Спилет приступил к внимательному осмотру ран Герберта. Юноша был так бледен, что журналист почувствовал страх.

— Сайрус, — сказал он, — ведь я не врач... Я в страшной нерешительности... Вы должны помочь мне своими советами... своим опытом...

— Не волнуйтесь, дорогой Спилет, — ответил инженер, пожимая ему руку. — Обдумайте всё совершенно спокойно. Пусть вами владеет только одна мысль: как спасти Герберта!

Слова инженера вернули Гедеону Спилету самообладание, утерянное на минуту от сознания огромной ответственности. Он сел у постели раненого. Сайрус Смит стал рядом. Пенкроф разорвал на себе рубаху и принялся щипать корпию.

Гедеон Спилет изложил свой план лечения: прежде всего он считал нужным остановить кровотечение. Но перевязать раны он не решился, чтобы не закрыть выход гною, который мог образоваться внутри тела от воспаления задетых пулей органов.

Сайрус Смит одобрил этот план; решено было не тампонировать ран, а предоставить им самим рубцеваться, не допуская только загрязнения их. Теперь оставалось решить, какое средство нужно применить для предупреждения воспаления.

Таким средством, по мнению журналиста, могла быть только холодная вода. Вода унимает жар и является отличным лекарством, которое врачи применяют при таких ранениях очень охотно, даже при наличии большого выбора других средств. Таким образом, Гедеон Спилет, избрав в качестве лекарства холодную воду, сделал то же, что сделал бы на его месте лучший хирург. К обеим ранам бедного Герберта тотчас же были приложены холодные компрессы, которые сменяли каждые несколько минут.

Моряк развёл огонь в очаге. К счастью, жилище Айртона было снабжено достаточным количеством всяких припасов. Кроме того, здесь же хранились собранные самим юношей лекарственные травы. Журналист сварил из них настой и влил его в рот раненому. Тот всё ещё не приходил в сознание. Температура у него была очень высокая.

В течение остатка дня и всей ночи жизнь Герберта висела на волоске, и каждую секунду этот волосок грозил оборваться.

На следующий день, 12 ноября, у Гедеона Спилета и его товарищей появилась надежда на благополучный исход болезни. Герберт очнулся от долгого забытья. Он открыл глаза, узнал Сайруса Смита, журналиста, Пенкрофа, даже сказал им два-три слова. Он не знал, что с ним случилось. Ему рассказали всё, и Гедеон Спилет попросил его сохранять полную неподвижность — жизнь его вне опасности, и раны скоро заживут. Впрочем, Герберт почти не страдал, так как холодная вода, которой беспрерывно смачивали его раны, не давала им воспалиться.

Пенкроф почувствовал себя так, словно камень упал с его сердца. Он ухаживал за Гербертом, как мать за своим больным ребёнком.

Герберт снова заснул, но на этот раз более спокойным сном.

— Скажите мне, что вы не теряете надежды, мистер Спилет! — взмолился моряк. — Скажите, что вы спасёте его!

— Мы спасём его! — ответил журналист. — Герберт опасно ранен. Может быть, пуля даже пробила лёгкое. Но всё-таки его рана не смертельна.

Вполне естественно, что за эти двадцать четыре часа, проведённые в корале, колонисты ни о чём, кроме ранения Герберта, не думали. Они не позаботились даже о своей безопасности, несмотря на то что пираты могли вернуться каждую минуту. Но теперь, когда Герберту стало лучше, Сайрус Смит и журналист стали совещаться, что следует предпринять.

Прежде всего они решили осмотреть кораль. Нужно было выяснить, был ли Айртон взят в плен своими бывшими сообщниками, застали ли они его врасплох, или он боролся с ними и был убит. Последнее предположение, увы, было самым правдоподобным.

Однако в корале не осталось никаких следов борьбы. Ворота его были аккуратно заперты, все животные находились на месте, даже всё имущество в доме оказалось нетронутым. Исчезли лишь сам Айртон да порох и пули, которые он взял с собой в кораль.

— Очевидно, несчастного застигли врасплох, и так как он не пожелал сдаться без сопротивления, то его убили... — сказал Сайрус Смит.

— Боюсь, что вы правы, — ответил журналист. — Очевидно, пираты поселились было в корале, где всё имеется в изобилии, и удрали отсюда, только завидев нас. Ясно ведь, что в это время Айртона — живого или мёртвого — здесь не было.

— Придётся организовать облаву в лесу и очистить остров от этих негодяев! — сказал инженер. — Предчувствия не обманули Пенкрофа. Помните, как он настаивал, чтобы мы истребили пиратов? Если бы мы послушались его тогда, мы не знали бы теперь этих несчастий.

— Да, — ответил журналист. — Но зато теперь мы вправе быть беспощадными.

— Нам придётся выждать некоторое время в корале, пока можно будет перевезти Герберта в Гранитный дворец.

— А как же Наб? — спросил журналист.

— Наб в полной безопасности.

— А что, если, встревоженный нашим долгим отсутствием, он решится прийти сюда?

— Этого ни за что нельзя допустить! — живо сказал инженер. — Его могут убить по дороге.

— И всё-таки я боюсь, что он именно так и поступит.

— Ах, если б работал телеграф! Мы предупредили бы его! Увы, сейчас это невозможно... Но нельзя же оставить здесь Герберта на попечении одного Пенкрофа!.. Придётся, видно, мне одному пойти в Гранитный дворец.

— Нет, нет, Сайрус! Вы не имеете права рисковать жизнью! Тут недостаточно одной храбрости! Негодяи, конечно, следят за коралем. Они затаились где-нибудь в чаще леса, и, если вы отправитесь один, мы будем оплакивать две смерти вместо одной!

— Но ведь Наб уже двадцать четыре часа не имеет от нас известий! Он, безусловно, захочет прийти!

— И так как он не подозревает об опасности, его наверняка убьют, — добавил журналист. — Неужели нет способа предупредить его?

В то время как инженер и журналист раздумывали над этой задачей, Топ вертелся вокруг них, как будто пытаясь сказать: «А я-то на что здесь?»

— Топ! — вскрикнул инженер.

Собака кинулась к нему.

— Топ пойдёт! — сказал Гедеон Спилет, сразу оценивший идею инженера. — Собака благополучно пройдёт там, где нам бы не удалось и шага сделать! Она передаст в Гранитный дворец новости из кораля и принесёт нам ответные известия!

Гедеон Спилет вырвал из записной книжки листок и быстро набросал на нём следующие строки:

«Герберт ранен. Айртон исчез. Мы в корале.

Будь настороже. Ни в коем случае не уходи из Гранитного дворца. Не заметил ли ты пиратов в его окрестностях? Пошли ответ с Топом».

Записка была вложена в ошейник Топа так, чтобы она сразу бросилась в глаза Набу.

— Топ, милый Топ, — сказал инженер, лаская собаку. — Беги к Набу, Топ! К Набу! Скорее, Топ!

Топ радостно залаял в знак того, что понял, чего от него ожидают.

Дорога в Гранитный дворец была ему хорошо известна.

Инженер подошёл к воротам кораля и, распахнув их, несколько раз повторил:

— Беги к Набу, к Набу, к Набу, Топ! — и вытянул руку в направлении Гранитного дворца.

Топ выбежал за ворота и тотчас же исчез.

— Он добежит! — сказал журналист.

— И принесёт нам ответ, — добавил инженер.

— Который час? — спросил Гедеон Спилет.

— Десять часов.

— Через час Топ может возвратиться. Надо будет стеречь его.

Закрыв ворота кораля, инженер и журналист вернулись в дом. Герберт крепко спал. Пенкроф сидел возле него, беспрестанно меняя компрессы. Видя, что больному в данную минуту ничего не нужно, Гедеон Спилет занялся приготовлением пищи, не переставая в то же время наблюдать за примыкающей к отрогам холма частью ограды, откуда можно было ожидать нападения.

Колонисты с тревогой ждали возвращения Топа. Около одиннадцати часов, зарядив карабины, Сайрус Смит и Гедеон Спилет вышли к воротам кораля, чтобы впустить собаку, как только она залает. Они не сомневались, что Наб отошлёт верного посланца с ответом немедленно по получении записки.

После десяти минут ожидания вдруг раздался выстрел и словно в ответ на него громкий лай. Инженер раскрыл ворота и, заметив в сотне шагов впереди не рассеявшийся ещё дымок, выстрелил в этом направлении.

Почти в ту же секунду в ворота кораля вбежал Топ, Гедеон Спилет поспешно захлопнул за ним створку.

— Топ, милый мой Топ! — воскликнул инженер, обнимая шею умного животного.

К ошейнику Топа была привязана записка, в которой крупным почерком Наба было написано:

«Пиратов в окрестностях Гранитного дворца не было. Я не двинусь с места. Бедный Герберт! Бедный Айртон!»

ГЛАВА ВОСЬМАЯ

Пираты, бродят вокруг кораля. — Временное убежище. — Продолжение лечения Герберта. — Первая радость Пенкрофа. — Воспоминания. — Что сулит будущее. — Мысли Сайруса Смита об этом.

Итак, пираты всё время бродили вокруг кораля, подстерегая колонистов, чтобы убить их поодиночке! Действительно, другого, выхода, как объявить им беспощадную войну, не оставалось. Но прежде всего надо было соблюдать величайшую осторожность, так как эти негодяи имели перед колонистами то преимущество, что они видели их, оставаясь сами невидимыми, и могли напасть неожиданно, в любую минуту, а сами не опасались внезапного нападения.

Сайрус Смит решил поэтому пока что продолжать жить в корале, снабжённом достаточными запасами продовольствия. Домик Айртона не был разграблен пиратами, которых вспугнул неожиданный приход колонистов.

По мнению Гедеона Спилета, дело происходило так: шестеро пиратов, спасшихся с разбитой шлюпки, бросились бежать вдоль южного берега острова. Обогнув Змеиный полуостров и не решаясь углубляться в дремучий лес Дальнего Запада, они дошли до устья реки Водопада. Идя дальше, вдоль правого берега реки, они добрались до отрогов горы Франклина. Здесь в поисках какого-нибудь естественного убежища они, вероятно, наткнулись на кораль, в то время никем не охраняемый. Возвращение Айртона должно было быть для них неприятной неожиданностью, но, пользуясь численным перевесом, они напали на него, и... дальнейшее было вполне понятным...

Теперь оставшиеся в живых пять пиратов бродили по лесу. Они были отлично вооружены, и нельзя было выйти из кораля, не рискуя получить пулю в спину из какой-нибудь засады.

— Надо ждать, — говорил Сайрус Смит. — Ничего другого нам не остаётся! Когда Герберт выздоровеет, мы организуем облаву по всем правилам, и ни один из этих негодяев не уйдёт от нас. Наказание пиратов будет нашей целью наравне с...

— ...поисками таинственного покровителя, — подхватил журналист. — Надо признаться, дорогой Сайрус, что сейчас как нельзя более удачный момент для вмешательства этой таинственной силы, и мне очень жалко, что она стоит в стороне от всего этого.

— Как знать!.. — произнёс инженер.

— Что вы хотите сказать? — удивился журналист.

— Может быть, мы не выпили ещё до дна чашу испытаний, и у таинственного покровителя ещё будет случай вмешаться... Впрочем, не стоит об этом говорить. Важнее всего для нас — сохранить жизнь Герберту!

Это действительно было важнейшей заботой колонистов. Прошло несколько дней, и состояние юноши не ухудшилось. Но при такой болезни каждый выигранный день — лишний шанс на спасение. Компрессы с холодной водой, беспрерывно сменяемые, не дали ранам воспалиться. Журналист даже думал, что вода из источника, содержащая некоторую примесь серы, способствовала рубцеванию ран. Жар у больного постепенно понижался. Надо отметить, что его держали на строжайшей диете, что не могло, конечно, способствовать быстрому восстановлению сил. Но зато полный покой был ему очень полезен.

Сайрус Смит, Пенкроф и Гедеон Спилет превратились в искуснейших сиделок. Всё бельё, хранившееся в домике Айртона, было превращено в тряпки для компрессов и корпию. Журналист уделял величайшее внимание ранам своего пациента, постоянно напоминая товарищам, что опытные врачи придают правильному уходу за больным не меньшее значение, чем удачно сделанной операции.

Через десять дней, 22 ноября, Герберту стало много лучше. Он ел с аппетитом. Щёки его порозовели, и он начал улыбаться своим сиделкам. Он даже стал немного разговаривать, несмотря на протесты Пенкрофа. Честный моряк тогда сам стал болтать без умолку, чтобы помешать больному говорить.

Герберт спросил Пенкрофа, почему Айртона нет в корале. Не желая огорчать юношу, моряк кратко ответил, что Айртон отправился в Гранитный дворец, чтобы охранять его вместе с Набом.

— Видишь, Герберт, — говорил он, — я был прав, когда советовал уничтожить этих пиратов, как диких зверей!.. А мистер Смит хотел обращаться с ними по-хорошему!.. Я бы им по-хорошему всадил по пуле, да ещё самого крупного калибра.

— Пираты не появлялись больше? — спросил больной.

— Нет, мой мальчик. Но мы найдём их, когда ты выздоровеешь. Тогда посмотрим, посмеют ли эти трусы, стреляющие из-за угла, драться с нами лицом к лицу!

— Но ведь я ещё очень слаб, Пенкроф...

— Силы вернутся к тебе понемногу. Что такое рана в грудь навылет? Сущий пустяк! Я не раз бывал ранен посерьёзней, а сейчас, как видишь, здоров как бык!

Несмотря на то, что состояние здоровья Герберта улучшалось и жизни его не грозила больше опасность, Сайруса Смита томили какие-то мрачные предчувствия. Ему казалось, что колония, которой до сих пор во всём улыбалось счастье, вступила в полосу неудач.

В течение двух с половиной лет колонисты жили безбедно. Остров изобиловал минеральным сырьём, растениями, животными. Искусство и знания людей заставляли эти дары природы служить нуждам колонии. И колония процветала. Кроме того, в тяжёлые минуты к колонистам на помощь неизменно являлась какая-то таинственная сила... Но всё это не могло продолжаться вечно! Короче говоря, Сайрус Смит пришёл к заключению, что фортуна повернулась спиной к колонистам.

Неудачи начались с тех пор, как пиратский корабль появился в водах острова Линкольна; хотя вмешательство покровителя колонии и уничтожило его, но шестеро пиратов спаслись от катастрофы. По сей день пятеро из них были живы и свободны, неуловимы и опасны. Айртон, по-видимому, погиб от рук этих негодяев. Герберт был почти смертельно ранен ими...

Были ли события последних дней случайностью или только началом цепи неудач? Этот вопрос мучил Сайруса Смита. В откровенном разговоре с журналистом он высказал сожаление, что таинственный покровитель острова именно в эти тяжёлые минуты безмолвствует.

Неужели он покинул остров? Или, может быть, и он умер?

На эти вопросы нельзя было найти ответа. Но не следует думать, что Сайрус Смит и Гедеон Спилет впали в уныние. Ничего подобного! Они не боялись смотреть правде в глаза, взвешивая и оценивая свои шансы выйти победителями из суровой борьбы с жизнью, смело глядели в будущее и готовы были отражать все удары, которые им готовила судьба.

ГЛАВА ДЕВЯТАЯ

От Наба нет известий. — Предложение моряка и журналиста отклоняется. — Вылазка Гедеона Спилета. — Клочок ткани. — Послание. — Спешный отъезд. — Прибытие на плоскогорье Дальнего вида.

Герберт хотя и медленно, но выздоравливал. Теперь уже можно было подумать и о возвращении в Гранитный дворец. Как ни хорошо было устроено и снабжено всем необходимым жилище Айртона, оно, конечно, не могло сравниться с удобствами здорового помещения в Гранитном дворце. Кроме того, и в смысле безопасности Гранитный дворец был исключительно надёжным местом, тогда как здесь беспрестанно приходилось опасаться неожиданного нападения пиратов. Поэтому колонисты с нетерпением ждали дня, когда состояние здоровья позволит юноше выдержать переезд.

От Наба не было никаких известий, но это не тревожило колонистов. Храбрый малый был в полной безопасности в Гранитном дворце и не позволил бы пиратам застать себя врасплох. Топ остался в корале, так как инженер не хотел ещё раз подвергать преданное животное риску получить пулю от пиратов.

Несмотря на стремление колонистов поскорее вернуться в Гранитный дворец, приходилось выжидать. Инженера огорчало, что силы колонистов были раздроблены: он боялся, как бы этим не воспользовались пираты. С тех пор как исчез Айртон и заболел Герберт, колонистов было только четверо против пяти пиратов.

Однажды, когда Герберт заснул, Пенкроф, журналист и инженер стали обсуждать, какие меры следует принять против пиратов и как восстановить связь с Набом.

— Друзья мои, — сказал журналист, — я совершенно согласен с вами, что ехать обратно в Гранитный дворец — это значит подставлять себя под пули, не имея возможности ответить тем же. Но не считаете ли вы, что пришло время приступить к настоящей охоте на этих негодяев?

— И я об этом думал, — сказал Пенкроф. — Не станем же мы бояться пуль! Если мистер Смит разрешит, я готов хоть сейчас отправиться в лес. Стоит тут раздумывать! Человек стоит человека!

— Но не пяти человек! — возразил инженер.

— Нас будет двое против пяти, — сказал журналист. — Я пойду с Пенкрофом, и мы захватим ещё с собой Топа.

— Друзья мои! — сказал Сайрус Смит. — Давайте обсудим это хладнокровно. Если бы каторжники жили в каком-нибудь определённом месте, если бы это место было нам заранее известно и достаточно было бы лишь отправиться туда, чтобы выгнать их из логовища, тогда такая экспедиция была бы оправданной. Но скажите сами, откуда вы знаете, что не они первые увидят вас и обстреляют?

— Что ж, мистер Смит, — возразил Пенкроф, — не всякая пуля попадает в цель!

— Та, что попала в Герберта, не заблудилась, Пенкроф! — ответил инженер. — Заметьте, кстати, что, если вы вдвоём покинете кораль, я останусь здесь один. Можете ли вы поручиться, что пираты, проследив за вами, не воспользуются случаем напасть на кораль, зная, что его защищает только один человек, а второй лежит раненый?

— Вы правы, мистер Смит, — сказал Пенкроф, хотя в груди его клокотал гнев. — Вы правы! Они непременно сделают попытку овладеть коралем, снабжённым всяческими запасами, — это мне хорошо известно. А вы один не сможете отстоять его. Ах, если бы мы были в Гранитном дворце!

— Если бы мы были в Гранитном дворце, — сказал инженер, — положение было бы совсем другим: я не побоялся бы оставить Герберта на попечение одного из нас, а остальные трое отправились бы обыскивать лес. Но пока мы ещё находимся в корале и останемся здесь до тех пор, пока не сможем все вместе выйти из него!

Рассуждения Сайруса Смита были настолько убедительны, что товарищи не стали спорить.

— Если бы Айртон был с нами! — с грустью сказал Гедеон Спилет. — Бедняга! Недолго ему удалось пожить по-человечески!

— Если только он умер... — каким-то странным тоном сказал Пенкроф.

— Разве вы надеетесь, что эти негодяи пощадили его? — спросил Гедеон Спилет.

— Им выгодно было бы сделать это!

— Как, неужели вы подозреваете, что Айртон забыл, чем он обязан нам, и, встретившись со своими бывшими сообщниками…

— Я ничего не утверждаю, — угрюмо начал моряк, — но…

— Пенкроф, — сказал Сайрус Смит, кладя руку на плечо моряка, — это дурная мысль! Вы очень огорчите меня, если будете подозревать Айртона в измене! Я ручаюсь, что он до последнего вздоха был предан нам!

— И я! — живо сказал журналист.

— Да… да… мистер Смит, — смущённо ответил Пенкроф. — Я признаюсь, что это недостойное подозрение и вдобавок ни на чём не основанное. Но что поделаешь! У меня голова идёт кругом. Это заключение в корале ужасно действует на меня. Никогда в жизни я так не злился!

— Терпение, Пенкроф, — сказал инженер. — Скажите, Спилет, через сколько времени, по-вашему, можно будет перевезти Герберта в Гранитный дворец?

— Трудно сказать, Сайрус. Малейшая неосторожность при таком состоянии может иметь тягчайшие последствия. Но если его выздоровление будет идти таким же темпом, как сейчас, то дней через восемь можно будет подумать об этом.

Восемь дней! Таким образом, возвращение в Гранитный дворец откладывалось до начала декабря.

Весна была уже в разгаре. Погода стояла превосходная. Деревья были в полном цвету. Приближался сезон сельскохозяйственных работ. Следовательно, тотчас же по возвращении в Гранитный дворец нужно будет заняться весенним севом. Можно себе представить, как угнетало колонистов вынужденное безделье в корале.

Раз или два журналист рискнул выйти за ограду кораля. Он держал наготове заряженный карабин. Топ сопровождал его. Эти рекогносцировки окончились благополучно — пиратов вблизи не было; очевидно, в это время они находились в какой-нибудь другой части острова.

27 ноября, во время второй вылазки, журналист зашёл в глубь леса примерно на четверть мили от кораля. Топ неожиданно стал проявлять признаки беспокойства. Собака бегала взад и вперёд, обнюхивала землю в кустах и под деревьями, словно что-то чуяла.

Гедеон Спилет насторожился. Вскинув карабин к плечу, он зорко осматривался по сторонам, в то же время всячески поощряя Топа продолжать поиски. Собака, очевидно, не чуяла присутствия человека, в противном случае она залаяла бы, предупреждая об опасности.

Так продолжалось около пяти минут. Топ рыскал по невидимому следу, журналист осторожно пробирался за ним. Вдруг собака кинулась в густой кустарник и вернулась оттуда, держа в пасти какой-то лоскут. Гедеон Спилет поспешил возвратиться в кораль и показать своим товарищам эту изодранную в клочья мятую и грязную тряпку.

Колонисты увидели, что это был лоскут валяной шерсти, изготовленной ими самими. Очевидно, это был обрывок от куртки Айртона.

— Видите, Пенкроф, — заметил Сайрус Смит. — Несчастный Айртон боролся с пиратами, увлекавшими его за собой против его воли. Неужели вы продолжаете ещё сомневаться в его честности?

— Нет, мистер Смит, — ответил моряк, — я давно уже раскаялся в своём минутном подозрении. Но из этого открытия, по-моему, нужно сделать один вывод…

— Какой? — спросил журналист.

— Что Айртон не был убит в корале. Его живым вытащили отсюда. Следовательно, может быть, он и посейчас жив!

— Это правда… — задумчиво сказал инженер.

И действительно, находка давала колонистам слабую надежду на то, что их товарищ не убит. Они полагали, что Айртон был подстрелен из-за угла, как Герберт. Но если пираты не убили его сразу и для чего-то потащили в другую часть острова, то были все основания допустить, что он жив и сейчас и находится лишь в плену у каторжников. Почему пираты не убили его? Возможно, что они признали в нём бывшего сообщника и не теряли надежды уговорить его присоединиться к ним. Он был бы очень полезен им, если бы согласился изменить своим друзьям. Так или иначе, но колонисты воспрянули духом И стали надеяться, что Айртон найдётся. Если он был в плену, можно было не сомневаться, что он приложит все усилия, чтобы вырваться на свободу и вернуться к своим друзьям.

— Но если Айртону удастся бежать из плена, — сказал журналист, — он направится прямо в Гранитный дворец, так как он не знает про покушение на Герберта и поэтому не подозревает, что мы осаждены в корале.

— О, я был бы счастлив, если бы знал, что он находится во дворце! — воскликнул Пенкроф. — Как бы мне хотелось, чтобы и мы наконец очутились там! Эти негодяи бессильны что-либо предпринять против Гранитного дворца, но зато они могут разграбить наши посевы, птичник, огороды...

Пенкроф, в котором жила душа земледельца, беспокоился о своих посевах. Но Герберт с ещё большим нетерпением стремился в Гранитный дворец. Он понимал, как это необходимо для колонистов. Из-за него они теряли драгоценное время! Герберт убеждал Гедеона Спилета, что отлично перенесёт перевозку и что в своей светлой, сухой комнате с видом на море поправится скорее, чем здесь.

Но журналист, боясь, как бы раны Герберта, только что зарубцевавшиеся, не открылись в дороге, медлил и всё откладывал отъезд.

Однако случилось событие, заставившее колонистов уступить просьбам юноши.

Это произошло 29 ноября. Было около семи часов утра.

Трое колонистов мирно беседовали в комнате Герберта, как вдруг Топ залаял. Схватив ружья, всегда стоявшие заряженными, колонисты выбежали из домика.

Топ продолжал лаять, но лай его выражал не беспокойство или ярость, а, напротив, в нём звучали радостные нотки.

— Кто-то идёт!

— Очевидно.

— Это не может быть враг!

— Может быть, это Наб?

— Или Айртон?

Не успели колонисты обменяться этими предположениями, как кто-то перевалился через ограду и легко спрыгнул на землю.

Это был Юп, сам мистер Юп. Топ встретил его по-дружески.

— Юп! — воскликнул Пенкроф.

— Его послал Наб! — сказал инженер.

Пенкроф подбежал к орангутангу. Сайрус Смит не ошибся: к шее Юпа был подвешен мешочек, содержавший следующую записку, писанную рукой Наба:

«Пятница, 6 ч. утра.
Пираты хозяйничают на плоскогорье!
Наб».

Можно себе представить огорчение колонистов при этом известии! Они переглянулись и, не сказав ни слова, вернулись в домик. Что-то нужно было предпринять. Хозяйничанье пиратов в их житнице — это была катастрофа, это было бедствие, это было разорение!

Герберт с первого взгляда понял по выражению лиц Сайруса Смита, Гедеона Спилета и Пенкрофа, что случилось что-то дурное. Заметив на дворе Юпа, он сразу понял, что какое-то несчастье обрушилось на Гранитный дворец.

— Мистер Смит! — воскликнул он. — Я хочу уехать отсюда! Я отлично перенесу дорогу! Я хочу уехать!

Гедеон Спилет пристально посмотрел на юношу и сказал:

— В таком случае, едем!

Колонисты посовещались, перевозить ли Герберта в тележке, в которой Айртон прибыл в кораль, или на носилках. Последние были бы более удобными, так как больного меньше трясло бы, но зато они требовали двух носильщиков, — иначе говоря, в случае неожиданного нападения только один из колонистов мог немедленно дать отпор пиратам. Это было опасно. Напротив, при перевозке в тележке все трое колонистов в любой момент были готовы к отпору. Можно было к тому же устроить Герберту удобную постель и подвигаться медленно и осторожно, чтобы избежать толчков.

Так и порешили. Пенкроф впряг онагра в тележку, Сайрус Смит и Гедеон Спилет устроили в ней удобную постель и уложили на неё Герберта.

Погода стояла превосходная. Яркие лучи солнца пробивались сквозь листву деревьев.

— Проверьте заряды в ружьях! — сказал инженер.

Всё оказалось в порядке. Инженер и Пенкроф были вооружены каждый двуствольным ружьём, Гедеон Спилет — карабином.

— Удобно ли тебе, Герберт? — спросил Сайрус Смит.

— Не бойтесь, мистер Смит, — ответил Герберт, — я не умру дорогой.

Видно было, что юноша очень страдает и напрягает все свои силы, чтобы не потерять сознания.

У инженера мучительно сжалось сердце. Он колебался давать сигнал к отправлению. Но остаться в корале — значило привести Герберта в отчаяние, может быть, гибельное для него.

— В путь! — скомандовал наконец инженер.

Ворота кораля распахнулись. Топ и Юп, умевшие, когда это было нужно, соблюдать тишину, бросились вперёд. Пенкроф взял под уздцы онагра и вывел из ворот повозку. Сайрус Смит снова захлопнул створки, и маленький отряд медленно двинулся вперёд.

Колонистам, собственно говоря, не следовало возвращаться в Гранитный дворец прямой дорогой, так как она была известна пиратам, но по всякой другой дороге на тележке было бы трудно пробираться, поэтому пришлось ехать по этой.

Сайрус Смит и Гедеон Спилет шли по обе стороны повозки, готовые стрелять при первом подозрительном шорохе. Однако трудно было предположить, что пираты так скоро уйдут с плоскогорья Дальнего вида. Наб, очевидно, отправил своё сообщение, как только они появились на плоскогорье, а записка его была помечена шестью часами утра. Проворный орангутанг, неоднократно бывавший в корале, покрывал расстояние в пять миль за сорок пять минут. Поэтому первые три-четыре мили не представляли опасности, и нападения следовало ожидать только возле самого Гранитного дворца.

Эти соображения тем не менее не усыпили бдительности колонистов. Топ и Юп всё время рыскали по сторонам, забегали вперёд и возвращались назад, но ничего подозрительного не обнаружили.

Повозка продвигалась вперёд очень медленно. Отъезд из кораля состоялся в половине восьмого утра. За час проехали четыре мили из пяти без каких бы то ни было происшествий.

Дорога была такой же пустынной, как и вся эта часть леса Якамары, от реки Благодарности до озера Гранта.

Не было заметно никаких следов присутствия людей.

Повозка приближалась к плоскогорью. Мостик через Глицериновый ручей должен был вот-вот показаться из-за поворота дороги. Сайрус Смит не сомневался, что он был опущен: либо один из пиратов опустил его, чтобы облегчить переход другим, либо, если они переправились через реку в другом месте, они должны были опустить его, чтобы обеспечить себе отступление. Наконец сквозь просвет в деревьях мелькнуло море. В эту минуту Пенкроф остановил онагра и громовым голосом вскричал:

— Ах, негодяи!

И он указал рукой на облако густого дыма, клубившееся над плоскогорьем Дальнего вида в том месте, где были мельница, конюшня и птичий двор колонистов.

В дыму суетился какой-то человек. Это был Наб.

Колонисты окликнули его. Наб бросился к ним навстречу.

— Пираты разрушили всё, что могли, и уже с полчаса как ушли с плоскогорья, — сообщил он. — Что с Гербертом?

Гедеон Спилет поспешил обратно к повозке.

Герберт был без сознания…

ГЛАВА ДЕСЯТАЯ

Герберт в Гранитном дворце. — Наб рассказывает о событиях. — Сайрус Смит осматривает плоскогорье. — Разруха и опустошения. — Колонисты не могут бороться с болезнью. — Ивовая кора. — Смертельная лихорадка. — Топ снова лает.

Пираты, опасность, угрожающая Гранитному дворцу, разрушения на плоскогорье — всё мгновенно было забыто. Заботы о Герберте отодвинули на задний план все остальные дела. Не произошло ли у него из-за перевозки внутреннего кровоизлияния? Журналист не мог ответить на этот вопрос, но и сам он и все его товарищи были в отчаянии.

Герберта на руках перенесли к подножию Гранитного дворца. Он всё ещё был без сознания. Поручив Набу отвезти тележку на плоскогорье Дальнего вида, Сайрус Смит, Пенкроф и журналист поднялись с Гербертом на подъёмнике в своё жилище и уложили раненого в постель.

Журналист стал приводить его в чувство. Наконец Герберт открыл глаза. Увидев себя снова в своей комнате, он улыбнулся. Но слабость его была так велика, что он смог только что-то беззвучно прошептать.

Гедеон Спилет осмотрел его раны. Он боялся, не открылись ли они. Но оказалось, что с этой стороны всё благополучно.

Почему же такая слабость у больного? Почему Герберт вдруг почувствовал себя хуже?

Юноша впал в забытьё. Его лихорадило. Пенкроф и журналист не отходили от его кровати.

Тем временем Сайрус Смит рассказал Набу о всех событиях последних дней, а тот, в свою очередь, — о происшествиях этого утра.

Только накануне ночью пираты впервые показались в окрестностях Гранитного дворца, в лесу, на берегу Глицеринового ручья. Наб, карауливший у птичника, тотчас же выстрелил в пирата, собиравшегося переплыть через ручей. Но в темноте он не мог хорошо прицелиться и, видно, не попал. Так или иначе, но этот выстрел не заставил банду отступить, и Набу пришлось убраться в Гранитный дворец.

Тут он задумался над тем, как предотвратить разграбление плоскогорья. Он решил первым долгом предупредить инженера. Но как? Да и неизвестно было, в каком положении находятся осаждённые в корале. Ведь прошло уже девятнадцать дней с тех пор, как Топ принёс печальное известие об исчезновении Айртона и ранении Герберта. Мало ли что могло случиться за эти дни!

«Что делать, что делать?» — спрашивал себя бедный Наб. Лично ему ничто не грозило. В Гранитном дворце он находился в полной безопасности. Но некому было защищать от пиратов постройки, посевы, птичий двор.

Наб решил тогда, что он обязан предупредить своего хозяина о положении дел и предоставить ему решение вопроса. Он подумал, что умный орангутанг сможет передать записку не хуже, чем Топ. Юп знал слово «кораль», так как часто сопровождал туда колонистов.

День ещё не наступил. Ловкий орангутанг сумеет пройти незамеченным, а если пираты увидят его, то примут за одного из обитателей леса и пропустят.

Наб поспешно написал записку и, привязав её к шее Юпа, подвёл обезьяну к двери Гранитного дворца, спустил на землю длинную верёвку и, указывая на северо-запад, несколько раз повторил:

— В кораль, Юп! В кораль, Юп! В кораль!

Умный оранг сразу понял, что от него требовалось. Он скользнул по верёвке вниз и исчез в темноте, не замеченный пиратами.

— Ты поступил правильно, Наб, — сказал Сайрус Смит. — Но лучше было бы, если бы ты не предупреждал нас...

Говоря это, инженер думал о Герберте, в состоянии здоровья которого перевозка вызвала резкое ухудшение.

Наб продолжал свой рассказ. Каторжники не осмелились показаться на берегу, под окнами Гранитного дворца, — они, видимо, по сей день не знали, какими силами располагают колонисты. Но зато плоскогорье Дальнего вида ничем не было защищено, и здесь они могли дать волю своему инстинкту разрушения, творя зло ради зла. Они ушли с плоскогорья всего за полчаса до возвращения колонистов. Наб поспешил подняться на плоскогорье и, не обращая внимания на опасность, стал тушить пожар на птичьем дворе. Здесь и застали его возвратившиеся колонисты.

Таково было положение дел. Присутствие пиратов на острове являлось постоянной угрозой для жизни и благосостояния колонистов, ещё так недавно живших здесь счастливо и беспечно.

Сайрус Смит решил пройти с Набом на плоскогорье, чтобы лично осмотреть разрушения. Гедеон Спилет и Пенкроф остались дежурить у постели Герберта.

По дороге к птичьему двору колонисты не обнаружили нигде следов пиратов. Возникли два предположения: либо пираты покинули плоскогорье, заметив приближение повозки, либо, покончив со своей разрушительной работой, они углубились в лес Якамары и ничего не знают о возвращении колонистов в Гранитный дворец.

В первом случае пираты, вероятней всего, отправились в кораль, теперь никем не охраняемый и обильно снабжённый всеми необходимыми припасами.

Во втором — они вернулись в своё убежище и там выжидают удобного случая, чтобы возобновить нападение.

Нужно было предупредить их и первыми нанести удар. Но состояние здоровья Герберта не позволяло и думать сейчас об этом.

Инженер и Наб вышли на плоскогорье. Вид его был поистине ужасен: посевы были вытоптаны, зёрна из почти созревших колосьев осыпались на землю, огород был уничтожен. К счастью, в Гранитном дворце хранились запасы семян, которые позволяли поправить эту беду.

Мельница, птичий двор, конюшня онагров — всё было уничтожено огнём. Несколько испуганных животных бродили по плоскогорью. Птицы, укрывшиеся от огня на берегах озера, теперь понемногу возвращались на привычные места... Здесь всё нужно было строить заново.

Только побледневшее лицо Сайруса Смита выдавало кипевший в нём гнев. Но он не произнёс ни слова. Кинув последний взгляд на разорённое, ещё дымящееся плоскогорье, он вернулся в Гранитный дворец.

Следующие дни были самыми грустными из всех проведённых колонистами на острове.

Герберт с каждым днём становился всё слабее. У него начиналась какая-то новая болезнь, и Гедеон Спилет чувствовал, что он бессилен бороться с ней.

Герберт всё время был в забытьи. Временами он бредил. Единственным лекарством, которым располагали колонисты, были прохладительные настойки. Но они не помогали.

Температура вначале была невысокой, но вскоре у больного начались приступы лихорадки, во время которых жар был очень силён.

6 декабря у Герберта был особенно сильный приступ, длившийся почти пять часов. По его телу пробегали частые судороги, пульс стал слабым, чуть заметным. Жажда непрерывно томила больного. Затем резко повысилась температура. Лицо загорелось, пульс участился. Потом выступил холодный пот, и жар стал спадать.

Гедеон Спилет не сомневался теперь, что у Герберта началась перемежающаяся лихорадка; следующий приступ уже представлял грозную опасность для жизни юноши.

— Для того чтобы предотвратить этот приступ, нужно какое-нибудь жаропонижающее средство, — сказал журналист Сайрусу Смиту.

— Но какое? — спросил инженер. — Ведь у нас нет здесь хинина.

— Но зато на берегу озера растут ивы. Кора этого дерева иногда может заменить хинин.

— Попробуем сейчас же дать ему ивовую кору, — ответил инженер.

Действительно, ивовая кора обладает рядом свойств, позволяющих применять её вместо хинина. Правда, действие её значительно слабее, особенно когда пользуются ею в натуральном виде, а не извлечённым из неё алкалоидом — салициловой кислотой.

Сайрус Смит сам пошёл к озеру и срезал кору с ивы. Вернувшись в Гранитный дворец, он растёр кору в порошок, и в тот же вечер эти порошки были даны Герберту.

Ночь прошла относительно спокойно. Герберт, правда, немного бредил, но температура не поднималась. Приступ не возобновился и в течение следующего дня.

Пенкроф уже стал надеяться, что болезнь проходит. Но Гедеон Спилет молчал. Он знал, что приступы могут быть не ежедневными, а наступать через день. Поэтому он с большой тревогой ждал наступления следующего дня.

Кроме того, он заметил, что в промежутках между приступами Герберт чувствует себя разбитым, голова у него тяжёлая и он часто впадает в бессознательное состояние. Наконец, ещё один симптом, выявившийся в конце дня, встревожил до последней степени журналиста: у Герберта стала болеть печень.

К ночи он стал бредить, и температура снова поднялась.

У Гедеона Спилета опустились руки. Он отвёл инженера в уголок и сказал ему:

— У Герберта злокачественная лихорадка.

— Не может быть, Спилет! Вы ошибаетесь! — воскликнул инженер. — Злокачественная лихорадка не начинается так внезапно! Ею надо заразиться...

— Нет, я не ошибаюсь, — ответил журналист. — Герберт, очевидно, заразился ею на болоте Казарки, и болезнь только теперь проявилась. Первый приступ он перенёс. Если будет второй приступ и мы не сможем предотвратить третьего, то... он погибнет!

— Но ивовая кора?

— Это недостаточно сильное лекарство. Нужен хинин. Если не предупредить третий приступ злокачественной болотной лихорадки, смертельный исход неизбежен!

Хорошо, что Пенкроф не слышал этого разговора. Он сошёл бы с ума!

Нетрудно представить себе, в каком волнении инженер и журналист провели этот день, 7 декабря, и следующую ночь.

Примерно в полдень у Герберта начался второй приступ. Состояние больного было ужасным. Юноша чувствовал, что он погибает. Он умоляюще протягивал руки к Сайрусу Смиту, к Гедеону Спилету, к Пенкрофу. Он не хотел умирать... Сцена была настолько тяжёлая, что Пенкрофа пришлось увести насильно...

Приступ продолжался пять часов. Ясно было, что следующего приступа Герберт не перенесёт.

Ночь была ужасная. Герберт бредил так, что у колонистов сердце обливалось кровью. Он боролся в бреду с пиратами, звал Айртона, призывал таинственного покровителя острова, образ которого преследовал его. Потом он впадал в полную прострацию, и жизнь, казалось, вот-вот оставит его совсем. Несколько раз Гедеон Спилет думал, что бедный мальчик уже умирает.

На следующий день, 8 декабря, Герберт был страшно слаб. Его похолодевшие руки бессильно лежали поверх одеяла. Колонисты заставили его принять несколько порошков из ивовой коры, но сами они мало верили в их действие.

— Если до завтрашнего утра мы не найдём какого-нибудь сильнодействующего жаропонижающего средства вроде хинина, — сказал журналист, — Герберт погиб!

Наступила ночь, вероятно, последняя для этого славного, умного и доброго юноши, которого так любили все колонисты. А единственного лекарства, которое могло бороться со злокачественной лихорадкой и победить её, у колонистов не было.

С наступлением ночи Герберт снова стал бредить. Он уже не узнавал никого. Лоб его пылал от жара.

Проживёт ли он до завтрашнего дня, до третьего приступа, который непременно должен был убить его? У него не было больше сил. Организм его больше не сопротивлялся болезни. В промежутках между приступами бреда юноша лежал без движения, и сердце его билось слабо-слабо.

Около трёх часов утра Герберт вдруг дико вскрикнул. Казалось, у него началась уже агония. Наб, дежуривший у его постели, в испуге бросился в соседнюю комнату, где проводили бессонную ночь его товарищи. В эту минуту Топ как-то странно залаял. Колонисты вбежали в комнату. Пенкроф схватил в объятия умирающего юношу и не дал ему соскочить с постели на пол. Гедеон Спилет взял Герберта за руку и с трудом нащупал еле бьющийся пульс.

В пять часов утра начался рассвет. Первые лучи зари проникли в комнату больного. День обещал быть ясным, этот последний день жизни Герберта... Луч солнца скользнул по стене и упал на столик рядом с кроватью умирающего.

Вдруг Пенкроф вскрикнул и указал рукой на какой-то предмет, лежащий на столике.

Это была маленькая продолговатая коробочка, на этикетке которой были написаны два слова:

«Сернокислый хинин».

ГЛАВА ОДИННАДЦАТАЯ

Снова необъяснимая загадка. — Выздоровление Герберта. — Неисследованные части острова. — Приготовление к отъезду. — Первый день. — Ночь. — Второй день. — Следы в лесу. — Прибытие на мыс Рептилии.

Гедеон Спилет схватил коробочку и поспешно открыл её. В ней содержалось около двухсот каких-то белых крупинок. Он попробовал на вкус одну из них. Сильная горечь рассеяла все сомнения: это был драгоценнейший препарат хинина, лучшее противолихорадочное средство!

Нужно было, не колеблясь, дать это лекарство Герберту. Как оно здесь очутилось, об этом можно будет поговорить позже!

— Кофе! — приказал Гедеон Спилет.

Через несколько секунд Наб принёс чашку тёплого кофе. Гедеон Спилет растворил в ней десять крупинок хинина и заставил Герберта выпить микстуру.

Лекарство не опоздало, ибо третий приступ лихорадки ещё не начался у больного. А теперь он и не мог начаться!

Все колонисты буквально ожили. Таинственная сила снова оказала им покровительство, и в такую минуту, когда они потеряли всякую надежду на её вмешательство!

Через несколько часов Герберт уже спокойно спал. Только тогда колонисты могли поговорить об этом происшествии. Забота неизвестного покровителя проявилась в этом случае явственней и очевидней, чем во всех предшествующих. Но каким образом ему удалось ночью проникнуть в Гранитный дворец?

Это было совершенно необъяснимо.

В течение всего дня Герберту давали хинин через каждые три часа.

Уже на следующий день в состоянии его здоровья наметился перелом к лучшему. Он ещё, понятно, не был вполне здоров — болотные лихорадки дают часто опасные рецидивы, но теперь колонисты не боялись их: они располагали надёжным лекарством, да к тому же где-то недалеко был и тот, кто дал им это лекарство. Горячая волна надежды вытеснила пз их сердец отчаяние.

И надежда эта не была обманута. Десять дней спустя, 20 декабря, Герберт начал поправляться. Он ещё был слаб, его приходилось держать на строгой диете, но лихорадка больше не возвращалась. Юноша беспрекословно подчинялся установленному для него Гедеоном Спилетом режиму. Он так хотел выздороветь!

Пенкроф чувствовал себя человеком, извлечённым со дна пропасти. На него нападали приступы буйного веселья, похожие на припадки сумасшествия. Когда благополучно миновал час третьего приступа, он так стиснул в объятиях Гедеона Спилета, что тот чуть не задохнулся. С этого времени он называл журналиста не иначе как «доктором».

Но настоящий доктор всё ещё не был найден.

— Мы найдём его! — повторял моряк.

Кто бы ни был этот человек, но ему предстояло испытать силу объятий Пенкрофа.

Декабрь подошёл к концу, а вместе с ним и этот жестокий для колонистов 1867 год. 1868 год начался великолепной погодой. Чисто тропическая жара смягчалась свежими бризами. Герберт возвращался к жизни. Койка его была поставлена под окном, и он часами полной грудью вдыхал живительный солёный и влажный морской воздух. У него вновь появился аппетит, и Наб изощрялся в изготовлении лёгких и питательных блюд для него.

— Этак и мне захочется стать умирающим! — шутил Пенкроф.

В течение всего этого времени пираты ни разу не появлялись в окрестностях Гранитного дворца. Об Айртоне не было никаких известий, и если Герберт и инженер не теряли ещё надежды, что он найдётся, то остальные колонисты были совершенно уверены, что он безвозвратно погиб. Скоро должно было выясниться, кто прав, так как колонисты ожидали только полного выздоровления Герберта, чтобы предпринять экспедицию в неисследованные части острова.

Однако до отъезда оставалось не меньше месяца, так как было решено, что в экспедиции примут участие все колонисты.

Герберту день ото дня становилось всё лучше. Воспаление печени совершенно прошло, и раны полностью зарубцевались.

В течение января колонисты много поработали над приведением в порядок плоскогорья Дальнего вида — они собирали остатки урожая пшеницы и овощей. От восстановления сожжённых пиратами построек — мельницы, птичника, конюшни — Сайрус Смит временно отказался: в то время как колонисты будут искать пиратов в лесу, те смогут снова забраться на плоскогорье и опять разрушить постройки. Лучше было отложить эти работы до тех пор, пока остров не будет очищен от негодяев.

Во второй половине января Герберту было разрешено вставать с постели сначала на час, а потом и на два-три часа в день. Силы быстро возвращались к нему. Ему исполнилось уже восемнадцать лет.

Вскоре выздоровление Герберта пошло вперёд гигантскими шагами. «Доктор» Спилет всё ещё покрикивал на него и предписывал умеренность во всём, но в общем юноша был вполне здоров.

В конце месяца Герберт стал выходить из дому. Несколько морских купаний, предписанных «доктором» Спилетом, принесли ему величайшую пользу. Наконец Сайрус Смит счёл возможным назначить день выступления экспедиции: 15 февраля. Светлые лунные ночи в это время должны были значительно облегчить ночные поиски.

Началась подготовка к этой экспедиции, которая должна была затянуться надолго, так как колонисты поклялись, что не вернутся домой, пока не уничтожат пиратов и не выручат Айртона — если он ещё жив! — во-первых, и пока не найдут человека, которому они стольким были обязаны, во-вторых.

Колонисты исходили уже вдоль и поперёк всю восточную часть острова — от мыса Когтя до мыса Челюсти, берега болота Казарки, окрестности озера Гранта, часть леса Якамары, расположенную между дорогой в кораль и рекой Благодарности, всё течение этой реки и Красного ручья и, наконец, восточные отроги горы Франклина, на которых был выстроен кораль.

Они поверхностно ознакомились также с берегами бухты Вашингтона — от мыса Когтя до мыса Рептилии, с болотистой опушкой леса на западном побережье и с бесчисленными дюнами, которыми кончалась полуоткрытая пасть залива Акулы.

Зато совершенно неисследованными оставались обширные пространства лесов, покрывающих Змеиный полуостров, весь правый берег реки Благодарности, левый берег реки Водопада и все западные отроги горы Франклина, где, безусловно, было немало пещер. Другими словами, колонисты совершенно не знали, что находится на площади во много тысяч гектаров.

После долгих споров колонисты решили направиться вначале через леса Дальнего Запада к мысу Рептилии. Прокладывая себе путь при помощи топоров, они тем самым должны были наметить трассу будущей дороги, которая соединит Гранитный дворец с оконечностью Змеиного полуострова, дороги длиной в шестнадцать-семнадцать миль.

Повозку привели в полную исправность. Онагры, основательно отдохнувшие, были в великолепном состоянии. В повозку погрузили запасы продовольствия, походную палатку, переносную плиту, разные орудия, боевые припасы и оружие, тщательно и обдуманно выбранное в богатейших арсеналах Гранитного дворца.

Памятуя, что придётся пробираться через лес, где за каждым деревом могла сидеть засада, инженер решил не дробить сил маленького отряда и всем составом колонии выступить в поход. Никто не оставался в Гранитном дворце. Даже Топ и Юп принимали участие в экспедиции. Неприступное жилище могло само себя охранять.

15 февраля на рассвете Сайрус Смит принял все необходимые меры, чтобы обезопасить Гранитный дворец от нашествия пиратов во время отсутствия колонистов.

Верёвочные лестницы, служившие раньше для подъёма во дворец, колонисты отнесли в Камин и там закопали глубоко в песок, а подъёмную машину разобрали на части.

Пенкроф остался последним в Гранитном дворце, чтобы сложить в кладовые разобранный подъёмник, и спустился затем вниз по верёвке, перекинутой через выступ скалы. Как только он достиг земли, верёвку перетянули вниз, и последнее средство сообщения дворца с берегом было уничтожено.

Погода стояла прекрасная.

— Денёк будет жаркий! — весело сказал журналист.

Повозка ожидала колонистов на побережье подле Камина. Журналист потребовал, чтобы Герберт не сходил с неё, по крайней мере в первые часы путешествия. Юноша против воли подчинился предписанию строгого «доктора».

Наб взял под уздцы онагров. Сайрус Смит, журналист и моряк пошли впереди, сопровождаемые весело резвящимся Топом. Юп принял приглашение Герберта и важно уселся рядом с ним в повозку.

По сигналу Сайруса Смита маленький отряд тронулся в путь. Повозка сначала обогнула излучину реки Благодарности, переехала через мост, ведущий к дороге в порт Шара, и здесь углубилась в неисследованную чащу лесов Дальнего Запада.

На протяжении первых двух миль деревья, растущие на сравнительно большом расстоянии друг от друга, не препятствовали повозке продвигаться вперёд. Только изредка колонистам приходилось перерубать крепкие лианы, преграждавшие тропинки.

Густая листва деревьев не пропускала прямых солнечных лучей. В лесу было прохладно и свежо. Сколько видел глаз, во все стороны тянулись ряды деодаров, казуаринов, банксий, драцен, камедных и других уже известных колонистам деревьев.

— Мне кажется, — сказал Сайрус Смит, — что птицы и звери стали более пугливыми, чем раньше. Надо полагать, что в этом лесу недавно побывали пираты, вспугнувшие дичь. Вероятно, мы наткнёмся где-нибудь на их следы.

Действительно, вскоре в ряде мест колонисты заметили следы недавнего пребывания целой группы людей: тут — ветви, обломанные на деревьях, очевидно, для того, чтобы отметить дорогу; там — пепел от костра; здесь — отпечатки ног на глинистой влажной почве.

Однако все эти следы были, по-видимому, оставлены мимоходом. Признаков постоянного лагеря колонисты пока не обнаружили.

Инженер посоветовал своим спутникам не охотиться. Звуки ружейных выстрелов могли предупредить об их приближении пиратов, бродящих где-то в лесу. Кроме того, охотникам пришлось бы отходить в сторону от повозки, а это им было строго запрещено.

Во второй половине дня, пройдя около шести миль, отряд вступил в труднопроходимую чащу. Местами колонисты вынуждены были валить деревья, чтобы расчистить себе дорогу. Подходя к таким зарослям, инженер всегда отправлял вперёд на разведку Топа и Юпа и углублялся в чащу только тогда, когда умные разведчики возвращались и на своём языке докладывали, что колонисты могут не опасаться ни четвероногих, ни двуногих хищников.

В конце этого первого дня колонисты сделали привал в девяти милях от Гранитного дворца, на берегу маленького притока реки Благодарности, о существовании которого они до сих пор и не подозревали.

Основательно поужинав — день ходьбы вызвал у всех необычайный аппетит, — колонисты приняли меры к тому, чтобы обезопасить себя от внезапного ночного нападения.

Если бы опасность угрожала им только со стороны четвероногих хищников, например ягуаров, инженер ограничился бы тем, что развёл бы вокруг всего лагеря костры — этого было бы достаточно. Но пиратов костры не испугают, а только привлекут. Поэтому Сайрус Смит предложил провести ночь в темноте.

Колонисты решили спать поочерёдно, дежуря по двое и сменяясь через каждые два часа. Герберта, несмотря на его протесты, от дежурства освободили.

Ночь прошла без происшествий. Только временами издалека доносилось рычание ягуаров и крикливая перебранка обезьян, очень раздражавшая мистера Юпа. Наутро 16 февраля маленький отряд снова пустился в свой трудный путь.

В этот день повозка прошла едва шесть миль, ибо почти на каждом шагу дорогу приходилось прорубать или расчищать. Колонисты щадили могучие многолетние деревья, рубка которых, кстати сказать, отняла бы у них бездну времени и усилий, и срубали молодые деревца. Дорога из-за этого всё время шла зигзагами.

Кое-где колонистам встречались следы пиратов. Подле костра, казалось, совсем недавно угасшего, вся земля была усеяна отпечатками ног. Тщательно вымерив эти следы, Гедеон Спилет пришёл к выводу, что они оставлены пятью людьми. Следовательно, пять пиратов стояли здесь недавно лагерем. Но отпечатка следа шестого человека, который больше всего интересовал журналиста, обнаружить не удалось.

— Айртона не было с ними! — сказал Герберт.

— Нет, — подтвердил Пенкроф. — И это доказывает, что они убили несчастного!.. Но неужели у этих мерзавцев нет своего логовища, где можно было бы затравить их, как тигров?

— Думаю, что нет, — ответил журналист. — Им выгодно скитаться по острову без определённой стоянки до тех пор, пока они не станут его безраздельными хозяевами.

— Хозяевами острова!.. — вскричал моряк. — Хозяевами острова! — повторил он, судорожно сжимая кулак. — Знаете ли вы, мистер Смит и мистер Спилет, какой пулей я зарядил своё ружьё?

— Нет, Пенкроф.

— Пулей, которая пробила грудь Герберта. Ручаюсь вам, что она не пролетит мимо цели!

Но это справедливое возмездие не могло вернуть к жизни Айртона...

В этот вечер лагерь был разбит в четырнадцати милях от Гранитного дворца. Сайрус Смит считал, что от этого места до мыса Рептилии расстояние не должно превышать пяти миль.

Действительно, на следующий день, выйдя на опушку леса, инженер увидел невдалеке вдающийся в море характерным завитком мыс Рептилии.

Лес был исследован на всём его протяжении, но колонистам так и не удалось обнаружить ни места постоянной стоянки пиратов, ни убежища таинственного покровителя.

ГЛАВА ДВЕНАДЦАТАЯ

Исследование Змеиного полуострова. — Лагерь в устье реки Водопада. — В шестистах шагах от кораля. — Разведка. — Возвращение разведчиков. — Все вперёд! — Открытая дверь. — Свет в окне. — При лунном освещении.

День 18 февраля целиком был потрачен на исследование лесистой части острова, от мыса Рептилии и до реки Водопада. Колонисты обшарили все закоулки этого леса. Гигантские деревья с пышной листвой свидетельствовали об удивительном плодородии почвы в этих местах. Можно было подумать, что находишься в девственном лесу Центральной Америки или Азии, перенесённом в умеренный пояс. Обилие и богатство растительности наводили на мысль, что влажная почва согревается изнутри подземным огнём, дающим растениям добавочное тепло, не свойственное климату умеренного пояса. Главными древесными породами здесь были уже виденные колонистами каури и эвкалипты, причём и те и другие достигали гигантских размеров.

Но колонистов мало занимало великолепие леса: остров принадлежал теперь не только им одним. По нему свободно шаталась банда преступников, несущая смерть и разрушения.

Несмотря на внимательные поиски, колонистам не удалось обнаружить никаких следов пиратов на западном берегу. Здесь не было ни надломленных веток, ни отпечатков ног, ни пепла угасших костров.

— Это не удивляет меня, — сказал Сайрус Смит. — Я представляю себе, что, высадившись у мыса Находки, после того как разбилась их лодка, пираты пошли на юг примерно по той же дороге, что и мы. Вот почему мы всё время наталкивались на их следы. Но убедившись, что в этих местах им не найти подходящего убежища, они свернули в сторону и пошли на север, пока не наткнулись на кораль…

— Возможно, что и сейчас они вернулись туда, — заметил Пенкроф.

— Не думаю, — ответил инженер. — Они понимают, что рано или поздно, но мы придём в кораль. Для них кораль служит только складом продовольствия, но никак не местом постоянного жительства.

— Я совершенно согласен с Сайрусом, — сказал журналист. — По-моему, пираты нашли себе убежище где-нибудь на склоне горы Франклина.

— В таком случае предлагаю идти прямо в кораль, — ответил моряк. — Надо поскорее покончить с ними, мы ведь и так потеряли чёрт знает сколько времени!

— Нет, друг мой, — возразил инженер. — Вы забываете, что мы поставили перед собой двойную задачу: с одной стороны — наказать преступников, и с другой — принести дань благодарности нашему таинственному покровителю. А для этого нам надо убедиться, что в лесах Дальнего Запада нет никаких построек.

— Вы рассуждаете правильно, мистер Смит, — признался моряк, — но мне почему-то кажется, что мы не найдём этого джентльмена до тех пор, пока он сам того не захочет.

В этот вечер повозка остановилась у устья реки Водопада. Привал был разбит как обыкновенно, и ночью решено было продолжать посменно дежурить. Герберт, которому жизнь на свежем воздухе с каждым часом возвращала прежнее здоровье, снова стал крепким, загорелым юношей. Даже осторожный «доктор» Спилет не возражал против того, чтобы он оставил своё место в повозке и шёл весь путь пешком вместе со всем отрядом.

На следующий день, 19 февраля, колонисты попрощались с берегом моря и направились вверх по течению реки Водопада, вдоль её левого берега. Дорога здесь уже была частично проложена во время их первого путешествия. Они находились теперь не больше чем в шести милях расстояния от горы Франклина.

План инженера был таков: осмотреть самым внимательным образом всю долину реки, а затем направиться к коралю, и если он не захвачен пиратами, то обосноваться там на время подробного исследования обоих склонов горы Франклина.

Этот план был единогласно принят всеми колонистами. Отряд углубился в узкую лощину, залегающую между двумя самыми мощными отрогами горы Франклина. Деревья, густо растущие на берегах реки, редели по мере того, как дорога взбиралась в гору.

Топ и Юп бежали впереди экспедиции, исполняя обязанности разведчиков и соревнуясь в чутье и сообразительности. Но ничто вокруг не говорило, что здесь недавно прошли люди.

Около пяти часов вечера повозка остановилась за деревьями примерно в шестистах шагах от ограды кораля.

Нужно было узнать, занят ли кораль пиратами. Но для этого лучше было подождать ночи. Идти открыто среди белого дня к коралю — значило рисковать попасть под пули, как это уже случилось с Гербертом.

Но Гедеону Спилету не терпелось как можно скорее узнать, что творится в корале, и Пеккроф, не менее любопытный, предложил ему отправиться вместе на разведку.

— Нет, друзья мои, — сказал им инженер, — подождите ночи! Я не позволю никому из вас рисковать понапрасну жизнью.

— Но, мистер Сайрус... — начал моряк, не склонный на этот раз повиноваться.

— Пенкроф, прошу вас! — настойчиво сказал инженер.

— Ладно, так и быть, — ответил Пенкроф и дал другой исток своей злобе, наделив всех пиратов вместе и каждого из них в отдельности самыми нелестными эпитетами из своего арсенала «морских словечек».

Так прошло около трёх часов. Колонисты сгрудились вокруг повозки, прислушиваясь к каждому подозрительному звуку в корале.

Ветер утих, и полное молчание царило в лесу. Легчайший хруст ветки, шум шагов по ковру из сухих листьев, даже шорох ползущего тела немедленно были бы замечены колонистами. Но всё было спокойно, и Топ, улёгшийся на землю, не подавал никаких тревожных сигналов.

В восемь часов вечера было уже настолько темно, что Сайрус Смит позволил Гедеону Спилету и Пенкрофу отправиться на разведку. Он сам, Герберт и Наб должны были остаться с обоими животными возле повозки: лай собаки или крик обезьяны могли бы выдать пиратам приближение разведчиков.

— Смотрите, будьте осторожны! — предупреждал инженер Пенкрофа и Гедеона Спилета. — Не рискуйте собой! Помните, что наша задача не взять кораль приступом, а только выяснить, захвачен ли он пиратами.

— Есть! — ответил по-морскому Пенкроф..

И, сопровождаемый журналистом, он неслышно двинулся к коралю.

Под деревьями сумерки сгустились настолько, что за тридцать-сорок шагов уже ничего не было видно. Журналист и Пенкроф подвигались вперёд с предельной осторожностью, замирая на месте при всяком подозрительном шорохе. Они шли не рядом, а на расстоянии двух десятков шагов друг от друга, чтобы не служить удобной мишенью для выстрелов. По правде сказать, оба каждую секунду ждали, что вот-вот прогремит выстрел.

После пяти минут ходьбы разведчики подошли к последним деревьям опушки. Перед ними на полянке вырисовывался на фоне сумеречного неба силуэт ограды кораля.

Не больше тридцати шагов отделяло разведчиков от ворот кораля, плотно притворённых и как будто запертых. Эти тридцать шагов на языке артиллеристов можно было бы назвать «зоной обстрела». Это было опасное место. Выстрел в упор из-за ограды кораля грозил всякому неосторожному, осмелившемуся показаться из-под прикрытия.

Гедеон Спилет и Пенкроф не были трусами, но они знали, что за малейшую неосторожность потом придётся расплачиваться остальным колонистам. Что сталось бы с Гербертом, Сайрусом Смитом и Набом, если бы они погибли?

Однако для нетерпеливого по натуре Пенкрофа это ожидание вблизи от цели было мучительным испытанием; моряк был уверен, что преступники находятся в корале. Он решительно двинулся вперёд, но журналист удержал его.

— Через несколько минут совсем стемнеет, — шепнул ему Гедеон Спилет на ухо. — Тогда мы можем двинуться вперёд. Потерпите!

Пенкроф, судорожно стиснув ствол ружья, остановился, но загорелся ещё большей ненавистью к пиратам.

Наконец сумерки уступили место тёмной ночи. Настал долгожданный момент. Пенкроф и журналист ни на секунду не спускали глаз с ограды кораля.

Разведчики пожали друг другу руки и тихонько поползли, держа винтовки наготове. Но ничто и никто не помешал им доползти до самой ограды.

Пенкроф попробовал толкнуть створку ворот. Она не подалась, несмотря на то что засов, устроенный снаружи, не был задвинут. Ворота были заперты изнутри, следовательно, в корале кто-то принял меры к тому, чтобы обезопасить себя от внезапного вторжения. Гедеон Спилет и Пенкроф напрягли слух.

Внутри ограды было тихо. Муфлоны и козы, очевидно, спали.

Журналист и моряк посовещались, следует ли им перелезть через ограду и проникнуть внутрь кораля.

Это вторжение могло кончиться удачно, но с такой же долей вероятности можно было ожидать и неудачи. Кроме того, пираты не подозревали о близости карательной экспедиции, и лучше было попытаться застигнуть их врасплох всем отрядом колонистов.

Таково, по крайней мере, было мнение журналиста. Было ясно, что до ограды можно добраться незамеченными, что она никем не охраняется. Результат разведки, таким образом, был вполне удовлетворительный, и теперь оставалось только сообщить о нём Сайрусу Смиту.

Пенкрофа, очевидно, рассуждения журналиста убедили, так как он без возражений согласился вернуться к повозке.

Через несколько минут Сайрус Смит был извещён обо всём.

— Я думаю, — сказал он, — что пиратов сейчас нет в корале.

— Мы это узнаем, — ответил Пенкроф, — как только перелезем через ограду.

— Итак, в кораль, друзья мои! — сказал инженер.

— Повозку оставим в лесу? — спросил Наб.

— Нет, возьмём её с собой. При нужде мы сможем укрыться за ней.

— Вперёд, вперёд! — воскликнул Гедеон Спилет.

Повозка бесшумно тронулась. Ночь была непроницаемо тёмной. Тишина вокруг ничем не нарушалась. Густая трава заглушала осторожные шаги людей.

Колонисты готовы были каждую минуту открыть огонь. По приказу Пенкрофа Юп шёл позади отряда. Наб вёл Топа на привязи, чтобы он не забежал вперёд.

Отряд дошёл до опушки леса. Полянка была совершенно пустынна. Не колеблясь, колонисты пересекли её. В течение одной-двух минут они беспрепятственно прошли через опасную зону и подошли к самой ограде кораля. Наб остался с онаграми, а четверо колонистов, во главе с Сайрусом Смитом, тихо подошли к воротам, чтобы посмотреть, чем они забаррикадированы изнутри.

Одна створка ворот оказалась раскрытой.

— Позвольте, — сказал инженер, обращаясь к журналисту и Пенкрофу, — но ведь вы говорили, что ворота были заперты?

Те недоумевающе переглянулись между собой.

— Клянусь честью, — сказал Пенкроф, — что ворота только что были заперты!

Колонисты стояли в нерешительности. Неужели пираты находились внутри кораля в ту минуту, когда Пенкроф и журналист подползли к его воротам? Это казалось бесспорным, ибо кто другой мог бы растворить ворота, если не они?

Оставались ли они ещё здесь или ушли?

Этот вопрос занимал всех колонистов, но ответа на него не было.

В эту минуту Герберт, заглянувший в открытые ворота, вдруг попятился назад и схватил за руку Сайруса Смита.

— Что там? — живо спросил инженер.

— Огонёк!

— В доме?

— Да.

Все пятеро вошли внутрь ограды и действительно увидели дрожащий огонёк свечи за стеклом домика. Сайрус Смит мгновенно принял решение.

— Это необычайная удача! Мы застанем пиратов врасплох!

Оставив повозку за оградой под охраной Топа и Юпа, колонисты тихонько стали подходить к домику. В несколько секунд они дошли до него.

Дверь была заперта.

Сайрус Смит знаком предложил своим товарищам не двигаться с места и осторожно подкрался к освещённому изнутри окошку. Прильнув бесшумно к стеклу, он оглядел комнату.

На столе горела свечка. В углу стояла кровать Айртона.

На кровати лежал какой-то человек.

Вдруг Сайрус Смит отскочил от окна и сдавленным голосом прошептал:

— Это Айртон!

В ту же секунду дверь домика была скорее взломана, чем отперта, и колонисты устремились в комнату.

Айртон, казалось, спал. Лицо его похудело и побледнело и выдавало перенесённые им тяжёлые муки. На ногах и руках у него виднелись кровоподтёки.

Сайрус Смит склонился над ним.

— Айртон! — воскликнул он и радостно пожал руку товарищу, найденному в столь неожиданных условиях.

При этом оклике Айртон раскрыл глаза и медленно обвёл взглядом всех собравшихся у его кровати.

— Это вы! — вскричал он. — Вы?

— Айртон, Айртон! — повторял Сайрус Смит.

— Где я?

— В вашем домике, в корале!

— Один?

— Да.

— Но они сейчас придут! — вскричал он. — Защищайтесь, или вы пропали!

И он упал на постель без сознания.

— Спилет, — сказал инженер, — на нас могут каждую минуту напасть. Введите повозку в кораль, забаррикадируйте ворота и возвращайтесь тотчас же обратно.

Пенкроф, Наб и журналист поспешили исполнить приказание инженера. Нельзя было терять ни секунды. Быть может, повозка уже попала в руки пиратов. Все трое бегом кинулись к воротам, за которыми слышалось глухое ворчание Топа.

Инженер, оставив на минуту Айртона, выбежал на порог домика, готовый оказать помощь своим товарищам. Герберт стал рядом с ним. Оба всматривались в темноту, не появится ли вспышка выстрела со стороны холма, высившегося над коралем. Если пираты устроили там засаду, они могли перестрелять колонистов одного за другим.

В эту минуту полная луна выплыла над чёрной полосой леса и залила своим белёсым светом внутренность кораля.

Вскоре со стороны ограды показалась какая-то тёмная масса. Это была повозка, и Сайрус Смит услышал стук закрываемых ворот.

В этот момент Топ, оборвав привязь, отчаянно залаял и бросился в глубь кораля, вправо от домика.

— Берегитесь, друзья! — крикнул Сайрус Смит.

Колонисты вскинули ружья к плечам и приготовились стрелять. Топ яростно лаял, а Юп, присоединившийся к нему, возбуждённо свистел.

Колонисты осторожно подошли к ним. Собака стояла над берегом ручейка, протекавшего внутри ограды. При ярком свете луны колонисты увидели пять трупов, валявшихся подле самой воды.

Это были трупы пиратов, четыре месяца тому назад высадившихся на остров Линкольна.

ГЛАВА ТРИНАДЦАТАЯ

Рассказ Айртона. — Планы пиратов. — Захват кораля. — Судья острова Линкольна. — «Благополучный». — Поиски на горе Франклина. — Подземный гул. — Ответ Пенкрофа. — В глубине кратера. — Возвращение.

Что случилось? Кто убил пиратов? Неужели это сделал Айртон? Нет, не может быть! Минутой раньше Айртон боялся возвращения пиратов…

Но Айртон был погружён в глубокий сон, и разбудить его было невозможно. После того как он вымолвил несколько слов, какой-то дурман снова свалил его на постель.

Колонисты, обуреваемые тысячью мыслей, с нервами, напряжёнными до предела всеми этими событиями, целую ночь просидели без сна у постели Айртона, не возвращаясь к тому месту, где лежали трупы убитых пиратов.

На следующее утро Айртон очнулся от тяжёлого сна, и колонисты наперебой спешили высказать ему радость, которую они испытывали, видя его живым и невредимым после ста четырёх дней разлуки.

Айртон в кратких словах передал всё, что произошло, вернее, всё, что ему было известно о происшедшем.

Через день после его возвращения в кораль, 10 ноября, как только наступила ночь, на него внезапно напали пираты. Они связали его по рукам и ногам и заткнули ему тряпкой рот. В таком виде его перетащили в тёмную пещеру у подножия горы Франклина, где пираты устроили своё убежище.

Они приговорили Айртона к смерти, и назавтра он был бы убит, если бы один из пиратов вдруг не узнал в нём своего австралийского сообщника.

Пираты хотели прикончить Айртона, но Бену Джойсу они подарили жизнь.

С этой минуты пираты всячески приставали к нему, соблазняя его присоединиться к их шайке; они мечтали с его помощью овладеть неприступной крепостью Гранитного дворца и, убив колонистов, стать хозяевами острова.

Айртон сопротивлялся.

Бывший пират, раскаявшийся и получивший прощение, предпочитал смерть измене.

Связанный, с заткнутым ртом, Айртон почти четыре месяца пролежал в этой пещере.

Пираты нашли кораль вскоре после своей высадки на остров. Они всё время черпали в нём продовольственные ресурсы, но жить там не решались.

11 ноября двое бандитов неожиданно для себя увидели приближающихся колонистов. Один из них вернулся, хвастая, что убил «мальчишку». Его товарищ, как известно, был уложен на месте Сайрусом Смитом.

Можно представить себе горе Айртона при известии о смерти Герберта. Колонистов оставалось только четыре человека, и они находились, можно сказать, в руках у пиратов.

В течение всего времени пребывания колонистов в корале из-за болезни Герберта пираты почти не выходили из пещеры. Даже после бесчинств на плоскогорье Дальнего вида они из осторожности продолжали оставаться в ней.

Обращение их с Айртоном день ото дня становилось всё хуже. У него на ногах и на руках остались следы верёвок, которые пираты не снимали с него даже на ночь. Ежедневно он ожидал смерти: казалось, ничто не могло отвратить её.

Так протекали дни до двадцатых чисел февраля. Пираты, поджидая благоприятного случая, редко выходили из своей пещеры.

Айртон не получал больше никаких вестей о своих друзьях и потерял уже надежду когда-нибудь свидеться с ними.

Вследствие дурного обращения и голода он постепенно впал в полубессознательное состояние и перестал видеть и слышать окружающих. Это состояние особенно обострилось у него за последние дни.

— Скажите мне, мистер Смит, — закончил свой рассказ Айртон, — кто освободил меня из этой пещеры и доставил в кораль?

— Вы сначала ответьте мне, как случилось, что все пираты лежат убитыми внутри ограды кораля? — спросил инженер.

— Пираты убиты? — воскликнул Айртон, приподнимаясь на кровати, несмотря на слабость.

Товарищи помогли ему встать и, поддерживая его, отвели к берегу ручейка.

Уже совсем рассвело. На берегу лежали трупы пиратов в таком же положении, в каком их застигла смерть, по-видимому молниеносная.

Айртон был потрясён. Сайрус Смит и остальные колонисты молча смотрели на него.

По знаку инженера Наб и Пенкроф осмотрели уже окоченевшие тела.

На них не было никаких ран.

Только после очень тщательного осмотра Пенкроф обнаружил на лбу у одного, на груди у другого, на спине у третьего, ещё у одного — на плече по маленькому красному пятнышку, происхождение которых нельзя было установить.

— Это следы смертельного удара! — сказал Сайрус Смит.

— Но каким оружием он нанесён? — спросил журналист.

— Каким-то ружьём, стреляющим молнией.

— Кто же их убил? — вскричал Пенкроф.

— Судья острова Линкольна! — ответил инженер. — Тот, кто перенёс Айртона в кораль. Тот, кто столько раз помогал нам и всякий раз уклонялся от благодарности.

— Его нужно найти во что бы то ни стало! — воскликнул Пенкроф.

— Да, искать его нужно, но теперь и я думаю, что найдём мы его только тогда, когда он сам этого пожелает.

Это невидимое покровительство одновременно и трогало, и раздражало инженера. Сознание собственной слабости перед лицом могущества этой таинственной силы было оскорбительно для этого гордого человека, тем более, что в великодушии их покровителя, отнимавшего у них какую бы то ни было возможность выразить свою благодарность, было нечто презрительное. Этот оттенок пренебрежения даже умалял в глазах инженера ценность самих благодеяний.

— Будем же искать, — сказал он, — и постараемся доказать нашему высокомерному покровителю, что он имеет дело с людьми, не лишёнными способности чувствовать благодарность! Я отдал бы полжизни, лишь бы только иметь возможность в свою очередь оказать ему какую-нибудь важную услугу.

С этого дня поиски таинственного существа стали единственной заботой колонистов острова Линкольна. Всё побуждало их во что бы то ни стало найти ключ к разгадке этой цепи тайн, узнать имя человека, обладающего необъяснимым, поистине сверхъестественным могуществом.

Наб и Пенкроф перенесли трупы пиратов в лес и там глубоко закопали их в землю. После этого все колонисты вернулись в кораль.

Там они ввели Айртона в курс всего случившегося во время его пленения.

— Теперь, — закончил свой рассказ Сайрус Смит, — мы должны выполнить долг благодарности. Не наша заслуга в том, что первая задача экспедиции выполнена и мы снова стали хозяевами острова.

— Давайте обыщем весь этот лабиринт отрогов горы Франклина! — сказал Гедеон Спилет. — Осмотрим каждую трещину почвы, каждую пещеру! На свете не было ещё случая, чтобы журналист столкнулся с такой захватывающей тайной, как эта!..

— И мы вернёмся в Гранитный дворец только после того, как разыщем нашего покровителя? — спросил Герберт.

— Да, — ответил инженер. — Мы сделаем для этого всё, что в человеческих силах...

— Где мы будем жить это время? — спросил Пенкроф.

— В корале. Он расположен близко к району, который мы должны исследовать, и обильно снабжён продовольствием. Впрочем, ведь в любую минуту отсюда можно на тележке съездить в Гранитный дворец.

— Хорошо, — ответил моряк, — Но позвольте напомнить вам...

— Что именно?

— Что мы отложили до лета нашу морскую поездку, а лето уже наступило.

— Какую морскую поездку? — спросил Гедеон Спилет.

— На остров Табор! Неужели вы забыли, что мы должны оставить там записку, что Айртон и мы находимся на острове Линкольна, на случай, если придёт шотландская яхта?.. Если только мы уже не опоздали...

— Но на чём вы хотите совершить это путешествие? — спросил Айртон у моряка.

— Как на чём? Да на «Благополучном», разумеется.

— На «Благополучном»? — воскликнул Айртон. — Разве вы не знаете, что его больше нет?..

— Моего «Благополучного» больше нет?! — заревел Пенкроф.

— Увы, — ответил Айртон, — пираты обнаружили его дней восемь тому назад в порту Шара. Они взошли на борт и подняли якорь…

— И?.. — с замирающим от волнения сердцем спросил Пенкроф.

— И, не умея управлять судном, — ведь Боба Гарвея среди них не было, — посадили его на камни, где шлюп и затонул…

— О, негодяи! О, мерзавцы! О, подлецы! — кричал моряк.

— Утешься, Пенкроф, — сказал Герберт, взяв его за руку. — Мы построим другой «Благополучный», только больший. Ведь сейчас у нас есть все железные части и оснастка для постройки настоящего брига, на котором можно совершить переезд на материк.

— Да знаешь ли ты, — горестно отозвался моряк, — что потребуется не меньше пяти-шести месяцев, чтобы построить судно в сорок-пятьдесят тонн!

— Времени у нас достаточно, — сказал журналист. — Только нам в этом году не придётся съездить на остров Табор.

— Не огорчайтесь, Пенкроф, — добавил инженер. — Делать нечего, надо примириться с потерей. Будем надеяться, что мы ничего не потеряем от этой задержки.

— Мой «Благополучный», мой бедный «Благополучный»! — стонал Пенкроф, глубоко опечаленный гибелью судёнышка, которым он так гордился.

Действительно, уничтожение «Благополучного» было чувствительным ударом для колонии. Поэтому колонисты условились, что начнут постройку нового судна, как только вернутся в Гранитный дворец. Но сейчас главной их заботой было обследование острова в поисках неизвестного покровителя. С 19 по 26 февраля они ничем другим не занимались.

У подножия горы Франклина тянулся целый лабиринт ущелий, трещин и пещер. Здесь, может быть даже внутри самой горы Франклина, могло быть жилище таинственного незнакомца.

Отроги горы были разбросаны в таком хаотическом беспорядке, что Сайрус Смит, прежде чем начать поиски, методически разбил всю площадь на участки. В первую очередь колонисты исследовали южный склон вулкана, по которому стекали воды реки Водопада. Айртон указал им пещеру, в которой пираты держали его в плену. В пещере решительно ничего не изменилось с тех пор, как Айртон покинул её.

В одном из её углов колонисты обнаружили запасы провизии и боевых припасов, украденные пиратами в корале.

Вся эта часть горы, поросшая великолепными хвойными деревьями, была с величайшей тщательностью осмотрена колонистами. Дойдя до юго-западной части склона, они обнаружили здесь узкое ущелье, упирающееся в хаотическое нагромождение базальтовых скал на самом берегу океана. Деревья здесь росли реже. Камень заменил тут траву.

Дикие козы и муфлоны скакали по утёсам. Это была граница бесплодной части острова Линкольна.

Колонисты убедились, что из многочисленных долин, примыкающих к отрогам горы Франклина, всего лишь три покрыты лесом и густой травой. Это были долины, омываемые водами реки Водопада и Красного ручья. Все остальные долины были каменисты и бесплодны. Дальше к югу в эти реки впадали многочисленные притоки, сбегающие со склонов горы; эти притоки несли плодородие всей южной части острова Линкольна. Что касается реки Благодарности, то её питали не горные ручьи, а многочисленные ключи, скрытые в чаще леса Якамары.

Из трёх плодородных долин у подножия горы Франклина только одна предоставляла все необходимые условия для жизни человека.

Но, несмотря на особо тщательные поиски, и здесь колонисты не нашли никаких следов своего таинственного покровителя.

Неужели он выбрал себе убежище в глубине бесплодных ущелий северной части острова, среди нагромождений мрачных скал, среди потоков застывшей лавы?

Северный склон горы Франклина переходил у своего подножия в две широкие долины, совершенно лишённые растительности, усеянные глыбами вулканических камней и покрытые потоками застывшей лавы. Поиски в этой части острова были сопряжены с величайшими трудностями. Тут находилось множество пещер, в большинстве своём непригодных для жилья, но отлично замаскированных складками почвы и труднодоступных.

Колонисты проникали в мрачные тоннели, углубляющиеся далеко в горный массив, и с зажжёнными смолистыми ветвями в руках осматривали каждый закоулок, каждое ответвление и трещину. Но всё было напрасно. Повсюду царил мрак. Трудно было предположить, что когда-либо человеческая нога ступала под этими тёмными сводами, что звук человеческих шагов уже будил раньше гулкое эхо извилистых коридоров. Пещеры стояли такие же мрачные и пустынные, как в тот день, когда подземный огонь поднял их со дна морского на поверхность океана.

Однако, несмотря на полное отсутствие жизни в этих местах, нельзя сказать, что в них царила немая тишина.

В одной из этих тёмных пещер, тянувшихся на сотни футов в глубь горы, инженер с удивлением услышал какой-то глухой рокот, будивший тихое эхо в сводах пещеры.

Гедеон Спилет, сопровождавший инженера, также услышал эти отдалённые звуки, свидетельствовавшие о возобновлении вулканической деятельности в недрах острова.

— Неужели вулкан принадлежит к числу действующих? — спросил журналист. — Помните, когда мы осматривали кратер, он производил впечатление давно потухшего…

— Нет ничего невозможного в том, что за это время в глубине недр произошёл какой-то переворот, вследствие которого наш вулкан снова ожил.

— Как вы думаете, Сайрус, — продолжал Гедеон Спилет, — грозит ли острову извержение горы Франклина?

— Не думаю, — ответил инженер. — Широкий кратер вулкана — великолепный предохранительный клапан. Сколько бы ни скопилось газов в недрах, они получат свободный выход наружу.

— Лишь бы только лава не пробила себе выхода к плодородным частям острова! — заметил журналист.

— Это маловероятно, — возразил инженер. — Ведь у неё есть уже проложенные пути.

— Э! Вулканы так капризны.

— Нет, наклон горы Франклина таков, что лава почти наверняка пойдёт прежним путём. Для того чтобы лава потекла другим путём, должно произойти землетрясение и сместиться центр тяжести горы.

— По-моему, когда вулкан действует, землетрясение всегда возможно, — сказал журналист.

— Верно, — ответил инженер, — особенно если подземные силы пробуждаются после долгого сна и выход кратера завален. Не спорю с вами, дорогой Спилет, что извержение вулкана, а тем паче землетрясение —

довольно неприятные для нас события. Было бы гораздо лучше, если бы вулкан продолжал спать. Но ведь мы ничем не можем помешать его пробуждению, не правда ли? Впрочем, я совершенно уверен, что при всех условиях наше «поместье» на плоскогорье Дальнего вида не пострадает. Между ним и вулканом естественный уклон почвы таков, что лава потечёт в сторону дюн, к заливу Акулы.

— Кстати, я не заметил над кратером никакого дыма, никаких признаков близкого извержения, — сказал журналист.

— Да и я вчера долго смотрел на вершину горы, но не заметил ничего такого, что говорило бы о возобновлении деятельности вулкана. Однако это может быть и плохим признаком: возможно, что с течением времени в глубине кратера скопилось чересчур большое количество всякого рода отложений — лавы, пепла, обломков скал, — которые давят сверху на крышку предохранительного клапана. Впрочем, при первом же серьёзном натиске подземных газов это нагромождение взлетит к небу, словно пушинка. Не тревожьтесь, дорогой Спилет, пока нет никакой опасности, что наш остров взорвётся, как котёл, в котором чересчур повысилось давление. Конечно, лучше было бы, чтобы никакого извержения не произошло.

— Но ведь мы отчётливо слышим рокот в недрах вулкана, — возразил журналист. — Тут никакой ошибки не может быть.

— Действительно, — сказал инженер, прислушиваясь к отдалённому шуму, — там происходят какие-то процессы, ни силы, ни последствий которых мы определить не можем.

Вернувшись на свежий воздух, Сайрус Смит и Гедеон Спилет рассказали остальным колонистам о сделанном открытии.

— Вот как! — воскликнул Пенкроф. — Теперь вулкан готовит нам пакость! Что ж, пусть попробует только! Мы найдём и на него управу!

— У кого? — спросил Наб.

— У нашего покровителя! Он заткнёт глотку кратеру, если тот посмеет только пикнуть!

Вера моряка в покровителя острова Линкольна была безгранична. Неоднократные проявления его могущества поразили воображение Пенкрофа и внушили ему убеждение в том, что возможности этого загадочного существа неограниченны.

Но таинственного покровителя, несмотря на все усилия, так и не удалось обнаружить. С 19 по 25 февраля колонисты обшарили все самые потаённые уголки острова Линкольна. Они дошли до того, что выстукивали каждую скалу, как это делают сыщики со стенами подозрительных домов. Инженер составил точную карту горы и её окрестностей и каждый день крестиком обозначал осмотренные участки.

Методически и последовательно вся гора Франклина была исследована, от подножия до самой вершины.

Больше того, колонисты забирались в самый кратер, пока что бездействующий, но под которым явственно слышалось клокотание подземного огня. Впрочем, и при ближайшем рассмотрении ни один столбик дыма, ни одна струйка пара не выдавали близости предстоящего извержения.

Но в кратере, так же как и в других частях горы, не было никаких следов того, кого они искали.

Тогда исследование было перенесено в сторону дюн.

Так же внимательно колонисты осмотрели базальтовые стены залива Акулы сверху донизу. И здесь никого и ничего не было обнаружено.

Никого и ничего! Эти два слова, единственный результат стольких трудов, такого упорства и настойчивости, вполне объясняют то состояние горькой досады, в которое впали колонисты в конце экспедиции.

Они решили наконец вернуться в Гранитный дворец, так как невозможно было бесконечно продолжать поиски.

Колонисты вправе были теперь утверждать, что таинственное существо не живёт на поверхности острова Линкольна. Самые странные предположения зарождались по этому поводу в их возбуждённом воображении. В особенности Пенкроф и Наб, не найдя разгадки этой тайны в мире реального, стали искать её в мире сверхъестественного.

25 февраля колонисты наконец возвратились в Гранитный дворец. Закинув при помощи стрелы верёвку за уступ у дверей своего жилища, они восстановили сообщение с ним.

Через месяц, 24 марта, они скромно отпраздновали третью годовщину своего пребывания на острове Линкольна.

ГЛАВА ЧЕТЫРНАДЦАТАЯ

Прошло три года. — Вопрос о постройке нового корабля. — Принято решение. — Процветание колонии. — Холода в Южном полушарии. — Пенкроф покоряется. — Стирка белья. — Гора Франклина.

Прошло три года с тех пор, как ричмондские военнопленные бежали из осаждённого города. Сколько раз за это время они говорили о своей родине!

Они не сомневались в том, что гражданская война давно окончилась победой правого дела Севера. Но чего стоила эта война, сколько крови она поглотила, кто из их друзей погиб в борьбе — все эти вопросы часто приходили им на ум и заставляли остро чувствовать тоску по далёкой родине.

Они мечтали о возвращении в Штаты хоть на несколько дней; восстановив связь с цивилизованным миром, они вернулись бы на всю жизнь в эту созданную их трудом колонию.

Но эта мечта могла осуществиться только в двух случаях: либо в воды острова Линкольна неожиданно забредёт какой-нибудь корабль, либо колонисты сами построят судно, способное выдержать длинный морской переход.

— Если только наш покровитель не найдёт какого-нибудь третьего способа помочь нам вернуться на родину, — сказал как-то Пенкроф.

И в самом деле, ни Наб, ни Пенкроф нисколько не удивились бы, если бы им в один прекрасный день сообщили, что в порту Шара или в заливе Акулы их ждёт трёх-четырёхсоттонный корабль. В том состоянии, в каком они сейчас находились, это известие не вызвало бы у них даже жеста удивления.

Но Сайрус Смит, менее восторженный и легковерный, посоветовал им спуститься с облаков на землю и подумать о постройке корабля; это было совершенно неотложное дело, так как надо было как можно скорее доставить на остров Табор записку с указанием местонахождения Айртона и других колонистов.

Постройка судна любого размера требовала по меньшей мере шести месяцев. За это время должна была наступить зима, и поездку всё равно невозможно было бы осуществить немедленно.

— У нас, таким образом, много времени, — говорил инженер Пенкрофу. — Мне кажется, нужно воспользоваться этим, чтобы построить судно более крупного размера, чем наш «Благополучный». Я мало верю в приезд Гленарвана за Айртоном. Наконец, может случиться, что яхта уже была на острове и, не найдя следов Айртона, вернулась в Глазго. Имея это в виду, лучше, по-моему, построить судно такого водоизмещения, на котором можно было бы при нужде совершить переход до Новой Зеландии или до Полинезийского архипелага.

— Я думаю, мистер Смит, — ответил Пенкроф, — что мы с таким же успехом можем построить большой корабль, как и маленький. Дерева, гвоздей и инструментов у нас хватит. Весь вопрос во времени.

— А сколько времени потребует постройка корабля в двести пятьдесят — триста тонн? — спросил Сайрус Смит.

— Месяцев семь-восемь по меньшей мере, — ответил Пенкроф. — Не нужно только забывать, что надвигается зима, а во время больших холодов плотничьи работы очень трудны: дерево становится твёрдым как железо. Значит, будет несколько недель вынужденного простоя, и хорошо, если нам удастся спустить судно на воду в ноябре.

— Что ж, — заметил Сайрус Смит, — это самое подходящее время для морского путешествия на остров Табор или на другую более отдалённую землю.

— Давайте чертежи, мистер Смит! Рабочие готовы. Не сомневаюсь, что Айртон окажет нам большую помощь в этом деле.

Колонисты единогласно одобрили сообщенный им план инженера. Правда, постройка большого корабля в двести пятьдесят — триста тонн водоизмещением была нелёгким делом, но колонисты верили в свои силы и вправе были верить в них — о том свидетельствовали уже достигнутые ими успехи.

Сайрус Смит тотчас приступил к составлению расчётов и чертежей судна. Тем временем его товарищи занялись рубкой строевого леса. В лесу Дальнего Запада они нашли подходящие по качеству дубы и вязы.

Дорога, намеченная во время большой экспедиции к мысу Рептилии, была расширена, и срубленные деревья перетаскивались к Камину, где снова была сооружена небольшая верфь.

Срубленный лес тотчас же пилили на доски, так как на постройку корабля нельзя было употреблять сырой лес и доскам надо было дать время подсохнуть. Плотники усердно проработали весь апрель.

Юп был неоценимым и прилежным помощником дровосеков и возчиков: он взбирался на самые верхушки намеченных к рубке деревьев и обвязывал их кроны верёвками он же, при нужде, взваливал на свои могучие плечи срубленное дерево и оттаскивал его по указанию колонистов в нужную сторону.

Распиленный лес был сложен штабелями в сарай, построенный специально для этой цели возле Камина.

Апрель выдался тёплый. Одновременно с подготовкой к постройке корабля колонисты привели в порядок плоскогорье Дальнего вида после налёта пиратов. Они отстроили заново мельницу, конюшню и птичник. Последний пришлось строить в увеличенном размере, так как население его значительно выросло.

В стойлах конюшни стояло теперь пять онагров, из них четыре крепких, рослых, отлично выдрессированных животных и один маленький, новорождённый.

Инвентарь колонии обогатился также плугом, и онагры пахали теперь землю, как обыкновенные йоркширские быки.

Каждому колонисту находилось дело по его вкусу, и никто не сидел сложа руки. Поэтому все отличались завидным здоровьем, и на этих людей приятно было смотреть, когда, сидя по вечерам в большом зале Гранитного дворца, они строили тысячи проектов на будущее.

Не приходится говорить, что Айртон жил теперь вместе с остальными колонистами и не помышлял даже о возвращении в кораль. Однако он по-прежнему оставался грустным, малообщительным и охотней принимал участие в работах, чем в развлечениях колонистов. Он оказался великолепным работником — сильным, неутомимым, ловким и изобретательным. Его уважали и любили все колонисты. И он это знал.

Разумеется, колонисты не забывали и про кораль. Через каждые день-два кто-нибудь из колонистов отправлялся туда в тележке или верхом, наполнял кормушки муфлонов и коз и возвращался, привозя с собой молоко для кухонных надобностей. Эти поездки обычно использовались и для охоты. Поэтому чаще всего эту работу брали на себя Гедеон Спилет или Герберт. Иногда они ехали вместе и прихватывали ещё Топа. Благодаря этому кладовые Гранитного дворца всегда ломились от запасов битой дичи: водосвинок, агути, кенгуру, кабанов, пекари, уток, глухарей, якамар и прочего. Стол колонистов разнообразили также рыба, устрицы с устричной отмели, овощи с огородов плоскогорья Дальнего вида и, наконец, фрукты, сорванные в лесах. Главному повару Набу оставалось только выбирать лучшее из этого изобилия продуктов.

Само собой разумеется, что телеграфный провод из Гранитного дворца в кораль был давно починен, и телеграф работал всякий раз, когда тот или другой колонист, отправившийся в кораль, считал нужным остаться там на ночь. Впрочем, остров теперь стал безопасным, и нечего было бояться нападения, по крайней мере со стороны людей.

Однако колонисты считались с возможностью повторной высадки пиратов на остров. Вполне возможно, что кто-нибудь из товарищей Боба Гарвея по норфолкской каторге знал об его планах и, выйдя на свободу, тем или иным способом попытается привести их в исполнение. Колонисты ввели поэтому в правило ежедневно осматривать в подзорную трубу горизонт как со стороны бухты Союза, так и со стороны бухты Вашингтона. Отправляясь в кораль, дежурный колонист обязательно с той же тщательностью осматривал морской горизонт в западной части острова.

Ни разу, правда, колонисты не заметили ничего подозрительного, но, наученные горьким опытом, они строго придерживались этого правила.

Однажды вечером инженер поделился со своими товарищами придуманным им планом укрепления кораля. Он предполагал сделать ограду более высокой и пристроить к ней нечто вроде блокгауза, в котором колонисты могли бы отбивать нападение целого отряда врагов.

Насколько Гранитный дворец был неприступным, настолько же лёгкой и соблазнительной добычей для грабителей являлся кораль с его стадами скота, постройками и запасами продовольствия. Нужно было обеспечить сохранность всего этого на случай возможной высадки на остров пиратов.

Проект инженера был в общем одобрен колонистами и намечен к осуществлению на будущую весну.

К 15 мая на стапелях верфи уже чётко вырисовывался контур киля нового судна. Ещё несколько дней спустя на концах киля выросли прочно посаженные в пазы форштевень и ахтерштевень. Крепкий дубовый миль имел сто десять футов в длину. Таким образом, ширину средней части судна можно было довести до двадцати пяти футов. Но это было всё, что плотники успели сделать до наступления холодов. Воспользовавшись неожиданным повышением температуры в начале июня, они поставили первые кормовые шпангоуты и затем окончательно приостановили работы.

В первых числах июня погода стала ужасной. Ветер дул с востока, достигая порой силы настоящего урагана. Инженер даже стал беспокоиться за судьбу верфи. Но перенести её в другое место было бы ещё хуже, потому что островок Спасения всё-таки защищал Камин от ветра, тогда как в дни сильных бурь океанские волны докатывались до самого подножия Гранитного дворца.

К счастью, тревога Сайруса Смита оказалась напрасной. Верфь устояла. Пенкроф и Айртон, самые рьяные из строителей, продолжали работу на верфи так долго, как это было возможно. Их не пугали ни ветер, ни дождь. Они считали, что удар молота, независимо от того, в какую погоду он нанесён, остаётся ударом молота. Только тогда, когда первые морозы придали древесным волокнам твёрдость железа, они признали себя побеждёнными стихией и оставили работы.

Это случилось 10 июня.

Сайруса Смита и его товарищей поражали сильные морозы, наблюдавшиеся зимой на острове Линкольна. Средняя зимняя температура здесь была сходна с температурой Новой Англии, расположенной примерно на таком же расстоянии от экватора. Но там, в Северном полушарии, это явление объяснялось равнинным характером приполярных земель, дающим полный простор северным ветрам. Здесь, на острове Линкольна, это объяснение не годилось.

— Уже давно установлено, — как-то сказал Сайрус Смит своим товарищам, — что под одинаковыми широтами острова и прибрежные земли меньше страдают от холода, чем континентальные территории. Я, например, часто слышал, что в Ломбардии зимы суровее, чем в Шотландии. Это объясняется тем, что зимой море отдаёт то тепло, которое оно накопило за лето. Острова в этом отношении находятся в особенно выгодных условиях.

— Но почему же в таком случае остров Линкольна составляет исключение из общего правила? — спросил Герберт.

— Это трудно поддаётся объяснению, — ответил инженер. — Скорее всего это связано с тем, что наш остров находится в Южном полушарии, которое, как известно, значительно холоднее Северного.

— В самом деле, — заметил Герберт, — я читал где-то, что плавучие льдины в Южном полушарии встречаются под более низкими широтами, чем в Северном.

— Я это видел своими глазами! — сказал Пенкроф. — Однажды, когда я служил на китобойном судне, мы встретили плавучие льдины на самом траверсе мыса Горна!

— Может быть, именно близостью льдов и объясняется суровость зим на острове Линкольна? — подумал вслух журналист.

— Вполне возможно, что ваше предположение соответствует истине, Спилет, — ответил Сайрус Смит. — Я сам думаю, что только этим и можно объяснить здешние морозы. Но существует другое вполне научное объяснение причин, почему Южное полушарие холодней Северного: так как солнце летом стоит ближе к Южному полушарию, естественно, что зимой оно больше от него удаляется. Это объясняет также и то, что лето па острове Линкольна много жарче, чем в соответствующих ему широтах Северного полушария.

— Но скажите мне, мистер Смит, — хмуря брови, сказал Пенкроф, — почему это наш земной шар так плохо разделён? Это несправедливо!

— Дружище Пенкроф, — смеясь, ответил инженер, — справедливо это или нет, но так устроен свет! И вот почему: Земля описывает вокруг Солнца не круг, а эллипс — этого требуют законы небесной механики. Солнце находится в одном из фокусов этого эллипса, и, следовательно, Земля в своём годовом беге то удаляется от Солнца на самое далёкое расстояние — находится в своём афелии, — то приближается к нему на самое близкое расстояние — вступает в свой перигелий. Но как раз во время южной зимы Земля находится в афелии, на самом далёком от Солнца расстоянии. Неудивительно поэтому, что зимы бывают тут такими холодными. Здесь, друг мой Пенкроф, люди ничего не могут изменить, как бы учены и могущественны они ни были!

Как бы там ни было, но в июле начались обычные сильные морозы; и колонистам чаще всего приходилось отсиживаться в Гранитном дворце.

Это вынужденное затворничество томило всех, а особенно Гедеона Спилета.

— Наб, — сказал он однажды, — я готов любым нотариальным актом передать тебе всё своё имущество, если ты подпишешься для меня на какую-нибудь газету. Для полноты моего счастья не хватает только знать каждое утро, что случилось в мире накануне!

Наб расхохотался.

— А мне, — сказал он, — по правде сказать, куда интересней сегодняшняя работа, чем вчерашние новости!

И действительно, работы как вне, так и внутри Гранитного дворца было больше чем достаточно.

Колония острова Линкольна находилась после трёх лет упорной работы на вершине своего процветания. Приход пиратского корабля только умножил богатства колонии. Не говоря уже о полной оснастке корабля, которую предполагалось использовать для постройки нового судна, кладовые ломились от запаса инструментов, орудий, приборов, оружия, пороха, пуль, одежды, съестных припасов и т.д. Колонистам больше не приходилось самим изготовлять валяную одежду. Они были одеты теперь так тепло, что их не страшил больше никакой мороз. Белья у них было в изобилии, и они содержали его в величайшем порядке. Стирали они своё бельё четыре раза в год, как это делалось в давние времена в богатых семьях; Пенкроф и Гедеон Спилет особенно отличались в искусстве стирки и глажения.

Зимние месяцы — июнь, июль и август — прошли незаметно, заполненные всякими мелкими работами внутри Гранитного дворца. Зима в этом году была даже суровее, чем все предыдущие. Средняя зимняя температура равнялась примерно 13° ниже нуля. В каминах Гранитного дворца беспрерывно пылали целые костры, — колонисты не жалели топлива, росшего тут же под боком.

Люди и животные были совершенно здоровы. Мистер Юп, правда, оказался мерзляком, и ему пришлось сшить ватный халат. Но это был единственный недостаток честного оранга. Из него выработался образцовый слуга — ловкий, услужливый, исполнительный, неутомимый и... неболтливый.

— Что ж тут удивительного, — сказал как-то Пенкроф, — что Юп — примерный слуга: ведь у него не две, а четыре руки!

В продолжение семи месяцев, истекших со времени последней экспедиции, таинственный покровитель острова ничем не выдавал своего присутствия.

Впрочем, колония ни разу за это время и не нуждалась в его помощи.

Сайрус Смит обратил внимание на то, что ни Топ, ни Юп больше не подходили к колодцу и не проявляли необъяснимого беспокойства.

Но это не утешало инженера. Не получив ключа к разгадке тайны, он не мог успокоиться.

Наконец зима прошла. Первые весенние дни ознаменовались событием, которое могло иметь важные последствия.

7 сентября Сайрус Смит, посмотрев на вершину горы Франклина, заметил, что над ней вьётся лёгкий дымок…

ГЛАВА ПЯТНАДЦАТАЯ

Пробуждение вулкана. — Весна. — Возобновление работ. — Вечер 15 октября. — Телеграмма. — Вопрос. — Ответ. — Скорее в кораль! — Записка. — Добавочный провод. — Базальтовый берег. — Прилив. — Отлив. — Пещера. — Ослепительный свет.

Колонисты, которым инженер сообщил эту новость, бросили работу и пошли смотреть на вершину горы Франклина.

Вулкан проснулся, и первые струи дыма пробились через отложения на дне его кратера. Но вызовет ли подземный огонь извержение? На этот вопрос никто не мог ответить.

Извержение вулкана не грозило опасностью всему острову. Потоки лавы уже однажды заливали его — об этом свидетельствовали склоны горы Франклина, — но это не помешало бурному расцвету флоры в южных частях острова. Самая форма кратера, с выемкой на северном склоне, казалось, предохраняла от извержения южные, плодородные части острова.

Но, разумеется, не было твёрдой уверенности, что при новом извержении лава потечёт теми же путями. Часто бывает, что при возобновлении деятельности вулканов старые кратеры остаются бездействующими и вместо них открываются новые. Такие случаи бывали и в Старом, и в Новом Свете при извержении вулканов Этна, Попокатепетль, Орисаба. Достаточно было произойти землетрясению — явлению, часто сопутствующему вулканическим извержениям, — чтобы внутреннее строение горы изменилось и лава потекла новыми путями.

Сайрус Смит поделился своими мыслями с товарищами, ничего не утаивая от них.

В конце концов, предотвратить событие было невозможно. Гранитный дворец, если только землетрясение не разрушит его, казался вне опасности. Но зато коралю угрожала гибель, если новый кратер откроется на южном склоне горы Франклина.

С этого дня вершина горы всё больше окутывалась дымом. Столбы дыма росли в вышину и ширину, но пока что они не окрашивались ещё отблесками пламени. Подземный огонь ещё был сосредоточен внутри горы и не вырывался на поверхность.

С наступлением весны работа закипела. Колонисты спешили с постройкой корабля. Чтобы ускорить распилку, Сайрус Смит поставил гидравлическую пилу, освободившую колонистов от медленной и утомительной работы. Устройство этого приспособления было скопировано с кустарных гидравлических лесопильных установок Норвегии: при помощи колёса, двух цилиндров и блоков, приводимых в движение силой падающей воды, брёвнам сообщалось движение по горизонтали, а пиле — по вертикали. Несмотря на простоту устройства, машина работала великолепно.

В конце сентября на стапелях верфи высился уже весь остов судна, которому предполагалось придать оснастку шхуны. Узкая в своей передней части и широкая в кормовой, шхуна обещала быть устойчивым судном, способным при нужде выдержать долгий морской переход.

Обшивка бортов, настилка палубы и вся отделка судна должны были отнять ещё много времени. К счастью, колонистам удалось спасти почти все железные части с погибшего пиратского брига, и кузнецам не пришлось изготовлять гвоздей и болтов. Зато плотникам дела было хоть отбавляй.

Во время жатвы пришлось на неделю приостановить постройку. Убрав хлеб и овощи и сложив новые запасы в кладовые Гранитного дворца, колонисты вернулись на верфь и всё своё время отдали постройке шхуны.

К вечеру колонисты буквально выбивались из сил. Чтобы не терять понапрасну времени, они изменили часы своих трапез: обедали в полдень, а ужинать садились только тогда, когда исчезали последние лучи солнца. После ужина они спешили улечься спать.

Только изредка, если разговор, начавшийся за ужином, касался какой-нибудь особо интересной темы, колонисты укладывались спать несколько позже обычного часа. Любимой темой таких разговоров стали мечты о том скором времени, когда шхуна будет готова и на ней можно будет совершить поездку в цивилизованные страны. Однако никому не хотелось расстаться навсегда с этой колонией, достигшей процветания ценой стольких трудов. Все считали, что связь с Америкой даст мощный толчок дальнейшему развитию колонии.

Пенкроф и Наб в особенности мечтали жить и умереть на острове Линкольна.

— Герберт, — спрашивал моряк, — ты не изменишь нашему острову?

— Никогда, Пенкроф, если ты останешься на нём!

— Во мне-то можешь не сомневаться! Ты останешься на родине, женишься там, а потом приедешь на остров с женой и маленькими детьми. Я буду ждать тебя и обещаю тебе вырастить из твоих детей храбрых моряков!

— Согласен, — рассмеялся покрасневший Герберт.

— А вы, мистер Смит, — продолжал восторженный моряк, — вы станете губернатором острова! Сколько жителей он может прокормить? Тысяч десять, не меньше!

Пенкроф заражал других колонистов своими мечтами, и в конце концов и журналист договорился до того, какой чудесной газетой будет его «Линкольнский вестник»!

Молчаливый Айртон также хранил мечту о встрече с Гленарваном: бывший преступник хотел доказать, что он искупил свою вину.

Кто знает, может быть, и Топ и Юп также строили втихомолку планы на будущее?..

15 октября вечером дружеская беседа затянулась дольше обычного. Было уже девять часов вечера. С трудом подавляемые зевки указывали на то, что час сна уже наступил. Пенкроф первым встал из-за стола и направился в спальню, как вдруг электрический звонок в большом зале резко зазвенел.

Все колонисты были на месте: Сайрус Смит, Гедеон Спилет, Герберт, Айртон, Наб, Пенкроф. Следовательно, в корале никого не могло быть.

Сайрус Смит вскочил. Его примеру последовали остальные. Никто не верил своим ушам.

— Что это значит? — воскликнул Наб. — Не иначе, как сам чёрт позвонил нам!..

Никто не ответил ему.

— Небо было вечером предгрозовым, — сказал Герберт. — Атмосфера насыщена электричеством. Может быть, это...

Герберт не окончил фразы, так как инженер отрицательно покачал головой.

— Подождём, — сказал Гедеон Спилет. — Если это был сигнал, то тот, кто его давал, повторит его.

— Но кто же это может быть? — воскликнул Наб.

— Ясно, кто, — ответил Пенкроф. — Тот, кто…

Слова моряка были прерваны новым резким звонком. Сайрус Смит подошёл к аппарату и послал в кораль следующую телеграмму:

«Что вам угодно?»

Через несколько секунд приёмник отстукал ответ:

«Немедленно приходите в кораль».

— Наконец-то! — воскликнул Сайрус Смит.

Да, наконец-то тайна должна была раскрыться! Нервы колонистов были так взвинчены, что от усталости не осталось и следа, сна как не бывало. Без слов они мгновенно собрались в дорогу и через несколько секунд уже очутились у подножия Гранитного дворца. Только Топ и Юп остались дома. Они не были теперь нужны колонистам.

Ночь была непроглядно тёмной. Молодой месяц закатился вместе с солнцем. Как правильно отметил Герберт, небо было предгрозовым — тяжёлые тучи низко нависли над землёй, не оставляя ни единого просвета. Изредка на горизонте мелькали зарницы. Видимо, на остров надвигалась гроза.

Но никакая темнота, никакая гроза не могли остановить колонистов. Они хорошо знали дорогу в кораль. Перейдя по мосткам на правый берег реки Благодарности, они углубились в лес.

Охваченные сильным волнением, путники быстрыми шагами продвигались вперёд. Все были в полной уверенности, что наконец теперь узнают разгадку этой тайны, так долго мучившей их, узнают имя своего благодетеля и покровителя, столько раз приходившего к ним на помощь, такого великодушного и такого могущественного! Узнают, каким образом он всегда был в курсе всех их планов и решений, каким образом он всегда вовремя оказывался в нужном месте!..

Погружённые каждый в свои мысли, колонисты, сами того не замечая, все ускоряли шаг. Под сводом деревьев темень стояла такая, что даже дороги не было видно. Ни один звук не нарушал мёртвой тишины. Четвероногие и пернатые обитатели леса, чувствуя приближение грозы, притаились в своих логовищах и гнёздах. Ни один листок не шевелился на деревьях в душном безветрии. Только шум шагов колонистов глухо отдавался в лесу.

За первые четверть часа ходьбы молчание было нарушено только замечанием Пенкрофа:

— Следовало бы захватить фонарь.

И ответом инженера:

— Возьмём фонарь в корале.

Сайрус Смит и его товарищи вышли из Гранитного дворца в двенадцать минут десятого. В сорок пять минут десятого они прошли три из пяти миль, отделяющих Гранитный дворец от кораля.

Зарницы сверкали на тёмном небе всё чаще и чаще. Где-то в отдалении глухо зарокотал гром. Гроза, очевидно, приближалась и скоро должна была разразиться. Атмосфера стала удушливой.

Колонисты, словно подталкиваемые непреодолимой силой, скорее бежали, чем шли.

В четверть одиннадцатого при яркой вспышке молнии совсем близко зачернела ограда кораля. Не успели колонисты войти в ворота, как над самой их головой раздался страшный раскат грома.

Колонисты бегом пересекли двор и остановились у дверей домика.

Вполне возможно было, что неизвестный ждал их там, так как он телеграфировал из кораля. Однако в окнах домика не было света.

Инженер постучал в дверь.

Ответа не было.

Сайрус Смит открыл дверь, и колонисты вошли в комнату.

Там царил глубокий мрак.

Пенкроф высек огонь, и через секунду фонарь осветил все углы комнаты.

В ней никого не было. Все вещи стояли на своих местах, в том же порядке, в каком их оставили в последний приезд колонисты.

— Неужели мы стали жертвой галлюцинации? — пробормотал Сайрус Смит.

Нет, это было невозможно! Телеграф ясно передал:

«Немедленно приходите в кораль».

Инженер подошёл к столику, на котором стояли приёмный и передающий аппараты. Здесь также всё было в полном порядке.

— Кто последним приезжал в кораль? — спросил инженер.

— Я, мистер Смит! — ответил Айртон.

— Когда вы здесь были?

— Четыре дня тому назад.

— Глядите, на столе записка! — воскликнул Герберт.

В записке было написано по-английски:

«Идите вдоль нового провода».

— В дорогу! — воскликнул Сайрус Смит, поняв, что телеграмма была отправлена не из кораля, а из конечного пункта новой линии, присоединённой к старой и связавшей таинственное убежище непосредственно с Гранитным дворцом.

Наб взял зажжённый фонарь, и все вышли из домика.

Гроза бушевала с ужасающей силой. Интервалы между вспышкой молнии и раскатами грома становились всё короче. Вскоре гром загремел не утихая. При вспышках молнии видна была верхушка горы Франклина, окутанная густым облаком дыма.

Во дворе кораля новой проводки колонисты не нашли, но, выйдя за ворота, инженер увидел при свете молнии, что от изолятора первого же телеграфного столба к земле спускается провод.

— Вот он! — воскликнул инженер.

Провод тянулся по земле, но благодаря изолирующей оболочке передача тока осуществлялась беспрепятственно. Извиваясь между деревьями, провод вёл на запад.

— Вперёд! — сказал Сайрус Смит.

То освещая дорогу фонарём, то вглядываясь в неё при блеске молнии, колонисты быстро зашагали вдоль провода.

Гром грохотал теперь с такой силой и так часто, что немыслимо было разговаривать. Впрочем, колонистам было не до разговоров. Все их помыслы были устремлены к тому, что их ждало в конце пути.

Колонисты взобрались на холм, отделяющий долину кораля от долины реки Водопада, спустились по его склону и перешли вброд эту реку в самой узкой её части. Провод шёл то по земле, то по нижним ветвям деревьев и всё время указывал им путь.

Инженеру почему-то казалось, что таинственное убежище находится в глубине долины реки Водопада, но его предположение оказалось ошибочным.

Пришлось снова взбираться на склон юго-западного отрога горы Франклина и спуститься на бесплодную равнину, оканчивающуюся базальтовыми скалами.

Время от времени то один, то другой колонист нагибался и рукой нащупывал провод. Но сомнений не было — телеграфная линия вела прямо к морю. Очевидно, там, внутри какой-нибудь скалы, таилось это загадочное жилище, которое до сих пор так безуспешно разыскивали колонисты.

Небо было всё в огне. Молния сверкала за молнией. Несколько раз они ударяли в вершину кратера и исчезали в густом облаке дыма. В такие минуты казалось, что гора мечет пламя.

Около одиннадцати часов колонисты подошли к обрывистому берегу. Поднялся сильный ветер. Пятьюстами футами ниже ревел океан, с грохотом налетая на острые скалы.

Сайрус Смит высчитал, что маленький отряд находится примерно в полутора милях от кораля. В том месте, где они остановились, провод уходил вниз по крутому скату скалы.

Колонисты стали спускаться, рискуя каждую минуту быть раздавленными или увлечёнными в море обвалом камней. Этот спуск, особенно в темноте, был чрезвычайно опасным. Но они не думали об опасности. Они не владели больше собой. Тайна влекла их к себе с такой же силой, с какой магнит притягивает железо.

Не замечая опасности, они спускались по скату, который и днём был головоломным. Камни осыпались под их ногами, обрушивались им вслед. Сайрус Смит шел впереди, Айртон замыкал шествие. Двигались то гуськом, то ползли, порой приходилось скользить по гладкому скату, судорожно цепляясь за малейшую неровность. Потом все снова поднимались на ноги и продолжали следовать за проводом.

Наконец провод круто повернул в утёсы, врезавшиеся в океан и, очевидно, заливаемые водой во время больших приливов. Колонисты дошли до самого подножия базальтовой стены.

Провод тянулся здесь вдоль узкого уступа, едва возвышающегося над морем. Колонисты вступили на этот уступ, но не прошли они и сотни шагов по его некрутому склону, как провод ушёл в воду.

Колонисты, недоумевая, остановились как вкопанные.

Крик разочарования, почти отчаяния вырвался из их грудей. Неужели нужно будет нырнуть в воду и искать там подводную пещеру? В том состоянии величайшего возбуждения, в каком они находились сейчас, они способны были и на это.

Но инженер остановил их.

Повернув обратно, он повёл их к более широкому уступу и там сел на обломок скалы.

— Подождём здесь, — сказал он. — Когда начнётся отлив, путь будет снова открыт.

— Почему вы так думаете? — спросил Пенкроф.

— Он не стал бы звать нас, если бы жилище его было недосягаемо.

В голосе Сайруса Смита звучала такая уверенность, что никто не решился возражать. Впрочем, рассуждение инженера было вполне логичным. Очевидно, действительно в скале существовало отверстие, выходящее на поверхность воды при отливе и скрытое волнами при приливе.

Ждать нужно было несколько часов. Колонисты провели их в полном молчании. Начавшийся дождь заставил их искать убежища под навесом скалы. Дождь всё усиливался, пока не превратился в сплошной ливень. Эхо повторяло раскаты грома.

Волнение колонистов достигло предела. Тысячи странных предположений, фантастических надежд теснились в их умах при мысли о скорой встрече с загадочным гением-покровителем острова.

В полночь Сайрус Смит взял фонарь и спустился по уступу к месту, где провод исчезал в волнах. Отлив начался уже часа полтора тому назад.

Инженер не ошибся в своих расчётах. Убывающая вода уже обнажила верхний свод широкого отверстия в скале. Провод под прямым углом уходил в него.

Сайрус Смит вернулся к своим спутникам и просто сказал:

— Через час можно будет войти в отверстие.

— Значит, оно существует? — спросил Пенкроф.

— А вы сомневались в этом? — с упрёком ответил инженер.

— Но дно пещеры, вероятно, всё-таки останется покрытым водой, — сказал Герберт.

— Либо пещера совершенно освободится от воды, — ответил инженер, — и мы сможем пройти посуху, либо нам будет предоставлено какое-нибудь средство передвижения по воде.

Прошёл ещё час. Колонисты вышли из-под скалы и под проливным дождём спустились к морю. За три часа, истёкших с начала отлива, уровень воды понизился футов на пятнадцать. Свод пещеры возвышался над водой по меньшей мере на восемь с половиной футов. Он походил теперь на арку моста, под которой, шумя и пенясь, протекает быстрая река.

Заглянув под свод, инженер заметил какой-то тёмный предмет, плавающий на поверхности воды.

Он притянул его к себе.

Предмет этот оказался лодкой, привязанной верёвкой к какому-то причалу внутри пещеры.

Лодка была сделана из тонкого листового железа. Под скамьями в ней лежали два весла.

— Садитесь! — сказал инженер.

Через секунду колонисты расселись в лодке. Наб и Айртон сели за вёсла, Пенкроф — за руль. Сайрус Смит стал на носу с фонарём в руке и освещал дорогу.

Низко нависший у входа в пещеру свод вдруг ушёл ввысь. В пещере господствовал абсолютный мрак. Слабый свет фонаря был недостаточен даже для того, чтобы определить её размеры. Здесь царила мёртвая, внушающая благоговение тишина. Ни рёв волн, ни раскаты грома не могли проникнуть сквозь толщу стен пещеры.

В ряде пунктов земного шара существуют такие громадные пещеры, естественные склепы, созданные природой на удивление людям. Некоторые из них погружены под воду. Другие выступают над водой, но заключают в себе целые озёра. Таков грот Фингала на одном из Гебридских островов, таков грот Морга в Бретани, грот Бонифация на Корсике, исполинская Мамонтова пещера в Кентукки высотой в пятьсот футов и длиной почти в двадцать миль.

Что касается пещеры, в которой сейчас находились колонисты, то размеры её пока что невозможно было определить.

В продолжение четверти часа лодка плыла по ней, следуя за проводом, тянувшимся вдоль стены пещеры.

Время от времени инженер командовал:

— Стоп!

Лодка мгновенно останавливалась. Убедившись, что провод никуда не исчез, инженер снова командовал:

— Вперёд!

И вёсла вновь погружались в воду, толкая лодку вперёд.

Так прошло ещё четверть часа. Лодка отъехала от входа в пещеру примерно уже на полмили, когда снова раздалась команда инженера:

— Стоп!

Лодка замерла. Колонисты увидели в отдалении какой-то яркий свет, освещавший эту огромную пещеру, спрятанную природой глубоко в недрах острова.

При этом свете можно было наконец составить себе представление о размерах пещеры.

В сотне футов над водой высился свод, поддерживаемый множеством базальтовых колонн, отлитых словно но одной мерке; эти столбы природа создала в период, когда земной шар только начал остывать. Несмотря на то, что снаружи бушевала буря, поверхность воды в пещере была гладкой как зеркало. Яркий свет из неведомого источника, причудливо отражаясь в каждом зубце, каждом выступе базальта, проходя сквозь призматические вершины сталактитов и сталагмитов, фантастически расцвечивал внутренность этой части пещеры. Зеркальная поверхность воды отражала прихотливую игру света, и лодка, казалось, плыла между двумя светоносными стенами.

Нельзя было сомневаться в характере источника этого света. Его прямые лучи отбрасывали резкие тени, подчёркивая капризные изломы стен и свода пещеры.

Белизна и яркость лучей говорили о том, что это было электричество.

По знаку Сайруса Смита вёсла снова погрузились в воду, поднимая тысячи брызг, переливающихся всеми цветами радуги, и лодка поплыла прямо к источнику света, лежавшему в полукабельтове расстояния на поверхности воды.

В этом месте ширина пещеры достигала примерно трёхсот пятидесяти футов. Противоположная базальтовая стена уходила вверх, в непроглядную темноту, которую не мог пронизать даже электрический свет.

В центре пещеры на поверхности воды виднелся какой-то длинный веретенообразный предмет, неподвижный и немой. Свет выходил из него двумя прямыми пучками, направленными в противоположные стороны. По внешности этот предмет был похож на гигантского кита, длина его достигала не менее двухсот пятидесяти футов. Он выступал в своей средней части на десять-двенадцать футов над поверхностью воды.

Лодка медленно приближалась к странному предмету. Сайрус Смит встал на носу её. Он всматривался вперёд с огромным волнением. Вдруг он обернулся и, с силой сжав руку журналиста, воскликнул:

— Это он! Это может быть только он! Он!..

С этими словами он опустился на скамью, шёпотом произнеся какое-то имя, которое расслышал только один журналист.

Видимо, это имя было знакомо Гедеону Спилету, потому что и он сразу взволновался.

— Не может быть!.. — сказал он глухим голосом. — Человек, объявленный вне закона?!

— Да, это он! — настаивал Сайрус Смит.

Лодка подошла вплотную к странному плавучему сооружению и причалила к его левому борту возле толстого стекла, сквозь которое вырывался ослепительный световой луч.

Сайрус Смит первым взошёл на выступающий из воды мостик. Его спутники последовали за ним. Перед ними зияло отверстие люка. Все устремились в него.

У подножия трапа виднелся узкий внутренний проход, ярко освещённый электричеством. В конце его находилась дверь. Сайрус Смит открыл её.

Роскошно обставленный зал, через который поспешно прошли колонисты, примыкал к библиотеке, залитой потоками света.

Двустворчатая дверь в глубине библиотеки вела в следующую комнату. Инженер отворил её, и колонисты очутились в просторном салоне, напоминавшем музей благодаря большому количеству находившихся в нём предметов роскоши и произведений искусства.

Потрясённым колонистам на минуту показалось, что они попали в страну грёз.

На роскошном диване неподвижно лежал человек, казалось, не заметивший их появления.

Сайрус Смит подошёл к дивану и, к великому удивлению колонистов, сказал:

— Капитан Немо, вы звали нас? Мы пришли.

ГЛАВА ШЕСТНАДЦАТАЯ

Капитан Немо. — Его первые слова. — История борца за независимость. — Ненависть к угнетателям. — Его товарищи. — Жизнь под водой. — Одиночество. — Последнее пристанище «Наутилуса». — Покровитель острова.

При этих словах лежавший приподнялся, и колонисты увидели его великолепной посадки голову, высокий лоб, гордый взгляд, белую бороду и густые отброшенные назад волосы.

Облокотившись на валик дивана, он спокойно смотрел на колонистов. Видно было, что тяжёлая болезнь подточила его здоровье. Но голос его был твёрдым, когда он тоном величайшего удивления сказал по-английски:

— У меня нет имени, сударь!

— Я знаю, кто вы, — ответил инженер.

Капитан Немо устремил на инженера пламенный взгляд, словно желая испепелить дерзкого.

Но тут же упал обратно на подушки дивана и пробормотал:

— Теперь это всё равно... Я скоро умру.

Сайрус Смит и Гедеон Спилет приблизились к дивану. Журналист взял руку капитана Немо. Она горела. Айртон, Наб, Пенкроф и Герберт скромно остались стоять в уголке роскошного салона.

Капитан Немо тотчас же отдёрнул руку и жестом пригласил инженера и журналиста сесть.

Все смотрели на него с глубоким волнением. Наконец-то они видели перед собой того, кто столько раз выручал их из беды, своего таинственного и могущественного покровителя...

Тот, кто, по мнению Пенкрофа и Наба, должен был быть полубогом, оказался человеком, и человек этот готовился умереть...

Но как случилось, что Сайрус Смит знал капитана Немо? Почему тот так живо приподнялся с своего ложа, услышав, что инженер зовёт его этим именем?

Капитан Немо устремил долгий и проницательный взор на инженера.

— Вам известно имя, которое я носил? — спросил он.

— Да, я знаю его и знаю название этой удивительной подводной лодки…

— «Наутилус»? — улыбнулся капитан.

— Да, «Наутилус», — ответил инженер.

— Знаете ли вы… знаете ли вы, кто я такой?

— Знаю.

— Но вот уже тридцать лет, как я не общаюсь со светом, тридцать лет, как я живу под водой, в единственном месте, где никто не может посягнуть на мою независимость! Кто же выдал мою тайну?

— Человек, не давший никаких обязательств хранить вашу тайну и потому свободный от упрёков в измене.

— Неужели тот француз, которого случай забросил ко мне на борт шестнадцать лет тому назад?

— Он самый.

— Значит, ни он, ни двое его товарищей не погибли в Мальстриме?

— Нет, они не погибли. Этот француз выпустил в свет книгу под названием «Двадцать тысяч лье под водой», в которой рассказал вашу историю.

— Историю только нескольких месяцев моей жизни! — живо перебил капитан Сайруса Смита.

— Вы правы. Но и описания нескольких месяцев этой удивительной жизни достаточно, чтобы узнать вас… — возразил Сайрус Смит.

— И чтобы признать меня великим преступником? — сказал капитан Немо, и на губах его мелькнула высокомерная улыбка. — Отщепенцем, который должен быть как прокажённый изгнан из общества? Так?

Инженер промолчал.

— Что же вы не отвечаете, сударь?

— Мне не пристало судить капитана Немо, — ответил инженер, — в особенности его прежнюю жизнь. Как и весь свет, я не знаю причин, побудивших вас избрать этот странный образ жизни, и не берусь поэтому судить о следствиях. Но зато я хорошо знаю, что дружеская рука опекала нас с первого дня нашего появления на острове Линкольна, что все мы обязаны жизнью великодушному, могущественному и доброму существу — вам, капитан Немо!

— Да, я помогал вам, — просто ответил капитан.

Инженер и журналист встали с кресел. Остальные колонисты тоже подошли к капитану Немо, и переполнявшая их сердца благодарность готова была излиться в словах и жестах.

Капитан Немо остановил их движением руки и голосом, выдававшим глубокое волнение, сказал:

— Сначала выслушайте меня.

И капитан Немо в немногих словах поведал им историю своей жизни.

Повесть его была краткой, но всё же ему пришлось собрать все силы, чтобы досказать её до конца. Было очевидно, что он борется с отчаянной слабостью. Несколько раз Сайрус Смит предлагал ему прервать рассказ и передохнуть, но он всякий раз отрицательно качал головой, как человек, который не располагает своим завтрашним днём. Когда журналист предложил оказать ему медицинскую помощь, он кратко ответил:

— Мне ничто не может помочь. Мои часы сочтены.

Капитан Немо был индусом по происхождению. Его звали принцем Даккаром, и он был сыном раджи, властелина независимого княжества Бундельханда, и племянником известного индийского героя Типпо-саиба. Когда ему минуло десять лет, отец отправил мальчика в Европу, чтобы он получил там законченное европейское образование, в надежде, что это поможет сыну, как равному противнику, сражаться с теми, кого раджа считал угнетателями и захватчиками своей родины.

От десяти до тридцати лет принц Даккар, наделённый от природы недюжинным умом и сильной волей, учился у лучших преподавателей и учёных Европы.

За это же время он объездил всю Европу. Его знатность и богатство раскрывали перед ним все двери, но светские соблазны не привлекали его.

Вся жизнь его, все его жадные поиски знания служили одной цели: отмщению!

Он ненавидел одну европейскую страну, на землю которой он ни разу не ступил ногой, несмотря на неоднократные приглашения. Он ненавидел Англию с такой же страстностью, с какой во многих отношениях преклонялся перед ней.

В этом индусе, казалось, была сосредоточена вся ненависть порабощённой нации к захватчикам. Угнетатели не должны были ждать пощады от угнетённых. Сын властелина княжества, лишь номинально подчинившегося Соединённому королевству, близкий родственник Типпо-саиба, впитавший жажду мести с молоком матери, безгранично любящий свою несчастную, скованную английскими цепями родину, принц Даккар никогда не ступал ногой на трижды проклятую им землю Англии, которая закабалила и унизила его отчизну.

Закончив своё образование, принц Даккар стал тонким ценителем искусств, с мнением которого считались лучшие художники, поэты, артисты. Он стал учёным, перед объёмом знаний которого преклонялись академики. Он стал государственным деятелем, внушавшим глубокое уважение министрам и дипломатам.

Поверхностному наблюдателю он показался бы одним из скучающих космополитов, странствующим по белу свету из любопытства, но неспособным на какие бы то ни было решительные действия, — гражданином всего мира, не имеющим или не желающим знать своей родины.

Но это была только видимость. Этот художник, этот учёный оставался индусом по уму, индусом по сердцу, индусом по жажде мести, индусом по поддерживавшей его силы надежде — в один прекрасный день изгнать англичан из своей страны и вернуть ей былую независимость.

Закончив образование, принц Даккар вернулся в Бундельханд. Он женился на индуске, так же, как и он сам, скорбевшей о несчастиях Индии.

У них родилось двое детей, к которым принц бесконечно был привязан. Но семейное счастье не заслоняло от него несчастий родины. Он выжидал только случая, чтобы начать действовать. Наконец этот случай представился.

Иго английского владычества стало нестерпимым для индийского народа. Принц Даккар сделался рупором недовольных. Он зажёг в их душах тот же огонь ненависти к угнетателям, который пылал в его груди. Он объехал всю Индию, побывал и в независимых округах, и в тех, которые вынуждены были признать власть насильников. Повсюду он будил воспоминания о героических днях восстания, поднятого Типпо-саибом против угнетателей, о трагической его гибели в бою под Серингапатамом.

В 1857 году вспыхнуло известное восстание сипаев. Принц Даккар был организатором и вдохновителем этого восстания. Он отдал ему всё своё богатство, весь свой талант, всего себя без остатка. Он не щадил себя. Он дрался в первых рядах борющихся, много раз рискуя своей жизнью, как тысячи других безымянных героев, поднявшихся ради освобождения своего отечества. Он был десять раз ранен, но не нашёл смерти в боях даже тогда, когда последние борцы за независимость пали под английскими пулями.

Никогда ещё британскому владычеству в Индии не грозила такая серьёзная опасность. Если бы сипаи встретили поддержку извне, как они надеялись, быть может, Англии пришлось бы распрощаться со своими азиатскими владениями.

Имя принца Даккара сразу стало известным всему миру. Он не скрывал своего участия в восстании и дрался совершенно открыто против Британии. За его голову была обещана крупная награда, но не нашлось во всей Индии человека, который осмелился бы предать его. Зато его отец, мать, жена и дети заплатили за него своей жизнью, прежде чем он узнал о грозящей им опасности.

Право и на этот раз должно было уступить силе.

Восстание сипаев было подавлено, и Индия попала в ещё большее рабство, чем до него.

Принц Даккар, не сумевший умереть в бою, вернулся в горы Бундельханда. Охваченный беспредельным отвращением ко всему человечеству, особенно ненавидя и презирая так называемое «цивилизованное» общество, он решил навсегда уйти от людей. С этой целью он собрал человек двадцать безгранично преданных оставшихся в живых соратников и вместе с ними в один прекрасный день скрылся.

Где же принц Даккар нашёл ту независимость, которой он не мог добиться на обитаемой земле? Под водой, в глубине океана, куда никто не мог за ним последовать!

Учёный взял верх над воином. На одном из пустынных островов Тихого океана он построил свою верфь и начал сооружение подводной лодки собственной конструкции. Огромная механическая сила электрической энергии, черпаемая из неистощимого источника способом, о котором он ничего не пожелал сообщить, обеспечивала всё на этом подводном корабле — и движение, и отопление, и освещение. Море с его бесчисленными сокровищами полностью удовлетворяло все нужды индийского принца и его экипажа. Они смогли таким образом осуществить своё заветное желание — порвать всякую связь с землёй!

Принц Даккар назвал свой подводный корабль «Наутилусом», себя — капитаном Немо и навсегда скрылся под водой.

В течение долгих лет подводного плавания он посетил все океаны, от полюса до полюса. Изгнанник обитаемого мира, он был властелином необитаемого. Он собрал в этом мире неоценимые сокровища. Миллионы золотых монет, затонувших в 1708 году вместе с испанскими галионами в бухте Виго, послужили ему фондом для оказания безымённой помощи народам, борющимся за свою свободу.

Много лет плавал он под водой, не встречаясь с людьми, живущими на поверхности земли, когда неожиданно в ночь на 6 ноября 1856 года[1] три человека попали к нему на борт. Это были француз-профессор, его слуга и канадский рыбак. Все они упали в воду при столкновении «Наутилуса» с американским фрегатом «Авраамом Линкольном».

Француз-профессор сообщил капитану Немо, что «Наутилус», который одни принимали за гигантского кита, а другие за подводный корабль с пиратским экипажем, разыскивают во всех морях флоты всех стран.

Капитан Немо мог выбросить обратно в океан этих трёх людей, которые случайно проникли в тайну его жизни. Но он не сделал этого. И в течение семи месяцев они, ставшие его пленниками, могли восхищаться чудесами подводного плавания, во время которого было пройдено 20 000 лье.

Однажды — это случилось 22 июня следующего, 1857 года — пленники, ничего не знавшие о прошлом капитана Немо, сумели завладеть корабельной шлюпкой и бежать с «Наутилуса». Так как в это время водоворот Мальстрима увлекал подводную лодку к берегам Норвегии, капитан Немо был убеждён, что беглецы погибли в пучине. Он не подозревал, что они счастливо были выброшены на берег, подобраны лофотенскими рыбаками и благополучно вернулись на родину, где профессор вскоре опубликовал правдивый рассказ о семи месяцах своего плавания под водой на «Наутилусе»[2].

Много лет ещё капитан Немо продолжал свои подводные странствования. Но постепенно, один за другим, его спутники и товарищи находили последнее успокоение на коралловом кладбище на дне Тихого

[1] Читатель заметил, вероятно, противоречия в датах. Автор сам отмечает их в примечании к французскому изданию.

[2] См. роман Жюля Верна «Двадцать тысяч лье под водой».

океана. «Наутилус» пустел. Наконец настал день, когда капитан Немо остался на нём один.

Ему было тогда шестьдесят лет. Оставшись в одиночестве, он направил свой корабль в одну из тех подводных гаваней, в которых раньше «Наутилус» останавливался для всякого рода мелкого ремонта.

Как раз такой гаванью и являлся подземный грот на острове Линкольна. В продолжение шести лет капитан Немо оставался здесь безвыходно, ожидая смерти.

Случайно он стал очевидцем гибели воздушного шара. Одетый в скафандр, он прогуливался под водой в нескольких кабельтовых от берега, когда инженер упал в воду. Великодушный порыв увлёк капитана, и он спас Сайруса Смита.

Однако, как только на острове появились люди, он решил бежать от них. Но обнаружилось, что за шесть лет стоянки в гроте базальтовая скала у моря поднялась и загородила выход. Воды было достаточно для прохода лёгкой лодки, но огромный «Наутилус» оказался в плену.

Капитану Немо пришлось остаться на острове. Из любопытства он стал присматриваться к жизни пяти колонистов, но тщательно избегал показываться им. Мало-помалу он ближе узнал этих людей — увидел, что они энергичны, честны, братски любят друг друга. Он не мог не привязаться к ним. Почти против воли он был в курсе всех событий их жизни.

Надев скафандр, он забирался внутрь колодца и там, поднявшись по ступенькам в его стенках до верхнего отверстия, незримо присутствовал при их беседах, воспоминаниях о прошлом, обсуждениях планов на будущее. Да, эти люди примирили капитана Немо с человечеством — так достойно они представляли его на острове!

Капитан Немо спас Сайруса Смита. Он же отвёл Топа в Камин, убил ламантина и спас верную собаку из воды, подбросил ящик на песок у мыса Находки, спустил челнок по течению реки Благодарности, выкинул лестницу из двери Гранитного дворца после нашествия обезьян, пустил в море бутылку с сообщением об Айртоне, взорвал пиратский бриг торпедой, спас Герберта, принеся коробочку с хинином, и, наконец, убил каторжников электрическими пулями — собственным изобретением, которое он применял для подводных охот. Так объяснилось множество происшествий, казавшихся следствием вмешательства каких-то сверхъестественных сил, но говоривших только о великодушии и могуществе капитана Немо.

Этот великий человеконенавистник жаждал творить добро. Ему хотелось ещё раз помочь людям, для которых он столько сделал, перед смертью дать им несколько важных советов. Чувствуя, что его сердце недолго будет биться, он соединил телеграфную линию Гранитный дворец — кораль с «Наутилусом» и, когда ему стало совсем плохо, вызвал к себе колонистов... Быть может, он не сделал бы этого, если бы ему было известно, что Сайрус Смит знает часть его истории...

Капитан Немо закончил свой рассказ.

Сайрус Смит взял тогда слово. Перечислив все события, когда вмешательство капитана выручало колонию из тяжёлых положений, он горячо поблагодарил великодушного покровителя от имени всех своих товарищей и своего собственного.

Но капитану Немо не нужна была благодарность за оказанные колонии услуги. Его тревожила одна мысль. И, прежде чем пожать протянутую ему инженером руку, он сказал:

— Теперь вы знаете историю моей жизни. Будьте мне судьёй!

Очевидно, капитан намекал на событие, свидетелями которого были трое чужестранцев, заброшенных к нему на борт. Об этом событии не мог умолчать в своей книге француз-профессор, и оно должно было вызвать целую бурю негодования во всём мире.

Действительно, за несколько дней до бегства француза и его спутников «Наутилус», преследуемый в Атлантическом океане каким-то фрегатом, погрузился в воду и, протаранив своего преследователя, пустил его ко дну.

Сайрус Смит понял, о чём спрашивает капитан, и промолчал.

— Это был английский фрегат, сударь! — воскликнул капитан Немо, становясь на минуту снова принцем Даккаром. — Английский фрегат, слышите ли? Он напал на меня! Я находился в узкой и неглубокой бухте... Я должен был пройти, и я прошёл!..

И более спокойным голосом он добавил:

— И право, и справедливость были на моей стороне. Всюду, где только можно было, я творил добро и наказывал зло. Не всегда правосудие заключается в прощении!

Молчание послужило ответом на эту фразу.

— Что же вы думаете обо мне, господа? — повторил свой вопрос капитан Немо.

Сайрус Смит протянул руку капитану и тихо ответил:

— Правы ли вы или виноваты, но вам нечего бояться суда истории. Честные люди, стоящие перед вами, не будут вас судить, но будут вечно оплакивать вас.

Герберт приблизился к дивану, опустился на колени и, поднеся к губам руку капитана, поцеловал её. Слеза скатилась из глаз умирающего.

— Будь счастлив, мой мальчик! — прошептал он.

ГЛАВА СЕМНАДЦАТАЯ

Последние часы капитана Немо. — Последняя воля умирающего. — Подарок друзьям, которые знали его лишь один день. — Гроб капитана Немо. — Несколько советов колонистам. — Последние минуты. — На дне океана.

Наступило утро. Ни один луч дневного света не проникал во мрак пещеры. Но электрический свет, излучаемый «Наутилусом», с той же яркостью освещал всё окружающее плавучий корабль.

Бесконечная усталость овладела капитаном Немо. Он откинулся на подушки дивана. Не приходилось и думать о том, чтобы перенести его в Гранитный дворец, — он не желал покинуть «Наутилус».

Капитан Немо долго лежал без движения, может быть, даже без сознания. Гедеон Спилет и Сайрус Смит внимательно наблюдали за его состоянием. Было совершенно очевидно, что жизнь капитана Немо угасала. Силы совершенно покинули это некогда мощное тело, и жизнь вся сосредоточилась в сохранившем полную ясность мыслей мозгу и слабо бьющемся сердце.

Инженер и журналист тихо совещались. Можно ли было чем-нибудь облегчить состояние умирающего? Можно ли было если не спасти ему жизнь, то хоть продлить её на несколько дней?

Сам капитан Немо утверждал, что никакого лекарства от его болезни не существует, и без страха ждал смерти.

— Мы ничем не можем помочь ему, — сказал Гедеон Спилет.

— Но от чего он умирает? — спросил Пенкроф.

— От недостатка жизненных сил, — ответил журналист.

— Но, может быть, они появятся, если перенести его на свежий воздух, на солнышко? — настаивал моряк.

— Нет, Пенкроф, — ответил инженер. — Этим не поможешь. Впрочем, и сам капитан Немо ни за что не согласится расстаться со своим судном. Он тридцать лет живёт на «Наутилусе» и на «Наутилусе» же хочет умереть.

Очевидно, капитан Немо услышал ответ инженера, так как он чуть приподнялся на диване и слабым, но внятным голосом сказал:

— Вы правы. Я должен и хочу умереть здесь. И у меня есть просьба к вам…

Сайрус Смит и остальные колонисты снова приблизились к дивану. Они поправили подушки, чтобы умирающему было удобней лежать.

Его взгляд остановился на чудесах, собранных в этом салоне, освещённом скрытыми в потолке электрическими лампами. Он поочерёдно посмотрел на все картины, висевшие на великолепной ткани, которой были обиты стены салона, на эти сокровища искусства, принадлежащие кисти великих мастеров — итальянцев, фламандцев, французов и испанцев, на мраморные и бронзовые статуи, высившиеся на великолепных пьедесталах, на огромный орган, занимавший целую стену, на витрины, заключавшие образцы самых ценных даров моря — морских растений, зоофитов, нити жемчугов невиданной красоты, — и наконец глаза его остановились на девизе «Наутилуса», начертанном над дверью этого своеобразного музея:

MOBILIS IN MOBILI[1]

Казалось, капитан Немо хотел в последний раз приласкать взглядом все эти сокровища искусства и природы, окружавшие его в продолжение тридцати лет.

Сайрус Смит почтительно ждал, пока умирающий заговорит снова.

Прошло несколько минут, в течение которых перед капитаном Немо, вероятно, промелькнула вся его долгая жизнь. Наконец он обернулся лицом к колонистам и сказал:

— Вы, кажется, считаете себя обязанными мне?

— Капитан, — ответили колонисты, — мы с радостью отдали бы свою жизнь, чтобы продлить вашу.

— Хорошо, — сказал капитан Немо, — хорошо!.. Обещайте мне выполнить мою последнюю волю, и я буду вознаграждён за всё, что для вас сделал.

— Клянёмся! — ответил за всех Сайрус Смит.

— Завтра я умру… — начал капитан.

Герберт хотел запротестовать, но капитан Немо знаком остановил его.

— Завтра я умру, — продолжал он, — и я не хочу другого гроба, кроме «Наутилуса». Все мои друзья покоятся на дне моря, и я хочу разделить их участь.

---

[1] Mobilis in mobili (лат.) — подвижный в подвижном.

Слова капитана Немо были встречены глубоким молчанием.

— Слушайте меня внимательно, — продолжал умирающий. — «Наутилус» заперт в этой пещере базальтовой скалой, поднявшейся со дна морского. Но если он не может преодолеть барьер, то он может погрузиться на дно бездны, прикрытой сводом этой пещеры, и хранить там мой прах.

Колонисты благоговейно слушали умирающего.

— Завтра, мистер Смит, вы и ваши товарищи покинете «Наутилус». Все богатства, собранные в нём, должны исчезнуть навеки вместе со мной. На память о принце Даккаре, историю которого вы теперь знаете, вам останется только одна вещь — вот этот ларчик... В нём хранятся алмазы и жемчуг, собранные мною и моими товарищами на дне морском. Я уверен, что в ваших руках это сокровище будет служить делу добра, а не зла!

После нескольких минут молчания капитан Немо снова собрался с силами и продолжал:

— Завтра вы возьмёте этот ларчик и, выйдя из салона, притворите за собой двери. Поднявшись на мостик «Наутилуса», вы закроете крышку люка и наглухо завинтите её болтами.

— Мы это сделаем, капитан! — ответил Сайрус Смит.

— Хорошо. Затем вы сядете в ту же лодку, на которой вы сюда приплыли. Только, прежде чем отчалить от «Наутилуса», подплывите к корме и откройте краны, находящиеся под ватерлинией. Вода хлынет в резервуары, и «Наутилус» постепенно погрузится в воду, чтобы найти вечный покой на самом дне моря.

На протестующий жест Сайруса Смита капитан Немо ответил:

— Не бойтесь! Вы похороните мертвеца!

Никто из колонистов не возражал капитану Немо. Это была последняя воля умирающего, и ей надо было беспрекословно подчиниться.

— Обещаете ли вы мне всё исполнить в точности? — спросил капитан Немо.

— Обещаем! — ответил за всех инженер.

Умирающий поблагодарил кивком головы и попросил оставить его одного на несколько часов. Гедеон Спилет предложил остаться с ним, на случай, если ему вдруг станет дурно, но капитан наотрез отказался.

— Я проживу до завтра, — сказал он.

Все вышли из салона, прошли через библиотеку и столовую и попали в машинный зал в носовой части лодки.

«Наутилус» был настоящим чудом техники, и инженер, осматривая его, не переставал восхищаться.

Колонисты поднялись затем на палубу, возвышавшуюся на десять-двенадцать футов над поверхностью воды, и сели на перилах подле электрического прожектора, установленного в рулевой рубке.

Вначале Сайрус Смит и его товарищи, под свежим впечатлением только что пережитых волнений, сосредоточенно молчали.

Сердца их сжимались от боли, когда они вспоминали, что их покровитель, столько раз протягивавший им руку помощи, должен умереть... А они познакомились с ним едва несколько часов тому назад!...

— Вот это человек! — тихо сказал Пенкроф. — Можно ли поверить, что большую часть своей жизни он провёл в глубинах океана! Прямо досадно становится, когда подумаешь, что и там он не нашёл покоя.

— «Наутилус», — сказал Айртон, — мог бы доставить нас к какой-нибудь обитаемой земле...

— Ну, уж во всяком случае не я возьмусь управлять этим судном! Плавать по воде — сколько угодно! Но под водой — слуга покорный! — возразил Пенкроф.

— А я думаю, — заметил журналист, — что управление такой подводной лодкой, как «Наутилус», должно быть чрезвычайно простым, Пенкроф, и вы быстро освоились бы с ним. На «Наутилусе» можно не бояться никаких бурь: опустишься на несколько футов под воду — и там так же спокойно, как в тихом озере!

— Возможно, — возразил моряк. — Но я предпочитаю встретить свежий ветер на борту хорошо оснащённого судна. Корабли созданы для того, чтобы плавать **по** воде, а не **под** водой.

— Друзья мои, — вмешался инженер, — не стоит спорить о преимуществах над - и подводных кораблей, по крайней мере в связи с «Наутилусом». «Наутилус» не принадлежит нам, и мы не вправе располагать им. Не говоря уже о том, что корабль не может выбраться из этой пещеры, капитан Немо желает, чтобы его останки покоились здесь, а воля капитана Немо для нас закон!

Колонисты спустились в столовую, немного перекусили и затем вернулись в салон.

Капитан Немо очнулся от забытья, и глаза его снова приобрели прежний блеск, на губах играла слабая улыбка.

Колонисты приблизились к нему.

— Друзья мои, — сказал умирающий, — все вы мужественные, честные и добрые люди. Вы все беззаветно преданы общему делу. Я часто наблюдал за вами и успел полюбить вас. И сейчас я люблю вас! Вашу руку, мистер Смит!

Сайрус Смит протянул руку капитану, и тот дружески пожал её.

— Как хорошо! — прошептал капитан Немо.

Затем он продолжал:

— Но не стоит говорить обо мне! Я хочу потолковать с вами о вас самих и об острове Линкольна, приютившем вас... Думаете ли вы покинуть его?

— Только с тем, чтобы снова вернуться! — ответил Пенкроф.

— Чтобы вернуться сюда?.. Да, я и забыл, Пенкроф, — улыбнулся капитан, — что вы влюблены в этот остров... Вы преобразили его облик, и он действительно принадлежит вам!

— Мы предполагаем, — сказал Сайрус Смит, — организовать здесь настоящую колонию Соединённых Штатов.

— Вы не забываете о своей родине, — с горечью сказал умирающий, — а у меня нет родины, и я умираю вдали от всего, что я любил...

— Быть может, вам нужно передать кому-нибудь вашу последнюю волю? — спросил инженер. — Или привет друзьям, живущим в горах Индии?

— Нет, мистер Смит, у меня не осталось друзей! Я последний в своём роду. И я давно умер для всех тех, кто меня знал... Но возвратимся к вопросу о вас. Одиночество, оторванность от света — это грустное состояние. Не каждый в силах вынести его... Вы должны всё сделать для того, чтобы вырваться с острова Линкольна и вернуться в человеческое общество! Я знаю, что эти негодяи уничтожили построенное вами судно...

— Мы строим новое, большее, — сказал Гедеон Спилет, — на котором можно будет достигнуть обитаемых земель. Но рано или поздно мы вернёмся сюда. Слишком много мы здесь пережили, чтобы забыть остров Линкольна!

— Здесь мы узнали капитана Немо, — сказал Сайрус Смит.

— Здесь мы будем постоянно вспоминать всё добро, сделанное вами, — добавил Герберт.

— И здесь я буду покоиться вечным сном… — промолвил капитан Немо.

Он не договорил фразы, умолк и после некоторого промедления добавил:

— Мистер Смит, я хотел бы поговорить с вами… наедине.

Колонисты поспешили выполнить волю умирающего и вышли из комнаты.

В продолжение нескольких минут Сайрус Смит беседовал с глазу на глаз с капитаном Немо. Потом он вновь пригласил в салон своих товарищей, но ни словом не обмолвился о тайнах, которые ему сообщил умирающий.

Гедеон Спилет осмотрел больного. Было совершенно очевидно, что жизнь в нём держится только напряжением воли, но и ту скоро должно было сломить физическое истощение.

День прошёл без перемен. Колонисты не покидали «Наутилуса». Незаметно настала ночь. Капитан Немо не страдал от боли, но жизнь явно покидала его. Его благороднее лицо, побледневшее от приближения смерти, было совершенно спокойно; конечности его уже начали холодеть.

Незадолго до полуночи капитан Немо с усилием скрестил руки на груди, как будто желая умереть в этой позе.

К часу ночи все проявления жизни у него сосредоточились только в глазах.

Последний раз сверкнул огнём его взор, когда-то горевший пламенем.

Капитан Немо умер.

Герберт и Пенкроф рыдали. Айртон утёр набежавшую слезу. Наб опустился на колени рядом с неподвижным, как статуя, журналистом.

Сайрус Смит, подняв руку кверху, сказал:

— Мы навеки сохраним о тебе благодарную память!..

Через несколько часов колонисты выполнили последнюю волю капитана Немо.

Сайрус Смит и его товарищи покинули «Наутилус», захватив с собой последний подарок своего покровителя — ларчик с драгоценностями.

Они тщательно заперли двери изумительного салона, залитого ярким светом, и наглухо завинтили крышку люка, чтобы ни одна капля воды не могла просочиться в «Наутилус».

После этого они сели в лодку, привязанную к борту подводного корабля, и подъехали к корме. Там нашли два крана, сообщающихся с резервуарами, при заполнении которых водой лодка опускалась под воду.

Сайрус Смит открыл краны.

Вода хлынула внутрь резервуаров, и «Наутилус» медленно стал погружаться.

Колонисты долго ещё провожали его глазами: яркие лучи его прожекторов освещали прозрачную толщу воды. Потом постепенно свет их стал меркнуть, пока не исчез совсем.

«Наутилус», ставший гробом капитана Немо, опустился на дно морской бездны.

ГЛАВА ВОСЕМНАДЦАТАЯ

Размышления колонистов. — Возобновление работ по постройке корабля. — 1 января 1869 года. — Дым над вершиной вулкана. — Предвестники извержения. — Айртон и Сайрус Смит в короле. — Исследование пещеры Даккара. — Что сказал капитан Немо инженеру.

На рассвете, храня глубокое молчание, колонисты подплыли к выходу из пещеры, названной ими «пещерой Даккара» — в память о капитане Немо. Был час отлива, и они смогли беспрепятственно причалить к выступу базальтовой скалы.

Железную лодку они оставили на старом месте, защищённом от волн.

Гроза прошла вместе с ночью. Последние раскаты грома замирали на западе. Дождь прекратился, но небо продолжало оставаться затянутым тучами.

Сентябрь — первый весенний месяц в Южном полушарии — начинался плохо: ветер беспрерывно менял направление, и на постоянство погоды нельзя было рассчитывать.

Покинув пещеру Даккара, колонисты направились в кораль. Попутно Наб и Герберт сматывали в клубок телеграфный провод, соединявший пещеру с коралем, в расчёте на то, что он пригодится в дальнейшем.

Колонисты почти не разговаривали дорогой. События этой ночи произвели на всех глубокое впечатление. Таинственного покровителя, так часто спасавшего их, человека, наделённого в их представлении почти сверхъестественным могуществом, — капитана Немо — больше не было в живых... Каждый чувствовал себя осиротевшим. Колонисты привыкли в тайниках души надеяться на властное вмешательство силы, которой, увы, уже не стало, и даже Гедеон Спилет и Сайрус Смит поддались общему настроению.

Около девяти часов утра колонисты вернулись в Гранитный дворец.

В тот же день решили всемерно ускорить постройку шхуны. Сайрус Смит обещал отдать этому делу всё своё время. Нельзя было предугадать, что готовит будущее, и поэтому необходимо было поскорее получить в своё распоряжение корабль, способный совершить длинный морской переход. Даже в том случае, если колонисты не решатся отправиться на этой шхуне к берегам Новой Зеландии или к Полинезийскому архипелагу, всё-таки необходимо было спешить с окончанием постройки, чтобы доставить записку на остров Табор, прежде чем ветры осеннего равноденствия не сделают и эту поездку невозможной.

Плотники поэтому работали не покладая рук. К счастью, им не пришлось заново изготовлять обшивку бортов, так как на это пошли материалы, спасённые с «Быстрого». Весь конец 1868 года был посвящён исключительно этой работе. Контуры шхуны настолько определились, что можно уже было судить о достоинствах будущего судна. Моряки — Пенкроф и Айртон — были от него в восторге.

Пенкроф работал, не отрываясь, и всегда ворчал, когда другие колонисты сменяли топор на винтовку, чтобы пойти в лес на охоту. Однако было совершенно необходимо сделать запасы провизии на будущую зиму. Моряк это отлично понимал, и тем не менее становился мрачным в такие минуты и... начинал работать за шестерых.

Погода всё время была отвратительная. В течение нескольких дней стояла удручающая жара. Воздух был до предела насыщен электричеством. Редко проходил день, чтобы над островом не гремел гром.

День 1 января 1869 года ознаменовался особенно сильной грозой. Молнии несколько раз ударяли в остров. Много деревьев было повалено бурей.

Была ли какая-нибудь связь между этими атмосферными явлениями и процессами, происходившими под землёй?

Сайрус Смит склонён был считать, что такая связь была и грозы обусловливались именно возобновлением вулканических процессов.

3 января утром Герберт, поднявшийся с зарёй на плоскогорье Дальнего вида, чтобы оседлать онагра, увидел огромный столб дыма над макушкой горы Франклина.

Герберт тотчас же сообщил об этом колонистам. Все вышли посмотреть на дым.

— Э! — воскликнул Пенкроф. — Это уже не пары, а настоящий дым. Вулкан перестал дышать — теперь он курит!

Образное сравнение моряка в точности передавало характер изменений, происшедших в вулкане за ночь. В течение трёх месяцев над кратером вулкана постоянно стояли облака пара: минералы только начинали плавиться в подземном котле. Но теперь в небо поднимался густой столб серого дыма шириной в триста футов у основания и высотой в семьсот-восемьсот футов.

— Печка разгорелась, — заметил Гедеон Спилет.

— И мы не можем её погасить, — в тон ему ответил Герберт.

Сайрус Смит насторожился, точно ожидая услышать отдалённый грохот. Он не отрывал глаз от столба дыма. Обернувшись затем к товарищам, он сказал:

— Не надо скрывать от себя, друзья мои, что за сегодняшнюю ночь в состоянии вулкана произошли значительные изменения. Недра земли, ещё вчера плавившиеся и вскипавшие, сегодня уже загорелись. Вне всякого сомнения, нам грозит извержение…

— Что ж, мистер Смит, — воскликнул Пенкроф, — извержение так извержение! Мы будем аплодировать ему, если зрелище будет эффектным! Беспокоиться-то нам ведь нечего?

— Конечно, Пенкроф, — ответил Сайрус Смит, — старый сток лавы по-прежнему открыт, и можно надеяться, что, как и в прошлые извержения, лава потечёт на север. Однако…

— Однако, раз мы не можем извлечь никакой пользы из извержения, лучше, чтобы его вовсе не было, — сказал журналист.

— Как знать? — возразил моряк. — А может быть, вулкан извергнет какой-нибудь драгоценный металл, который нам останется только подобрать?

Сайрус Смит с сомнением покачал головой. Видимо, он не ждал никакого добра от этого природного явления. Даже в том случае, если лава потечёт по старому стоку, на север, в бесплодные части острова, и не заденет возделанных земель и лесов, можно было предвидеть бедствия другого рода.

Действительно, нередки случаи, когда извержениям вулканов сопутствуют землетрясения. Остров же Линкольна при сильном землетрясении мог просто-напросто распасться на части, так как составляющие его минералы — граниты, базальты, лавы — были непрочно связаны между собой.

— Мне кажется, — сказал Айртон, опустившийся на колени и приложивший ухо к земле, — что я слышу какой-то глухой рокот, словно шум гружённой железом телеги, катящейся по мостовой.

Все колонисты внимательно прислушались и убедились, что Айртон не ошибся. Порой к отдалённому рокоту примешивался нарастающий гул, словно завывания подземного ветра. Дойдя до высокой ноты, этот звук спадал и замирал. Однако подземных ударов не было слышно; очевидно, продукты горения недр — газы, дым и пар — находили свободный выход через центральную трубу — кратер вулкана, — и, пока этот выход был достаточно широк, не приходилось опасаться взрыва.

— Друзья мои! — сказал вдруг Пенкроф. — Что же это мы сегодня не работаем? Пусть гора Франклина плюётся, курится, ворчит, воет — это не основание для того, чтобы бездельничать! Айртон, Наб, Герберт, мистер Смит, мистер Спилет! Пора взяться за дело! Нам сегодня нужно ставить переборки, тут всякая рука на счёту! Я хочу, чтобы через два месяца наш новый «Благополучный» — ведь мы сохраним за кораблём это название? — был спущен на воду! Тут нельзя терять ни минуты!

Колонисты вняли словам Пенкрофа и отправились на верфь. Они прилежно работали весь этот день, 3 января, не думая больше о вулкане. Но густая тень, заслонявшая несколько раз солнце, совершавшее свой дневной обход безоблачного неба, напоминала о столбе дыма, который стоял над вершиной вулкана. Ветер, дувший с востока, относил этот дым на запад, и он проходил, как облако, между солнечным диском и поверхностью острова.

Сайрус Смит и Гедеон Спилет заметили эти недолгие моменты потускнения солнца и тихо обменялись мнениями о быстром течении вулканического процесса.

Теперь скорейшее окончание постройки корабля приобретало особое значение. Шхуна была тем единственным средством, которое страховало колонистов от всяческих случайностей. Кто знает, может быть, наступит день, когда она станет последним их убежищем!

Вечером, после ужина, Сайрус Смит, Гедеон Спилет и Герберт снова поднялись на плоскогорье Дальнего вида.

— Кратер в огне! — воскликнул Герберт, первым взобравшийся на плоскогорье.

Гора Франклина, отстоявшая милях в шести от плоскогорья, представилась взорам колонистов гигантским пылающим факелом, разбрасывающим во все стороны снопы искр. Однако густые облака дыма, окружавшие огонь, умеряли его блеск, и остров был освещён каким-то красноватым полусветом, при котором с трудом можно было различить даже ближайшие к плоскогорью леса. Огромные клубы дыма застилали небо. Сквозь них только изредка видны были мерцающие звёзды.

— Однако вулкан основательно поработал! — сказал инженер.

— Ничего удивительного, — ответил журналист. — Вспомните, Сайрус, ведь вулкан проснулся уже давно. Ещё когда мы искали убежище капитана Немо, над его вершиной закурились первые струйки пара.

— Да, это было месяца два с половиной тому назад! — подтвердил Герберт.

— Подземный огонь разгорался больше десяти недель, — продолжал Гедеон Спилет. — Что ж удивительного в том, что он бушует теперь с такой силой?

— Чувствуете, как дрожит земля? — прервал его инженер.

— В самом деле... Но от дрожания до землетрясения ещё далеко...

— Я и не говорю, что нам угрожает землетрясение, — быстро ответил инженер. — Это дрожание вызвано кипением расплавленных масс металлов и минералов внутри центрального очага. Земная кора уподобляется в данном случае стенкам котла. А вы должны знать, что когда в паровом котле вода кипит под давлением, то стенки его вибрируют, как камертон. Вот как раз это явление мы сейчас и наблюдаем.

— Как красивы эти вспышки огня! — воскликнул Герберт.

В эту минуту из кратера вырвался поток раскалённых газов и высоко взлетел, словно фейерверк, рассыпавшись миллионами огненных брызг. Это явление сопровождалось сильным треском, напоминавшим частую ружейную пальбу.

Пробыв почти час на плоскогорье, Сайрус Смит, Гедеон Спилет и Герберт спустились обратно в Гранитный дворец. Инженер был явно чем-то озабочен. Вид у него был настолько грустный, что Гедеон Спилет не удержался и спросил его, предвидит ли он какую-нибудь опасность, прямо или косвенно связанную с ожидающимся извержением вулкана.

— И да и нет, — ответил Сайрус Смит.

— Мне кажется, что, кроме землетрясения, нам нечего опасаться, — сказал журналист. — А землетрясение, по-видимому, не угрожает нам, так как газы, лава и камни находят свободный выход через отверстие кратера.

— Но я и не опасаюсь обычного землетрясения, вызванного тем, что газы и лава не находят себе выхода на поверхность земли, — ответил инженер. — Другие причины могут породить страшную катастрофу...

— Какие, Сайрус?

— Пока я и сам хорошо не знаю... Нужно посмотреть... Я должен побывать в пещере Даккара... Через несколько дней я смогу ответить вам на этот вопрос.

Гедеон Спилет не настаивал, видя, что инженер не хочет говорить на эту тему. Вскоре, несмотря на то что вулкан грохотал всё громче, обитатели Гранитного дворца заснули глубоким сном.

Прошло ещё три дня — 4, 5 и 6 января. Колонисты продолжали трудиться на верфи. Не объясняя почему, инженер заставлял всех работать усиленным темпом. Гора Франклина была теперь окутана тёмным, зловещего вида облаком. Вместе с пламенем из кратера вылетали целые раскалённые скалы. Некоторые из них падали тотчас же обратно в кратер. Пенкрофу, любившему во всём находить смешное, это казалось только забавным.

— Глядите, — кричал он, — вулкан сам с собой играет в бильбоке! Вулкан в роли циркового жонглёра!

Действительно, извергаемые вулканом вещества всего чаще падали обратно в жерло его кратера. Из этого можно было заключить, что вытесняемая подземным давлением лава не дошла ещё до верхнего отверстия кратера. Вторым подтверждением этого предположения служило то, что лава не потекла ещё по старому, восточному, стоку.

Однако, как ни спешили колонисты окончить постройку шхуны, другими отраслями хозяйства колонии они не могли пренебрегать. Прежде всего необходимо было съездить в кораль, чтобы возобновить запасы фуража для содержащихся в нём стад муфлонов и коз.

Решено было, что на следующий день, 7 января, Айртон с утра поедет туда.

Так как обычно со всей работой в корале управлялся один человек, Пенкроф и другие колонисты немало удивились, услышав, как инженер сказал Айртону:

— Я поеду завтра с вами в кораль, Айртон.

— Что вы, мистер Смит! — воскликнул Пенкроф. — Если и вы уедете, завтра мы лишимся четырёх рабочих рук вместо двух!

— Мы вернёмся послезавтра утром, — ответил инженер. — Мне нужно поехать в кораль. Я хочу знать, скоро ли произойдёт извержение.

— Извержение! Извержение... — проворчал Пенкроф. — Подумаешь, эка важность — извержение!

Но инженер, не обращая внимания на ворчание моряка, всё-таки решил уехать назавтра. Герберт охотно сопровождал бы инженера, но, боясь огорчить Пенкрофа, и не заикнулся о своём желании.

7 января на рассвете Сайрус Смит и Айртон сели в повозку, запряжённую парой онагров, и во весь опор помчались к коралю.

Над лесом непрерывно тянулись облака дыма, вырывающиеся из вулкана. Эти низко нависшие над землёй облака состояли не только из одного дыма, но также из мельчайшей вулканической пыли и пепла. Вулканический пепел настолько лёгок, что иногда держится в атмосфере целыми месяцами, не оседая на землю. Так, в Исландии после извержения вулкана в 1783 году в течение почти целого года в атмосфере держалась вулканическая пыль, сквозь которую едва пробивались солнечные лучи.

Однако чаще эти пепельные облака быстро оседают на землю. Так оно было и в данном случае. Не успели Сайрус Смит и Айртон подъехать к коралю, как землю внезапно застлала сероватая пелена. Деревья, трава — всё покрылось толстым ровным слоем серой пыли. К счастью, поднявшийся в это время северо-восточный ветер отнёс облака её в море.

— Какое странное явление, мистер Смит! — сказал Айртон.

— Плохое предзнаменование, — ответил инженер. — Эта минеральная пыль свидетельствует, что вулканический процесс в горе Франклина носит не поверхностный характер и что очаг огня находится глубоко под землёй.

— Но ведь тут ничего не поделаешь, не правда ли?

— Да. Нам остаётся только следить за ходом событий. Айртон, займитесь работой в корале, а я поднимусь к истокам Красного ручья, посмотрю, что делается на южном склоне горы. Потом...

— Что потом, мистер Смит?

— Потом… мы вместе отправимся в пещеру Даккара… Мне нужно посмотреть… Я приду за вами через два часа. Постарайтесь освободиться к этому времени.

Айртон вернулся во двор кораля и занялся кормлением муфлонов и коз, проявлявших какое-то непонятное беспокойство.

Тем временем Сайрус Смит быстро взбирался по склону горы. Вскоре он добрался до того места, где во время первой экспедиции колонисты обнаружили сернистый источник.

Как всё переменилось с тех пор вокруг! Вместо одной струйки дыма, выходящей из-под почвы, он насчитал теперь тринадцать, вырывающихся с такой силой, словно их нагнетали мощным насосом. Не представляло сомнений, что в этом месте земная кора испытывала сильнейшее давление изнутри. Воздух был насыщен парами серы и углекислоты.

Сайрус Смит чувствовал, как дрожит под его ногами почва.

Подняв глаза на южный склон горы Франклина, он убедился в том, что нового извержения ещё не было. Клубы дыма и языки огня, вырывались из кратера. Дождь раскалённых камней падал на землю. Но на стоке не было заметно никаких следов свежей лавы. Это доказывало, что уровень лавы в кратере ещё не достиг верхнего, выходного отверстия.

«Я предпочёл бы, чтобы извержение уже началось, — подумал инженер. — По крайней мере, я бы уверился, что лава довольствуется прежним путём… А так, кто знает, может быть, извержение начнётся в совсем неожиданном месте?.. Впрочем, не в этом главная опасность… Капитан Немо правильно определил это! Нет, не здесь главная опасность!»

Сайрус Смит повернул обратно. Дорогой он прислушивался к подземному рокоту, не затихавшему ни на одну минуту. Временами под землёй слышался сильный гул, точно от взрыва.

В девять часов утра инженер вернулся в кораль.

Айртон уже ждал его.

— Я накормил животных, мистер Смит, — сказал он.

— Отлично, Айртон.

— Они чем-то встревожены.

— Да, в них говорит инстинкт. А инстинкт не обманывает… Теперь возьмите фонарь, Айртон, и пойдёмте!

— Есть!

Распряжённые онагры щипали траву во дворе кораля. Тщательно закрыв снаружи ворота, Сайрус Смит и Айртон пошли на запад по узкой тропинке, ведущей к берегу моря. Вся почва была устлана покровом из пепла, который упал с неба. В лесу колонисты не встретили ни одного животного. Птиц также не было видно.

Порой ветер поднимал в воздух тучи пепла, и тогда люди переставали видеть не только дорогу, но и друг друга. Им приходилось закрывать глаза и дышать через платок, чтоб не ослепнуть и не задохнуться.

В этих условиях трудно было идти быстро. К тому же воздух был такой тяжёлый, словно весь его кислород сгорел и остался только негодный для дыхания азот. Каждые сто шагов колонистам приходилось останавливаться, чтобы передохнуть. Поэтому только около десяти часов утра они добрались до базальтовых скал, образующих северо-западное побережье острова.

Айртон и Сайрус Смит стали спускаться по крутому склону скалы, следуя по той же дороге, которая недавно грозовой ночью привела их в пещеру Даккара. Правда, днём этот спуск был менее опасен, чем ночью.

Достигнув поверхности воды — в это время был отлив, — они без труда нашли вход в грот.

— Здесь должна находиться лодка, — сказал инженер.

— Вот она, — ответил Айртон, притягивая к себе судёнышко, стоявшее на привязи за аркой у входа в пещеру.

— Садитесь, Айртон!

Айртон сел на вёсла, укрепив предварительно фонарь на носу, Сайрус Смит взял в руки руль, и лёгкая лодка поплыла по тёмной пещере.

«Наутилуса», освещавшего своими мощными прожекторами внутренность пещеры, увы, больше не было. Возможно, что в глубине вод мощные машины его ещё продолжали питать энергией прожектора, но ни один луч света не пробивался сквозь толщу воды из бездны, где покоился капитан Немо.

Как ни слаб был свет фонаря, но всё же он позволял инженеру направлять лодку вдоль стены пещеры. Гробовая тишина царила в первой её части. Но по мере продвижения вглубь всё явственней и явственней стал доноситься глухой рокот огня, клокотавшего внутри вулкана.

— Слышите, как шумит вулкан? — сказал инженер Айртону.

Вскоре, кроме шума, работа вулкана дала себя знать густыми серными испарениями, мешавшими дышать инженеру и его спутнику.

— Вот этого-то и боялся капитан Немо! — пробормотал побледневший инженер. И громко добавил, обращаясь к Айртону: — Придётся всё-таки дойти до конца!

— Есть! — ответил Айртон и налёг на вёсла.

Через двадцать минут лодка упёрлась в стену пещеры и остановилась.

Сайрус Смит, встав на скамейку, с фонарём в руке осмотрел эту стену, отделявшую подземное озеро от центрального очага вулкана. Какова её толщина? Инженер не мог определить, было ли в ней сто футов или только десять, но, судя по отчётливости шумов, доносившихся через стену, вряд ли она была очень толстой.

Осмотрев стену на уровне своих глаз, инженер привязал фонарь к веслу и стал осматривать верхнюю часть. Оттуда, сквозь еле заметные трещины, просачивались серные пары, отравлявшие воздух в пещере. Можно было проследить, как эти трещины бороздили стены: некоторые из них спускались почти до самой поверхности воды.

Сайрус Смит опустил фонарь и погрузился в глубокое раздумье.

Потом он прошептал:

— Да, капитан Немо был прав! Главная опасность здесь... Страшная опасность...

Айртон промолчал.

По знаку инженера он снова взялся за вёсла, и через полчаса лодка подошла к выходу из пещеры Даккара.

ГЛАВА ДЕВЯТНАДЦАТАЯ

Отчёт Сайруса Смита. — Колонисты спешат закончить постройку шхуны. — Последнее посещение кораля. — Борьба воды и огня. — Что осталось на острове. — Колонисты, решают спустить корабль на воду. — Ночь с 8 на 9 марта.

На следующий день, 8 января, переночевав в корале и выполнив там все неотложные работы, Сайрус Смит и Айртон вернулись в Гранитный дворец.

Тотчас же по возвращении инженер собрал колонистов и сообщил им, что острову Линкольна угрожает огромная опасность, отвратить которую человеческие силы не могут.

— Друзья мои! — сказал он, и голос его выдавал глубокое волнение. — Остров Линкольна не принадлежит к числу тех уголков земли, которые будут существовать столько же, сколько вся наша планета. Он обречён на разрушение, и причина его гибели заключена в нём самом... Ничто не может устранить её...

Колонисты переглянулись между собой и потом посмотрели на инженера. Они ничего не поняли из его слов.

— Объясните проще, Сайрус! — попросил журналист.

— Хорошо, я объясню вам... Вернее, я в точности передам вам то, что сказал мне капитан Немо в те несколько минут, которые я провёл наедине с ним...

— Капитан Немо?! — воскликнули поражённые колонисты.

— Да. Перед смертью он пожелал оказать нам ещё одну услугу.

— Не последнюю! — вскричал Пенкроф. — Вы увидите, хоть он и умер, он ещё не раз окажет нам услуги!

— Что же вам сказал капитан Немо? — спросил журналист.

— Теперь я могу рассказать это вам, — ответил инженер. — Остров Линкольна находится в отличных от других тихоокеанских островов условиях... Вследствие одной его природной особенности, на которую мне указал капитан Немо, рано или поздно его подводная часть должна распасться...

— Остров Линкольна распадётся?! — Несмотря на всё своё уважение к инженеру, Пенкроф пожал плечами. — Что за чепуха!

— Выслушайте меня, Пенкроф, — продолжал инженер. — Вот что подметил капитан Немо и в чем я вчера удостоверился собственными глазами во время посещения пещеры Даккара. Эта пещера тянется под землёй до самого центра вулкана и отделена от него только стеной. Оказывается, вся эта стена испещрена многочисленными трещинами, сквозь которые в пещеру проникают сернистые газы…

— Ну и что же? — спросил Пенкроф, нахмурившись.

— Я установил, — продолжал инженер, не обращая внимания на недовольство моряка, — что эти трещины увеличиваются под влиянием сильного давления, что базальтовая стена понемногу подаётся и что в непродолжительном времени она рухнет, открыв дорогу в вулкан водам подземного озера.

— Вот и отлично, — не сдавался Пенкроф. — Море погасит вулкан, и конец всем беспокойствам!

— Да, это будет конец! — ответил серьёзно инженер. — День, когда море разрушит базальтовую стену и хлынет в центральный очаг вулкана, где кипит расплавленная масса, — этот день, Пенкроф, будет последним днём острова Линкольна! Он взлетит на воздух, как взлетела бы Сицилия, если бы Средиземное море затопило вдруг Этну!

Колонисты молчали. Они поняли теперь, какая страшная опасность угрожала острову Линкольна.

Надо сказать, что Сайрус Смит ни в коей мере не преувеличивал размеров этой опасности. Многие и по сей день думают, что можно потушить вулканы, которые почти все расположены на берегах морей или озёр, если открыть их водам доступ в недра вулкана. Но эти люди не знают, что при этом часть земного шара взорвалась бы и взлетела на воздух, как взрывается раскалённый паровой котёл, в который сразу впускают много холодной воды.

Вода, хлынувшая в нагретую до нескольких тысяч градусов закрытую среду, мгновенно обратится в пар. А так как пар занимает больший объём, чем вода, то никакие стенки не выдержат его давления.

Не приходилось сомневаться, что острову Линкольна угрожала страшная катастрофа и что он просуществует ровно столько, сколько будет сопротивляться натиску газов стена пещеры Даккара. Возможно, что это был вопрос не месяцев и недель, а дней и даже часов!

Первым чувством колонистов была глубокая скорбь. Они подумали не об угрожающей им опасности, а о том, что этот остров, приютивший их, ставший их второй родиной, обречён на гибель... Сколько забот, сколько трудов потрачено даром!

Крупные слёзы текли по щекам Пенкрофа, и он даже не пытался скрыть, что плачет.

Но колонисты не принадлежали к числу людей, способных только вздыхать. Беседа продолжалась ещё некоторое время, и они пришли к заключению, что их единственным шансом на спасение является скорейшее окончание постройки корабля.

Все горячо принялись за работу. К чему было теперь возделывать землю, собирать урожаи, охотиться, приумножать запасы Гранитного дворца? Содержимого его кладовых хватило бы за глаза на снаряжение судна в самое далёкое путешествие. Важно только, чтобы это судно было готово до наступления катастрофы.

Колонисты работали с лихорадочной быстротой. 23 января обшивка корпуса была уже наполовину закончена. До этого дня внешний вид вулкана не менялся. По-прежнему над вершиной горы Франклина стоял столб густого дыма, по-прежнему из кратера вырывались раскалённые камни и поднимались длинные языки огня. Но в ночь с 23 на 24 января под давлением лавы, медленно наполнявшей жерло кратера, верхняя часть конуса раскололась. Раздался страшный грохот. Колонисты подумали сначала, что остров взорвался. Они выбежали из Гранитного дворца.

Было около двух часов пополуночи.

Небо было в огне. Верхняя часть конуса, громадная глыба высотой в тысячу футов, весящая миллионы тонн, обрушилась на остров, потрясая его до основания. К счастью, конус имел наклон на север и упал на песчаную долину, простирающуюся от подножия горы до берега моря. Широко раскрывшийся кратер излучал такой яркий свет, что всё небо казалось объятым пожаром. В то же время поток лавы, переливаясь через края нового кратера, как вода из переполненной чаши, тысячами огненных змей пополз вниз по склону горы.

— Кораль, кораль! — в ужасе вскричал Айртон.

Действительно, потоки лавы текли из нового кратера в направлении к коралю, угрожая таким образом самым плодородным частям острова; истокам Красного ручья и лесу Якамары опасность угрожала в первую очередь.

При возгласе Айртона колонисты побежали к конюшне онагров. Мигом повозка была запряжена. Все думали только об одном — вовремя поспеть в кораль, чтобы выпустить на свободу заключённых в нём животных.

Около трёх часов утра они приехали в кораль. Отчаянное мычание и блеяние, слышное уже за милю, говорило о том, насколько животные перепуганы. Мириады искр сыпались на поле, воспламеняя сухую траву. Лава уже подбиралась к ограде.

Айртон сразу распахнул обе створки ворот, и обезумевшие от ужаса животные стремглав выбежали из кораля и бросились во все стороны.

Через час кипящая лава залила кораль, выпарила до дна ручеёк, протекавший по его двору, зажгла домик Айртона, вспыхнувший, как сухая солома, и до последнего брёвнышка уничтожила ограду.

Кораль больше не существовал!

Колонисты и не пытались бороться с этим бедствием — человек безоружен и беспомощен перед лицом таких катастроф.

Настал день 24 января. Прежде чем вернуться в Гранитный дворец, Сайрус Смит и его товарищи пожелали точно выяснить, в каком направлении течёт лава. К востоку от горы Франклина почва имела небольшой уклон, и можно было опасаться, что, несмотря на препятствие — лес Якамары, — поток лавы доберётся до плоскогорья Дальнего вида.

— Озеро защитит нас, — сказал Гедеон Спилет.

— Надеюсь, — коротко ответил инженер.

Колонистам хотелось осмотреть долину, на которую упал конус вулкана, но лава преграждала им путь. Она текла двумя потоками: первый — по руслу Красного ручья, второй — по руслу реки Водопада. Конечно, вода в них мгновенно испарилась при соприкосновении с лавой.

Вулкан, потеряв увенчивавший его конус, стал неузнаваемым. Из двух выемок в новой верхушке кратера беспрерывно вытекала лава, образуя два раздельных потока. Над кратером стоял огромный столб пламени и дыма, упиравшийся в тучи, затянувшие всё небо.

Раскаты грома перекликались с подземным грохотом, и в воздухе стоял несмолкаемый гул. Из жерла кратера вылетали целые глыбы, раскалённые добела, и, взлетев на тысячу футов, взрывались со страшным треском и рассыпались мириадами осколков. Небо беспрерывно полосовали молнии.

К семи часам утра колонисты, стоявшие на опушке леса Якамары, должны были поспешно отступить: вокруг них начали сыпаться с неба раскалённые камни, да и поток лавы, вышедший из берегов Красного ручья, грозил отрезать им путь к отступлению.

На опушке леса Якамары затлели первые деревья. Древесный сок, мгновенно превращаясь в пар, взрывал стволы деревьев, как динамит. Старые, высохшие деревья вспыхивали, как спички.

Колонисты медленно шли по дороге в Гранитный дворец, часто оборачиваясь назад. Вследствие наклона почвы лава здесь быстро текла к восточному берегу; едва нижние пласты её застывали, на них накатывались новые кипящие волны.

Между тем главный поток, стремившийся по долине Красного ручья, с каждым часом становился всё более грозным. Вся прилегающая к Красному ручью часть леса была охвачена огнём. Огромные клубы дыма стлались в воздухе, низко нависая над верхушками деревьев.

Колонисты остановились в полумиле от устья Красного ручья, возле берега озера. Сейчас должен был разрешиться для них вопрос жизни и смерти.

Сайрус Смит, привыкший смотреть опасности в глаза, зная, что и его товарищи не трусливого десятка, сказал:

— Либо озеро остановит поток лавы и часть острова будет спасена от полного опустошения, либо лава потечёт к лесу Дальнего Запада и на поверхности острова не уцелеет ни деревце, ни травинка. В этом случае нам останется только ожидать смерти на голой скале!.. Впрочем, надо полагать, что взрыв острова сделает это ожидание не слишком долгим.

— Следовательно, — воскликнул Пенкроф, скрестив руки на груди, — не стоит даже продолжать постройку корабля?

— Нет, Пенкроф, — ответил инженер, — мы будем бороться до конца!

В этот момент поток лавы дошёл почти до опушки леса Дальнего Запада. Но здесь почва несколько возвышалась, и если бы этот подъём был хоть немного больше, он мог бы задержать лаву или хотя бы заставить её изменить направление.

— За работу! — крикнул Сайрус Смит.

Мысль инженера сразу поняли: нужно было построить плотину, чтобы отвести поток лавы в озеро.

Колонисты побежали на верфь за лопатами, кирками и топорами. Из земли и поваленных деревьев они воздвигли плотину высотой в три фута и длиной в несколько сот шагов. Работа отняла несколько часов, но когда они кончили её, им показалось, что они не проработали и четверти часа.

Плотина была закончена как раз вовремя: огненный поток уже подбирался к началу подъёма. Лава вздулась, как река во время наводнения, и угрожала смести единственное препятствие на пути к лесам Дальнего Запада. Но плотина с честью выдержала испытание, и поток лавы вдруг свернул к озеру, куда и стал низвергаться с высоты в двадцать футов.

Колонисты, затаив дыхание, смотрели на борьбу двух стихий.

Какое изумительное зрелище представляла эта борьба воды с огнём! Вода шипела, испаряясь при соприкосновении с кипящей лавой. Столбы пара взлетали в небо на огромную высоту, словно вырываясь из внезапно открытых клапанов парового котла. Но как ни значителен был запас воды в озере, сразу стало видно, что оно будет побеждено в этой борьбе, потому что приток воды к нему прекратился, тогда как лава непрерывно извергалась из кратера вулкана.

Головной поток лавы, попав в озеро, мгновенно застыл, превратившись в каменный пласт. Но по этому пласту текли другие потоки, забиравшиеся дальше в глубь озера и там застывавшие. Озеро постепенно заполнялось лавой, но не выходило из берегов, так как огромная масса воды испарялась в воздух. Там, где раньше тихо колыхалась гладкая поверхность воды, теперь выступал хаос дымящихся скал…

Вода была побеждена огнём.

Однако то, что колонистам удалось отвести поток лавы в озеро Гранта, давало им передышку на несколько дней: плоскогорье Дальнего вида, Гранитный дворец и верфь на некоторое время были ограждены от наступления лавы. Эти дни надо было использовать для того, чтобы закончить обшивку бортов шхуны и законопатить их. После этого можно было спустить корабль на воду и тут уже заканчивать его отделку. Это было во много раз безопаснее, чем пребывание на твёрдой земле, угрожающей каждую минуту взорваться.

В продолжение шести следующих дней — с 25 по 30 января — колонисты работали на верфи, каждый за четверых. Они спали по два-три часа в сутки и всё остальное время работали, пользуясь тем, что пылающее заревом небо делало ночи такими же светлыми, как дни. Извержение вулкана продолжалось, но уже ослабленное. Это было счастьем для колонистов, потому что озеро Гранта уже почти всё было заполнено лавой, и новые потоки её, безусловно, достигли бы верфи, где строился корабль, и плоскогорья Дальнего вида.

Но если эта часть острова ещё уцелела, то на западном побережье дело обстояло совсем плохо.

Действительно, второй поток лавы, спускавшийся по долине реки Водопада, не встречая препятствий на равнинной почве, широко разлился и дошёл до западной опушки лесов Дальнего Запада. Иссушенные жарким летом деревья мгновенно вспыхнули, и пожар охватил огромный участок леса.

Насмерть перепуганные животные, населявшие леса, — кабаны, ягуары, агути, пернатая и четвероногая дичь — устремились к реке Благодарности и к болоту Казарки, по ту сторону дороги в порт Шара. Но колонисты слишком были заняты своим делом, чтобы обращать внимание даже на опаснейших из хищников. Они покинули теперь Гранитный дворец и не заходили даже в Камин: чтобы не терять времени на ходьбу, они спали и ели тут же, подле верфи, в палатке.

Ежедневно Гедеон Спилет и Сайрус Смит поднимались на плоскогорье Дальнего вида. Изредка их сопровождал Герберт, но никогда Пенкроф, который не мог равнодушно смотреть на гибель своего любимого острова.

А зрелище, представлявшееся глазам наблюдателей с высоты плоскогорья, было действительно не из утешительных... Из всех лесов острова уцелела только небольшая роща на оконечности Змеиного полуострова. Повсюду виднелись чёрные, обгорелые пни. Недавно ещё блестевшие свежей зеленью участки были теперь бесплодней песчаных равнин северного берега. Лава покрывала три четверти всей площади острова. Реки Водопада и Благодарности пересохли. Колонисты умерли бы от жажды, если бы в озере Гранта не осталось ещё немного воды. К счастью, южная часть озера не пострадала от лавы: превратившись теперь в небольшой пруд, она заключала в себе все запасы пресной воды острова Линкольна.

Трудно передать, какое удручающее зрелище представлял этот ещё недавно плодоносный остров, обильно орошаемый реками, поросший лесами, зеленеющий возделанными полями... Теперь это была голая безводная скала, и если бы не запасы Гранитного дворца, колонисты скоро умерли бы от голода.

— Сердце разрывается от боли при виде этого, — сказал однажды Гедеон Спилет.

— Да, Спилет, — ответил инженер. — Только бы мы успели закончить постройку корабля! Это наша единственная надежда на спасение!

— Не кажется ли вам, Сайрус, что вулкан как будто затихает? Лава продолжает ещё вытекать из его кратера, но значительно менее обильно, чем прежде.

— Это не имеет значения, — ответил инженер. — Подземный огонь не угас, и море каждую минуту может залить его... Мы в положении пассажиров горящего судна, знающих, что не сегодня завтра огонь доберётся до порохового погреба! Идёмте, Спилет, на верфь. Нельзя терять ни одного часа.

В продолжение следующих восьми дней, то есть до 7 февраля, лава продолжала вытекать из кратера, но не распространялась за пределы уже занятой ею площади. Сайрус Смит больше всего боялся, чтобы огненные потоки не залили берега, где стояла верфь, ибо тогда была бы уничтожена последняя надежда на спасение. В это же время колонистов стали беспокоить частые подземные толчки.

Наступило 20 февраля. Требовался по меньшей мере ещё месяц работы, чтобы спустить судно на воду. Но продержится ли остров столько времени?

Пенкроф и Сайрус Смит хотели спустить шхуну на воду, как только её корпус будет вчерне закончен. Палубу, оснастку и всё прочее можно будет сделать уже на воде. Поэтому все усилия колонистов были направлены на окончание обшивки бортов.

В этой работе прошло время до 3 марта. Теперь Пенкроф считал, что не позже как через десять дней можно будет спустить шхуну.

Надежда понемногу воскресала в сердцах колонистов, на долю которых в этот четвёртый год пребывания на острове выпало столько испытаний. Даже Пенкроф, всё время ходивший мрачным при виде гибели своего любимого острова, даже Пенкроф как будто повеселел. Правда, это объяснялось тем, что он думал теперь исключительно о шхуне.

— Мы успеем кончить постройку, — говорил он инженеру. — Успеем, вы увидите! И это будет как раз вовремя! Ведь уже надвигается осень — через несколько дней наступит осеннее равноденствие! Если понадобится, мы сможем перезимовать на острове Табор. На Таборе после Линкольна!.. Ах, я несчастный! Кто бы мог подумать, что случится такое горе!

— Надо спешить! — неизменно отвечал в таких случаях инженер.

И колонисты работали, работали, не теряя ни секунды времени.

— Мистер Смит, — обратился как-то Наб к инженеру, — как вы думаете, случилось ли бы всё это, если бы капитан Немо был жив?

— Да, Наб, — ответил инженер.

— Не верю, — шепнул Пенкроф на ухо Набу.

— И я тоже, — ответил тот также шёпотом.

В течение первой недели марта внешний вид горы Франклина стал угрожающим. Тысячи тонких струек лавы, похожих на стеклянные нити, как дождь, текли по её склону. Кратер беспрерывно извергал всё новые и новые потоки лавы, которые, растекаясь по уже отвердевшим старым слоям, довершали опустошение острова. Один из потоков лавы, следуя вдоль юго-западного берега озера Гранта, залил плоскогорье Дальнего вида.

Этот последний удар стихий был самым тягостным для колонистов: от мельницы, конюшни, птичьего двора не осталось и следа. Перепуганные обитатели последнего разлетелись кто куда. Топ и Юп проявляли признаки величайшего беспокойства. Инстинкт предупреждал их о надвигающейся катастрофе.

Большинство животных острова погибло при первом извержении; оставшиеся в живых частью нашли приют в болоте Казарки, частью на плоскогорье Дальнего вида. Но скоро огненная река перелилась через гранитный барьер и наводнила и это плоскогорье. Мрачная красота этого зрелища не поддавалась описанию. Ночью казалось, что на плоскогорье обрушилась огненная Ниагара.

Последнему прибежищу колонистов угрожала беда. Хотя верхние швы корпуса шхуны не были проконопачены, инженер решил спустить её на воду.

Пенкроф и Айртон стали готовить катки для спуска, назначенного на следующее утро, 9 марта.

Но в ночь с 8 на 9 марта огромный столб пара вырвался из кратера и среди неслыханного и неописуемого грохота взлетел на высоту трёх тысяч футов. Очевидно, стена пещеры Даккара рухнула под напором газов, и морская вода, хлынувшая в жерло вулкана, сразу обратилась в пар...

Взрыв чудовищной силы, который должен был быть слышен в сотне миль от острова, потряс воздух.

Обломки горы взлетели к небу, и в несколько минут океан залил место, где раньше находился остров Линкольна.

ГЛАВА ДВАДЦАТАЯ

Уединённая скала в Тихом океане. — Последнее прибежище колонистов острова Линкольна. — Неминуемая смерть в перспективе. — Последнее благодеяние. — Остров на континенте. — Памятник капитану Немо.

Одинокая скала длиною в тридцать футов, шириною в пятнадцать, выступающая едва на десять футов над поверхностью океана, — вот всё, что осталось от острова Линкольна...

На этой скале нашли последнее прибежище шестеро колонистов и их верный пёс Топ.

Все птицы острова, все животные, населявшие его, включая и бедного Юпа, погибли, раздавленные обвалом горы, погребённые трещиной в расколовшейся почве или поглощённые хлынувшей на остров океанской волной.

Сайрус Смит, Гедеон Спилет, Герберт, Пенкроф, Наб и Айртон уцелели только благодаря тому, что в момент катастрофы они были на берегу и их подхватила волна, в то время, когда с неба дождём падали обломки взорванного острова.

Они вынырнули на поверхность океана в полукабельтове от этой скалы и, подплыв к ней с величайшим трудом, вылезли из воды.

На этой голой скале они жили уже десять дней! Ничтожные запасы пищи, случайно находившиеся при них во время катастрофы, немного дождевой воды в углублении скалы — вот всё, чем располагали несчастные.

Их последняя надежда — корабль — погибла. У них не было никакой возможности покинуть эту скалу. Не было ни огня, ни топлива для того, чтобы его развести…

В этот день, 18 марта, запасов пищи у них осталось только на сорок восемь часов, несмотря на то что они разделили её на микроскопические порции. Ни знания, ни изобретательность, ни энергия, ни трудолюбие не могли помочь им в этом положении.

Сайрус Смит был спокоен, Гедеон Спилет нервничал, а Пенкроф, весь во власти скрытого гнева, мерил скалу шагами, взад-вперёд, взад-вперёд. Герберт не отходил от инженера и глядел на него так, словно ждал от него помощи, которую тот не мог оказать. Наб и Айртон безропотно покорились судьбе.

— Вот беда! — часто повторял Пенкроф. — Если бы у нас была хоть какая-нибудь скорлупа, мы добрались бы до острова Табор! Но у нас нет ничего! Ничего!..

— Капитан Немо вовремя умер, — заметил как-то Наб.

В продолжение следующих пяти дней несчастные поддерживали свою жизнь скудными остатками пищи, съедая ровно столько, сколько нужно было, чтобы не умереть с голоду.

Герберт и Наб несколько раз начинали бредить. Все страшно ослабли.

Могла ли у этих людей теплиться хоть тень надежды? Нет! На что они могли рассчитывать? Что мимо скалы пройдёт корабль? Но они по опыту знали, что корабли не посещают этот глухой уголок океана. Могли ли они надеяться, что по счастливейшему из счастливых стечений обстоятельств яхта Гленарвана именно сейчас придёт за Айртоном на остров Табор? Это было маловероятно. Но даже если бы это и случилось, то, не зная о том, что произошло с Айртоном, капитан яхты, обыскав остров, повернёт обратно и поведёт судно к более низким широтам… Нет, эти люди не имели никакой надежды избежать ужасной смерти от голода и жажды на голой скале!

Они лежали уже неподвижные, не сознавая того, что происходит вокруг. Один Айртон ещё время от времени с огромным усилием поднимал голову и с отчаянием смотрел на пустынное море.

Но вот 24 марта утром рука Айртона вытянулась в направлении какой-то точки на горизонте; он приподнялся, стал сначала на колени, потом во весь рост. Он замахал руками, как будто подавая сигнал.

Корабль был в виду. Он держал курс прямо на уединённую скалу в океане, идя к ней на всех парах. Несчастные могли бы уже давно заметить его, если бы у них хватило сил смотреть на горизонт.

— «Дункан»! — прошептал Айртон и упал без чувств.

Когда Сайрус Смит и его товарищи вновь пришли в сознание, они увидели себя в каюте корабля, не понимая, каким образом они спаслись от смерти.

Но одно слово Айртона сразу объяснило им всё.

— Это «Дункан», — прошептал он.

— «Дункан»! — повторил Сайрус Смит.

Это был действительно «Дункан», яхта Гленарвана, под командой капитана Роберта Гранта отправившаяся на остров Табор, чтобы забрать Айртона, наказанного двенадцатью годами изгнания за свои прошлые преступления.

Колонисты были спасены и возвращались теперь на родину.

— Капитан Роберт, — сказал Сайрус Смит, — что вас натолкнуло на мысль искать Айртона в сотне миль на северо-востоке, когда вы не нашли его на острове Табор?

— Но ведь я приехал сюда не только за Айртоном, но и за всеми вами, — ответил молодой капитан.

— Как за всеми нами?

— Конечно! На остров Линкольна.

— На остров Линкольна?.. — хором воскликнули беспредельно удивлённые колонисты.

— Но откуда вы узнали про существование острова Линкольна, который не отмечен ни на одной карте и название которого мы сами придумали? — спросил инженер.

— Я узнал об этом из записки, оставленной вами в хижине Айртона на острове Табор, — ответил капитан Роберт.

— Из нашей записки?! — вскричал Гедеон Спилет.

— Конечно. Вот она, — ответил Роберт Грант, протягивая записку, в которой указывались координаты «острова Линкольна, приютившего Айртона и пятерых потерпевших крушение американцев».

— Капитан Немо! — сказал Сайрус Смит, узнавший в почерке, которым была написана записка, руку покровителя колонии.

— Ах! — воскликнул Пенкроф. — Значит, это он брал наш «Благополучный» и один отправился на нём к острову Табор!..

— Чтобы оставить эту записку! — подхватил Герберт.

— Значит, я был прав, когда говорил вам, что и после смерти капитан Немо будет оказывать нам помощь! — вскричал моряк.

Колонисты обнажили головы. Это последнее благодеяние их умершего покровителя взволновало их до глубины души. Даже у хладнокровного Сайруса Смита выступили слёзы на глазах.

В эту минуту Айртон, подойдя к инженеру, просто спросил:

— Куда поставить этот ларчик?

И он протянул Сайрусу Смиту ларчик с драгоценностями, подарок капитана Немо, который он спас, рискуя жизнью.

— Айртон! — только и мог выговорить растроганный Сайрус Смит. И, обращаясь к Роберту Гранту, он сказал: — Капитан, вы оставили на острове преступника, а находите по возвращении человека, пожать руку которого я считаю для себя честью.

Роберту Гранту рассказали странную историю капитана Немо и колонистов острова Линкольна.

Отметив на карте местонахождение уцелевшей после гибели острова скалы, молодой капитан отдал приказание трогаться в обратный путь.

Через пятнадцать дней колонисты высадились в Америке, где давно уже наступил мир после ужасной войны, кончившейся победой противников рабства.

Богатства, хранившиеся в подаренном колонистам ларчике, были затрачены на покупку огромного участка земли в штате Айова.

Там, на этом участке, колонисты поселили всех тех, кого они собирались пригласить на остров Линкольна; собрав обездоленных и несчастных, они организовали большую колонию, которой дали имя острова, исчезнувшего в глубинах Тихого океана.

Река, которая протекала по участку, была названа рекой Благодарности, гора — горой Франклина, маленькое озеро — озером Гранта, лес — лесом Дальнего Запада. Короче говоря, это был тот же остров Линкольна, но не среди океана, а среди Американского материка.

Под умелым руководством инженера и его товарищей колония процветала. Колонисты острова Линкольна не разлучились — они поклялись друг другу всегда жить вместе. Наб и Айртон по-прежнему готовы были в любую минуту принести себя в жертву ради друзей. Пенкроф стал таким же завзятым земледельцем, каким был раньше моряком, Герберт закончил своё образование под руководством Сайруса Смита. Гедеон Спилет стал издавать газету «Линкольнский вестник» — самую осведомлённую во всём свете.

Бывших колонистов не раз навещали Эдуард и Элен Гленарван, капитан Джон Манглс и его жена — сестра Роберта Гранта, и сам Роберт Грант, майор Мак-Наббс и другие люди, которых судьба связала с двумя капитанами — капитаном Грантом и капитаном Немо.

Колонисты жили теперь в довольстве и покое, так же дружно, как и на острове Линкольна. Но они никогда не забывали этот остров, кормивший и поивший их в течение четырёх лет, остров, от которого теперь осталась только одна гранитная скала, высящаяся над океаном как памятник тому, кто называл себя капитаном Немо.

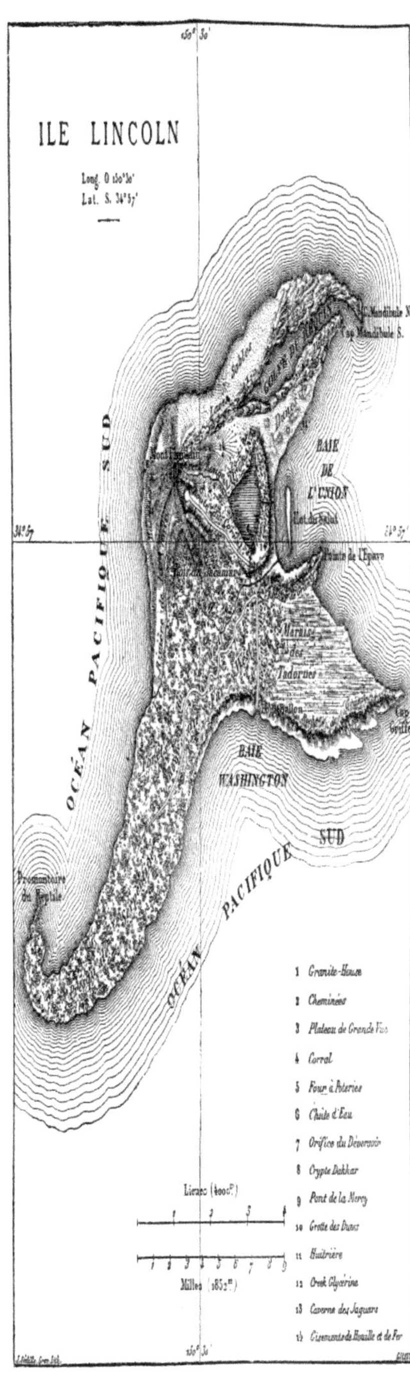
ILE LINCOLN
Long. O 150°30'
Lat. S. 34°57'
150° 30'
34° 57'
34° 57'
BAIE
DE
L'UNION
Ilot du Salut
Pointe de l'Epave
Marais
des
Tadornes
BAIE
WASHINGTON
OCÉAN PACIFIQUE SUD
OCÉAN PACIFIQUE SUD
Promontoire
du Reptile
Cap
Griffe
Lieues (4000m)
Milles (1852m)
1 Granite-House
2 Cheminées
3 Plateau de Grande Vue
4 Corral
5 Four à Poteries
6 Chûte d'Eau
7 Orifice du Déversoir
8 Crypte Dakkar
9 Pont de la Mercy
10 Grotte des Dunes
11 Huitrière
12 Creek Glycérine
13 Caverne des Jaguars
14 Gisements de Houille et de Fer
150° 30'

ОГЛАВЛЕНИЕ